神話植於山海　草木字字春秋

　　阿地里·居玛吐尔地，柯尔克孜族，1964年生。现为中国社会科学院民族文学所二级研究员、博士后合作导师、创新工程重点项目首席专家，新疆大学"天山学者"讲座教授、博士生导师、中国社会科学院大学教授、博士生导师，中国社会科学院民族文学研究所学术委员会委员、职称评审委员会委员。主攻少数民族文学（民间文学）、口头传统、史诗学以及中亚"一带一路"文学比较研究。在《光明日报》《中国社会科学院报》《文艺报》《文学遗产》《民族文学研究》《西北民族研究》《西域研究》《民族艺术》《内蒙古社会科学》《中国非物质文化遗产》《美国民俗学》《名古屋学院大学》《史诗研究（俄罗斯）》等国内外核心刊物上发表相关论文150余篇。出版《中国柯尔克孜族》《玛纳斯史诗歌手研究》《中亚民间文学》《口头传统与英雄史诗》《呼唤玛纳斯》，以及《玛纳斯演唱大师居素普·玛玛依评传》（合著，中、英、日、吉多语种出版）、《中国玛纳斯学辞典》（合著）、《东方民间文学教程》（合著）等10余种，编有《世界玛纳斯学读本》《中国玛纳斯学读本》《中国非物质文化遗产百科全书·史诗卷》（合编）等10余种，译有《突厥语民族口头史诗：传统、形式与诗歌结构》《文学与艺术》《吉尔吉斯斯坦诗歌选集》《雪豹的后裔》《柯尔克孜族文学史》等10余种。翻译出版《玛纳斯》第一部、第七部、第八部共计10万余行。曾获中国作协少数民族文学"骏马奖"翻译奖、首届天山文艺奖优秀作品奖、中国民间文艺"山花奖"学术著作奖（先后两次）、国家民委人文社科优秀成果奖等。主持或参与国家级、省部级研究项目10余种。为中国作协会员、中国民协会员、中国少数民族文学学会常务理事、《民族文学研究》编委、民间文学大系史诗卷专家组成员、中国民俗学会理事、国际民俗学会（芬兰）通讯会员、国际史诗研究会咨询委员、国际《卡里瓦拉》研究会（芬兰）会员、吉尔吉斯斯坦玛纳斯—艾特马托夫科学院荣誉院士、吉尔吉斯斯坦国际艾特马托夫科学院院士。曾获中国民协德艺双馨中青年会员、建国五十周年新疆德艺双馨文艺百家、首都第八届民族团结进步先进个人等荣誉等称号。

英雄史诗与口头传统

——《玛纳斯》史诗的文本形态及史诗艺人的演唱艺术

阿地里·居玛吐尔地 著

学苑出版社

图书在版编目（CIP）数据

英雄史诗与口头传统：《玛纳斯》史诗的文本形态及史诗艺人的演唱艺术 / 阿地里·居玛吐尔地著 . — 北京：学苑出版社，2023.9（2025.3 重印）

ISBN 978-7-5077-6722-3

Ⅰ.①英… Ⅱ.①阿… Ⅲ.①《玛纳斯》—诗歌研究 Ⅳ.① I207.937

中国国家版本馆CIP数据核字（2023）第133418号

责任编辑：陈　佳
出版发行：学苑出版社
社　　址：北京市丰台区南方庄 2 号院 1 号楼
邮政编码：100079
网　　址：www.book001.com
电子信箱：xueyuanpress@163.com
联系电话：010-67601101（营销部）、010-67603091（总编室）
印　刷　厂：北京建宏印刷有限公司
开本尺寸：710 mm × 1000 mm　1/16
印　　张：29.75
字　　数：440 千字
版　　次：2023 年 9 月第 1 版
印　　次：2023 年 9 月第 1 次印刷，2025 年 3 月第 2 次印刷
定　　价：280.00 元

目 录

绪 论 001

第一章 中国《玛纳斯》学概述 013
第一节 《玛纳斯》学在中国的肇始：文本的搜集刊布 015
第二节 中国《玛纳斯》学的扬帆起航及迅猛发展 028
第三节 中国《玛纳斯》学的标志性成果概览 047
第四节 中国《玛纳斯》学的现状与反思 061

第二章 《玛纳斯》学在国外的肇始与发展 072
第一节 19世纪的《玛纳斯》学 072
第二节 苏联时期的《玛纳斯》学 080
第三节 吉尔吉斯斯坦的《玛纳斯》学 091
第四节 哈萨克斯坦的《玛纳斯》学 108
第五节 土耳其的《玛纳斯》学 116
第六节 日本的《玛纳斯》学 119
第七节 《玛纳斯》学在西方 125

第三章 文本的多样性与史诗歌手 136
第一节 史诗的创作者——玛纳斯奇 136
第二节 谁第一个演唱了史诗 148

001

第三节	19世纪的两个记录文本	162
第四节	世纪之交的《玛纳斯》演唱大师及唱本	181
第五节	口头传统与书面文化交集时代的玛纳斯奇	214
第六节	三大史诗演唱艺人玛纳斯奇、江格尔奇、仲堪的共性	290

第四章 玛纳斯奇的学习与演唱 295
第一节	学习与成长	295
第二节	演唱风格及其形式	312
第三节	史诗演唱与即兴创作	317
第四节	演唱技艺及其语境	334
第五节	演唱传统的传承与创新	349

第五章 史诗的传承 367
第一节	史诗的主要传承方式和途径	367
第二节	家族传承	371
第三节	师徒传承	377
第四节	玛纳斯奇的演唱流派	393

第六章 口头史诗的创作传统 400
第一节	口头史诗的语言	400
第二节	程　式	410
第三节	特性形容词	415
第四节	平行式	419
第五节	修辞手法及其功能	422

结　语 444

参考文献 458

绪 论

发源于南西伯利亚叶尼塞河上游的柯尔克孜族如今生活在天山南北山谷草原地带，塔里木河源头的托什干河、克孜勒苏河、盖孜河沿岸绿洲草场以及特克斯河上游的草原，昆仑山、喀喇昆仑山和兴都库什山交会的帕米尔高原，主要以农牧结合的生产方式为生。在绵延的天山南北幽静溪谷中，在高原衬托的冰山之父山谷草原间，在嫩江草原的乌裕尔河畔，作为中华民族大家庭中的一个古老成员，柯尔克孜族从司马迁的《史记》中第一次以"鬲昆""坚昆"等名称出现，其后在不同时期的历史文献中又以"结骨""契骨""黠戛斯""纥里纥斯""吉利吉思"等名称出现，其历史发展轨迹一脉相承，绵延2000多年。上面这些称呼都是对本民族自称的各种音译。在漫长的历史发展进程中，柯尔克孜族人民几经生死存亡的考验，却凭着坚强不屈、百折不挠、豪放乐观的英雄主义精神，不断迁徙，不断复兴、繁衍和发展，在欧亚大陆、中亚草原、天山南北、帕米尔高原上谱写了一曲曲气壮山河的英雄主义赞歌。

文字无疑是记录民族历史的最佳媒介。曾经生活在叶尼塞河上游的柯尔克孜先民虽然曾经与周边的突厥、回鹘等其他民族共同创制了让世界惊奇的鄂尔浑－叶尼塞文并留下了《阙特勤碑》《毕伽可汗碑》《苏吉碑》《暾欲谷碑》等数以十计的碑铭文献。后来在中亚塔拉斯发现的古柯尔克孜文碑铭也显示出柯尔克孜族古代文字使用的情况。①但是，这些碑铭对于柯尔克孜族相关历史文化信息的记载是粗略简短、碎片化不成体系的。毫无疑问，关于柯尔克孜族历史文化资料的最重要信息源是我国二十五史中关于柯尔克孜历史文化信息一脉相承的清晰记载。近代以来，柯尔克孜族同周边其他民族一起使用了在近代新疆及中亚广泛流行的察合台文，而今天的柯尔克孜文便是在察合台文基础上重新改制的拼音文字。②

尽管柯尔克孜族历史上使用文字的情况并不尽如人意，书面文献资料匮乏，但是其口头语言却十分发达，拥有语汇丰富、音韵和谐优美、朗朗上口、便于吟唱的特点。柯尔克孜人则天生就有一种对口语的高度敏感性，具有灵活运用、口头即兴创作和演唱天赋。19世纪的西方探险家在中亚地区开展民族志调查时指出，"柯尔克孜（吉尔吉斯）人以口头表达能力著称……他们的话语具有细腻而优雅的特征，即使在日常生活中，他们也尽量用有韵律的词汇巧妙地构建词句……聆听他们说话，一种韵律化的语言特征便会扑面而来。聆听一位熟练的柯尔克孜族歌手的演唱的确是一件赏心悦目的事情"③。这种无处不在的韵律化语言表达方式，使柯尔克孜族在自己源远流长的民间文化土壤中孕育、创造并传承了大量的口头文学经典，其中尤以长篇英雄史诗见长。到目前为止，柯尔克孜族民间发现并搜集的以口头形式流传的史诗有50多部。这些史诗以其内容的深刻性和高度的艺术性而成为柯尔克孜族最引以为豪的民族文化遗产，而《玛纳斯》是其中的巅峰之作，以其丰厚的古代传统文化底蕴和历史文化价值而得到世界瞩目。

千百年来，《玛纳斯》史诗通过不同时代的天才民间口头史诗歌手"玛

---

① 阿地里·居玛吐尔地、托汗·依萨克：《柯尔克孜族历史上使用的文字与文献》，乌云毕力格主编：《西域历史语言研究集刊》，第2辑（总第14辑），北京：社会科学文献出版社，2021年，第1—25页。

② 胡振华：《柯尔克孜语简志》，北京：民族出版社，1986年，第8页。

③ Radlov, Vasilii V. Proben der Volkslitteratur der Nördlichen Türkischen Stämme, Vol.5, Der Dialect der Kara-Kirgisen. St. Pertersburg: Commissionare der Kaiserlichen Akademie der Wissenschaften. 1885. 汉译文见阿地里·居玛吐尔地：《〈玛纳斯〉史诗歌手研究》，北京：民族出版社，2006年，第243页；另见阿地里·居玛吐尔地主编：《世界〈玛纳斯〉学读本》，北京：中央民族大学出版社，2018年，第21页。

纳斯奇"①的歌喉而得到创作、演述、加工、提炼和丰富，并在口耳传承、代代相续过程中，不断吸收柯尔克孜族优秀的传统历史文化元素和思想文化基因，不断发展，日臻完美，逐步发展成为民间口头艺术的代表作，成为今天这样一部篇幅宏大、内容深刻、博大精深的艺术精品。2006年，《玛纳斯》入选国务院颁布的第一批国家级非物质文化遗产名录，以其厚重的历史文化价值成为我国国家级非物质文化遗产代表作之一。2009年经由我国申报《玛纳斯》又成功入选联合国教科文组织人类非物质文化遗产代表作名录，昂首列入人类的共同文化遗产代表作当中，从民间走上了人类文化艺术的殿堂。2015年年末，《玛纳斯》史诗第一部汉译文版入选国家新闻出版广电总局发布的第一批中华优秀传统文化普及读物名单，再一次证明了其深厚的文化价值。尤其让柯尔克孜族人民感到骄傲和自豪的是，习近平总书记在若干次重要讲话中论及保护和弘扬中华民族优秀文化时都提及《玛纳斯》史诗，使每一位柯尔克孜族同胞都感动万分，真正感受到了作为中华民族大家庭之一员的亲近感、幸福感和归属感。

"英雄史诗，被誉为划时代的古典文学形式，是人类文化史上出现的第一个精神文化的高峰，是人民伟大的创造。它们是民族的骄傲，又是世界人民共有的极其宝贵的精神财富，伴随着民族的发展而发展，是特定民族在一定历史时期的知识总汇，反映了错综复杂的社会斗争，表现了鲜明的时代精神。这是人们在文化领域中竖起的一座丰碑，作为历史转折的标志——里程碑，具有承前启后的，不可取代的，伟大的历史作用。"②《玛纳斯》作为柯尔克孜族人民的民族魂，是柯尔克孜族人民文化生活中独一无二的纪念碑和文化创举，是千百年来，柯尔克孜族人民集体智慧的结晶。柯尔克孜族人民始终将《玛纳斯》与民族历史的变迁和发展密切融合在一起，使其最终成为今天这样一部篇幅宏大、内容深刻、博大精深的艺术精品。这首先归功于柯尔克孜族的民间口头文学天才"玛纳斯奇"们的杰出功绩。正是他们以口头形式将这部内容庞大的史诗一代一代地继承下来，并根据社会发展的需要用

---

① 玛纳斯奇：以演唱英雄史诗《玛纳斯》为职业的民间艺人。
② 潜明兹：《中国少数民族英雄史诗》，北京：商务印书馆，1996年，第4页。

自己的新发现新收获加工、丰富和完善了史诗内容。他们的辛勤劳动才使这部史诗经受住了这样漫长岁月的冲洗和沧桑沉浮巨变的考验，最终成为柯尔克孜族民间文化艺术的巅峰。《玛纳斯》史诗以宏大的叙事视角，以口头艺术超文本的形态吸纳了柯尔克孜族先民的历史、语言、民俗、哲学、伦理、道德、美学、医学、军事、地理、天文、音乐、口头传统、民间文学、民间法规和仪式及民间信仰等方方面面的内容，以口头演述的形式传承和记录了柯尔克孜族千百年来的历史集体记忆，展示了柯尔克孜族的历史发展脉络、文化传统、生活经验、审美趣味和伦理道德。史诗蕴含着柯尔克孜族民众特有的精神文化、思维方式及艺术想象力，彰显着柯尔克孜族精神文化的生命力和创造力。有学者称其为柯尔克孜族的民族魂，学界誉其为"柯尔克孜族古代生活的百科全书"。无论如何，这些赞誉对于《玛纳斯》史诗而言都是当之无愧的。2014年在96岁高龄时驾鹤仙逝，被国际史诗学界誉为"21世纪的荷马""活着的荷马"的我国《玛纳斯》演唱大师居素普·玛玛依，他所演唱的史诗文本在内容的系统性、结构的完整性和语言的艺术性方面在目前为止所搜集到的近百位"玛纳斯奇"演述文本当中堪称经典，令人赞叹。史诗以娓娓动听故事，节奏紧凑、抑扬顿挫的诗歌语言，以玛纳斯家族八代英雄的人生经历和英雄业绩为线索，描述了古代柯尔克孜族先民生动的生活画卷和为保家卫民而进行的惊心动魄的战争场面。

叙事结构上，《玛纳斯》史诗是典型的以人物为结构脉络和叙事核心的口头史诗。居素普·玛玛依所演唱的文本共计23万多行，包含《玛纳斯》《赛麦台》《赛依铁克》《凯耐尼木》《赛依特》《阿斯勒巴恰—别克巴恰》《索木碧莱克》《奇格台》等八部，以八代英雄九个人物的传奇身世展开故事情节脉络。其他人物的事迹则按照史诗主题故事脉络的发展和叙事逻辑嵌入整部史诗的主体情节之中，形成一个宏大缜密的故事框架，彼此关联，相互衔接，构成宏大的超级故事整体。玛纳斯是第一部英雄主人公的名字，同时也是史诗第一部的名称。从广义上讲，玛纳斯同时也是整个八部史诗的总称。其他各部也均以该部主人公的名字命名。《玛纳斯》史诗的所有故事情节、所有事件都是围绕着英雄主人公的人生轨迹编排，并按照主人公玛纳斯及其七代子孙从出生到死亡的人生时序展开，每一部史诗的主人公分别通过各自不同的人生轨迹、成长经历、情感纠葛、矛盾冲突和英雄业绩将该部史诗的故事情节贯穿起来。史诗八部之间存在着既相互独立，又彼此呼应的结构关系。每一部的情节和结构又都自成体系，构成该部史诗相对独立的比较完整的故事体系。不同的人物、不同的事件用不同的口头叙事艺术表现手法展示出各部史诗独特的艺术效果。每部史诗都有始有终、有头有尾、独立成篇并可以单独进行演唱，以独立形态流传于民间。八部史诗之间的结构关系犹如彼此关联的一个大的结构链条，每一部史诗和每一个传统章节又犹如这个链条上的一个个大大小小环扣，彼此关联、环环相扣，每一个环扣又由很多引人入胜的程式、母题、主题以及比这稍大的故事模型所组成，最终构成一个语言华丽、场面恢宏、风格绮丽、人物众多、情节复杂的宏大而完美的有机整体，既以口头形式传承保存并演唱的结构宏大的长篇韵文体复合型超级故事。在这个宏大的故事结构链中，各个故事环节之间的衔接至关重要，代表着各部之间内在逻辑联系。这种内在的关联性一是通过人物之间的血源亲属关系、人与人、人与物（骏马、武器、装备等）之间的神秘友情以及与敌对方的矛盾关系，二是通过不同故事情节内在关联和叙事事件之间的逻辑关系而得以维系。史诗从第一部到第八部主人公都是父子祖孙这样的家族血亲关系，而像英雄的母亲这样的一些地位不亚于男性的很多女性形象，也同样在这种以血亲为节点的情节关系链中起到至关重要的衔接作用。除了这种简单的血亲关系外，与家族相关联的部落前辈、长老、智者，结义兄弟，敌对双方的一些重要人物之间的矛盾，人物之间的情感纠葛、利益矛盾冲突都是史诗情节发展、维系史诗整体内容的关键因素。英雄主人公与神奇的骏马、猎鹰、猎犬及其他一些神性动物之间的神秘关系也会影响史诗后续内容的发展和延续，并且成为史诗后续情节发展的多重纽带和连环。史诗的故事情节和矛盾事件也彼此交叉、纠结，前面的矛盾事件成为后续情节的伏笔，不断激活后续的内容，从而把史诗的内容引向深入。而所有这些庞杂的情节故事都通过史诗歌手的如簧之舌，在延续数天，甚至数月的演唱中得到高度艺术化的演绎。虽然，史诗歌手玛纳斯奇的口头演述中，每一部史诗的内容和结构具有程式化特征，但歌手的每一次演唱都独具特色，是对固有传统的一次翻新和崭新演绎，每一部史诗也都具有各自独特的故事内容和独特的叙事主题，在歌手的每一次演唱中焕发出独特的艺术感染力。史诗塑造和歌颂的人物都是为了人民的利益不畏艰险，出生入死，团结本部及周边不同部落的人民，共同抗争外来入侵之敌，受到人民爱戴和敬仰的理想英雄，与此同时也深刻细致地反映了普通民众丰富多彩的生活画面、思想情感和道德准则，具有感化听众，教育后人的艺术功能。因此，《玛纳斯》史诗具有鲜明的人民性。

史诗主要以部族之间的战争、英雄的婚姻以及人们的日常生活为内容，而这些内容和情节都以程式化形式由玛纳斯奇加以口头演述和传承。所以，史诗歌手不仅仅是它的口头演述者，他同样是史诗的创作者和传播者。当然，史诗歌手的演述也并非面对听众简单地吟诵和复述自己记忆在脑海中的史诗文本，而是在一种精神高度集中，并且声情并茂的状态下，用鲜活生动而流畅的诗句，在与听众互动的演述过程中将史诗演述到极致，并且在演述当中重新创编出史诗的一个新的文本。这种演述犹如一个人的戏剧表演，一种独角戏，是在一种面对现场听众的高度压力下，以传统为基础的，表演当中的口头即兴创作活动。歌手可以根据不同的演述语境，在传统的约束和限定之内对自己正在演述的内容加以适度的调整，或删繁就简，或在遵循和保持传统的基础上进行艺术化的加工和创新，使史诗更加枝繁叶茂、引人入胜、生动感人。歌手的创新绝对不是对于传统的颠覆和更新，而是借助自己长期积累的，记忆深处的程式化语词、主题、故事范型和整体结构对于史诗内容的重新演绎和再创编。根据居素普·玛玛依八部唱本内容的初步统计，八部史诗总计有173个完整结构的传统故事情节，性格鲜明的大小人物也有100多个。此外，史诗中数以百计的骏马以及陪伴英雄的雄鹰、猎犬等动物也各有其神秘的身份、明确的身世和鲜明的性格特征。这些动物形象与史诗的英雄人物一起构成史诗复杂的人物图谱，提升史诗内容的生动性、艺术性，打动听众，感化人心。173个故事情节嵌入整部史诗内容中构成史诗传统的结构单元和章节，支撑起史诗整体的情节脉络和结构框架。这些故事或主题按照内容大致分为神话类、战争类、日常生活类、民俗仪式类四种。其中，日常生活类和民俗仪式类64个，占全部史诗内容的约37%，战争类73个，占约42%，而其他内容则为神话传说类、家族谱系类等内容。从这个粗略统计中不难看出,《玛纳斯》是一部全方位呈现柯尔克孜族历史文化的典型的英雄史诗,是一个人物众多、结构复杂、百科全书性质的超级文本。

《玛纳斯》史诗中所描述和塑造的人物形象,史诗中所反映的各种战争场景、部落迁徙途径、英雄及其家族中发生的婚丧嫁娶、祭奠仪式等重大活动及其他各类生活事件都从不同的侧面呈现了古代柯尔克孜族各个不同的历史层面和文化图景。"罗马不是一天建成的",像《玛纳斯》这样的宏伟史诗也不是一蹴而就、瞬间产生的。史诗从其产生到成型走过了由原始神话、英雄传说逐步发展到经典史诗的漫长发展路程。作为一部典型的活形态口头英雄史诗,《玛纳斯》史诗在其漫长的传承过程中,不断吸纳柯尔克孜族古老神话、传说、故事、民歌、谚语、格言以及口头传统中丰富的程式、母题、主题、故事范型,并融合民族发展历程中的各类重大事件和重要人物事迹,在古老的叙事层面上不断累积新的内容,使其规模不断扩大,情节不断扩展,内容不断扩充。可以说,正是不断吸收各个历史时期的民族精神文化因素,融合各种新的社会思想意识形态的特征,才使它与时俱进,历久弥新,始终保持着自己鲜活的生命力,并穿透历史的尘埃,最终发展成柯尔克孜族人民的精神支柱和文化发展潮流的主脉。

《玛纳斯》史诗的口头创作和传承特征为国内外学者判定史诗产生年代造成了各种困惑和疑问,与此同时,也引发了诸多彼此不同的看法和争论,催生了很多彼此不同的结论。因为史诗中所描述的历史文化层面纷繁庞杂,既有古老的神话传说层,也有柯尔克孜族先民在叶尼塞河时期同匈奴、突厥、回鹘交往纷争的历史印记,更有历史上反抗契丹,抵抗成吉思汗扩张,抗击准噶尔汗国统治的历史画面的艺术化模糊呈现。口头史诗尽管也严格地遵循传统,但是由于其文本具有"表演当中创作"的独特性和变异性,因此其文本中不同历史阶段事件及各种历史传说的层累性汇集性质也是不言而喻的。国内外对于《玛纳斯》史诗的产生年代有若干种说法。第一是7—10世纪柯尔克孜族历史上的叶尼塞河时期说,其代表人物主要是苏联学者马洛夫、巴托尔德、伯恩什塔姆、阿乌埃佐夫等;第二是10—12世纪的阿尔泰—天山时期说,其代表人物是吉尔吉斯学者尤奴萨利耶夫、阿布德尔达耶夫,我国学者玉赛因阿吉、胡振华、张永海、张宏超等也持这一观点;第三是 12—13 世纪的蒙古时期说，其代表人物为我国学者陶阳；第四是 13—16 世纪说，其代表人物为我国学者郎樱；第五是 16—18 世纪的准噶尔汗国时期说，主要是哈萨克学者乔坎·瓦里汗诺夫等。毫无疑问，上述各种观点都有各自的理由，因为《玛纳斯》史诗中反映了柯尔克孜族从古代发展到今天，从被奴役的苦难走向自立繁荣的漫长历史过程。不同历史时期的事件和人物，人们的社会生活状况以及与各民族之间的交往交融都在史诗口头传承过程中留下了深深的烙印。史诗中英雄玛纳斯率领柯尔克孜族所抗争的主要敌人也比较模糊，进行了艺术化处理。在历史上曾经与柯尔克孜族有过交往交流并发生过激烈冲突的匈奴、突厥、回鹘、契丹、女真、蒙古等，都成为史诗中柯尔克孜族英雄们的主要敌人而在一个文本的共时层面上得到描述和呈现，这不仅体现出史诗所蕴含的浓厚的民族历史背景和历史过程，同时也体现出作为一部口头史诗的特有的文本生成发展规律。《玛纳斯》是一部活形态口头史诗。在其漫长的口头传承过程中，历代民间史诗歌手"玛纳斯奇"们在各自的即兴演述创编过程中对史诗的内容不断进行加工、改造以及再创作，不断增添新的内容，现实生活与对于往昔的回忆反复交织在一起，古老的内容与不同时代的历史文化积淀不断地相互融合渗透，使史诗内容一步步走向丰富，其篇幅不断得到扩展，结构日趋完整的同时其古老的历史文化意蕴也不断被新的内容弱化，甚至替代。这便是长期口头传承而不是书面定性所造成的结果。史诗毕竟融合了柯尔克孜族历史文化社会生活的诸多层面，而这些都是在不同时期的玛纳斯奇口中不断得到传唱，不断得到艺术的加工和润饰而传递到今天的。因此，史诗中越是古老的历史层面不断被新的历史层面所遮蔽而变得越来越模糊，而越是后来甚至晚近添加和融入的历史事件却呈现出愈加清晰的痕迹。因此，《玛纳斯》史诗的产生问题至今依然是国内外学界争论不休，有待进一步深入研究的问题。

《玛纳斯》的流传地域很广，凡是柯尔克孜人聚居的地方，都有《玛纳斯》的歌手和听众。只要有听众，史诗便在那里流传开来。我国新疆地区是柯尔克孜人聚居地，新疆南部以阿图什市为首府的克孜勒苏柯尔克孜自治州的阿合奇县、乌恰县、阿克陶县、阿图什市的哈拉峻等柯尔克孜族乡村都是《玛纳斯》的主要流传地，尤其是阿合奇县作为《玛纳斯》演唱大师居素普·玛玛依的故乡，历史上著名玛纳斯奇辈出而被誉为《玛纳斯》的故乡，仅在20世纪就涌现出了居素普阿昆·阿帕依、额布拉音·阿昆别克、巴勒瓦伊·玛玛依、居素普·玛玛依、满别特阿勒·阿拉曼、毛勒岱克·贾克普、木塔力甫·库尔曼等一大批杰出的玛纳斯奇。乌恰县是《玛纳斯》史诗的重要流传地，也曾出现艾什玛特·满别特居素普、铁米尔·图尔都满别特、萨尔塔洪·卡德尔等为代表的优秀玛纳斯奇。阿图什市的哈拉峻、吐古买提等乡村出现过奥斯曼·纳玛孜、阿坎别克·努拉昆、奥诺佐·卡德尔等玛纳斯奇。阿克陶县则有居素普·坎吉为代表的当代玛纳斯奇。新疆北部的伊犁地区特克斯草原、昭苏县等自古以来也是《玛纳斯》史诗的重要流传地区，出现过多别特拜·毛勒朵、萨特瓦勒德·阿勒、乔勒帕什·伊斯哈克等玛纳斯奇。当然，除我国之外，中亚的吉尔吉斯斯坦也是《玛纳斯》史诗的重要流传地域，而阿富汗、乌兹别克斯坦、哈萨克斯坦、塔吉克斯坦北部的柯尔克孜人（吉尔吉斯人）居住区，也有《玛纳斯》传唱。

《玛纳斯》虽然在人们心中具有神圣地位，也被人们在一定程度上神圣化，但其流传和传播方式非常世俗化，并没有任何宗教层面的禁忌、约束和羁绊，只要听众有聆听史诗的需求，玛纳斯奇就会尽情演唱满足他们。柯尔克孜是一个传统的游牧民族，千百年来，他们世世代代散居于深山、草原，以牧业为生，平日里亲戚朋友、部落族人之间来往交流见面的机会不多。因此，每逢喜庆节日集会或是婚礼祭典等红白喜事，主办者一般都要支起毡房，少则几顶，多则十几顶，有时甚至多达几十顶。亲朋好友、邻里乡亲应邀而至，少则数十人，多则几百人甚或上千人。这种群众性聚会，气氛热烈、场面壮观。挖灶架锅，宰马牛羊，白天举行叼羊、赛马、摔跤、射箭、攻打皇宫①等竞技活动，晚上则聚集在毡房里全神贯注地聆听玛纳斯奇演唱《玛纳斯》。史诗的演唱环境一般都是在毡房里或者在草原上。玛纳斯奇坐在圆形毡房面对门的上宾席位置上，面对毡房中间点火做饭的火塘，在微弱的马灯下用声情并茂、流畅动听的诗歌语言，抑扬顿挫、起伏多变的音乐

---

① 柯尔克孜族古老的民间游戏。在地上画出6～8米直径的圆圈，中间摆放一定数量的羊拐骨作为"汗王"的卫兵，在其中间放一枚铜钱作为"汗王"，人们分成两组轮流用牛角方板击打羊拐骨，击出圈内的全部羊拐骨，以先击出"汗王"一方为胜。

旋律，加上伴随演述内容的身体移动、手势动作、眼神变化演唱史诗并将其不断推向高潮。听众则围坐在花毡上，倾听玛纳斯奇的演唱。这种演唱环境和氛围延续了数百甚至上千年。《玛纳斯》史诗的听众不仅是史诗的聆听者、欣赏者、接受者，而且通过呼喊、鼓掌等动作和表情鼓励玛纳斯奇尽情演唱，并通过这种交流互动参与史诗的创作和传播。玛纳斯奇的每一次演唱都是对史诗的一次新的创作，既"表演中的创作"。听众在专心地聆听玛纳斯奇演唱的同时，每当歌手演唱到精彩段落时，便高声吆喝呐喊，以此来鼓励和刺激歌手，激发他的即兴创作激情和潜能，而且在演唱结束后你一句我一句地对每一位歌手的演唱做出中肯的评价，有赞赏也有批评，直言不讳，和谐共勉。这种互动机制对督促玛纳斯奇既遵循和保持传统又大胆发挥自己的创作潜能，提升玛纳斯奇的演唱水平具有意想不到的积极作用。对于《玛纳斯》这种流传千年的活形态口头史诗而言，听众就是其赖以生存的土壤。如果失去了玛纳斯奇的演唱和听众的参与互动，那么口头史诗的鲜活的生命力就会停止，只能以固定的书面文本的形态在读者中传播。与此同时，不同流传地域及不同歌手的演唱风格使史诗产生出许多异文和变体。我国从20世纪60年代开始对《玛纳斯》史诗展开调查，到目前为止在新疆各地发现的各种异文变体有近百种，而居素普·玛玛依的八部《玛纳斯》唱本最为光彩夺目。

《玛纳斯》史诗从民间口头演述到进入世界文化和学术平台已经走过了160多年的历程。其实，它在其真正走上前台成为一个专门的学术研究课题之前，就已经在史料中出现了零星记载。16世纪，生活在中亚地区的吉尔吉斯（柯尔克孜）学者毛拉·赛福丁·依本·大毛拉·沙合·阿帕孜·阿克色肯特在其波斯文《史集》一书中记载了《玛纳斯》史诗的简短内容[①]。这一记载是到目前为止发现的关于《玛纳斯》史诗最早的书面史料。从19世纪中叶开始，《玛纳斯》史诗才正式进入国际学术界的视野，得到科学的搜集和研究，并逐渐发展为一个世界性的研究学科"《玛纳斯》学"（Manasology）。

在世界《玛纳斯》学坐标系中，对史诗进行系统的搜集和研究的先行

---

① 阿地里·居玛吐尔地：《16世纪波斯文〈史集〉及其与〈玛纳斯〉史诗的关系》，《民族文学研究》2002年第3期。

者是19世纪俄国的两位学者。一位是沙俄军官、哈萨克民族志学者乔坎·瓦里汗诺夫(1835—1865)①,另一位是德裔俄罗斯学者威·瓦·拉德洛夫(1837—1918)②。他们分别于1856年、1857年、1862年、1868年先后多次在我国新疆及中亚的吉尔吉斯斯坦地区搜集记录了《玛纳斯》大量的口头演述资料,并对这些资料进行了系统的翻译和研究,从此揭开了世界《玛纳斯》学的序幕。乔坎·瓦里汗诺夫搜集了《玛纳斯》史诗传统经典片段"阔阔托依的祭奠",并通过将《玛纳斯》与荷马史诗比较之后指出《玛纳斯》是柯尔克孜族古代生活的百科全书,在叙事风格上也恰似"草原的《伊利亚特》"。拉德洛夫不仅搜集了《玛纳斯》史诗第一部的完整内容和第二部的部分章节,而且在田野调查中发现了玛纳斯奇口头演述中的程式化特点,并将其与荷马史诗进行了比较研究。他关于玛纳斯奇口头即兴演述过程的研究启发了后来提出"口头程式理论"的美国学者帕里和洛德,并对这一理论的产生起了重大影响③。

经过160多年的发展,《玛纳斯》学已经在中国、吉尔吉斯斯坦、哈萨克斯坦、俄罗斯、土耳其、德国、英国、日本、美国、澳大利亚、法国等国开花结果,并在有些国家出现了比较深厚的学术积累。蒙古国、韩国、乌兹别克斯坦等也出现了一批研究学者。毫无疑问,《玛纳斯》史诗如今已经成为一门显学,一门独立的研究学科。

在"一带一路"倡议下,随着国际交流不断深入,文明互鉴、人文交流已经成为"一带一路"国家的共识。尤其是在我国同吉尔吉斯斯坦等中亚国家的交往中,《玛纳斯》史诗以其重要的人文价值越来越凸显其所具有的标杆示范意义。这是《玛纳斯》学向广度和深度发展的机遇,也对我国学者提出了严峻的挑战。为此,在研究方法、研究理论上不断开拓创新,在学术观

---

① 阿地里·居玛吐尔地:《乔坎·瓦里汗诺夫及其记录的〈玛纳斯〉史诗文本》,《民族文学研究》2007年第4期。
② 阿地里·居玛吐尔地:《威·瓦·拉德洛夫在国际〈玛纳斯〉学及口头诗学中的地位和影响》,《民间文化论坛》2016年第5期。
③ 约翰·迈尔斯·弗里:《口头诗学:帕里—洛德理论》,朝戈金译,北京:社会科学文献出版社,2000年,第21—23页。

点上体现中国的学术原则和立场，坚持马克思主义的历史唯物观，并把我国的《玛纳斯》学进一步推向世界，把握和引领世界《玛纳斯》学发展的总体方向和话语权是我们当代学人的使命担当。

第一章
中国《玛纳斯》学概述

《玛纳斯》学属于史诗学、口头诗学、民间文艺学、民俗学、少数民族文学的一个分支学科。其宏大的结构,深厚的历史文化积淀,漫长的口头传播过程以及其中体现的哲学、美学、历史、语言、军事、医学、天文等多学科的研究价值以及广泛深刻反映柯尔克孜族历史文化及同周边众多民族交往交融的内容,再加上国内外学者一个半世纪的学术积累和不断开拓经营最终使其拥有了一个专门研究学科的地位,并且逐渐成为一门显学,无论在国际还是在国内都成为学界关注的焦点。《玛纳斯》学[①]主要包括史诗口头演唱文本的调查、搜集、采录(笔录、音频、视频、数码)、入档;史诗文本的编辑、整理、出版、翻译;从多学科角度立体式对史诗的产生、发展、传播范式与路径、历史脉络以及情节结构、故事内容、思想内涵、人文价值(历史、美学、哲学、语言、音乐、地理、天文、民俗)等各种问题的研究。

我国从 20 世纪 60 年代开始大规模搜集、整理、出版、翻译和研究《玛纳斯》史诗,但从 20 世纪 80 年代初才开始进行真正意义上的学术研究。虽然在这期间因为没有比较适合"活形态"史诗的口头诗学理论方法可以借鉴,加之对口头史诗文本概念的认识上存在偏差,在研究方法上只好采用传统的书面文学研究和史学论证的方法,既侧重于从记录的手抄本和印刷文本

---

① 托汗·依萨克、阿地里·居玛吐尔地、叶尔扎提·阿地里编著:《中国〈玛纳斯〉学辞典》,北京:中央民族大学出版社,2017 年。

中分析史诗的各种艺术特色，论证史诗与历史的联系，探讨它的史学、美学、哲学、文学价值，对其内容、结构、社会功能进行探讨等。这些方面的研究确实取得了令世人瞩目的成就，引起了国内外"《玛纳斯》学"界的关注。尽管与国外相比起步较晚，但中国的《玛纳斯》学经过各民族几代学者筚路蓝缕、不断努力，到目前已经后来居上，形成了一支各民族老中青结合、锐意进取的研究队伍，树立了具有中国特色的《玛纳斯》学理论和观点，在国际上产生越来越重要的影响，并且开始引领这一学科的发展。这一点表现在以下几个方面：首先，《玛纳斯》演唱大师居素普·玛玛依的唱本不仅出版了柯尔克孜文版并被翻译成汉文完整出版，史诗第一部还译成哈萨克文、维吾尔文等国内少数民族多种文字出版，而且还被翻译成吉尔吉斯斯文、德文、英文、日文、土耳其文等在国外出版，在国际史诗学界产生了广泛的影响。他本人也获得了国内外多个荣誉。其次，我国组织召开了10余次《玛纳斯》史诗国内国际学术研讨会，汇聚中坚力量展开研究，并将世界各地有影响的学者请到中国来展开学术交流。《玛纳斯》史诗还被国家级艺术院团改编成歌剧、舞剧以及其他艺术作品，大大提高了史诗的国内普及度和影响力。这种多层面学术平台的建立，不仅大大推进了我国《玛纳斯》学的发展，而且使我国学者掌握了世界《玛纳斯》学的话语主动权。再次，以郎樱、胡振华、陶阳、刘发俊、张彦平、张永海、贺继宏等为代表的老一辈《玛纳斯》专家以各自的学术建树奠定了我国《玛纳斯》学的基础，而以阿地里·居玛吐尔地、马克来克·玉麦尔拜、托汗·依萨克、梁真惠、托合提汗·司马伊、依萨克别克·别先别克、荣四华为代表的年青一代学者正在担负起我国《玛纳斯》学的重任，各自出版或发表了一大批有一定学术影响力的专著或论文。

在党和政府的大力支持下，经过数十年的不懈努力，中国的《玛纳斯》学不断与国际学界专家交流切磋，与世界各国搭建起了有效的学术合作机制，并已经取得了很多实质性成果。比如胡振华、郎樱、阿地里·居玛吐尔地、马克来克·玉麦尔拜、托汗·依萨克等不仅有大量成果在吉尔吉斯斯坦等国出版或发表，而且由于在《玛纳斯》研究方面的突出贡献而分别获得吉国不同等级的奖章。《〈玛纳斯〉论》《〈玛纳斯〉演唱大师居素普·玛玛依评传》《〈玛纳斯〉史诗歌手研究》是国内获得中国文学艺术界联合会、民间文艺家协会"山花奖"学术著作奖的著作,目前已经分别被翻译成英文、日文和吉尔吉斯文在国外出版发行,引起国际学界广泛关注。《玛纳斯》学已经被我国各民族学者打造成了"一带一路"文化交流的一个重要文化平台,在我国与吉尔吉斯斯坦等中亚国家的民间文化交流中起到了标杆示范作用。经常性举办的国际学术研讨会和每年举办的"《玛纳斯》国际文化旅游节"便是证明。2013年,国家哲学社会科学基金重大招标项目"柯尔克孜族百科全书《玛纳斯》综合研究"课题获得立项并顺利结项,标志着我国的《玛纳斯》学进入了新的发展阶段。我国学者的《玛纳斯》学学术观点正越来越自信地体现出中国特色的学术原则和立场,值得称赞。毫无疑问,我国的《玛纳斯》学必将会在"一带一路"倡议的实施和推进过程中起到更大的文化支撑作用。

第一节 《玛纳斯》学在中国的肇始:文本的搜集刊布

在世界《玛纳斯》学产生发展的一百多年中,外国学者大都以19世纪末刊布的拉德洛夫和乔坎·瓦里汗诺夫搜集记录的文本以及吉尔吉斯斯坦20世纪采录的两位著名玛纳斯奇萨恩拜·奥诺孜巴克夫及萨雅克拜·卡拉拉耶夫的唱本为蓝本开展研究。我国从20世纪中叶开始《玛纳斯》史诗的搜集、翻译、研究工作并取得了世人瞩目的成就,不仅在资料搜集方面成为《玛纳斯》史诗文本资料大国,而且在研究方面迎头赶上了国外学术研究的步伐,产生了一批在国际上有影响的学术成果,研究队伍逐年扩大,研究质量逐年提高。尤其令人欣慰的是,我国的《玛纳斯》史诗依然以口头形式在民间流传,保持着其鲜活的口头传统特征。就这一点而言,我们有条件成为世界《玛纳斯》学的排头兵。

回望我国《玛纳斯》学的发展历史,20世纪60年代初到80年代末无疑是其孕育期、肇始期和开拓期,也可以视为中国《玛纳斯》学的诞生和重生。这一时期，对于史诗的调查、搜集、记录、翻译、出版工作成绩不仅凸显了我国《玛纳斯》史诗丰富的民间蕴藏量，发现和挖掘了丰富的珍贵资料，而且在各民族学者携手合作、共同努力下，史诗的研究也初见端倪，为后续的研究及学科建立打下了坚实的基础。这 20 年，虽然《玛纳斯》工作在 20 世纪 60 年代初创和党的十一届三中全会之后重新启动，也就是"文革"前和"文革"后两个阶段之间有接续性，但需要分开论述。

20 世纪 60 年代初的《玛纳斯》调查搜集采录工作的肇始期也要分成两个阶段加以审视梳理。第一阶段与新中国刚刚成立不久，党和政府为了更好地推动党的民族政策，进一步搞好我国民族工作而开始筹划和组织开展的大规模全国民族调查和民族识别活动相关。第二阶段则与我国民间文艺界响应党的号召积极开展新民歌运动以及 1958 年第一届全国民间文学工作者代表大会上提出的对于民间文学要"全面搜集、重点整理、大力推广、加强研究"和各项工作的实施相关。第一阶段，随着 1964 年第一阶段民族调查工作结束，派往全国各民族地区调查的 16 个调查组搜集的大量第一手资料催生了从国家层面撰写《民族简史》《民族简志》《简史简志合编》[①]。与此同时，从第二层面讲，随着全国民间文艺调查搜集运动的大规模兴起，以《玛纳斯》等三大史诗为代表各民族民间口头传统也与全国同步得到大规模调查搜集和记录。《玛纳斯》史诗的调查搜集记录整理工作恰逢其时，我国民族学者和民间文艺工作者，从民族学和民间文学这两条路径出发并在《玛纳斯》史诗上找到了契合点。比如，民族调查组柯尔克孜族调查分组以杜荣坤为组长从 1956 年至 1962 年开展调查工作历时 6 年[②]，而《玛纳斯》史诗调查组的专题调查则从 1961 年 3 月启动 1965 年 1 月结束（如果加上后续翻译的时间

[①] 1979 年，国家民委决定在民族三套丛书基础上增加编写"民族问题五套丛书"，即《中国少数民族》《中国少数民族简史丛书》《中国少数民族语言简志丛书》《中国少数民族自治地方概况丛书》《中国少数民族社会历史调查资料丛书》并列入国家哲学社会科学"六五"的规划的重点项目，定名为《民族问题五套丛书》。丛书 1991 年基本完成并开始出版，2005 年进行了修订再版，堪称我国民族工作集大成之作。

[②] 杜荣坤：《杜荣坤民族研究文集》，北京：中国社会科学出版社，2014 年，第 405—422 页。

则到 1966 年 6 月结束）①。显然，民族调查组的调查虽然也遇到了《玛纳斯》史诗歌手的演唱活动，但《玛纳斯》毕竟不是他们的调查重点，因此没有采录任何有价值的史诗资料。但是，第二阶段的《玛纳斯》史诗专题调查则可以视为我国《玛纳斯》史诗调查搜集翻译真正起步，使这部在民间蕴藏传播千年的伟大史诗揭开其神秘面纱，开始为世人所了解，逐渐融入我国国家层面的学术话语体系之中，成为我国学术话语体系当中的一个热点。

《玛纳斯》史诗当时的专题调查搜集和翻译工作，即我国《玛纳斯》学的肇始也分为两个阶段，第一阶段 1961 年 3 月至 10 月，第二阶段 1964 年 7 月至 1966 年 7 月。值得一提的是，在这两次调查之前还有一个重要事件。那就是 1960 年 11 月，由当时新疆作协《天山》（现在《西部》之前身）、《塔里木》（维吾尔文文学刊物）派出刘家琪、刘发俊、帕塔尔江等前往克孜勒苏柯尔克孜自治州为两个刊物组稿时在当时的乌恰老县城②附近的黑孜苇乡第一次发现了若干位民间活跃的玛纳斯奇。在自治州党委的协调下，组稿小组与胡振华、萨坎·玉麦尔所带队的中央民族大学柯尔克孜语班的实习生们联合对乌恰县的两位玛纳斯奇艾什玛特·曼别特居素普和铁米尔·图尔杜曼别特所演唱文本的某些传统经典章节进行记录和翻译并将后者所演唱的《玛纳斯》史诗第二部《赛麦台》中的"赛麦台和阿依曲莱克婚礼"一章翻译成汉文和维吾尔文分别发表在新疆文联刊物《天山》（1961 年第 1、2 期）和《塔里木》（1961 年第 1、2、3 期）上。这是我国国内第一次正式公开刊布《玛纳斯》史诗的文本。文本一经刊布就在国内引起轰动并掀起了一股《玛纳斯》史诗搜集记录的热潮，引发了后续的若干次大规模调查搜集记录工作的开展。所以，新疆作协的这次组稿以及刘发俊、胡振华、萨坎·玉麦尔、

---

① 贺继宏、张光汉主编：《中国柯尔克孜族百科全书》，乌鲁木齐：新疆人民出版社，1998 年，第 267—268 页；另见刘发俊：《史诗〈玛纳斯〉搜集、翻译工作三十年》，阿地里·居玛吐尔地主编：《中国〈玛纳斯〉学读本》，北京：中央民族大学出版社，2018 年，第 509—519 页；陶阳：《英雄史诗〈玛纳斯〉调查采录集》，北京：中国文联出版社，2010 年，第 2—11 页；郎樱：《田野工作与非物质文化遗产保护——30 年史诗田野工作回顾与思索》，《中国北方民族文学比较研究》，北京：民族出版社，2011 年，第 679—689 页。
② 1985 年乌恰县发生 7.4 级强烈地震，乌恰县老城建筑基本上完全震毁。在党和国家的关怀下1988 年在离老县城 7 公里的戈壁上重建。

太白、玉散阿勒·阿勒木库勒、玉赛音阿吉、帕自力·阿依塔克、帕塔尔江等人对史诗的记录翻译工作在我国《玛纳斯》学术史上应该说具有划时代的里程碑意义，也可以说为《玛纳斯》史诗的抢救工作吹响了进军号。①

之后不久，1961年3月初，在新疆维吾尔自治区党委宣传部的组织领导下，新疆维吾尔自治区文联、新疆社会科学院文学研究所等单位抽调专人组成《玛纳斯》调查组赴克孜勒苏柯尔克孜自治州与克孜勒苏柯尔克孜自治州方面的专家以及中央民族大学师生组成联合调查组，对克孜勒苏柯尔克孜自治州境内《玛纳斯》史诗的蕴藏和流传情况展开了大规模调查搜集。这就是史称的《玛纳斯》第一次调查采录工作。当时的调查组除了刘发俊、太白、刘前斌等新疆维吾尔自治区文联及新疆社会科学院文学所的专家外，还有胡振华、萨坎·玉麦尔两位老师带队的中央民族大学柯尔克孜语班实习生赵潜德、尚锡静、张永海、黑再勤、张彦平、侯尔瑞、刘源清以及从克孜勒苏柯尔克孜自治州专门抽调的地方文化干部和学者玉赛因阿吉（民族志、民族宗教学者，自治州政协副主席）、托合塔孙（克州党校教员）、玉山阿勒（州文教科干部）、图尔干·伊先（柯族音乐家）、曼别特哈孜（阿合奇县文教科干部）、阿勒屯（克州法院干部）等共计20余人，由刘发俊担任调查组组长②。工作组学习贯彻落实全国民间文学工作会议提出的"全面搜集，重点整理，大力推广，加强研究"十六字方针，做到统一认识，统一思想，统一行动"三统一"，提出了"歌手在哪里，就到哪里去；不漏掉一个歌手，不漏记一行史诗"的行动口号，对于中华民族优秀传统文化抢救保护的使命感、责任感着实让人感动。调查组分成三个小组分赴自治州所辖的阿合奇县、乌恰县、阿克陶县和阿图什县开展调查。此次调查、采录工作共进行了3个多月，访问、记录了30多位歌手，演唱的史诗资料20多万行和其他多种丰富的民间文学作品资料。在这些玛纳斯奇中较有代表性的是乌恰县黑孜苇乡的艾什玛特、铁米尔·图尔杜曼别特、萨德克·奥斯曼，托云乡的曼别特阿散、

---

① 中央民族大学少数民族语言文学学院编：《胡振华文集》（上卷），北京：中央民族大学出版社，2011年，第420页。
② 贺继宏、张光汉主编：《中国柯尔克孜族百科全书》，乌鲁木齐：新疆人民出版社，1998年，第267—268页。

托略干·翟依丁，阿图什县哈拉峻乡的阿勒玛坤·毛勒多、奥斯曼·纳玛孜，阿合奇县哈拉奇乡的卡布拉坤·依布拉音、阿加坤，苏木塔什乡的曼别特托合托·萨雅克、奥木尔·玛穆别特①等。

  这次调查主要成果是除了记录上述30多位玛纳斯奇演述的大量第一手资料外，最大的收获毫无疑问是发现《玛纳斯》演唱大师居素普·玛玛依并开始重点采录、翻译他演唱的文本。居素普·玛玛依当年年富力强充满激情，用了近8个月时间为调查组演唱了《玛纳斯》前五部，即《玛纳斯》《赛麦台》《赛依铁克》《凯耐尼木》《赛依特》共计11万多行的内容。调查翻译组人员也克服困难日夜奋斗最终将居素普·玛玛依的这个唱本进行了初步翻译并将其中的第一部文本两卷以内部资料本形式印刷出版。与此同时，还将这一唱本第一部经典传统章节"阔阔托依的祭典"和第四部《凯耐尼木》中的一个传统章节汉译文发表在《新疆日报》（1961年12月14、15日版）和《民间文学》（1962年第5期）上。《玛纳斯》史诗第一次大规模调查、采录、翻译工作以取得前所未有的巨大成就的结果于当年10月胜利结束②，为《玛纳斯》史诗的后续工作奠定了坚实的基础。在这次调查过程中，国内一些有影响力的刊物也刊发了若干篇《玛纳斯》史诗的评述文章。如刘发俊、太白、刘前斌合作在《文学评论》（1962年第4期）发表的《柯尔克孜民间英雄史诗〈玛纳斯〉》和胡振华在《民间文学》（1962年第5期）发表的《英雄史诗〈玛纳斯〉》等，这些文章可以说开启了我国《玛纳斯》研究的序幕。当然，在20世纪上半叶，也有一些零星的介绍评述发表，但并没有引起人们的关注。如刊登在1946年第3期《东方杂志》上的文章《〈玛纳斯〉的诞生》（罗玉重译）；刊登在1947年《新疆论丛》创刊号上的文章《柯尔克孜史诗"玛纳斯

---

① 刘发俊：《史诗〈玛纳斯〉搜集、翻译工作三十年》，阿地里·居玛吐尔地主编：《中国〈玛纳斯〉学读本》，北京：中央民族大学出版社，2018年，第509—519页；陶阳：《英雄史诗〈玛纳斯〉工作回忆录》，阿地里·居玛吐尔地主编：《中国〈玛纳斯〉学读本》，北京：中央民族大学出版社，2018年，第520—526页。

② 刘发俊：《史诗〈玛纳斯〉搜集、翻译工作三十年》，阿地里·居玛吐尔地主编：《中国〈玛纳斯〉学读本》，北京：中央民族大学出版社，2018年，第509—519页；陶阳：《英雄史诗〈玛纳斯〉调查采录集》，北京：中国文联出版社，2010年，第258页。

汗"》(阿布德卡第尔)①等。

  《玛纳斯》第二次大规模调查于1964年6月至1966年7月展开。陶阳先生对这次调查的缘起有具体论述，对这次调查的任务有具体说明，即重点补充采录居素普·玛玛依唱本前三部的内容并补充记录第四、五、六部，解决文本内容中存在的各种问题；全面调查各地所有玛纳斯奇的演唱情况并进行记录，为后续的研究积累资料；进行全面的历史、民俗、宗教信仰的民族志调查；全文翻译居素普·玛玛依唱本并完成注释编辑工作，尽快出版资料本为正式出版做准备。②1964年5月，中国民间文艺研究会、新疆维吾尔自治区文化艺术界联合会、克孜勒苏柯尔克孜自治州等有关部门领导协商，由三方联合成立《玛纳斯》工作领导小组，下设《玛纳斯》工作组，决定对《玛纳斯》重新进行一次全面调查。领导小组成员由自治区文联时任党组书记刘肖芜，中国民间文艺研究会秘书长（现中国民间文艺家协会）贾芝，新疆克孜勒苏柯尔克孜族自治州党委副书记、州长塔依尔共同担任。工作组组长副组长则由陶阳和刘发俊担任。除了陶阳和刘发俊之外，调查组成员最初由北京中央民族学院派去的萨坎·玉麦尔、赵潜德以及克孜勒苏·柯尔克孜自治州地方学者玉赛音阿吉、玉山阿勒·阿勒木库勒、帕孜力·阿依塔克、马特·托克马特、图尔干·伊先、朱玛、阿布来提等组成。到1965年3月调查组完成了克孜勒苏自治州4个县的调查。从各地玛纳斯奇口中记录了《玛纳斯》不同的传统章节片段共107份，计123 375行。搜集《玛纳斯》手抄本21册，约9万行。重点记录了居素普·玛玛依补唱的史诗内容，使其唱本从原来的五部110 000多行扩展到六部196 000多行。调查组除了记录《玛纳斯》史诗还记录了柯尔克孜族其他传统的民间小型史诗如《库尔曼别克》《艾尔托什吐克》《布达依克》等24份，计17 686行，并搜集了大量柯尔克孜族社会历史、民俗文化资料。调查记录工作业已完成开始进入史诗文本翻译阶段时，为了尽快保质保量地完成史诗的文本翻译，工作组在原有调查组的基础上又增加了具有柯尔克孜语和汉语双语能力的阿布德卡德尔·托合拓诺夫（中

---

① 郎樱：《〈玛纳斯〉论》，呼和浩特：内蒙古大学出版社，1999年，第43页。
② 陶阳：《英雄史诗〈玛纳斯〉调查采录集》，北京：中国文联出版社，2010年，第256页。

央民族学院教师、语言学家）、郎樱（中国民协科研人员）、尚锡静、黑在勤等人参加。

《玛纳斯》史诗的第三次调查翻译工作也分为两个阶段：第一阶段是1978年12月至1979年10月在北京进行的记录翻译工作；第二阶段则是1982年根据新疆维吾尔自治区党委〔1982〕56号文件精神重新成立的《玛纳斯》工作组开始。1978年，党的十一届三中全会召开不久，全国百废待兴，各行各业拨乱反正，全面进入发展正轨之际，新疆维吾尔自治区文联、中国民间文艺研究会经中宣部同意决定重新召集相关人员抢救、记录、翻译《玛纳斯》史诗。中国民间文艺研究会、新疆维吾尔自治区文联、克孜勒苏柯尔克孜自治州等多方协商，重新组建了《玛纳斯》工作组。工作组设在中央民族学院（现中央民族大学），由中国民研会副主席马学良领导，具体工作由胡振华负责。为了提高记录翻译工作效率，工作组把《玛纳斯》演唱大师居素普·玛玛依特意请到北京，让他重新开始演唱，并开始了系统的记录、翻译工作。工作组成员有居素普·玛玛依、胡振华、萨坎·玉麦尔、刘发俊、尚锡静、阔交什、肉孜阿洪等。在北京记录、翻译工作于1979年10月结束。这是居素普·玛玛依的第三次演唱《玛纳斯》，当时已年逾花甲的他重新焕发青春，怀着弘扬中华优秀文化的责任感、使命感无怨无悔地重新开唱，甚至将原来的六部《玛纳斯》延长到了八部，赢得了国内外专家学者的高度评价，并得到了党和国家领导人的多次亲切接见。

1980年初完成第一阶段的记录翻译工作暂时休整，居素普·玛玛依及大部分新疆借调的工作组成员回到新疆。1982年6月2日，新疆维吾尔自治区党委发出〔1982〕56号文件指出："搜集、整理、翻译出版柯尔克孜族民间史诗《玛纳斯》是保护和整理民族文化遗产，发展和繁荣优秀民族文化的一项十分重要的工作。做好这项工作，在国际上也有重大影响。"为了加强对这一工作的领导，批准重新成立《玛纳斯》工作领导小组，"该小组的任务是，在区党委宣传部领导下，制订规划，统一部署，协调力量，督促检查，研究解决工作中的重大原则问题，保证史诗《玛纳斯》工作的胜利完成。日常工作由中国民研会新疆分会柯尔克孜文学研究会承担"。还批准增加了4名专业人员的编制和专业经费。领导小组由新疆维吾尔自治区相关领导和专家组成，故又称新疆《玛纳斯》工作领导小组①。领导小组办公地点设在中国民间文艺研究会新疆分会（后改名新疆民间文艺家协会）柯尔克孜民间文学研究室。从此，我国《玛纳斯》学正式纳入国家发展规划，有了固定的办公地点和工作归口单位，走上了顺利发展的轨道。从此，中国《玛纳斯》学崭露头角，经过各民族学人40多年的努力营造和发展，取得令世人瞩目的成就。

在史诗资料的搜集方面，我国各民族学者经过长期不懈的努力，到目前为止已经采录的史诗文本超过80多个，百万行以上。其中主要有居素普·玛玛依唱本八部共计23万多行；艾什玛特唱本第二、三部《赛麦台》，共12200行，北疆特克斯县玛纳阿斯奇萨特瓦勒德·阿勒延长的有关英雄玛纳斯八代祖先的故事等唱本。除此之外，其他主要唱本还包括铁木尔·吐尔杜曼别特、奥斯曼·马特、奥木尔·曼别特、托略·朱马、夏拜·巧鲁、奥诺佐·卡德尔等80多个玛纳斯奇演唱的，从新疆各地搜集的唱本。这些唱本都各具特色，成为我国《玛纳斯》学的基础性资料。1984年至1995年，历时11年完成的居素普·玛玛依《玛纳斯》史诗柯尔克孜文完整的唱本18卷。

编辑整理、翻译刊布、出版史诗的各种文本，普及、宣传和扩大《玛纳斯》史诗在国内外的认知度成为这一阶段《玛纳斯》学最重要的基础性工作。因此，在史诗柯尔克孜文原文的编辑整理出版之外，各民族翻译家们辛勤努力，用国家通用语言及其他兄弟民族多种语言翻译出版了《玛纳斯》的各种传统章节片段，为后续的学术研究打牢了史诗文本的资料基础。

《玛纳斯》史诗多语种文本的翻译出版，史诗各种卷本、章节片段、内部资料的刊布是我国《玛纳斯》学的基础工作，也是其不断深入发展的根基。显而易见，在我国《玛纳斯》学的资料建设中，居素普·玛玛依的唱本的出版是这一阶段最令人关注的标志性事件。1984年开始编辑、整理、出

---

① 贺继宏、张光汉主编：《中国柯尔克孜族百科全书》，乌鲁木齐：新疆人民出版社，1998年，第269页。

版居素普·玛玛依唱本《玛纳斯》史诗八部,共18卷23万行柯尔克孜文版。①这一过程不仅在国内学界得到高度重视,而且引起吉尔吉斯斯坦、日本、德国、土耳其、哈萨克斯坦等国学者的关注。②

从20世纪60年代以来国内各种报刊书籍上刊发的史诗《玛纳斯》的片段以及汇编成册的各种内部资料本按年代顺序列表统计如下。

表1-1 《玛纳斯》刊发情况统计(1961—2021)

序号	篇目	演唱者/译者	语种	出版者	出版时间
1	《玛纳斯》(第一部,2卷)	居素普·玛玛依演唱,工作组翻译	汉文	新疆维吾尔自治区《玛纳斯》工作组	1961年
2	《赛麦台和阿依曲莱克的婚礼》	铁米尔·图尔杜曼别特演唱,调查组译	汉文	《天山》(现《西部》)	1961年第1、2期
3	《赛麦台和阿依曲莱克的婚礼》	铁米尔·图尔杜曼别特演唱,调查组译	维吾尔文	《塔里木》	1961年第1、2、3期
4	《玛纳斯的婚礼》	居素普·玛玛依演唱,工作组译	汉文	《新疆日报》	1961年12月14、15日
5	《阔阔托依的祭典》	居素普·玛玛依演唱,工作组译	汉文	《民间文学》	1962年第5期
6	《赛麦台和阿依曲莱克》	居素普·玛玛依演唱	哈萨克文	《新疆文艺》	1979年第7期
7	《凯耐尼木》(第四部片段,见《中国民间长诗集》)	居素普·玛玛依演唱	汉文	上海文艺出版社	1980年
8	《玛纳斯的婚礼》	居素普·玛玛依演唱,阿不力米提·沙迪克译	维吾尔文	《新疆文艺》	1980年第1期
9	《玛纳斯》(第一部,2卷)	居素普·玛玛依演唱	柯尔克孜文	中央民族大学油印内部资料本	1980年

---

① 具体编辑整理情况参见托汗·依萨克、阿地里·居玛吐尔地、叶尔扎提·阿地里编著:《中国〈玛纳斯〉学辞典》,北京:中央民族大学出版社,2017年,第419—420页。
② 阿地力·朱玛吐尔地、托汗·依萨克:《〈玛纳斯〉史诗演唱大师居素普·玛玛依评传》,呼和浩特:内蒙古大学出版社,2002年,第212—229页;中央民族大学少数民族语言文学学院编:《胡振华文集》(上卷),北京:中央民族大学出版社,2011年,第480—483页。

续表

序号	篇目	演唱者/译者	语种	出版者	出版时间
10	《玛纳斯》（1卷）	艾什玛特·曼别特居素普演唱	柯尔克孜	中央民族大学油印内部资料本	1980年
11	《玛纳斯的婚礼》	居素普·玛玛依演唱，刘发俊等译	汉文	《新疆民间文学》	1981年第1期
12	《赛麦台和阿依曲莱克》	居素普·玛玛依演唱，刘发俊等译	汉文	《新疆民间文学》	1982年第4期
13	《玛纳斯》（第一至五部，9卷）	居素普·玛玛依演唱	柯尔克孜文	内部资料本（铅印）	1982—1985年
14	《赛麦台和阿依曲莱克》	居素普·玛玛依演唱，刘发俊等译	汉文	《民族文学》	1983年第9期
15	《玛纳斯》（第一部，1卷）	居素普·玛玛依演唱	柯尔克孜文	新疆人民出版社	1984年
16	《赛麦台》（第二部，1卷）	居素普·玛玛依演唱	柯尔克孜文	新疆人民出版社	1984年
17	《阔阔托依的祭典》	居素普·玛玛依演唱，刘发俊等译	汉文	《民族作家》	1989年第6期
18	《玛纳斯》（第2、3、4卷）	居素普·玛玛依演唱	柯尔克孜文	新疆人民出版社	1989年
19	《赛麦台》（第2、3卷）	居素普·玛玛依演唱	柯尔克孜文	新疆人民出版社	1990年
20	《玛纳斯》（第一部节译本）	居素普·玛玛依演唱，刘发俊、朱玛拉依、尚锡静译	汉文	新疆人民出版社	1991年
21	《玛纳斯》（第一部散文体）	居素普·玛玛依演唱，奥尔孜勒恰·科德尔拜编写	维吾尔文	民族出版社	1991年
22	《赛依铁克》（第三部，2卷）	居素普·玛玛依演唱，艾散拜·马特里编辑整理	柯尔克孜文	新疆人民出版社	1992年
23	《凯耐尼木》（史诗第四部，2卷）	居素普·玛玛依演唱，奥尔孜勒恰·科德尔拜编辑整理	柯尔克孜文	新疆人民出版社	1993年
24	《赛依特》（史诗第五部，2卷）	居素普·玛玛依演唱，艾散拜·马特里编辑整理	柯尔克孜文	新疆人民出版社	1993年

续表

序号	篇目	演唱者/译者	语种	出版者	出版时间
25	《阿斯勒巴恰—别克巴恰》（第六部，3卷）	居素普·玛玛依演唱，多勒昆·图尔杜编辑整理	柯尔克孜文	新疆人民出版社	1993年
26	《索木碧莱克》（第七部，1卷）	居素普·玛玛依演唱，多勒昆·图尔杜编辑整理文	柯尔克孜文	新疆人民出版社	1995年
27	《奇格台》（第八部，1卷）	居素普·玛玛依演唱，托汗·依萨克编辑整理	柯尔克孜文	新疆人民出版社	1995年
28	史诗《玛纳斯》情节概述	居素普·玛玛依演唱，多人合作编写	柯尔克孜文	新疆人民出版社	1995年
29	《民族英魂玛纳斯》	居素普·玛玛依演唱，郎樱编写	汉文	吉林摄影出版社	1994年
30	《赛麦台》	艾什玛特·曼别特居素普演唱，托汗·依萨克编辑整理	柯尔克孜文	克孜勒苏柯尔克孜文出版社	2003年
31	《柯尔克孜族民间文学精品选》（共3卷）①	居素普·玛玛依（1—8部精选片段）、铁米尔·图尔杜（片段）艾什玛特·玛木别特居素普（片段）、萨特瓦勒德·阿勒（精选片段），贺继宏、马雄福、阿地里·居玛吐尔地主编	汉文	克孜勒苏柯尔克孜文出版社	2004年
32	《英雄古里乔绕剪除克亚孜》	居素普·玛玛依演唱，阿地里·居玛吐尔地译	汉文	《民族文学》	2006年第8期
33	《玛纳斯》（八部，2卷）	居素普·玛玛依演唱，多人参与编辑整理	柯尔克孜文	新疆人民出版社	2005年
34	《〈玛纳斯〉之歌》	演唱者及翻译者不详，海鹏彦整理	汉文	寰星出版社	2007年

---

① 3卷内容分别如下：第1卷包括居素普·玛玛依《玛纳斯》史诗唱本各部的不同章节，第一部《玛纳斯》："序诗""柯尔克孜人的来历""玛纳斯与卡妮凯""阿勒曼别特与阿茹开的婚礼"（刘发俊、朱玛拉依译）；第二部《赛麦台》："赛麦台与阿依曲莱克"（刘发俊、帕自力译）；第三部《赛依铁克》："英雄古里乔绕剪除克亚孜"（阿地里·居玛吐尔地译）；第四部《凯耐尼木》："英雄凯耐尼木为民除害"（《玛纳斯》工作组翻译整理）；

（转下一页）

续表

序号	篇目	演唱者/译者	语种	出版者	出版时间
35	《玛纳斯》(第一部，4卷)	居素普·玛玛依演唱，阿地里·居玛吐尔地译	汉文	新疆人民出版社	2009年
36	《玛纳斯的祖先》	萨特瓦勒德·阿勒演唱，伊萨别克·别先别克编辑整理	柯尔克孜文	新疆人民出版社	2010年
37	《玛纳斯故事》	居素普·玛玛依演唱，贺继宏、纯懿编写	汉文、英文、柯尔克孜文	五洲传媒出版社	2011年
38	《玛纳斯》(第一部，4卷)	居素普·玛玛依演唱，阿地里·居玛吐尔地译	汉文	新疆人民出版社	2012年
39	《赛麦台》(第二部，3卷)	居素普·玛玛依演唱，刘发俊、朱玛拉伊·居素普、巴赫特·阿曼别克、伊萨别克·别先别克译	汉文	新疆人民出版社	2013年

（接上页） 第五部《赛依特》："赛依特勇士征战喀拉朵"（巴赫特·阿曼别克译）；第六部《阿斯勒巴恰—别克巴恰》："盛况空前的祭典"（阿地里·居玛吐尔地译）；第七部《索木碧莱克》："索木碧莱克大战巴克多来特"（阿地里·居玛吐尔地译）；第八部《奇格台》："少年英雄奇格台初露锋芒"（阿地里·居玛吐尔地译）。第2卷包括铁米尔·吐尔地演唱的《玛纳斯》史诗第二部《赛麦台》"阿依曲莱克"（沙坎·玉麦尔记录，胡振华、沙坎·玉麦尔、尤素甫·赫捷耶夫翻译，刘家琪整理）；艾什玛特·曼别特居素演唱史诗第一部《玛纳斯》："智勇双全的巾帼英雄卡妮凯""玛纳斯死而复生"（郎樱、玉赛音阿吉译）；第二部《赛麦台》："阿依曲莱克"（肉孜阿洪·卡斯木、胡振华整理，侯尔瑞译）；萨特巴勒德·阿里演唱的《玛纳斯祖先的故事》："英雄吐盖汗从叶尼塞迁到塔拉斯""巧云汗的祭典"（依斯哈克·别先别克记录整理，巴赫特·阿曼别克译）等章节。第3卷包括居素普·玛玛依演唱的史诗《库尔曼别克》："库尔曼别克与哈妮夏依的婚礼""库尔曼别克与阿合汗别克结盟""英雄之死"（沙坎·玉麦尔整理，巴赫特·阿曼别克译）等章节，《英雄托什吐克》："托什吐克与冥府喀拉朵巨人及七个精灵结盟"（阿地里·居玛吐尔地译），《萨依卡丽》："女英雄萨依卡丽的诞生与成长"（阿地里·居玛吐尔地译），《巴额西》："巴额西消灭入侵者节迪盖尔英雄巴依吐尔"（阿地里·居玛吐尔地译），《托勒托依》："托勒托依受青阔交怂恿攻打阿昆汗城堡欲夺仙女阿依曲莱克"（阿地里·居玛吐尔地译）；月米尔·毛勒道搜集整理《考交加什》："阔交加什与野生动物神苏尔艾启科斗智斗勇"（侯尔瑞译）；居素普·玛玛依演唱《江额里木尔扎》："江额里木尔扎被俘受辱""祭典比武显神威"（阿布德卡德尔·托合托夫记录整理）；吾斯阔尼·居巴赫尼演唱《吉别珂公主》："吉别珂公主与托略干的爱情"（乌尔哈力恰·何德尔拜整理，巴赫特·阿曼别克译）；居素普·玛玛依演唱《玛玛克—少波克》（刘发俊、帕自力、岩石译）；胡振华、阿布德卡德尔·托合达诺夫搜集整理翻译《库勒木尔扎》。

续表

序号	篇目	演唱者/译者	语种	出版者	出版时间
40	《玛纳斯》（第一部，4卷）	居素普·玛玛依演唱，Hongyan Li, Gary Chao 译	英文	新疆人民出版社	2013年
41	《玛纳斯》（第一部，前2卷）	居素普·玛玛依演唱，Karl Reichl 译	英文	五洲出版社	2013年
42	《玛纳斯》（第一部，前2卷）	居素普·玛玛依演唱，Karl Reichl 译	德文	五洲出版社	2013年
43	《赛依铁克》（第三部，2卷）	居素普·玛玛依演唱，朱玛克·卡德尔译	汉文	新疆人民出版社	2014年
44	《中国柯尔克孜族英雄史诗〈玛纳斯〉》	艾什玛特·曼别特居素普演唱，郎樱、玉赛因·阿吉译	汉文	新疆人民出版社	2014年
45	《玛纳斯》（第一部，2卷）	居素普·玛玛依演唱，塔帕依·哈依斯汗、多力坤·吐尔迪译	哈萨克文	新疆科学技术出版社	2014年
46	《玛纳斯》（第一部，2卷）	居素普·玛玛依演唱，诺如孜·玉散阿勒、萨伊普别克·阿勒、阿克巴尔·买卖特译	维吾尔文	新疆青少年出版社	2015年
47	《凯耐尼木》（第四部，2卷）	居素普·玛玛依演唱，朱玛克·卡德尔、吐尔地·买买提吐尔逊译	汉文	新疆人民出版社	2016年
48	《玛纳斯》（18卷完整版本）	居素普·玛玛依演唱，阿地里·居玛吐尔地、刘发俊、巴赫特·阿曼别克、朱马克·卡德尔、依萨克别克·别先别克等译	汉文	新疆人民出版社	2021年

　　《玛纳斯》史诗上述各种语言各种唱本文本记录的编辑整理、翻译、刊布、出版大大丰富了《玛纳斯》史诗文本资料，为国内各民族学者深入了解《玛纳斯》史诗并开展多学科研究提供了便利条件。这些文本有以下几个特点：第一，刊布出版的文本不仅有《玛纳斯》演唱大师居素普·玛玛依的唱本，而且出版了20世纪60年代在乌恰县发现并搜集记录的著名玛纳斯奇艾什玛特·曼别特居素普唱本和20世纪80年代从北疆特克斯县玛纳斯奇萨特

瓦勒德·阿勒口中记录的有关玛纳斯奇先辈的演唱资料。此外,由海鹏彦保存并整理编辑出版的《玛纳斯》文本也是一个新发现的文本,具有一定的独特性。不同文种文本资料的出版发行使我国《玛纳斯》史诗的文本资料呈现出丰富多样性特点。第二,《玛纳斯》史诗的文本翻译推广主要集中在居素普·玛玛依唱本上。汉译本包括史诗前四部即《玛纳斯》《赛麦台》《赛依铁克》《凯耐尼木》的内容,维吾尔、哈萨克等少数民族文字译文则均为史诗第一部《玛纳斯》。第三,出现了依据居素普·玛玛依唱本而改写的散文体故事形式的普及读物,为扩大史诗的读者面,拓展史诗内容在普通民众中的普及度发挥了很好的效果。第四,居素普·玛玛依经典唱本不仅出现了国家通用语言及少数民族语言译本,而且出版了史诗第一部的英文和德文翻译版本,使我国《玛纳斯》史诗开始比较完整而系统地被翻译成国际主要文字,走向国际,大大提高了我国《玛纳斯》史诗的知名度和国际认知度,引起了国际史诗学界的极大关注。总之,居素普·玛玛依、艾什玛特·曼别特居素普等大玛纳斯奇的唱本的出版不仅使世代以来以口头形式传唱的史诗走向了文本经典化之路,也为各民族以及各国学者了解和研究《玛纳斯》提供了极大便利条件,也促进了我国《玛纳斯》学史的发展和深入。

第二节　中国《玛纳斯》学的扬帆起航及迅猛发展

从20世纪80年代初开始,在党的十一届三中全会精神鼓舞下,我国《玛纳斯》史诗抢救工作开始步入正轨,作为一门综合性学科的中国《玛纳斯》学开始逐渐成型,露出了学科发展的端倪,呈现资料学建设领航,田野调查助力,学术研究跟进并逐步发展的局面。我国的《玛纳斯》学大致经历了两个阶段,即20世纪60年代至90年代的初步开拓阶段,及中国《玛纳斯》学的肇始期和20世纪90年代之后的不断深入并逐步取得标志性学术成果的扬帆起航期。

在第一阶段中,除了我们上文提到的刘发俊、太白、刘前斌以及胡振华的两篇发表于1962年的论文之外,后由于"文化大革命",研究沉寂了很长一段时间。党的十一届三中全会之后,《玛纳斯》学才开始重新走上了缓慢发展的道路。比如,胡振华用汉语以及国内少数民族语言陆续发表了《柯尔克孜民间英雄史诗〈玛纳斯〉》(《柯孜勒苏报》维文版,1979年1月25日)、《柯族英雄史诗〈玛纳斯〉及其研究简况》(《喀什师范学院学报》1981年3月)、《一份早期的〈玛纳斯〉手稿》(《民族语文》1984年4月)、《国内外"玛纳斯奇"简介》(《民族文学研究》1986年3月)、《关于〈玛纳斯〉产生的年代问题》(《民间文学论坛》1987年1月)、《柯尔克孜族语言材料〈玛纳斯〉》(《民族语文》1988年4月);尚锡静发表了《〈玛纳斯〉艺术特色初探》(《中央民族大学学报》1980年3月)、《论〈玛纳斯〉人物的形象塑造》(《民间文学论坛》1987年1月)、《北方民族鹰神神话与萨满文化》(与郎樱合作《民族文学研究》1988年2月);刘发俊发表了《浅析史诗〈玛纳斯〉》(《新疆师范大学学报》1984年1月)、《论史诗〈玛纳斯〉》(《民族文学研究》1986年3月)、《史诗〈玛纳斯〉的社会功能》(《民族文学研究》1989年6月)、《史诗〈玛纳斯〉搜集、翻译工作30年》(《民间文学论坛》1990年5月);张彦平发表了《论玛纳斯形象早期神话英雄特质》(《民族文学研究》1989年4月),《原始信仰与柯尔克孜族古代叙长诗》(《民族文学研究》1989年5月);《〈玛纳斯〉与玛纳斯奇》(《新疆艺术》1990年1月);萨坎·奥穆尔发表了《关于柯尔克孜的英雄史诗〈玛纳斯〉》(《新疆大学学报》维文版,1980年4月);陶阳发表了《史诗〈玛纳斯〉歌手神授之谜》(《民间文学论坛》1986年1月)、《史诗〈玛纳斯〉的调查采录方法》(《中芬民间文学搜集保管学术研讨会论文集》1987年12月)、《英雄史诗〈玛纳斯〉工作回忆录》(《民间文学论坛》1990年5月);张宏超发表了《〈玛纳斯〉产生时代与玛纳斯形象》(《民族文学研究》1986年3月);李琪发表的《柯尔克孜英雄史诗〈玛纳斯〉的新版本》(《新疆社会情报》1984年3月—4月);马克来克·玉买尔拜发表《〈玛纳斯〉史诗中的有关历史渊源》(《西北民族研究》1990年4月);等等。这一时期,除了以上几位学者之外,郎樱是发表研究成果最多的一位学者。截至1990年,她先后连续发表了《〈玛纳斯〉与萨满文化》(《民间文学论坛》1987年1月)、《〈玛纳斯〉的叙事结构》(《民族文学研究》1989年4月)、《突厥语民族史诗英雄特异诞生母题中的萨满文化因素》(《民间文学论坛》1989年2月)、《〈玛纳斯〉与柯尔克孜民间文学》(《民间文学论坛》1990年2月)、《〈玛纳斯〉的悲剧美》(《民族文学研究》1990年3月)、《〈玛纳斯〉与〈江格尔〉比较研究》(《卫拉特研究》1990年3月)等七篇论文。她凭借自己20世纪60年代所学的柯尔克孜语并通过多次田野调查,越发熟练掌握柯尔克孜语,不仅阅读并熟悉了《玛纳斯》史诗内容,而且努力学习民间文学、文艺学、美学、叙事学相关理论,以敏锐的学术洞察力和宽阔的视野,以多学科视角从《玛纳斯》史诗文本内部深入探讨和分析其与柯尔克孜族文化的关联、叙事结构、美学特征,比较它同其他民族史诗传统,进而发表了上述一系列具有开拓性且学术含量较高的论文,在我国《玛纳斯》学的萌芽期开创了借助多学科理论探究史诗文本,用开阔的视野分析研究史诗内容的研究路径,展现了自己强大的学术发展潜力并引领了我国《玛纳斯》学的发展方向。

这一阶段正是我国《玛纳斯》学的开拓时期,出版和刊布的史诗文本资料比较匮乏,尤其是汉文翻译文本出版还没有实质性进展。在这种条件下,在报刊上发表的论文或评述性文章,都是学者们凭借自己的学术功底并结合各自多年对《玛纳斯》史诗田野调查积累和对史诗文本的初步认识而写出来的探索性论文,具有一定的开拓性意义。尽管如此,有一些论文至今依然具有一定的参考价值。

表1—2 《玛纳斯》学研究成果一览(1990—2021)

序号	书名	作/编者	语种	出版者	出版时间
1	《中国少数民族英雄史诗〈玛纳斯〉》	郎樱	汉文	浙江教育出版社	1990年,1995年(第2版)
2	《〈玛纳斯〉史诗探索》	迈穆别特托合托	柯尔克孜文	克孜勒苏柯尔克孜文出版社	1990年
3	《〈玛纳斯〉论文集》(1)	新疆民协编	柯尔克孜文	新疆人民出版社	1991年
4	《玛纳斯论析》	郎樱	汉文	内蒙古大学出版社	1991年

续表

序号	书名	作/编者	语种	出版者	出版时间
5	《玛纳斯研究》	新疆民协编	汉文	新疆人民出版社	1994年
6	《柯尔克孜文学史》(1)	曼拜特	柯尔克孜文	新疆人民出版社	1996年
7	《〈玛纳斯〉多种变体及其说唱艺术》	玛木别特图尔杜	柯尔克孜文	新疆人民出版社	1997年
8	《玛纳斯》论文集(2)	新疆民协编	柯尔克孜文	新疆人民出版社	1998年
9	《玛纳斯论》	郎樱	汉文	内蒙古大学出版社	1999年
10	《〈玛纳斯〉演唱大师居素普·玛玛依评传》	阿地力·朱玛吐尔地,托汗·依萨克	汉文	内蒙古大学出版社	2002年
11	《玛纳斯演唱大师的一家》	阿地里·居玛吐尔地,朱玛卡德尔·贾克普	汉文	云南人民出版社	2003年
12	《柯尔克孜文学史》(2)	马克来克·玉买尔拜	柯尔克孜文	新疆人民出版社	2005年
13	《呼唤玛纳斯》	阿地里·居玛吐尔地	柯尔克孜文	克孜勒苏柯尔克孜文出版社	2006年,2009年(第2版),2013年(第3版)
14	《〈玛纳斯〉史诗歌手研究》	阿地里·居玛吐尔地	汉文	民族出版社	2006年
15	《柯尔克孜语言文化研究》	胡振华	汉文	中央民族大学出版社	2006年
16	《口头传统与英雄史诗》	阿地里·居玛吐尔地	汉文	中央民族大学出版社	2009年
17	《玛纳斯演唱大师居素普·玛玛依》	托汗·依萨克、阿地里·居玛吐尔地	吉尔吉斯文	民族出版社	2009年
18	《中国柯尔克孜族史诗〈赛麦台〉情节结构及其特征》	托汗·依萨克	柯尔克孜文	比伊科迪克出版社(吉尔吉斯斯坦)	2011年
19	《英雄史诗〈玛纳斯〉调查采录集》	陶阳	汉文	中国文联出版社	2011年

续表

序号	书名	作/编者	语种	出版者	出版时间
20	《玛纳斯之光：玛纳斯的智慧》	马克来克·玉买尔拜	柯尔克孜文	克孜勒苏柯尔克孜文出版社	2011年
21	《中国北方民族文学比较研究》	郎樱	汉文	民族出版社	2011年
22	《柯尔克孜民间文学探微》	张彦平	汉文	中央民族大学出版社	2012年
23	《玛纳斯演唱大师居素普·玛玛依》	托汗·依萨克、阿地里·居玛吐尔地	吉尔吉斯文	Print Express（吉尔吉斯斯坦）	2014年
24	《〈玛纳斯〉翻译传播研究》	梁真惠	汉文	民族出版社	2015年
25	《中华文脉：玛纳斯》	贺继宏	汉文	新疆美术摄影出版社	2015年
26	《玛纳斯奇艾什玛特研究》	乌恰县广电局编	柯尔克孜文	新疆人民出版社	2016年
27	《玛纳斯演唱大师居素普·玛玛依》	阿地里·居玛吐尔地、托汗·依萨克	日文	V2 solution（日本）	2016年
28	《中国史诗》	仁钦道尔吉、郎樱	汉文	江苏凤凰文艺出版社	2017年
29	《中国玛纳斯学辞典》	托汗·依萨克、阿地里·居玛吐尔地、叶尔扎提·阿地里	汉文	中央民族大学出版社	2017年
30	《中国玛纳斯学读本》	阿地里·居玛吐尔地编	汉文	中央民族大学出版社	2018年
31	《世界玛纳斯学读本》	阿地里·居玛吐尔地编	汉文	中央民族大学出版社	2018年
32	A study of the Kirghiz Epic Manas	郎樱	英文	辽宁师范大学出版社	2019年
33	《民间口头文学理论与〈玛纳斯〉演唱艺术：以中国柯尔克孜族玛纳斯奇为例》	阿地里·居玛吐尔地	吉尔吉斯文	比什凯克出版社	2020年
33	Jusup Mamay, Master Performer of the Manas Epic	Adil Jumaturdu, Tohon Yisak	英文	American Academic Press（美国）	2021年

由老中青成员组成,在《玛纳斯》研究中深耕开拓、勇于进取的各民族学者队伍在几十年中所取得的成绩也是令人鼓舞的。这一点,从以上表格中可见一斑。这是从20世纪90年代,中国《玛纳斯》学扬帆起航以来,中国学者用不同文字在国内外出版的学术著作汇集,体现了中国学者在《玛纳斯》学方面的整体实力和不凡业绩。

对于《玛纳斯》这部规模庞大、异文众多,以口头形式流传了千年并且还在继续延续着自己活形态生命的古老史诗而言,只有数十年的研究历史,只有30多本学术著作问世,其学术积累还略显苍白,研究对象悠悠漫长的流传史和刚刚起步的研究是非常不匹配的。这就是世纪之交我国《玛纳斯》学的现状。但是随着不断涌动的文化发展潮流,我国的《玛纳斯》学也开始不断开拓创新,逐渐走入国内外学界视野。从表2可以看出我国《玛纳斯》学在过去30年中蓬勃发展的轨迹。在国内,用国家通用语言及柯尔克孜语、英语出版的学术著作已经累计有34部,其中论文集10部,专题研究著作10部,综合性研究著作14部。这些著作中的研究专题全面涵盖了《玛纳斯》学的各种议题,涉及史诗关涉的几乎所有方面的问题。另外,这里还没有包括近年来在全国各大专院校中数量不断增多,研究视角不断拓展的硕士博士学位论文十余种。① 仅这一点从学术史角度而言也都是一个了不起的成就,在世界《玛纳斯》学坐标系中也能够撑起不容忽视的一片天地。

前面我们提到了《玛纳斯》学包含三个方面,但是从严格学理上讲,第三个方面,即对史诗相关的各种问题的研究才是真正具有学科内涵、理论开拓意义和夯实学科基础的部分。它包含了史诗的内容、情节与结构,史诗的产生与历史背景分析,史诗的主题思想、人物及人民性特征的挖掘,史诗的文类特征及结构类型研究,史诗歌手的学艺习得及口头演述和创编活动,史诗歌手的独特艺术创作,传承及各种流派的彼此关联,多种唱本变体的特点,史诗的诗学特征、语言特征,史诗演唱的音乐节奏旋律与民族音乐的关系,史诗与民族文化教育,口头演述与书面文本的关联性研究,史诗版本

---

① 相关信息参见托汗·依萨克、阿地里·居玛吐尔地、叶尔扎提·阿地里编著:《中国〈玛纳斯〉学辞典》,北京:中央民族大学出版社,2017年,第455—476页。

学、学术史，史诗在民族文化发展中的功能、作用和地位研究，史诗在世界文化史上的地位以及与其他民族史诗的比较研究等。而这些研究内容和探索方向牵涉文学、口头诗学、民俗学、叙事学、比较文学、民间文艺学、美学、历史学、语言学、神话学、民族学、人类学、哲学、教育学、心理学、宗教学甚至天文学、医学、考古学等众多学科的综合性研究学科。无论在时间上、空间上，还是在内容上都有很大延展。但是，上述著作中，有些问题在一定程度上得到了解决，有些问题则依然存在争议，需要开展进一步深入的研究论证，不断向纵深拓展。还有更多的问题尚需要开拓性研究和深入的理论阐释与总结。无论如何，通过我国各民族学者开拓进取、不断努力，已经初步建立起了具有中国特色的《玛纳斯》学科。

由于国家有关部门以及地方各级党政部门对《玛纳斯》史诗的研究、宣传、保护工作的大力支持和不断推进，各种学术研讨会、成果展览、史诗演唱会、旅游文化推介会等活动的连续召开，把国内《玛纳斯》学的发展推上了快车道，中国《玛纳斯》史诗不仅在国内，甚至在国际上也开始产生越来越重要的影响。1990年12月，首届中国史诗《玛纳斯》学术研讨会在乌鲁木齐举行。1991年4月、1992年3月分别在北京民族文化宫和乌鲁木齐举办史诗《玛纳斯》工作成果展览。1992年8月，在阿合奇县召开了"全疆《玛纳斯》演唱会"。1994年9月26日—29日，中国首届《玛纳斯》史诗国际学术讨论会在新疆乌鲁木齐市召开，参加会议的代表有中国、吉尔吉斯、日本、俄罗斯等国的《玛纳斯》学专家、学者50余名。1995年6月2日，国内第一个有关《玛纳斯》史诗研究的全国性学术团体宣告成立。1998年9月10日由克孜勒苏柯尔克孜自治州党委政府、新疆维吾尔自治区文联、中国《玛纳斯》研究会、新疆民间文艺家协会在克孜勒苏柯尔克孜自治州首府阿图什举办居素普·玛玛依诞辰80周年庆祝会及研讨会。2007年开始连续举办的"《玛纳斯》国际文化旅游节"，以及在乌鲁木齐、阿图什等地召开的若干次国际学术研讨会，都不断地将我国《玛纳斯》史诗推向国际舞台，促进了我国《玛纳斯》学的快速发展。2006年，《玛纳斯》列入我国首批国家级非物质文化遗产代表作名录，2009年通过文化部申报，我国《玛纳斯》被列入联合国教科文组织人类非物质文化遗产代表作名录之后，更是引发我国各民族学者对《玛纳斯》史诗的研究热情。尤其是党的十八大以来，习近平总书记在多次重要讲话中对《玛纳斯》等我国三大史诗给予高度评价，肯定了其历史文化价值，将其认定为我国优秀传统文化重要组成部分，《玛纳斯》学更是有了突飞猛进的发展，不断取得新的成绩，学科建设也逐步走向成熟。

具体来说，于1990年12月在乌鲁木齐召开的首届全国《玛纳斯》研讨会揭开了我国《玛纳斯》史诗研究的新篇章。研讨会收到论文47篇，在会上宣读论文30篇。这些论文的作者来自柯尔克孜族、汉族、回族、维吾尔族等不同的民族，说明《玛纳斯》史诗已经引起我国各族学者的关注。在这一次会议上宣读的论文中，从历史学角度对史诗进行探讨，研究史诗产生时间、产生背景以及它与柯尔克孜族历史关系方面的论文有：《〈玛纳斯〉与柯尔克孜历史关系初探》（艾斯别克·阿比罕）、《〈玛纳斯〉史诗的产生年代及故乡》（图尔干拜·克里奇别克）、《对〈玛纳斯〉史诗产生年代的一些看法》（努肉孜·玉萨那勒）、《〈玛纳斯〉史诗中有关的历史渊源》（马克莱克·玉麦尔拜）。运用美学、哲学、民俗学、文学理论对史诗的主题思想、内容、艺术特色进行研讨的论文有：《〈玛纳斯〉悲剧美》（郎樱）、《〈玛纳斯〉史诗中的民族友谊》（萨坎·奥穆尔）、《史诗〈玛纳斯〉中的反侵略战争》（张越）、《无情未必真英雄》（潜明兹）、《试探〈玛纳斯〉的艺术特色》（贺继宏）、《史诗〈玛纳斯〉中的巫术与占卜》（阿散拜·玛提力）、《〈玛纳斯〉史诗中的哲学思想初探》（阿地力·马赫苏提）、《〈玛纳斯〉史诗对当代柯尔克孜族社会主义文艺发展的影响》（萨德克·达吾提）、《论〈玛纳斯〉史诗的戏剧魅力》（托合托努尔·阿玛特）。对史诗变体、唱本、演唱艺人等方面进行研究的论文有：《我是怎样演唱〈玛纳斯〉史诗的》（居素普·玛玛依）、《〈玛纳斯〉与玛纳斯奇是怎样到达我们时代的》（奴尔萨勒别克·江额拜）、《〈玛纳斯〉史诗变体及情节构成简论》（阿地里·居玛吐尔地）、《居素普·玛玛依的史诗演唱风采》（多力坤·图尔迪）。从比较文学的角度将《玛纳斯》同国内外史诗进行比较研究的论文有：《〈玛纳斯〉与〈伊里亚特〉、〈奥德赛〉》（阿布拉江·穆罕默德）、《〈玛纳斯〉与〈江格尔〉英雄传统之异同》（曼拜特·图尔迪）。对史诗人物形象进行分析的论文有：《卡妮凯——一个命运多蹇的妇女形象》

（刘发俊）、《卡妮凯艺术形象初探》（托汗·依萨克）、《多民族文化网络中的阿勒曼别特形象》（张彦平）。其他论文还有《〈玛纳斯〉史诗中的战略战术》（朱玛拉依·居素普）、《〈玛纳斯〉史诗的演唱音乐初探》（曼别特朱玛·曼别塔昆）、《论〈玛纳斯〉史诗英雄的武器装备》（图尔迪布比·阿布德勒达）、《史诗〈玛纳斯〉在国内外的出版与研究》（加安拜·阿萨那勒）。虽然这些论文的水平参差不齐，研究的深度各自不同，但是所涉及的内容相当广泛，大大地开拓了我国《玛纳斯》研究的视野，应该说是一个很好的开端，开启了研究的序幕。这些论文的汉文版和柯尔克孜文版分别于1994年和1991年由新疆人民出版社出版。这次研讨会之后，我国的《玛纳斯》研究不仅在国内掀起了一股研究热潮，而且引起国际史诗学界的极大关注，其中有些论文很快被吉尔吉斯斯坦、日本等国翻译并发表。

1994年9月，新疆维吾尔自治区《玛纳斯》工作领导小组在乌鲁木齐组织召开了首届《玛纳斯》史诗国际学术研讨会。这次会议对我国《玛纳斯》研究队伍是一次大检阅，也是我国学者首次同国外同行直接对话交流。从会议上提交的论文可以看到，我国学者在史诗《玛纳斯》研究方面已经完全自信地站上史诗研究的舞台，可以同国外学者进行深入对话并提出了很多前沿话题。这次会议共收到论文70余篇，入选并在会议上宣读的论文有44篇，其中外国学者的论文11篇。来自吉尔吉斯斯坦、俄罗斯、日本等国的学者与我国学者广泛交流，共同探讨有关《玛纳斯》史诗的学术各种问题，不仅使我国的《玛纳斯》研究得以与外国接轨，而且也使国外学者充分了解了我国《玛纳斯》研究的新成果，为进一步加强国际合作，提高我国的史诗研究水平打下了坚实基础。在这次重要的《玛纳斯》国际学术研讨会上，我国学者提交和宣读的论文按内容主要包括以下几种类型。

第一，通过对《玛纳斯》史诗文本的分析，对史诗的内容、语言特色、艺术特色以及史诗英雄人物、音乐、思想文化价值等开展讨论的论文占了较大比重。如阿散拜·玛提力的《〈玛纳斯〉的韵律结构》，张彦平的《〈玛纳斯〉的语言艺术》，哈兰·阿散的《与〈玛纳斯〉有关的柯尔克孜族民间传说》，袁舍利的《〈玛纳斯〉史诗的浪漫主义色彩》，贺继宏的《〈玛纳斯〉人物塑造和叙事特征》，托汗·依萨克的《神话形象的典型——阿依曲莱克》，白多明、张永海的《从官职的一种序列看〈玛纳斯〉形成的中心》,刘发俊的《阿勒曼别特英雄形象浅析》,王仲明的《论〈玛纳斯〉和英雄主义精神》,艾斯卡尔的《〈玛纳斯〉史诗体现的柯尔克孜族古代阶级关系》,加木萨甫的《关于〈玛纳斯〉史诗哲学思想的探析》,吐尔逊·朱马勒的《〈玛纳斯〉史诗中的"阿拉什"一词考》,吐尔杜布比·阿布德拉的《〈玛纳斯〉史诗与古代丝绸之路的关系》,李绍年的《〈玛纳斯〉史诗是一部语言文化渊源的详解词典》,萨坎·奥穆尔的《论〈玛纳斯〉史诗中的"北京"》,吉利德斯·阿曼吐尔的《史诗〈玛纳斯〉与柯尔克孜族民间文学》,满拜特朱马·满拜特阿宏的《〈玛纳斯〉史诗的演唱曲调种类》,托略根·萨塔尔的《〈玛纳斯〉史诗中的柯尔克孜族医学》,艾克拜尔·马姆别特的《"玛纳斯"名称的产生及其含义》,纳斯如拉·于尔斯坦姆的《〈玛纳斯〉史诗中的通个联络手段》,阿不力孜·厄尔浑、米克莱·买买提力的《〈玛纳斯〉史诗和圣地叶尼塞》,张越的《天神之子走向人间——玛纳斯形象分析》等。

第二,把史诗放到柯尔克孜族古老而神秘的传统文化氛围当中,挖掘其中蕴藏的古文化内涵,认识和评价其文化价值的论文。如马昌仪的《〈玛纳斯〉与灵魂崇拜》、马克莱克·玉买尔拜的《〈玛纳斯〉史诗的神话色彩初探》、居马卡德尔·加科普的《〈玛纳斯〉史诗中的古代柯尔克孜族森林树木崇拜》、满拜特·吐尔地的《柯尔克孜族原始文化与〈玛纳斯〉的形成》、巴合提古丽的《〈玛纳斯〉史诗中的原始宗教》、阿布杜克里木·热合曼的《〈玛纳斯〉史诗中的色彩和数字观念》等。

第三,把《玛纳斯》史诗放到世界各民族史诗遗产当中进行比较讨论的论文。如郎樱的《〈玛纳斯〉与希腊史诗比较》、仁钦道尔吉的《〈玛纳斯〉与〈江格尔〉的一些共性》、潜明兹的《从比较史诗学看〈玛纳斯〉的艺术层次》等。

第四,关于史诗歌手"玛纳斯奇"研究的论文。如白多明、张永海的《从说唱艺术角度窥探〈玛纳斯〉的两个特色》,马麦特卡热·阿布德开热木的《浅谈玛纳斯奇的做梦特点》,多利昆·吐尔地的《居素普·玛玛依演唱〈玛纳斯〉的奥秘》,萨伊普别克·阿里的《通过"玛纳斯奇"窥探〈玛纳斯〉史诗》等。这次研讨会的所有论文以柯尔克孜文汇集成册出版。①

  显而易见，这次研讨会上我国学者提交和宣读的论文所涉及的学术范围和理论深度较之1990年首届全国研讨会的论文都有很大提高，有些论文因内容深刻、观点新颖、具有一定的突破性而备受国内外学者的关注。大部分被译成吉尔吉斯文，在吉尔吉斯斯坦大型刊物《阿拉套》上发表，②大大提高了我国《玛纳斯》学者国际知名度。我国成功召开《玛纳斯》史诗国际学术研讨会之后，学者们的论文被介译到国外，打开了走向世界的大门。很多学者得到国外的邀请参加以民间文化、民俗文化、史诗为议题的学术研讨会，加强了国际学术交流。比如我国学者胡振华、郎樱等参加了1995年在比什凯克召开的、由联合国教科文组织协助召开的《玛纳斯》1000周年学术研讨会。胡振华、郎樱、托汗·依萨克、马克来克·玉买尔拜等分别被吉尔吉斯斯坦政府、科研机构或者大学等授予国家科学院荣誉院士、《玛纳斯》三级勋章、"达纳科尔"友谊勋章、"阿依阔勒玛纳斯"勋章等，还被吉国某些大学授予荣誉教授称号。阿地里·居玛吐尔地也多次应邀参加在吉尔吉斯斯坦首都比什凯克召开的"各民族史诗与人类和平统一"学术研讨会、"吉尔吉斯首届世界史诗节"学术研讨会、"世界史诗与保护"学术研讨会并宣读论文，还先后赴德国、芬兰、俄罗斯、加拿大、匈牙利等国进行学术交流，并被吉尔吉斯斯坦"玛纳斯—艾特玛托夫研究院""吉尔吉斯斯坦国际艾特玛托夫研究院"等授予荣誉院士称号。除了各种学术交流活动之外，我国学者的论文得到国际学术界的不断认可，大量的学术论文被介译到国外。比如说，吉尔吉斯斯坦于1997年出版了中国学者的学术论文集，收入了我国很多学者的论文。③

  20世纪90年代以来，我国的老一代学者如陶阳、胡振华、潜明兹、马昌仪、张彦平、张永海、贺继宏等都对《玛纳斯》加以关注，潜心研究，写

---

① 新疆民协编：《〈玛纳斯〉论文集》(2)，新疆人民出版社，1998年。
② 《柯尔克孜族的民族魂〈玛纳斯〉》，吉尔吉斯斯坦《阿拉套》1995年特刊。
③ 康艾西·居素波夫主编：《吉尔吉斯（柯尔克孜）论集》，第4卷，比什凯克：夏木出版社，1997年。[为便于读者阅读及了解相关信息，本书将出版（发表）于吉尔吉斯斯坦等国的著作著录信息一律译为中文，以下不再说明。——编者注]

出了许多有价值的论文，在学界产生了一定影响，为我国的《玛纳斯》学做出了贡献。中青年学者更是积极学习、吸纳国内外前沿理论和前辈的学术成果，勤奋努力，不断进取，将《玛纳斯》史诗研究不断推向深入，在《玛纳斯》史诗研究方面起到了生力军作用。从图 1–1 中我们大致可以看到 20 世纪 90 年代至今我国《玛纳斯》学的整体发展状况。

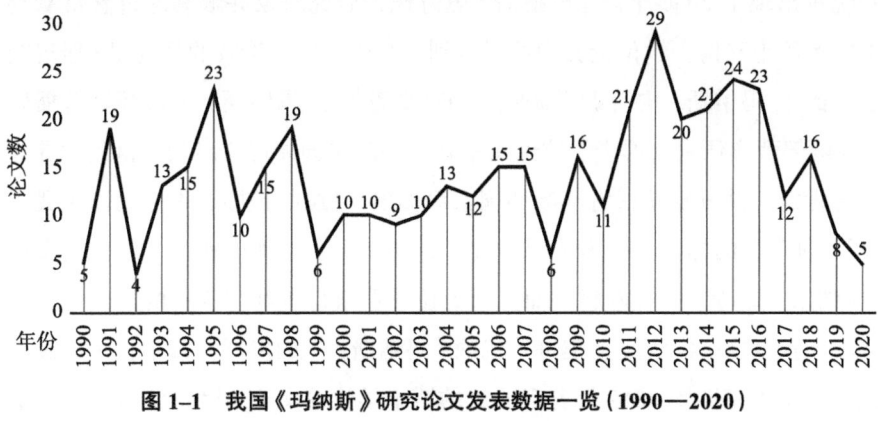

图 1–1　我国《玛纳斯》研究论文发表数据一览（1990—2020）

第一，1990 年之后各类国内国际学术研讨会的召开极大地提振了我国《玛纳斯》学的学术活力，推动了学科的向前发展。比如，1990 年、1995 年、1998 年、2006 年、2012 年、2014 年等都是各种国内国际学术会议召开或者相关重要活动举办之后一年的时间节点。这一方面说明我国《玛纳斯》学不断向前发展的步伐，更重要的是证明了各级党政部门的组织安排、国家各级政府部门的扶持是我国《玛纳斯》学得以顺利发展的重要保障，也是我国《玛纳斯》学得以不断迈向高峰的动力。第二，参与《玛纳斯》研究并在学科建设上做出重要贡献的学者来自汉族、柯尔克孜族、回族、维吾尔族、哈萨克族、蒙古族、锡伯族、彝族朝鲜族等多个不同的民族，证明了《玛纳斯》史诗在中华民族大家庭中广泛的影响力和其深厚的学术研究价值，说明各民族学者齐心协力、共同努力才成就了我国《玛纳斯》学不断走向辉煌。第三，我国《玛纳斯》学在研究视角、研究方法、研究内容以及理论借鉴、学科交叉、理论开拓等方面不断走向深入，学科基础不断牢固，影响力不断扩大。第四，显示出我国的《玛纳斯》学科队伍已经形成了老中青相结合，多民族学者团结合作，继往开来，富有朝气，面向未来的学术研究队伍。年轻有为的青年后起之秀不断涌现，给《玛纳斯》学注入了活力和希望。这一点可以从近几年来国内各高等院校硕士生博士生学位论文答辩的情况可见一斑。

进入21世纪以来，在我国《玛纳斯》学的强势发展状况，从国内各大专院校出现了20多个以《玛纳斯》史诗作为研究对象并顺利通过答辩拿到学位的硕士和博士学位论文中可以看到。其中，以上论及的阿地里·居玛吐尔地的《〈玛纳斯〉史诗歌手研究》和梁真惠的《〈玛纳斯〉史诗翻译传播研究》两部著作便是在博士学位论文基础上修改完善并正式出版，得到学界好评与肯定，并分别获得省部级和国家级奖项，被列为进入21世纪以来我国《玛纳斯》学的标志性学术成果。此外，还有十余篇硕士和博士学位论文以《玛纳斯》史诗为研究题目，而且每位位学位获得者都在各自的学位论文中从不同角度在一定程度上推进了我国《玛纳斯》学的发展。其中，中央民族大学博士生荣四华2017年答辩通过的博士学位论文《〈伊利亚特〉与〈玛纳斯〉的英雄母题研究》，西北师范大学博士生马睿2020年答辩通过的博士学位论文《〈玛纳斯〉汉译本及其相关问题研究——以居素普·玛玛依前四部唱本为主》，中央民族大学博士生叶尔扎提·阿地里2019年答辩通过的博士学位论文《新疆少数民族典型英雄史诗身世母题研究》，清华大学博士研究生马丽娟2021年答辩通过的博士学位论文《论史诗的翻译：以居素普·玛玛依的〈玛纳斯〉唱本为例》，中国社会科学院大学博士生刘慧颖2021年答辩通过的博士学位论文《吉尔吉斯斯坦〈玛纳斯〉学研究》等都是值得一提的研究成果。

荣四华在自己的论文中将荷马史诗《伊利亚特》与《玛纳斯》置于比较诗学的视域下，通过母题与形式和内容的关联，将这两部史诗置于整体性的关系中，以歌手和史诗的关系为切入点，从英雄与神、英雄与征战以及英雄与美女三个维度，对两部史诗的英雄母题进行双向阐发和研究。论文由绪论、正文和结论三个部分构成。正文部分包括四章：第一章主要在文本和歌手社会职能两个层面上探讨了两部史诗歌手身份构建及其形成的异同、歌手的"通神性"和史诗的"真实性"的互生互证、两部史诗的文化语境的相通性以及歌手与英雄的共性；第二章将"英雄与神"作为考察重点，在叙事结构的层面上，从两部史诗中神与人的共存和英雄的有限性的异同出发，探讨了两部史诗中英雄的悲剧性及其成因的异同；第三章以人的自我认识为核心，探讨了战争胜负的决定性因素、战事的再起和动因与人的自我认知以及三者之间的关联在两部史诗中的异同；第四章在战争语境中阐释了女性的"形象的多重性"和"角色的单一性"，从"爱情与情欲"的角度论证这两部史诗中女性均在"德"的重轭下呈现的强制性形象。最后得出结论指出不论是在《伊利亚特》中的英雄对神谕的询问中呈现的"求真"的路向，还是在《玛纳斯》中的英雄对社会身份人认同的寻求中呈现的"求可"的路向，以及两部史诗共同呈现的以"德"为标尺对女性群像的规约性形塑，本质上都反映了从"神的阶段"到"人的阶段"的过渡，以及人对自我认知的思考。该论文的创新点在于以下几个方面：发现了歌手跨越性存在于两部史诗文本之内的现象，从歌手不仅是文本中的文学想象物而且是文本之外的客观个体这一特征着眼，将文本细读与田野研究的成果相结合，力图在口头文本和书面文本的互动关联中探讨史诗，既是对于我国"活形态"史诗观研究成果的借鉴也是对于研究的思考；不仅将母题研究视为文本层面的形式研究，而且侧重于母题与形式和内容的关联，避免了在互不关联的单个情节的总和中进行研究，将英雄与神、英雄与征战以及英雄与美女三个角度耦合起来，在整体关系中探讨蕴含于母题深层的文化内涵；借助比较诗学所具有的强大的理论亲和力、跨学科与跨文化的性质，综合运用母题学、叙事学、口头诗学以及历史学等对早已定性为经典文本的《伊利亚特》和依然具有"活形态"特征的《玛纳斯》加以多角度融合的双向阐发和研究。论文拓展了中国《玛纳斯》学的研究视野，使之与世界史诗学进行更广泛的对话，对构建我国的《玛纳斯》学具有很好的启发作用。

马丽娟的论文以我国史诗研究学术史所经历的三大理论转型期为脉络，围绕口头史诗的文学性、口传性和活态性等三大特性展开分析和研究，借助中国三大史诗之一的《玛纳斯》传统篇章"阔阔托依的祭典"五个不同译本，分别从语文学角度、叙事角度和语境角度，讨论不同译者对史诗上述三大特性的定位与阐释之间的差异性。通过对不同译本的比较、挖掘分析，对史诗的历时译本的规律提出了如下结论：史诗的文学性翻译特征呈现从民间文学向经典文学发展的趋势；口传性翻译特征呈现从口头叙事向书面叙事迁移的趋向；活态性特征呈现从静态文本向活态表演回归的意旨。正是在不同译者不同译文的共同作用下，史诗多面、立体、动态的面貌得以在目标文化中重现。在具体文本个案的分析结论基础上，作者进一步指向翻译研究中口头传统与书面传统之间的错位，从翻译研究的文本、受众、语境和作者四大基本概念的比对中发现，口传史诗的文本、听众、语境与歌手的概念和书面传统中文本、读者、语境和作者的概念之间存在很大的不同。

口传史诗的文本无固定单一的权威文本可以追溯，听众可以在互动中直接反作用于建构史诗文本；史诗演唱语境也会对史诗文本建构产生一定影响；史诗的作者，即史诗文本的创作者并不具有单一性和唯一性，文本属个体歌手与传统彼此融合互动中产生的结果，具有多重作者观范畴。通过分析翻译研究中的四大基本关系：译者与文本、译者与受众、译者与语境、译者与作者的关系，作者提出了口传史诗与书面传统之间的基本概念对应关系均存在错位的观点，并提出了在口传史诗的翻译讨论中，译者之于文本，不再是顺从、抵抗或是吞噬，而是在承继中创编；译者之于受众，不再是单向作用力，而是前者照顾后者、后者反作用于前者的双向互动；译者之于语境，不仅是通过副文本来做边缘式的解释，还可以通过文本内部的创编及多模态翻译来还原语境，从而将语境再次放回到史诗传承的核心地位；译者之于歌手，不再是化同、主仆、平行和对手关系中的任何一种，而是承继关系，译者的身份就是歌者。以上四大基本关系的根本差异决定了对史诗翻译的讨论不可沿用书面传统下的翻译观念来解释，故作者尝试提出符合口传史诗文类特征的史诗翻译观。借用口头诗学中的术语，作者尝试提出适合史诗翻译的两组术语："一般意义的译者"（a translator）和"一个具体的译者"（the translator），以及"一般意义的译文"（a translation）和"一个具体的译文"（the translation），并在此基础上建构口传史诗翻译观：史诗翻译与史诗流布一样，是一个多面、立体、动态的过程，史诗译者在文化自觉的大前提下，对史诗在民间文学与经典文学之间定位、在口头叙事与书面叙事之间定位、在文本与表演之间定位，继而让史诗译文从民间走向经典、从口头走向书面、从表演走向文本，再反向从经典回归到民间、书面回归到口头、文本回归到表演的过程中，逐渐还原其原有的多面、立体、动态形象，最终实现史诗在他语文化下的流布。在动态互补的史诗翻译观中，我们看到了一个个具体译者在三个不同维度上对口传史诗不同侧面的定位，继而在目标文化中重构出史诗的不同特征。正是在一个个具体译者产生的一个个具体译文的共同作用下，口传史诗的全貌才得以在目标文化中完整再现。恰如口传史诗在本民族内部的传承是靠多个歌手的不同异文在谱系式延展下实现，在史诗翻译中，口传史诗在目标文化下的完整再现，需要靠多重译者在不同译文的共同重构下实现。当然，我们须时刻谨记，译者在目标文化中对史诗任何特征的重构，都首先需要译者具备良好的文化自觉意识才能开展和进行。论文的开拓性存在于作者尝试口头史诗翻译观的建构，探索了口头史诗这一特殊文类的翻译特征，对史诗翻译实践具有实际的指导意义，同时也是翻译研究在口头传统中的首次理论尝试，打破了一直以来在书面传统下讨论口传文本的僵局，为日后翻译研究在口头传统中的探索，开辟了一个新的思路和视角。

马睿的博士学位论文以"大玛纳斯奇"居素普·玛玛依现已出版发行的《玛纳斯》前四部史诗演唱本为研究文本对象，对《玛纳斯》"口头文本"生成及其与柯尔克孜族的历史、"玛纳斯奇"的研究、《玛纳斯》的"口头程式理论"阐释、《玛纳斯》演唱本和汉译本的研究、《玛纳斯》及其汉译本研究的现实意义等五个方面进行了研究。其中，在对汉译本的研究中尝试运用两种文本比较模式——同源译本的比较和异源译本在同一个故事情节下的比较两个方面入手，以点到面，层层挖掘演唱本和翻译本各自的形成过程和特点，对比演唱本之间、汉译本之间在故事内容细节上的选取异同，了解"大玛纳斯奇"在史诗演唱过程中对文本的把握与加工，掌握不同译者对演唱本的解读和翻译，从而更加深入《玛纳斯》及其汉译本研究的意义。绪论部分，笔者陈述选题缘由及价值，对本文所论的《玛纳斯》汉译本及相关问题的研究范围进行说明，对《玛纳斯》史诗国内外学术史作回顾性总结，并指出前人研究中存在的不足和问题。

论文第一章以叙述《玛纳斯》八部内容为切入点，分析"口头文本"形成时代背景，借鉴前人的观点提出八部史诗是从小到大经过不断完善形成，而非在同一时间段内形成的结论;接着又通过追溯古代柯尔克孜族历史上与中原地区之间的交往与联系,论述柯尔克孜族早在汉代就和中原地区建有联系,并一直互通往来;最后通过史诗《玛纳斯》中关于柯尔克孜族的族源传说,侧面证明古代柯尔克孜族在代代族人的筚路蓝缕中不断发展,在漫长的历史岁月中融合了周边其他部落和民族的特点。

第二章以三个级别的"玛纳斯奇"为切入点,首先以两位"大玛纳斯奇"居素普·玛玛依、艾什玛特·曼别特居素普和四位"学徒玛纳斯奇"的具体学唱经历为例,论述"玛纳斯奇"们学唱史诗的四种途径(家传、师承、自学和梦授)。然后,结合叙事时间、演唱地点、演唱视角和演唱方式,论述"玛纳斯奇"的史诗演唱特点,并从内容、语境、形式、表述上对"玛纳斯奇"的演唱特点做出总结,提出了他们在史诗《玛纳斯》在千年传承所发挥的十分关键的作用——史诗的表演者、传承者和创作者。最后,论述"玛纳斯奇"们的传承现状与史诗当前的保护情况。

第三章以"口头程式理论"为理论依据,分析"口头程式理论"发展至今的学术脉络,论证"口头程式理论"可以被用来借鉴、分析和总结我国本土史诗乃至其他民间口传文学式样的理论价值。值得注意的是,《玛纳斯》是我国唯一一部采用完整谱系叙事结构的史诗。笔者提出史诗作为一个主体,其每一部都是按照英雄的出生—征战—死亡的模式来进行叙述的,这种顺时的连贯叙述方式本身也是一个"程式"。这也是这篇论文的一个创新点和学术亮点。

第四章从探讨《玛纳斯》居素普·玛玛依唱本和艾什玛特·曼别特居素普唱本的形成过程、结构特点以及语言艺术特色切入,对史诗目前出版的三个汉译本——刘发俊本、阿地里本以及郎樱本的形成过程和各自特点进行了比较和论述,从而对两个演唱本之间的异同与三个汉译本之间的异同进行了有益的比较分析。通过这种比较提出,两个演唱本之间的共同性存在于故事情节和内容之中,不同性是居素普·玛玛依演唱本的叙事模式具有明显的"程式化"特征,而艾什玛特·曼别特居素普演唱本喜欢以夸张的词汇、形象的比喻以及重复性的"程式化"短语来塑造人物的外貌特征和性格特点。产生这种不同的主要原因在于两位"玛纳斯奇"各自的经历以及所受的外部影响不同。三个汉译本之间相同的是政府资助，时间跨度大、耗时费力，不同在于三个汉译本关于史诗情节的选取、史诗情节的表述以及语言表达方式的不同运用。造成这种不同的原因在于三个汉译本的时代背景、资助力度以及译者对唱本的解读不同。

第五章以具体的田野调查记录为依据，选取《玛纳斯》史诗演唱活动比较活跃的柯尔克孜聚集地区，即克孜勒苏柯尔克孜州阿合奇县，作为自己的田野调查目的地，以点带面，以小见大，分析研究史诗《玛纳斯》的传承现状，通过访谈记录、参观拍摄等手段，更为深刻地认识和理解史诗《玛纳斯》的演唱过程，并针对史诗《玛纳斯》的传承保护提出了8条建设性建议，并以国家主席出席会议多次提及三大史诗为始，论述史诗《玛纳斯》研究的现实意义涉及历史意义、文学意义、教育意义和民俗学意义，强调了《玛纳斯》汉译本研究的学术意义包含文本比较文学、文化学以及社会学的重要意义。

叶尔扎提·阿地里的博士学位本论文主要结合母题学、比较文学的研究方法将上述新疆、中亚地区广泛流传的四部英雄史诗置于比较诗学的研究视域下，通过母题与形式和内容的关联，进行比较研究。首先，对民间口头文学中的"史诗""英雄史诗""母题""类型""功能"等概念加以界定，并同时对论文研究内容、研究范围、研究方法等进行必要的说明。然后进入正题分别讨论在新疆及中亚其他地区不同民族中广泛流传、影响最大的四部英雄史诗《先祖阔尔库特书》《玛纳斯》《乌古斯汗传》《阿勒帕米西》，并对其史诗文本特征的宏观认识以及国内外研究进行了比较系统的评述。论文主要按照英雄神奇诞生母题系列、英雄成长系列母题、英雄的婚姻母题系列、英雄结义母题系列、英雄征战母题系列、英雄回归母题系列等六大系列母题群传统史诗的结构模式，分别归纳和总结出作为论文研究主体的四部英雄史诗所包含的各种母题、母题素和史诗的整体叙事结构脉络。然后，通过《乌古斯汗传》《先祖阔尔库特书》《玛纳斯》《阿勒帕米西》这些典型英雄史诗的分析总结出史诗西北地区民族史诗所蕴含的母题、主题等因素，并用母题比较研究的方法对史诗结构、内容进行细致的比较研究，归纳总结它们各自的结构模式和相互之间的影响，同时，对英雄史诗《玛纳斯》与《阿勒帕米西》以及《先祖阔尔库特书》的结构与母题进行了简略的综合研究和分析。最后，在结语中简要梳理论文的结论，得出了自己通过母题比较研究所得出的，在这些英雄史诗中与英雄主人公身世相关联的神奇诞生、婚姻、结义、征战、回归等母题的特点和思想以及各自之间的差异性。通过对这四部典型英雄史诗母题的比较研究，不仅可以揭示对这些英雄史诗的共通性和相异性及其生成发展成因，而且可以在比较中对这四部典型英雄史诗有更为清晰的认知，有利于掌握这些英雄史诗的整体特征和规律。这对于拓展中国本土史诗研究领域，建构具有中国特色的史诗学，都具有深远的价值和意义。

刘慧颖的博士学位论文由回溯世界《玛纳斯》学发展历程开始，通过对史诗的搜集、记录、翻译与出版等过程的回顾，总结和梳理吉尔吉斯斯坦《玛纳斯》学专家在上述不同环节所做的基础工作以及学科建树，国内外学者对吉尔吉斯斯坦《玛纳斯》学研究历史及现状的爬梳，指出了吉尔吉斯斯坦《玛纳斯》学长期注重对早期记录本的翻译与研究，而对《玛纳斯》深层次多角度研究综合性研究成果缺乏的现实，并对16世纪的《史集》中对《玛纳斯》相关信息，对瓦里汗诺夫、拉德洛夫等在19世纪中期开启了《玛纳斯》学序幕，对《玛纳斯》学自传统的民间文学研究向多角度考察的拓展进行了梳理。然后从在吉尔吉斯斯坦《玛纳斯》学发展史上具有里程碑意义的两个重要学术活动的时间节点，1952年的全苏《玛纳斯》史诗学术研讨会和1995年吉国政府与联合国教科文组织联合主办的"玛纳斯1000周年"纪念活动为切入点，对这两个事件进行细致的全景式的考察和讨论，指出了其在吉尔吉斯斯坦《玛纳斯》学发展史上的重要地位。强调指出这两次会议对苏联学者以及独立后的吉尔吉斯斯坦为史诗正本清源，朝向正确的发展指明了道路，解决了《玛纳斯》学的一些重大理论分歧，明确了史诗的人民性及其历史文化价值，对内强化了民族凝聚力，对外则助力提升了吉尔吉斯斯坦在国际舞台的影响力。接着通过梳理和分析瓦里汗诺夫、拉德洛夫、拉赫玛图林及柯德尔巴耶娃等四位吉国及苏联学者对史诗《玛纳斯》文本、史诗歌手的多角度研究与诠释，重点讨论了包括瓦里汗诺夫的史诗整体结构中承上启下的经典篇章"阔阔托依的祭典"的翻译与研究；拉德洛夫对史诗"三部曲"主要内容的记录，通过民族志诗学的视角对史诗的口头性以及史诗歌手创作方式的细致入微的分析和深度思考；拉赫玛图林对于史诗歌手玛纳斯奇，尤其是对20世纪两位伟大玛纳斯奇的创作以及其唱本文本结构与特色的深度研究；柯德尔巴耶娃不同地区玛纳斯奇的文本特征演唱特点的细致探讨以及对史诗演进、玛纳斯奇师承系谱的梳理与总结等。随后分析阐述了翻译家波利瓦诺夫、比较文艺学家日尔蒙斯基、历史学家伯恩施塔姆以及民族学家阿布拉姆佐尼从各自不同的学术视角对《玛纳斯》研究，梳理了来自不同学科背景的学者基于不同研究视角和思路对《玛纳斯》的多角度研究路径，对他们各自所取得的标志性研究成果进行了讨论和评述，总结了翻译家波利瓦诺夫对史诗俄译及口头史诗翻译规律的理论思考和开拓性总结，分析了比较文艺学家日尔蒙斯基将《玛纳斯》纳入史诗学的广阔视野中进行比较研究的理论探索，总结和勾勒了历史学家伯恩施塔姆、民族学家阿布拉姆佐尼对《玛纳斯》历史、民俗等因素的研究和分析。论文的一个突出特点还在于围绕《玛纳斯》多元化发展及中吉两国就史诗《玛纳斯》的交流进行阐发的同时，对吉尔吉斯斯坦独立以来，史诗《玛纳斯》成为吉尔吉斯民族文化的象征，其思想内涵和历史文化价值得到很大拓展，成为吉尔吉斯斯坦治国理政的思想根基和国家文化发展源泉等问题进行了较深入的阐释。最后，指出了作为丝绸之路重要非物质文化遗产的《玛纳斯》史诗在中吉两国文化交流，在民心相通，构建"一带一路"中的重要意义和作用。《玛纳斯》学百余年前肇始于域外，当前尚无研究者对吉尔吉斯斯坦《玛纳斯》学进行系统梳理和研究。由此而言，这篇论文比较全面地梳理了吉尔吉斯斯坦及苏联的《玛纳斯》学产生、发展史的总体脉络，具有一定的创新性和开拓性，扩展了我国《玛纳斯》研究视域和理论维度，填补我国对于吉尔吉斯斯坦《玛纳斯》学研究的学术空白。

第三节　中国《玛纳斯》学的标志性成果概览

20世纪90年代开始至今，中国《玛纳斯》学开始逐步走向了学科建设且突飞猛进，重要的标志性学术成果不断涌现，各民族学者筚路蓝缕，经过长时间的潜心研究，推出了一批有影响、既有理论水平又有重要学术价值的标志性研究专著。主要有：郎樱的以《中国少数民族英雄史诗〈玛纳斯〉》[①]《〈玛纳斯〉论》[②]为代表的一系列综合研究成果，阿地力·朱玛吐尔地和托汗·依萨克的《当代荷马：〈玛纳斯〉演唱大师居素普·玛玛依评传》[③]，阿地里·居玛吐尔地的《〈玛纳斯〉史诗歌手研究》[④]，马克来克·玉麦尔拜的《玛纳斯之光——〈玛纳斯〉的智慧》[⑤]，陶阳的《英雄史诗〈玛纳斯〉的调查采录》[⑥]，张彦平的《柯尔克孜民间文学探微》[⑦]，梁真惠的《〈玛纳斯〉翻译传播研究》[⑧]，贺继宏的《中华文脉：玛纳斯》[⑨]，托汗·依萨克、阿地里·居玛吐尔地、叶尔扎提·阿地里的《中国〈玛纳斯〉学辞典》[⑩]，阿地里·居玛吐尔地的《中国〈玛纳斯〉学读本》和《世界〈玛纳斯〉学读本》[⑪]等。笔者将选择性简略介绍其中具有开拓性意义的代表性著作。

一、郎樱的系列著作

1.《中国少数民族英雄史诗〈玛纳斯〉》

在我国由各民族组成的众多《玛纳斯》专家队伍中，郎樱的研究无疑最值得关注，在我国的《玛纳斯》学中占据举足轻重的位置。我国《玛纳斯》

---

① 郎樱：《中国少数民族英雄史诗〈玛纳斯〉》，杭州：浙江教育出版社，1990年。
② 郎樱：《〈玛纳斯〉论》，呼和浩特：内蒙古大学出版社，1999年。
③ 阿地力·朱玛吐尔地、托汗·依萨克：《〈玛纳斯〉演唱大师居素普·玛玛依评传》，呼和浩特：内蒙古大学出版社，2002年。
④ 阿地里·居玛吐尔地：《〈玛纳斯〉史诗歌手研究》，北京：民族出版社，2006年。
⑤ 马克来克·玉麦尔拜：《玛纳斯之光——〈玛纳斯〉的智慧》，阿图什：克孜勒苏柯尔克孜文出版社，2011年。
⑥ 陶阳：《英雄史诗〈玛纳斯〉的调查采录》，北京：中国文联出版社，2011年。
⑦ 张彦平：《柯尔克孜民间文学探微》，北京：中央民族大学出版，2012年。
⑧ 梁真惠：《〈玛纳斯〉翻译传播研究》，北京：民族出版社，2015年。
⑨ 贺继宏：《中华文脉：玛纳斯》，乌鲁木齐：新疆美术摄影出版社，2015年。
⑩ 托汗·依萨克、阿地里·居玛吐尔地、叶尔扎提·阿地里：《中国〈玛纳斯〉学辞典》，北京：中央民族大学出版社，2017年。
⑪ 阿地里·居玛吐尔地：《中国〈玛纳斯〉学读本》，北京：中央民族大学出版，2018年；阿地里·居玛吐尔地：《世界〈玛纳斯〉学读本》，北京：中央民族大学出版社，2018年。

史诗的第一部研究著作《中国少数民族英雄史诗〈玛纳斯〉》出自她之手（浙江教育出版社，1990年，共计11.7万字）。此书后来又修订补充，于1995年出版了第二版。这是我国出版的第一部比较全面而系统地探讨《玛纳斯》史诗的学术专著，堪称我国"《玛纳斯》学"的奠基作。全书分为"《玛纳斯》与柯尔克孜族""《玛纳斯》的形成与发展""玛纳斯奇——史诗的传承者与创作者""英雄玛纳斯的身世""《玛纳斯》中的人物形象""《玛纳斯》的艺术特色""《玛纳斯》与柯尔克孜民间文学""《玛纳斯》与宗教""《玛纳斯》与东西方史诗"等9章。

2.《〈玛纳斯〉论析》

如果说《中国少数民族英雄史诗〈玛纳斯〉》是郎樱先生的《玛纳斯》研究的开山之作，那么她完成的国家社会科学"八五"重点项目《中国少数民族史诗研究》课题的子课题《〈玛纳斯〉论析》（内蒙古大学出版社，1991年，共计27万字）则是她在《玛纳斯》研究方面所取得的又一个重要成果。显而易见，她的这部著作，内容比先前的研究有了进一步深入，很多学术观点也更加成熟。她的这本专著对史诗的研究进一步拓宽，论述更加全面深入，把我国的"《玛纳斯》学"推上了一个高峰。比如，作者运用接受美学的理论对听众在史诗传播、保存、发展、变异中所起的作用进行了深刻的讨论，为活形态口头史诗研究提供了新视野。而她对史诗美学特征的分析，则大大加深了人们对《玛纳斯》史诗悲剧特征的了解和认识，也使《玛纳斯》史诗区别于东西方英雄史诗的本质特征进一步显现，给人以很大启发。他在这部著作中，已经突破了以往那种注重史诗的主题思想、时代背景、人物特征、历史文化价值等陈旧的研究视角，充分运用美学理论分析活形态口头史诗传承发展规律，这无疑是对我国《玛纳斯》乃至世界史诗学科研究的一个重大贡献。她从史诗的民族文化背景入手，分析其产生发展的轨迹，探讨其艺术特色以及它在柯尔克孜族民间文学中的地位和作用，评价它在世界史诗中的地位，并通过对史诗内容的深入探索，完整评价了它在柯尔克孜族文化史上的地位。全书结构严谨，理论扎实，语言流畅，不仅成为我国各民族读者了解《玛纳斯》史诗的教材，而且成为各族学者研究史诗的重要参考书，大大提高了我国《玛纳斯》研究水平。

3.《〈玛纳斯〉论》

1999年郎樱又推出洋洋40余万字的大部头著作《〈玛纳斯〉论》[①]，把《玛纳斯》研究推上了一个高峰。这部研究著作可以说是世界《玛纳斯》学诞生100多年中论述面最广、分量最重的成果，对我国乃至世界《玛纳斯》学界都产生了重要影响。全书分为上中下三编，每编都侧重于论述《玛纳斯》史诗的某一个方面。比如上篇主要论述史诗的特点、流传变异情况、在柯尔克孜族人们精神生活中的地位，古代柯尔克孜族的社会生活对史诗产生所起的作用和影响以及对史诗产生年代、传承、歌手和听众在史诗传承中的作用，等等。中篇主要讨论史诗中的人物形象并通过对人物和其情节内容的分析，总结史诗的美学特征，通过对史诗叙事结构以及它与柯尔克孜族民间文学的联系的探寻对史诗的叙事方法和特点，对史诗中所反映的神话以及柯尔克孜族民间叙事诗、民歌等民间文学与史诗的关系提出了很多有价值的观点。下篇主要是运用比较文化学、比较文学的理论把《玛纳斯》同突厥语族民族史诗以及西方著名史诗进行宏观和微观的比较，从而总结出《玛纳斯》史诗的特点以及同世界各类史诗的异同。最后在"《玛纳斯》与宗教文化"一章中，郎樱先生通过《玛纳斯》史诗中自然崇拜、生灵崇拜以及萨满教的论述，得出了《玛纳斯》是前伊斯兰文化的产物这一令人信服的观点。《〈玛纳斯〉论》于2004年获得中国文联民间文艺家协会的首届民间文艺"山花奖"学术作著作一等奖，是目前我国《玛纳斯》学领域的标志性著作之一，已经成为该学科具有重要学术指导性的文献。

4.《中国北方民族文学比较研究》

除此之外，郎樱先生在自己的《中国北方民族文学比较研究》[②]一书中也编入了自己大量有关《玛纳斯》史诗研究方面的论文，进一步加深、推进和丰富了我国《玛纳斯》学的学术研究和学科体系。《中国北方民族文学比较研究》全书共76.8万字，811页，汇集了郎樱先生几十年来对于《玛纳斯》史诗、维吾尔文学、萨满文化、东西方民间文学以及田野调查方面的研究论

[①] 郎樱：《〈玛纳斯〉论》，呼和浩特：内蒙古大学出版社，1999年。
[②] 郎樱：《中国北方民族文学比较研究》，北京：民族出版社，2011年。

文的代表作。本书由"史诗比较研究""维吾尔文学比较研究""东西方民间文学比较研究""萨满文化比较研究""田野工作与非物质文化遗产保护"等五个部分组成,每一部分都包含作者发表过的论文以及最新的研究成果。是一部研究民族民间文学的必备之书,有一定的史料价值和学术价值,还给现实的文学创作提供很好的理论启示。第一篇中包含23篇论文,主要有《北方民族英雄史诗论》《我国史诗的类型及其分布》《三大英雄史诗的比较研究》《史诗的神圣性与史诗演唱仪式》《听众在史诗传承中的地位与作用》《史诗的母题研究》《英雄的再生——突厥语族叙事文学中英雄入地母题研究》《玛纳斯形象的古老文化内涵——英雄嗜血、好色、酣睡、死而复生母题研究》《居素普·玛玛依及其演唱的史诗〈玛纳斯〉》《〈玛纳斯〉与柯尔克孜民间文学》《〈玛纳斯〉的悲剧美》《史诗〈玛纳斯〉的家族传承》《〈玛纳斯〉传承人现状调查研究》《〈江格尔〉与〈玛纳斯〉中的神女、仙女形象》《突厥史诗与希腊史诗之比较》《藏族史诗〈格萨尔〉的圆形叙事结构——与印度史诗〈罗摩衍那〉之比较》《贵德分章本〈格萨尔王传〉与突厥史诗之比较——一组古老母题的比较研究》《论维吾尔英雄史诗〈乌古斯传〉》《柯尔克孜族史诗论》《柯尔克孜族狩猎史诗所体现的古代先民生态观》《克普恰克部落英雄史诗》《乌古斯部落史诗》《新疆:史诗的宝库——简论新疆史诗的成就与特点》等,无论是宏观比较的视角,还是微观的文本深度分析研究的视角,均与《玛纳斯》史诗有关,是我国《玛纳斯》学的重要成果汇集,体现出郎樱对于《玛纳斯》史诗的深度思考和理论建树。第四编和第五编中也有柯尔克孜族英雄史诗传统与萨满文化的关联性研究成果,比如其中的《〈玛纳斯〉与萨满文化》《柯尔克孜族史诗传统调查》等篇也是具有众多启发性的经典论文。

二、阿地里·居玛吐尔地等人著作

1.《〈玛纳斯〉演唱大师居素普·玛玛依评传》

该书是阿地里·居玛吐尔地和托汗·依萨克联袂合著的学术著作。两位作者经过多年的调查采访,在掌握大量第一手资料的基础上,运用人类学、民族学、民俗学、民族志学等多科学理论方法,以柯尔克孜族传统民俗文化和居素普·玛玛依故乡区域文化变迁发展为背景，描述和分析居素普·玛玛依成长的人文地理环境、地方传统文化、家庭文化背景、自身才能以及主观努力等因素，对他学习《玛纳斯》史诗演唱过程、演唱特色、演唱风格以及在继承、发展、传播《玛纳斯》史诗方面的贡献、成就，以及在其中所起的承前启后作用。通过对其《玛纳斯》史诗演唱的论述探讨了柯尔克孜史诗传承的普遍性规律，并对不同地区、不同时代的玛纳斯奇的彼此交流、相互影响和师承关系，以及对他的史诗演唱文本的形成和完善过程等进行了广泛的评述。介绍了他作为柯尔克孜族民间文化的一座宝库而在不同时期演唱的多部柯尔克孜族史诗，讲述多个民间故事，甚至演唱哈萨克英雄史诗，为保存我国柯尔克孜族、哈萨克族民间文化所做出的特殊贡献和不朽业绩以及在国内外史诗学界的影响和地位。全书 30 多万字，被列入中国社会科学院重大项目之民族文学研究所中国史诗研究丛书系列之一于 2002 年由内蒙古大学出版社出版。郎樱先生曾在 1999 年为此书所撰写的前言中评价说："这是我国第一部系统研究玛纳斯奇居素普·玛玛依的专著，它必将推动国内外学者对于《玛纳斯》的深入研究，并为后人研究《玛纳斯》、研究居素普·玛玛依留下极为宝贵的资料。它的学术价值和学术意义，会随着时间的推移而显得越发重要。"①《〈玛纳斯〉演唱大师居素普·玛玛依评传》一经出版就得到国内外相关学界的极大关注，出版不久便获得中国文联民间文艺家协会的第二届民间文艺"山花奖"学术著作一等奖。根据国内柯尔克孜族以及吉尔吉斯斯坦众多学者的强烈要求，两位作者又根据新的资料，在原有内容上进行更新、增补和进一步修订之后，于 2006 年由民族出版社以《〈玛纳斯〉演唱大师居素普·玛玛依》为书名出版了这部著作的吉尔吉斯文版。②正像郎樱所评价的那样，随着时间的推移，这部著作在国内外的影响力也不断提升，传播范围不断扩大，已经成为国内外学者了解和研究我国《玛纳斯》史诗的重要著作之一。这一点，从以下几点便可得到证明。2014 年，这部著作的吉尔

---

① 郎樱：《〈玛纳斯〉论》，呼和浩特：内蒙古大学出版社，1999 年，第 49 页。
② 托汗·依萨克、阿地里·居玛吐尔地：《〈玛纳斯〉史诗演唱大师居素普·玛玛依》，北京：民族出版社，2006 年。

吉斯文版在吉尔吉斯斯坦出版。①日文版也由日本著名的《玛纳斯》学家西胁隆夫翻译于2016年在日本出版。②2018年本书还入选国家社科基金优秀学术著作对外翻译项目，由西安外国语大学教授梁真惠担纲译成英文，并于2021年在美国由美国学术出版社出版③，进一步扩大了我国《玛纳斯》研究的影响，引起了世界学界的关注。

2.《〈玛纳斯〉史诗歌手研究》

本书是在阿地里·居玛吐尔地根据其2004年答辩的博士学位论文基础上修改而成，于2006年由民族出版社出版。④全书共计31万字，由绪论、正文、结论和附录四个部分组成。共六章：绪论部分主要交代选题的意义目的和方法，国内外研究概述，研究资料的来源、范围及使用原则，文本使用的主要概念和术语简释，文本的使用及拉丁转写规则。第一章交代玛纳斯奇的身份及整体特征，史诗歌手的萨满文化背景及萨满兼歌手的双重身份，玛纳斯奇在民众心目中的地位及听众认同，观察他们在社区中的地位和对民众生活的影响。第二章通过观察史诗歌手现场表演，探讨《玛纳斯》史诗表演空间、表演时间的限定、语境对于歌手和文本的影响、歌手表演的目的和功利性等，从民俗生活层面上探讨口头史诗演唱活动的民俗志背景和它对史诗演唱活动的影响。第三章主要考察与史诗表演相关的民间约束和禁忌，歌手每一次演唱的篇幅和内容的限定，讨论与史诗歌手的表演相关的服装和道具等问题，听众对玛纳斯奇的奖励方式、鼓励以及对史诗歌手的影响等。第四章主要从史诗歌手的表演，即文本创编过程入手，观察他们如何通过学习、演唱，对传统加以继承和创新，并以口头史诗演唱为视点观察和讨论史诗表演和文本中凸显的戏剧化特征。第五章通过对史诗文本的分析，讨论《玛纳斯》史诗结构、语言和韵律中普遍存在的传统程式特征和程式句法，并以此为切入点

---

① Токон Ысак, Адыл Жумамтурду: "Залкар Манасчы Жүсүп Мамай", Бишкек, Принт Экспресс, 2014.
② アディル・ジュマトゥルドゥ，トカン・イサク 著《現代のホメロス　叙事詩マナスの語り□ジュスプ・ママイ評伝》□脇隆夫 訳 ブイツーソリューション 2016。
③ Adil Jumaturdu, Tohan Isak, Jusup Mamay. *Master Performer of the Kirghiz Manas Epic: a critical Biography*, American Academic Press, 2021.
④ 阿地里·居玛吐尔地:《〈玛纳斯〉史诗歌手研究》，北京：民族出版社，2006年。

深入文本层面，与此同时将讨论分析视角拓宽到语言程式和非语言程式两个层面，尽量从史诗歌手演唱语境中探讨和总结史诗歌手在"表演中的创作"中对各种程式的把握、操作和运用规律。最后，对口头史诗歌手的演述特征，文本在口头演述中的变异特点，传统的稳定性与变异性，歌手的"在演唱当中的创编"的史诗创编规律做出结论。附录部分也收入了居素普·玛玛依的史诗观以及本书作者对于居素普·玛玛依的访谈以及俄国学者拉德洛夫于1885年根据自己的《玛纳斯》史诗田野调查撰写的田野调查报告并以此作为自己所编辑的柯尔克孜（吉尔吉斯）英雄史诗和民间文学资料卷所撰写的，曾对世界的史学界，尤其是西方古典史诗学派产生深远影响的长篇文章。[①]

这本书的创新点主要表现在以下几方面：尽量突破以往只关注史诗记录纸质文本，并通过记录文本解读史诗的学术规则，将史诗文本还原到活形态口头史诗原始的表演语境当中，关注和阐释其活形态本质，从歌手与听众在表演现场的互动关系当中，从他们共同参与文本创作的视角去观察作为民俗文化活动的口头史诗演唱这一综合性艺术。也就是说，把口头史诗置入它生存发展的原始土壤中，在歌手"表演中的创作"中，多侧面、立体式地审视口头史诗文本的生成过程，以此展示出口头史诗文本创作的复杂性和多样性。这样一个研究方法和策略，对典型的口头史诗《玛纳斯》的研究而言，具有一定的前沿性和创新性，并且得到学界的广泛公认。此书出版之后在国内外也产生了较大影响，于2007年获得了中国文联民间文艺家协会第三届民间文艺"山花奖"学术著作一等奖，2021年入选国家社科基金学术著作外译目录，其英文翻译项目顺利获得立项。

3.《中国柯尔克孜族〈赛麦台〉史诗的情节结构及其特征》

本书作者为托汗·依萨克，由比什凯克的比依克提克出版社2011年出版。这部专著的主要研究核心内容是我国两位著名玛纳斯奇居素普·玛玛依和艾什玛特演唱的《玛纳斯》史诗第二部《赛麦台》的情节、内容、结构以及艺术特征。作者从比较两位玛纳斯奇的演唱文本入手，多角度、全面细致

[①] 阿地里·居玛吐尔地：《〈玛纳斯〉史诗歌手研究》，北京：民族出版社，2006年，第241—262页。

地分析了两位著名史诗歌手的演唱内容，从而对中国境内流传的史诗文本的传统内容和特色进行了总结，指出了其独有的特色。本书堪称对我国《玛纳斯》史诗第二部《赛麦台》经典唱本比较研究方面的一部开拓性著作。作者通过深入的文本比较研究方法，从学科发展以及理论上拓展了长期以来我国《玛纳斯》史诗文本比较研究方面的短板，全面展示了我国《玛纳斯》史诗第二部《赛麦台》的文本内容、母题情节、结构特点，细致分析了两个唱本的艺术特色，为后续的《玛纳斯》史诗文本比较提供了重要借鉴与参考。

4.《玛纳斯的智慧》

马克来克·玉买尔拜的这部《玛纳斯》史诗研究专著于2011年由克孜勒苏柯尔克孜文出版社出版。全书由以下内容组成："史诗中对英雄玛纳斯的评价""玛纳斯的智慧""玛纳斯的开阔胸怀""《玛纳斯》的人民性""《玛纳斯》的荣辱观""《玛纳斯》的友谊观""《玛纳斯》的坚韧不拔精神""《玛纳斯》中的军事兵法及战略战术""《玛纳斯》史诗一半为真，一半为虚""《玛纳斯》精神的继承者钦吉斯·艾特马托夫""《玛纳斯》与《摩柯婆罗多》""玛纳斯的智慧在其语言当中"等。根据作者自己的说法以及从上述篇目中可以看出，全书主要包括两个方面的内容：第一，作者的探索和总结主要体现在对《玛纳斯》史诗蕴含和反映的柯尔克孜族的民族智慧、思想的进程，哲学、美学、军事等学科价值以及史诗的民族世界观、价值观等方面；第二，通过对史诗文本的分析，挖掘、阐释史诗的英雄主人公玛纳斯身上体现出的珍贵的人格魅力及其超人的智慧，从独特视角论述和总结了英雄主人公独特的人物形象特征。从本书的结构编排、对各种问题的论述、阐释以及整体内容中可以看出作者开阔的视野以及其长期的学术积累，对柯尔克孜历史文化的全面而深刻的理解，对《玛纳斯》史诗内容全面的总体把握和总结、阐释能力。尤其是作者对《玛纳斯》史诗所蕴含的古代柯尔克孜族民族精神、哲理蕴意、伦理思想、文化价值、学术地位和影响等方面的思考、探索和研究、总结，对推动史诗深层研究具有一定启迪意义。

5.《英雄史诗〈玛纳斯〉调查采录集》

本书是由陶阳编著，中国文联出版社2011年出版的一部作者以亲历者的身份用日记形式真实记录《玛纳斯》史诗田野调查工作过程，在柯尔克孜族民族志、口头史诗田野调查以及民间文学研究方面具有一定开拓意义的珍贵资料价值的田野调查报告及资料汇编，具有多方面的学术参考价值。在这本著作中，作者以笔记形式详细记录了作者带领《玛纳斯》调查组于20世纪60年代初在新疆克孜勒苏柯尔克孜族自治州阿合奇县等地进行《玛纳斯》史诗调查和采录工作时的田野调查全过程，是关于我国《玛纳斯》学开拓初期那段特殊时期的珍贵文献资料。全书分四个部分详尽记录了那次田野调查的经历。第一部分为"玛纳斯采风录"，包括《玛纳斯》史诗调查搜集工作的"缘起"及"启动"过程的记述；《玛纳斯》史诗调查搜集采录工作远景规划及工作方法、调查采录细则、调查采录过程及实施过程中的艰辛实录，柯尔克孜族聚居区人文语境、民俗文化的描述，《玛纳斯》演唱大师居素普·玛玛依与其他各地玛纳斯奇学习演唱的《玛纳斯》史诗情况和史诗歌手及史诗人物传奇故事，柯尔克孜族部落谱系传说等内容。全书体现了作者及其同行们"寻迹跟踪，百折不挠""忠实记录，多记异文"的原则与方法的实践。第二部分为"史诗《玛纳斯》一至六部的主要人物及核心故事情节"的简介[①]，为采录者（本书作者）初次聆听居素普·玛玛依时记录下来的史诗内容故事梗概及采录信息和线索。第三部分"杂录"，实际上是作者关于《玛纳斯》史诗的研究论文选辑，其中不乏《英雄史诗〈玛纳斯〉》《史诗〈玛纳斯〉的调查采录方法》《关于英雄史诗〈玛纳斯〉的翻译问题》《史诗〈玛纳斯〉歌手的"神授"之谜》《英雄史诗〈玛纳斯〉工作回忆录》等具有真知灼见的学术论文和调查报告，此外还有同事与史诗歌手之间的书信、书评以及对《玛纳斯》演唱大师居素普·玛玛依、《玛纳斯》专家刘发俊等人的介绍评价，柯尔克孜族部落传说故事和作为附录编选的由侯尔瑞撰写的一篇有关《玛纳斯》翻译、格律、分布的补充和解析。本书虽然看似结构并不完整，只是一个田野调查纪实和资料汇集，但是因其翔实的第一手资料价值和富有学理性的诸多思考对后人的《玛纳斯》史诗研究具有非常重要的不可替代的参考价值。正文前李希凡、刘锡诚、贺继宏等人的序言[②]都比较全面地评述了陶阳先生在《玛纳斯》史诗搜集翻译方面所做出的贡献，在此不必赘述。

---

① 当时居素普·玛玛依只演唱了《玛纳斯》史诗前六部的内容。
② 陶阳：《英雄史诗〈玛纳斯〉调查采录集》，北京：中国文联出版社，2010年，第1—10页。

6.《〈玛纳斯〉翻译传播研究》

本书是年轻的《玛纳斯》学者梁真惠在其博士学位论文基础上修改完善之后出版的《玛纳斯》学专著。2015年被列入民族典籍翻译研究丛书由民族出版社出版。全书共29万字。全书由绪论、正文、附录、索引、前言、后记等部分构成。其中正文部分由六章和结语构成。绪论部分梳理了《玛纳斯》史诗的翻译传播研究现状以及写作思路框架。第一章以"《玛纳斯》史诗的文本化过程"为题，对《玛纳斯》史诗产生年代和史诗的主要内容进行介绍，并对史诗的国内外搜集记录、整理出版等"文本化"过程进行详细的交代。第二章以"《玛纳斯》史诗的翻译传播史"为题，对《玛纳斯》史诗的域内外翻译状况进行概描。第三章以"亚瑟·哈图的学术译本"为题从微观文本分析入手，对亚瑟·哈图的学术背景、翻译动机、翻译形式及内容进行了细致的介绍。还根据哈图英译本和我国学者阿地里·居玛吐尔地的汉译本比较了两个不同史诗唱本，揭示了《玛纳斯》史诗在传播流布过程中保持着相对稳定性与不断变异性的双重特征。第四章以"瓦尔特·梅依的文学译本"为题对瓦尔特·梅依的《玛纳斯》英译本的译者取向、译文韵律节奏特点以及文学特征进行分析。第五章以"艾尔米拉·阔曲姆库勒的文化译本"为题探讨了本民族学者艾尔米拉·阔曲姆库勒翻译的一个英语译本。展示了这个译本传达出的多种文化特性。此外，还对几乎所有英译文中出现的"克塔依""别依京"等两个重要专用历史文化名词的误译进行了探讨。第六章以"《玛纳斯》翻译传播研究评析与跨学科视角"为题，对《玛纳斯》的翻译传播状态以及英译本翻译实践进行总结。首先从评析《玛纳斯》史诗翻译传播的特点、难点与缺点入手，对翻译理论概念，"原文"以及雅各布逊翻译分类的普遍适用性进行反思，最后对"活态"史诗的翻译从跨学科视角进行探讨。在结语部分，作者对《玛纳斯》学发展以及未来发展前景进行了综述，重点对史诗的翻译传播的现状给出了简短概括，然后对《玛纳斯》学今后研究重要性和学科方向给出了自己的认识。附录部分是对于英译萨帕尔别克·卡斯马姆托夫的唱本的研究论文。

7.《柯尔克孜民间文学探微》

本书是张彦平关于《玛纳斯》及柯尔克孜族民间文学研究的论文汇编，

由中央民族大学出版社 2012 年出版。全书共计 30 万字，为作者多年研究《玛纳斯》史诗及柯尔克孜族民间文学的探索和收获。全书包括导论、散文体文学研究、史诗专论、其他韵文体文学研究和附录等。其中，在散文体文学研究部分，作者着重探讨了柯尔克孜族民间故事神话传说的特点，在韵文体文学部分对柯尔克孜族民歌、民间叙事诗等柯尔克孜多样化丰富民间文学进行了有益探讨。全书重点，史诗专论部分则包括"论玛纳斯形象早期的神话英雄特质""玛纳斯的战马之神性考论""《玛纳斯》关于战马的描述""史诗中祈子仪式比较研究""柯尔克孜族与中亚突厥语民族英雄史诗中的相似性因素辨析""史诗中的循环主题——《玛纳斯》中英雄婚姻类型透析""《玛纳斯》著名演唱变体间的对比研究""多民族文化网络中的阿勒曼别特形象""《玛纳斯》与玛纳斯奇""《玛纳斯》的语言艺术"等对于《玛纳斯》的专题研究，其中不乏有真知灼见、有启发意义和重要学术价值的论文。尤其是在这一部分内容中，作者以史诗《玛纳斯》所蕴含的神话等古老文化因素为视点，通过对英雄人物形象古老神性特质的挖掘，通过战马的神性描述的分析，结合古老的祈子仪式、婚姻类型等透析《玛纳斯》史诗的古文化特征，讨论其古老文化价值的诸多观点都具有一定的原创性和多方面的学术价值。第三、第四部分主要是作者对柯尔克孜族民间歌谣、叙事诗等的讨论和资料翻译汇编，有很多珍贵的第一手资料。

三、工具书类

在近年来出版的综合性、科普性或工具书类著作和参考书中，《中华文脉：玛纳斯》和《中国〈玛纳斯〉学辞典》是最值得推崇的两部著作，以其丰富的资料性、知识性、科普性、综合性而具有极为重要的参考价值。

《中华文脉：玛纳斯》是长期从事柯尔克孜史志工作的贺继宏编著的科普性常识性读物，作为新疆非物质文化遗产保护系列丛书之一，由新疆美术摄影出版社、新疆电子音像出版社于 2015 年出版。全书由概述和六个部分组成。是编撰者参考国内外《玛纳斯》研究专家众多研究成果基础上编撰而成的综合性普及读物。第一部分为《玛纳斯》的渊源、沿革与现状，介绍了史诗的发源、沿革、濒危状况、交流与融合等。第二部分为《玛纳斯》内容介绍。第三部分为《玛纳斯》史诗的特征、价值与意义。第四部分为《玛纳斯》传人玛纳斯奇。第五部分为《玛纳斯》的保护现状。第六部分为附录,辑录了有关《玛纳斯》史诗的一些重要信息。

《中国〈玛纳斯〉学辞典》[①]作为我国国内第一部专门面向我国广大文学、民族文学、民俗学、口头传统、非遗以及其他人文科学爱好者、研究者以及研究生等参考使用的大型《玛纳斯》史诗专题性学术工具书,在我国《玛纳斯》学的发展中具有举足轻重的重要价值。编著者立足于我国半个多世纪以来的《玛纳斯》学研究成果,利用丰富的多语种《玛纳斯》史诗学术资源,对中国《玛纳斯》学进行了深入系统的挖掘、整理、综合、梳理和研究,对史诗的各种文字资料进行全面搜集、汇总和综合梳理,并通过科学合理的编排汇编而成。全书内容丰富全面,编排科学合理便于查看参考,图文并茂,兼具学术性和鉴赏性,对各民族学者了解、学习和研究提供了百科全书式的大量第一手资料。针对某一部史诗作品编写一部专门的词典在我国《玛纳斯》学界乃至整个史诗学界都不多见。因此可以说,这部辞典在我国《玛纳斯》学界乃至我国整个史诗学界都具有开创性、前沿性和权威性。

《中国〈玛纳斯〉学辞典》分为 11 个部分:第一部分人物分为史诗中的人物、史诗演唱艺人玛纳斯奇、研究学者等三个部分,用丰富的资料比较完整、系统、全面地介绍了史诗中的人物系列,古往今来大大小小的《玛纳斯》史诗歌手以及国内外学者及其研究成果。第二部分宗教信仰及仪式分为宗教信仰、古老仪式两部分,主要介绍史诗文本当中存在的柯尔克孜族宗教信仰,尤其是古老的自然崇拜、祖先崇拜、萨满信仰、神灵崇拜以及民间其他信仰和宗教方面的情况,并对史诗中与上述民间信仰密切相关的古老仪式活动。第三部分为《玛纳斯》的艺术特色,主要介绍了史诗的艺术特色、产生年代、结构类型、流传方式、基本社会功能、美学特色以及文本变异、听众群体、史诗歌手传承特点等方面的内容。第四部分为《玛纳斯》史诗中的

---

① 托汗·依萨克、阿地里·居玛吐尔地、叶尔扎提·阿地里:《中国〈玛纳斯〉学辞典》,北京:中央民族大学出版社,2017 年。

古代部落、历史地名、古代信仰、民俗文化物品、民间传说等人文社会方面的内容和资料。第五部分为《玛纳斯》中所反映的柯尔克孜民俗、仪式、民间游艺活动。第六部分为《玛纳斯》史诗的英雄的骏马、武器装备和乐器。第七部分为《玛纳斯》史诗居素普·玛玛依唱本八部的故事梗概和内容简介。第八部分为《玛纳斯》的收藏于不同地点的各种文本类型，包括手抄本、资料本、印刷本及国内外各种版本等。第九部分为《玛纳斯》史诗历来的工作机构、科研单位和学术成果介绍。第十部分为《玛纳斯》史诗相关的文化空间、遗迹和雕塑。第十一部分为附录：居素普·玛玛依年谱；国内《玛纳斯》论文目录索引等。全书共收入上述各类词条条目700多条，55万字。除了收录有上述各类各学科词条条目之外，在附中还收入了我国《玛纳斯》演唱大师居素普·玛玛依生平年表。此年表是目前为止对于这位国宝级史诗演唱家生平最完整最详细的研究统计成果，必将为各民族学者了解这位史诗演唱大师的生平提供最详细的第一手珍贵资料。此外，本辞典还比较完整地收入我国从20世纪中期开始一直到21世纪20年代为止国内各民族学者用国家通用语言汉语以及柯尔克孜、维吾尔、哈萨克、蒙古及其他各民族文字撰写发表的学术论文索引。这数百篇学术论文是目前为止收纳数量最多的，为各民族学者搜索相关研究资料提供了极大的便利条件。

  由于本书兼具资料性、学术性，因此一经出版，就在国内外《玛纳斯》学界产生了重大的社会影响力，出版不到半年就已经脱销，说明《中国〈玛纳斯〉学辞典》的出版恰逢其时，正是我国学界翘首以待的一部专业性学术工具书，是我国近年来《玛纳斯》学的又一个标志性成果。本辞典出版后，于2019年获得国家民委人文社会科学优秀成果奖二等奖。辞典的出版消息曾在"中国民族文学网"、"中国民族报"《中国作家网》以及吉尔吉斯斯坦《玛纳斯》有关学术网以及大量的自媒体上得到大量转载。在全国民族院校民族文学等相关学科中作为必读参考书得到广泛采用，成为硕士博士研究生的必读或重要参考书目。

第四节 中国《玛纳斯》学的现状与反思

  千年史诗《玛纳斯》是一部活形态的,以口头方式演述、传播的史诗。其文本也是在"表演当中创编"的。史诗文本以书面形式记录和书面形式固定之前都是在史诗歌手的反复演唱过程中,在"限度之内的变异"中发展、变异和完善的,而这种发展、变异和完善又是在特定的语境下,在歌手和听众的互动关系以及在周围听众的审视监督规范当中完成的。[①]尽管进入21世纪,我们先后失去了以《玛纳斯》大师居素普·玛玛依为代表的若干位国家级《玛纳斯》演唱大师,再也无法目睹史诗大师滔滔不绝、行云流水、生动感人的演唱活动了。传承古老传统的老一辈玛纳斯奇一个一个地离开我们,他们的史诗演唱活动也逐渐成为无法再现的历史记忆。但是,让我们感到欣慰的是,今天的听众依然可以从许多年青一代史诗歌手的口中或多或少能够领略到这种古老史诗演述传统的无限魅力,感受到这部伟大史诗的艺术感染力。

  早在19世纪中叶,哈萨克民族志学者乔坎·瓦里汗诺夫和德裔俄国语言学家拉德洛夫在史诗《玛纳斯》的调查搜集时对史诗给予了科学的评价。尤其是后者以敏锐的眼光认真细致地现场观察、观摩和审视史诗歌手的演唱活动,并对史诗的民间口头传承特点,史诗歌手演唱艺术,史诗的程式化特征提出了全面准确、缜密科学、具有巨大启发意义和学术参考价值的观点。拉德洛夫的《玛纳斯》田野调查报告甚至影响了世界民俗学界,并为20世纪中叶以降的口头诗学理论产生了重大影响,成为影响世界民俗学界的"口头程式理论"产生的滥觞。尽管拉德洛夫的研究具有如此深厚的科学意义,但直到今天以他的学术观察和观点为标准的对于传统口头史诗的常识性认知依然没有成为学界的共识,甚至有些学者依然没有厘清口头史诗与书面文本

[①] 阿地里·居玛吐尔地:《〈玛纳斯〉史诗歌手研究》,北京:民族出版社,2006年,第8页。

之间的复杂而交融的关系，并没有口头诗学的立场出发研究口头史诗，进而推进和拓展自己的研究，造成对《玛纳斯》史诗研究始终无法从根本上突破围绕故事文本开展的传统的文化学、历史学、文学、哲学、民俗学为背景的研究框架，从而无法准确、科学地深刻探索和总结其作为口头史诗的文类属性、本质特征、传承形态、文本范式、创作规律。毫无疑问，160 多年前的拉德洛夫对于《玛纳斯》口头性认知与评价非常准确而科学，直接触及和把握了《玛纳斯》在史诗歌手的演唱创编过程中对于史诗文本内部的运作机制及在演唱过程中以口头程式化为文本创编技巧，从而完成史诗的文本创编的本质特征，最终对口头史诗文本的产生、发展、变异和传播规律做出了科学的判断与总结。

综观《玛纳斯》史诗调查搜集研究160多年历史，国内外学术界对史诗的审视、探讨、研究和认知一直断断续续、起伏不定，在曲折中缓步向前发展。首先，乔坎·瓦里汗诺夫除了搜集史诗的传统章节"阔阔托依的祭典"之外，还对史诗的人文价值给予了中肯的评价，认为《玛纳斯》史诗是集吉尔吉斯（柯尔克孜）的神话、寓言、传奇于特定时代的特定人物玛纳斯身上的一部百科全书。它似乎就像草原上的《伊利亚特》。史诗反映了吉尔吉斯（柯尔克孜）人民的生活方式、风俗习惯、民族性格特征、地理、宗教和医疗知识、与周边民族的关系等"[1]。此外，拉德洛夫是第一个把柯尔克孜族的伟大遗产《玛纳斯》史诗的所有传统章节，按顺序系统而全面地进行搜集，用柯尔克孜语将其汇集出版，并将它翻译成其他民族文字发表，同时又对保存和发展这部史诗的演唱者的创作特色进行深入而广泛研究的著名学者。[2] 拉德洛夫在自己1885年编著出版的欧亚各民族民间文学丛书即《北方诸突厥语民族民间文学典范》第五卷宏赡翔实的导言中述及了《玛纳斯》史诗作为口头史诗的本质特征，明确提出并初步讨论了关于史诗歌手的史诗演唱、演唱当中的即兴创作、作为程式而被史诗歌手在演唱中随时根据文本内容而选择调配口头传统的叙事单元即典型传统片段（commonplace）、听

---

[1] 乔坎·瓦里汗诺夫：《乔坎·瓦里汗诺夫文集》，阿拉木图：科学出版社，1985年，第258页。
[2] 阿·卡热普库洛夫主编：《〈玛纳斯〉百科全书》第2卷，比什凯克：吉尔吉斯斯坦百科全书出版社，1995年，第160页。

众在史诗演唱与创编当中所发挥的作用、口头诗作中传统的固定的叙事因素与史诗歌手即时创编在情节内容上错位、增减以及口头即兴创编的叙事中前后矛盾所体现的学术含义、现场语境对歌手创编的影响、表演中与叙事相伴随的韵律和节奏等口头诗学的许多问题,并提出了很多富有启示意义的真知灼见。他的这些科学总结,毫无疑问,无论对于《玛纳斯》史诗和柯尔克孜口头传统的研究还是对于任何其他民族的类似口头传统研究而言都是一个令人惊喜而振奋的发现。如果他之后的《玛纳斯》本土学者能够继往开来,以严谨科学的态度一直沿着被他烛照的学术道路继续推进,不断寻根探源,一定会大大加深对《玛纳斯》活形态特征和口头史诗本质的准备认识,进而在揭示口头史诗这一宏大文类的产生发展普遍规律的探索研究方面做出重大建树,并对世界史诗学做出应有的贡献。直到20世纪上半叶,拉德洛夫富有见地和启示意义的关于《玛纳斯》史诗口头创编的研究报告才引起美国的两位研究"荷马问题"①的古典学家,后来创立"口头程式理论",为世界民俗学界带来革命性变革的帕里和洛德所关注并得到诸多启示,通过将《玛纳斯》史诗的田野资料同荷马史诗、南斯拉夫的史诗传统以及其他欧洲史诗加以比较研究之后寻绎了许多意义深远的思想和观点,并最终形成了他们科学规范的学科体系。根据拉德洛夫调查报告所受到的启发,帕里在自己创立口头程式理论的过程中,明确树立了一种富于创新的类比研究方法。这就是,文本之外的传统口述生活现实的调查与文本研究相结合的人类学论证方法。②对此,生前一度被誉为当今口头传统研究的主帅,在国际民俗学界声名显赫的美国密苏里大学教授约翰·麦尔斯·弗里(John Miles Foley)在他关于"帕

---

① "荷马问题"实际上是西方学者为回答《伊利亚特》和《奥德塞》这两部史诗是出自荷马一人之手还是不同时代的歌手共同创造而由荷马复合而成这一问题的争论,即史诗的创作、作者身份和创作时代等。这种争论的焦点实际上把问题引向了荷马史诗是口头文本还是书面文本的方面。争论的两派分为"分辨派"和"统一派"两个阵营。分辨派们从观察史诗语言上的和叙述上的不规则入手,将其归纳为是不同的诗人和编辑者们的参与所致。于是,荷马的复合文本便被理解为是在长达许多世纪的过程中经过反复创作加工而完成的产物。统一派们则认为这两部史诗是由一位天才的作者即荷马独自创作出来的。"口头程式理论"不仅为研究荷马史诗引入了新视角,而且为所有的口头叙事文学的研究带来了革命性的变革。
② 尹虎彬:《古代经典与口头传统》,北京:中国社会科学出版社,2002年,第40页。

里洛德理论"学术发展史的专著中这样写道:"回观其 1930 年起刊行的著作,特别是就 1930 年和 1932 年的奠基性论述而言,帕里常常参考威·瓦·拉德洛夫的著述,也就是那些在中亚的突厥语民族之中所进行的田野作业的第一手资料。它们对帕里学术思想的演进所产生的影响,似乎比学者们所曾意识到的要大得多。"[①]

《玛纳斯》史诗研究在乔坎·瓦里汗诺夫和拉德洛夫的推动下肇始于 19 世纪中下叶,到 20 世纪中叶以苏联为中心逐渐形成了国际化格局。与此相比,中国的《玛纳斯》史诗调查搜集研究直到 20 世纪 60 年代初才开始启动。20 世纪 80 年初才开始真正意义上的学术研究。中国《玛纳斯》学初创时期,由于国内学术界对于民间口头文学的学术探讨和理论认知还没有形成系统的学科体系和理论统领,对于国际上早已树立起自己的学科体系,形成了自己的研究范式,在史诗学、民俗学、口头诗学产生巨大影响的"帕里洛德理论""表演理论"等学术前言话题还十分陌生,对《玛纳斯》等口头史诗定位还不够准确,对口头史诗文本概念的认识还存在偏差,学者们基本上都是按照书面文学研究和史学论证的方法,侧重于从史诗各种记录本、手抄本、印刷文本中探寻史诗的文学、史学、美学、哲学、民族学及文化价值,用书面文本的视角去分析史诗文本及其艺术特色,探寻史诗与历史的关联及史诗的产生,讨论和分析史诗的内容、结构、社会功能与价值等。这些研究可以说确实也取得了一些令世人瞩目的成就,引起了国内史诗学、民俗学界的关注。少数学者虽然借鉴和运用国外口头诗学的前沿理论对《玛纳斯》史诗口头性本质、口头演唱和活性态文本进行了一些有益的探讨,但与国内外借鉴和利用口头诗学理论的现实还存在一定差距,甚至存在一些偏差。唯一让人欣慰的是,在我国柯尔克孜族地区,《玛纳斯》史诗的"活形态"演唱活动依然可以见到其端倪,有一批年轻的玛纳斯奇依然活跃在民间。

我国各民族的口头史诗传统都有各自的鲜明特征和独特性。与此同时,这些传统也都具有各自不同的独有的生成演变规律。每一部史诗在产生背

[①] [美]约翰·麦尔斯·弗里:《口头诗学:帕里—洛德理论》,朝戈金译,北京:社会科学文献出版社,2000 年,第 21 页。

景、文化传统、传播脉络、民俗类型拥有自己的独特性。除此之外，史诗作品除了文本蕴含的文化信息之外，与内容相关联的史诗表演活动以及歌手与听众的互动交流都具有深厚的文化底蕴和文化内涵。所以说，研究观察口头史诗传统唯一可行的办法就是进入到史诗演述语境当中，利用多媒体视角，立体式全方位现场采录有代表性的史诗歌手的演述文本，这是当今口头史诗田野实践最科学的学术手段和必由之路。

文字的普及和人们文化水平的普遍提高必将会极大地冲击口头传统，因为文字相对于口头传统而言具有其不可替代的优势。因此，随着文字的广泛普及，口头史诗传统必然会逐步向书面化转换，并最终将文化主导权让位给文字传统。与此同时，通过文化精英们的不断营造而走向书面文本化和经典化。也就是说，随着时间的推移，一部史诗的原始的口头经典文本会逐步让位于书面经典文本。进入21世纪的《玛纳斯》的命运已经证明了这样的事实。从19世纪开始的《玛纳斯》搜集记录就已经开启了史诗的文本经典化之路。

《玛纳斯》史诗从口头文本走向文字的书面文本经典化是一个缓慢的逐步实现的过程，主要通过以下几种途径。第一是经过私塾或者通过其他途径掌握文字阅读和书写能力，能够识文断字的民间知识阶层以及民间艺人、民间口头传统爱好者对史诗进行记录、抄录和保存，使流传千年的口头史诗开始以手抄本形态出现。这种记录本和手抄本的收藏甚至一度开始在民间形成潮流，促进了史诗从纯粹的口头演唱文本形态向文字记录书面保存的转向。这一过程虽然属于初步记录，保持原文内容及风格，但却开启了史诗文字化、书面化的序幕。这一过程的确切开启年代虽然无法考证，但从民间调查发现的手抄本情况考察应该是比较久远的。第二是民族志学家、民俗学家、文学家介入史诗的调查搜集并在完成对史诗文本的记录之后对原始口头记录文本展开编辑整理翻译过程中对其进行的删减、改编、整合，以求"提升"口头史诗的科学性。第三是邀请著名诗人对经过学者们编辑整理并得到公众认可的文本进行艺术的加工，试图从形式上、整体上提升口头史诗文本的艺术性。对此最典型的例子要数1958年吉尔吉斯斯坦出版的《玛纳斯》史诗综合整理本以及我国在20世纪90年代出版的由刘发俊等翻译整理出版的史诗第一部两本中文译本。前者是苏联科学院吉尔吉斯斯坦分院的学者们根据当时还健在的著名玛纳斯奇萨雅克拜·卡拉拉耶夫的唱本以及早在1930年去世的另一位大师级玛纳斯奇萨恩拜·奥诺兹巴克的唱本，并融合保存在吉尔吉斯斯坦科学院档案部的手抄本中最具代表性的文本，按照《玛纳斯》史诗传统内容和结构框架进行整理和编排，将史诗各个唱本和手抄本中最精彩的章节、段落、情节等按照史诗故事发展逻辑以及人物关系脉络加以整合，然后再由著名诗人们进行诗文润色加工，按照三代英雄三部曲的结构整理出版的堪称经典化的文本。[①] 我国居素普·玛玛依唱本的刘发俊译本基本上也是按照这种思路进行翻译加工而完成。当然，此后在苏联、吉尔吉斯斯坦以及我国，对于《玛纳斯》史诗都有过各类形式的"经典化"实践。在此不必赘述。

在民俗学中，以出版为目的而对某一个口头作品的各种异文进行裁剪、拼接、编排的综合整理本是不被承认的。但是，由于世界上口头史诗的文字书面化历史悠久，影响广泛，一些著名的史诗甚至在最初就是通过书面形式留存于世的，再加上民间对文字书写存在一种敬畏和崇拜，人们普遍认为书写才是人类文明的起源，它要比口头更先进、更高雅。因此，人们有一种错误的认识，那就是口头的史诗只有脱胎换骨到了书面形式才算成功蜕变成文学经典，口头史诗书面化经典化是其最终归宿。鉴于这样的社会认知，不同时期的文人学士都热衷于民间口头史诗的记录整理，都希望通过自己的努力完成口头史诗向书面化方面转化。毫无疑问，对于像《玛纳斯》史诗那样源远流长的口头传统史诗而言，这是无法两全的事实。世界上，从荷马史诗《伊利亚特》和《奥德赛》、印度史诗《摩诃婆罗多》和《罗摩衍那》、芬兰史诗《卡利瓦拉》、波斯史诗《列王纪》等哪一部史诗不是经过多次书面整合而逐渐定型的呢？在这里我们完全没有必要纠缠在口头史诗能不能够进行书面加工整理这样的问题上。随着口头史诗演述语境的改变或萎缩，信息传播媒介的多样化以及读者群体需求的增强，口头史诗的书面整理编辑及翻译

[①] 阿·卡热普库洛夫主编：《〈玛纳斯〉百科全书》第1卷，比什凯克：吉尔吉斯斯坦百科全书出版社，1995年，第413页。

读本可能更加适合已经养成了阅读习惯的新一代读者。这是当今信息时代大众社会文化传播不断转变的大趋势，无人能够阻挡。但是，要想深入探寻和研究《玛纳斯》口头史诗传统产生、发展、变异、传承等规律，科学地回答与此相关的各种问题，就必须严格地按照忠实记录，现场采录，结合社会背景和现实语境等原则展开工作。史诗的经典化过程中，对于各种文本属性的正确认识和鉴别，对各类文本之间互文性的深入探讨，对史诗各种异文（变体）的科学把握，对史诗各种文类产生的语境观察以及对文本背后的社会历史的认识都是不可缺少的。

正像芬兰史诗专家劳里·杭柯所指出的那样，长篇史诗类口头传承，是民间口头史诗歌手凭借个人脑子里的史诗结构"模式"即"大脑文本"（mental texts）进行创编的，在现场表演、讲述或演唱过程中，史诗歌手头脑中的"大脑文本"便以传统故事脉络为核心帮助歌手完成史诗的重新组装配置，最终创作出史诗的一个新的文本。这也就是洛德所指出的一般意义的歌（a song）和一次特定的表演或本文（the song）。前者指的是史诗的一般观念，也就是一部史诗歌的所有的无数次的演唱即传统。后者指的则是史诗歌被歌手在某一次特定场合所演唱的内容或创编的文本。这类口头史诗文本的搜集必定是在田野采录得以确认和被记录，并在历时与共时两个层面被反复演唱，也就是不断地被重复复制。通过科学的的观察、采集、记录进而描述活性态演唱当中产生的口头史诗文本可以发现，口头史诗不仅具有流变性和稳定性双重特征，而且具有很强的实证性和经验性特征，这一点在口头史诗的文字化记录中早已得到了验证。其最典型和最成功案例便是美国学者米尔曼·帕里和阿尔伯特·洛德在20世纪上半叶对南斯拉夫活态史诗的田野调查和文本记录的实践。

我们必须清楚，口头史诗的变异并非歌手在演唱创编中随意改变，而是必须遵循和保卫史诗的传统核心要素，即人物关系、事件进展、矛盾冲突所构成的故事中心内容。《玛纳斯》传统中，任何一位传统的史诗歌手都坚持说自己的演唱完全遵循古老传统，没有任何改变。但是，口头史诗的某一个特定文本都是这个流动的传统的一个横截面，是演唱过程对于传统、演唱活动以及文本呈现这三个要素的一次共时展示。也可以理解为口头史诗传统这一绵延不断的演化过程，通过歌手的演唱这一共时事象，在传统与演唱的交互作用中创作出史诗的文本。史诗歌手对于古老的史诗传统内容或者继承自前辈的本文的任何改变都不是主观能动性的，而是受其年龄偏大或者记忆消退等影响，受当时的身体状况、演唱的语境、听众群体的构成等客观因素的影响。

口头史诗的这类书面化过程不仅在口头史诗极为发达的阿尔泰语系民族中出现，事实上，从荷马史诗到世界各地的口头传统而言这都是不容忽视的发展过程。从帕里和洛德的"口头诗学"派的人看来，荷马史诗是口述记录本（oral dictated text），而不是成文的唱本（sung text）。就像帕里给民间传唱艺人记录唱词一样，也许有人也给荷马作记录。即使如此，记录下来的史诗当然也算荷马所作。不管是荷马亲自写作，还是别人代为捉刀，[1] 其实，口头传统和书写记录并行发展是非常漫长的过程，是一个古老的传统受社会发展步伐制约和影响而不断变革的过程。从书面和口头传承角度观察，一位真正传统的歌手是绝不可能把书写作为自己的首选。因为慢速的书写会妨碍"在表演中创作"的思想表达和史诗的即时创编。口头歌手不可能如同书面诗人那样为了创作华丽美妙的词语而冥思苦想，而是在听众面前滔滔不绝地进行演唱。也就是说，一位来自口头传统的歌手不会被阅读和书写所吸引，他需要的是保持自己口头创作和演唱的态势。完全放弃这种从传统中习得的口头演述方式，等于放弃了口头史诗在传统基础上自由伸缩、即兴创编、与听众互动的鲜活魅力。以书面形式固定下来，口头史诗就失去了用传统程式、主题、结构和故事范性存在的合理性和必要性，与社会生活密切相关的多元文化渊源就会被切断。这绝对是传统歌手们不愿意看到的。用文字形式来记录史诗，这种动机其实并不是来自歌手，而是来自外在的社会因素。传统的歌手并不需要书面的文本，当然也不会担心他的歌会失传，听众也不觉得有这个必要。[2] 但是，随着社会历史的发展，书写时代不可避免地到来，口头传统就会逐渐地走向衰亡。这就使得过去的史诗传承方式从口耳相承的

---

[1] 程志敏：《荷马史诗导读》，上海：华东师范大学出版社，2007年，第69、71页。
[2] 尹虎彬：《古代经典与口头传统》，北京：中国社会科学出版社，2002年，第98页。

记忆和再创作过程中的传承完全转入靠死记硬背传承的道路。当然，即便是人们将书写下来的创作当作文本，但只要能够随时产生文本的口头传统保持活力，那么书写就不会是文本创作的先决条件。

从《玛纳斯》史诗的文字记录走向书面化的过程观察，书写记录史诗当然也会保存口头传统文本，但是总会失去口头史诗演唱中的文本之外的诸多因素。即便都是文字记录本，识字的歌手本人记录的文本和由史诗歌手演唱而由别人代为记录的文本之间也会有所区别。由于对书写以及对自己所继承的口传史诗的虔诚态度，歌手本人的记录文本可能会在结构、情节和语言特色方面尽量保持传统史诗的本质。但是，由其他人代为记录的史诗唱本文本则可能由于记录者跟不上歌手的演唱速度和节奏而造成词语的丢失，或者词句的变异，同时也会影响到歌手演唱的质量，使歌手的即兴创编能力受到极大的限制，最终使文本缺失口头表演中本该拥有的流畅性。与此同时也会丢失伴随演唱的演唱音调、节奏、歌手的手势动作等歌词内容附带的多种元素，甚至演唱的语境、听众与歌手的互动、现场的氛围等。所以，这样记录下来的文本从鲜活的口头创作进入纸质文本的时代，并使史诗文本和内容固定下来，为后续的年青一代歌手直接从书面文本中阅读、记忆和背诵提供方便，为他们可以通过分段、分章记忆从而完成对整部史诗的记忆、背诵和演唱提供便利。其后果便是随着时间的推移，这类被用文字形式记录下来的史诗文本改变了传统歌手那种"在演唱当中创编"的活性态史诗传播规律，迫使吟诵者只能循规蹈矩地按照文字记录的史诗固定文本进行背诵和演唱，表演中的再创作成分越来越被忽略，使原先的口头史诗文本脱离活性态口头传统走向书面化、固定化。所以，在今天的多媒体数字网络时代，一位史诗歌手可能会以传统方式拜师学艺，跟随某一位老歌手学习史诗演唱，但与此同时，他同样可以从正式出版的书本或手抄本中，或者甚至可能从录音磁带、CD 盘或录像带中学习。事实上，《玛纳斯》史诗的一些摘录片段现在完全可以从各类网络视频或音频平台上下载。这就是今天口头史诗传统的传播方式越来越多元化的原因，这也给我们在数字化时代如何研究《玛纳斯》史诗的现代传承提出了挑战。

总之，《玛纳斯》史诗的记录的方式主要是歌手演唱过程中由记录者拿笔用文字形式记录。这样的记录文本并非史诗演述活动的全部内容,而只是文本的故事内容,排除了歌手的声音文本、听众与歌手互动以及和语境相关联的其他那些不能进行文字化记录的文化因素。如果是由懂得文字的歌手自己进行记录,歌手虽然会将自己的大脑文本通过回忆的方式并用手写形式记录下来,同样也只剩下文字,丢失史诗演唱时的声音、语调和语境关联的因素。对于习惯于面对听众即兴创编独具特色的史诗文本的史诗歌手而言,这是非常残酷的。这样会产生两各方面的消极影响:第一,人们会误认为所有的史诗歌手都是可以用文字而不是用口头创作史诗,而这种认识就会导致史诗神圣性、崇高性、仪式性以及传统的口头即时演唱性特征的缺失甚至消亡,给古老而悠久的传统带来毁灭性打击。第二,让一个传统的习惯于滔滔不绝地演唱口头史诗的歌手拿着笔慢慢地进行书面史诗创作,由于书写速度太慢,会迫使充满激情的口头史诗歌手陷入"戴着脚镣跳舞"的被动境地,无法找到并发挥口头即兴演唱创编史诗时的那种激情和创造力,妨碍史诗歌手的想象力、思想表达力并最终导致史诗文本艺术性降低。把一支笔握在传统的史诗歌手的手上,人们很容易将其归入劣等诗人的行列。在柯尔克孜族历史上,只有口头诗人或歌手才是创造性艺术家,是站在口头艺术巅峰的人物。

虽然史诗的声音文本得以保存,但依然不能记录下演唱史诗时的语境、情景等非语言因素,最终也只剩下文字文本以及史诗演唱时的声音、语调等因素。其结果是,通过录音和誊写两种手段最终可以保留下口头史诗的书面及音频两种原始文本。视频录像可以真实地记录下史诗歌手现场的演唱录像,然后通过誊写将史诗文本记录到纸面上。这种方式既能够留下文字文本,同时也能够保留歌手的声音、演唱时的影像以及与歌手演唱时所有和语境相关联的因素,包括歌手演唱时伴随史诗的声音、语调、身体手势动作等。也就是说,用摄像的方式记录史诗歌手的演唱及史诗文本应该说是目前口头史诗作品最理想的记录方式。但是,就《玛纳斯》史诗传统而言,摄像机等现代设备开始普遍使用之前,按照传统的拜师学艺口耳相传的方式学习并掌握《玛纳斯》史诗的演唱大师们已经一个接一个地离世,史诗演述传播的黄金时代已经离我们远去,甚至连最后一位大师级玛纳斯奇居素普·玛玛依的演唱也只存留下数分钟的视频片段资料。目前的现实是，录像技术设备越来越先进，使用越来越广泛，但是随着城镇化速度加快，社会生活快速转型，传统的史诗演唱环境已经改变或者已经消亡，真正意义上的传统史诗歌手已经人亡歌息。因此，在这样的条件下，理想也只能是一种空想。

从《玛纳斯》史诗用文字文本然后编辑印刷出版的文字化经典化过程看，通过这种方式史诗获得文字定型，逐渐被统一，逐渐失去其方言口语特征和地方性知识的因素，获得更多的普遍性的同时，可以获得更大层面的传播以及国家和族群的认同，逐步成为民族文化身份表达的资源进入国家话语体系当中，从而得到中华民族国家文化的认同，在国家级文化平台上得到保护和传播。这样建构起来的经典化史诗文本已经得到了高度规范，其中的民俗学、语言学乃至口头诗学的研究可能已经不再是传统意义上的原始口头史诗的研究了。

第二章

《玛纳斯》学在国外的肇始与发展

第一节 19世纪的《玛纳斯》学

世界《玛纳斯》学肇始于19世纪中叶，但早在16世纪的史籍中就出现了有关记载。15世纪末16世纪初，生活在中亚地区的塞依夫丁·依本·大毛拉·夏赫·阿帕孜·阿克色肯特（Saif ad-din Ibn Damylla Shah Abbas Aksikent）以及其子努尔玛木买提（Nurmuhammed）用波斯文撰写的《史集》（*Majmu Atut-tabarih*）①一书中记载了玛纳斯及其盟友抗击卡勒马克入侵者的事迹。这是已知史籍中对《玛纳斯》史诗的最早的记载。②《史集》的吉尔吉斯文译者之一奥莫尔·索略诺夫在为该书的吉尔吉斯文本前言中写道："在赛依夫丁及其子努尔玛木买提撰写的玛纳斯被交劳依抓获，后来又娶其女儿为妻，叛逆托波依在玛纳斯食物中下毒等内容同史诗中的传统诗章'阔孜卡曼事件'，阔尔汉（瞎眼汗王）的形象同史诗中的玛凯勒朵，西仁提坎的经历同萨恩拜变体中的比列热克或奥朗古有关情节，卡勒恰-卡勒马克的形象同史诗中的卡勒马克英雄交劳依，冲恰-卡勒马克、通楚-卡勒马克及其他人的征战

---

① 塞伊夫丁·依本·大毛拉·夏赫·阿帕孜·阿克色肯特、努尔玛木买提：《史集》，莫勒多·马马萨热·多斯波夫，奥莫尔·索略诺夫译，比什凯克，1996年。参见阿地里·居玛吐尔地：《16世纪波斯文〈史集〉及其与〈玛纳斯〉史诗的关系》，《民族文学研究》2002年第3期。
② 阿地里·居玛吐尔地：《16世纪波斯文〈史集〉及其与〈玛纳斯〉史诗的关系》，《民族文学研究》2002年第3期。

同史诗中与卡勒马克首领空吾尔拜的相关的情节,交牢依之子卡马勒丁与托克托姆西汗王一起协助玛纳斯作战的内容同史诗中的有关阿勒曼别特的情节都能够对应。有关阿依阔交的内容在萨恩拜的变体中完全得以保留。赛依夫丁在书中虽然运用了大量传说、神话和民间口头资料,但到该书作者生活的16世纪为止,英雄史诗人物玛纳斯的形象还没有发展到今天这样完整而丰满的程度,而《史集》中的内容与此相一致是不容置疑的。"① 从这一点看,《史集》中所描述的有关英雄玛纳斯的内容同流传至今的英雄史诗《玛纳斯》的各个唱本的内容是基本吻合的。《史集》中记载的事件大部分都发生在天山、七河流域以及中亚地区。除此之外,书中还有许多有关部落传说、神话及史诗的内容。《史集》作者并没有明确说明有关英雄玛纳斯的内容是来自《玛纳斯》史诗,而是将玛纳斯作为一个历史人物进行描述,记载了玛纳斯在抗击卡勒马克的战斗中得到邻近部族协助的内容。更有趣的是,书中出现的这些邻近部族的汗王都是史书中有明确记载的历史人物。这样就把史诗英雄玛纳斯同历史人物联系到了一起。虽然我们目前还无法论证《史集》中哪些内容是取自真实的历史,哪些是来自《玛纳斯》史诗的口传资料,哪些又是作者本人刻意添加,但无论如何,这部出现于16世纪的史书是第一部与《玛纳斯》史诗内容相关的著作。作为一部历史文献资料,它在探讨和研究《玛纳斯》史诗的产生、发展方面无疑具有十分重要的参考价值。目前,《史集》已发现了三个抄本,其中一个抄本现藏于圣彼得堡国立大学图书馆东方部,另一个抄本现藏于俄罗斯科学院圣彼得堡分部,第三个抄本现存于吉尔吉斯斯坦科学院,已被译成吉尔吉斯文出版。② 尽管《史集》作者在其中首次按照柯尔克孜族民间家族谱系"散吉拉"的形式,记载了《玛纳斯》史诗第一部的一些内容,但我们还不能从中看到《玛纳斯》史诗特有的宏大叙事结构和叙事模式,也看不到玛纳斯特异诞生、获得史诗英雄人物必不可少的神奇战马和武器装备以及结义称王、娶妻结婚、东征西战、献身疆场等人性和

---

① 塞伊夫丁·依本·大毛拉·夏赫·阿帕孜·阿克色肯特、努尔玛木买提:《史集》前言,莫勒多·马马萨热·多斯波夫,奥莫尔·索略诺夫译,比什凯克,1996年,第8页。
② 阿地里·居玛吐尔地:《16世纪波斯文〈史集〉及其与〈玛纳斯〉史诗的关系》,《民族文学研究》2002年第3期。

神性相结合的史诗英雄的独特魅力，而只能感受到《玛纳斯》史诗的一个大致轮廓。但遗憾的是，在此后约250年时间中，《玛纳斯》史诗虽然始终在玛纳斯奇们的口中传唱，在民间以传统的活形态方式不断地流传和发展，但却始终徘徊在各国学者的视野之外。

从真正的学术意义上讲，19世纪下半叶，国际"《玛纳斯》学"才开始初见端倪。19世纪后半期在俄国出现了乔坎·瓦里汗诺夫（1835—1865年）和威·瓦·拉德洛夫（1837—1918年）两位著名的《玛纳斯》史诗搜集、研究学者。两位学人几乎在同一时间关注到了《玛纳斯》史诗。

乔坎·瓦里汗诺夫是哈萨克裔沙俄军官，民族志学家，为哈萨克族第一位享誉世界的民族志学家。1835年出生于今哈萨克斯坦库斯塔奈州杰特阔勒县阔斯穆龙村，1865年卒于塔勒底阔尔干州阿勒屯叶米乐村，年仅30岁。他于1854至1859年数次对吉尔吉斯斯坦的伊塞克湖地区和我国的伊犁特克斯地区、南疆的喀什地区进行军事、科学考察，并搜集记录了《玛纳斯》史诗的重要传统章节之一《阔阔托依的祭奠》（*Kökötöydün axi*），共计3319行。作为一名沙俄军官，乔坎·瓦里汗诺夫当时对中亚吉尔吉斯（柯尔克孜）地区的考察明显地带有政治目的，是为沙俄向中亚地区扩张搜集相关的民族志及民俗文化资料，但是他完成自己的考察工作之后所撰写的《伊塞克湖日记》《柯尔克孜的部落传说》《准噶尔游记》《伊犁日记》《18世纪的英雄传说》等著作以其丰富的民族学、民俗学、民间文学的内容而成为后世学者研究中亚柯尔克孜（吉尔吉斯）族历史及民间文化弥足珍贵的资料。特别是他记录下的《玛纳斯》史诗传统诗章《阔阔托依的祭典》，以史诗最早记录的文本形式受到学界高度重视和评价，在史诗早期记录文本以及其他玛纳斯奇唱本的比较研究方面具有不可替代的重要价值。乔坎·瓦里汗诺夫记录下的《玛纳斯》史诗这一片段的原始资料现保存于俄罗斯科学院东方学研究所。其中被乔坎·瓦里汗诺夫本人译成俄文的手稿（共计913行）现存于俄罗斯文学资料馆。这个俄文手稿首次由尼·维谢洛夫斯基（A. N. Vecelovsky）[①]院士编入

[①] 亚尼维谢洛夫斯基（1838—1906），俄国"比较文学之父"，代表作有《历史诗学》《历史诗学业三章》《情节诗学》等。

乔坎·瓦里汗诺夫的一卷本中于1904年出版。后又编入作者的5卷集中于1958年在阿拉木图出版。乔坎·瓦里汗诺夫记录下的内容作为最原始的《玛纳斯》史诗记录文本以各种文字在各地刊布后在国际学界产生了广泛影响。比如，哈萨克斯坦科学院院士阿·马尔古兰于1971年在阿拉木图出版了这一文本的影印本。1977年英国伦敦大学教授亚瑟·哈图还把史诗的这一片段用国际音标形式刊布并将其译成英文散文体在英国出版。书后还附有大量的注释和附录。① 目前这一记录本已经有吉尔吉斯文、哈萨克文、英文、土耳其文等多种译文在世界各地流布。乔坎·瓦里汗诺夫作为最早介入《玛纳斯》史诗搜集记录和研究的学者以其敏锐的学术观察力评析了《玛纳斯》史诗的学术价值，指出了史诗的一些基本特征。比如，他将古代历史与当时的社会现实加以比较之后指出，《玛纳斯》史诗不仅保存古代柯尔克孜族历史发展轨迹，与此同时也融入了不同时代的历史文化因素，是古代柯尔克孜族口头文学中的不朽杰作。他对史诗的韵律进行初步研究之后指出，柯尔克孜歌手并不像波斯诗人那样遵循严格的诗歌格律，但是也有其本身所独有的丰富多彩的诗歌格律以及与柯尔克孜族口头诗歌古老的韵律特征。他还对柯尔克孜族史诗歌手做出了初步评价并指出，玛纳斯奇具有超凡的记忆能力，他们在自己的史诗演唱中描述民族的历史以及精神世界，给听众提供不同阶段的历史信息，而这些历史信息在一定程度上可以完善和验证我们的历史记录。此外，他还将荷马史诗《奥德赛》中的独眼巨人同《玛纳斯》史诗中的独眼巨人故事进行比较，为东西方史诗比较研究打开了崭新的研究视角。

俄国突厥学家威·瓦·拉德洛夫因其在《玛纳斯》史诗的搜集研究方面所做出的卓有成效的功绩为世人所瞩目。他于1862年在我国新疆北部特克斯地区，1869年又在吉尔吉斯斯坦的伊塞克湖西部地区和楚河谷地搜集了大量的柯尔克孜族民间文学资料。其中包括《玛纳斯》史诗的很多内容。他将自己记录的《玛纳斯》资料用柯尔克孜（吉尔吉斯）国际音标形式编入其1885年在圣彼得堡出版的10卷本《北部诸突厥部落的民间文学典范》第

---

① 阿地里·居玛吐尔地：《乔坎·瓦里汗诺夫及其记录的〈玛纳斯〉史诗文本》，《民族文学研究》2007年第4期。

5卷《喀喇柯尔克孜(吉尔吉斯)人的方言》一书之中。同年，这一卷本又由他本人译成德文在德国莱比锡出版。他所刊布的《玛纳斯》记录资料共计12454行，其中的9449行为史诗第一部《玛纳斯》，3005行为史诗第二部《赛麦台》和第三部《赛依铁克》，包括了史诗的，尤其是史诗第一部的大部分传统故事内容。如："玛纳斯的诞生""阿勒曼别特、阔克确、阿克埃尔凯奇""阿勒曼别特离开阔克确投奔玛纳斯""玛纳斯与阔克确之战""玛纳斯与卡妮凯的婚礼""玛纳斯死而复生""包克木龙""阔兹卡曼""赛麦台的诞生""赛依铁克"等。此外，书中还收入了《交牢依》《艾尔托西图克》等另外两部柯尔克孜族小型史诗的一部分记录文本。[1]当然，这两部小型史诗同样也是《玛纳斯》史诗内容的有机组成部分，可以纳入它的宏观结构之中。"威·瓦·拉德洛夫是第一个系统而全面地搜集柯尔克孜(吉尔吉斯)史诗《玛纳斯》的传统章节，并将其汇编成册出版，同时又将它翻译成其他文字出版，对传承、保存和发展这部史诗的演唱者玛纳斯奇的创作特点进行深入而广泛研究的著名学者。"[2]他对《玛纳斯》史诗的研究主要体现在他为上述第五卷做撰写的前言中。这个前言是他对吉尔吉斯(柯尔克孜)民族志田野调查的经典之作，也是将他推至国际史诗学显著位置的一篇关于《玛纳斯》及世界活性态史诗的著名的宏赡翔实的田野调查报告。[3]在这篇调查报告中，拉德洛夫通过将自己亲眼所见的吉尔吉斯(柯尔克孜)活形态史诗传统同荷马史诗《伊利亚特》《奥德赛》、芬兰史诗《卡勒瓦拉》以及欧洲其他中世纪史诗传统加以比较后，把19世纪的吉尔吉斯(柯尔克孜)史诗传统称为一

---

[1] 阿地里·居玛吐尔地：《威·瓦·拉德洛夫在国际〈玛纳斯〉学及口头诗学中的地位和影响》，《民间文学论坛》2016年第5期。

[2] 阿·卡热普库洛夫主编：《〈玛纳斯〉百科全书》第2卷，比什凯克：吉尔吉斯斯坦百科全书出版社，1995年，第160页。

[3] Radlov, Vasilii V.: Proben der Volkslitteratur der Nördlichen Türkischen Stämme, Vol5, Der Dialect der Kara-Kirgisen. St. Pertersburg: Commissionare der Kaiserlichen Akademie der Wissenschaften. 1885；英文见于"Samples of Folk Literature from the Northern Turkic Tribes. Preface to Volume V: The Dialect of the Kara-Kirgiz." Trans. G.B.Sherman, A.B.Davis. Oral Tradition, 5, 73-90.1990；中文译文《〈北方诸突厥语民族民间文学典范〉第五卷前言——卡拉—吉尔吉斯的方言》，载阿地里·居玛吐尔地：《世界〈玛纳斯〉学读本》，北京：中央民族大学出版社，2018年，第18—41页。

个"真正的史诗时代",并指出这个时期的柯尔克孜族史诗传统与特洛伊战争之前在民间广泛流传还没有得到记录编辑的希腊史诗传统相似。并在此基础上,对长期困扰西方学者的"荷马问题"之争提出了明确的现实论证试验场,及19世纪吉尔吉斯(柯尔克孜)的《玛纳斯》史诗传统。比如,他明确指出"我坚信,对于所谓'荷马问题'的争论引出如此难以调和的对立观点,主要是因为没有任何一方真正理解'aoidós'(希腊语歌手)的本质。吉尔吉斯史诗歌手就像荷马各种所描述的那样,是'aoidós'的最佳范例。"①

  正是基于此,他才开始全身心地投入《玛纳斯》史诗研究和阐释之中,并写出了那篇令世人瞩目的调查研究报告。他在自己的研究报告中对《玛纳斯》史诗在民间的传承方式、传承特点及其内容的古老丰富性,语言的生动准确性,韵律的和谐性都给予了自己独特而科学的评价。他把自己当时在柯尔克孜地区所看到的史诗演唱活动同古希腊史诗定型成书之前在民间口头流传的状况进行比较,指出柯尔克孜族的史诗演唱传统同古希腊史诗口头流传的情况极为相似。他还把这种独特的传统归结于柯尔克孜族自古以来形成的对口头韵文的敬仰和重视,把诗歌作为艺术实践的最高形式的口头文化传统,崇尚英武的民族精神以及对英雄人物的赞颂,人们经历战争困苦而渴望和平安定统一等。他指出,无论柯尔克孜族史诗在形式上有多少个类型,它与希腊史诗一样都是人们对生活及生活环境极为真实的描述,是对英雄主义传统的生动展现。阿克琉斯与玛纳斯在这两部史诗中通过各自所表现出的爱与恨、悲与喜、情与仇具有很多共同点。威·瓦·拉德洛夫对《玛纳斯》史诗的产生、保存、传承以及玛纳斯奇的演唱特色、即兴创编以及听众在史诗创编中的作用等学术问题都进行了富有见地的深入研究。他的研究成果及学术观点即使在今天也依然有很高的学术参考价值。比如,他提出的史诗歌手凭借脑海中留存的无数个现成的相对固定套语及传统诗句并遵循史诗古老故事脉络进行即兴创编,史诗歌手在演唱创编中灵活地运用那些现成的程式化的固定成套诗行,传统诗行、诗段在表现英雄人物的诞生、成长、武器装

---

① 转引自[德]卡尔·赖希尔著《突厥语民族口头史诗:传统、形式和诗歌结构》,阿地里·居玛吐尔地译,北京:中国社会科学出版社,2011年,第2页。

备、战前的准备、人物间的对话、英雄一对一的搏杀以及在叙述英雄的外貌特征、坐骑、英雄妻子的美貌、毡房、婚礼场景、英雄的死亡、各种自然景物的描述等方面发挥积极有效的作用。而对这些现成传统诗句的掌握数量及在演唱过程中对它们灵活运用的程度和技巧，是评价一个歌手史诗演唱水平的标志。他指出：

> 每一位有天赋的歌手都往往要依当时的情形即兴创作自己的歌，所以他从来不会逐字逐句丝毫不差地将同一首歌演唱两次……即兴创作的歌手必须很自然地从内心深处毫不停顿踌躇地即时演唱他的歌，犹如任何一位运用母语说话者毫不踌躇停顿一样，因为瞬间即逝的思想不允许他寻找和选择词语机械地营造词组……①

他对《玛纳斯》史诗的有关论述，触及了诸如歌手表演、即兴创作、口头传统的叙事单元即典型片段（commonplace）、听众的角色、口头诗作中新旧叙事因素的混杂、叙事中前后矛盾所具有的含义、现场语境对歌手创作的影响、表演中与叙事相伴随的韵律和节奏、文本的演述和记忆等口头诗学的一些本质问题，并对这些问题都提出了启示后人、富有真知灼见的看法。他对于玛纳斯奇表演史诗现场的描述、评介，对于玛纳斯奇不是逐字逐句背诵史诗，而是在每一次演唱中都进行一种独特的再创作，在传统的限定下用现成的"公用段落"创编史诗的讨论不仅对"口头程式理论"的创立者帕里和洛德，从20世纪上半叶出现的"表演理论"及其他一些研究英雄史诗和口头传统的后世学者的论著中也能看到他所产生的影响。20世纪几乎所有的最重要的文学理论，更具体地说是史诗及口头史诗理论著作，如20世纪初英国出版的最重要的文学史著作之一，文学家查德威克夫妇（Hector Munro Chadwick, Nora Kershaw Chadwick）的《文学的兴起》（*Growth of Literature*），1960年出版的"口头程式理论"的奠基作阿尔伯特·贝茨·洛德

---

① 参见 C. M. Bowra. *Heroic poetry*. London Macmillan & Co LTD, New York·ST Martin's Press, 1961, p.41.

（Albert Bates Lord）出版的《故事的歌手》(*The Singer of Tales*)，同一时期英国史诗学家 C. M. 鲍勒（C. M. Bowra）的《英雄诗歌》(*Heroic poetry*)，以及后来出现的一些重要诗学著作如英国学者露丝·芬尼根（Roth Fennegan）的《口头诗歌：其本质特征、特点及社会语境》(*Oral Poerty: Its nature, significance and social context*)，约翰·迈尔斯·弗里（John Miles Foley）的《口头创作理论：历史与方法论（*The Theory of Oral Composition: History and Methodology*)》①《传统口头史诗：〈奥德赛〉、〈贝奥武夫〉以及塞尔维亚-克罗地亚的归来歌》(*Traditional Oral Epic: The Odyssey, Beowulf, and the Serbo-Croatian Return Song*)，格里高利·纳吉（Gregory Nagy）的《荷马诸问题》(*Homeric Questions*) 等重要著作无一例外、不止一次地提及了拉德洛夫的研究成果和研究方法。足见拉德洛夫富有创见的研究在国际史诗学界的影响力。② 但是，对于《玛纳斯》史诗的调查与研究具有重大理论启示意义的这篇研究报告，在国内直到 21 世纪才有了汉译文的刊布。③ 这不能不说令人汗颜。

　　拉德洛夫的学术思考和研究之外，他所记录下的《玛纳斯》文本也以其史诗传统内容的全面性、系统性而成为西方学者了解和研究《玛纳斯》史诗的最原始、最基本的文本资料。他所记录的《玛纳斯》史诗文本一经出版，就立刻在西方引起轰动。圣彼得堡大学教授爱·皮特里、维·维·罗森，法国学者巴尔比耶·伊马居尔、帕费·库尔特里，德国学者特和·穆尔·库尼等都认为《玛纳斯》史诗内容的刊布是一件巨大的文化事件，并倾注了极大的热情。④ 而且长期以来都受到西方学者的持续关注，越来越显出其珍贵的资料价值。英国的伦敦大学教授亚瑟·哈图（Arther T. Hatto）将拉德洛夫刊布的资料翻译成英文散文体形式，并附柯尔克孜语国际音标，加入大量注释和

---

① 朝戈金将此书译为《口头创作理论：帕里-洛德理论》。
② 阿地里·居玛吐尔地：《威·瓦·拉德洛夫在世界《玛纳斯》学及口头诗学中的地位和影响》，《民间文化论坛》2016 年第 5 期。
③ 阿地里·居玛吐尔地：《〈玛纳斯〉史诗歌手研究》附录三，北京：民族出版社，2006 年，第 241—262 页。
④ 《人类的〈玛纳斯〉》，阿拉木图：热万出版社，1995 年，第 128 页。

附录于1990年在德国维斯巴登出版，全书为642页。① 同一内容还被土耳其女学者米纳·古尔萨伊·纳斯卡利译成土耳其文，于1995年在安卡拉出版。我国学者曼拜特·图尔迪也将这一资料转写成柯尔克孜文在于1997年在克孜勒苏柯尔克孜文出版社出版。总之，拉德洛夫所记录的文本因保留了史诗古朴原始的艺术特征而具有重要的学术价值，在世界范围内产生了很大影响。到目前为止，这个文本已有德文、俄文、英文、土耳其文等多种版本。

除了上述两位，19世纪俄国学者阿里斯托夫在其《关于突厥诸部落、部族的部落组成及其人口情况札记》一书，历史学家巴尔托里德在其《1893—1894年中亚科学考察报告》中粗略地涉及了有关《玛纳斯》史诗的产生历史、民族志特征等问题。十月革命前，对《玛纳斯》史诗进行搜集研究的还有匈牙利学者格里戈里·阿里马西。他曾于1900年游历吉尔吉斯斯坦地区，并从纳伦地区一位布古部落的玛纳斯奇口中记录下史诗第二部的一个片段。1911年用国际音标的柯尔克孜族文（吉尔吉斯文）及德文译文在《东方学》杂志上刊发了自己记录的《玛纳斯》史诗中的传统诗章"英雄玛纳斯与儿子赛麦台告别"，并对有关问题进行了大量的注解。在注解中，他对《玛纳斯》史诗的内容、诗歌韵律和结构特点等都进行了比较深入细致的讨论和研究。

第二节　苏联时期的《玛纳斯》学

一、《玛纳斯》在苏联的刊布情况

十月革命之后，《玛纳斯》学在苏联得到突飞猛进的发展，涌现出了一大批《玛纳斯》研究专家，史诗的各种版本也得到大量刊布和出版。尤其是在史诗文本的刊布出版方面取得了前所未有的发展，史诗的很多广泛流传深得民众喜爱的传统章节多以单行本形式得以出版发行，为《玛纳斯》史诗从

---

① 阿地里·居玛吐尔地：《关键词：亚瑟·哈图》，《民间文化论坛》2017年第3期。

口头走向书面，从听众走向读者的民众普及之路打开了大门。在史诗文本的搜集刊布方面，首先刊布有吉尔吉斯斯坦19世纪最后一位著名玛纳斯奇特尼别克·加皮（Tinibek Japi，1846—1902）[①]演唱的史诗第二部《赛麦台》的传统章节"赛麦台失去白隼鹰"。该文本共计3617行，184页，于1925年用阿拉伯字母形式的吉尔吉斯文在莫斯科出版。文本的编辑整理者是伊仙阿勒·阿拉巴耶夫（Ishenaly Arabayev，1882—1938）[②]。这是苏联时期出版的第一个《玛纳斯》书面文本。20世纪30年代末，史诗的各种不同的片段、章节连续不断地在各类报刊上刊布发表。1940至1945年，还出版了根据不同的史诗歌手的唱本经典章节整理编辑的《玛纳斯》史诗系列普及小丛书。这套小丛书以《玛纳斯》史诗不同的传统章节为内容，以规模不等的形式依次出版12册。为史诗《玛纳斯》在苏联各加盟共和国，尤其是在吉尔吉斯斯坦读者中的普及起到了非常重要的作用。丛书书目依次包括：

1. 根据萨恩拜·奥诺孜巴克夫（Sginbay Orozbak，1867—1930）[③]唱本整理的《玛纳斯的童年时代》韵散结合本，伏龙芝，1940年，共计132页，由俄布拉音·阿布德热合曼诺夫（Ibrayim Abdrakmanov，1888—1967）[④]编辑；

2. 《阿牢凯汗》，伏龙芝，1941年，56页，由俄布拉音·阿布德热合曼诺夫编辑；

[①] 特尼别克·加皮（1846—1902），出生在吉尔吉斯斯坦伊塞克湖边，是当时整个柯尔克孜族玛纳斯奇的最杰出的代表人物之一。他的演唱对后代玛纳斯奇产生了广泛的影响。20世纪最著名的几位玛纳斯奇如我国的居素普阿坤·阿帕依、艾什玛特·曼别特昆素普，吉尔吉斯斯坦的萨恩拜·奥诺孜巴克曾在他们的学艺初期阶段一同到他门下，拜他为师，跟随他数年时间学习史诗的演唱技艺。他的唱本的史诗第二部《赛麦台》一部曾被记录下来并于1898年和1925年分别在喀山和莫斯科以单行本形式出版。

[②] 伊仙阿勒·阿拉巴耶夫（1882—1938），吉尔吉斯斯坦语言学家，现代吉尔吉斯语字母表的创制者。吉尔吉斯斯坦首都比什凯克的国立大学以他的名字命名。

[③] 萨恩拜·奥诺孜巴克夫（1867—1930），吉尔吉斯斯坦著名玛纳斯奇，是20世纪玛纳斯奇的杰出代表人物之一。他能够演唱史诗前三部的内容，具有浓郁的传统特色，但是由于各种原因从他口中只记录下了史诗第一部《玛纳斯》的内容并已出版了4卷本，共计180378行。

[④] 俄布拉音·阿布德热合曼诺夫（1888—1967），吉尔吉斯斯坦著名玛纳斯奇，《玛纳斯》史诗搜集家。20世纪上半叶曾积极参与记录萨恩拜·奥诺孜巴克夫等著名玛纳斯奇的唱本记录工作。后来又曾将自己的唱本亲手进行记录，交于吉国科学院。

3. 根据萨雅克拜·卡拉拉耶夫（Sayakbay Karalayev，1894—1971）①唱本整理的《卡妮凯的故事》，1941年，108页，由俄布拉音·阿布德热合曼诺夫编辑；

4.《卡妮凯让塔依托茹骏马参加比赛》，伏龙芝，1941年，156页，由奥·加克耶夫编辑；

5. 根据萨恩拜·奥诺孜巴克夫唱本整理的《玛凯勒巨人》，伏龙芝，1941年，64页，俄布拉音·阿布德热合曼诺夫编辑；

6. 根据萨雅克拜·卡拉拉耶夫唱本整理的《玛纳斯之死》，1941年，64页，由俄布拉音·阿布德热合曼诺夫编辑；

7.《〈玛纳斯〉史诗中的精彩片段选集》（儿童读物），伏龙芝，1941年，39页，由库·马利考夫编辑；

8. 根据托格洛克·毛勒多（Togolok Moldo，1860—1942）②唱本整理的《赛麦台从布哈拉回到塔拉斯》，伏龙芝，1941年，56页，由俄布拉音·阿布德热合曼诺夫编辑；

9. 根据阿克玛特·额热斯敏迪耶夫（Akmat Irismendi 1891—1966）③唱本整理的《玉尔凯尼奇河》，伏龙芝，1941年，64页，由俄布拉音·阿布德热合曼诺夫编辑；

10. 根据萨恩拜·奥诺孜巴克夫唱本整理的《初次的战斗》（史诗第一部"远征"部分的章节），伏龙芝，1942年，98页，由吉·别依谢克耶夫编辑；

11. 根据托果洛克·毛勒多唱本整理的《玛依坦》（史诗第二部《赛麦台》

---

① 萨雅克拜·卡拉拉耶夫（1894—1971），吉尔吉斯斯坦著名玛纳斯奇。20世纪玛纳斯奇群体的代表人物之一，是到目前为止已发现的玛纳斯奇中演唱内容最长的一位。他的唱本包括史诗第一部《玛纳斯》、第二部《赛麦台》、第三部《赛依铁克》以及第四部《凯南》、第五部《阿勒木萨热克和库兰萨热克》等，共计500553行。

② 托格洛克·毛勒多（1860—1942），真名为巴伊穆别特·阿布德热合曼诺夫（Bayimbet Abdirakmanov）吉尔吉斯斯坦境内为数不多的诗人兼玛纳斯奇，曾自己亲手将自己所演唱唱本记录下来。记录文本包括史诗前三部的内容，共计98703行。

③ 阿克玛特·额热斯敏迪耶夫（1891—1966），出生在吉尔吉斯斯坦楚河地区，为著名玛纳斯奇萨恩拜·奥诺孜巴克的弟子。能够演唱史诗第一部《玛纳斯》片段以及第二部《赛麦台》全部。尤其以演唱《赛麦台》见长，因此被听众称为"赛麦台奇"，即专门演唱《玛纳斯》史诗第二部《赛麦台》的歌手。

片段），伏龙芝，1943年，63页，由吉·别依谢克耶夫编辑；

12.根据萨恩拜·奥诺孜巴克夫唱本整理的《第一次远征》(史诗第一部"远征"部分的章节)，伏龙芝，1944年，108页，由科·热合马杜林编辑。

除了吉尔吉斯文之外，20世纪40年代，《玛纳斯》史诗的各个不同片段还曾先后26次被翻译成俄文在莫斯科等中心城市或者在吉尔吉斯斯坦报刊上刊发，在苏联各民族中产生了很大影响。1946年，还曾在莫斯科结集成册出版①。

1958—1960年还出版了根据吉尔吉斯斯坦多位玛纳斯奇的经典唱本为基础的《玛纳斯》史诗三部综合整理本4卷。包括第一部《玛纳斯》2卷，由库·马利考夫编辑整理；第二部《赛麦台》1卷，由阿·托坤巴耶夫整理编辑，第三部《赛依铁克》1卷，由图·斯德克别克夫整理编辑。从20世纪70年代开始，吉尔吉斯斯坦最重要的两位玛纳斯奇的唱本也先后得以出版。1978—1982年，由吉尔·艾特玛托夫担任主编的萨恩拜·奥诺孜巴克夫唱本史诗第一部《玛纳斯》4卷本出版。1984—1991年，萨雅克拜·卡拉拉耶夫唱本5卷本(分别为《玛纳斯》2卷、《赛麦台》2卷、《赛依铁克》1卷)也陆续出版。另外，被列入苏联《苏联人民的史诗》丛书中的萨恩拜·奥诺孜巴克夫唱本史诗第一部《玛纳斯》的吉尔吉斯文、俄文双语版也在1984年于莫斯科出版。其中，1958—1960年出版的史诗综合整理本在苏联及周边其他国家曾产生重大影响，还分别被翻译成哈萨克文、乌兹别克文、塔吉克文和蒙古文等在阿拉木图(1962年、1963年)、塔什干(1964年、1966年、1968年)、杜尚别(1982年)、乌兰巴托(1989年)等出版。在有些地方，甚至还多次重印，足见其在读中的受欢迎程度。

苏联时期，吉尔吉斯斯坦境内还有很多著名的史诗演唱者玛纳斯奇活跃于民间演唱《玛纳斯》，而且其中的很多代表性歌手的演唱资料大多都得到搜集记录，有一些唱本还曾编辑出版。比如，在有唱本资料得到搜集采录的玛纳斯奇中，苏联时期在吉尔吉斯斯坦出现了萨恩拜·奥诺孜巴克夫

---

① 阿·阿克马塔利耶夫主编：《吉尔吉斯文学史》第8卷，比什凯克：夏木出版社，2017年，第16页。

（1867—1930）和萨雅克拜·卡拉拉耶夫（1894—1971）这两位杰出的《玛纳斯》史诗演唱大师。萨恩拜·奥诺孜巴克夫演唱的《玛纳斯》内容丰富，篇幅浩大，他虽然属于跨世纪的大玛纳斯奇，曾在苏联建立之前就享誉整个柯尔克孜（吉尔吉斯）地区并曾于1916年随战乱逃亡大军来到我国境内的阿合奇县躲避战乱，而且还曾在避难期间与我国阿合奇县当地的杰出玛纳斯奇居素普阿昆·阿帕依有过一次《那纳斯》史诗的演唱竞赛而在我国境内名声鹊起，为我国民众所熟知。两位玛纳斯奇当时的史诗演唱竞赛也成为《玛纳斯》史诗传承中的一段历史佳话在民间广为流传，并成为20世纪初中吉两国人民民间文化交流的一个标志性事件。①

　　萨恩拜·奥诺孜巴克夫的《玛纳斯》唱本曾先后由苏联学者卡尤木·米夫塔考夫和俄布拉音·阿布德热合曼诺夫在1922—1926年进行记录。遗憾的是，由于当时这位玛纳斯奇已经年老多病，再加上当时条件所限，只能用纸笔记录，而记录者为了尽快完成上级下达的任务，不顾歌手身体状况以及其情绪的变化，要求他独自一人面对记录者每天进行不间断演唱。与此同时，为了记录文本的完整性、准确性还要反复核对已经演唱过的文本，从而给年老的歌手造成不必要的心理和身体负担而使他很反感，再加上老歌手记忆力严重衰退，无法持续演唱，这次记录工作最终因为歌手没办法继续演唱而只记录下了其演唱的史诗第一部内容，共计180378行的篇幅。他所演唱的史诗第一部就达18万行的篇幅，足见其演唱技艺之高超，唱本规模之宏大。另一位玛纳斯奇萨雅克拜·卡拉拉耶夫的唱本先后由科·朱马利耶夫，俄·阿布德热合曼诺夫，吉·热索夫、克·科德尔巴耶娃等于1930—1947年间进行记录。记录工作时断时续，历时17年。他的唱本包括史诗第一部、第二部、第三部的内容共计485367行，第四部、第五部的内容共计15186行。从他口中记录下来的《玛纳斯》唱本总计500553行，可以说是到目前

---

① 阿地力·朱玛吐尔地、托汗·依萨克：《〈玛纳斯〉演唱大师居素普·玛玛依评传》，呼和浩特：内蒙古大学出版社，2002年，第52页；另见阿地里·居玛吐尔地：《"一带一路"与口头史诗的流布和传播——论中国—吉尔吉斯斯坦〈玛纳斯〉史诗传统及其互动交流》，《西北民族研究》2017年第3期。

为止所记录的《玛纳斯》史诗各种唱本中篇幅最长的一个。①上述两位玛纳斯奇的唱本篇幅宏大，内容丰富，艺术水准很高，在民众中影响也最大，成为苏联学者研究《玛纳斯》史诗的主要文本依据。需要说明的是，虽然吉尔吉斯斯坦这两位玛纳斯奇的唱本内容丰富，篇幅也长，但都主要局限在史诗前三部之内。后者虽然也演唱过英雄玛纳斯家族第四代、第五代的一些故事内容。但却结构零散，情节十分简单，不成体系。与此相比，我国《玛纳斯》演唱大师居素普·玛玛依的唱本包括玛纳斯家族八代英雄的伟业，谱系结构完整，整体脉络清晰。他不仅演唱了前三部的完整内容，而且演唱了史诗第四部至第八部的后续内容，为目前搜集记录的最完整的唱本。八部史诗从头至尾全部由他一人唱出，因此他的唱本毫无疑问是目前世界上结构最完整、内容最丰富的唱本。我们完全有理由为此而感到自豪和骄傲。

二、研究《玛纳斯》的重要学者

苏联时期，《玛纳斯》史诗文本的搜集编辑出版工作得到长足推进外，学术研究也有大幅提升和发展，一大批文学家、历史学家、民族学家、民俗学家、语言学家、音乐家都纷纷参与到《玛纳斯》史诗的研究工作当中，从各自不同的角度解读阐释史诗内容并取得颇具影响的学术成果。本文稍后的章节中将专门介绍吉尔吉斯斯坦、哈萨克斯坦等国的《玛纳斯》学发展状况，本节只对上述两国之外的苏联学者中的成就卓著者进行简略介绍。

"十月革命"之后，最早关注和研究《玛纳斯》史诗的苏联知名学者是民族学家帕威尔·法列夫（Pavel Falev，1888—1922）。他毕业于圣彼得堡大学东方语言学系，曾在哈萨克斯坦、乌兹别克斯坦从事教学科研工作。他精通吉尔吉斯、哈萨克、乌兹别克等中亚民族的语言，并基于拉德洛夫搜集的资料，首先开始撰写发表有关《玛纳斯》史诗的论文和文章。在《吉尔吉斯史诗的发展史》②等论文中将史诗的内容、结构、语词同《阙特勤碑》《暾欲谷

---

① 阿·卡热普库洛夫主编：《〈玛纳斯〉百科全书》第2卷，比什凯克：吉尔吉斯斯坦百科全书出版社，1995年，第184—190页。

② 法列夫：《吉尔吉斯史诗发展史》，《科学与观察》（塔什干）1922年第1期。

碑》等鄂尔浑—叶尼塞碑铭加以比较，指出了其中的诸多相似点。在另外一些论文中，还将史诗中的人物同荷马史诗《奥德赛》中的独眼巨人形象加以比较，提出了很多有趣的看法和结论，这些看法和结论至今都有一定的参考价值。①

语言学家叶甫盖尼·波利瓦诺夫·德米特里耶维奇②（Yevgeny Bolivanov Dmitrievich，1891—1938），1912 年毕业于圣彼得堡大学历史-语文系，通晓乌兹别克语、日语、东干语等多种语言。他关于语音音节结构方面的研究开创了语言学研究的新领域。③1934 年，在卡瑟姆·特尼斯坦诺夫④（Kasim Tnistanov，1901—1938）的邀请下前来到吉尔吉斯文化建设研究所工作，不仅参与俄吉双语字典的编纂工作，还投入《玛纳斯》史诗的俄文翻译及出版工作。出自波利瓦诺夫之手的《玛纳斯》俄文翻译资料有"六位汗王派使者拜访玛纳斯""使者返回""七位汗王的叛乱""阔阔托依的祭典""伟大的远征"等传统章节，共计数千诗行。他的翻译手稿现存于吉尔吉斯科学院手稿档案资料室，译文以精准的表述、充盈的词汇体现出波利瓦诺夫知识面的广度和深度。他不仅是苏联时期最早参与《玛纳斯》史诗俄文翻译的俄罗斯学者，而且在史诗翻译学方面提出自己深度理论思考的翻译学家。他在《关于史诗〈玛纳斯〉俄文翻译准则》⑤中指出，译者的目的不仅在于通过俄文精准展示吉尔吉斯文唱本内容，更是需要构建一部等同于吉尔吉斯文文本对读者产生同样感受的俄文韵文作品。长篇史诗《玛纳斯》的翻译首先要，也是

---

① 阿·卡热普库洛夫主编：《〈玛纳斯〉百科全书》第 2 卷，比什凯克：吉尔吉斯斯坦百科全书出版社，1995 年，第 322 页。
② 在 20 世纪 30—50 年苏联"大清洗"运动背景下，波利瓦诺夫 1937 年 8 月因被认为是"日本间谍"而拘捕，1938 年 1 月 25 日在莫斯科被枪决。
③ 阿·阿克马塔利耶夫主编：《吉尔吉斯文学史》第 8 卷，比什凯克：夏木出版社，2017 年，第 187 页。
④ 卡瑟姆·特尼斯坦诺夫（1901—1938），语言学家、诗人、戏剧家、社会活动家。1924 年写成第一本吉尔吉斯语教科书。1927—1930 年间担任吉尔吉斯文化建设研究所所长、研究员。1938 年苏联"大清洗"期间以莫须有的罪名遭枪决。
⑤ 该报告是波利瓦诺夫为在"《玛纳斯》翻译者大会"准备宣读的文章，写于 1936 年。该会议是否如期召开，目前没有找到关于该会议的相关资料。该报告手稿现存于吉尔吉斯科学院社会科学部手稿库，部分内容被损毁。

最重要的是逐字逐句硬译，然后要进行文字的润色加工。这两阶段的译者分工明确，各司其职，但同时还需互相协作。尤其在第二阶段结束后，还需将译本交给第一阶段熟悉史诗内容及民族历史文化背景的翻译者进行最后的校勘。另外，他对于《玛纳斯》史诗诗行的韵律、音节、音韵特点以及在语义层面必须注重保留古词、民族特色词，关注和科学处理多义词、特性形容词以及词汇与语境关联等问题，均具有非常重要的理论创新和借鉴意义。[①]

苏联文学理论家、民间文艺家维·玛·日尔蒙斯基（V. M. Zhirmunsky，1891—1971年）是苏联语文学大家和文学理论家，著述颇丰，如《德国方言学》《比较历史语言学》《民族语言和社会方言》《德国浪漫主义和现代神秘论》《A.比洛卡的诗歌创作》《普希金与普希金思想》《韵律的历史和理论》《诗律学导论·诗歌原理》《文学理论诸问题》《文学理论·诗学·修辞》《歌德在俄罗斯文学中》《普希金与西方文学》《比较文艺学和文学影响问题》《当西方文学的关系是比较文艺学的重要课题》《斯拉夫各民族的诗歌创作与史诗的比较研究问题》《文学的历史比较研究问题》《文学流派是国际现象》以及后来在广泛涉猎吉尔吉斯、乌兹别克、哈萨克、诺盖、阿尔泰、雅库特以及蒙古、波斯—阿拉伯、欧洲史诗传统之后立足文学、比较诗学、文艺学撰写出版的《突厥语民族英雄史诗》《〈玛纳斯〉研究导论》《乌兹别克民族的英雄史诗》《阿勒帕米西的故事与英雄史诗》等都是出自他手的理论著作。从这些书目中我们不难看到其学术思想脉络的广泛性和令人瞩目的学术建树。他的著作涉及语言学、民族学、文学、诗学、比较文学、文艺理论及口头诗学等多个学科领域，堪称是苏联语言文学领域不多见的一位学术开拓者和引领者。在他后期的学术视野中，《玛纳斯》史诗毫无疑问是其一个重要的学术开拓点。他的《〈玛纳斯〉研究导论（*Introduction to the study of the epic Manas*）》[②]，以及《中亚史诗和史诗歌手（*Epic songs and singers in Central*

[①] 刘慧颖：《吉尔吉斯斯坦的〈玛纳斯〉学研究》，中国社科院大学博士学位论文，2021年，第89—91页。

[②] Zhirmunsky, V.M. *Introduction to the study of the epic Manas*, in Bogdanova, Zhirmunsky, Petrosjan 1961, pp.85–196.

Asia)》①等著述中通过历史比较研究方法,对《玛纳斯》等中亚史诗中母题,情节结构,人物形象等进行研究外,在后一部著述中对帕里和洛德的研究给予肯定的评价,对中亚各民族的史诗歌手(柯尔克孜族的"玛纳斯奇(manaschi)"、乌兹别克的"巴克什(bakshy)"、哈萨克的"阿肯(akin)"、卡拉卡勒帕克的"吉绕(zhyrau)"的共同点和各自不同的特色进行了比较,对他们的即兴创作方式,对传统所采取的态度以及史诗歌手的学习过程等进行了论述,并指出:"对于民间歌手真正的即兴创作才能,必须要研究分析这位歌手在不同的场合给不同听众以及他在不同时期唱同一部作品的录音记录。即兴创作的质量取决于歌手的创造才能。"②他的专著《〈玛纳斯〉研究导论》最初于1948年以油印版形式由前苏联科学院吉尔吉斯研究部印刷,后又经过不断地扩展修订加工并编入他本人的《英雄史诗》(1962年)、《突厥语族民族史诗》(1974年)等著作中先后正式出版。日氏的这部专著在苏联的《玛纳斯》学中也是一部具有重要影响的学术著作。论文包括前言、正文(共六章)、后记、参考资料等四个部分。前言主要交代这部著作的写作目的、写作过程和参考资料来源等。正文第一章以"传统史诗"为题,主要论述了《玛纳斯》作为一部柯尔克孜(吉尔吉斯)族人民中间祖辈流传、不断发展、变异的口头史诗的叙事特点、艺术特色、传统形式、学术价值。他通过分析《玛纳斯》史诗的情节、母题以及传承特点,并借鉴阿乌埃佐夫等人的研究成果将吉尔吉斯斯坦的玛纳斯奇群体分为天山派和伊塞克湖两个流派。第一个是以萨恩拜·奥诺孜巴克夫为首的"天山流派",第二个则是以萨雅克拜·卡拉拉耶夫为代表的"伊塞克湖流派"。日氏根据两个流派演唱文本的结构、内容、语言特点、流传地域、演唱语境的不同分别对其进行了比较深入的探讨和研究。第二章根据《玛纳斯》史诗的情节结构和内容特点,对英雄人物玛纳斯的诞生、起名、儿童时代、第一次英雄行为、婚姻、英雄业绩、死亡,英雄与亲属及盟友的关系、日常生活及庆典活动的举办过程、

---

① In Nora K. Chadwick, Victor Zhirmunsky. *Oral Epics of Central Asia*. Cambridge: Cambridge University Press.1969, pp.296–340.

② Nora K. Chadwick, Victor Zhirmunsky. *Oral Epics of Central Asia*. Cambridge: Cambridge University Press.1969, p.326

英雄的远征等传统章节,运用历史比较研究的方法将其同世界各国的史诗遗产进行多角度比较,提出了很多有价值的结论。第三章主要讨论《玛纳斯》史诗的主题思想,并重点分析史诗中的主要人物形象、特点及其在史诗整体叙事及故事结构整合、情节的发展中所发挥的作用。第四章讨论史诗产生的时代背景和发展过程。作者运用大量历史学、民族学、语言学、民俗学资料对史诗的形成过程进行了广泛的讨论,并对史诗同其他突厥语族民族的史诗遗产的关系进行了较为深入的探讨。第五章主要讨论《玛纳斯》史诗第二部《赛麦台》和第三部《赛依铁克》的情节、结构特征及人物及其与史诗第一部的关联,指出这两部在叙述语言、创作艺术手法上与史诗的第一部的区别,提出了它们的产生时间晚于史诗第一部,而且是17—18世纪才逐步定型的观点。但他的这种观点却引起很多同行学者的质疑和异议,而且到后来被很多学者否定。日尔蒙斯基的这部著作在当时的世界史诗学界产生广泛影响,虽然有些观点值得商榷,但有些观点至今仍有一定的参考价值。

音乐理论家维克多·维诺格诺多夫·谢尔盖叶维奇(Viktor Vinogradov Sergeevich,1899—?)1899年出生于吉尔吉斯斯坦,曾获得吉尔吉斯斯坦艺术功勋奖章(1957年)和吉尔吉斯斯坦托合托古勒·萨塔甘诺夫国家奖(1967年)。曾任苏联作曲家协会执行理事和联合国教科文组织民间音乐国际组织成员。从1938年开始研究吉尔吉斯音乐史,并成为首位系统研究《玛纳斯》史诗音乐的专家。他曾于20世纪40年代从萨雅克拜·卡卡拉耶夫、江额拜·阔杰克、毛勒朵巴散、穆苏勒曼库洛夫、阿克坦·特尼别考夫等19位苏联时期的代表性玛纳斯奇的史诗演唱中录下大量音频资料并进行细致的分析和研究,对《玛纳斯》史诗的音乐特色,史诗演唱音韵、旋律与史诗诗歌的关系,玛纳斯奇演唱史诗时对于韵律的把握,史诗音乐和旋律的类型及特征等问题都给出了自己独到的见解。其代表性论文《〈玛纳斯〉的旋律》在我国翻译发表[①]。在这篇论文中,作者明确指出《玛纳斯》史诗的叙述方式与其他民族的史诗相比有自己独特性,是一种综合的、富有表现力的、完整的

[①] V. S. 维诺格拉多夫:《〈玛纳斯〉的旋律》,阿地里·居玛吐尔地、马睿译,《民族文学研究》2018年第5期。

艺术。玛纳斯奇的史诗演唱如同一个人的演出剧场，用纯韵文形式，以洪亮的歌声，不加任何乐器伴奏进行演唱表演。史诗歌手的音调、旋律、节奏伴随动作、手势以充满激情、活力四射的独特方式将史诗演唱到极致。

苏联历史学家、考古学家阿·纳·伯恩施坦（Berinshtam Aleksandir Natavech，1910—1956），1931年毕业于列宁格勒国立大学地理学系民族学专业，之后便一直在国立列宁格勒物质文化研究院（后改成苏联科学院物质文化历史研究所）从事学术研究。他将史诗作为重要的历史学口头文献资料，从历史学角度对《玛纳斯》史诗展开研究，讨论和分析了史诗的历史学价值及其吉尔吉斯（柯尔克孜）人民历史的关系，提出了许多很有见地的但也引起争论的观点，取得显著成就。他的有关《玛纳斯》史诗的20余篇论文大多于1940—1950年发表于《苏维埃吉尔斯斯坦》《列宁格勒晚报》等报刊。其中，他逝世后发表的论文遗作也很多。其中较有代表性的有《〈玛纳斯〉史诗的产生年代》[①]《"玛纳斯"名称的由来》等。他将史诗的情节，史诗中的地名、人名等特殊的专用名词与吉尔吉斯（柯尔克孜）的历史、民俗及考古资料加以对比进行跨学科研究，对史诗中所蕴含的历史文化民族学资料加以系统梳理，对史诗的历史学价值提出了许多可贵的、具有开拓性的，但也颇具争议的观点。比如，他在《吉尔吉斯（柯尔克孜族）的古代文化》（1942年）、《吉尔吉斯（柯尔克孜族）的历史生活》（1942年）、《吉尔吉斯（柯尔克孜族）的伟大遗产》（1945年）等论文中，将9世纪的额尔浑—叶尼塞碑铭中的雅格拉卡拉汗这位汗王认定为当时盛极一时的黠戛斯汗国的国王，并提出这位汗王就是英雄史诗《玛纳斯》的主人公玛纳斯的原型。但是，他的这个观点后来遭到C.马洛夫、日尔蒙斯基等学者的否定。但尽管如此，伯恩施塔博士的有些观点依然在《玛纳斯》史诗历史背景的探寻方面具有一定的启发意义和学术参考价值，值得进一步深入分析、探讨、研究和借鉴。

民族学家斯·米·阿布热玛卓尼（Abramzon Saul Metveevich，1905—1977年）是苏联学者中第一位从民族学角度，对《玛纳斯》史诗的民族学、

---

① 阿地里·居玛吐尔地主编：《世界〈玛纳斯〉学读本》，北京：中央民族大学出版社，2019年，第234—256页。

历史学进行广泛深入研究,并取得丰硕成果的学者。其发表的有关《玛纳斯》史诗的论述主要有《英雄史诗〈玛纳斯〉是吉尔吉斯文化纪念碑》《吉尔吉斯(柯尔克孜)〈玛纳斯〉史诗中与民族学有关的情节及其内涵》《吉尔吉斯的史诗〈玛纳斯〉是民族学资料的丰富资源》《吉尔吉斯(柯尔克孜)的军事及战略战术述略》《吉尔吉斯(柯尔克孜)的男孩寄养习俗》等多篇有价值的论文。这些论文都是基于对《玛纳斯》史诗的细致分析基础上展开,所得出的结论也极具理论创新意义。依照他的观点,吉尔吉斯(柯尔克孜)生活习俗中很多已经被遗忘的古老的民族学资料均可从《玛纳斯》史诗中找到,而这些资料对研究吉尔吉斯(柯尔克孜族)文化史具有不可取代的珍贵的资料价值和重要学术意义。

普·努·彼尔考夫(Berkov Pavel Naymovech,1896—1969),苏联文学家,比较文学家。主攻18、19、20世纪俄罗文学与外国文学的关系研究以及苏联境内各民族文学比较研究。在题为《阿尔泰史诗与〈玛纳斯〉》的论文中,他是苏联学者中第一个把《玛纳斯》同阿尔泰史诗《阿勒普—玛纳什》以及哈萨克、乌兹别克等民族中流传的英雄史诗《阿勒帕米斯》等史诗进行比较的学者。在论文中,他利用文本比较的方法探讨了《玛纳斯》同这些临近民族的史诗之间不可忽视的渊源关系。

第三节　吉尔吉斯斯坦的《玛纳斯》学

吉尔吉斯斯坦始终是世界《玛纳斯》学的重镇。无论苏联时期还是在苏联解体之后都有一大批学者专事《玛纳斯》史诗研究,并在世界《玛纳斯》学界占有不可替代的重要位置。早在"十月革命"胜利苏联建立初期,吉尔吉斯本土学者就开始关注和研究《玛纳斯》史诗。各类报刊上也开始陆陆续续有文章论文发表。其中,伊仙纳勒·阿拉巴耶夫(Ishenaly Arabaev)、卡斯穆·塔尼斯塔诺夫(Kasim Tynistanov)、托科乔饶·交勒多谢夫(Tokchoro Joldoshev)、库赛因·卡拉赛耶夫(Kusayin Karasaev)等堪称先锋。"二战"

结束后，随着苏联摆脱战争之苦，平乱趋稳，各项事业得到平稳发展，尤其是文学艺术事业走向新的繁荣发展期。在之后的社会主义全面发展时期以及苏联解体、吉尔吉斯共和国独立以后，吉尔吉斯斯坦的《玛纳斯》学稳步得到发展，涌现出一大批卓有成就的《玛纳斯》研究专家，各种研究成果层出不穷。科学院专门机构以及大专院校成为吉尔吉斯斯坦《玛纳斯》学发展的重要领地。吉国《玛纳斯》研究者数量众多，成果汗牛充栋，限于篇幅，本书选取一些标志性成果和吉国学者中的代表人物及其著作进行介绍选评。

一、标志性成果——《吉尔吉斯人民口头创作史论》

吉尔吉斯斯坦民间口头文学方面的第一个比较大型的标志性成果之一为1988年出版的《吉尔吉斯人民口头创作史论》（*Kyrgyz adabiyatinin oozeki chigarmachilik tariginin ocheriki*）。这是一部集体合作完成，在吉尔吉斯斯坦文学史上具有里程碑意义的大型民间文学综合性学术成果。其中的主要章节分别由居尔逊·苏万别考夫（Jursun Suvanbekov）、萨玛尔·穆萨耶夫（Samar Musayev）、热伊萨·科德尔巴耶娃（Rayisa Kederbayeva）、贾科·塔西铁密诺夫（Jaki Tashterirova）、萨帕尔别克·扎克绕夫（Sapar Begaliev）、巴特玛·凯别考娃（Batma Kebekova）等吉尔吉斯斯坦最著名的民间文学家、民俗学家联合担纲，执笔撰稿。与以往的类似成果相比，这本著作无论资料性、学术性、理论性都有很大突破。本书除了对吉尔吉斯的神话、传说、劳动歌、仪式歌、习俗歌、婚礼歌、宗教信仰歌、情歌、丧葬歌、挽歌、治疗歌、劝喻歌、祝赞词、咒语、谚语、对唱、即兴创作等民间口头传统的所有类型进行了全方位论述外，还专门对《玛纳斯》史诗为代表的数十部吉尔吉斯史诗有专章论述，深度介绍和阐释了类型多样的史诗的历史价值以及内容结构特征、人物谱系、诗歌特征等。其中，有关《玛纳斯》史诗的内容占据很大篇幅。对了解吉尔吉斯民族历史、文化、习俗具有重要资料价值和学术参考价值。另外一个标志性成果是为了配合联合国教科文组织命名的"《玛纳斯》1000周年"纪念活动（1995年），由吉尔吉斯斯坦的170多位《玛纳斯》专家、历史学家、文学家、民族学家、民俗学家、语言学家合力编撰出版的，专门以《玛纳斯》史诗及相关学术为内容的两卷本吉尔吉斯文大型百科全书，即《〈玛纳斯〉百科全书》。毫无疑问，这是目前为止世界"《玛纳斯》学"最权威的专用工具书。全书分为上、下两卷，以介绍和评述史诗各种唱本中的内容、人物、物品、遗迹、风物、玛纳斯奇、《玛纳斯》搜集研究者、翻译者，与史诗有直接或间接关系的音乐、绘画、雕塑、影视、手工等各类艺术作品和其作者，史诗各种版本，与史诗相关的各类图书等形式共收入 3000 多个词条，囊括了世界范围内的有关《玛纳斯》史诗研究的所有重要成果、史诗的版本，翻译文本，史诗歌手，重要学者的介绍；重点介绍了 19 世纪末以来俄国、吉尔吉斯斯坦以及苏联学者在史诗《玛纳斯》的搜集、出版、研究、翻译方面的成绩，其中也包括介绍我国《玛纳斯》演唱大师居素普·玛玛依的生平、《玛纳斯》唱本内容、中国出版的《玛纳斯》史诗各种版本以及重要学者及成果等的词条十余个。这本大型百科全书是 20 世纪末世界《玛纳斯》学最重要的标志性成果，也是 20 世纪末《玛纳斯》史诗研究的集大成之作，在世界玛纳斯学领域具有很高的学术参考价值。但该辞书最大的遗憾是，由于直到 20 世纪末我国与吉尔吉斯斯坦学者之间的学术信息交流并不畅通，吉尔吉斯斯坦学界当时对我国《玛纳斯》学的总体情况及研究成果还不够了解，使这部"百科全书"没能充分反映我国《玛纳斯》史诗的文本以及史诗的搜集、出版、翻译、研究等各方面成就。

二、代表性学者

1. 卡里穆·热赫玛杜林·阿赫麦多维奇

卡里穆·热赫玛杜林·阿赫麦多维奇（Kalim Pahmatullin Ahmeduvich，1903—1946）是吉尔吉斯斯坦最早从事《玛纳斯》研究并取得显著成就的本土学者之一。他从 1927 年开始从事吉尔吉斯文学及《玛纳斯》史诗研究并在各类报纸杂志上发表《玛纳斯属于哪个时代》(1941 年)，《玛纳斯奇：传记资料》(1942 年)，《英雄的魅力在人间》(1943 年)，《吉尔吉斯文学的爱国主义思想》(1945 年)等大量有关《玛纳斯》史诗、玛纳斯奇、吉尔吉斯文学方面的文章，并著有《玛纳斯奇们》(1942 年)、《伟大的爱国者，神奇的玛纳斯》(1943年)、《发展中的吉尔吉斯文学》(1936年)、《吉尔吉斯文学的产生》(1941年)等著作。其中,《玛纳斯奇们》(1946年出版修订增补版)是20世纪上半叶出自吉尔吉斯斯坦学者之手的第一部关于玛纳斯奇的研究成果。这部篇幅不大的专题著作中,作者对《玛纳斯》史诗演唱艺术的形式和特点进行比较深入的讨论并提出了许多具有开拓性观点。尤其可贵的是,其中搜集汇总了很多玛纳斯奇史诗演唱弥足珍贵的丰富的第一手资料,堪称吉尔吉斯斯坦《玛纳斯》学中有关史诗歌手研究的奠基作。作者在书的前半部分首先介绍托合托古勒（Toktogul）、诺如孜（Noruz）等留存于传说中的玛纳斯奇的创作演唱特征,然后对19世纪末20世纪初吉尔吉斯斯坦境内具有代表性的玛纳斯奇特尼别克·加皮（Tinibek Japi，1846—1902）、萨恩拜·奥诺孜巴克（Sginbay Orozbak，1867—1930）、阿克玛特·额热斯敏迪耶夫（Akmat Irismendi，1891—1966）、江额拜·考介克（Jañibay Kojek，1869—1942）[①]等的史诗演唱经历和演唱内容为例,分析了玛纳斯奇这一特殊群体区别于一般民间即兴歌手"阿肯（Akin）"的特点。他将玛纳斯奇视为吉尔吉斯民间口头艺术的特殊群体,并通过具体的第一手资料给予令人信服的论证,提出了玛纳斯奇传承、演唱《玛纳斯》都遵循传统,但从来就不是逐字逐句、机械地背诵前辈的内容,而是通过拜师长时间学习、观摩、训练掌握史诗内容。所有玛纳斯奇的演唱内容都遵循一个叙事主线。整部史诗按照固定的情节脉络被歌手演唱,所有的玛纳斯奇总是在前辈的演唱内容基础上进行再创编,每一位有成就的玛纳斯奇都有各自不同的演唱风格,玛纳斯奇在史诗创编中的神灵梦授观,是史诗歌手对于《玛纳斯》史诗的强烈热爱和全心投入的结果等一系列具有创新意义的观点。他还提出玛纳斯奇对于神灵梦授的强调,主要是基于对英雄玛纳斯的崇拜心理,以及将自己的史诗演述同超自然的神秘力量结合起来,试图以此提升自己的社会影响力和演述内容的神圣性、权威性,但是每一位有成就的玛纳斯奇,都不是通过这种神秘的神灵梦授而是通过自己的天赋和后期努力而功成名就。正是因为对于史

---

① 江额拜·考介克（1869—1942）,出生在吉尔吉斯斯坦朱慕噶勒地区,能够演唱史诗前三部的重要诗章。据说其祖先7代均为玛纳斯奇,具有家传《玛纳斯》的传统。自己则是从16岁开始演唱史诗。

诗无限痴迷以及全身心地投入才使他们梦见史诗中的英雄人物的观点也客观且合理。通过研究分析玛纳斯奇的"神灵梦授"观念，他认为做梦并不是未来玛纳斯奇能否演唱《玛纳斯》的关键，但他同时也没有完全否定做梦在史诗学习演唱方面的作用，认为做梦是未来玛纳斯奇全身心投入学唱史诗中的结果。通过对萨恩拜·奥诺孜巴克和萨雅克拜·卡拉拉耶夫（Sayakbay Karalaev，1894—1971）两位吉国最杰出的玛纳斯奇唱本系统比较后他指出，每一个玛纳斯奇在演唱方面都存在各自不同的风格和特点。按照玛纳斯奇们的演唱水平，作者把玛纳斯奇分为能演唱完整史诗的玛纳斯奇和演唱史诗传统章节的玛纳斯奇两类。这是吉国学者玛纳斯奇的第一次分类。他对不同玛纳斯奇唱本之间的区别进行了初步的比较分析，指出了史诗各个唱本的主题一致性，指出《玛纳斯》不同唱本的内容都是以柯尔克孜族为争取民族自由、和平和独立而进行的斗争。此书的后半部分大量地记录和介绍了，从18世纪后半期开始直到十月革命之后，在苏联境内开展的对于《玛纳斯》史诗的记录工作，以生动鲜活的第一手资料，介绍了凯勒地别克·穆热特（Keldibek Murat，18世纪）①、特尼别克·加皮、巧伊凯·奥穆尔（Choyke Ömur，1863—1925）②、萨恩拜·奥诺孜巴克、萨雅克拜·卡拉拉耶夫、托格洛克·毛勒多（Toġolok Moldo，1860—1942）③、夏帕克·额热司冕地（Shapak

---

① 凯勒地别克·穆热特，18世纪生活在吉尔吉斯斯坦境内的著名玛纳斯奇。他的演唱虽然没有被记录下来，但是在民间流传着很多有关他学唱《玛纳斯》史诗的传说。比如，说他学唱史诗是因为史诗主人公和其勇士们进入梦乡要求演唱《玛纳斯》，当他演唱史诗时草原上牧放着的羊群不需要牧人驱赶，自己就跑回圈中，当他演唱进入状态时毡房晃动，正午的天空就像黄昏一样朦胧起来并能听到玛纳斯和其勇士们的马蹄声等。
② 巧伊凯·奥穆尔（1863—1925），19世纪末20世纪初吉尔吉斯斯坦最著名玛纳斯奇之一，为萨雅克拜·卡拉拉耶夫的师父。据说他是"神灵梦授"学会《玛纳斯》史诗，并一生以史诗演唱为自己的职业，游历四方为听众演唱《玛纳斯》。他的演唱内容包括史诗前三部的内容。唱本没有被记录下来。
③ 托格洛克·毛勒多（1860—1942），吉尔吉斯斯坦境内较早学会读书写作技巧的诗人兼玛纳斯奇，曾由自己亲手将自己所演唱唱本记录下来。记录本包括史诗前三部的内容，共计98703行。

Irismendi，1863—1956）①、江额拜·考介克、阿克玛特·额热斯冕地等著名玛纳斯奇的生平及史诗演唱活动。在《伟大的爱国者，神奇的玛纳斯》中，作者描述和论证了英雄玛纳斯率领四十勇士为家乡和人民的安宁奋勇斗争的英雄事迹和先辈们为后代树立起保家卫民之楷模的事迹。在史诗的主题思想研究总结，史诗文化价值的探索方面，他都提出了自己的创新性见解。

2. 波略特·尤努萨里耶夫

波略特·尤努萨里耶夫（Bolot Unusaliyev，1913—1970）是吉国著名的语言学家和《玛纳斯》专家，语文学博士，1954年当选吉尔吉斯斯坦科学院院士，还曾一度担任吉尔吉斯斯坦教育部部长（1954—1960）。1952年发表第一篇《玛纳斯》史诗专题论文《〈玛纳斯〉史诗的产生年代及渊源》②。1958年，他担任主编主持完成吉尔吉斯斯坦《玛纳斯》史诗综合整理本四卷本的编辑，并撰写了长篇导论。③ 在这篇导论以及上述论文中，他运用历史语言学的理论方法对《玛纳斯》史诗文本进行分析研究，提出《玛纳斯》史诗产生于黑契丹、契丹等侵犯奴役吉尔吉斯（柯尔克孜）的9—11世纪的论断。他撰写的长篇论文《〈玛纳斯〉史诗综合整理本的编选经验》一文被编入1961年在莫斯科出版的俄文版《吉尔吉斯（柯尔克孜）英雄史诗〈玛纳斯〉》论文集中。另一篇综合研究《玛纳斯》史诗的长篇论文《柯尔克孜英雄史诗〈玛纳斯〉》编入1968年在伏龙芝出版的《〈玛纳斯〉——吉尔吉斯（柯尔克孜）的英雄史诗》论文集中。作者在这篇论文中把《玛纳斯》史诗置于吉尔吉斯（柯尔克孜）广阔的历史文化背景及民间文学传统中，对史诗产生、发展、传播的文化背景、历史轨迹等做了深入细致的分析。他的学术观点在苏联及吉尔吉斯斯坦学者中产生了广泛而深远的影响，至今仍有重要参考价值。他在《玛纳斯》史诗各种唱本的编辑出版，翻译推广以及对史诗研究的

---

① 夏帕克·额热司冕地（1863—1956），19世纪下半叶至20世纪中吉尔吉斯斯坦最著名玛纳斯奇之一。据说他是因为得到"神灵梦授"而成为玛纳斯奇，但同时又受到前辈著名玛纳斯奇巴勒克等的影响。其演唱包括《玛纳斯》史诗前三部，即具有传统特性，又有自己独特风格。唱本曾于20世纪中期被记录下来。
② 见《赤色吉尔吉斯报》1952年5月12日版。
③ 阿地里·居玛吐尔地主编：《世界〈玛纳斯〉学读本》，北京：中央民族大学出版社，2019年，第198—233页。

科学规划，史诗编辑原则，翻译原则的制定等亲力亲为，积极给予指导，做出了重大贡献。

3. 热伊萨·柯德尔巴耶夫娃

热伊萨·柯德尔巴耶夫娃（Rayisa Kydyrbaeva），1930年出生，语言学博士，吉尔吉斯斯坦科学院通讯院士（1989年），《玛纳斯》研究专家。她于1952年从吉尔吉斯斯坦国立大学毕业之后赴莫斯科高尔基文学院研究生院读书。1956年以"阿勒库勒·奥斯莫诺夫的抒情诗"为题答辩并获得副博士学位。她早期致力于研究《玛纳斯》之外的吉尔吉斯传统民间口头史诗，并为日后的《玛纳斯》研究做准备。这期间的重要成果有《史诗〈萨仁吉博凯〉的思想艺术》（1959年）和《史诗〈江额勒穆尔扎〉的民间诗歌传统》（1960年）等。她在这两部专著中对吉尔吉斯史诗传统的创新性研究，尤其是口头演述中对于传统稳定性与个人创新之间关系的相关讨论表明了她扎实的口头文学理论素养和潜质。这种潜质在其后期的对于《玛纳斯》史诗研究中得到了验证。她先后用俄文、吉尔吉斯文发表有关吉尔吉斯民间文学、作家文学的论文100余篇，并出版有《〈玛纳斯〉史诗的传统及个人创作》（1967年），《〈玛纳斯〉的各种变体》（1980年），《玛纳斯奇的说唱艺术》（1984年），《时代、世代及玛纳斯奇》（2004年）等专著。她在这些研究著作中对"玛纳斯奇的地区及类型的划分""每一位玛纳斯奇的演述风格及其独特性""史诗中的宗教母题""史诗中的悲怨民歌"等题目都有开拓性研究，对后辈学者提供了多维度研究视角和理论借鉴。她通过萨恩拜·奥诺孜巴克、萨雅克拜·卡拉拉耶夫以及托格洛克·毛勒多等多位史诗演唱大师的文本分析之后指出，每一位玛纳斯奇都有自己独特的演唱风格，这是基于他们个人对于传统的积累、构建史诗故事框架脉络、个人心理素质及对于诗歌的即兴创作激情等因素而得出的结论。① 此外，柯德尔巴耶夫娃根据与吉尔吉斯历史密切关联的欧亚历史时间节点列出《玛纳斯》史诗在数世纪历史时间长河中不断的演化过程：源头始自与南西伯利亚、雅库特、阿尔泰等民族口头传统所拥有的早

---

① 阿·阿克马塔利耶夫主编：《吉尔吉斯文学史》，第8卷，比什凯克：夏木出版社，2017年，第396页。

期共同的叙事基础,然后又吸纳和融合蒙古民族等周边不同民族的交往中发生的口头历史叙事,再到新增添的诺盖部落等后期的历史事件,并逐渐向英雄—历史史诗的方向转化,最后是加入与近代卡尔梅克人的矛盾冲突中的各类主题,从而丰富了史诗的内容使得史诗最终叙事结构和形式得以定型。在口传过程中,各阶段特点在史诗中呈现的多层化相互交织,但与此同时,一些原初的故事情节、人物形象及古老的诗体程式依旧完好无损地得到保留,并流传至今,通过与阿尔泰、雅库特等南西伯利亚民族口头传统之间的异同对比研究有助于重构史诗《玛纳斯》的最初面貌。[1] 其代表作《玛纳斯奇的演唱艺术》(伏龙芝,1984 年)共分为四章和附录。作者对玛纳斯奇的创作给予了关注,并按史诗的产生、流传、发展情况和玛纳斯奇的风格特点划分为楚河地区流派、伊塞克湖流派、天山流派和南部流派等四个流派并对各个流派的特点进行了分析和讨论,指出了传统对玛纳斯奇演唱创作的影响,玛纳斯奇的即兴创作与口头传统的关系进行了较为深入的讨论,认为玛纳斯奇的即兴创作源于传统,是传统的不可分割的一部分。在书的附录部分主要介绍了凯勒地别克·卡尔波孜(Keldibek Karboz,18 世纪)、巴勒克·库玛尔(Balik Kumar,1802—1887)、巧伊凯·奥穆尔、江额拜·考介克、萨恩拜·奥诺孜巴克、夏帕克·额热斯敏迪、玛穆别特·巧克莫尔(Mambet Qokmor,1896—1973)[2] 等玛纳斯奇"神灵梦授"的传说资料。热·柯德尔巴耶夫娃是一位具有国际影响的《玛纳斯》专家,曾多次参加各类国内国际学术研讨会并作主旨发言,在口头诗学理论的框架下对《玛纳斯》史诗的研究在吉国独树一帜,颇具影响。从其研究方法和研究视角而言,她是吉尔吉斯斯坦学者中第一位运用口头程式理论阐释和解读《玛纳斯》史诗口头性本质,对《玛纳斯》的口头诗学特征进行深入研究并提出很多创新性观点,推动吉国《玛纳斯》研究的学者,其研究方法和理论成果在吉国年青一代学者中具有极大的学科引领作用。

---

[1] 刘慧颖:《吉尔吉斯〈玛纳斯〉学研究》,中国社会科学院大学博士学位论文,2021 年。
[2] 玛穆别特·巧克莫尔(1896—1973),20 世纪吉尔吉斯斯坦最著名玛纳斯奇之一,亦持传统的"神灵梦授"说。曾演唱史诗前三部的主要内容,并于 1965—1973 年被记录下来。唱本有一定特色。

4. 萨玛尔·穆萨耶夫

萨玛尔·穆萨耶夫（Samar Musaev，1927—2010），吉尔吉斯斯坦知名《玛纳斯》研究专家，吉国《玛纳斯》学奠基人之一。1949年毕业于吉尔吉斯斯坦师范学院语文系并留校任教，后担任该系吉尔吉斯文学教研室主任。1964年以"《玛纳斯》史诗中的卡妮凯形象：论史诗的人民性问题"为题答辩并获得副博士学位。曾长期担任吉尔吉斯国家科学院语言文学研究所《玛纳斯》研究室主任，负责《玛纳斯》学科建设发展，组织史诗的搜集、编辑、整理、翻译、建档和研究工作。他从1950至1965年用整整15年时间主持各类学校《玛纳斯》史诗教材编写工作并参与10多部教材中有关《玛纳斯》及吉尔吉斯民间史诗教材的编写工作，为史诗的普及推广做出了重大贡献。1965年开始主持吉尔吉斯斯坦国家科学院语言文学研究所《玛纳斯》研究室的工作，并在此期间做了大量保护、普及、宣传、研究工作。1978至1991年，他主持整理、编辑、出版了萨恩拜·奥诺孜巴克《玛纳斯》史诗唱本第一部4卷本及萨雅克拜·卡拉拉耶夫唱本5卷本的重大工程。与此同时，主持制定了《玛纳斯》史诗编辑、整理、翻译、出版学术规范和原则，保证了吉国《玛纳斯》史诗科学版本的顺利出版。他的综合性研究专著《史诗〈玛纳斯〉》于1984年用俄、德、英文三种文字在伏龙芝出版。2000年出版了《〈玛纳斯〉学史》一书，全面爬梳总结了19世纪以来俄国、苏联及苏联解体之后吉国的《玛纳斯》学发展历程、学科建构和所取得成就，并指出了存在的问题。他亲自编写的史诗第一部的散文体故事梗概规范本于1986年出版。此外，他还撰写发表有《卡妮凯的形象——论〈玛纳斯〉的人民性》《论〈玛纳斯〉文本的整理出版问题》等极具学术含量的论文。在《吉尔吉斯人民口头创作史论》（1988年）等大型图书中承担主要主笔者并撰写了其中的有关《玛纳斯》史诗的章节。上述这些内容均为综合性、权威性论述，作者高屋建瓴，视野开阔，从中可以看出他开阔的学术视野、深厚的学术功底和扎实的理论水平。从1995年开始，他负责主持《玛纳斯》萨恩拜·奥诺孜巴克唱本的科学版本的编辑整理工作并顺利完成。他还曾担任多卷本《吉尔吉斯文学史》以及《〈玛纳斯〉百科全书》等很多大型丛书、权威工具书中《玛纳斯》章节、条目的撰写，其对史诗的综合特征的总结、史诗的口头诗学特性的阐释以及对歌手的史诗演唱、创作和传承等方面的论述都极具理论参考价值，对后辈学人具有很高的启迪意义。1996年他与阿·阿克马塔利耶夫合作撰写的《玛纳斯的七个忠告》一书出版。其中对《玛纳斯》史诗的哲学、美学、历史、教育、治国、思想做了完整系统的梳理，提出了《玛纳斯》史诗在吉国政府的治国理政等方面的重要思想指导、凝聚民心等方面的作用以及在吉尔吉斯思想文化中的不可替代的崇高地位。《〈玛纳斯〉学史》是萨玛尔·穆萨耶夫生前出版的一部扛鼎之作。这部著作囊括了《玛纳斯》早期的文献资料信息以及逐渐发展成为一门专门学科的过程，并对《玛纳斯》史诗学科的各个分支进行了细致的总结和评述。

5. 孟杜科·玛穆诺夫

孟杜科·玛穆诺夫（Munduk Mamirov，1928—2015），《玛纳斯》专家，语文学副博士。1951年毕业于伏龙芝（现比什凯克）师范学院语文系。1957年开始在吉尔吉斯斯坦国家科学院语言文学研究所从事《玛纳斯》史诗研究工作。从1962年出版自己的第一本《玛纳斯》研究专著《萨雅克拜·卡拉拉耶夫〈玛纳斯〉唱本的思想艺术性》开始，他撰写出版了《〈赛麦台〉作为〈玛纳斯〉史诗的第二部》(1963年)、《俄罗斯学者的〈玛纳斯〉研究》(1967年)、《文学的源头》(1986年)、《吉尔吉斯文学史拾萃》(1980年)、《〈玛纳斯〉史诗的形成发展史》(2004年)等一系列有影响的《玛纳斯》专题学术专著，并在各类报刊上连续发表多篇学术含量高的论文和有见地的文章。他以萨雅克拜·卡拉拉耶夫《玛纳斯》唱本为研究内容，通过答辩而获得副博士学位。在这部学位论文中，他对于玛纳斯奇学艺过程中的神灵梦授，《玛纳斯》作为一个综合性民间口头艺术的本质，史诗歌手的艺术才华、即兴创作能力、超凡的记忆力以及对史诗内容、结构、人物形象、语言、产生年代，史诗歌手演唱过程中的重复、韵律，《玛纳斯》史诗与图像艺术等多方面的问题都给出了自己合理的见解和科学的阐释。他的上述兼具学术性和资料性的研究成果，多方面填补了吉尔吉斯斯坦《玛纳斯》学的空白，推动了吉尔吉斯斯坦《玛纳斯》学的发展。其论文中较有代表性的有《天才的玛纳斯奇》(1958年8月1日《苏维埃吉尔吉斯斯坦》)、《帕米尔吉尔吉斯人中的〈玛纳斯〉史诗变体》(《阿拉套》1959年第4期)、《〈玛纳斯〉的内容、思想和艺世界》(《吉尔吉斯斯坦教育》1961年9月9日版)、《〈玛玛斯〉史诗的产生问题》(《阿拉套》1982年第2期),并于1980年出版个人论文集《吉尔吉斯文学史拾珠》。其著述中对于《玛纳斯》史诗的产生年代和时代背景,史诗的艺术特色,史诗歌手的传统演唱特色等都有自己独到的见解。

6. 艾散阿勒·阿布德勒达耶夫

艾散阿勒·阿布德勒达耶夫(Esenaly Abdildayev,1932—2003),《玛纳斯》专家,语文学副博士。从1960年开始从事《玛纳斯》史诗的搜集、研究工作,先后出版有《〈玛纳斯〉与阿尔泰史诗的联系》(1966年)、《〈玛纳斯〉史诗历史发展的基本层次》(1981年)、《吉尔吉斯民俗学史》(1983年)、《〈玛纳斯〉史诗的历史层次》(1987年)、《〈玛纳斯〉史诗的程式》(1991年)等一大批有影响的《玛纳斯》专题学术专著。1967年以"《玛纳斯》史诗文本发展路径"为题进行答辩并获得副博士学位。除此之外,他还发表了大量的各类题目的研究文章,搜集记录了玛纳斯奇玛穆别特·乔科莫尔的《玛纳斯》唱本资料数万行,参与整理了在莫斯科出版的《玛纳斯》综合整理本俄文卷本和萨雅克拜·卡拉拉耶夫唱本史诗第二卷《赛麦泰》,萨恩拜·奥诺孜巴克唱本第一卷《玛纳斯》的编辑工作。他对《玛纳斯》史诗的历史层次的分析,对史诗发展过程的总结,对史诗叙述模式、主题和母题的研究堪称当时的学科范本,在吉尔吉斯斯坦《玛纳斯》学方面具有举足轻重的地位和学术影响力。他的《玛纳斯》研究中始终秉持一种科学的历史比较的视野,将《玛纳斯》史诗同世界各国、突厥语诸民族及蒙古语民族的史诗传统加以比较,尤其是同阿尔泰、哈卡斯、图瓦、绍尔等曾经与吉尔吉斯先民居于同一地理区域的南西伯利亚各民族的古老史诗传统进行了深度的纵向与横向比较研究,得出了很多有趣的,具有开拓性和启发意义的学术论点。他的《〈玛纳斯〉史诗历史发展的基本层次》一书以其内容的开拓性、深刻性和科学性在吉尔吉斯斯坦《玛纳斯》学中具有不可替代的重要参考价值。在这部著作中,他运用历史比较研究的方法,对《玛纳斯》史诗的产生、发展、成型规律和原则提出了很多具有说服力的观点,得出了科学合理的结论。他通过对史诗中的古文化因素、史诗中的人物以及事件的原型本质加以深度挖掘,并通过对比哈萨克、乌兹别克等中亚各民族口头史诗传统,从古代历史文化方面追根溯源，挖掘它们的共同性和差异性，指出了《玛纳斯》史诗独有的吉尔吉斯（柯尔克孜）文化内涵和鲜明特征。他客观地评价苏联时期许多前辈学者在《玛纳斯》史诗研究中所取得的成就，与此同时也直言不讳地对他们的研究中出现的纰漏，甚至错误提出批评，加以纠正，坚持以严肃科学态度对待《玛纳斯》研究，表现出了一名严肃学者绝不能人云亦云，随声附和，而是要坚持真理的学者风范和品质。他知难而上，不断地挖掘、梳理和总结《玛纳斯》史诗中之前绝少有人触碰的一些疑难问题和容易引起纷争的尖锐问题，大胆地提出了自己极具创新意义的学术观点，从而多方面拓展和深化了吉尔吉斯斯坦《玛纳斯》学以及中亚史诗研究的学术领域。

艾散阿勒·阿布德勒达耶夫的学术思想可以汇集到以下几个方面：第一，他认为欧亚大陆出现的《玛纳斯》《格萨尔》《江格尔》《先祖阔尔库特书》等大型史诗在很多层面上具有可比性，要想对这些史诗的产生年代、发展阶段和传承规律做出科学的结论，就必须通过历史比较研究的理论方法对它们进行全方位比较研究。这种研究必须从史诗的历史背景，社会文化生活背景，英雄产生发展的生成、发展阶段进行分析研究，进而对它们的主题思想、传统形态加以总结。第二，在准确判断和阐释大型史诗产生的时代背景和历史发展过程的同时，对史诗完整结构的形成及其适合的历史文化语境进行科学研究是必不可少的环节。第三，在史诗产生的历史背景中，对史诗主人公的敌对英雄人物的历史原型的考察、分析和研究也是历史比较研究必不可少的重要环节。第四，《玛纳斯》史诗与邻近的哈萨克、乌兹别克、喀拉喀勒帕克等民族的史诗虽然具有多方面的传统关联，但是其独特性却极为显著。第五，分析研究《玛纳斯》史诗中所蕴含的垒层性多层面的历史内容，必须认真考虑史诗在口头传承过程中所体现的变异性以及随着历史的发展而融入其中的不同时期的各种繁杂的历史文化因素和文本中母题、程式的传统性和变异性。第六，对日尔蒙斯基关于史诗产生年代的观点质疑，并从史诗各个层面的历史文化元素进行细致分析之后指出，史诗的产生发展过程应该从古老的氏族时代到9世纪的最初的英雄故事形态，10—12世纪喀喇汗王朝时期所发生的历史事件，12—15世纪的蒙古帝国时期以及15—18世纪的卫拉特蒙古的准噶尔汗国时期等漫长的历史过程加以考察和分析。因为每一个时期的历史都在《玛纳斯》史诗中留下了或多或少的清晰痕迹。他的研究成果并非无本之木，无源之水，而是在扎实的文献阅读以及实地调查的基础上完成的。他不仅遍游吉尔吉斯斯坦全境搜集各种资料，而且曾对吉尔吉斯（柯尔克孜）的祖先故土叶尼塞河上游（今俄罗斯哈卡斯自治共和国）以及阿尔泰、图瓦、哈萨克斯坦、乌兹别克斯坦、塔吉克斯坦、阿富汗的吉尔吉斯聚居区展开大量的实地调查，搜集了大量第一手资料，凭借自己深厚的历史学、民族学、民俗学、语言学功底，运用历史比较研究法对吉尔吉斯（柯尔克孜）、中亚、南西伯利亚、欧亚大陆上的突厥 – 蒙古口头史诗传统进行了广泛深入的比较，得出了许多令人信服的结论，并在学界赢得了广泛赞誉。

7. 凯艾什·柯尔巴谢夫

凯艾什·柯尔巴谢夫（Kaŋesh Kirbashev，1931—2005），《玛纳斯》专家。1956年毕业于吉尔吉斯斯坦国立大学语文学系，1968年以"阿勒库勒·奥斯莫诺夫诗歌的语言艺术"为题通过答辩获得语文学副博士学位。从1967年进入吉尔吉斯斯坦科学院语言文学研究所开始从事《玛纳斯》史诗的研究工作，撰写发表了大量论文著述。其中有影响的代表性论著有《〈玛纳斯〉史诗的艺术风格》（1983年）。在这部著作中，他通过对萨恩拜·奥诺孜巴克、萨雅克拜·卡拉拉耶夫为代表的吉尔吉斯斯坦玛纳斯奇的唱本为依据进行综合比较，对《玛纳斯》史诗的结构特点，情节构成及母题，史诗中的人物特点，艺术创作元素，韵律特点等进行了细致而全面的研究和讨论。专著主要由"情节构成的技巧与方法""史诗英雄人物塑造的元素""诗歌构成特点"等三章构成。不仅对文本进行了深入研究和分析，而且对萨恩拜·奥诺孜巴克和萨雅克拜·卡拉拉耶夫两位玛纳斯奇各自的史诗演唱特色，演唱风格，史诗的互文性特征，史诗的传统本质及不同玛纳斯奇对传统的继承与创新都给出了科学的结论。他还负责撰写了大型专著《吉尔吉斯人民的口头创作史论》（1988年）中有关《玛纳斯》史诗的部分章节和多位玛纳斯奇生平的长篇评述内容。另外还出版有《玛穆别特·乔克莫尔演唱的〈赛麦台〉的艺术特色》（1988），与人合作出版《〈玛纳斯〉史诗的各种变体》（1988年）等学术专著。他应邀为大型工具书《诗歌史》《〈玛纳斯〉百科全书》撰写的有关章节、大型条目数十篇，每一篇都堪称典范。另外，他在各类报刊上共发表100余篇有关《玛纳斯》，吉尔吉斯民间文学、民俗方面的论文，参与整理编辑了萨恩拜·奥诺孜巴克和萨雅克拜·卡拉拉耶夫唱本吉尔吉斯文版、俄罗斯文版等。值得一提的是，他对我国杰出玛纳斯奇居素普·玛玛依的《玛纳斯》唱本倾注了极大的热情，不仅把我国出版的居素普·玛玛依《赛麦台》三卷唱本转译成吉尔吉斯斯文出版，而且撰写了居素普·玛玛依和吉尔吉斯斯坦玛纳斯奇唱本比较研究的系列长篇论文《〈玛纳斯〉——英雄史诗的经典》《玛纳斯奇居素普·玛玛依》《居素普·玛玛依与萨雅克拜·卡拉拉耶夫》等。深入广泛地挖掘了我国《玛纳斯》演唱大师居素普·玛玛依唱本的艺术价值和学术价值。这些论文还曾以单行本形式出版，大大推动了史诗经典文本比较研究，也提升了居素普·玛玛依及其唱本在吉尔吉斯斯坦的知名度。此外，他还发表了《中国新疆克孜勒苏柯尔克孜的〈玛纳斯〉》《论居素普·玛玛依演唱的史诗〈托勒托依〉》等极有价值的论文。

8. 萨帕尔·别尕里耶夫

萨帕尔·别尕里耶夫（Sapar Begaliev），1934出生于伊萨克湖州，《玛纳斯》专家。1958年毕业于列宁格勒格尔森师范学院语文系，之后又毕业于吉尔吉斯斯坦科学院研究生院。1967年以"《玛纳斯》史诗的诗学"为题进行学位答辩并获得副博士学位。1970年开始在吉尔吉斯斯坦国立大学语文系任教，并任苏联文学教研室主任。1990年开始任卡斯穆·特尼斯坦诺夫的名字命名的卡拉阔勒大学任教，并担任吉尔吉斯文学教研室主任。其撰写发表的有关吉尔吉斯文学、《玛纳斯》史诗方面的学术著述和编纂的相关教材在吉尔吉斯斯坦学界有一定影响。其在副博士论文基础上修改之后于1969年出版的学术专著《〈玛纳斯〉史诗的诗学》堪称其《玛纳斯》研究代表作。在这部著作中，作者将自己的关注点和研究重点设定在对史诗传统章节、母题、诗歌结构、形态以及属性形容词、程式、比喻、夸张、隐喻、音调、旋律等诸多诗学问题和修辞特征的分析与论证方面。与此同时，对史诗的人物形象塑造、史诗的历史发展进程，史诗传统及其教育功能等问题都做出了开拓性研究。1988年出版的另一部著作《〈玛纳斯〉史诗的艺术创作因素》虽然作为教材出版，但也延续了自己一贯的学术研究视角和方法，对史诗的诗学问题进行了全面总结，对史诗诗句中的比喻、比较、比兴、夸张、隐喻、押韵、格律、节奏以及程式、诗歌句法等都做了更加规范、精到的论述。他为《〈玛纳斯〉百科全书》所撰写的有关史诗的语言、诗学、修辞等方面的大量条目也在其研究中占据一定比例。

9. 热伊库勒·萨热普别考夫

热伊库勒·萨热普别考夫（Raykul Saripbekov，1941—2004），《玛纳斯》专家，1964年毕业于吉尔吉斯斯坦国立大学语文系，并从1966年开始在吉尔吉斯斯坦科学院语言文学研究所从事《玛纳斯》史诗的搜集、整理和研究工作，发表和出版大量有关《玛纳斯》史诗、吉尔吉斯文学、民间文学的研究著述，包括专著、论文、评论等。其中在《玛纳斯》学方面的代表性和有影响的著作有《阿勒曼别特形象的演变》《〈玛纳斯〉史诗英雄母题的发展和演变》等。此外，他还出版有文学评论文集《时代的回响》，诗集《红色山崖》《生活的教训》等。他还曾积极参与《诗歌史》和《〈玛纳斯〉百科全书》等大型图书和辞典的编纂工作，撰写了其中一部分有关《玛纳斯》史诗的章节和条目。在吉尔吉斯斯坦各类报刊上发表了30余篇关于《玛纳斯》史诗的学术论文、文章。在他的众多著作中，对于史诗英雄人物谱系的研究最具特色。尤其在对史诗第一部英雄人物阿勒曼别特形象的研究中，他全面地挖掘了阿勒曼别特作为伴随英雄玛纳斯东征西战的史诗主要英雄人物身上所体现出的多种古文化因素，以及随着史诗情节的不断发展而不断转化的复杂性格和史诗人物形象塑造特征。不仅如此，他还以广阔的视野，将阿勒曼别特形象同阿尔泰语系诸多民族史诗中的类似人物形象加以比较研究，提出了很多有趣且有说服力的开创性观点和结论。除了阿勒曼别特之外，他对史诗中的其他人物，如英雄玛纳斯的妻子卡妮凯，赛麦台的仙女妻子阿依曲莱克，阿勒曼别特的妻子阿茹开等女性人物形象，巴卡伊、阔绍依等具有神性特质的典型人物形象从人物原型、人物特征、人物形象的发展等角度进行了深入细致的研究和阐释，广泛深入挖掘了这些人物身上折射出的吉尔吉斯人民古老文化特质和周边民族的多重文化交流。他对史诗人物形象的深度研究独具特色，具有较高启示意义和学术参考价值。

10. 阿伊耐克·加依妮科娃

阿伊耐克·加依妮科娃（Aynek Janakeva），1940年出生，《玛纳斯》史诗资深研究专家。1969年毕业于吉尔吉斯斯坦国立大学语文系，并长期在吉尔吉斯斯坦科学院语言文学研究所从事《玛纳斯》史诗的研究工作至今。她一生致力于史诗研究，撰写出版和发表研究成果丰硕，在吉尔吉斯斯坦《玛纳斯》史诗学界占有重要一席。其主要著述有《史诗〈赛麦台〉的历史基础》（1982年）、《〈赛依铁克〉作为〈玛纳斯〉史诗的收尾之作》（1984年）、《萨雅克拜·卡拉拉耶夫演唱的〈赛麦台〉〈赛依铁克〉史诗的艺术特点》（1988年）、《〈玛纳斯〉史诗研究问题》（1999年）等。她还承担了萨雅克拜·卡拉拉耶夫唱本50万行史诗文本的整理编辑工作，并撰写了长篇出版前言，对《玛纳斯》演唱大师萨雅克拜·卡拉拉耶夫的史诗演唱艺术，唱本的搜集、整理、研究过程，文本的结构、语言特征和艺术价值进行了综合性学术评价。另外，她还深度参与吉尔吉斯斯坦《玛纳斯》学的标志性成果之一，两卷本大型辞书《〈玛纳斯〉百科全书》的编纂工作，撰写了大量词条，为此倾注了大量心血，并因此而获得吉尔吉斯斯坦政府奖励。

上述专家学者的研究综述，只是涵盖了吉尔吉斯斯坦《玛纳斯》学发展的一个侧面。其实，吉尔吉斯斯坦的《玛纳斯》学是一个历史悠久，资料基础扎实，学科体系完善的学术综合体。吉尔吉斯斯坦科学院语言文学研究所下设有"《玛纳斯》学及民族文化研究中心"，是苏联时期吉尔吉斯斯坦最重要的《玛纳斯》研究基地。这个中心从设立到现在历经80多年的发展历程，不仅培养了一大批《玛纳斯》研究的专家，而且在史诗搜集、整理、出版方面也做了大量的工作。苏联时期，这个中心的科研人员以及吉尔吉斯斯坦各大专院校语言文学教师都曾出版过很多重要学术论著。其中值得一提的有：《〈赛麦台〉与〈赛依铁克〉》（1961年，布比·凯热穆加诺娃）、《〈赛麦台〉——〈玛纳斯〉史诗的第二部》（1963年，孟杜克·玛穆热夫）、《萨雅克拜·卡拉拉耶夫〈玛纳斯〉变体的思想艺术特色》（1962年，孟杜克·玛穆热夫）、《论〈玛纳斯〉史诗研究中的若干问题》（1966年，扎伊尔·玛穆特别考夫、埃热克拜·阿布德勒达耶夫合著）、《美学问题》（1971年，阿斯勒别克·迷迭特别克夫）、《〈玛纳斯〉史诗是吉尔吉斯文化财富的源泉》（1989年，依簸勒·莫勒达巴耶夫），《〈玛纳斯〉史诗的叙事特征》（1981年，奥莫尔·索热诺夫），《〈玛纳斯〉史诗中的英雄母题》（1982年，阿克巴热勒·斯蒂考夫），《祖辈留下的遗产》（1980年，图尔迪拜·阿布德热库诺夫），《世纪的回音》（1989年，卡德尔库勒·阿依达尔库洛夫）等。

  苏联解体，吉尔吉斯斯坦独立之后，吉国政府在联合国教科文组织的协助下于1995年举办《玛纳斯》1000周年大型纪念活动和"世界史诗节"等大型国际纪念庆祝活动和学术研讨会极大地促进了吉国《玛纳斯》的发展，不仅重新唤起了民众对《玛纳斯》史诗等吉尔吉斯古代史诗文化的极大关注，而且给吉国学者重新审视和思考《玛纳斯》史诗提供了广阔的发展空间，从而使科研院所、大专院校的专家学者纷纷整装上阵，开始从不同的角度对《玛纳斯》史诗开展积极研讨和学术研究，撰写出版了一大批新成就。其中，较有代表性的著作有：《〈玛纳斯〉史诗：渊源、发展》（2004年，穆合塔尔·波尔布古洛夫），《〈玛纳斯〉：吉尔吉斯历史文化的纪念碑》（1995年，依簸勒·莫勒达巴耶夫），《〈玛纳斯〉：历史民族学研究问题》（1995年，依簸勒·莫勒达巴耶夫），《神灵崇拜》（1995年，乔云·奥穆热利耶夫），《〈玛纳斯〉史诗崇高的精神、道德、哲学、爱国价值及教育作用》（2014年，赛威特别克·拜伽兹耶夫），《〈玛纳斯〉学的形成与发展》（2016年，库尔曼别克·阿巴克绕夫），《〈玛纳斯〉史诗中骏马的艺术形象及描述》（1995年，吉勒德孜·奥诺兹别克娃），《〈玛纳斯〉史诗中的封建主义问题》（1997年，阿伊耐克·加依妮科娃），《玛纳斯的七个忠告》（1998年，萨玛尔·马萨耶夫、阿布德乐达江·阿克马塔利耶夫合著），《〈玛纳斯〉史诗的南部变体》（2002年，库巴尼奇别克·卡勒恰凯耶夫），《吉尔吉斯史诗中的古老母题》（2015年，古丽娜·嘉穆噶尔其耶娃），《玛纳斯学的形成及发展》（2016年，库尔曼别克·阿巴克诺夫）等。

  进入21世纪以来，吉国学者《玛纳斯》学的研究无论在研究内容、研究方法、理论实践等方面都有很多创新，大大推进了吉国《玛纳斯》学的发展，拓宽了研究领域，为晚近世界《玛纳斯》学的发展做出了卓越贡献。截至目前，吉尔吉斯斯坦已有数十人以《玛纳斯》研究为内容撰写学位论文并在吉国、中亚各国及俄罗斯相关大学和研究机构获得了博士或副博士学位。

毫无疑问,吉尔吉斯斯坦科学院《玛纳斯》研究中心以及前不久成立的"玛纳斯—艾特玛托夫研究院"已成为具有世界影响的《玛纳斯》学研究中心和研究基地。从苏联独立以来,尤其是1995年8月,吉尔吉斯斯坦在联合国教科文组织的协助下隆重召开了纪念《玛纳斯》史诗1000周年国际学术研讨会,来自80多个国家和地区的200多名学者参加会议,大大提升了吉国《玛纳斯》学的地位。[①] 在此期间,吉尔吉斯斯坦还推出了两卷本大型辞书《〈玛纳斯〉百科全书》等具有影响力的研究成果。这套动员全国相关学者合理编纂完成的《〈玛纳斯〉百科全书》无疑是世界《玛纳斯》学最重要的标志性成果之一。其学术价值早已得到国际学界的广泛认可和赞誉,成为《玛纳斯》研究最重要的参考资料之一。吉国近几年来的《玛纳斯》学研究逐渐走向了规范化、正规化发展之路,除了吉国国家科学院语言文学研究所《玛纳斯》研究中心以及多次举办重要的国际学术研讨会,在《玛纳斯》学及吉国历史文化遗产研究方面做出重要贡献的国家直属历史文化遗产基金会之外,2019年挂牌成立的"玛纳斯—艾特玛托夫研究院"已经逐渐发展成为吉国规划、组织该国《玛纳斯》学的新的国家级重要学术平台。吉国的《玛纳斯》学不断向深度和广度发展,相信在不久的将来还会为世界《玛纳斯》学做出新的贡献。

第四节　哈萨克斯坦的《玛纳斯》学

无论从沙俄时期开始还是在苏联时期,哈萨克斯坦学者始终都是《玛纳斯》学的一支生力军。关于哈萨克民族学家乔坎·瓦里汗诺夫及其对《玛纳斯》史诗的搜集研究所做出的贡献已经在上文中做了比较详细的描述,在此不必赘述。在苏联时期,经过哈萨克斯坦学者的不断经营,哈萨克斯坦已经发展为世界《玛纳斯》学的重要基地之一,为世界《玛纳斯》学的发展做

[①] 刘慧颖:《吉尔吉斯〈玛纳斯〉学研究》,中国社会科学院大学博士学位论文,2021年。

出了巨大贡献。从十月革命胜利，苏维埃政府成立伊始，就有很多哈萨克学者投入《玛纳斯》史诗的研究之中，其中还出现过诸如穆合塔尔·阿乌埃佐夫（Muhtar Avazov，1897—1961），阿里凯·马尔古兰（Alikey Margulan，1904—？）等具有世界影响的著名研究专家。20世纪，以这两位学者引领的哈萨克斯坦一大批《玛纳斯》研究者在世界《玛纳斯》学领域颇具影响，其研究成果在世界《玛纳斯》学中占据显要位置。

20世纪哈萨克斯坦的《玛纳斯》学是由穆合塔尔·阿乌埃佐夫开创，首先是由他从20世纪30年代开始发表研究论文论著并不断深化和提升自己的专题研究而逐渐得到发展的。他首先于1937年在阿拉木图发表的论文《〈玛纳斯〉：吉尔吉斯人民的英雄史诗》，开启了20世纪哈萨克斯坦《玛纳斯》学的先河，之后又陆续有更多学者的成果问世，推动了苏联《玛纳斯》学向前发展。据不完全统计，在20世纪内，哈萨克斯坦学者在《玛纳斯》学方面发表的主要成果（论文、著作）按照发表、出版年代粗略统计如下：

1. 赫·阿依达尔奥瓦的专著《乔坎·瓦里汗诺夫》，阿拉木图，1945年；

2. 穆合塔尔·阿乌埃佐夫为哈萨克文翻译本《玛纳斯》史诗第一部（4卷本）撰写的长篇前言，阿拉木图，1961年；

3. 穆合塔尔·阿乌埃佐夫的论文《吉尔吉斯人民的英雄史诗〈玛纳斯〉》为题的长篇论文单行本，伏龙芝、阿拉木图、莫斯科，1961年；

4. 阿里凯·马尔古兰的论文《乔坎·瓦里汗诺夫的学术研究活动》，阿拉木图，1961年；

5. 卡·朱·马里耶夫的论文《〈玛纳斯〉与玛纳斯奇》，阿拉木图，《哈萨克文学》，1964年；

6. 阿里凯·马尔古兰的论文《乔坎记录的〈玛纳斯〉资料》，阿拉木图，《哈萨克消息报》，1966年；

7. 卡·朱·马里耶夫的论文《论〈玛纳斯〉史诗的风格及艺术特征》，阿拉木图，1966年；

8. 库·库达伊别尔干诺夫的论文《乔坎、穆合塔尔与〈玛纳斯〉》，伏龙芝，1967年；

9. 阿里凯·马尔古兰的专著《乔坎与〈玛纳斯〉》，阿拉木图，1971年；

10. 论文集《同时代的人对穆合塔尔·阿乌埃佐夫的回忆》，阿拉木图，1972年，其中收入多篇关于其《玛纳斯》研究的论文；

11. 阿·姆斯诺夫的专著《哈萨克—吉尔吉斯文学典范中民族主题的艺术展现》，阿拉木图，1972年，其中设专章论述《玛纳斯》史诗；

12. 阿里凯·马尔古兰论文集《古代歌谣与传说》，阿拉木图，1985年，作家出版社出版；

13. 为迎接《玛纳斯》1000年及庆祝联合国教科文组织在比什凯克举办的《玛纳斯》史诗产生1000周年活动而特意策划出版论文集《人类的〈玛纳斯〉》，阿拉木图，热雅尼出版社，1995年，论文集中收入了穆合塔尔·阿乌埃佐夫的《吉尔吉斯人民的英雄史诗〈玛纳斯〉》，阿里凯·马尔古兰的《乔坎与〈玛纳斯〉》，别迪拜·热合曼库勒的《〈玛纳斯〉与哈萨克史诗传统》，E.迪尔必赛林的《乔坎论〈玛纳斯〉》，N.穆哈麦提哈诺夫的《穆合塔尔·阿乌埃佐夫论〈玛纳斯〉》等五篇有分量的长篇论文；

14. 别迪拜·热合曼库勒出版五卷本文集，阿拉木图，2005年，其中收入《〈玛纳斯〉史诗中对哈萨克的描述》《乔坎与吉尔吉斯口头文学》等两篇个人专题论文。除此之外，J.达达巴耶夫，A.C.布里达巴耶夫等年青一代学者也有许多研究成果问世，值得关注。

除了上述学术成果之外，《玛纳斯》史诗文本的哈萨克文翻译普及工作在哈萨克斯坦也取得很大成果。翻译出版的《玛纳斯》史诗文本主要有：

1.1942年由库万德克·杰米翻译的《玛纳斯》史诗传统诗章《最初的决战》在阿拉木图出版发行为《玛纳斯》史诗在哈萨克斯坦出版的第一个文本；

2.1962年，由穆合塔尔·阿乌埃佐夫撰写前言的《玛纳斯》史诗四卷本被翻译成哈萨克文在阿拉木图印刷出版（第一部《玛纳斯》2卷，第二部《赛麦台》1卷，第三部《赛依铁克》1卷）；

3.19世纪中叶由哈萨克民族学家乔坎·瓦里汗诺夫搜集的《玛纳斯》重要传统片段"阔阔托依的祭奠"的单行本《阔阔托依汗王的祭奠》分别于1964年和1973年在阿拉木图出版发行。

为了更清楚地说明哈萨克斯坦《玛纳斯》学的成就，在这里比较详细地介绍哈萨克斯坦20世纪的两位最重要的《玛纳斯》学专家穆合塔尔·阿乌埃佐夫和阿里凯·马尔古兰的学术贡献是比较适合的。两位都曾先后当选哈萨克斯坦科学院院士，是20世纪哈萨克斯坦人文科学领域最具影响力的、举足轻重的人物，而且他们的研究都涵盖哈萨克文学、吉尔吉斯文学、民间文学领域，并都曾做出各自的卓越贡献。

穆合塔尔·阿乌埃佐夫被苏联学者评价为20世纪哈萨克斯坦乃至整个苏联《玛纳斯》学的开拓者之一。他从20世纪20年代末便开始关注和研究《玛纳斯》史诗，并用哈萨克文、吉尔吉斯文、俄罗斯文连续发表各类论文，为苏联《玛纳斯》学的创立、建设和发展做出了杰出贡献，并以自己影响卓著的学术研究成果，成为20世纪中叶哈萨克、吉尔吉斯等中亚各民族文学及民间文学研究的代表性人物。他的文学创作也在苏联文学中独树一帜，影响深远。比如，其创作的四卷本长篇小说《阿拜之路》先后于1949年、1959年获得苏联国家奖和列宁文学奖，成为当时苏联少数民族作家中获此殊荣的唯一一位作家。由于其文学创作以及人文学术方面所取得的巨大成就，他被称为20世纪哈萨克文学巅峰，也被称为哈萨克斯坦的"阿拜第二"。给他带来巨大成功和荣誉的四卷本长篇小说《阿拜之路》以19世纪哈萨克诗人、哲学家、音乐家阿拜的身世为素材进行创作，属于历史性、传记性长篇小说。从小说第一部出版开始，它便成为苏联各民族读者热议的话题，并随着时间的延续其影响力也不断扩大，曾先后被翻译成世界上数十种语言出版，堪称世界传记小说的经典之作。

1937年，他用哈萨克文发表了自己的第一篇关于《玛纳斯》的论文《〈玛纳斯〉：吉尔吉斯人民的英雄诗篇》。此后，他又多次在吉尔吉斯斯坦开展调查，对玛纳斯奇进行调查采访并通过大量的文本比较新的资料，对论文不断进行补充、修改和完善，并于1946年在莫斯科发表俄文版，[1]1959年将修改完善的论文编入自己在阿拉木图出版的论文集中重新刊发。不久，这篇得到学界高度评价的《玛纳斯》学奠基作又于1961年、1969年分别在吉尔吉斯斯坦伏龙芝（现比什凯克）、哈萨克斯坦阿拉木图以及莫斯科编入各

---

[1] 穆·阿乌埃佐夫：《柯尔克孜族英雄史诗〈玛纳斯〉》（The Kirghiz heroic folk epic Manas, in Bogdanova, Zhirmunsky, Petrosjan 1961, 15–84.），汉译文见马昌仪译《中国史诗研究（1）》，乌鲁木齐：新疆人民出版社，1991年，第203—277页。

种文集中，或以单行本形式出版①，在苏联学术界产生很大影响，堪称是苏联时期《玛纳斯》史诗研究的奠基作。这篇论文以 1. 史诗演唱家；2. 对史诗内容的扼要分析；3. 史诗《玛纳斯》产生的时代；4. 史诗《玛纳斯》的艺术特点与人物形象；5.《玛纳斯》的语言艺术手法共 5 个小标题对史诗做了全面而细致的研究和分析。在论文的第一个标题中，他首次提出史诗最初的创作者问题，并对此进行了初步的探讨。此外，他还对玛纳斯奇的演唱特色和创作特点，环境（听众）对史诗演唱过程的影响，史诗的情节构成特点、史诗歌手的类型等进行了讨论。在第二个标题中，他根据苏联时期吉尔吉斯斯坦几位代表性玛纳斯奇的唱本资料对史诗的内容做了全面的比较研究，提出了史诗传统内容的构成是在若干个核心章节的基础上由史诗歌手们逐步完善的特点。在第三个标题中，通过对比分析不同文本的内容、情节、人物对史诗产生的年代提出了自己的看法。在第四个标题中则对史诗中不同的人物形象和特点给予了深入细致的分析和研究。在第五个标题中对史诗的语言艺术以及史诗歌手的语言表达技巧、史诗韵律等进行了初步分析。总之，他的研究成果以其视野的广阔性、研究的深刻性、观点的合理性、结论的科学性而对苏联的《玛纳斯》研究产生了持续而深远的影响，堪称苏联《玛纳斯》学的经典论著。

这篇宏赡翔实、影响深远的长篇论文堪称是穆合塔尔·阿乌埃佐夫的《玛纳斯》研究的代表作。其中，他的研究视角宽阔，论题众多，涉及史诗内容与结构的基本特征，主题及情节，产生年代，英雄人物形象，语言艺术，史诗与东方民族史诗遗产的关系，史诗的口头演唱者，史诗的多种变体异文比较等重大而核心问题。他不仅对每一个问题进行了深入探讨和研究，而且对每一个问题都提出了自己客观独到而有说服力的见解，具有很好的学术启示和引领作用。他通过对萨恩拜·奥诺改巴克、凯勒德别克、巴勒克、特尼别克等吉尔吉斯斯坦若干位 19—20 世纪著名玛纳斯奇身世的分析之后指出，真正的大玛纳斯奇只热衷于演唱篇幅宏大的史诗而从来不在大庭广众之中演唱传统的短小民歌，明确划分了一般民歌手和史诗歌手的区别。他对

---

① 《人类的〈玛纳斯〉》，阿拉木图：热万出版社，1995 年，第 6—100 页。

玛纳斯奇的史诗"神灵梦授"的观念也提出了自己的看法并指出那些"真正的《玛纳斯》歌手总是把自己的唱词看作某种天意的启示,把它解释为一种超自然力的干预,而这种超自然力仿佛在招引他们去完成这项使命"①。

对于玛纳斯奇学习、口头演唱和口头创作问题他指出,玛纳斯奇首先是在家族内部受到先辈的潜移默化的影响和启蒙而开始对《玛纳斯》史诗产生强烈兴趣并开始学习,反复聆听老一辈玛纳斯奇的演唱的同时,也会不断地吸收同时代歌手的演唱内容和演述特色。但是无论如何,家族内部的传承毫无疑问占据显著地位。他还将《玛纳斯》史诗内容和玛纳斯奇同荷马史诗、芬兰的《卡列瓦拉》以及俄罗斯口头传统以及史诗歌手进行比较,然后对口头诗学问题进行研究之后指出,口头史诗歌手在史诗演唱时总是会将烂熟于心的史诗诗行和内容通过自己的现场演绎,以及与现实语境的结合,把早已牢记在心的诸多现成"套语"(诗歌语言程式)融入自己的演唱之中,从而进行即兴演唱和创作。这一观点虽然来自19世纪中叶俄国语言学家拉德洛夫对于吉尔吉斯(柯尔克孜)玛纳斯奇的调查和研究,但是阿乌埃佐夫却根据新的资料,在一定程度上回应了拉德洛夫的研究并进行了深入论证。沿着这种比较方法和思路,他研究了玛纳斯奇的史诗记忆和背诵,不同的生活环境和社会文化背景对于玛纳斯奇的影响,玛纳斯奇在史诗演述时的个人即兴创作以及与听众的互动交流对于文本创编的影响,玛纳斯奇演唱的不同风格和流派,以及玛纳斯奇配合史诗故事内容和演唱的节奏、音乐、旋律而通过附加的各种手势动作、眼神和面部表情对自己的演唱进行戏剧化渲染,加强史诗演唱的戏剧性,史诗传统内容在这种具有一定创新意义的"演述当中的创作"中在多大程度上得到翻新,又在多大程度上保持传统的稳定性,不同歌手的演唱和创作在多大程度上在史诗文本层面打上自己的烙印等多重理论问题,并提出了自己的独特观点。比如,在对史诗第一部的整体结构进行分析时指出,史诗第一部的内容可以分为"玛纳斯的诞生和童年时光""第一次出征""第一位得力助手和结义兄弟阿勒曼别特的到来""阔阔托依的祭

---

① M. 阿乌艾佐夫著,马昌仪译:《吉尔吉斯民间英雄诗篇〈玛纳斯〉》,本书编委会编:《中国史诗研究》(1),乌鲁木齐:新疆人民出版社,1991年,第203—279页。

典""玛纳斯与卡妮凯的婚礼""玛纳斯的族亲阔兹卡曼的阴谋""远征"等一些相对独立的章节主题。这些主题章节彼此关联交织构成史诗的整部史诗的故事结构和脉络。

在对《玛纳斯》史诗产生年代这一重大问题的讨论中他指出,《玛纳斯》史诗的形成有着不同的历史层次,保留和沉淀了古代吉尔吉斯神话时代到17—18世纪的历史脉络。史诗并非一蹴而就,一时一地被创作出来,而是有着其漫长的发展过程和悠久的历史背景,内容反映了不同时代的历史事件和多层面的民族历史背景。要充分讨论史诗产生年代的问题就必须考虑史诗所蕴含的历史、民俗、人物等多方面的历史资料。有鉴于此,他指出,《玛纳斯》史诗的情节和结构通过长期不断的发展,构成了自己宏大而非常复杂的结构形式。通过对《玛纳斯》史诗若干个经典唱本的比价研究,他对史诗的内容也进行了精到的分析和研究,为后人树立了史诗的一种研究范例。有趣的是,他虽然没有明确指出史诗的口头性程式特征以及史诗歌手的程式化演唱技艺,但他的"无论对于主要人物还是次要人物,歌手多会给予具体的描述。他有一套现成的、好像从脸上摘下来的脸谱,这些脸谱或表现愤怒,或表现欢乐。它们作为一种不变的固定的肖像被史诗歌手在各种必要的场合中加以运用"[①]。

阿里凯·马尔古兰博士是哈萨克斯坦的另一位著作等身的学术大家。其研究范围涉猎历史学、考古学、民族学及文化人类学、文学等多个领域。发表的论著超过300种,是20世纪苏联时期中亚地区比较著名的人文社会科学家。他在民族学、民族文学以及民俗学方面主要功绩之一是花费大量心血和时间潜心编纂出版了乔坎·瓦里哈诺夫的6卷本文集,并且深入系统地研究了瓦里汗诺夫19世纪中叶搜集的《玛纳斯》的文本。他通过多方寻找,找回了消失许多的乔坎·瓦里汗诺夫搜集这个记录本并加以细致地勘校、翻译该版本,1973年在阿拉木图出版之后,立刻在《玛纳斯》学界引起巨大反响。他以严谨科学态度撰写的学术专著《乔坎与〈玛纳斯〉》(1971年)也

[①] M. 阿乌艾佐夫著,马昌议译:《吉尔吉斯民间英雄诗篇〈玛纳斯〉》,本书编委会编:《中国史诗研究》(1),乌鲁木齐:新疆人民出版社,1991年;另见阿地里·居玛吐尔地主编:《世界〈玛纳斯〉学读本》,北京:中央民族大学出版社,2018年,第42—104页。

成为哈萨克斯坦《玛纳斯》研究的标志性成果之一，对后世学者产生了深远影响。

《乔坎与〈玛纳斯〉》这部著作由两部分组成：第一部分是学术研究，为作者根据《玛纳斯》史诗的乔坎·瓦里汗诺夫记录文本对其系统研究；第二部分是附录资料，为马尔古兰经过长时间苦心寻找，最终在圣彼得堡档案馆发现的由乔坎·瓦里汗诺夫于1856年在吉尔吉斯斯坦伊塞克湖周边地区吉尔吉斯地区记录的"阔阔托依的祭奠"手抄本的影印本。

1985年，马尔古兰出版一部研究《玛纳斯》及哈萨克传统史诗的论文集《古代歌谣与传说》。其中收入了他有关《玛纳斯》史诗研究的一个以"吉尔吉斯人民的英雄史诗《玛纳斯》·乔坎与《玛纳斯》"为题的长篇系列综合研究论文，其中包括《〈玛纳斯〉史诗的搜集记录史》《〈玛纳斯〉史诗中阔阔托依汗王的传说》《论史诗的内容与情节结构》《史诗中的英雄传统、人名、氏族名及其历史根源》《论〈玛纳斯〉史诗的产生年代》等五篇。每一篇都以《玛纳斯》史诗学术史、传统章节、结构内容、英雄人物及历史根源、史诗的产生年代等不同的专题进行细致深入的研究，资料丰富，见解独特，论证有力，具有很高的学术参考价值，堪见作者宽阔的研究视野和深厚扎实的理论功底。在对大量资料分析研究之后，他对《玛纳斯》史诗的学术价值也给予了自己的客观评价。他指出，作为一部经过千年传承的伟大史诗，《玛纳斯》史诗是一部经过在民间的长期积淀，由民间口头歌手不断吸纳柯尔克孜以及相邻各民族不同历史事件和历史人物的事迹，在漫长的社会发展的历史背景下逐步完善的英雄史诗。史诗的内容不仅具有历史的真实性也具有民间口头艺术的虚构性，史诗不仅曲折地体现出柯尔克孜原始神话、原始信仰、历史传说的内容，而且对于古代柯尔克孜族的部落文化、古代婚丧嫁娶等古老习俗都有真实生动的描述和反映。史诗吸纳了柯尔克孜族丰富的口头文学的传统，尤其是其中的神话传说、古老的各类仪式歌、送葬歌、情歌等民歌以及与7—9世纪鄂尔浑-叶尼塞古代碑铭的相似性都传递出其古老的文化价值。而史诗的很多篇幅也能与《乌古思汗传》《突厥语大词典》《先祖库尔库特书》等古老史诗以及经典文学中的一些内容、母题的关联性、相似性则体现出《玛纳斯》史诗更广泛深厚的多民族、多层面的中亚、欧亚历史文化价值和多学科的研究价值。

第五节 土耳其的《玛纳斯》学

在20世纪后半期，随着《玛纳斯》史诗文本资料不断被翻译成世界各国各种文字刊布发表或出版，世界各国都有学者纷纷投入《玛纳斯》史诗的研究当中，并出现了很多《玛纳斯》研究的著名学者。其中，土耳其学者的研究也在世界《玛纳斯》学界具有重要地位和影响。土耳其的《玛纳斯》研究可以分成两个阶段。第一阶段是20世纪苏联解体之前的《玛纳斯》研究，第二阶段是吉尔吉斯斯坦独立之后的《玛纳斯》研究。《玛纳斯》史诗土耳其文的翻译工作以及文本研究早在20世纪30年代初就已经开始。最早从事翻译和研究的是伊斯坦布尔大学研究生夏孜耶·别琳。1934年，她将拉德洛夫19世纪搜集的《玛纳斯》文本从德文翻译成土耳其文并在伊斯坦布尔刊布。但是，这个文本只是作为学位论文的附录部分得以印刷，小规模发行，并没有以单行本方式公开出版发行，所以影响不大。直到20世纪末，艾米涅·古尔赛·纳斯卡林于1994年，即在联合国教科文组织与吉尔吉斯斯坦政府合作举办《玛纳斯》史诗产生1000周年庆祝活动前一年，才翻译出版了拉德洛夫的记录本的完整版本。当然，除了拉德洛夫记录本之外，阿布德卡德尔·伊南等对《玛纳斯》史诗不同的文本片段也陆陆续续进行了翻译刊布。[①]

阿布德卡德尔·伊南（1889—1976）是土耳其最早从事《玛纳斯》研究的学者，是土耳其的《玛纳斯》学开拓者和成就卓著的代表性人物。阿·伊南不仅是《玛纳斯》史诗片段的早期的土耳其文译者和刊发者，而且在《玛纳斯》史诗研究方面也颇有建树。他于1934年在土耳其发表《柯尔克孜族（吉尔吉斯）语言纪念碑——〈玛纳斯〉》一文。此文是在土耳其刊发的出自

---

① 阿·卡热普库洛夫主编:《〈玛纳斯〉百科全书》第2卷，比什凯克：吉尔吉斯斯坦百科全书出版社，1995年，第385—432页。

土耳其本土学者的关于《玛纳斯》史诗的第一篇学术论文,一经刊布便在当时的土耳其学术界引起很大反响。1936年《道路》杂志社第35期转载了这篇文章。同时,该杂志还在第36、37期刊登了他翻译撰写的《玛纳斯》史诗散文故事片段。1972年,他在伊斯坦布尔出版了《〈玛纳斯〉史诗》一书。他在自己所发表的《〈玛纳斯〉史诗的思想及英雄传统》(1941年),《〈玛纳斯〉史诗的层次》(1941年),《〈玛纳斯〉史诗中的祭典、婚礼问题》(1960年)等论述中,认为《玛纳斯》史诗是研究柯尔克孜族(吉尔吉斯)语言词汇的丰富源泉,对史诗中的英雄人物,史诗所反映的柯尔克孜族古代社会生活、习俗、文化以及史诗的主题思想都进行了一定程度的有趣的探讨,指出了《玛纳斯》史诗在欧亚大陆,阿尔泰语系,尤其在突厥语族诸民族口头传统中所占据的重要而显著的位置。此外,他还是土耳其各种大型辞书中有关《玛纳斯》史诗内容的章节及词条最权威的撰写者。据统计,他在各类报刊上发表的有关《玛纳斯》史诗的论文总计有13篇。除阿·伊南之外,同一时期的研究学者还有诸如法亚特·阔普茹里、再克·别里迪·托甘、杜尔孙·伊利得里穆等人也曾在各类报刊上发表过有关《玛纳斯》史诗的文章和研究论文。后者于1979年还曾以乔坎·瓦里汗诺夫搜集记录的《玛纳斯》史诗文本的研究而通过了博士论文答辩。进入20世纪80年代,土耳其学者谢库尔·图冉到巴基斯坦的万地区(帕米尔高原一部分)进行调查,从那里的吉尔吉斯(柯尔克孜)史诗歌手口中记录了《玛纳斯》史诗的一些片段,并了解到了阿富汗地区柯尔克孜人中存在比较丰富的《玛纳斯》内容信息及史诗在那里的流传情况。此后,马赫迈德·卡普兰、马赫迈德·伊萨·阿拉尔、海热丁·义乌艮、菲克来提·图尔克曼等都曾先后在土耳其各类报刊上发表论文及评述文章,丰富了土耳其的《玛纳斯》研究学科内容。

土耳其学者长期以来一直都是凭借乔坎·瓦里汗诺夫和拉德洛夫文本两位学者19世纪记录的文本,或者是凭借吉尔吉斯斯坦的萨恩拜·奥诺孜巴克和萨雅克拜·卡拉拉耶夫两位著名玛纳斯奇的唱本对史诗展开研究。但是,从20世纪80年代中期,随着我国《玛纳斯》演唱大师居素普·玛玛依的唱本的陆续出版,土耳其学者也开始广泛关注我国居素普·玛玛依唱本并积极开展研究,并取得了一批重要的学术成果。首先,卡米利·托伊卡尔在《土耳其民间文学》第89期上发表了《玛纳斯奇居素普·玛玛依》一文，向土耳其人民介绍了我国著名玛纳斯奇居素普·玛玛依。菲克热特·图热克曼也在土耳其发表了许多研究《玛纳斯》的文章。另外，女博士纳兹耶·伊勒第斯的博士学位论文《〈玛纳斯〉与柯尔克孜（吉尔吉斯）语言文化》于1995年出版。这部500多页的论著除了正文之外，还附有拉德洛夫所记录的《玛纳斯》原文、拉丁转写以及土耳其文译文，①是目前土耳其出版的一部重要的《玛纳斯》学标志性著作之一。在这部著作中，作者不仅详细分析了19世纪拉德洛夫所记录的《玛纳斯》史诗文本的主要内容、特征、艺术特色，而且通过比较指出了这一文本同《乌古思汗》《先祖库尔库特书》等古代中亚地区流传的史诗之间存在的相似古老母题情节以及其他相似性因素，与此同时也指出了它们之间的差异。随后，她不断拓宽自己的研究内容，连续发表各类论文、文章26篇之多，成为土耳其《玛纳斯》学的重量级学者。

伊吾根·海热丁（1945—）是在土耳其介绍我国《玛纳斯》研究情况最多的一位学者，在土耳其报刊上发表了《土耳其出版的〈玛纳斯〉史诗论著》《新疆维吾尔自治区的〈玛纳斯〉史诗及〈突厥语大词典〉》等论文。吉国学者也评价说，在把"中国新疆乌鲁木齐出版的史诗资料介绍给土耳其读者方面，伊吾根·海热丁的贡献是巨大的"②。近期以来，另外一位土耳其学者阿力木江·伊纳耶惕在大量参考我国学者的研究资料基础上，撰写出版了有关居素普·玛玛依及其唱本的学术专著《居素普·玛玛依与〈玛纳斯〉史诗》③。全书分为正文和附录两个部分。第一部分正文主要介绍居素普·玛玛依的生平。根据该书作者本人的介绍，他的研究主要参考和利用了阿地里·居玛吐尔地和托汗·依萨克以及郎樱发表的有关居素普·玛玛依及其唱本研究的资料。书的第二部分，即附录部分是《玛纳斯》史诗居素普·玛玛依演唱，并在中国国内公开出版的文本片段的土耳其文翻译和柯尔克孜文拉丁转写。包

---

① 郎樱：《〈玛纳斯〉论》，呼和浩特：内蒙古大学出版社，1999年，第41页。
② 斯·阿里耶夫、特·库勒玛托夫编：《玛纳斯奇与〈玛纳斯〉研究者》，比什凯克：吉尔吉斯斯坦《玛纳斯》1000周年筹委会、吉尔吉斯斯坦"丝绸之路"基金会，吉尔吉斯斯坦出版社，1995年，第183页。
③ 阿力木江·伊纳耶惕：《居素普·玛玛依与〈玛纳斯〉史诗》，伊兹密尔，2007年。

括居素普·玛玛依唱本第一部的从英雄玛纳斯的出生到他与卡妮凯的婚礼的传统章节的内容，共计 7000 多行。此外还附有词汇索引等附录资料。这部著作无疑是目前为止，土耳其出版的比较全面介绍和评述居素普·玛玛依及其《玛纳斯》唱本的著作。

根据吉尔吉斯斯坦学者阿布德拉苏尔·伊萨克夫的统计、汇总的索引①，到2014年为止，土耳其出版的有关《玛纳斯》史诗的各类书籍总计有 43 本，其中包括各种文本翻译、学位论文、科普介绍及学术专著等。其中，除了有一本是英文著作外，其余均为土耳其文。有些书籍印刷了还不止一次。另外，在土耳其各类大学中还有 5 篇博士学位答辩通过的论文，15 篇硕士学位论文。而在土耳其全国各地的各类各种报刊上发表的论文共计有 300 多篇。随着资料搜集的进一步完善，对于土耳其的《玛纳斯》学我们还会有待进一步拓宽和完善。

第六节 日本的《玛纳斯》学

根据日本民间文学家西胁隆夫先生的介绍，日本的《玛纳斯》学研究基本上是从新中国成立开始的。1951 年，日本的中国研究所曾把欧文·拉铁木耳（Owen Latimore）所著《亚洲之焦点》（*Piot of Asia*，1950）翻译成日文出版，里面的"维吾尔·哈萨克·柯尔克孜各民族的记录文学和口头文学"条目中介绍史诗《玛纳斯》的内容如下。

> 柯尔克孜（吉尔吉斯）"的主要文化遗产是口头文学传统和非常发达的音乐。他们的史诗更多，更为发达。柯尔克孜人把很多突厥人的故事、传说和史诗并起来组成一大英雄史诗。最近，苏维埃民俗学家用文

---

① 阿布德拉苏尔·伊萨克夫：《土耳其出版的〈玛纳斯〉论文著作索引（1924—2014 年）》，安卡拉，2015 年。

字记录和书写这些作品。《玛纳斯》这部史诗描写公元17世纪和18世纪柯尔克孜人民与卡勒玛克的斗争。详细地展示柯尔克孜民族的生活、风俗习惯、家庭、结婚、丧葬、宴会等。根据拉德洛夫和其他俄国学家的研究，这篇史诗今天还在柯尔克孜（吉尔吉斯）人民中以活态方式传承，大多数柯尔克孜（吉尔吉斯）人都能演唱史诗的一些传统片段。①

按照目前所掌握的资料，这可能是日本第一次介绍《玛纳斯》史诗的信息。20世纪80年代以后，日本一些学者才开始向日本读者翻译和介绍包括《玛纳斯》史诗在内的中国少数民族的文学作品。比如东京都立大学村松一弥（Muramatsu Kazuya）教授在出版的《中国少数民族》上介绍《玛纳斯》史诗时说："长期受外族压迫的柯尔克孜族人民十分喜爱充满正义感和英雄主义精神引人向上的诗歌，因此很多诗歌非常动听感人。尤其是公元十世纪产生，由玛纳斯奇传承和演唱的史诗《玛纳斯》是其中非常著名的"。国立民族学博物馆君岛久子（Kimijima Hisako）教授也在其出版的《中国少数民族概论》（1987年）中对《玛纳斯》史诗有更详细的介绍。实际上，这本书是根据马寅主编的《中国少数民族常识》（1984年）的日译文版。

当然，1979年，辽宁大学的日本留学生、乌丙安先生的硕士研究生乾寻（Inui Hiro）女士，专程到北京中央民族大学（当时称中央民族学院）拜访正好为《玛纳斯》工作组演唱《玛纳斯》而特意从新疆请到北京的《玛纳斯》演唱大师居素普·玛玛依做采访，不久便将中央民族大学胡振华教授提供的，由我国乌恰县玛纳斯奇铁木尔·图尔杜曼别特于20世纪60年代演唱的《玛纳斯》第二部《赛麦台》片段汉文刊布资料翻译出日文在日本的《丝绸之路》（Silkroad）月刊（1981年第2/3期）上发表，并在这一期刊物封面上还特别刊登了居素普·玛玛依和中央民族大学胡振华教授的合影照片。这是改革开放以后中国的《玛纳斯》史诗和玛纳斯奇第一次被介绍到国外。在该刊物同一年（1980年）第4期上，乾寻还翻译发表了居素普·玛玛依演唱

---

① 西胁隆夫：《关于日本研究〈玛纳斯〉的情况》，阿地里·居玛吐尔地主编：《世界〈玛纳斯〉学读本》，北京：中央民族大学出版社，2018年，第555—556页。

的《玛纳斯》第四部《凯耐尼木》的片段。有趣的是，她在这段译文后边附上了自己的一篇短文《关于柯尔克孜族英雄史诗〈玛纳斯〉》，其中还描述了她拜访居素普·玛玛依的情景，以及这位歌手的音容笑貌：

> 去年（1979年）我导师（乌丙安教授）领着我访问中央民族学院，因为我想跟柯尔克孜族玛纳斯奇见面。那一天刮着强烈的风。居素普·玛玛依先生戴着很厚的毛皮帽子跟语言学家胡振华先生一起来了。这位居素普·玛玛依先生是一位脸色红黑发亮，眼光温和平静，留着胡须的老人。丙安先生说："史诗《玛纳斯》规模很大。有二十万行。"胡先生说："柯尔克孜族历史很长，公元以前，他们的祖先曾在叶尼塞河流域过游牧生活。"过了一会儿，老人忍不住开口唱起《玛纳斯》史诗的一个片段来了。忽然，明快的调子传到屋里。柔和而有力的拍子好像引人去一个遥远的世界。闭着眼睛听起来就出现了高山顶峰的万年雪、草原上的羊群和马群、帐篷前边的柯尔克孜族人们。[①]

这篇文章所描写的40年前的居素普·玛玛依的风采和演唱就值得我们参考。1982年，乾寻女士还在日本口承文艺学会的期刊《口承文艺研究》第5号发表了一篇题为《〈玛纳斯〉史诗——介绍柯尔克孜族民间文学》的论文。

在日本的《玛纳斯》学研究中，西胁隆夫（Nishiwaki Takao）先生是当前成就最为显著的领军人物。他是日本著名的中国少数民族文学专家，曾经在日本岛根大学，现在日本名古屋学院大学担任外国文学教授，主要研究方向是中国少数民族文学，出版有《中国少数民族文学》等专著，并有大量的关于中国各民族的古典文学、民间文学、英雄史诗等论文发表。西胁隆夫教授于1983年4月在岛根大学创办了专门刊发中国少数民族文学研究成果的学术期刊《中国少数民族文学》。作为日本的第一家专门介绍、研究中国少数民族文学的学术刊物，为推动日本学术界了解和研究中国多民族文学提供

---

① 西胁隆夫：《关于日本研究〈玛纳斯〉的情况》，阿地里·居玛吐尔地主编：《世界〈玛纳斯〉学读本》，北京：中央民族大学出版社，2018年，第556页。

了重要平台。他是日本《玛纳斯》史诗研究的旗帜性人物，长期以来对《玛纳斯》进行坚持不懈的研究和译介，取得了令人瞩目的成就。

1991年，还在岛根大学任教的西胁隆夫教授与中央民族学院胡振华教授合作发表了《英雄史诗〈玛纳斯〉的研究（1）》（《岛根大学法文学部纪要》第15号专号）。其中有居素普·玛玛依1981年在北京中央民族学院演唱的《玛纳斯》史诗的一个篇章。文本有柯尔克孜语原文拉丁转写、汉文、日文的逐词对译和汉语、日语的意译以及注释等。之后，他与胡振华教授合作的另一个《玛纳斯》研究成果又在日本岛根大学法文学部《文学科纪要》1992年第7号（1），第15号（1），第17号（1）等连载。其中翻译发表了我国《玛纳斯》大师居素普·玛玛依唱本的多个演唱片段，并对居素普·玛玛依本人进行了比较详细的介绍。1992年，西胁隆夫教授又在在同一刊物17号发表了《英雄史诗〈玛纳斯〉的研究（2）》；1994年发表了《英雄史诗〈玛纳斯〉的研究（3）》。2000年，他把这三篇合成一本《柯尔克孜族英雄史诗〈玛纳斯〉》第一部（柯尔克孜语·汉语·日语对译本）出版。这是日本出版的第一部关于《玛纳斯》史诗的专题著作，也是中国《玛纳斯》史诗在日本比较全面的介绍。

此外，从20世纪80年代开始便不断地在日本的各种刊物上翻译中国学者的《玛纳斯》史诗研究论文，成就突出。比如，西胁隆夫在《名古屋学院大学学报》上翻译发表了阿地里·居玛吐尔地和托汗·依萨克合著《〈玛纳斯〉演唱大师居素普·玛玛依评传》中的多个章节，以及阿地里·居玛吐尔地的《〈玛纳斯〉史诗的口头特征》《居素普·玛玛依史诗观》，胡振华的《柯族英雄史诗〈玛纳斯〉及其研究》等多篇论文。1993年，西胁发表了《中国研究柯尔克孜族英雄史诗〈玛纳斯〉》（《中国—社会和文化》第八号）介绍《玛纳斯》的采集、翻译、研究和研讨会的情况。

进入21世纪，西胁隆夫教授在《玛纳斯》史诗的翻译、研究方面更加积极，翻译发表的成果显著。主要有：2011年，经过多年的研读和翻译，他终于把居素普·玛玛依演唱的《玛纳斯》（2004年新疆人民出版社出版的）第一部第一卷翻译成日文正式出版。内容包括史诗序诗、四十个部落的传说、高山牧人的传奇、阿牢开进犯柯尔克孜、英雄玛纳斯的诞生、雄狮的玛纳斯神骥阿克库拉等传统的经典章节。这是第一次在日本出版的居素普·玛玛依唱本较大规模的文本内容。2016年，阿地里·居玛吐尔地、托汗·依萨克合著《当代荷马——居素普·玛玛依评传》一书由西胁隆夫翻译，并由日本索卢讯（V2solution）出版社出版。这是我国《玛纳斯》学者的学术专著第一次在日本出版，在日本引起了很大反响，为我国《玛纳斯》学走上世界开辟了新的途径。西胁隆夫是一位有独特学术视角的著名学者，这一点从在其论著《中国的伊斯兰教民族文学》的内容中可以看到。他谈到自己对此问题的研究动机时指出，这是出于对边缘文化以及边缘文化与主流文化交流渊源关系的重视。其研究视角有二：一是跨科学的渊源探讨：回族文学与伊斯兰教即文学与宗教之间的渊源关系；二是跨文类的横向比较：中国民族文学与中国古典文学之间的关系。他曾多次来中国参加各类学术研讨会，是一位长期热衷于研究中国少数民族文学的日本学者。在中国少数民族文学界拥有很好的口碑和认知度。

在西胁隆夫等教授的推动下，日本的一些民间文学家也陆续开始对《玛纳斯》史诗加以关注并从事研究，不断取得新的成就。2001年、2003年、2004年，京都学园大学若松宽（Wakamatsu Hiroshi）教授用俄罗斯文翻译出版了吉尔吉斯斯坦20世纪著名玛纳斯奇萨恩拜·奥诺孜巴克的唱本三卷本。其中第一本《玛纳斯少年篇》为1984年莫斯科出版的文本。文本共包括史诗前十章，即从"奇妙的梦（玛纳斯的诞生）"到"推戴玛纳斯汗位"的内容。第二本题为《玛纳斯青年篇》，为1988年莫斯科出版的文本。共十一章，包括"击灭特克斯汗的魔人部队"到"玛纳斯、阿勒曼别特和四十个勇士的结婚"等内容。第三本题为《玛纳斯壮年篇》，为1995年莫斯科出版的文本。共十章，包括从"六个汗的叛变"到"凯旋"等内容。1995年，立命馆大学奥村克三（Okumura Katsuzo）教授在他的论文《吉尔吉斯斯坦史诗〈玛纳斯〉和边疆的知识人》（《立命馆经济学》第44卷第4/5号）中提到吉尔吉斯斯坦的玛纳斯奇，还介绍拉德洛夫、乔坎·瓦里汗诺夫采集的《玛纳斯》史诗内容并根据吉尔吉斯斯坦学者卡尤木·热赫马杜林（K.A.Rakhmatullin）所著《玛纳斯的情节结构特色》（"Plot Peculiarities of《Manas》1995），对拉德洛夫、萨恩拜·奥诺孜巴克的记录本进行了比较介绍。

2001年，阪南大学高桥庸一郎（Takahashi Yoichiro）教授在《中国北方少数民族传承文学概论（六）·（七）》(《阪南论集》第36卷第4号、第37卷第1/2号）中介绍《玛纳斯》史诗时评价说："《玛纳斯》是一千年柯尔克孜族中流传下来的英雄史诗。中国三大史诗中，《玛纳斯》比较突出地反映民族的历史和价值观。史诗并非一个人写作完成，而是在漫长的口头传承发展过程中添加增补了一些成分。这篇史诗在所有柯尔克孜地区都流传。玛纳斯是对柯尔克孜人宝贵的英雄，又代表他们的理想和骄傲。史诗今天也在柯尔克孜族中以活态方式传承着。"关于居素普·玛玛依的《玛纳斯》，高桥教授按照我国毛星主编的《中国少数民族文学》中有关《玛纳斯》史诗的内容，概述了史诗居素普·玛玛依唱本第一部到第四部的内容并指出："我觉得第一部、第二部和第三部好像是写出历史上的英雄人物，可第四部有很多神话和魔幻故事。"[1]

2002年，和光大学坂井弘纪准教授出版了小册子《中亚英雄史诗》一书，介绍和叙述了中亚口承文学，突厥语民族史诗的特点，乌古斯的历史、诺盖的历史和诺盖大系，描写与卡勒玛克交往的作品，描写新时代的新的史诗等。关于《玛纳斯》，他经过与中亚史诗《阔布兰德》《阿勒帕米西》等史诗比较之后指出："《玛纳斯》跟其他中亚突厥语民族史诗有许多共同性，如玛纳斯的妻子卡妮凯的智慧，玛纳斯的盟友阿勒曼别特的帮助等。史诗用单独的逸事描写登场人物，如萨雅克拜·卡拉拉耶夫把'阔阔台依汗王的祭典'一章安排在史诗第二部《赛麦台》中演唱，因为据史诗歌手自己的说法，他在演唱史诗第一部《玛纳斯》时无意中忘记演唱了这个故事。"[2]

毫无疑问，日本的《玛纳斯》学应该说还刚刚起步，但是发展势头很强劲，相信不久的将来还有所拓展，也期待日本学者富有创见的新的优秀成果能够不断推出。

---

[1] 西胁隆夫：《关于日本研究〈玛纳斯〉的情况》，阿地里·居玛吐尔地主编：《世界〈玛纳斯〉学读本》，北京：中央民族大学出版社，2018年，第556页。

[2] 同上书，第560页。

第七节 《玛纳斯》学在西方

西方对于《玛纳斯》史诗的了解和研究肇始于19世纪中叶，是由乔坎·瓦里汗诺夫和威·瓦·拉德洛夫这两位分别来自哈萨克裔和德裔俄国学者开创的。乔坎·瓦里汗诺夫于1856年搜集的《玛纳斯》史诗"阔阔托依的祭典"这个传统诗章是目前为止已知的世界上最早的纸质记录文本。但是，这个文本长期不知去向，整整过去半个多世纪之后的1902年，负责整理编辑乔坎·瓦里汗诺夫文集的维谢洛夫斯基在圣彼得堡东方考古学的一次会议上向与会者介绍了乔坎所搜集的《玛纳斯》史诗的俄译文稿的情况，并通报了此译文手稿是著名突厥学家波塔宁（G. N. Botanin）经过多方努力，在乔坎的一个朋友家中找到的重要信息。至此，这个文本的俄文译稿才重新进入俄国学界的学术视野。与此同时，他又不无遗憾地告知与会者，这一文本的吉尔吉斯（柯尔克孜）文原始记录稿已经丢失，不知去向的消息。与会者读完这个俄文译稿之后，对乔坎·瓦里汗诺夫的俄文翻译水平赞誉有加，对《玛纳斯》史诗也产生了极大兴趣。

1904年，维谢洛夫斯基就在俄罗斯东方学刊上首次正式刊布了乔坎记录的《玛纳斯》史诗经典篇章"阔阔托依的祭典"的俄译文本，并在文本后面加了一些简短的注释。① 此后，这个译文又几次重印，比如1904年，编入乔坎·瓦里汗诺夫一卷本俄文文集中出版；1958年又收入其五卷本俄文文集中出版。② 乔坎的俄文译稿原件目前保存在圣彼得堡俄罗斯中央文学档案馆第159号档案袋中。③ 从第一次刊布俄文译文以来，到目前为止，乔坎·瓦里汗诺夫所搜集的《玛纳斯》史诗的这个传统诗章"阔阔托依的祭典"已经

---

① 阿里凯·马尔古兰：《古代歌谣与传说》，阿拉木图：作家出版社，1985，第229页。
② 阿·卡热普库洛夫主编：《〈玛纳斯〉百科全书》第1卷，比什凯克：吉尔吉斯斯坦百科全书出版社，1995年，第337—338页。
③ 同上书，第337页。

有英文、土耳其文、哈萨克文以及吉尔吉斯原文陆续得到发表，长期以来备受各国学者的关注，并得到深入研究。哈萨克学者阿里凯·马尔古兰于1971年首先刊布其吉尔吉斯文原始记录稿的影印本两年之后，又刊布了文本的哈萨克文译文。①1985年，这个文本又收入乔坎·瓦里汗诺夫的哈萨克文五卷本文集的第二卷中在哈萨克斯坦出版。②

拉德洛夫已经被公认是世界《玛纳斯》学的奠基者。③从1866年到1896年这30年间拉德洛夫着手搜集编选出版题为"突厥语文学的典范（Specimens of Turkic Literature）"的一套丛书。丛书计划共为十卷，每一卷选编不同民族的民间文学资料。丛书编撰出版计划很快落实，1866年开始实施出版：第1卷《阿尔泰诸民族的方言》1866年；第2卷《阿巴坎（哈卡斯）方言》1868年；第3卷《哈萨克方言》1870年；第4卷《巴垃宾（Barabiner）、鞑靼（塔塔尔）、塔布勒和土满塔塔尔（Toboler and Tumen Tatar）方言》1872年；第5卷《卡拉柯尔克孜（吉尔吉斯）方言》1885年；第6卷《塔兰齐（维吾尔族）方言》1886年；第7卷《克里米亚突厥民族的方言》1896年。这7卷是他本人亲自搜集、编辑并翻译成俄文和德文由俄国科学院（圣彼德堡）出版，收录了柯尔克孜（吉尔吉斯）、哈萨克、阿尔泰等中亚及南西伯利亚诸突厥语族民族以及我国维吾尔族的史诗、神话、民间故事、歌谣等资料。丛书第8卷之后的3卷则分别由其弟子们负责搜集并翻译成俄文，由拉德洛夫亲自编辑，于1899—1907年在圣彼德堡出版。④

在拉德洛夫所搜集、编选出版的这一套丛书中，最引人注目、对后世史诗及民间文学研究者产生广泛影响的部分，毫无疑问，是收入他于1862年

---

① 《阔阔托依汗的传说：〈玛纳斯〉史诗乔坎·瓦里汗诺夫搜集的变体》，阿里凯·马尔古兰译，阿拉木图出版社，1973年。
② 见《乔坎·瓦里汗诺夫文集》第2卷，阿拉木图：科学出版社，1985年，第101—147页。
③ 日尔蒙斯基：《中亚史诗和史诗歌手》，载 Nora K. Chadwick, Victor Zhirmunsky; *Oral Epic of Central Asia*, Cambridge, 1969, p.271.
④ 具体是，第8卷（奥斯曼突厥语民族卷）由 I. 库诺斯（I. Kunos）搜集并翻译成德文，1899年；第9卷［乌梁海、阿巴坎鞑靼（塔塔尔）等南西伯利亚民族卷］由 N. F. 卡塔诺夫（N. F. Katanov）搜集并翻译成俄文，1907年；第十卷［噶高斯（Gagauz）卷］由 V. 莫什考夫（V. Moshkov）搜集并翻译成俄文，1904年。

在我国新疆北部特克斯地区，1868年又在吉尔吉斯斯坦的伊塞克湖西部以及楚河地区搜集，于1885年在圣彼德堡出版，后又由他本人亲自翻译成德文在德国莱比锡出版的有关柯尔克孜（吉尔吉斯）族史诗《玛纳斯》史诗资料的第五卷，以及他为此卷撰写的一篇宏赡翔实的长篇导论。①《玛纳斯》史诗的资料占据了这个第五卷的大部分篇幅，包括了《玛纳斯》史诗第一部《玛纳斯》、第二部《赛麦台》、第三部《塞依台克》等史诗前三部的主要传统章节。卷本中收入的有关《玛纳斯》史诗的资料共计12454行，其中《玛纳斯》第一部9449行，其余的3005行为史诗第二部和第三部的内容。除此之外，这个卷本还包括《交老依汗》《艾尔托西图克》等另两部柯尔克孜（吉尔吉斯）传统史诗的简短的文本资料。

拉德洛夫所刊布的这些资料以其全面性和系统性，从刊布之日起就成为西方学者了解和研究《玛纳斯》最重要的资料，在欧洲东方学家、古典学家中引起轰动，打开了欧洲学者了解《玛纳斯》史诗的第一扇窗口。西方的很多东方学家、古典学家都通过这些资料纷纷开始对柯尔克孜（吉尔吉斯）史诗发表各自的看法或开始进行研究。彼德堡大学教授艾·皮特里、维·维·罗森，法国学者巴尔比耶·玛约尔、帕费·库尔特里，德国学者特赫·穆尔·库尼等都认为《玛纳斯》史诗在西方世界的刊布是一件巨大的文化事件。②帕费·库尔特里通过对这个文本的分析指出：《玛纳斯》史诗中，原始的苍天大地等自然崇拜习俗和萨满文化都有鲜明的印记，游牧民族的史诗中狩猎是极为重要的内容，史诗英雄的坐骑、猎鹰和猎犬是他们不可缺少的助手和朋友。玛纳斯去世后，伴随他一生的坐骑阿克库拉（Ak-kula）、白隼鹰阿克匈卡尔（Ak-xumkar）、猎犬库玛依克（Kumayik）等比人还伤心。③英国剑桥大

---

① 阿·卡热普库洛夫主编：《〈玛纳斯〉百科全书》第2卷，比什凯克：吉尔吉斯斯坦百科全书出版社，1995年，第160页。
② 《人类的〈玛纳斯〉》，阿拉木图：热万出版社，1995年，第128页。
③ 同上书，第129页。

学教授诺拉·察德维克①，牛津大学教授亚瑟·哈托②、苏联学者日尔蒙斯基③等都曾对这个卷本进行过系统的研究。

这个卷本在学界备受重视的原因除了卷本中收入的《玛纳斯》文本资料外，拉德洛夫为这一卷本撰写的长篇序言对那些专门研究古希腊史诗《伊利亚特》和《奥德赛》的西方古典学者以及中世纪欧洲史诗学家、民俗学家产生了重大的影响，给予了深刻的启发，甚至对20世纪下半叶世界民俗学研究新方法新理论的产生也起到了至关重要的启发和推动作用。比如在当今民俗学界具有深远影响的"口头程式理论（帕里－洛德理论）"的创立者，美国学者帕里和洛德就曾经深受拉德洛夫影响。前不久去世的美国口头诗学先锋人物约翰·迈尔斯·弗里在自己的著作中说："帕里常常参考瓦西里·拉德洛夫的著述，也就是那些在中亚的突厥人之中所进行的田野作业的第一手资料。它们对帕里学术思想的演进所产生的影响，似乎比学者们所曾意识到的要大得多，""当帕里读到了这些简洁而精当的介绍之后，他一定是由此寻绎到了令人振奋的线索，使他足以建立起这样的一种信念：他和其他学者从荷马诗歌中所概括出来的许多典型特征，已在拉德洛夫所报告的活形态的口头诗歌中得到了映现。"④

在西方，第一个对拉德洛夫搜集的《玛纳斯》资料进行系统研究的西方学者要数英国剑桥大学教授诺拉·查德维克（Nora Kershaw Chadwick）。她根据拉德洛夫的资料撰写的有关中亚突厥语族民族民间文学初步的研究成果收入她与 H. 查德维克（H. Munro Chadwick）合写的《文学的兴起》（*Growth*

---

① Nora K. Chadwick, Victor Zhirmunsky. *Oral Epic of Central Asia*, Cambridge University Press, 1969.

② Hatto, A. T. *Plot and Character in Mid-Nineteenth-Century. Kirghiz Eoic*,（Ein Symposium）, ed. W. Heissig. Asiatische Forschungen, 68. Wiesbaden, pp.95-112；*The Marrriage, Death and Return to Life of Manas*: *A Kirghiz Epic Poem of the Mid-Nineteenth Century*, Turcica. Revue d'Etudes Turques, 12, pp.66-94[Part one]；14, pp.7-38[Part two]; Epithets in Kirghiz Epic Poetry 1856—1869, in Hatto, Hainsworth 1980—89; The Manas of Wilhelm Radloff. Asiatische Forschungen, 110.Wiesbaden. ets.

③ Zirmunskij, V.M. *The Turkic Heroic Epic*. Leningrad, 1972.

④ [美] 约翰·迈尔斯·弗里:《口头诗学：帕里—洛德理论》，朝戈金译，北京：社会科学文献出版社, 2000年，第21—27页。

of Literature)的第三卷,1940年在剑桥大学出版社出版。后来,经过修订、补充之后,这个在西方学术界已经产生了一定影响的论述,于1969年又以《中亚突厥语族民族的史诗》为题与日尔蒙斯基的《中亚史诗和史诗歌手》合编为一卷,以《中亚口头史诗》①为书名由英国剑桥大学出版。诺拉·查德维克的这部著作包括一个引言以及正文。正文部分分为:1.英雄诗歌和传奇故事;2.英雄的背景:英雄歌的特性;3.非英雄歌与传奇故事;4.英雄诗歌和传奇故事中的历史和非历史因素;5.与神、灵魂相关的歌和传奇故事以及占卜歌;6.古歌和传奇故事,格言式和叙述体文学,与虚构人物相关的歌和传奇故事;7.文本;8.吟诵与创造;9.萨满。作者从客观、严肃的理论角度对拉德洛夫于19世纪末20世纪初主编出版的10卷本中亚及欧亚突厥语诸民族的民间口头文学资料涉及的所有文本进行了细致的分析、研究和评述,对突厥语族各民族的民间口头文学,尤其是史诗和叙事诗、传奇故事等进行了比较细致准确的分类和阐释。

尽管作者的视野仅仅局限在拉德洛夫所搜集的资料之上,但是她对突厥语族民族英雄史诗宏观的评价,尤其是对《玛纳斯》史诗内容、结构、人物、英雄骏马的作用、各种古老母题以及史诗与萨满文化的关系、歌手演唱史诗的叙述手法和特点、歌手演唱语境的分析和研究都是十分精准而学理性的。作者在研究论述中还将《玛纳斯》史诗同希腊的荷马史诗、英国中世纪史诗《贝奥伍夫》(Beowulf)、俄罗斯的英雄歌、南斯拉夫英雄歌等进行多角度比较,给后人开拓了很大的研究视野,对西方学者产生了深刻的启示,具有开拓性意义。诺拉·查德维克在赞扬拉德洛夫无论在英雄体或非英雄体,抑或是在戏剧体方面都为后辈学者提供了突厥语诸族民族最优秀的韵文体口头叙述文学的同时,对拉德洛夫在文本搜集中的不足也进行了批评。②她指出拉德洛夫在文本搜集方面有两个明显的失误:第一是没有提供有关作品的演唱者或演唱情景相关的任何背景资料;第二是虽然搜集了不同民族最优秀的民间口头文学代表性作品,但却没有反映出该部族民间文学传统的全

---

① Nora K. Chadwick, Victor Zhirmunsky. *Oral Epic of Central Asia*. Cambridge, 1969.
② Nora K. Chadwick, Victor Zhirmunsky. *Oral Epic of Central Asia*. Cambridge: Cambridge University Press, 1969, pp.20-21.

貌。^①此外,她通过比较研究对柯尔克孜(吉尔吉斯)的《玛纳斯》史诗以及史诗创作传统在整个突厥语族民族中的影响和地位给予了自己的客观评价:"根据我的观察,突厥语民族英雄叙事诗或史诗之中最重要的部分是拉德洛夫上个世纪从柯尔克孜(吉尔吉斯)人中搜集记录的。无论在篇幅规模上还是在发达的诗歌艺术形式上,在主体的自然性,或者在现实主义以及对人物的细致的雕琢修饰文体方面,柯尔克孜(吉尔吉斯)史诗超过了其他任何突厥语族民族的英雄史诗。"^②

20世纪下半叶,在西方学者中对《玛纳斯》史诗研究最有建树,成果颇丰的是英国伦敦大学《玛纳斯》史诗专家亚瑟·哈图。他根据拉德洛夫和乔坎·瓦里汗诺夫的搜集出版的文本对《玛纳斯》史诗进行了长期研究。他不仅是继诺拉·查德维克之后西方学者中研究《玛纳斯》史诗的佼佼者,而且还长期担任在20世纪70—80年代在西方学术界颇具影响的"伦敦史诗研讨班"主席,并汇集讲习班各国学者的讲座主编了被列入西方"当代人类学研究会"系列丛书中的两卷本《英雄诗和史诗的传统》。编入这部书中的论文均为1964年至1972年来自不同国家,不同地区,研究不同传统的专家学者在伦敦史诗研讨班上宣读交流的学术论文佳作。在第一卷中收有亚瑟·哈图本人于1968年撰写在上述研讨班上宣读的长篇论文"19世纪中叶的柯尔克孜(吉尔吉斯)史诗"。^③作者在这篇论文中,从口头传统的历史文化背景出发,对《玛纳斯》史诗19世纪的搜集、记录和研究情况,主要是乔坎·瓦里汗诺夫和拉德洛夫的搜集研究进行了进一步梳理,并从西方古典学家的视角对史诗的内容,艺术特色,结构及语言特征等进行了充分的分析、介绍、评价和阐释。第二卷中收入了哈图的另外一篇有分量的论文"1856—

---

① Nora K. Chadwick, Victor Zhirmunsky. *Oral Epic of Central Asia*. Cambridge: Cambridge University Press, 1969, p.20.

② Nora K. Chadwick, Victor Zhirmunsky. *Oral Epic of Central Asia*. Cambridge: Cambridge University Press, 1969, p.28.

③ A. T. Hatto, ed. *Tradition of Heroic and Epic Poetry*. London: The Modern Humanities Research Association, 1980, pp.300–327.

1869年柯尔克孜(吉尔吉斯)史诗中的特性形容词"。① 在这篇论文中,作者充分运用自己深厚的语言修辞学、史诗学、神话学、宗教学知识积累和功底,从多学科的角度对《玛纳斯》史诗中的特性形容词(epithet)进行了深入的研究和探讨。他将史诗中的特性形容词分为十几个不同的类型,并对每一个类型进行了科学的比较研究和比较深刻的分析,包括(在传统层面上)传统型、传统变异型、变换型、从新解释型、蜕变型;(从功能层面上)赞颂型的和诋毁型的、循环型、虚循环型;(在形式上)简单型、复合型、缩略型等。

此外,亚瑟·哈图还先后在世界各地不同的学术刊物上发表了《玛纳斯的诞生》(《亚洲大陆》1969年新系列第14期,第217—241页);《阔阔托依和包克木龙:吉尔吉斯(柯尔克孜)两个相关英雄诗的比较》(《学校亚洲和非洲研究报告》1969年第32期,第一部分第344—378页;第二部分,第541—570页);《阿勒曼别特、艾尔阔克确和阿克艾尔凯奇:柯尔克孜(吉尔吉斯)英雄史诗系列《玛纳斯》的一个片断》(《中亚研究》1969年第13卷,第161—198页);《北亚的萨满教和史诗》(伦敦大学东方和非洲研究学院,1970年);《阔兹卡曼》(《中亚研究》1971年第15期,第一部分,第81—101页,第二部分,第241—283页);《阔阔托依的吉尔吉斯(柯尔克孜)原型》(《学校亚洲和非洲研究报告通讯》1971年第34期,第379—386页);《赛麦台》(《亚洲大陆》,新系列,1973年第18期,第154—180页;1974年第19期,第1—36页);《吉尔吉斯(柯尔克孜)史诗〈交牢依汗〉史诗中的男女英雄系列》(《阿尔太学论文集》,第237—260页,威斯巴登,1976年);《19世纪中叶吉尔吉斯(柯尔克孜)史诗的情节和人物》(《亚洲研究》,第68期,第95—112页,威斯巴登,1979年);《玛纳斯的婚姻和死而复生:19世纪中叶的吉尔吉斯(柯尔克孜)史诗》(分两部分,分别载《突厥学》(Turcica)巴黎、斯特拉斯堡,1980年、1981年);《德国和吉尔吉斯(柯尔克孜)的英雄史诗:一些比较和对照》(载"Deutung und Bedeutung: Studies in German and Comparative

---

① A. T. Hatto, ed. *Tradition of Heroic and Epic Poetry*. London: The Modern Humanities Research Association, 1980, pp.77–93.

Literature Presented to Karl-Werner Maurer,", ed. B. Schludermann. Mouton. pp.19-33)等一系列论文，在西方学界掀起了一股《玛纳斯》史诗研究的高潮。更为重要的贡献是，他于1977年将乔坎·瓦里汗诺夫所搜集的文本转写成国际上通用的国际音标，并将这一文本翻译成英文，加上详细注释和前言，在剑桥大学出版。① 这是乔坎·瓦里汗诺夫所记录的《玛纳斯》史诗传统诗章"阔阔托依的祭典"首次被翻译成西方主要语言出版，在世界范围内产生了很大影响。

1990年，哈图又以《拉德洛夫搜集的〈玛纳斯〉》（威斯巴登，1990年版）为名翻译出版了拉德洛夫搜集的文本（见本章第一节内容）。书中不仅附有详细的注释，而且还有原文的拉丁撰写。这是这位1910年出生的资深教授在自己晚年出版的有关《玛纳斯》史诗的最重要的标志性成果之一。2010年，这位在西方学界以《玛纳斯》史诗研究声名显赫的伦敦大学资深教授离开人世，享年100岁。

20世纪末期以后，在《玛纳斯》史诗研究方面有影响的西方学者主要有法国巴黎大学教授雷米·岛尔（Remy Dor），德国波恩大学教授卡尔·莱谢尔（Karl Reichl）和美国印地安纳大学教授丹尼尔·普热依尔（Daniel Prior）等。雷米·岛尔教授于1973年从阿富汗北部山区的柯尔克孜（吉尔吉斯）族地区，从一位名叫阿西木·阿菲兹（Ashim Afez）的玛纳斯奇口中记录下了《玛纳斯》史诗的一个阿富汗变体。这个变体总共包括史诗的四个小的情节，共计616行。这是从阿富汗柯尔克孜（吉尔吉斯）族中记录下的唯一一个《玛纳斯》史诗的文本，因此具有弥足珍贵的资料价值和研究价值。雷米·岛尔根据自己调查的第一手资料对当地柯尔克孜（吉尔吉斯）族中流传的《玛纳斯》唱本，以及史诗的流传状况进行了研究。他的主要研究成果有《帕米尔流传的〈玛纳斯〉片段》（《亚洲杂志》1982年第26期，第1—55页）；《新疆柯尔克孜族的〈玛纳斯〉》（与我国胡振华教授合作，《突厥学》1984年第10期，第29—50页，巴黎）等。

---

① A. T.Hatoo, ed. The Memorial Feast For Kökötöy-Khan; A Kirghiz Epic Poem edited for the first time a photocopy of the unique manuscript with translation and commentary. Printed in Great Britain at the University Press, Oxford, 1977, London Oriental Series Volume 33.

德国波恩大学古典学教授卡尔·莱谢尔是西方突厥语族民族口头史诗研究的，具有国际影响的著名史诗专家。他专长于对突厥语族民族口头史诗的综合研究，口头史诗与民间传统音乐研究以及东西方史诗的比较研究。他不仅是我国《玛纳斯》史诗居素普·玛玛依唱本第一部的英文和德文译者，而且是西方学者中目前最具代表性和影响力的《玛纳斯》学专家。他有大量研究成果在世界各地发表和出版。其中，他于1992年出版的《突厥语民族的口头史诗：传统、形式和诗歌结构》[1]是其早年的史诗研究经典著作。目前除了中文译本之外，还有英文、俄文和土耳其文等面世，在国际史诗学界产生了很大影响，成为西方学术界了解和研究中亚史诗和《玛纳斯》史诗的必读书。全书条理清晰，论述充分而细致。作者卡尔·莱谢尔教授不仅精通中古英语、英语、德语、法语、希腊语等西方主要语言，而且精通柯尔克孜（吉尔吉斯）语、哈萨克语、乌兹别克语、土耳其语、喀拉喀勒帕克语等突厥语民族的语言。他曾经多次在我国参加各种学术活动，在我国新疆以及吉尔吉斯斯坦、乌兹别克斯坦和哈萨克斯坦进行长期的学术交流和田野调查，对突厥语族民族口头史诗能够进行宏观的把握和审视。在这部著作中，他充分吸收《玛纳斯》以及其他突厥语族民族的口头史诗资料，运用"口头程式理论""表演理论"等口头诗学的前沿学术成果，从语言学、民俗学、民族学、音乐学等视角，在不同层面上对《玛纳斯》史诗以及其他突厥语族民族口头史诗进行了广泛的比较研究，对史诗文本，史诗歌手的创作和演唱，突厥民族史诗的体裁、题材和类型，故事模式，史诗的变异，史诗的程式和句法，歌手在表演中的创作，史诗的修辞和歌手的演唱技艺等都有比较系统的研究和阐释，在学界具有很高的认知度和引用率。在刚刚出版的极具前沿性的史诗学论著中[2]也有研究《玛纳斯》史诗歌手玛纳斯奇以及有关他们史诗演唱的专门章节。

---

[1] K. Reichl. *Turkic Oral Epic Poetry: Traditions, Forms, Poetic Structure*, Garland Publishing, INC. New York & London, 1992. 汉译文见卡尔·莱谢尔：《突厥语民族的口头史诗：传统、形式和诗歌结构》，阿地里·居玛吐尔地译，北京：中国社会科学出版社，2011年。

[2] Karl Reichl, *The Oral Epic: From Performance to Interpretation*, Routledge Taylor & Francis Group, New York and London, 2022.

丹尼尔·普热依尔教授曾经长期在吉尔吉斯斯坦留学和交流，精通吉尔吉斯（柯尔克孜）语。他长期不懈地刻苦钻研，将自己的田野调查和文献资料分析结合起来，在《玛纳斯》学方面取得了令人敬佩的学术成果。尤其值得一提的是，他的硕士学位论文和博士学位论文均以《玛纳斯》史诗为研究对象，从独特的视角对史诗进行了深入细致的研究，提出了很多十分有趣的观点和思考。比如其硕士论文主要以 20 世纪初由俄国学者录制的音频资料为研究对象，经过音频还原、文本阐释、音乐分析等路径，多角度、极为细致地研究了《玛纳斯》史诗最早的一段音频演唱资料。其硕士学位研究论文成果后来以"坎杰·卡拉的《赛麦台》：留声机录下的一部柯尔克孜（吉尔吉斯）史诗"为题在德国出版（威斯巴登，2006 年）。而他的博士学位论文则以"保护人、党派、遗产：吉尔吉斯（柯尔克孜）史诗传统文化史笔记"为题，以吉尔吉斯斯坦《玛纳斯》史诗当代传承及其在吉尔吉斯的政治生活、文化建构中的地位为研究方向，于 2000 年在美国印第安纳大学顺利通过答辩（印地安纳大学内陆亚洲学院论文，第 33 号，2000 年）。当时担任其答辩委员会成员的理查德·鲍曼、阿兰·邓蒂斯、格里戈里·纳吉等都是国际民俗学、史诗学界极具影响力的学术巨擘。丹尼尔·普热伊尔能够顺利通过答辩获得博士学位，不难看出其博士学位论文答辩的艰难以及论文所拥有的学术价值和学术含量。《包克木龙的马上之旅：穿越柯尔克孜（吉尔吉斯）史诗地理的旅行报告》（《中亚杂志》第 42 卷第 2 期，第 238—282 页）等。这位美国学者用锐利的批评眼光审视了苏联学者以及政府在不同历史时期对《玛纳斯》史诗的评价和态度，探讨了政府行为如何对一部口头史诗的文本产生影响的问题，试图回答了史诗歌手与学者是如何在彼此互动中提升民众的史诗情感，各种不同的社会权力阶层对史诗的命运施加了怎样的影响，不同社会阶层在对史诗施加影响的同时达到了什么目的等问题。

从乔坎·瓦里汗诺夫和拉德洛夫的探索起始，经过几代人的不断研究和开拓，《玛纳斯》史诗早已成为一门国际显学，步入西方主流学术圈的话语体系当中。西方学者在世界《玛纳斯》学领域独树一帜，从事《玛纳斯》研究的学者都有西方古典文学或荷马史诗、中世纪史诗研究的学术背景，因此无论在研究方法上还是研究角度上都堪称一流，研究成果在国际学术界有很大的影响。我们相信，随着各地区不同史诗文本译文不断刊布，史诗文本体系的独断完善，《玛纳斯》必将在西方史诗学、民俗学和比较文学领域得到广泛深入的研究，进一步显示出其重要的多学科的学术研究价值。

第三章

文本的多样性与史诗歌手

第一节 史诗的创作者——玛纳斯奇

柯尔克孜族传统文化的根基和源头无疑就是自古以来源远流长的口头文化艺术。其口头史诗演唱艺术源远流长,天才演唱艺术家代代辈出,产生了数量庞大的民歌手——额尔奇(Irchi)、即兴诗人——阿肯(Akin)、口头部落谱系讲述家——散吉拉奇(Sanjirachi)、丧葬仪式歌和挽歌编唱者——阔绍克奇(Koshokchu)、民间史诗演唱者——玛纳斯奇(Manaschi)或交毛克奇(Jomokchu)、民间故事讲述家——觉交毛克奇(Jöö jomokchu)等各类口头说唱艺人。毫无疑问,这些口头艺人是柯尔克孜口头传统、民间文学的创作者、传承者、传播者和保存者。悠久而浓厚的草原文化传统和发达的口头史诗演唱艺术对于柯尔克孜民间文学形成,对于《玛纳斯》史诗的创造者玛纳斯奇的演唱艺术的形成和发展,对于培养这一口头艺术一代一代的热情追随者,对于普及和保存宏伟的史诗产生了直接的影响,而且孕育了口头史诗演唱艺术持续发展的浓厚氛围和深厚土壤。反映柯尔克孜人逐水草而居的草原山区游牧生活的丰富多彩的民间文学以及英雄史诗在历史长河中绵延不断。古老丰富的民间口头文学直至近代都不曾以书面形式被记录和保存,而是以口耳相传的活态传统形式保留至今。

在柯尔克孜族众多类型的民间艺人中,以演唱《玛纳斯》史诗为职业的民间歌手被称为"玛纳斯奇"。相比于当今民俗学中对于一般民间口头演述艺人,"玛纳斯奇"这个词的含义可能要更加广泛和复杂一些。他们是柯尔克孜族民间口头文学传统中的一个特殊群体,是《玛纳斯》史诗的创作者,是世代以口头形式演唱、传承和保护这部史诗的传承者,是对史诗的不断加工润色,不断完善其结构,提升其艺术感染力的语言艺术家。按照今天的语义概念,"玛纳斯奇"从广义上是指能演唱《玛纳斯》史诗整部(包括史诗的前三部或者完整的八部)、其中某一部或其中若干个传统章节的民间说唱艺人。从狭义上讲是指只演唱《玛纳斯》第一部内容的民间艺人。而专门演唱史诗第二部《赛麦台》或者第二、第三部内容的演唱者一般被称为"赛麦台奇"。

在文献资料中,关于演唱《玛纳斯》史诗的民间艺人——玛纳斯奇的最早记载是在19世纪中叶。乔坎·瓦里汗诺夫曾在其1856年5月26日的日记中提到了从吉尔吉斯人的"额尔奇"口中记录《玛纳斯》史诗的过程[①]。稍后在柯尔克孜地区进行调查的俄国学者拉德洛夫也在自己的田野记录中将史诗歌手称为"额尔奇"或者"阿肯"。"额尔奇"是柯尔克孜族中民间广泛使用的一个概念,是所有能够熟练掌握口头韵文诗歌创作技巧,运用传统程式化语言词汇和韵律即兴创造各类韵文体口头作品的民间艺人们的统称,是一个多义而模糊的概念。除了指史诗歌手之外,它还指称那些即兴创作和演唱的民歌手,也可以指称那些给一段既有诗歌配曲并演唱的民间音乐表演者。在当代柯尔克孜、哈萨克族中,人们把那些能够根据自己观察到的现实社会、生活、人物以及当时的情景、语境即兴创编诗歌的语言艺术家以及书面诗人都称为"阿肯"。在柯尔克孜语中,"阿肯"与"额尔奇"意义相近,有时也交替使用,但"阿肯"是一个泛的概念,可分为传说中的"阿肯"、口头即兴"阿肯"、书面"阿肯"(诗人)等。20世纪之前,史诗等大型韵文体叙事作品的演唱者等也被称为"阿肯"。玛纳斯奇被列入"阿肯"范畴主要是因为"阿肯"的突出表现是其口头即兴创作才能。而这一点与玛纳斯奇演

---

① 乔坎·瓦里汗诺夫:《乔坎·瓦里汗诺夫文集》第1卷,阿拉木图:1961年,第421—422页。转引自阿里凯·马尔古兰《乔坎与〈玛纳斯〉》,《人类的〈玛纳斯〉》,阿拉木图:热万出版社,1995年,第116页。

唱史诗时的那种即兴的"在表演当中的创编"具有很大程度上的一致性。

可以肯定，直到19世纪，柯尔克孜族的大型史诗类作品的演唱者并没有拥有"玛纳斯奇"这样固定的称呼和头衔。他们普遍被民众以"额尔奇"或"阿肯"这样的意义并不明确的称呼来命名。实际上，"阿肯"和"额尔奇"一般都创作一些篇幅短小的抒情诗和民歌，而玛纳斯奇所创造的则是包含多个叙事章节，具有众多英雄人物，结构宏伟，情节复杂，内容深刻的叙事性史诗作品。从古至今留存在人们口碑和记忆当中的古代很多大师级玛纳斯奇的名字后面都冠有"额尔奇"这个头衔[①]，这主要是因为有些玛纳斯奇不仅演唱《玛纳斯》史诗，而且能够即兴创作各种民歌和演唱、讲述其他类型民间口头文学作品，在创作技巧和方式上又与"阿肯"具有相似性。但是，无论如何，"额尔奇"和"阿肯"这两个术语都不能从真正意义上准确表达玛纳斯奇这个概念的全部内涵。

当然，直到20世纪30年代，在柯尔克孜地区针对玛纳斯奇还有一个自古流传，使用更广泛的本土名称，那就是"交莫克奇"（jomokchu）。"交莫克"是柯尔克孜民间口头文学中一种古老叙事形式。从广义上说，它既包括长篇韵文形式的叙事作品，如英雄歌、史诗等；也包括散文形式的神话、传说及各类民间故事。近代以来由于受外来文化的影响，学界把散文形式讲述的民间故事称为"觉交莫克"，韵文形式演唱的英雄歌、史诗等则采用中亚、西亚或者西方等通用的"达斯坦"（dastan）、"艾波斯"（epos）等名称，这就完全忽略了柯尔克孜本民族口头传统中的古老本土命名。基于这样的原因，当今柯尔克孜族语中"觉交莫克"指那些反映游牧生活，歌颂劳动人民的智慧和创造，赞扬英雄主义精神，充满奇幻色彩的民间故事和神话传说。"交莫克"则特指《玛纳斯》为代表的英雄史诗系列。"达斯坦"或"艾波斯"则不仅可以指称《玛纳斯》史诗，也可以指称以反映游牧生活和征战的故事为

---

① 在几乎所有的史诗文本中都说《玛纳斯》史诗的最初创作者是跟随英雄玛纳斯征战的40勇士之一额尔奇吾勒。在另外一些唱本（如萨恩拜·奥诺孜巴克夫唱本）中则说一位名叫加依桑额尔奇的歌手是史诗的最初创作者。除此之外，传说中生活在14—15世纪的托合托古里额尔奇，还有生活在19世纪的巴勒克额尔奇等都是因他们出色的史诗演唱才能而在民间传有佳话。这些歌手的名字后面都附加了一个表明他们职业特长的词语"额尔奇"。

内容的众多民间史诗作品。

在柯尔克孜口头传统中,"交莫克"这个术语不仅使用广泛,而且曾经是玛纳斯奇们自己的一种认同表达方式。"交莫克奇"相对于"额尔奇"和"阿肯",在语义上更接近于玛纳斯奇这一群体的实质。也就是说,"交莫克"是柯尔克孜人赋予史诗类长篇口头叙事作品的专用术语,可以与西方学术界普遍采用的"epos"(史诗)或口头创作的"oral epic"(口头史诗)以及中亚、西亚地区的"达斯坦"相对应。对于柯尔克孜族史诗歌手而言,"交莫克"就是故事,它有自己特定的形式和内容,而且它一定是用特定韵律的韵文来演述。而演述这一特定文类的民间歌手便是在民间广泛使用并保存至今的"交莫克奇"。毫无疑问,"交莫克奇"这一称号比起"额尔奇"(民间歌手)更突出表现了他们的史诗演唱特征。

"玛纳斯奇"是一个指涉性更强、语义更明确的现代概念。从 20 世纪 30 年代开始,随着《玛纳斯》史诗演唱者人数的不断增加以及学术界对柯尔克孜民间口头艺人专业分类的细化[①],"玛纳斯奇"这个名称才逐渐替代原先的"额尔奇""阿肯"等意义相对模糊的概念而成为《玛纳斯》史诗演唱者的专用名词。"玛纳斯奇"这个术语出现在 20 世纪初。第一次提出"玛纳斯奇"这个术语的是俄罗斯语言学家 K. 尤达恒和吉尔吉斯语言学家 Y. 阿拉巴耶夫等。[②] 此后,"玛纳斯奇"这一术语便在学术界得到普遍认可并开始得到普及。玛纳斯奇凭借各自的语言艺术才能和口头传统积累,并根据史诗现时演唱的需要,在演唱中不断通过母题、程式来调整、充实、扩展史诗的情节和内容,增强和提高史诗的艺术性。目前搜集记录和出版的那些大师级玛纳斯奇的经典唱本便是其最好的证明。他们是《玛纳斯》史诗的创作者、演唱者、传承者、传播者和保存者,在柯尔克孜民族中间享有崇高威望。

---

① 按照学界划分,演唱《玛纳斯》史诗的歌手被称为"玛纳斯奇";即兴创作诗歌的人被称为"阿肯"或"托克蔑奇(tömöchuü)";专门讲述部落系谱的人被称为"散吉拉奇(sajirachi)";以吟唱民歌为专长的人被称为"额尔奇";以讲幽默笑话专长的人被称为"库杜勒(kuudul)"等。

② 阿·卡热普库洛夫主编:《〈玛纳斯〉百科全书》第 2 卷,比什凯克:吉尔吉斯斯坦百科全书出版社,1995 年,第 69 页。

根据演唱才能和演唱水平,对史诗内容掌握情况和熟悉程度、语言技巧,即兴创作和在演述过程中创编能力,学界将"玛纳斯奇"分为四个等级。它们分别是:"琼玛纳斯奇或琼交莫克奇(choŋ manaschi)",大玛纳斯奇;"其尼格玛纳斯奇(chiniǵe manaschi)",真正的玛纳斯奇;"恰拉玛纳斯奇(chala manaschi)",还未成熟的玛纳斯奇;"乌依然奇克玛纳斯奇(üyronchük)",学徒玛纳斯奇。① 其中,"琼玛纳斯奇",即大玛纳斯奇是每一位梦想成为史诗演唱家的史诗演唱艺人所追求的终极目标。这个荣誉只属于那些为史诗的传承、发展做出不可磨灭的特殊贡献,史诗演唱技艺和所演唱达到炉火纯青地步,创编的史诗文本的艺术性堪称经典的极少数天才史诗歌手。他们一般都会创造性地演唱《玛纳斯》前三部或三部以上的完整内容,出口成章,滔滔不绝,对史诗的人物、情节、故事了如指掌,能够凭借超人的记忆力、丰富的想象力和高超的诗歌表现能力,在史诗固定不变的框架内进行创作,在不同的时间,不同的地点,不同的听众面前根据现场语境对史诗进行精细的加工、修改,或精雕细琢,或删繁就简,从而创作出独具艺术魅力的属于自己的唱本。不仅如此,他们还以其罕见的艺术才华和传奇的经历而征服听众,在民众中赢得崇高荣誉,甚至成为划时代的民族艺术标签,永驻人们心中。这一级别的史诗歌手数量极少,但是他们在《玛纳斯》史诗形成发展,多种异文的产生等方面所发挥的重要作用无法估量,对史诗的创作、发展、传播起着至关重要的作用。《玛纳斯》故事框架的固定,核心内容的构成以及不断发展并最终产生多种异文,都与他们的史诗演唱实践密不可分。他们所创编演唱的文本不仅对民众的思想意识产生深远影响,促使他们对先辈的历史加以反思,而且会成为后辈史诗歌手或低一级玛纳斯奇们纷纷效仿的经典文本范例和标杆。他们每个人都对自己所生长的区域内的人们产生深远影响,直接或间接地培养出许多小玛纳斯奇。

很多年青一代史诗演唱者都会聆听、学习和模仿自己身边的某一位大玛纳斯奇的演唱内容、技艺和演唱风格。于是,能够创造出这种经典唱本的大

---

① 阿·卡热普库洛夫主编:《〈玛纳斯〉百科全书》第2卷,比什凯克:吉尔吉斯斯坦百科全书出版社,1995年,第71—74页。

玛纳斯奇的演唱内容也会在一定范围内流传开来，随着时间的推移而根深蒂固，逐渐形成该地区以某一位影响深远的大玛纳斯奇为核心的，独具风格的一种演唱流派。①当然，并不是每一位大玛纳斯奇都会形成自己的流派。形成一种演唱流派的条件更加苛刻，并非每一位大玛纳斯奇都能达到。这是一个更为崇高而伟大、极难达到的艺术标志。每一位大玛纳斯奇都有各自不同的传奇身世，他们不仅会唱完整的《玛纳斯》，而且能唱出柯尔克孜族的其他史诗和叙事诗，对柯尔克孜族口头文学了如指掌，极为熟悉，堪称是柯尔克孜族民间文学的宝藏。根据《玛纳斯》史诗内容的记载以及"玛纳斯奇"的传说，史诗最初的创作者是英雄玛纳斯的四十勇士之一，能言善辩的额尔奇乌勒。他作为英雄玛纳斯身边的一名勇士，一生随玛纳斯南征北战，用自己的歌声颂扬英雄的光辉业绩并将英雄的故事传向了后世，可以说他就是"玛纳斯奇"的始祖。②20世纪，能称得上"大玛纳斯奇"的人已寥寥无几，中国有居素普阿昆·阿帕依（？—1920）、额布拉音·阿昆别克（1882—1959）、艾什玛特·玛买特居素普（1880—1963）以及唯一一位能演唱8部史诗的《玛纳斯》大师，曾被国内外学者誉为"21世纪荷马"的居素普·玛玛依（1919—2014）。吉尔吉斯斯坦则有特尼别克·加皮（1846—1902）、巧伊凯·奥穆尔（1863—1925）、萨恩拜·奥诺孜巴克（1867—1930）、萨雅克拜·卡拉拉耶夫（1894—1971）等。

"其尼格玛纳斯奇"（真玛纳斯奇）是基本掌握《玛纳斯》史诗第一部完整的内容或者包括第二部、第三部一些章节的内容，基本形成了自己的演唱风格的玛纳斯奇。人们只是为了将他们的才华与更高一级的大玛纳斯奇与低一级的玛纳斯奇加以区别，并且敬仰他们的史诗演唱才能，肯定他们为史诗的传承和普及所做出的贡献才冠以他们"真玛纳斯奇"这样一个在民间并不十分普及的艺术头衔。这一级别的玛纳斯奇在史诗的传承、保存、传播、普及发挥非常重要的积极作用，可以对史诗的内容进行适当的即兴发挥，或多或少的增减、改变而使其适应新的社会语境。他们虽然在数量上也有限，

---

① 关于玛纳斯奇的流派在下文中有详细讨论。
② 阿地里·居玛吐尔地：《〈玛纳斯〉史诗的早期演述：以厄尔奇乌鲁为中心》，《民族文学研究》2020年第4期。

但因为他们也全心全意投入史诗演唱中，视演唱《玛纳斯》为自己的终身职业，因此他们构成了《玛纳斯》史诗歌手群体的核心部分。他们也像其他级别的玛纳斯奇那样有一段聆听观摩师父演唱的学习过程，并且在自己的学业初期师从某一位大玛纳斯奇，跟随其学习史诗的演唱技艺。对于这一级别和大玛纳斯奇级别的玛纳斯奇而言，仅仅将其最初的导师确认为他们唯一的导师并不符合事实。因为他们自己也具有超人的口头艺术创造力，因此在创编自己唱本的过程中并不仅仅局限于自己最初的导师，而是开源节流，博采众长，融会贯通，在更大范围内吸收各家之长，在传承史诗核心内容和演唱传统的基础上将更多前辈玛纳斯奇的唱本风格、演唱内容吸收融入自己的演唱当中，以此丰富和完善自己的演唱内容，不断走向自己的职业化道路。他们下定决心成为《玛纳斯》史诗的职业传承者，因此在自己的学业初期开始就不仅仅满足于掌握史诗的个别传统章节，而是努力系统地学习和掌握史诗所有的固定的传统章节，增加传统程式的的积累，按照顺序和固定结构框架学习和掌握史诗完整内容，掌握史诗人物谱系以及各种人物之间的复杂关系，以及不同人物的性格特征、外貌特征、服饰、坐骑和武器装备等，英雄之间一对一的搏杀对阵，仪式、庆典、婚姻、丧葬等各类传统的程式主题描述等。当掌握了史诗的完整故事结构和所有主干内容，将所有的叙事材料、程式、主题、故事范型等完全自如地运用到自己的演唱当中之时，他所创造的新的唱本也就开始逐步形成，并开始在一定区域内得到听众的认可，开始传播和普及。能够被列入这一级别的玛纳斯奇在我国曾有阿合奇县的曼别特托合托·萨雅克（19世纪—？）、卡布拉昆·玛旦别克（1898—1975）、奥穆尔·托合托曼别特（1924—2002）、曼别特阿勒·阿拉曼（1941—2014），乌恰县的奥斯曼·玛特（1906—？）、阿勒·阿依特拜（1909—？）、萨德克·奥斯曼麻木别特（1906—？）、萨尔特阿洪·卡德尔（1942—2014），阿图什吐古买提乡的奥诺佐·卡德尔（1934—）、阿图什哈拉峻乡的奥斯曼·纳玛孜（1896—1967）、阿勒玛昆（1901—？），伊犁地区特克斯县阔克铁列克柯尔克孜民族乡的萨特瓦勒德·阿勒（1933—2008），伊犁地区昭苏县夏特柯尔克孜民族乡的多沃特拜（1905—1990）等。

"恰拉玛纳斯奇"（还不未熟的玛纳斯奇）是专门用来指称那些背诵和记

忆史诗的某些传统章节的玛纳斯奇群体。这一级别的玛纳斯奇是玛纳斯奇群体中数量最多的一个层级。这个级别的玛纳斯奇完整地掌握史诗的一些传统章节并能够面对听众将这些传统章节进行删繁就简，独具特色地进行演唱，也可以对自己所掌握的不同章节进行或多或少的加工、润色和扩展。他们不仅是学习阶段走向真正玛纳斯奇终极目标道路上的奋斗者，同时也是在民间进行史诗演唱的积极实践者。也就是说，他们一方面可以被认为是还没有达到炉火纯青的完整史诗演唱水平的，还没有能力自如地创编出自己的独立唱本的玛纳斯奇；而另一方面他们又是把自己记忆背诵掌握的史诗传统章节在反复演唱实践中演唱到极致的玛纳斯奇。他们虽然还没有能力创编出属于自己的有特色的唱本，因此只能背诵和学习并循规蹈矩地演唱那些大玛纳斯奇或者来自自己师父的成熟唱本。当然，由于他们所学习、背诵、掌握的史诗的每一个传统章节最少也达到上千行，因此他们也不可能逐字逐句地背诵这些内容。一定程度上的变异性存在于其演唱的内容之中，在一定程度上也体现出本人的艺术创造性。《玛纳斯》史诗属于篇幅宏大的大型史诗，每一次演唱中都逐字逐句地重复先前演唱过的内容几乎是不可能的，更何况大玛纳斯奇都不可能在一次演唱中把史诗从头至尾唱完，而是按照听众的请求，演唱听众最感兴趣的指定的章节。这种情况正好给那些仅仅掌握了史诗的某些经典章节的不成熟的玛纳斯奇提供了充分的发挥空间。于是，他们便应邀给听众演唱最乐意听到、自己也掌握和熟悉的史诗的某些经典章节，而且反复实践，精益求精，使这个章节在自己的演唱中反复得到锤炼和艺术上的提升。因此，他们所演唱的那些传统章节都可以成为史诗内容中的精品佳作。这一阶段的玛纳斯奇不仅数量最多，与听众的交流机会也最多，因此在史诗那些经典唱本的普及推广以及史诗每一个流派的形成方面成为中坚力量。正是他们的不断演唱，使史诗不同流派的唱本都能够在民众中得到普及，而且在满足广大听众精神需求的同时，自己也不断得到听众的审视点评，并在老一辈歌手的提携之下逐渐成长。必须确定的是，无论哪一级别的玛纳斯奇，从传统意义上讲都不可能一字不变地完全重复自己背诵的内容，因为传统意义上的史诗演唱都是如帕里—洛德理论所说，是"演唱当中的创编"而不是逐字逐句地吟诵自己所记忆内容。因此，这一级别的玛纳斯奇在演唱传统章节的过程中在一定程度上融入自己的即兴创造也是很正常。总之，"恰拉玛纳斯奇"是那些能够唱第一部《玛纳斯》和第二部《赛麦台依》主要内容的民间歌手。他们虽然不及前面两个级别的玛纳斯奇的才能，但由于人数较多，分布地域广阔，而且主要演唱人们喜闻乐见的精彩章节，所以在史诗的传承、保存、普及方面起着举足轻重的作用。其中的一些佼佼者，凭借自己的努力而上升为更高一级的玛纳斯奇序列，甚至创作出自己的独特变体而进入大玛纳斯奇的行列。

"乌依然奇克玛纳斯奇"（学徒玛纳斯奇）是玛纳斯奇群体的最初阶段，也是日后成长为真正的玛纳斯奇过程中的第一步。只要是热衷于《玛纳斯》史诗并开始用心学习的初学者都被称为学徒玛纳斯奇。他们首先必须拜一位大玛纳斯奇为师并开始在师父的指导下通过聆听、观摩师父的演唱，开始熟悉史诗的情节和故事内容，背诵和记忆史诗的诗行，系统地学习和掌握史诗的演唱技巧。当然，这个阶段也可以在自己家里，在长辈家庭成员的指导下开始学习。这个阶段中，他们最主要的学习内容是着重观察和学习史诗的各种传统因素和演唱史诗的技艺，开始熟悉并逐步掌握史诗的各种程式表达、母题、人物及人物之间的关系、故事情节，并在此基础上观摩、效仿史诗的演唱。对于这一阶段的玛纳斯奇而言，除了他本人的天分、悟性之外，师从哪一位玛纳斯奇或者是最初通过何种方式如何开启自己的学习都对他今后的成长有至关重要意义。因为他所接触和学习的史诗唱本的内容、演唱风格，甚至主题思想从第一步开始就会影响未来玛纳斯奇的日后演唱风格和口头演唱文本的形成。玛纳斯奇这一个群体的突出特征就是他们没有形成自己的演唱文本，只是在记忆、背诵师父的文本基础上，模仿师父为听众吟唱。每一位初学者都会选择自己比较喜欢的史诗传统章节，诸如"英雄玛纳斯的诞生""玛纳斯的婚礼""阔阔托依的祭典""远征""阿依曲莱克抢走赛麦台的白隼鹰""赛麦台和阿依曲莱克的婚礼"等进行背诵和模仿。当然，这些传统章节都是史诗中那些听众喜闻乐见，在民间流传广泛，情节生动感人的内容。他们的水平高低是由其记录背诵的情节、程式、母题的数量以及其导师的水平来决定的。他们随时随地为听众演唱，成为史诗最广泛的传播者。

《玛纳斯》史诗从雏形发展到基本形态的形成，不断加新的内容，走向史诗艺术的高峰。每一个发展环节都离不开各个时代玛纳斯奇的加工、润色、即兴创作。正是由于众多才华横溢的"玛纳斯奇"的不断创作、加工和传播，才使它由小到大，从简到繁，从浅到深，不断发展，成为今天这样的宏伟规模和艺术高度。一位不成熟的玛纳斯奇要想进一步提高，进入到更高一级，成为真正的玛纳斯奇那就必须经过反复演唱修炼学习，提高自己的演唱技艺并不断扩展自己的史诗演唱内容，否则便会原地踏步停留在玛纳斯奇群体的这一层面上。

　　玛纳斯奇群体，尤其是这个群体中的那些代表性人物，虽然各自身世背景不同、年龄不同、性别不同，来自不同的部落、不同的地区，但他们的艺术造诣和素养、史诗演唱创作技能、语言表达能力、史诗演唱风格、对史诗演唱的认知，甚至个人魅力、成长经历、学艺过程等都具有一定的共性。这种共性使他们区别于其他类型的民间口头创作艺人，表现出独具特色的特征。主要表现在以下几个方面：第一，他们是柯尔克孜族口头语言艺术家中的一个特殊群体，与一般的那些即兴歌手、民歌手、故事家、部落谱系讲述家都有很大的不同，完全可以说是上述各种民间艺人的综合体或集大成者。第二，从童年时代起就热衷于聆听民歌、故事和史诗，对民间即兴创作艺人的创作有浓厚的兴趣。到了一定阶段，对于学唱史诗甚至到了一种"狂迷"程度。第三，玛纳斯奇都有很强的语言表达能力和即兴创编能力。玛纳斯奇的即兴创作并不是说在《玛纳斯》史诗表演时可以随心所欲地进行发挥和创造，这是在长期以来形成的口头史诗传统的积淀上，并在这一传统的约束下即兴发挥。有名望的大玛纳斯奇多具有深厚的传统知识积累和储备，并有极强的即兴创作能力，他们演唱的《玛纳斯》，都具有自己的特色。这个特殊群体中的每一个杰出成员都无一例外地根据新的社会历史发展的需要，在史诗演唱过程中，发展和丰富了史诗的内容，对史诗的流传和保存做出了自己的贡献，这种贡献又是在对来自不同渠道的传统史诗文本和信息的基础上进行舍取、组合、优化和加工而完成的。第四，每一个具有突出才能和杰出成就的玛纳斯奇都具有超常的记忆力。超常的记忆力是每一个杰出玛纳斯奇的普遍特征。大师级玛纳斯奇每个人大脑里不仅清晰地储存着史诗的大脑文本的结构框架和脉络、复杂的人物关系谱系，而且储存着史诗传统的程式、主题、故事范型等口头叙事的结构部件，凭借这些就都能滔滔不绝地唱出几十万行的史诗内容。如果没有超常的记忆力，这是无法做到了。关于史诗歌手的超常记忆力的报道，不仅存在于柯尔克孜族中，在我国藏族和蒙古族的口头传统中也是极为普遍的现象。① 这正像维柯所总结的那样，人类在初期阶段用心智去体验和记忆身边的事物，用记忆支持自己的想象。② 第五，他们"在表演中的创作"过程中，个人的创编特色、演唱风格和史诗的传统特征都得到显现，并且紧密地交织融合在一起。玛纳斯奇不是因为创编了新的唱本，而是因为将自古以来广泛流传的史诗内容按照传统的方式，在广泛借鉴和融合众多前辈玛纳斯奇的天才成果基础上进行创编，最终创编出具有自己的艺术特色的唱本之后，他的演艺才华才会得到体现，并得到听众的肯定，也才会赢得听众的高度评价。第六，绝大多数杰出玛纳斯奇童年时期，他们身边都有家族内长辈或近亲熟人群体内的史诗传承人成为其启蒙导师。这些长辈史诗传承人不但在玛纳斯奇的童年时给他们启发、引导、教育、培养，引导他们走入史诗演唱的路途，而且根据各自的亲身体会和实践经验，给未来的玛纳斯奇灌输《玛纳斯》的学问，以其第一位听众的身份，督促、纠正和审验他的每一次演唱。第七，在史诗的演唱过程中，或者说"在演述中创编"的过程中，玛纳斯奇的个人特征和对于传统的继承都得到凸显，但对于传统的保持和继承得到特别的强调和重视，处于至关重要的地位，在演唱中起到关键作用。他们不是因为标新立异的创新而是因为系统地继承了前辈的演唱文本和创造将自古以来的传统进行了优秀的演绎而得到高度评价。第八，每一个有成就的玛纳斯奇都无一例外地将自己的学艺过程同某种超自然的干预联系在一起，说自己之所以能够演唱如此宏大的史诗都是因为史诗英雄的神灵进入梦乡将史诗的故事变成食物等放入嘴中的结果。"我从来不学唱别人的歌。那些歌自己就从我的内心深处倾泻出来。"这样的话语可以从多数玛纳斯奇口中听到。他们的确有权利这么说。因为，他们除了通过学习掌握《玛纳斯》演唱技艺外，还有一个重要的方面是他们要凭借自己超凡

---

① 杨恩洪：《民间诗神——格萨尔艺人研究》，北京：中国藏学出版社，1995年；贾木查：《史诗〈江格尔〉探渊》，王仲英译，乌鲁木齐：新疆人民出版社，1996年。

② [意大利] 维柯：《新科学》，朱光潜译，北京：人民文学出版社，1986年，第428页。

的记忆力和语言表达能力。正是他们的这些超凡才能为他们全面掌握长期以来在民间保存的规模宏大的史诗提供了可能。隐藏在内心深处的天生才能逐步与史诗传统融合，发展到一定的阶段的时候便从胸中喷涌而出时。甚至他们自己也对此感到很突然，好像自己进入了一个新天地一样，眼前顿时出现一片神奇世界，似乎觉得内心深处有一股神奇的力量在引导自己。于是，他们把这种感觉与做梦、进入狂迷状态、史诗英雄玛纳斯的佑助和启示等联系在一起。第九，每一位杰出的玛纳斯奇的新的唱本的形成除了史诗歌手本人在继承传统的基础上进行合理的加工之外，听众在演唱时的参与互动，演唱语境的不同等也是一个非常重要的因素。他们的演唱以及史诗传统总是受到听众的监督与维护，如果某一位有才华的玛纳斯奇试图在史诗传统文本基础上增加某些情节和内容甚至母题，或者是有意无意地删除了传统文本中的某些内容和情节都会得到听众的审视和评议，必须经过听众的审视和认可才能纳入史诗文本之中，这也就保证了史诗传统文本的稳定性。

在《玛纳斯》史诗的神奇艺术魅力、史诗人物们英雄主义精神的感召下，玛纳斯奇们全身心地投入史诗演唱之中，为弘扬民族先祖英雄玛纳斯的精神而奉献自己的智慧。他们认为，个人生活中的各种烦恼、得失与史诗英雄们所经历的艰难困苦相比微不足道。因此，他们在自己的内心深处，通过演唱史诗分担着史诗英雄们的苦难，分享着英雄们的成就和业绩，把自己融入史诗当中，用史诗英雄们的精神陶冶自己的心灵，平衡自己的心态，超越自我，乐观向上，对未来充满希望。国内外学者把《玛纳斯》史诗称为柯尔克孜族的"民族魂"，那么我们可以毫不夸张地说，传承和保存着这部伟大史诗的玛纳斯奇们，便是柯尔克孜族民族魂的守护者。

口头传统研究往往陷入预先设定的老套的民俗形式研究之中，强调口头创作的集体性而忽略个人在其中所发挥的核心作用。强调传统超越个人，强调社区的权威性和口头传统的整一性、相似性。在晚近的口头诗学、民族志诗学及表演理论的推动下，口头传统中的个人因素越来越得到重视，个人的创造性及其个性化因素得到提升。因为在口头演唱活动中，演唱者虽然遵从听众的建议，但也都有权力选择自己心仪的传统模式进行演唱，对自己的选择、演唱和创作拥有自主把握权，从而也能让听众对演唱内容有更深的理解。

在《玛纳斯》学范畴中，史诗歌手研究始终是一个必不可少的重要环节。其中有很多问题有待我们做更加深入的探讨和分析。比如，玛纳斯奇的身世和社会、文化背景因素的分析；对于不同年代，尤其是早期玛纳斯奇的身世，生活经历及其史诗演唱活动资料的搜集；对于不同地区玛纳斯奇身份及特点的分析及不同流派形成的过程和形成因素研究；对于不同年代、不同地区玛纳斯奇史诗创编演唱特点的比较与分析；玛纳斯奇的分类及史诗歌手的类型学分析；等等。

第二节 谁第一个演唱了史诗

"史诗作为一部实在的作品，毕竟只能由某一个人生产出来。尽管史诗所叙述的是全民族的大事，作诗者毕竟不是民族集体而是某个个人。尽管一个时代和一个民族的精神是史诗的有实体性的起作用的根源，要使这种精神实现于艺术作品，毕竟要由一个诗人凭他的天才把它集中地掌握住，使这种精神的内容意蕴渗透到他的意识里，作为他自己的观感和作品而表现出来。"[①] 在柯尔克孜族传说以及史诗各种文本中，把《玛纳斯》史诗的第一位演唱者描述为是跟随英雄玛纳斯东征西战，建立赫赫战功的四十勇士之一厄尔奇乌鲁（Erchiuul）[②]。可以说这位厄尔奇乌鲁是我们听到名字的最古老的，而且是独一无二的《玛纳斯》史诗最初的歌手。他在史诗中充当了勇士和歌手的双重角色。在战争时期，他是一名骁勇的将士，在和平时期他则是一个无人可比的歌手，专门在各种大型集会上传扬歌颂玛纳斯的英雄事迹。也就是说，这位厄尔奇乌鲁是史诗英雄时代的亲历者，也是史诗的创编者、首唱者。

像这样，史诗最初创作和歌唱者的名字保留在史诗内容中的现象可以说具有世界普遍性。一些世界著名史诗，诸如《伊利亚特》《奥德赛》《摩柯

---

① 黑格尔著，朱光潜译：《美学》，第三卷下册，北京：商务印书馆，1981年，第114页。
② 也有音译为"额尔奇吾勒"。

婆罗多》《罗摩衍那》《卡里瓦拉》《先祖阔尔库特书》等都记载有该史诗最初演唱者的名字。凡是具有史诗的民族，其史诗最初演唱者的名字总是成为万古流芳的传说与史诗并存。比如荷马史诗《奥德赛》中的歌手德默多克斯，《摩柯婆罗多》的创编者为婆罗门先知黑岛生（Krsna Dvaipayana），苏格兰的莪相，以及高加索地区诸民族及中亚地区流传的英雄史诗《阔尔奥格里（或呙尔奥戈里）》主人公阔尔奥格里（盲人之子）或呙尔奥戈里（坟墓之子），乌古斯史诗《先祖阔尔库特书》中的阔尔库特，等等。

在柯尔克孜族口头文学创作传统中，无论是魅力无穷的史诗《玛纳斯》，还是创作或传承这部史诗的玛纳斯奇，都同样得到人们的高度评价和敬仰。那些成就卓著的玛纳斯奇的名字在民间家氏族谱里，或者是史诗本身得到传颂和赞扬。史诗第一位演唱者是谁？谁是史诗最初的创编者？在无文字时代或文字尚不普及的口头文化盛行的年代，人们对于传统文化的保存、赓续和传承主要以口头形式进行。所有那些具有历史价值并发挥一定社会功能的地方性知识体系，世代延续的民俗文化传统，部落长老、创造各类非凡业绩的著名历史人物（主要是战事英雄和文化英雄）的事迹都是通过口头形式传布并留存在后辈记忆中。而这正是被称为"民间口头历史"的英雄史诗生成的根基。

那么，谁是厄尔奇乌鲁？我们对厄尔奇乌鲁的最初信息，是从史诗《玛纳斯》内容当中获得的。关于他到底生于何年何地？最后卒于何处？在民间传说和家氏族谱传说中都找不到任何明确的陈述和记载。然而，在《玛纳斯》史诗的内容中，在柯尔克孜民间口头逸事、传说中经常会提到他的名字。他被人们普遍认为是玛纳斯奇们的鼻祖，是伴随史诗英雄出生入死，把自己亲历的，所见所闻及勇士们的英雄事迹编成故事传唱于世的传奇歌手。与此同时，他又是玛纳斯身边四十勇士之一。有关额热曼之子厄尔奇乌鲁，在史诗《玛纳斯》的许多唱本中都有生动的描述。几乎在史诗的每一个唱本中都有关于厄尔奇乌鲁为第一位史诗歌手，将玛纳斯的业绩创编成歌演唱给听众的内容。

在居素普·玛玛依的唱本中对卡勒玛克怀有世仇的巨富额热曼，听到少年英雄玛纳斯横空出世，开始驱逐奴役民众的入侵之敌的消息之后，从自己所统管的喀拉卡勒帕克、吐克曼、居尔居特、朱达、巴壤、乡卡依、喀勒恰、克依巴、塔吉克、斯亚①等部族中挑选二十名身强力壮、能征善战的年轻勇士组成一个队伍，把自己的儿子厄尔奇乌鲁也加编其中，让弟弟柯尔格勒恰勒率领前往投奔玛纳斯，并与其他各方前来投奔的其他二十名勇士组成玛纳斯的四十勇士，跟随他同卡勒玛克入侵者进行战斗。在史诗中，厄尔奇乌鲁自始至终以这个名字出现，并没有其他第二个名字。他以战士和歌手的双重身份出现，而歌手身份则是他不同于其他勇士的显著特征。他巧舌如簧，能言善辩，总是以动听而富有感染力的语言打动人心、说服众人。他作为传颂英雄业绩的歌手的不二人选在居素普·玛玛依的唱本中有明确的描述。比如，玛纳斯率领大军远征，因不慎遭敌人首领空吾尔拜的暗害，头中毒斧，在阿勒曼别特的苦苦劝说下才离开战场回返塔拉斯养伤。空吾尔拜则幸灾乐祸，派人给各地的亲信送信，聚集大军，广罗将士，欲将玛纳斯的大军一网打尽。玛纳斯手下的哈萨克汗王阔克确率五万人马进行堵截，与空吾尔拜展开大战，但终因寡不敌众，被空吾尔拜、穆拉迪里、涅斯卡拉的大军包围，最终自己也落入敌手。阔克确被敌人五花大绑徒步驱赶返回时，阿勒曼别特和楚瓦克两位英雄设下埋伏，迎面突袭敌人，准备营救阔克确。空吾尔拜遭到突袭一时心虚，慌忙挥刀砍下阔克确的头颅提在手上逃跑。两位英雄抱着阔克确的无头尸体痛哭流涕，悲伤无比。阔克确无头尸骨被抬到军中，料事如神，精通法术，作为全军统帅的阿勒曼别特预感到大难即将临头，准备破釜沉舟，与敌人展开一场决战。他与各位勇士一一拥抱诀别。向各位勇士最后一次强调各自往后应该承担的职责。此时，他对厄尔奇乌鲁特别嘱咐道：

  Uruxka Irqi barbaġın，额尔奇吾勒你莫要去参与决战，
  El unutup kalbasin，人们决不能忘记，
  Ayköl Manas ooraġin.阿依阔勒②玛纳斯的事迹。
  Kalax handan berjaka，从卡喇汗至今的历史，

---

① 均为史诗中出现的古代不同部族的名称。
② "阿依阔勒"，柯尔克孜语义为月亮湖，隐喻英雄玛纳斯胸怀宽大，大公无私。

第三章　文本的多样性与史诗歌手

Eldin gebin ukkansiñ,　你都曾听过人们传说，
Aristan atka mingeli,　自从雄师跨马出征以来，
Birge jatip bir turup,　你与他形影不离寝食相伴，
Uxul jaxka qikkansiñ.　一直到了今天这把年纪。
Oyronumdun kilġanin,　旷世英雄的光辉伟业，
Unutuptaxtap koyboġun,　你可不能有一丝的遗忘，
Jatsañ-Tursañ oyloġun,　你无论起居都要时时思索，
Kilbaġandi kildi dep,　没有干过的事情你不能无中生有，
Apirtip aytip koyboġun.　也不能胡乱吹嘘夸大其词。
Menin kilġan ixterim,　我自己做过的事情，
Ak kaġazġa tizġemin,　早被我自己在白纸上记录，
Arukeden surap al,　你可以直接向阿茹凯索取，
Irqim, sözgö ulap al.　厄尔奇乌鲁啊，你把它也融入其中。①

类似的情节在吉尔吉斯斯坦20世纪著名玛纳斯奇萨恩拜·奥诺孜巴克、萨雅克拜·卡拉拉耶夫等许多玛纳斯奇的唱本变体中都可以看到。史诗中，他因其超人的口才和机敏而受到玛纳斯的器重，被接纳为自己的四十勇士之一。他时时伴随在玛纳斯身边，参加玛纳斯所参与的所有战事及其他大型活动，并把这些编成歌词演唱。关于他的事迹，在萨恩拜·奥诺孜巴克的唱本中，有这样的描述：

Aytkaninan baar taap,　因为唱颂歌而受器重，
Talabina jetkenkul,　他是最终达到目的的奴仆，
Iramandin Erchiuul,　额热曼的儿子额尔奇吾勒，
Ichkiri bapik, kirik muun,　悬吊的裤腰带末端打有四十个流苏结，

---

① 居素普·玛玛依原始记录稿，《玛纳斯》第2卷，乌鲁木齐：新疆维吾尔自治区民间文艺家协会，1982年，第342页。

> Tebeteyi choktuu kul,　头上的帖别铁依帽①顶飘着红缨，
> Aytaarga cözü shoktuu kul,　他口齿伶俐善于言谈，
> Kilabina tolgondo,　当他磨炼成才之后，
> Kirk choronun biri bul……②　确是四十勇士中的一员……

在萨恩拜·奥诺孜巴克的唱本中还有以下具体记述，说额热曼之子厄尔奇乌鲁原名叫喀拉太，由于他心灵手巧勤快能干，口齿伶俐能歌善辩，头脑机敏聪明过人，成为玛纳斯的勇士之后，因其出众的才华而使他原名喀拉太逐渐被厄尔奇乌鲁（歌手勇士）的绰号所替代。在萨雅克拜·卡拉拉耶夫的唱本中，厄尔奇乌鲁与居素普·玛玛依唱本中一样，是主动前来投奔玛纳斯而成为他的四十勇士之一。我们在《玛纳斯》史诗中经常可以读到这样一句谚语："杀敌的是众勇士，名声却留给玛纳斯。"显然，玛纳斯周围的四十勇士奋勇杀敌，建立功绩，但荣誉却都归结到玛纳斯身上。而跟随玛纳斯参加无数次战斗，亲历和目睹英雄们所向披靡勇敢杀敌，与英雄们同悲欢的厄尔奇乌鲁的最大功绩就是把英雄玛纳斯的事迹编成歌词传唱给后人。

在人们心中，厄尔奇乌鲁是一位与玛纳斯一起东征西战、建功立业，并用歌声赞颂玛纳斯业绩，创造了《玛纳斯》史诗，为后人树立起典范的文化英雄。对于他的功绩，我们从史诗内容中随处都可找到相关描述。比如，当英雄玛纳斯启程前往征讨肖如科汗王途中"额热曼之子厄尔奇乌鲁，在英雄身旁放声歌唱；他与玛纳斯并辔前行，一边将豪放的战歌高唱"。在《玛纳斯》史诗的萨恩拜·奥诺孜巴克的唱本中，当玛纳斯为了迎娶铁米尔汗之女卡妮凯来到对方宫殿外时，也有高唱歌曲的情节。也就是说，无论玛纳斯启程前召集兵马或者与亲近之人相遇，厄尔奇乌鲁都会用即兴创编的方式用歌声向玛纳斯汇报兵马筹备，迎来送往等情况。当他用歌声汇报完有关情况之

---

① 帖别铁依：柯尔克孜族传统的卷末圆顶，边沿卷起处用貂皮、狐狸皮、羊羔皮装饰的男士帽子。古代曾用来做战士的服装。
②《玛纳斯》第2卷，萨恩拜·奥诺孜巴克唱本，伏龙芝（现比什凯克）：吉尔吉斯斯坦出版社，1983年，第93页；另见阿·卡热普库洛夫主编：《〈玛纳斯〉百科全书》第2卷，比什凯克：吉尔吉斯斯坦百科全书出版社，1995年，第358页。

后，厄尔奇乌鲁都会进一步扩展自己的演唱内容，把当时的其他一些情况讲述给玛纳斯。这些内容至少给我们提供三种明确的信息：第一，描述和交代前去迎亲或者出征前的大规模准备情况，路途上所发生的各种情况，所见所闻。各位英雄和四十勇士状态、情绪和斗志。第二，用歌声向对方官民传达玛纳斯英雄前来的目的，向他们提前说明具体情况，指明为谁而来，为什么而来等，以免发生误会。第三，厄尔奇乌鲁无论在何种情况下都要向各部族的人们赞颂和宣扬英雄玛纳斯的丰功伟业，向亲戚逐一介绍跟随在玛纳斯身旁的各位英雄和四十勇士。所有这些也都指向一个结点，即厄尔奇乌鲁是《玛纳斯》史诗的编唱者。当然，在柯尔克孜族民间有一句俗语称："要成就要成为托赫托古勒（Toktogul）那样的歌手，托勒拜（Tolubay）那样的圣哲。"很多学者根据这句俗语推断，柯尔克孜族历史上可能确实曾出现过一位名叫托赫托古勒的声名远播的伟大史诗歌手和智慧非凡的圣哲思辨家托勒拜。根据民间传说，正是托赫托古勒这位天才史诗歌手把厄尔奇乌鲁以来在民间以不同形式传播的《玛纳斯》的零碎史诗片段串联汇编成了一部结构完整的韵文体史诗作品《玛纳斯》。这与荷马史诗《伊利亚特》《奥德赛》以及芬兰史诗《卡列瓦拉》的结构形态是基本一致的。对于民间传说中的这位史诗歌手，除了上面那句民间广为流传的俗语或一些零星传说片段之外，我们也几乎一无所知。但是，近年来有学者从历史文献资料中挖掘论证，推断出这位名叫托赫托古勒的歌手生活在14—15世纪。①

在民间还有这样一种传说，即当玛纳斯英雄去世时，厄尔奇乌鲁将英雄一生的事迹用霍绍科（哭丧歌或挽歌）形式生动感人地编唱出来，从此便开始在民间广泛流传开来。② 这一点虽然在一定程度上与厄尔奇乌鲁在史诗中所承担的角色十分吻合。但是，史诗中还描述厄尔奇乌鲁的职业是在大型的婚礼、盛典、祭奠等仪式上负责召集，充当司仪或主持人的角色。厄尔奇

---

① 斯·阿里耶夫、特·库勒玛托夫编：《玛纳斯奇与〈玛纳斯〉研究者》，比什凯克：吉尔吉斯斯坦《玛纳斯》1000周年筹委会、吉尔吉斯斯坦"丝绸之路"基金会，吉尔吉斯斯坦出版社，1995年，第124—126页。
② M.阿乌埃佐夫著，马昌仪译：《吉尔吉斯民间英雄诗篇〈玛纳斯〉》，阿地里·居玛吐尔地主编：《世界〈玛纳斯〉学读本》，北京：中央民族大学出版社，2018年，第83页。

乌鲁就跟古代北方各民族历史上的萨满巫师、占卜师等一样，是专职的阿肯（即兴歌手）、司仪。在《玛纳斯》中，也许具有歌手与勇士双重身份的别无他者，只有厄尔奇乌鲁一人。在柯尔克孜族的生活中，至今都有某一位德高望重的老者去世，人们用悲哀的歌声歌颂死者业绩，表达心中敬仰之情的习俗。毫无疑问，这一习俗自古以来就存在于柯尔克孜族的生活当中。相关文献资料和民间习俗中都可以找到有力的佐证。那么，玛纳斯去世时首先由厄尔奇乌鲁用歌声编唱英雄的业绩，而他的生动的歌从此便逐渐开始在民间流传，后来被某一位天才的民间歌手将民间传唱的另外一些内容汇入他的歌中，汇集成一部完整的史诗也是完全有可能的。无论从文化溯源，还是民族历史发展轨迹上来说，这种可能性确实具有一定的民间文化背景，但是这并不能完全令人信服，还需要进行多方面的探索和研究。

从语义学方面考察，厄尔奇乌鲁（Erchiuul）这个称呼从柯尔克孜语词面上就非常明确地蕴含着"歌"与"歌手"的双重含义。这个称谓由名词"厄尔（er）"+附加成分后缀"奇（-chi）"+名词性修饰词"乌鲁（-uul）"构成。在柯尔克孜语中，"er厄尔"广义上表示古往今来所有韵文体作品，狭义上则指民歌和短篇的诗歌。"-chi奇"则是指具有某一方面专长的艺人或匠人。比如"玛纳斯奇（manaschi）"指专门以演唱《玛纳斯》史诗为职业的民间艺人，"铁密尔奇（terimchi）"指铁匠，"考姆兹奇（komuzchu）"指考姆兹琴手等。"厄尔奇（erchi）"便是指才华出众具有即兴创编诗歌能力的民间歌手。"乌鲁（-uul）"作为名词，其原义为"儿子，小伙子"，而在史诗中的引申义可以理解为"勇士"。因为在玛纳斯的四十勇士名单中除了"厄尔奇乌鲁"之外还有另外一名叫"波孜乌鲁"，意为"棕色脸膛的勇士"的人物。在这里，"乌鲁（-uul）"作为名词性修饰词附加到了"厄尔奇"一词后面，构成了具有多重含义的特有专属名词，即"具有史诗演唱才华的勇士"。这便完整地揭示了厄尔奇乌鲁作为一位名副其实的勇士兼史诗歌手的身份。显而易见，"厄尔奇乌鲁"并非这个史诗人物的本名，应该是他的绰号，但这个绰号是如此地具有影响力，以至于完全遮蔽和替代了这位英雄的本名，并最终成为《玛纳斯》史诗独一无二的演述者、创造者的文化标识和生命符号。意味深长的是，厄尔奇乌鲁的父亲额热曼（Eraman）也并非等闲之辈，而是一位承载着古老萨满文化特征,能通过石子占卜和观察牲畜的肩胛骨给人看相、算命、驱邪治病的占卜师和巫师。① 这也从另一个侧面确证了厄尔奇乌鲁不仅是一位身上携带着柯尔克孜族古老萨满文化因素的人物形象,而且从其家族血缘和民族文化两个层面呈现他何以被誉为玛纳斯奇鼻祖,深受后辈玛纳斯奇敬仰、崇拜的深层文化因素。这就不难想象,为什么是他,而不是别人独享《玛纳斯》史诗第一位歌者的荣耀。

在这一点上,厄尔奇乌鲁与荷马有一定相似之处。"歌手是介于神和听众之间'通神的'凡人。通过他们,听众了解发生在以往的重大事件。这批人司掌陶冶民族精神的教化,坚定人们仰慕和服从神明的信念。如果说《伊利亚特》里征战疆场的勇士们集中体现了古代社会所崇尚的武功,《奥德赛》里能说会道的诗人们则似乎恰如其分地突出了与之形成对比和相辅相成的'文饰'……荷马除了把征战(会打仗)视为神祇赐送给某些凡人的能力外,还特别提到了歌舞的智慧。作为歌手的'代表',他似乎要人们相信,像宙斯钟爱(或养育)的王者们一样,像嗜战如命的英雄们一样,高歌辞篇的诗人也是人中的豪杰。事实上,他在赞美诗人忠诚(eriēros)的同时,也称之为'英雄'。"② 正像希腊史诗的创造者荷马一样,厄尔奇乌鲁也是《玛纳斯》史诗的原创天才,是柯尔克孜族史诗诗人的原型。他所创编和演唱的诗篇被后继演述者们持续不断地一代代复制着。

与厄尔奇乌鲁类似,拥有战绩武功的歌手受到人们尊敬古已有之。在希腊史诗中德默多克斯③被带到阿尔基努斯面前时,人们给他拿来"银钉嵌饰的桌椅",将竖琴挂在他的头顶上面,殷勤款待他。此外,《奥德赛》中还有一位同样受人尊敬的著名歌手裴弥俄斯④。除此之外,克尔特人的预言家和诗人,史诗传统的保持者兼魔法师雯尔在爱尔兰小郡主的宫廷;婆罗门在印度显贵家庭中因为了解其家族谱系,而作为史诗传统的体现者在节庆和宗教

---

① 居素普·玛玛依:《玛纳斯》(柯尔克孜文版)第2卷,乌鲁木齐:新疆人民出版社,2004年,第61页。
② 陈中梅:《神圣的荷马——荷马史诗研究》,北京:北京大学出版社,2008年,第18页。
③ 德默多克斯:《奥德赛》中出现的盲歌手。
④ 菲弥俄斯:《奥德赛》中出现的一位歌手,专替求婚者歌唱。

仪式上演唱关于祖先的事迹，受到迷信般的崇拜。① 在古老的盎格鲁—撒克逊人的《贝奥武夫》中侍卫武士歌手是君王、首领亲信之人，赐坐在一边，在宴会上，在竖琴的伴奏下说唱古老的往事。② 凡此种种，都表明古代史诗歌手所扮演的荣誉角色。与此类似，厄尔奇乌鲁在《玛纳斯》史诗中不仅作为勇士浴血奋战，而且作为歌手第一个创编和传唱了这部史诗。因此，他几乎被后世所有的玛纳斯奇视为《玛纳斯》史诗演唱这一职业的佑助神。玛纳斯奇们把自己的学习和演唱史诗的活动自觉或不自觉地同他联系起来，以极大的热情说他在某一个不平凡的时刻进入自己的梦乡，在梦中向自己介绍玛纳斯及身边的英雄人物，甚至会强制性命令自己演唱《玛纳斯》，并威胁说如果不唱就会把自己治成残废或遭受肉体的病痛，等等。③ 而此时玛纳斯奇开口演唱他便能把史诗的内容源源不断地灌输到前者脑子中，鼓励和帮助他完成演唱《玛纳斯》的使命。梦醒之后，这位歌手便可以成为一名真正的玛纳斯奇。这是玛纳斯奇中普遍存在的一种共识和认同表达。任何一位真正的功成名就的《玛纳斯》歌手也许可以规避自己的师父，但却不会忘记提及厄尔奇乌鲁。

《玛纳斯》史诗何时产生，从何时起在民众中得到演唱是目前为止世界《玛纳斯》学界尚悬而未决的重大课题。与此相关，史诗最初的演唱者到底是谁这个问题在学术上也是至今被学者们热烈讨论的议题，仁者见仁智者见智，悬而未决。但是，各个时代的玛纳斯奇们根据自己传承的《玛纳斯》史诗的内容普遍认为，史诗所描述内容的亲历者，史诗主人公英雄玛纳斯身边的四十勇士之一厄尔奇乌鲁就是史诗的第一位演述者。

关于史诗故事的亲历者讲述故事其实有很古老的历史渊源和理论根基。

---

① 格雷戈里·纳吉：《荷马诸问题》，巴莫曲布嫫译，桂林：广西师范大学出版社，2008年，第93页。
② 维谢洛夫斯基：《历史诗学》，刘宁译，天津：百花文艺出版社，2003年，第410—412页。
③ 阿地里·居玛吐尔地：《〈玛纳斯〉史诗歌手研究》，北京：民族出版社，2006年，第46—60页；郎樱：《玛纳斯论》，呼和浩特：内蒙古大学出版社，1999年，第156—161页；卡尔·莱谢尔：《突厥语民族口头史诗：传统、形式和诗歌结构》，阿地里·居玛吐尔地译，北京：中国社会科学出版社，2011年，第87—92页；陶阳：《英雄史诗〈玛纳斯〉调查采录集》，北京：中国文联出版社，2010年，第244—248页。

陈忠梅通过研究荷马史诗内容并梳理源远流长的西方荷马研究史后提出，荷马史诗的故事来源有两个：第一，荷马本人的神赋论，也就是被朱光潜所称为的"灵感说"。[①]荷马在史诗开头首先向缪斯女神呼求灵感。这种行为便暗示一种诗的创作理论——诗篇的形式乃神赐灵感的结果。[②]在《伊利亚特》中，荷马吁请缪斯给他唱诗的灵感："歌唱吧，女神！……"以此既到位地表达了对神的敬仰，也非常得体地表露出请求神灵助佑，希望与神力流畅沟通的心情。这种"神授观"与玛纳斯奇的史诗学唱如出一辙。在《奥德赛》第8卷中，"满足了吃喝的欲望"，缪斯催动歌手唱响"英雄们的业绩"或"勇士们的作为"，诗人则接受神的馈赠，受神的点拨，他们讲诵神的意志，歌唱神和凡人（人间豪杰）们的业绩。[③]这种歌手在演唱史诗前吁请神灵的方式与居素普·玛玛依在《玛纳斯》史诗的开头部分所唱的"哎……哎……依，我要演唱英雄玛纳斯，愿他的灵魂保佑我，让我唱得动听而真挚"[④]如出一辙。19世纪中叶，俄罗斯语言学家拉德洛夫在田野调查中询问一位玛纳斯奇如何才能记忆和演唱如此宏伟的史诗时，这位玛纳斯奇回答说："我能够演唱所有的歌，因为神灵赐予我这样的能力。万能的神灵把这些词句放入我的嘴里，所以我无须去寻觅它们。我没有背诵任何一首歌。我只需开口演唱，那些诗句就会自动从我的嘴里流泻而出。"[⑤]第二，特洛伊战争的现场目击者的口述。荷马没有把自己无条件地囿限于神赋论的狭隘天地里，而是勇敢地迈出诗歌神赋的虚渺，另辟蹊径，走向目击者讲述的真实。[⑥]在荷马看来，神和神力几乎无处不在地参与到史诗英雄的行为中，觉察到了神无处不在的咄

[①]《柏拉图文艺对话集》，朱光潜译，北京：人民文学出版社，2000年，第354—358页。

[②] 卫姆塞特·布鲁克斯：《西洋文学批评史》，颜元叔译，北京：中国人民大学出版社，1987年，第1页。

[③] 陈中梅：《神圣的荷马——荷马史诗研究》，北京：北京大学出版社，2008年，第16—17页。

[④] 居素普·玛玛依：《玛纳斯》第一部第1卷，阿地里·居玛吐尔地译，乌鲁木齐：新疆人民出版社，2009年，第1页。

[⑤] 拉德洛夫：《北方诸突厥语民族民间文学典范》，第5卷前言，载 Encyclopaedical Phenomenon of Epic Manas（Articales Collection），Bishkek，p.266. 译文参见阿地里·居玛吐尔地：《〈玛纳斯〉史诗歌手研究》附录，北京：民族出版社，2006年，第254页。

[⑥] 陈忠梅：《神圣的荷马——荷马史诗研究》，北京：北京大学出版社，2008年，第105页。

咄逼人的目光。比如在《奥德赛》中雅典娜几乎全程伴随着奥德修斯返乡后的复仇。宙斯率领众神端坐在奥林波斯山上黄金铺地的宫殿中,一边喝着可口的琼浆,一边聚精会神地俯视着特洛伊人的城邦。神在观察特洛伊战争的进程,他们是那场旷日持久的,给交战双方造成重大伤亡的鏖战的目击者。荷马生活在一种重视目睹和眼见为实的文化氛围中,他会很自然地把古代诗人对"知"的理解融入自己的诗篇制作中去。奥林波斯神明,尤其是缪斯姐妹和阿波罗,是人间事物的见证者。缪斯无所不在,无所不见,无论据守奥林波斯神山,还是在人间的什么地方,他们都能目睹普天下的风云变幻,他们明察秋毫的眼睛总是"在场",录采所有的事情,随时能为诗人提供故事情节,帮助他们如愿以偿地讲诵人们爱听的往事,把神的活动糅入民族的历史,借重缪斯赐予的神力,构筑传世诗篇。①当然,在荷马的心目中,奥德修斯既是特洛伊战争的当事人,又是具备强烈目击意识的亲历者。荷马的明智在于把奥德修斯放入"诗评"的语境,借助他既是战争亲历者,又是重视目击者知识的故事高手的双重身份,明晰而又不失分寸地表述了他的诗歌来源。②

如果荷马是借助神灵完成自己的使命的话,那么柯尔克孜族史诗歌手玛纳斯奇则不仅求助神灵佑助,与此同时,还有一位史诗故事的亲历者或者战争的直接参与者厄尔奇乌鲁创作并留下的英雄故事成为他们史诗演述的滥觞。从这一点而言,玛纳斯奇们是幸运的。厄尔奇乌鲁亲自参与并见证了英雄玛纳斯所有的英雄业绩,而且凭借自己的才能将英雄的故事创编成诗歌演唱出来,以此他自然而然地成为《玛纳斯》演唱群体崇拜敬仰的神一般的人物。

根据柯尔克孜族古老的民间习俗可以断定,厄尔奇乌鲁是在英雄玛纳斯去世时通过编唱送葬挽歌而创编《玛纳斯》史诗的。也就是说,他作为亲历者和见证者将英雄的事迹以阔绍克(koshok,哭丧歌或挽歌)形式当众唱出来。从此,这首挽歌开始在民间以口头形式广泛传唱,并在不同时期史诗歌

---

① 陈忠梅:《神圣的荷马——荷马史诗研究》,北京:北京大学出版社,2008 年,第 110—111 页。
② 同上书,第 105 页。

手的传承加工下逐渐发展成了今天的《玛纳斯》史诗。自古以来,柯尔克孜族家族部落中凡是有德高望重的老者去世,人们都要用悲哀的歌声歌颂亡者业绩,以此表达对死者的怀念,有深厚的民俗生活和遥远的历史背景。死亡无论对哪一个民族都是一件具有深厚仪式感的重要事件,尤其是一位超级英雄的亡故,给人们带来的心灵冲击都是无与伦比的。英雄玛纳斯作为古代柯尔克孜人的精神支柱,其亡故给人们心灵带来的伤痛无论如何都值得人们永远纪念。因此在其葬礼上,由一位跟随其征战,经历其戎马生涯,亲历和见证过他英雄伟业的天才歌手用哀婉的歌声给人们回忆其业绩,缅怀其音容笑貌,赞颂其英雄伟业自然是最合适的纪念方式,也很容易引起人们的共鸣。更重要的是,它具有非常深厚的民俗文化根基。这就类似于美国古典学家格雷戈里·纳吉对于印度拉贾斯坦邦史诗传统中关于召唤英雄神灵的描述。这种死亡事件作为故事生成点而发挥重要作用,导致神格化,导致崇拜,导致祭仪,最终导致叙事,这种叙事伴随着仪式而得以演述,以召请死者魂灵的降临。[①] 英雄亡故后的丧葬仪式上哭唱哀歌是人类古已有之的普遍传统。在《奥德赛》第24卷中,阿克琉斯亡故,九位缪斯神女附在他身上唱哀歌,轮流交替,彼此呼应,海中神女放声哀号。[②] 在《伊利亚特》第24卷中,在特洛伊国王普里阿摩斯的儿子赫尔托克的尸体前,歌手们唱着诀别的哀歌。[③] 在《贝奥武甫》史诗中描述20位勇士围绕着贝奥武甫的陵墓策马而行,一边哭诉,一边唱颂歌。[④] 哥特族人首领阿季拉亡故,人们选拔出最优秀的骑士绕着安放其尸体的山岗唱起赞歌。[⑤] 这类哀歌在演唱过程中的哀怨、哀号、泣别等抒情因素很自然地同关于死者事迹的追述、回忆等因素交织在一起,也同那些可以单独称为挽歌的成分交替出现。它们彼此渗透彼此交融,而需要

[①] 格雷戈里·纳吉:《荷马诸问题》,巴莫曲布嫫译,桂林:广西师范大学出版社,2008年,第116页。
[②] 荷马:《奥德赛》第24卷,陈中梅译,上海:上海译文出版社,2016年,第60—65页。
[③] 荷马:《伊利亚特》第24卷,陈中梅译,上海:上海译文出版社,2000年,第720—715页。
[④] 《〈贝奥武甫〉〈罗兰之歌〉〈熙德之歌〉〈伊戈尔出征记〉》,陈才宇等译,南京,译林出版社,1999年,第3168—3172行。
[⑤] 维谢洛夫斯基:《历史诗学》,刘宁译,天津:百花文艺出版社,2003年,第312页。

追述一位英雄一生的事迹时，即兴创作，即兴吟唱起决定作用。^① 柯尔克孜族史诗《玛纳斯》又何尝不是如此呢？有学者从柯尔克孜族历史的世俗生活角度出发，对《玛纳斯》史诗的阔绍克（哭丧歌、哀歌或挽歌）产生说质疑。其理由是给人们带来无限悲伤或让人回忆起悲惨往事的哀歌虽具有震撼人心的神圣性和仪式感，但基于其特殊的文类特征，受特殊语境的影响，它只能在葬礼上或者在其他悲哀的场合演唱，而并不能在人们的日常生活中每时每刻随处进行演唱，并得到普及。在当前的民俗文化语境中观察，情况的确如此，它在很大程度上受演唱时空及演唱语境的限制。但是，在古代是否也是如此就另当别论了。

《玛纳斯》之所以被人们千年传唱，历久弥新发展到今天这样宏大的规模和高度艺术化的程度有多方面原因，并非仅因一位神一般存在的厄尔奇乌鲁和神圣的送葬哀歌那么简单。我们撇开史诗所蕴含的历史层面，仅从其内容所呈现的多种文类融合特征以及传承方式观察，《玛纳斯》确实是在柯尔克孜族源远流长的海量的民间文学根基上茁壮成长，逐渐发展完善而成的。史诗中除了丧葬歌之外，值得我们关注的还有"加尔恰柯茹"（jarchakiruu，仪式前奏歌）[2]、"乌楚拉术"（uchurashuu，见面歌）[3]、"阔舒托舒"（koshtoshuu，诀别歌）、"玛克托"（maktoo，颂赞歌）、"阿尔曼"（arman，哀怨歌）等多种形式的柯尔克孜民间古歌谣以及其他更多规模较小的口头史诗等作品和神话、传说、谚语等各种其他文类。它们无一例外地在史诗的产生、传承和发展过程中发挥了重要作用。每一种文类从不同侧面反映柯尔克孜族生活，形式古老，在民间广为流传，随时可以作为素材编入史诗中演唱，且不受时空和语境严格限制。比如在重大仪式开始之前，仪式召集人为了向众人转达汗王的指令，宣布婚礼、庆典、祭典仪式竞赛的规则，

---

① 维谢洛夫斯基：《历史诗学》，刘宁译，天津：百花文艺出版社，2003年，第313页。
② 柯尔克孜族古老的韵文体即兴诗歌文类。主要是在重要人物的婚礼、周年祭典等重大仪式上由一位功成名就的歌手出面用即兴方式向众人介绍人物事迹、活动筹备情况、仪式的有关规则禁忌等而唱的歌。
③ 柯尔克孜古老的即兴诗歌创作文类。主要是在婚礼之前，或者是战争开始前，婚礼双方或参与战争的双方见面时由双方歌手首先出面作为见面仪式礼仪，向对方介绍各自情况而唱的歌。其中也有人物的夸赞、业绩赞颂，部落情况等丰富的内容。

介绍主要嘉宾，用韵文即兴演唱的"加尔恰柯茹"（仪式前奏歌）就蕴含着回顾部落历史，赞颂部族英雄业绩，描述部落礼俗等信息。《玛纳斯》史诗中，玛纳斯等英雄人物的婚礼上，在汗王阔阔托依的周年祭典上[①]，就有"加尔恰柯茹"这类歌谣的非常典型的案例。而在《玛纳斯》中与"阿尔曼"（哀怨歌）这一文类有关的经典的专题章节也有"卡妮凯的哀怨"（Kanikey din armani）、"阿勒曼别特的哀怨"（Almanbettin armani）等。尤其值得一提的是，卡妮凯的歌和阿勒曼别特的歌除了他们两人演唱外，而其他所有的类似的歌都是通过厄尔奇乌鲁之口唱出来的。

在史诗《玛纳斯》的有些唱本中，还有一位跟厄尔奇乌鲁的角色一样的歌手贾伊桑。根据史诗内容，他也是一位亲历过玛纳斯征战业绩的目睹者，而且是一位天才的史诗歌手，仅仅对于毡房构架的描述就能用"大半天"的时间。但是他的身份信息十分模糊，不像厄尔奇乌鲁那样得到柯尔克孜族民众的普遍认可。而且他的名字只在萨恩拜·奥诺孜巴克的唱本中被提及，并且时而被称为是卡勒马克人的歌手，时而被称为是乌莫图的儿子贾伊桑，时而又被列入柯尔克孜人的歌手之列。但是，这位歌手的名字在其他所有传统唱本中均只字未提其史诗演唱的能力。他创编演唱《玛纳斯》的说法只是一种猜测，所有资料文献中根本找不到强有力的佐证。[②]

根据史诗《玛纳斯》上千年漫长岁月的传承历程，我们可以深刻地认识到，玛纳斯奇们在说唱和传承史诗中，具有不可替代的作用和特殊的历史意义。不论史诗《玛纳斯》多么具有民间大众性，它毕竟还是民间个别富有天分的天才歌手创作的传世名著。以说唱史诗为职业生涯的这些天才歌手，不断传

[①] 德高望重的老者死亡周年祭典仪式在柯尔克孜族古已有之。为了取悦亡灵，祭典上要举行赛马、叼羊、摔跤、射箭等各种竞技活动外，还要举办史诗演唱、即兴诗人对歌竞赛等口头艺术展示并重奖获胜者。《玛纳斯》史诗中就有若干个大型的祭典活动章节。其中最著名的要数"阔阔托依的祭典"。它不仅是史诗每一个经典唱本中不可或缺的、重要的内容，毫无疑问，也是史诗最精彩、最古老的传统章节之一。有关研究参见托汗·依萨克：《〈玛纳斯〉史诗五个传统唱本中"阔阔托依的祭典"一章的比较研究》，《民族文学研究》2003年第3期。

[②] 阿·阿克马塔利耶夫主编：《吉尔吉斯文学史》第2卷，比什凯克：夏木出版社，2004年，第145—146页；另见 K. 阿巴克诺夫：《〈玛纳斯〉学的形成与发展》，比什凯克："图热尔"出版社，2016年，第210—224页。

承、充实和丰富史诗的内容，并且将它变为民族的遗产和瑰宝，使这部史诗在漫长的历史长河中不断地循环往复着，使得史诗不断得到拓展、提高和完善。

第三节　19 世纪的两个记录文本

　　19 世纪的语文学、人类学的发展以及浩浩荡荡的民族志调查，促使 20 世纪西方古典学家对于荷马问题的探讨走向深入，并且进入了对于史诗口头性探讨的一个新时代。这就是两位美国学者帕里和洛德所创立的"口头程式理论"的创立。而《玛纳斯》史诗的科学调查与研究也对这一理论的探索与实践提供了至关重要的启示。[1] 因此，以沙俄地理学会为代表的欧亚探险活动，尤其是 19 世纪 50 年代开始的对于《玛纳斯》史诗系统、科学地调查与记录便显示出其重要性。彼时，中亚大量地区被沙俄吞并之后，在俄国地理学会等组织以及沙俄政府的大力支持下，俄国学者发起了对这些地区的大规模调查。哈萨克学者乔坎·瓦里汗诺夫当时在圣彼得堡俄罗斯地理学会亚洲研究部工作并在那里结识了俄国当时著名的东方学家波塔宁、谢苗诺夫、雅德林采夫等，有机会与他们进行广泛的学习、切磋和交流，掌握了如何科学地进行民族志调查的方法。1856 年受命前往中国新疆，路过吉尔吉斯地区展开调查，第一次了解《玛纳斯》史诗。[2] 据他自己的调查笔记，1856 年 5 月 26 日，他在吉尔吉斯地区碰到了一位玛纳斯奇，并聆听了这位史诗歌手的演唱。[3] 歌手演唱的史诗内容给他留下了深刻印象。对此，他在其著作中这样写道："《玛纳斯》史诗是集吉尔吉斯的神话、寓言、传奇于特定时代

---

[1] 约翰·迈尔斯·弗里：《口头诗学：帕里—洛德理论》，朝戈金译，北京：中国社会科学文献出版社，2000 年，第 21—26 页。

[2] 阿地里·居玛吐尔地：《乔坎·瓦里汗诺夫及其记录的〈玛纳斯〉史诗文本》，《民族文学研究》2007 年第 4 期。

[3] Ch. Ch. 瓦利哈诺夫（Valihanov Ch.Ch.），《Ch. Ch. 瓦利哈诺夫选集》，阿拉木图，1961 年，第 258 页。

的特定人物玛纳斯身上的一部百科全书。它似乎就像草原上的《伊利亚特》。史诗中反映了吉尔吉斯人民的生活方式、风俗习惯、民族的性格特征、地理、宗教和医疗知识、与周边民族的关系。"①1857年，他第二次来到吉尔吉斯斯坦伊塞克湖及周边地区，也包括我国伊犁地区的特克斯周边，专门从事柯尔克孜（吉尔吉斯）族的民族志调查。其间搜集了大量有关柯尔克孜族历史文化、民间习俗、口头传统等方面的大量资料。尤其是对《玛纳斯》史诗给予了很大关注。他虽然仅仅比较完整地记录下了"阔阔托依的祭典"一章，但是他对《玛纳斯》史诗的全部内容还是比较了解的，这一点从他根据自己聆听的内容在《准噶尔游记》中对史诗的"玛纳斯的少年时代""玛纳斯迎娶卡妮凯""玛纳斯遭涅斯卡拉陷害致死，赛麦台为父报仇"等内容给予简短介绍就可略见一斑。

当然，他的调查视野远不止于此。他搜集的内容除了《玛纳斯》史诗传统章节"阔阔托依的祭典"外，还有《孔乌尔拜，埃尔努拉》(Koнirbay，Er Nura)、《库米斯汗或者卡拉巴斯之子玛纳斯》(Kumiskan，bolmasa Ҝarabas ulu Manas)等与《玛纳斯》史诗或多或少有关联的民间长诗。②

乔坎·瓦里汗诺夫最初在自己的《准噶尔游记》一书中曾经用俄罗斯文刊布了《玛纳斯》史诗非常简短的内容。乔坎·瓦里汗诺夫这样写道：我从一位交莫克奇口中记录下了《玛纳斯》史诗的一个片段，具体讲是"阔阔托依汗的祭典"一章。史诗的这个片段也可能是历史上第一次被记录到纸上的柯尔克孜族语。③这个片段后来于20世纪60年代末由哈萨克斯坦学者阿里凯·马尔古兰从苏联科学院亚洲研究所的档案中苦苦搜寻后才找到，并于1971年以影印本形式刊布出版。④从乔坎·瓦里汗诺夫所记录的文本看，贾克普为了给儿子玛纳斯提亲来到卡拉汗国王的城堡，但卡拉汗却表示不想把自己的

---

① Ch. Ch. 瓦利哈诺夫（Valihanov Ch.Ch.），《Ch. Ch. 瓦利哈诺夫选集》，阿拉木图，1961年，第112页。
② 这些长诗早已遗失民间，至今没能找到。
③ 阿地里·居玛吐尔地：《乔坎·瓦里汗诺夫及其记录的〈玛纳斯〉史诗文本》，《民族文学研究》2007年第4期。
④ 阿里凯·马尔古兰：《乔坎与〈玛纳斯〉》，《人类的〈玛纳斯〉》，阿拉木图：热万出版社，1995年，第100—165页。

女儿（卡妮凯）嫁给一个平民子弟。于是，玛纳斯便将卡妮凯用武力抢夺而来。阔阔托依的驻地不在塔什干方向，而是位于伊塞克湖、卡拉额尔吉斯、阿尔泰、杭爱山区方向。在阔阔托依的祭典上制造事端，横行霸道的空吾尔拜和交牢依等均被玛纳斯斩杀，而玛纳斯本人却被涅斯卡拉阴谋害死。这一极为有趣而有价值的文本没有能够被完整地记录并保存下来对我们来说是非常遗憾的事情。目前我们所能看到的是乔坎·瓦里汗诺夫以"阔阔托依的祭典"为题记录下了史诗的这个传统章节。

乔坎·瓦里汗诺夫之后，比较全面调查，记录下《玛纳斯》全部三个部内容并且对史诗的各种问题进行科学探讨和研究的是德裔俄考古学家、民族志学家、突厥语学家威·瓦·拉德洛夫。[①]19 世纪 60 年代，他几次深入吉尔吉斯地区及我国伊犁地区，1861 年到我国伊犁地区的特克斯，1869 年在吉尔吉斯斯坦楚河地区记录《玛纳斯》史诗，从交莫克奇（玛纳斯奇）口中用基里尔文字母音标形式的柯尔克孜语将其记录下来，并于 1885 年在圣彼得堡（列宁格勒）分别用俄文和吉尔吉斯文（俄文字母记录）出版了自己所记录的内容。经过对《玛纳斯》史诗内容的全面考察，拉德洛夫认为《玛纳斯》史诗以诗歌的形式全面深入地反映了柯尔克孜（吉尔吉斯）人民全部的历史文化生活和他们的愿望。同年，他在德国莱比锡翻译出版了他所记录的《玛纳斯》史诗文本的德文版。[②]

从文本中我们可以清楚地知道，在拉德洛夫所记录的文本中，《玛纳斯》史诗的很多著名的传统章节并没有得到充分展开，诗文在语言上也不够精美，有些情节很突兀，缺乏故事的逻辑性和连贯性。这类问题一方面与记录者当时接触的那位交莫克奇的演唱才能有关，另一方面也和当时记录文本的特殊的现实环境有关。按照拉德洛夫本人的说法，由于记录者对柯尔克孜（吉尔吉斯）语并不是太精通，因此只能在记录过程中不停地向演唱者发出提问。毫无疑问，这种不断打断正在演唱中的歌手的反复提问无疑使歌手感到十分不适和反感，迫使他避重就轻地敷衍记录者，删繁就简地演唱一下

[①] 阿地里·居玛吐尔地：《威·瓦·拉德洛夫在国际〈玛纳斯〉学及口头诗学中的地位和影响》，《民间文化论坛》2016 年第 4 期。

[②] V. V. 拉德洛夫：《北方突厥语民族的民间文学典范》，第 5 卷，前言，德累斯顿，1885 年。

史诗内容作为交代，这在很大程度上对史诗记录本的诗歌语言艺术以及史诗的结构整体性，内容的连贯性造成了负面影响。但是无论如何，拉德洛夫在19世纪60年代记录下的《玛纳斯》史诗文本毫无疑问是迄今为止《玛纳斯》史诗最早的比较完整的文本资料，在世界《玛纳斯》学界具有里程碑意义，开创了国际"玛纳斯学"的先河。这也奠定了拉德洛夫成为国际"《玛纳斯》学"的奠基者的地位。[①]

一、乔坎·瓦里汗诺夫记录的文本

1856年沙俄军官、哈萨克族民族志学家乔坎·瓦里汗诺夫，历史上第一次在伊塞克湖地区记录下了《玛纳斯》文本，打开了世界《玛纳斯》学的新纪元。这也是《玛纳斯》史诗文本第一次得到书面记录，从此开启了史诗从唯一的纯粹口头传播形式开始走向口头与书面两种渠道传播的道路。毫无疑问，乔坎·瓦里汗诺夫不仅是《玛纳斯》一千年传承过程中第一个正式采录和搜集《玛纳斯》史诗文本的人，他也是第一个以科学态度对史诗给予评价的学者。他搜集记录并翻译的"阔阔托依的祭典"俄文文本最初于1902年由俄罗斯文艺理论家维谢洛夫斯基编辑加注刊布于他负责的《东方学刊》上。[②] 这个译文作为《玛纳斯》史诗第一个公开刊布的章节，一经刊布就引起世界史诗学界的关注，开启了欧洲学者了解《玛纳斯》史诗内容的一个窗口，成为世界史诗学、比较诗学极为重要的内容。足见"阔阔托依的祭典"对于扩大《玛纳斯》史诗的全球认知和影响。此后，这个译文又几次重印，比如1904年，编入乔坎·瓦里汗诺夫俄文一卷本中出版，1958年又收入其五卷本中出版。[③] 乔坎的俄文译稿原件目前保存在俄国中央文学档案馆第159号档案袋中。[④]

[①] Nora K. Chadwich, Victor Zhirmunsky. *Oral Epic of Central Asia*, Cambridge: Cambridge University Press, 1969, P.271.

[②] 阿里凯·马尔古兰：《古代歌谣与传说》，阿拉木图：作家出版社，1985年，第229页。

[③] 阿·卡热普库洛夫主编：《〈玛纳斯〉百科全书》第2卷，比什凯克：吉尔吉斯斯坦百科全书出版社，1995年，第337—338页。

[④] 同上书，第337页。

对于乔坎·瓦里汗诺夫当时为何偏偏要选择"阔阔托依的祭典"而不是别的章节这一问题可以从两个方面进行解释。第一,"阔阔托依的祭典"是《玛纳斯》史诗传统的不可或缺的经典篇章之一,经过历代玛纳斯奇传唱加工雕琢无论在语言艺术性方面还是在内容的典型性方面均堪称经典。[①]第二,这一章节集中反映了《玛纳斯》史诗中蕴含的古代草原游牧民族的生活场景,其中各路英雄悉数登场,各种民俗文化活动得以集中体现。与丧葬祭祀相关的内容以及那些惊心动魄的赛马、摔跤、射箭、马上角力等体现古代英雄气概的场面都是游牧民族最典型的生活方式和英雄史诗最生动的部分组成,其中很多情节都成为史诗后续内容的伏笔,在后续内容中重新被激活。此外,祭典中的诸多民俗文化现象对研究古代柯尔克孜族及邻近民族的草原游牧文化具有重要价值。第三,谙熟荷马史诗内容的乔坎·瓦里汗诺夫也许意识到"阔阔托依的祭典"与《伊利亚特》第 23 卷中,阿喀硫斯为献身疆场的希腊英雄帕特洛克罗斯举办的丧葬仪式中的描述有异曲同工之妙。希腊人在追悼亡灵时,也像吉尔吉斯人一样,要举办战车比赛、摔跤、射箭、角斗、赛跑等活动来取悦亡灵。因此,史诗的这一章节可能格外引起了他的关注。

"阔阔托依的祭典,各种矛盾的焦点。"这是柯尔克孜族民间的一句俗语。一定程度上指明了这一章节在史诗中的地位和作用。这一文本共计 3251 行[②],其内容梗概如下:

> 名扬天下,被人们称为"金马鞍的鞍头,故乡的首领"的诺盖部落汗王阔阔托依已年逾 199 岁。在离开人世之际,让身边的勇士阿伊达尔骑上自己的玛尼凯尔神骏给各地尊贵要员富翁财主送信,邀请他们前来商议,并召集诺盖众人聚集,让人宰杀大量牲畜,摆上堆积如山的熟肉,端出湖水一般的肉汤招待各方来客,然后面对众人,向巴依的儿子勇士巴依木尔扎留下临终口头遗嘱。要求他负责统管和维护好自己花费一生心血四方会聚,最终组成坚强团结的诺盖部落,并交代要全力护佑

---

① 托汗·依萨克:《〈玛纳斯〉史诗五个唱本中"阔阔托依的祭典"一章的比较研究》,《民族文学研究》2003 年第 3 期。

② A. T. Hatoo, ed. *Memorial Feast For Kökötöy-Khan*. London: Oxford University Press, 1977.

和抚养自己的独生子宝克木龙,决不能让其受一丝一毫的委屈和苦难。两年后,一定要辅佐他登基继承王位。然后才撒手人寰。他还要求两年之后一定要为自己举办大型祭典,祭典上一定要与克塔依汗王空吾尔拜商量举办。

巴依木尔扎按照阔阔托依弥留之际的遗嘱,把他的尸体上的肉剔光并刮干净,然后把尸骨用马奶洗干净,在骨头上给他穿上甲胄,然后才将其用牛皮包裹后下葬。为了修建陵墓,特意宰杀80只山羊,然后将这些山羊的榨油加入泥中烧制成的砖盖起白色陵墓。

两年之后,人们让宝克木龙继承了王位。正当巴依木尔扎召集尊贵商讨如何操办阔阔托依周年祭典时,年龄只有六岁的宝克木龙提出不能让更多的人知道要举办阔阔托依的祭典的事情。他要到伊犁外的空吾尔拜的领地交牢依的驻地,向交牢依赠送厚礼,并在那里为阔阔托依汗举办祭典。

宝克木龙让阿伊达尔骑上玛尼凯尔千里驹,奔驰四方前往邀请阔绍依、阔克确、艾尔托什图克以及其他地方的英雄豪杰前来参加祭典。他还让阿伊达尔通知玛纳斯最好前来主持祭典。宝克木龙还强调说如有谁收到邀请之后胆敢不来,那必将受到严惩。与此同时,他还说明了赛马等各项比赛都会设立重奖等。玛纳斯突然得到邀请,听到阿伊达尔的话之后对宝克木龙不把他放在眼里,这么重大的事情却不跟自己事先商量便自作主张而愤愤不平怒火中烧,甚至差一点一气之下举刀将其斩杀。听到卡妮凯说阿伊达尔是一个独生子,玛纳斯才稍稍消了气,免他一死放过了他。

祭典举办之际,得到邀请的四面八方的英雄好汉纷纷前来。卡勒玛克人等故意惹是生非,抢夺锅里的肉,不让伙夫们安心干活,造成祭典一片混乱。在宝克木龙的一再请求下,玛纳斯虽然心中怒气难平,但为了部族的利益,最终还是领着手下的四十勇士前来参加祭典。宝克木龙为了讨好玛纳斯,拿出厚礼赠送,反复赔礼道歉才使玛纳斯对他给予原谅。玛纳斯用自己的威武平息骚乱,恢复祭典秩序,对闹事的卡勒玛克、索伦等给予严厉惩罚。

祭典的重头戏，最精彩的赛马开始之前，卡勒玛克汗王涅斯卡拉仔细地一一审视前来参加祭典的各路英雄豪杰和查看准备参赛的各方马匹，并在内心做出评判和预测。他看到玛尼凯尔是一匹世上罕见，是任何骏马都无可匹敌的神骏，便蛮横无理地强行要求宝克木龙将玛尼凯尔骏马作为见面礼物赠送卡勒玛克首领交牢依。在玛纳斯的极力反对之下，他们的这个阴谋最终未能得逞。当参赛的骏马被赶往起点后，摔跤比赛首先开场。卡勒玛克一方首先由交牢依上场。但是柯尔克孜族一方的玛纳斯、艾尔托什图克、阔克确、加巴伊、艾尔阿格什等均因为各种原因而不能上场，最后在玛纳斯的鼓励下老英雄阔绍依穿上卡妮凯特意缝制的坎达哈衣神奇皮裤上场与交牢依对搏。两位英雄经过反反复复惊心动魄的较量，阔绍依最终用计将交牢依摔倒在地取胜，并跨过其头部。对方观战的勇士见此情景纷纷表示愤怒，指责阔绍依的羞辱行为并引发一阵骚乱。紧接着进行的马背搏杀竞技中玛纳斯上场搏杀，将对方汗王加木格尔奇刺下马背取胜。然后是裸女披头散发解骆驼游戏①。卡勒玛克勇士奥荣果的妻子上来将骆驼解开牵走结束。接着又一场摔跤开始，英雄阿格什摔倒卡勒玛克英雄空吾尔拜。此时，参加比赛的马匹陆续到达终点。玛纳斯的坐骑阿克库拉取得第一，但卡勒玛克英雄交牢依却无理取闹抢走本属于阿克库拉的奖品。玛纳斯怒不可遏追上交牢依用战斧砍伤其脸部。宝克木龙极力劝解试图平息两人之间的抱怨和冲突。但交牢依不但不交出无理抢走的奖品，反而要与玛纳斯决一雌雄并前去召集人马。玛纳斯也开始积极备战，请来瘸腿铁匠达尔军用白钢为他打造战刀利剑，让妻子卡妮凯筹备粮草服装，率领兵马出击交牢依。在出击路途中，玛纳斯通人性的坐骑阿克库拉向玛纳斯提出建议让他无论如何要擒获交牢依在途中设伏的女子哨兵。但正在这时，交牢依为首，空吾尔拜陪伴，率领卡勒玛克大军到来。两军对垒，首先由阿勒曼别特出阵与空吾尔拜交手对杀，交牢依眼看空吾尔拜即将战败被杀前来助阵时，玛纳斯从侧

---

① 这是一个古老的游戏活动。游戏规则是一位裸体长发妇女披头散发上场，将一个绳头在坑里的木桩上打成死结拴绑的骆驼解开牵走。

翼催马冲出将交牢依一枪刺下马背，砍下其脑袋，并将其尸体烧毁。交牢依的骏马则变成一只鹞鹰飞上天去。玛纳斯和阿勒曼别特并肩作战开始冲杀敌人阵营。空吾尔拜则慌忙逃窜。玛纳斯催马前去追杀，并将空吾尔拜的坐骑阿勒卡拉的尾巴拽断。此时，阿勒卡拉开口说话鼓励空吾尔拜不要胆怯，而应该与玛纳斯奋力拼杀一决雌雄。于是空吾尔拜扯住缰绳，向玛纳斯提出两人按照古老的规矩以轮流出击的方式对杀。玛纳斯表示同意并允许空吾尔拜先出击。空吾尔拜挥舞着门板大的战斧冲上前来向玛纳斯头上砍去。战斧如同砍中石头一样"啪"的一声，玛纳斯岿然不动。轮到玛纳斯出击，玛纳斯挥动战斧将空吾尔拜砍下马背。就这样玛纳斯获得全面胜利，带着大量战利品凯旋。玛纳斯战功显赫，威名远扬。

二、拉德洛夫记录的文本

德裔俄罗斯语言学家、考古学家和民族学家威·瓦·拉德洛夫1837年出生于德国柏林，1918年卒于俄罗斯圣彼得堡。他1858年毕业于柏林大学，1884年起当选为彼得堡科学院院士。曾经多次前往阿尔泰、西伯利亚、中亚及我国新疆等地开展语言学民族学考古学调查。在搜集和研究突厥语族各民族的语言及民间口头文学资料方面颇具建树，根据自己所搜集的资料先后编辑出版十卷本资料本。① 这十卷本的第五卷《喀拉—柯尔克孜（吉尔吉斯）②的方言》[Der Dialect Der Kara-Kirgisen（The Dialect of the Kara-Kirghiz）] 中收入了拉德洛夫搜集的《玛纳斯》以及其他柯尔克孜语口头传统资料。其中《玛纳斯》史诗资料占主要部分。此卷分为五部分，即第一部分

---

① 阿地里·居玛吐尔地：《〈玛纳斯〉史诗在西方的流传与研究》，《伊犁师范学院学报》2010年第3期。
② 19世纪及20世纪初"十月革命"之后，俄罗斯学者误将哈萨克族称为"吉尔吉斯"（Kirghiz）而把吉尔吉斯（柯尔克孜）称为"喀拉-柯尔克孜（Kara-Kirghiz）"。其实，哈萨克族当时已经是一个独立的民族，而柯尔克孜（吉尔吉斯）族则是一直沿用本民族名称的一个古老的民族。20世纪20年代之后，苏联才恢复吉尔吉斯、哈萨克等两民族的真名。"喀拉"在古代突厥语中具有"本源的""强大的"等含义。

为导言部分，第二部分为史诗《玛纳斯》文本部分，共计368页，第三部分为史诗《交牢依》文本，共计156页，第四部分为史诗《艾尔托西图克》文本，共计3页，第五部分为《阔绍克（送葬歌）》文本，共计9页。收入书中的《玛纳斯》文本资料总计12454行。其中，史诗《玛纳斯》文本第一部共计9449行，容纳了史诗一部分传统章节。按照先后题目顺序分别为"玛纳斯的诞生""阿勒曼拜特、阔克确、阿克艾尔凯奇""阿勒曼拜特离开阔克确投奔玛纳斯""玛纳斯与阔克确之战""玛纳斯与卡妮凯的婚礼""玛纳斯死而复生""包科木龙""阔兹卡曼"等。从拉德洛夫本人的提示看，这些传统章节很有可能并非一时一地采录，而是在不同的时间和地点从不同的玛纳斯奇口中记录。这一点从史诗本身的结构特征中也可略见一斑。《玛纳斯》第二部《赛麦台》文本和第三部《赛依铁克》文体共计3005行。从以上内容看，资料中第一部内容比较全面完整，而第二、第三部内容则仅为片段和简略章节。收入本卷第三部分和第四部分的两部柯尔克孜族史诗《交劳依汗》和《艾尔托西图克》的篇幅分别为5322行和2146行。这两部史诗虽然独立成篇，但其主人公依然属于《玛纳斯》史诗中的人物体系，是《玛纳斯》传统文本中的固定英雄人物。除了上述史诗的内容外，本卷第五部分中还收入了传统民间送葬歌"阔绍克（丧葬歌）"共计274行，共计4首。这几首民歌也是拉德洛夫亲自在现场采录的。[①] 这些文本资料于1885年由拉德洛夫用吉尔吉斯文和俄罗斯文在圣彼德堡出版。[②] 不久，这一文本的德文版也很快在德国莱比锡出版。

相较于乔坎·瓦里汗诺夫，拉德洛夫对于《玛纳斯》史诗的贡献在于他不仅比较全面系统地记录了史诗的文本，与此同时还在于他以一位民俗学者的身份，从口头诗学的视角深入考察和系统研究了《玛纳斯》歌手的创作，对演唱史诗的特征和史诗以口头方式传承进行了开拓性研究。这一研究

---

① 阿·卡热普库洛夫主编：《〈玛纳斯〉百科全书》第2卷，比什凯克：吉尔吉斯斯坦百科全书出版社，1995年，第137页。
② Radlov, Vasilii V.: Proben der Volkslitteratur der Nördlichen Türkischen Stämme, Vol5, Der Dialect der Kara-Kirgisen. St. Pertersburg: Commissionare der Kaiserlichen Akademie der Wissenschaften. 1885.

成果作为卷本前言随同文本资料一同出版①，立刻引起了国际史诗学界的关注，对口头诗学、古典学、史诗比较研究等均产生了深远影响②。拉德洛夫所搜集的《玛纳斯》资料，与20世纪在我国及吉尔吉斯斯坦搜集诸如居素普·玛玛依、艾什玛特·曼别特居素普、萨恩拜·奥诺孜巴克、萨雅克拜·卡卡拉耶夫等经典文本在很大程度上一致，但也存在一定的差异。这就给各国的《玛纳斯》学者提供了史诗文本比较研究的广大空间，同时也开启了史诗传统比较研究的先河。拉德洛夫所搜集的《玛纳斯》文本由英国伦敦大学资深教授亚瑟·哈托于1990年以《拉德洛夫搜集的〈玛纳斯〉》(*The Manas of Wilhelm Radloff*)为名翻译编辑出版，在西方世界又掀起了一股《玛纳斯》研究的高潮。③与此同时也为西方学者提供了可资参考的重要资料。④由于这些文本并非一时一地从同一位玛纳斯奇口中记录，在内容上也并非无缝衔接，而是彼此独立的传统章节，所以我们也必须将不通的章节作为一个相对独立的单元进行审视，这样才能更加准确分析其中所蕴含的文本内容。按照拉德洛夫卷本中的排列顺序，这些文本的内容梗概依次如下：

（一）玛纳斯的诞生

（本章节是拉德洛夫于1869年在吉尔吉斯斯坦托克马克地区从一位来自萨热巴格什部落的玛纳斯奇口中记录，共计164行。）

博彦罕之子卡喇汗的儿子贾克普对自己年老无子感到非常烦恼和痛苦。

---

① 阿地里·居玛吐尔地：《〈玛纳斯〉史诗歌手研究》附录，拉德洛夫：《卡拉·吉尔吉斯的方言——北方诸突厥语民族民间文学典范·第五卷前言》，北京：民族出版社，2006年。

② 阿地里·居玛吐尔地：《威·瓦·拉德洛夫在世界〈玛纳斯〉学及口头诗学中的地位和影响》，《民间文化论坛》2016年第5期；Karl Reichl, Turkic Oral Epic poetry: Traditions, forms, Poetic Structure, The Albert Bates Lord Studies in Oral Tradition (Vol.7), Garland Reference Library of The Humanities (Vol.1247), Garland Publishing, INC. New York & London, 1992. 汉译文参见卡尔·莱谢尔：《突厥语民族口头史诗：传统、形式和诗歌结构》，阿地里·居玛吐尔地译，北京：中国社会科学出版社，2011年。

③ Hatto, A.T., ed. and trans. (1990), The Manas of Wilhelm Radloff. Asiatische Forschungen, 110, Wiesbaden.

④ 阿地里·居玛吐尔地：《〈玛纳斯〉史诗在西方的流传和研究》，《伊犁师范学院学报》2010年第3期。

责怪老婆琦伊尔迪从来不按照古老习俗去祭拜圣地麻扎,从来不在苹果树下滚躺,不在温泉泉眼边过夜,然后便开始在妻子腰上捆绑箭矢,操办各种求子仪式,向天神祈子。通过十四年的努力终于得一儿子。儿子出生后有四位圣人前来为儿子起名。玛纳斯在摇床里就开始说话。贾克普告诉巴卡依儿子说长大后要去周游世界,请求巴卡依辅佐自己孩子,让他为儿子寻找坐骑和出征时穿的战服。巴卡依同意辅佐玛纳斯完成功业。玛纳斯十岁时骑马射箭,十四岁时登基称汗,名扬四方。

(二)阿勒曼别特离开阔克确投奔玛纳斯

(本章共计1862行,拉德洛夫没有提示这个章节是从哪里从谁口中记录的。)

得到神灵的祝福而来到人间的阿勒曼别特出生时,阿拉套山吓得低头,河水吓得突然断流露出河床,少年时就已经是一位令人恐惧的大英雄。一天在打猎途中,阔克确邂逅阿勒曼别特并很快彼此相识相知结义成为兄弟。阿勒曼别特的古怪追求引起他父亲卡喇汗的不满,于是他召集麾下官员并下令将他斩杀。第二天,阿勒曼别特横扫前来围攻自己的众多卡勒玛克士兵,与母亲告别之后逃离。当时,他面对围攻自己的众多兵马想高喊"阔克确"的口号冲锋,口中却不知不觉喊出了"玛纳斯"的口号。阿勒曼别特斩杀卡勒玛克的汗王,冲出包围投奔阔克确,给他讲述了事情的来龙去脉,并发誓要佑助阔克确完成部族兴旺大业。阔克确派出心腹立刻通知部族民众提前做好迎接尊贵客人的准备,自己则陪着阿勒曼别特,带领手下四十勇士返乡。走近宫帐时,阔克确的夫人阿克艾尔凯奇远远看到阿勒曼别特的身影就对他给予了高度评价,并迎上前来迎接他们。阔克确以最高礼仪欢迎阿勒曼别特的到来。在阿勒曼别特的辅佐下,阔克确统治有方,部族人丁兴旺,生活富足安康。阿勒曼别特夜里住在阔克确汗王的父亲阿依达尔汗的宫帐,白天则陪伴在阔克确身边辅佐他,看到阿勒曼别特被看重,阔克确身边的勇士便对他产生了嫉妒。说阿勒曼别特这个外族人来了没有多久就和汗王阔克确平起平坐,而且无中生有地诬陷阿勒曼别特与阔克确的妻子阿克埃尔凯奇有染。阔克确居然也相信这些谣言,不顾两人的结拜兄弟情谊也要求阿勒曼别特离开。阿勒曼别特提出只带走青花骏马和蓝色战袍，其他东西一概不要。阔克确不仅不答应阿勒曼别特提出的请求，甚至还恶意中伤。阿勒曼别特怒火中烧，说如果不行自己就采取强力手段夺取。说完，怒气冲冲地走了出去。阿克埃尔凯奇得到消息特意等在阿勒曼别特的路上对他说自己可以说服阔克确将青花色骏马和战袍送给他，满足阿勒曼别特的要求。阿克埃尔凯奇让阿勒曼别特耐心等待，自己走进阔克确宫殿，坐在他身边苦苦相劝，指出阿勒曼别特的功劳，说明阔克确的福运财运可能会随阿勒曼别特一起离开，最好答应阿勒曼别特提出的要求。但是，等她最终说服阔克确出来时才发现阿勒曼别特早已失去耐心远离而去。

就在这一天，玛纳斯做了一个神奇的梦。他在梦中看到自己放飞白隼鹰和猎犬之后，世间所有的野生动物和飞禽纷纷汇集而来停留或落在自己脚下乖乖就范。玛纳斯让众人解梦，阿吉巴依说这是举世闻名的阿勒曼别特前来投奔的征兆。玛纳斯对此很高兴，特意骑上阿克库拉骏马前去野外迎接阿勒曼别特的到来。阿勒曼别特从玛纳斯的马蹄印上就暗暗评价玛纳斯是比自己高出一筹的英雄。两位英雄见面，敞开心扉交谈，对彼此有了更深的了解。为了表达对阿勒曼别特的敬意，玛纳斯把自己的阿克库拉骏马和身上的阿克奥乐珀克战袍赠送给阿勒曼别特，但遭到阿勒曼别特的婉言谢绝。为了迎接阿勒曼别特，玛纳斯特意举办庆典，举办赛马活动。两位英雄前去拜访玛纳斯的父母时，玛纳斯的母亲夏坎的乳房突然肿胀流出乳汁。于是，夏坎让两位英雄一边一个同时吮吸自己的乳房。这样，玛纳斯和阿勒曼别特便成为同乳兄弟。

（三）玛纳斯与英雄阔克确的战争，与卡妮凯的婚姻以及死而复生

（这一片段共计 2682 行，是拉德洛夫记录文本中篇幅最长的一个。记录者没有标明这一片段是从哪一位玛纳斯奇口中记录。）

玛纳斯为了给阿勒曼别特出气，特意前去抢夺阔克确的马群。阔克确并不想与玛纳斯正面对抗而是提出一个折中方案，让玛纳斯赶走一半马匹，请求将一半的马匹留给他。但他的建议遭到玛纳斯的严厉反对。两位英雄互不相让扯住对方的衣领展开了一场决斗。眼看自己无法打败玛纳斯，阔克确便

提出通过火枪对射决定胜负，并提出要把第一次攻击的机会让给玛纳斯。玛纳斯举起火枪"啪"的一声射击，阔克确的栗色神骏随着一股青烟带着阔克确瞬间飞上天去不见踪影，躲过了玛纳斯的火枪子弹。但当阔克确射出火枪时，子弹穿过玛纳斯的胸部，坐骑阿克库拉立刻带着玛纳斯逃跑。阔克确对自己射杀玛纳斯感到非常后悔，催马从后面追赶。阔克确最后追上玛纳斯，牵住阿克库拉骏马的缰绳，受伤的玛纳斯怒火中烧，挥动手中的战刀向阔克确砍去。阔克确见状吓得跳下马逃跑，玛纳斯的战刀将阔克确的战马劈成两半。玛纳斯没有下马，也没有见任何人，而是独自一人来到阿克帕德莎的宫殿，向他说明除了俄罗斯外其他所有的部族民众都将被自己征服，所有部族会聚在自己的麾下。于是，阿克帕德莎也把权力让出交给玛纳斯。随后，玛纳斯回到父亲贾克普的村寨对他说自己虽然征服周边很多部族，分别迎娶了俘获的两位汗王之女喀喇博茹克和娜克莱为妻，但总觉得自己好像没有娶妻，并提出自己还需要正式迎娶一个妻子。于是，贾克普四方游走为儿子玛纳斯寻找适合的妻子。途中，贾克普遇见了一位秃子牧羊人。牧羊人向贾克普推荐了铁米尔汗之女卡妮凯。贾克普来到铁米尔汗的宫殿向他讲述了自己的想法。虽然铁米尔汗部下布达依别克从中作梗极力反对，但是贾克普和铁米尔汗还是话语投机，给孩子们谈婚论嫁。但是，铁米尔汗提出了大量的聘礼。玛纳斯领着四十勇士，赶着数不清的马匹，来到铁米尔汗的宫殿。当玛纳斯给前来迎接的嫂嫂们赠送大量金银珠宝之后，高兴至极的嫂嫂们鼓动玛纳斯趁夜来卡妮凯的闺房与卡妮凯见面。于是，玛纳斯趁夜进入铁米尔汗的宫殿，在嫂嫂们的指引下来到卡妮凯的闺房，把手伸进卡妮凯的被子里时，卡妮凯愤怒地挥动手中的匕首刺伤了玛纳斯的胳膊。玛纳斯极为愤怒，准备捣毁铁米尔汗的宫殿时，卡妮凯为了平息玛纳斯的愤怒，只好带着身边的四十位宫女来到玛纳斯面前，提出将她们分别嫁给玛纳斯手下的四十勇士，而自己也同意嫁给玛纳斯为妻。玛纳斯让人支起四十顶毡房，每位英雄占据一座毡房。嫁给阿勒曼别特的女子阿依普罕之女阿勒屯阿依突然变幻成一个全身通黑的女子与阿勒曼别特周旋。卡妮凯提醒她不要变幻，要好好服侍阿勒曼别特。与此同时，黑心的布达依别克搬弄是非挑拨离间，欺骗铁米尔汗，叫来阔克确阔孜和卡曼阔孜，让他们暗中在玛纳斯的马奶里加入毒药陷害他。玛纳斯离开人间，用松木做棺材埋葬。四十勇士经过商量并向贾克普起誓保证要辅佐他一辈子。贾克普消耗完玛纳斯聚集的财富之后与妻子巴合多来提女儿卡尔德哈其变成穷光蛋和奴仆。玛纳斯的阿克库拉骏马、白隼鹰、白色猎犬同时发出凄惨的嘶鸣和嗥叫声传到天神耳中，于是天神派出手下精灵前去探查，并下令如果是好人的骏马雄鹰和猎犬那就把死去的好人重新救活，如果是坏人的骏马雄鹰猎犬那就将它们统统杀死。骏马雄鹰猎犬都对天神派来的精灵说它们是为玛纳斯的母亲和妹妹变成奴仆而感到伤心，受感动的精灵们来到玛纳斯陵墓前踢推陵墓墙壁，使陵墓突然变成了一座白色城堡。墙上的黑石头突然间变成一位名叫阿勒特娜依的美女。玛纳斯死而复生，骑上马架着鹰带着猎犬重新出发。此时，卡妮凯做一神奇的梦，梦见黑夜里突然升起新的月亮和白昼里升起另一个太阳，火塘中长起一棵白杨树，一个枝头遮住月亮，另一个枝头遮住太阳，卡妮凯发现自己正在树荫下乘凉。通过解梦她和其他人知晓了玛纳斯死而复生。但是，贾克普来到玛纳斯的陵墓观察时却没有看到玛纳斯，并且发现阿克库拉骏马、白色雄鹰和白色猎犬都不见了。他向四十勇士询问也无人知晓，便去问巴卡依。巴卡依派赛热克前去探查却发现玛纳斯正在城堡里躺着歇息，一位美女正扶着他的头。于是，赛热克向玛纳斯说明他父母、勇士来了请您站起来。玛纳斯却一问三不知。在赛热克的反复强调之下，玛纳斯才恢复神志，下令将他父母、勇士带来，吹响号角擂起战鼓。人们这才相信了玛纳斯已经死而复生。琦伊尔迪早已经干瘪的乳房突然肿胀流出乳汁，玛纳斯开始吮吸母亲的乳房。人民举办大型庆典，将贾克普和巴卡依推举为汗王，开始过上了国泰民安的日子。

（四）宝克木龙

（此章节虽然在拉德洛夫的记录本中如此命名，但是从内容上看，其实是以阔阔托依的祭典为主要内容，共计2197行，记录者也没有表明演唱者的姓名。）

阔阔托依去世，其子宝克木龙派阿伊达尔骑上骏马向四方汗王尊贵发出邀请说自己要为父亲周年祭日准备举办大型祭典，并在信中说如有谁受邀而不来参加就要受到严惩等很多嚣张跋扈的话，并且说明举办祭奠的地点定在伊犁草原。玛纳斯对宝克木龙的做法很生气，故意迟到。他一到达就开始打击外来人员的嚣张气焰，整顿祭典纷乱局面，使祭典恢复了秩序，并亲自主持祭典活动。宝克木龙来到玛纳斯、阔绍依面前请教招待客人、赛马程序及奖品发放等事宜。正当玛纳斯与阔绍依彼此退让还没有发表观点之际，站在一边的玉尔比抢过话题表达了自己的主张的看法。玛纳斯对他的不礼貌行径极为生气，一步跨过去挥刀将他的衣摆砍了下来。在玛纳斯的主持下，参赛的骏马开始准备赶往起点，相马师们对每一匹骏马加以审视和评价。卡勒玛克首领空吾尔拜看到玛尼凯尔骏马心中暗暗赞叹这匹骏马十分适合作为厚礼赠送给卡勒玛克汗王艾散汗。于是，试图将此马强行夺过来。在玛纳斯的反对和威严下空吾尔拜的阴谋没有得逞。随后进行的徒步跑步比赛中，交牢依的老婆参加比赛，她把其他参赛的人员用酒灌醉，试图自己获得第一名。但艾尔托什图克却将她的行为看得一清二楚。随后摔跤比赛开始，卡勒玛克英雄交牢依上场，当时玛纳斯阵营中却无人上场较量。最后，在玛纳斯的一再鼓励下年老的阔绍依穿上玛纳斯赠送的由卡妮凯亲手特意缝制的神奇皮裤坎达哈衣上场与对手较量。两位英雄连续15天不停歇，展开惊心动魄的搏斗。正当阔绍依在摔跤过程中开始打迷糊准备睡觉时，玛纳斯挥动手中的布勒杜尔孙皮鞭狠狠地将阔绍依抽醒。阔绍依惊醒，并奋力将交牢依摔倒取胜。之后，玛纳斯与空吾尔拜上场展开马背搏杀较量，并以玛纳斯取胜结束。此后，在解骆驼游戏中卡勒玛克女人奥荣果裸体解开拴绑的骆驼将其牵走。此时，参赛的骏马开始到达终点。在评判赛马成绩时双方出现纠纷，卡勒玛克人指责玛纳斯的手下故意绊倒了交牢依的骏马阿奇布丹。这期间玛纳斯命人拿来卡妮凯负责缝制的阿克奥乐波克白战袍和瘸腿匠人波略克拜打造的阿奇阿勒巴尔斯神剑出征前去抢夺了交牢依的马群。自己主动前来嫁给交牢依的女英雄萨伊卡里来到交牢依面前向他说自己梦见玛纳斯抢走了他的马群。交牢依不相信，但最后从儿子们口中证实。于是他准备骑上阿奇布丹骏马出征。肩胛骨占卜师塔尔格勒塔孜通过观看肩胛骨占卜后劝交牢依不要前往。但是交牢依执意前往并最终死在玛纳斯手里。随后，玛纳斯还陆续斩杀了交牢依的儿子们并俘获其兵马，并与前来救援的萨伊卡里发生交战。最后，玛纳斯信守诺言把交牢依的长女乌鲁比凯嫁给瘸腿匠人波略克拜。柯尔克孜人又恢复宁静和平的生活。

（五）阔兹卡曼

（共计 2540 行，拉德洛夫也没有表明演唱者。）

贾克普分别对比审视自己的三个儿媳卡妮凯、喀喇博茹克、娜克莱，最终对卡妮凯感到比较满意。玛纳斯领着四十勇士到来也得到了卡妮凯的热情接待。就在这时，玛纳斯听说卡勒玛克人与阿依汗会合准备滋事反叛。玛纳斯准备率军出征但遭到卡妮凯的苦苦劝阻。卡妮凯说今年是玛纳斯的本命年，最好不要出征。玛纳斯气愤地挥鞭抽打卡妮凯，使她的裙子都被鞭子抽破。卡妮凯虽然被鞭打但还是微笑着祝福玛纳斯平安，而娜克莱被打却恶狠狠地诅咒玛纳斯。玛纳斯最终不顾一切踏上征途。途中见到一群人影，玛纳斯派出科尔格勒恰勒前去探问。回来报告说来者是早先被卡勒玛克人散到远方卡勒玛克人中间的贾克普的亲戚，玛纳斯的叔叔阔兹卡曼一家老小。并说阔兹卡曼正领着阔克确阔孜为首的五个儿子前来，还向玛纳斯索要苏云奇喜礼。玛纳斯感到很纳闷，说父亲贾克普从来不曾提起过自己的这位叔叔，于是便派阿勒曼别特回去向父亲求证。贾克普说这是因为自己的儿子玛纳斯威名远扬，才使从前的亲戚们前来投奔。而贾克普的夫人则怀疑来者不善，提醒说不能引狼入室。卡妮凯也提醒阿勒曼别特这些人肯定有所企图和阴谋，绝不能轻易相信。阿勒曼别特回复玛纳斯说来这就是他的亲属，玛纳斯命人热情迎接好生招待。过了一段时间，阔兹卡曼等已经融入当地人中，生活也有了着落。一天，阔兹卡曼等要答谢玛纳斯的恩典，特意邀请玛纳斯到家里做客。阿勒曼别特接到邀请函之后，与卡妮凯商量，卡妮凯十分警惕地让阿勒曼别特带着四十勇士前去，并封锁消息阻止玛纳斯前往。但是，四十勇士之一赛热克却叫醒熟睡中的玛纳斯，告知此事，并让玛纳斯也应邀前往喝酒。酒足饭饱之后，早已经喝得烂醉的阔兹卡曼儿子及手下开始向玛纳斯挥斧威胁，被阔兹卡曼制止。第二天，玛纳斯带领四十勇士出征前去抢夺卡勒玛克人的马群。阔克确阔孜暗中向卡勒玛克人报信，并与卡勒玛克人阴谋勾结沆瀣一气准备设计杀死玛纳斯夺得王位，强娶玛纳斯的四个妻子。阔克确阔孜潜回家中做准备，而他的父亲阔兹卡曼暗中提醒阿勒曼别特要防范阔克确阔孜的阴谋。玛纳斯率军打败卡勒玛克人。阔克确阔孜虽然心里不高兴，但却不敢妄动。正当玛纳斯率领队伍返回途中，下榻在一位卡勒玛克家中。阔克确阔孜乘机暗中在玛纳斯等人的酒里投入毒药，让玛纳斯等中毒。玛纳斯骑着马返回途中，阔克确阔孜还用阿克凯勒铁火枪射杀了玛纳斯。卡妮凯在家里感到隐隐的不安，她从神奇的宝镜中看到发生的一切，立刻带着神奇的药物前来救治玛纳斯。经过十二天的精心治疗，玛纳斯最终被卡妮凯治愈，恢复健康。玛纳斯又设法治好了中毒的四十勇士。然后，卡妮凯抱着怀中的神奇锉子做了一个梦，并让卡勒玛克汗王阿依汗的女儿阿勒屯阿依解梦。阿勒屯阿依告知她已有身孕。玛纳斯则救活四十勇士之后将阔兹卡曼的儿子全部斩杀。

（六）赛麦台的诞生

（这一片段共计1078行。）

玛纳斯年老力衰，阿克库拉也已经精疲力竭。已结婚32年的玛纳斯在弥留之际，向四十勇士和巴卡伊、阿维凯、阔别什托付自己的遗腹子，然后撒手人寰。玛纳斯去世几个月之后，贾克普派人来到卡妮凯家中对她说要让她按照柯尔克孜古老习俗让她任选阿维凯、阔别什两人中的一个续嫁。卡妮凯感到无比无比羞愧并且对此非常生气。但是，玛纳斯的另一个妻子，肖如科之女娜克莱却同意嫁给阿维凯。两人还阴谋策划，等卡妮凯生下儿子就立刻将其勒死。没过多久，卡妮凯生下儿子。婆婆巴赫多来特没有让娜克莱插手，而是亲自接生并带走了刚出生的孩子。第二天，当贾克普带着阿维凯和阔别什前来，妄图杀死婴儿时，卡妮凯早已看穿他们的阴谋，提前带着刚出生的儿子和婆婆逃往山中躲避。贾克普等扑了空，便将尤妮凯毡房摧毁，财物洗劫一空。卡妮凯等无处可去，只好投奔义父卡任白家中准备暂时躲藏。卡任白却不想接受他们。于是他们只好日夜兼程去寻找巴卡依。巴卡依热情迎接，让他们休整之后建议他们去投奔卡妮凯的父亲卡喇汗处躲避。卡妮凯经过千辛万苦来到卡喇汗的宫殿。卡喇汗热情地迎接女儿带着外孙到来，召集众人群臣为外孙举办命名庆典仪式。命名仪式上无人敢为孩子取名，此时突然出现一位骑着白马的白胡子老者说出"赛麦台"然后便消失。赛麦台很快长大,而且非常调皮。有一天,赛麦台闹着要回到自己的故乡穿上父亲的战袍,骑上父亲的战马。卡妮凯无法阻止他,只好叮咛送他前去。赛麦台按照卡妮凯的嘱咐,先去拜见在山中孤独放骆驼的巴卡依老人。巴卡依带着他去见贾克普。贾克普假装欢喜却在赛麦台的酒中下毒准备毒死他。赛麦台按照巴卡依老人先前的叮咛,把酒喂给狗,然后把贾克普一脚踹倒在地。然后,他们找到阿维凯和阔别什,得到玛纳斯的坐骑和战袍,然后回到外公城堡将卡妮凯和巴赫多来特接回故乡塔拉斯。但是,阿维凯与阔别什召集人马前来攻击赛麦台。赛麦台战胜来犯之敌,并将贾克普、阿维凯和阔别什赶到森林中捆绑起来交给卡妮凯和巴赫多来特(文本中此时变成了夏坎)处置。愤怒至极的两个女人分别将他们凌迟。

(七)赛麦台

(共计1927行,拉德洛夫没有标识在何时何地从何人口中记录。)

赛麦台打算带领四十勇士前往山里去打猎,但是四十勇士却暗中商量一起背离赛麦台而去。赛麦台得到消息追上去苦苦挽留,四十勇士不从,被赛麦台斩杀,夺回马匹和战袍。阿吉巴依和阿勒曼别特的妻子同时有孕在身,赛麦台返回时正好分娩。一个孩子握着血一个孩子握住花来到人间。而卡妮凯给他们喂奶,与赛麦台成为同乳兄弟。人们聚集而来为两个孩子举办起名仪式。一个起名叫古里乔绕(花勇士)另一个起名叫康乔绕(血勇士)。两个孩子很快长大,成为勇敢无畏的英雄。一天,赛麦台满腔愤懑地向两位兄弟诉说了自己与阿昆汗之女阿依曲莱克之间指腹为婚的姻缘关系,并说阔克确之子玉麦台不顾阿依曲莱克已有婚约还要强娶她为妻。于是,三个兄弟骑马登程,快到达阿昆汗城堡时,赛麦台派古里乔绕前去向阿依曲莱克通风报信。阿依曲莱克得到消息很快出来迎接并将赛麦台带到自己的闺房。两个勇士汇集马群,古里乔绕外出,康乔绕睡着时玉麦台率人前来把他们的马群抢走。古里乔绕返回看到马群被抢走随后追赶而去,康乔绕醒来后不见马群立刻前去向赛麦台汇报。在古里乔绕与敌人拼杀精疲力竭时赛麦台和康乔绕及时赶到。赛麦台展开拼杀,玉麦台无法抵抗最终向赛麦台低头称臣。过了几天,赛麦台与玉麦台彼此确认两人之间的外甥和舅舅关系,赛麦台为了表达自己的诚信把自己的坐骑和战袍作为礼物相赠。赛麦台准备带领勇士们前去父王陵墓祭拜，但是阿依曲莱克以自己的梦兆不祥为理由而苦苦规劝赛麦台过几天之后缓一缓再去。就是去也最好先向玉麦台借来塔伊布茹里骏马再去。赛麦台气愤地用皮鞭抽打阿依曲莱克。卡妮凯前来也规劝赛麦台最好选其他日子再去。赛麦台心意已决，没有听从母亲和妻子的规劝执意前去玛纳斯的陵墓进行祭拜仪式。英雄们宰杀牺牲架起大锅煮肉，但是锅里滚动的是血液。这时敌人的大军突然出现包围了他们。三位英雄奋力拼杀，赛麦台尽管努力拼杀但因为失去自己的塔伊布茹里坐骑而力不从心无所适从。危急时刻，康乔绕此时则对古里乔绕说自己因为此前赛麦台战胜托勒托依时没有将其神骏科勒杰冉赠送给自己而是赠送给了古里乔绕，在俘获卡热恰勒之女恰齐凯时也将其赠送给古里乔绕而心怀不满耿耿于怀，劝古里乔绕和他一起背叛赛麦台去投奔克亚孜，和他结成联盟。古里乔绕决意不从并继续与敌人拼死搏杀，康乔绕则独自前去投奔克亚孜。康乔绕还和克亚孜密谋准备暗杀赛麦台夺权。克亚孜向康乔绕保证，如果康乔绕能够帮助自己捕获赛麦台那就将恰齐凯美女转嫁给他并让他登基称王。于是，康乔绕按照约定，乘着克亚孜围攻，设计将赛麦台抓住并将他送到克亚孜手中并提醒他一定要立刻斩杀赛麦台，将赛麦台的尸体烧毁。赛麦台被克亚孜斩杀，尸体也被烧毁。然后克亚孜进攻赛麦台的城堡，经过一番激战将古里乔绕抓获并将其右肩胛骨剁去让他变成残疾并让他担任牧马人的砍柴工，将恰齐凯嫁给康乔绕推举他为汗王，自己则强娶阿依曲莱克为妻。此时，阿依曲莱克有孕在身已经六个月。为了保护玛纳斯的后嗣，阿依曲莱克尽量将此隐瞒，最后用法术才将孩子生下来。克亚孜命令妇女们将孩子扼杀，但是妇女们不敢下手，克亚孜决定亲自动手扼杀孩子，阿依曲莱克威胁说如果克亚孜杀死孩子，自己就会穿上白天鹅羽衣飞回到父亲阿昆汗城堡，并决意要向他报仇。克亚孜被阿依曲莱克吓住只好作罢，假装决定认这个孩子并举行仪式命名仪式。仪式上依然出现一位白胡子圣人为孩子起名赛依特。在阿依曲莱克的精心呵护抚养下，赛依特很快长大成人。忍受非人之苦的古里乔绕一直等待着赛依特长大成人，然后再做打算为赛麦台报仇。一天，他终于有机会悄悄来到阿依曲莱克身边商量对策。古里乔绕离开之后不久，赛依特就按照阿依曲莱克的指点，抱住克亚孜的脖子假装撒娇，请求克亚孜让自己骑上他的托托如骏马，前去草原查看马群。克亚孜只好同意并给他三天时间。赛依特骑上托托如骏马径直来到草原上去见古里乔绕。但是却看到牧马人们举起木棍毒打古里乔绕。赛依特见状愤怒地斩杀所有的牧马人，然后想方设法治疗古里乔绕的肩胛骨。回到家中将克亚孜铲除消灭，擒获康乔绕。赛依特将康乔绕交由长期受辱的卡妮凯处置，卡妮凯忍无可忍将其剖腹斩杀。然后，赛依特带着奶奶母亲等诸位回到家乡开始了安宁的日子。

第四节　世纪之交的《玛纳斯》演唱大师及唱本

　　玛纳斯奇创造并传承了《玛纳斯》史诗。但是，除了传说中最初演唱史诗的厄尔奇乌鲁的名字外，在史诗数千年的传承发展过程中出现的伟大史诗歌手的名字几乎无人知晓。根据柯尔克孜族民间俗语："要成就要成为托赫托古勒那样的歌手，托勒拜那样的圣哲。"可以推测，在柯尔克孜族历史上曾出现过一位名叫托赫托古勒的名扬四方的著名歌手和一位名叫托勒拜的知识渊博的圣贤，而且传说这位托赫托古勒是第一位将厄尔奇乌鲁以来民间流传的《玛纳斯》零碎史诗片段、章节用歌声汇编成一部系统完整作品的伟大歌手。但是，除了那句俗语，没有人能说得清这位歌手的身世，也不知道这位歌手生活在哪个朝代。

　　在人民的记忆中，甚至在史诗歌手交莫克楚的口里，连一个演唱《玛纳斯》的古代说唱家的名字也没有保存下来，这无论如何也是一件奇怪的事情。当然，在史诗的很多唱本中以及在人们的传说中都提到了厄尔奇乌鲁的名字，称其为史诗的第一位编唱者。萨恩拜·奥诺孜巴克的译文里提到了一位类似于厄尔奇乌鲁的另一位名叫加依桑·厄尔奇的武士歌手，并说他只是描绘一个毡房的装饰就咏唱了半天之久。但是，关于这位传奇诗人再也没有任何可信的资料，可能只是史诗歌手的一种猜想而已。

　　根据目前所掌握的资料，关于玛纳斯奇比较明确的信息来源最早也不超过19世纪末。即便18—19世纪的一些玛纳斯奇的名字也只是在20世纪的《玛纳斯》文本以及在一些民间即兴诗人们的作品中有所提及。但令人奇怪的是，在广大民众的记忆中，甚至在18—19世纪出现的交莫克楚[①]口中，除了上述最初歌者厄尔奇乌鲁、托赫托古勒外，其他人的名字一个都没有保存下来。那么，为什么史诗传承千年，古代说唱者的名字却没有保存下来呢（这里不包括史诗初唱者）？按理说，凡是继承了前辈传统的史诗歌手最起码应该记住其中某些代表性人物的名字。这在世界很多传统中普遍存在，但柯尔克孜史诗却有着不同的传统。很显然，每一个史诗歌手，似乎有意把从前参与创作与演唱叙事歌曲的歌者的名字隐讳不谈。这只能从两个方面加以解释。

第一，柯尔克孜族认为《玛纳斯》史诗的文本是神圣的，地位崇高，无论谁都不能轻易对其进行随意的改变。玛纳斯奇只是一个口头演唱家，只是古老故事的转述者，只是用自己的诗句复述传统故事的内容。史诗歌手在演唱史诗过程中对于传统的任何一个有意无意的插叙，任何一个改动都会被认为是对传统故事的破坏。歌者在演述中随意的个人发挥都是不允许的。在听众看来，史诗歌手即便是顺便插入几句导言式的抒情插叙或一些无关紧要的细枝末节，也被认为是破坏了史诗结构规则，破坏了固定的、合乎规范的传统内容。按照这种观点和逻辑，可以说《玛纳斯》史诗的内容是自始至终保持如一的。人们坚持史诗的纯洁性是不可改变的。但是，作为一部典型的口头史诗，《玛纳斯》史诗演唱过程中，这种不可抗拒的坚守是不可能实现的。因为在口头史诗的每一次演唱中，史诗文本中程式、母题、主题方面的各种细微变化，只要不牵涉到核心内容和结构，无论是演唱者玛纳斯奇，还是听众都不认为是文本的变异。因为，史诗歌手遵循史诗结构脉络，按照人物之间的各种关联交集，借助脑海中的程式即兴创编史诗内容。而听众则被史诗歌手激情澎湃的演唱所迷醉，只关注人物命运等史诗核心情节脉络而根本不会注意文本中这类变化，都认为史诗完全是按照传统的内容被史诗歌手演唱。因此，为了表明自己所演唱内容的纯洁性、神圣性和权威性，很多史诗歌手的唱词中只出现神一般存在的厄尔奇乌鲁这位最初歌者的名字，而其他

[①] 交莫克楚：20世纪之前柯尔克孜族民间对玛纳斯奇的普遍称呼。

前辈歌手包括自己师父的名字都故意被遮蔽也就可以理解了。当然，这种神圣性不仅是对史诗文本的崇拜，可能更多是源于人们对英雄主人公玛纳斯为代表的，包括厄尔奇乌鲁这一系列英雄人物群体的崇拜，与柯尔克孜族古老的祖先崇拜、英雄崇拜观念有关。

第二，吉尔吉斯的交莫克楚群体中，过去和现在都保持着一种对"神灵梦授"的笃信。①这种观念对于玛纳斯奇的重要性不亚于前者。很多杰出的玛纳斯奇，尽管他们也曾拜师学艺，却完全不去回顾自己的学艺过程，反而将自己的史诗演唱技艺用"梦授"来解释。说自己在某一次神奇的梦中遇见英雄玛纳斯或者是厄尔奇乌鲁等圣灵，被他们选中，并将史诗内容"梦授"给自己。将其看作某种天意的启示，把它解释为一种超自然力的干预，仿佛正是这种超自然力召引他们去执行演唱史诗的神圣使命，使他们这些被选中的人领悟到《玛纳斯》"学问"的真谛。这就导致了玛纳斯奇群体中一个普遍认同的观念，那就是无论哪一位玛纳斯奇，要想从前辈歌手那里学会整篇作品，这根本是不可能的。史诗宏大篇幅以及其中的极大一部分篇幅促进了这种信仰在听众中传播和巩固。后人要想把史诗的诗行当作某一个作者的创作而进行必要的探索，那也是不可能的。谁也无意去揭穿那些"缪斯所选中的人"。虽然，很多来自不同流派的著名玛纳斯奇的唱词中绝大部分内容都是不谋而合地基本一致，但每一个歌者都自觉地断定他自己的演唱内容完全是独创的，是受了"神意"的指使而演唱的，所演唱的文本属于自己的个人的"艺术创作"。这成了玛纳斯奇群体内部的一种默契，任何一个玛纳斯奇都会刻意维护它。②诚然，《玛纳斯》史诗的传承并不止一种途径，除了师徒之间相传外，家族内部的传承也是其传承的重要方式。这种传承方式是父辈传给儿子或家族内部的另一名后辈成员。③但即使如此，玛纳斯奇还是会坚持自己的"神灵梦授"观念，坚持自己对于神灵的崇拜。这种对超自然信仰的事实本身是不可忽视的，具有根深蒂固的民间观念基础，而这也顺理成章地

---

① 阿地里·居玛吐尔地：《玛纳斯奇的"萨满"面孔》，《民族文学研究》2004年第2期。
② M.阿乌埃佐夫著，马倡议译：《吉尔吉斯民间英雄诗篇〈玛纳斯〉》，阿地里·居玛吐尔地主编：《世界〈玛纳斯〉学读本》，北京：中央民族大学出版社，2018年，第42—104页。
③ 郎樱：《中国北方民族文学比较研究》，北京：民族出版社，2011年，第720—798页。

排除了提及前辈诗人姓名的可能性。毫无疑问,这种笃信虽然遮蔽了口头史诗传承链中的师徒关系以及处于传承链前端的前辈史诗歌手,也遮蔽了史诗长期传承过程中先辈玛纳斯奇在传承链中所发挥的作用,但这也丝毫没有影响史诗最初创编演唱者名字被人们永久记忆。

在史诗漫长的传承过程中,虽然古代众多玛纳斯奇的名字被人们遗忘了,但晚近出现的,尤其是19世纪末20世纪初出生的杰出玛纳斯奇的生平事迹还是留存在后辈玛纳斯奇的记忆中,并被听众广泛传颂。他们的名字被新一代年轻玛纳斯奇经常提及并得到人们敬仰。他们出众的史诗演唱才华和激情奔放的史诗演唱情景留存在了听众的记忆中,成为不朽的传说不断得到讲述。这类史诗歌手人数不多,但都是一些技艺非凡的史诗演唱大家。这类史诗歌手在我国有阿合奇县的居素普阿坤·阿帕依(?—1920),巴勒瓦依·玛玛依(1896—1937),艾什玛特·曼别特居素普(1880—1963),额布拉音·阿昆别克(1882—1959)等。吉尔吉斯斯坦则有凯勒德别克·巴热波孜(?—1880),巴勒克·库玛尔(1799—1887),特尼别克·加皮(1846—1902),乔友凯·奥穆尔(1863—1925),夏帕克·厄热斯敏迪耶夫(1863—1956),萨恩拜·奥诺孜巴克(1868—1930),萨雅克拜·卡拉拉耶夫(1894—1971)等。以下将按照年龄顺序对这些《玛纳斯》演唱大师逐一做一个极为简略的介绍。

一、凯勒德别克·巴热波孜(Keldibek Bariboz)

在我们已知其身世及史诗演唱活动的玛纳斯奇中,生活年代最早,史诗演唱成就卓著者便数凯勒德别克·巴热波孜。凯勒德别克出生于吉尔吉斯斯坦楚河流域的介拉尔戈地区,于1880年前后80多岁时去世于阿特巴西地区的巴特卡克。凯勒德别克的父亲叫拜博斯(Bayboz),凯勒德别克出生时就被他的叔叔巴热波孜收养(领养)。因此也随他的姓,被称为凯勒德别克·巴热波孜。养父巴热波孜原本就是一位小有名气的民间故事家、民歌手和民间口头部落谱系讲述家,经常在节庆、婚礼、祭奠仪式上充当主持人、司仪,凭自己的巧舌获得奖励维持生计,有时候还会应听众之邀演唱史诗《玛纳斯》的一些传统经典章节。在养父的关心指导下,凯勒德别克从小就跟养父开始学唱史诗《玛纳斯》。当然，按照他本人的自述，他成为玛纳斯奇与神灵托梦有关。根据凯勒德别克同时代的人们的回忆，他自己曾多次讲述英雄玛纳斯不止一次进入其梦境，四十勇士之一厄尔奇乌鲁在梦中教授和指导他演唱《玛纳斯》。他第一次梦见玛纳斯是在 17 岁。玛纳斯在梦中对他说："凯勒德别克，我们在你这里停留了一宿，在你之后还会出现一个叫萨恩拜（后来出现的玛纳斯奇萨恩拜·奥诺孜巴克）的，我们也要去与他会面。我们要在他那里午休后离开。我们还将去见特尼别克，与他见个面就离开。"[①] 在梦中，英雄玛纳斯及其四十勇士逐一从他面前通过。凯勒德别克在梦中想跟随英雄们一同前去，但是玛纳斯对他严厉交代："你不要跟着我们，但以后必须演唱我们的故事。"[②] 凯勒德别克是为数不多的几个 18 世纪玛纳斯奇中有传说流传下来者。有关他的传说，显然有不少虚构和夸大的成分。比如，根据民间传说，当凯勒德别克演唱《玛纳斯》进入高潮时，英雄玛纳斯强大的威力会显现，演唱地点周围天昏地暗、地动山摇、狂风大作。草场上的牲畜吓得自己跑回羊圈躲避。毡房颤抖和摇晃，光天化日之下，大地突然被浓雾笼罩，甚至会传来英雄玛纳斯及其勇士们战骑奔驰的轰鸣声。这暗示着英雄玛纳斯本人对于玛纳斯奇的最高奖赏。按照传统观念，英雄玛纳斯会亲自挑选史诗歌手，托梦给歌手，并严厉要求他们向后代颂扬自己的丰功伟绩和抗击外敌、保家卫民的故事。根据传说，凯勒德别克掌握了真正的史诗"语言魔术"。这个语言魔术受自然力和祖先灵魂的支配。每次演唱时，祖先的灵魂总是亲自光临，把这种语言的魔术赐给被选中的这位非凡的歌者。

凯勒德别克生前经常通过演唱《玛纳斯》治疗患有癫痫、中风中邪的病人、精神病患者及各种怪病，甚至求子的妇女、祈福禳灾的人们都会请他演唱《玛纳斯》。只要他激情澎湃地唱一段《玛纳斯》，这些病人都会奇妙地痊愈。[③]

---

① 斯·阿里耶夫、特·库勒玛托夫编：《玛纳斯奇与〈玛纳斯〉研究者》，比什凯克：吉尔吉斯斯坦《玛纳斯》1000 周年筹委会、吉尔吉斯斯坦"丝绸之路"基金会，吉尔吉斯斯坦出版社，1995 年，第 52 页。
② 阿·阿克马塔利耶夫主编：《吉尔吉斯文学史》第 2 卷，比什凯克：夏木出版社，2004 年，第 168 页。
③ A. 嘉伊尼科娃：《玛纳斯奇们》，比什凯克：乌鲁套拉尔出版社，2015 年，第 38 页。

根据传说，叶森库鲁部落的马纳普（部落首领）奥斯曼年老无子女，内心感到非常郁闷和痛苦。于是，为了求子，他特意邀请凯勒德别克前来，对他热情款待，让他特意为自己家人演唱史诗《玛纳斯》。之后不久，他果然添了丁。因为凯勒德别克当时是坐在土炕上连续演唱史诗，而奥斯曼的妻子也是在土炕上分娩生下儿子。于是，他给自己的儿子起名"苏帕（Supa）"（意为土炕）。吉尔吉斯斯坦个别学者认为"历史上比较有名气，民间集体记忆中印象深刻，其身世业绩突出、身份比较特殊的当数凯勒德别克"。[①]

民间流传有很多凯勒德别克演唱《玛纳斯》史诗的传说。据说他对《玛纳斯》史诗的一些传统经典章节演唱极为精彩，炉火纯青，无人能敌。比如，他有一次演唱《玛纳斯》的传统章节"阔兹卡曼的阴谋"就演唱了整整几昼夜。甚至有学者认为，拉德洛夫于19世纪中叶所搜集的《玛纳斯》文本资料可能就是从凯勒德别克口中记录的唱本。[②] 凯勒德别克不仅是一位才华横溢的玛纳斯奇，同时也是一位谙熟柯尔克孜族民间大量史诗的口头史诗大家。这一点也被后来的文献史料所证明。他是一位具有独特艺术创造精神的玛纳斯奇。他并不局限于完整地说唱史诗《玛纳斯》。与此同时，他还曾将《玛纳斯》史诗中的一些主要英雄人物的事迹单独创编成独立作品进行演唱。比如，他曾分别创编演唱过《阔绍依》《巴卡依》《阿勒曼别特》《楚巴克》《色尔哈克》等以史诗英雄人物为故事脉络的多部史诗，而且每一部史诗都堪称是结构完整、内容生动的史诗经典。作为一位名扬四方的大玛纳斯奇，凯勒德别克生前还对当时比他年少的许多同时代年轻玛纳斯奇产生过影响。比如，后来享誉四方的特尼别克、萨恩拜等都曾拜他为师，向他求艺学习。有资料记载，萨恩拜·奥诺孜巴克在凯勒德别克70多岁的时候才有缘见到他。当时，凯勒德别克听完萨恩拜演唱的《玛纳斯》片段后，对他感到很满意，并曾提出如下建议："你的声音不够高亢，在声调方面还有些欠缺。"并且手把手地教他音韵、声调、手势，以及各种动作姿势，帮助他不断提高自己的说唱技艺。萨恩拜的舅亲家族来自阿特巴什区域的阿兹克部

[①] 阿·阿克马塔利耶夫主编：《吉尔吉斯文学史》第2卷，比什凯克：夏木出版社，2004年，第167页。

[②] 同上书，第169页。

落，因此他就属于凯勒德别克家族比较亲近的外甥辈。显然，按照《玛纳斯》史诗传统中家族传承的特点，具有亲缘关系的玛纳斯奇之间的交往会更加频繁，相互之间的沟通交流也会长期延续。当时柯勒德别克作为玛纳斯奇名声很大，正是他备受大众敬仰和爱戴，年逾花甲、德高望重，史诗演唱登峰造极的时期，萨恩拜等年青一辈向他拜师学艺是他们求之不得的。

就凯勒德别克说唱史诗《玛纳斯》的高超技艺，当时在民间流传有一段离奇的故事："一位名叫托乎托尔拜的人带一帮同伙，为了偷盗来到一个阿依勒（牧村），而此时凯勒德别克正好在那里演唱《玛纳斯》。盗贼们来到牧村附近，发现牧村外站着一群大力士，便望而生畏，心惊胆战地溜之大吉。"①

凯勒德别克的《玛纳斯》演唱才华深入人心，流传甚广。与他同时代的著名阿肯（诗人、歌手）都对他的演唱佩服有加。比如，当时声名远播、草原上无人能敌的库姆孜琴手，堪称能用暴风骤雨般的诗句即兴创作的诗人阿尔斯坦别克·布玉拉西（Aristanbek Buylash，1824—1878）在与塔拉斯地区的著名阿肯琼德（Choŋdu）进行对唱时，赞美各自故乡自然美景，介绍出自家乡的著名人物时，对凯勒德别克的史诗演唱才华有这样即兴唱词留存：

Alaman irchi sizde bar,	你们拥有著名的即兴歌手，
Alip manaschi bizde bar,	我们却拥有《玛纳斯》大师，
Uktuŋ beken önögüm,	尊贵的歌手您是否听说过，
Keldibek Manas aytkanda,	当凯勒德别克演唱《玛纳斯》时，
Shmal urup, buk bolup,	狂风肆虐，天昏地暗，
Boz üylörgö jük bolup,	毡房晃荡着摇摇欲坠，
Chaġilġan uchup chartildap,	电闪雷鸣，震耳欲聋，
Kerege, uuk karchildap,	毡房支架嘎嘎作响，
Üzüktörü jelpildep,	毡房盖毡飘忽不定，
Tündük jabuu salpildap,	天窗盖毡随风飘摇，

---

① 斯·阿里耶夫、特·库勒玛托夫编：《玛纳斯奇与〈玛纳斯〉研究者》，比什凯克：吉尔吉斯斯坦《玛纳斯》1000周年筹委会、吉尔吉斯斯坦"丝绸之路"基金会，吉尔吉斯斯坦出版社，1995年，第53—54页。

Eshikteri shalkildap,	毡房门板儿咯吱作响,
At dübürtü uġulup,	耳边传来轰鸣的马蹄声,
Ayil kalbay choġulup,	整个阿依勒民众聚在一起,
Jur atasi Manastin,	百姓的玛纳斯君王,
Alimabet, Sirġak, Chubaktin,	阿勒曼别特、色尔哈克、楚瓦克,
Arbaġi közgö urunup,	他们的亡灵浮现在眼前,
Krik choro kirdan suurulup,	四十勇士身现山顶。
Kempirler turchu balpildap,	老太太们念念有词惊恐不安,
Kelinder turchu kalchildap,	媳妇们失魂落魄浑身打战。
Jelede kulun chiŋirbay,	绳套上的马驹吓得不敢嘶鸣,
Kimizġa köŋül burulbay,	人们无心去念想那酸醇的马奶,
Azinabay ayġiri,	种马不再狂嘶发威,
Azdektep turchu bardiġi,	所有的牲畜悄然无息。
Töölör chögüp jodurap,	骆驼们安卧十分平静,
Karilari koburap,	大爷们悄悄寂静无声,
Koylor juushap kepshebey,	羊儿们不敢卧下反刍,
Koŋulda itter et jebay,	牧羊犬无心寻觅肉品。
Barbardiger kuduret	老天爷呀,真是奇妙,
Paana bolup özünö,	人们拥挤在一起共渡难关。
Kara toru tüspölü,	他那深棕色的脸庞,
Kipkizil bolup chiŋalip,	变得坚毅而通红,
Archa otunday chok bolup,	宛若柏树木烧出的木炭。
Ashirip aytar manasiti,	他演唱《玛纳斯》淋漓尽致,
Ak uul, Kuba uul Kirgizda,	阿克吾勒、库巴吾勒无人能敌,
Anday adam jok bolchu.	柯尔克孜哪有如此之人。
Tündü к boyu tü y ülüp,	演唱时他身轻如燕腾跃上天窗,
Kegere boyu kerilip,	伸展的四肢如毡房的围栅一般,
Koġoshunday bilkildap,	他晃动的身体宛若铅水般柔软,
Kor kizinday jiltildap,	如同熔化的铁水闪烁光芒,

On eki müchö shalkildap,	十二个肢体关节自由晃动,
Büt denesi balkildap,	浑身上下热气腾腾,
On manjasi kaltildap,	十个指头抖抖颤颤,
Tar düynönü unutup,	忘记了人世艰难,
Keŋ beyishte jürgöndöy,	如同在魔幻的仙界徘徊,
Siykirduu düynö aralap,	畅游在奇妙的世界里,
Keremet bolup ketiptir。	变得如此神奇无比。
Körgön jayim bar ele,	我曾有幸目睹那一切,
Körbögön adam zar ele.	未见过的人们却久久渴望。
…………①	

  作为当时正在艺术巅峰时期的即兴诗人阿尔斯坦别克以如此激动的心情向人们歌颂出自己部落的玛纳斯奇，充分表明了他对凯勒德别克的无限敬仰和崇拜。从这些赞美的诗行中我们可以感受到凯勒德别克玛纳斯奇的史诗演唱独特而迷人的风采。他演唱史诗的魔力不仅吸引了现场听众，甚至使得大自然为之震撼，动物家畜都为之陶醉倾倒，把所有聆听者完全融入史诗的意境当中，使人有如同身临其境之感。从一个侧面也证明了凯勒德别克在自己的时代是一位罕见的史诗演唱奇才。他的史诗演唱内容、风格，以及声调、手势、体态、音容、笑貌、眼神、表情，演唱史诗时的内心世界与各种情景的遥相呼应、融为一体的生动画面，不仅让现场听众陶醉其中，让他们浮想联翩，也影响了同时代年轻玛纳斯奇。就连阿尔斯坦别克那样眼中不容沙子，针砭时弊，语言犀利，不轻易看中别人，喜欢鸡蛋里挑骨头的智者、思想家、即兴诗人都被他折服，在自己的歌词中对凯勒德别克大加赞美，以真挚的情感、饱满的热情，将著名玛纳斯奇史诗演唱的具体情景生动地展现在我们面前，足以说明凯勒德别克史诗演唱技艺高超以及他独特的个人魅力。

---

① 阿尔斯坦别克：《阿尔斯坦别克（诗歌集）》，比什凯克：吉尔吉斯斯坦百科全书出版社，1994年，第50—51页。

二、巴勒克·库玛尔（Balik Kumar）

巴勒克·库玛尔是吉尔吉斯斯坦19世纪的《玛纳斯》演唱大师。他的本名叫别克穆热提·库玛尔。由于其嘴巴小时候经常噘得像鱼嘴，便落得"巴勒克奥兹（鱼嘴巴）""巴勒克（鱼）"的绰号。据说这个绰号还是在梦中由玛纳斯赐予的。巴勒克·库玛尔虽然在民间声名显赫，但都是口传，没有文字资料。其个人简历资料为后人从田野调查中获得并补充，主要来源于以下几个方面。第一，玛纳斯奇及《玛纳斯》史诗搜集家额布拉音·阿布德热赫曼诺夫（Ibrayim Abdirakmanov，1888—1967）根据19世纪至20世纪著名玛纳斯奇夏帕克·厄热斯敏迪耶夫的口述资料记录的。第二，《玛纳斯》搜集家卡尤穆·米夫塔考夫20世纪初在塔拉斯地区田野调查中搜集。第三，流传于民间听众口中的口述传说回忆。根据上述资料推断，他于1799年出生于吉尔吉斯斯坦塔拉斯，1887年故于楚河（碎叶城）。巴勒克从小聪明智慧，具有超强的语言天赋，十三四岁开始对民歌、故事，尤其是史诗《玛纳斯》产生浓厚兴趣，到20岁时成长为当地小有名气的即兴歌手和《玛纳斯》史诗歌手，逐渐得到民众认可，成长为一名玛纳斯奇。

巴勒克自幼丧父，成为孤儿，寄人篱下以打零工为生，艰苦的生活经历使他成长为一名性格坚强、吃苦耐劳、手脚麻利、勤快机敏的小伙子。当时，浩罕王统治中亚及一部分柯尔克孜（吉尔吉斯）地区。19世纪20年代，欧鲁亚阿塔人（现在的哈萨克斯坦江布尔州）建立了效忠于浩罕王的伯克衙门地方政权。塔拉斯地区的吉尔吉斯权贵们为了讨好浩罕汗王，积极缴纳牲畜以替代各种捐税，让巴勒克驱赶这些牲畜去欧鲁亚阿塔，交给当地伯克官员。伯克看中这位机敏能干的小伙子，选定他继续负责将从各地收缴来的牲畜驱赶到浩罕的纳曼干城转交给浩罕汗王，并给他安排了帮手。他们驱赶着羊群一路前行，来到塔拉斯地区时，正好夕阳西下临近傍晚时分，不远处就耸立着英雄玛纳斯的陵墓。这时候天空突然下起瓢泼大雨。牧人们只好轮换着到陵墓里避雨休息。巴勒克进入陵墓避雨，由于一路上长途跋涉过于疲惫，他坐着打盹儿睡着做了一个梦。梦里，英雄玛纳斯率领四十勇士来到他面前对他说:"今后一定要在民间演唱我们的英雄事迹,让民众记住这些故事。你的嘴巴像鱼嘴巴,你就好好唱吧。今后你就叫巴勒克吧。"从此,这个梦促使巴勒克更加用心地投入学习演唱史诗《玛纳斯》之中,不断提高自己的演唱水平。纳曼干的霍什伯克聆听过他演唱的《玛纳斯》后感到非常震惊,并让其编创一段赞颂自己业绩的即兴诗歌。巴勒克随口即兴创编了一段赞颂别克官员的诗歌,让其心服口服,不仅给予了物质奖励,还特向塔拉斯的阿吉别克达特卡[①]、布尔果勇士写亲笔信推荐,委托他们"一定要款待和关照这位技艺超凡的史诗歌手巴勒克"[②]。

从此以后,巴勒克开始在大庭广众之中滔滔不绝地说唱史诗《玛纳斯》。他名声远扬,高超的史诗演唱技艺成为人们谈论的佳话。他得到阿吉别克达特卡的关照,并多次纳谏帮助和接济了很多穷人,在人们中间赢得了尊敬和赞誉。由于,阿吉别克总是戏称他为"巴勒克奥兹(噘鱼嘴)",所以他的这个绰号便在民众中间传扬开来。后来,索罗托部落的首领巴依提克英雄十分欣赏他的才能,再三邀请他搬迁到自己帐下。于是,巴勒克在友人的不断邀请之下搬迁到楚河地区生活,并获得五只骆驼外加大量马牛羊的奖赏。他那出神入化的史诗演唱也得到了人们的高度赞赏,使他在当地获得无上的荣耀。巴勒克75岁时,曾给予他诸多关照的索罗托部落的首领巴依提克去世。年岁已高思恋乡土和亲友的玛纳斯奇巴勒克便返回故乡阔齐阔尔探亲访友,并在这一时期遇到后来成为大玛纳斯奇的,当时只有十三四岁的夏帕克·厄热斯敏德耶夫。巴勒克收其为徒,亲自教授他《玛纳斯》的演唱技艺,并带着他游历阿特巴什、纳伦等地,参加各种大型婚礼庆典活动并在民众中间多次受邀演唱《玛纳斯》史诗。他甚至还曾与当地的即兴诗人们有过即兴诗歌对唱竞赛并获胜。[③]三年后又重新搬回楚河,不久与世长辞,享年88岁。他师从哪一位前辈玛纳

[①] 达特卡:近代柯尔克孜族社会的地区统治官。

[②] 斯·阿里耶夫、特·库勒玛托夫编:《玛纳斯奇与〈玛纳斯〉研究者》,比什凯克:吉尔吉斯斯坦《玛纳斯》1000周年筹委会、吉尔吉斯斯坦"丝绸之路"基金会,吉尔吉斯斯坦出版社,1995年,第18—19页。

[③] 阿·阿克马塔利耶夫主编:《吉尔吉斯文学史》第2卷,比什凯克:夏木出版社,2004年,第173页。

斯奇学唱《玛纳斯》无人知晓，人们只听他说过自己是由于"神灵梦授"而学会的。除了夏帕克·额热斯敏迪耶夫之外，民间传言萨恩拜·奥诺孜巴克等一批玛纳斯奇也都曾投奔巴勒克门下受教于他，在他的指导下学唱《玛纳斯》。

每一位功成名就的大玛纳斯奇在其艺术生涯的最初阶段，都会以超人的记忆力和民歌演唱才华以及非凡的即兴创作诗歌的能力出现。其中有一部分，在成为玛纳斯奇之后虽然将演唱《玛纳斯》作为主业，但也会应听众请求进行即兴诗歌、长诗、民歌等其他民间口头艺术作品的演唱。也就是说，大玛纳斯奇都是谙熟民族口头传统的各种文类，随口能够演唱或讲述的综合艺术家。很明显，巴勒克的口头艺术才华体现在演唱《玛纳斯》、即兴诗歌创作、部落谱系讲述三个方面。根据巴勒克自己的说法，他演唱的史诗《玛纳斯》主要由两部分构成：一是玛纳斯出生之前的柯尔克孜部落历史传说故事，是一部被称为《奥托尔汗》的史诗。二是以英雄玛纳斯的事迹为主干情节脉络展开的故事。后者除了玛纳斯及其身边的英雄人物的事迹外，还包括"卡塔甘汗王阔绍依""宝克木龙汗王""阔尧什汗王""朱呙如汗""玉尔普汗""穆孜布尔恰克""加木格尔奇""阿依达尔汗""阔阔汗""布达伊柯汗"等多个汗王的事迹[①]。从以上情况可以判断，巴勒克的《玛纳斯》唱本不是按英雄人物玛纳斯的人生经历排序，即从其出生到死亡的人生轨迹进行演唱，而是跳跃式地以史诗不同的人物为主线进行演唱。此外，巴勒克还谙熟吉尔吉斯（柯尔克孜）口头传统，除了《玛纳斯》外，还能演唱《英雄艾尔托西图克》《阔交加什》《汗王希尔达克》《勇士塔布勒德》《博阔玉与萨仁吉》等其他很多民间史诗。这些史诗包括很多英雄史诗，也包括古老的神话史诗。

虽然巴勒克反复强调自己是"神灵梦授"而开始说唱史诗《玛纳斯》，但这绝不能否定他传承前辈歌手内容的事实。因为从各地搜集的《玛纳斯》多种唱本的核心内容中体现出史诗主干情节脉络是基本稳定的。根据吉尔吉斯斯坦19世纪末20世纪初的口头和书面兼具的著名诗人、玛纳斯奇托果洛克·毛勒多（Toġolok Moldo，1860—1942）提供的资料，可以肯定巴勒克曾经拜

---

① 斯·阿里耶夫、特·库勒玛托夫编：《玛纳斯奇与〈玛纳斯〉研究者》，比什凯克：吉尔吉斯斯坦《玛纳斯》1000周年筹委会、吉尔吉斯斯坦"丝绸之路"基金会，吉尔吉斯斯坦出版社，1995年，第20页。

第三章 文本的多样性与史诗歌手

当时很有名的前辈史诗歌手诺如孜为师，因为其古老风格的《玛纳斯》史诗内容通过其门下求艺学唱史诗的后辈玛纳斯奇特尼别克·加皮、萨恩拜·奥诺孜巴克、夏帕克·额热斯敏迪耶夫保存并传承了下来。①巴勒克周游过柯尔克孜人生活的许多区域，见多识广，博闻强记。他的弟子不仅包括上述几位杰出的玛纳斯奇，其儿子纳依曼拜以及吉尔吉斯各地都有传承其遗产的玛纳斯奇及民间口头艺术家。因为他的口头演唱艺术除了《玛纳斯》及其他各种史诗之外，还包括丰富的民歌、传说、神话、民间趣闻逸事、故事、典故。他还创编过多个具有自己独特风格的作品，是一位多才多艺的传统口头艺术家。史诗《奥托尔汗》便是他以史诗《玛纳斯》的形式编唱的一部作品。托格洛克·毛勒多对他的艺术创作有如下描述：

Kalġanin tizip jamġarip,	他把诗句排列创新，
Barġansayin toluktap,	不断地补充完善进行演唱，
Ukkan adam taŋgalġan,	听到人心旷神怡陶醉其中，
Nooructun arka jaġinan,	继承了诺如孜的衣钵，
Ordu menen manasty,	遵循《玛纳斯》的传统，
Ulap ketti tarihti.	让历史得到了继承，
Öz uruġu choŋ charik,	他自己属于冲查里克部落，
Abiyr tapkan《manastan》,	因演唱《玛纳斯》声名鹊起，
Elden murun üyrönüp,	最早就学会了这部史诗，
Alip kelgen Talastan……②	从塔拉斯将其带回故乡……

有学者研究认为，拉德洛夫于19世纪中期记录的文本当中有巴勒克的演唱内容。其理由是，当时来自俄罗斯的各类人等到吉尔吉斯地区之后首先都会下榻于最早与俄罗斯建立联系交往关系的吉尔吉斯索勒托（Solto）

---

① 阿·阿克马塔利耶夫主编：《吉尔吉斯文学史》第2卷，比什凯克：夏木出版社，2004年，第174页。
② 阿·阿克马塔利耶夫主编：《吉尔吉斯文学史》第2卷，比什凯克：夏木出版社，2004年，第174页。

部落首领巴伊提克（Baytik）和萨热巴额什（Saribagish）部落首领夏布丹（Shabdan）的村落，在那里投宿、歇息、休整。拉德洛夫本人在自己的田野报告中明确指出他所搜集记录的《玛纳斯》史诗主要来自索勒托和萨热巴额什部落的史诗歌手。① 所以，可以肯定，拉德洛夫与巴勒克正是在巴伊提克家中邂逅，并从他口中记录下了史诗的内容。两人都曾投宿在巴伊提克这位部落首领帐中，但拉德洛夫却没有关注当时大名鼎鼎、声名远播的史诗歌手，那才让人感到奇怪。毫无疑问，拉德洛夫从其口中记录下了《玛纳斯》史诗比较简略的唱本，此外还记录了神话史诗《艾尔托什图克》的一个精彩文本的说法存在着很多极具说服力的事实根据。②

根据民间传说，巴勒克曾对人们说："我如果从头开始演唱，就是唱三个月也不可能把《玛纳斯》唱完。"但遗憾的是，巴勒克虽为名扬四方的大玛纳斯奇，但是他所演唱的《玛纳斯》唱本却没有被世人以书面的形式完整地记录下来。只有当时的那些曾与他有过交往、接受过其教导，或者听过他演唱的玛纳斯奇口头保存下了他演唱的史诗《玛纳斯》的零星片段。比如，1923年，吉尔吉斯斯坦民间文学家卡伊穆·米夫塔考夫曾在塔拉斯地区的康阔勒（Kеŋkol）以及乌鲁托尔（Uluu-tör）草原，从民间歌手苏来曼·厄热斯库勒别克（Sulayman Iriskulbek）等口中记录下"塔拉斯礼赞""玛纳斯的服饰装备""玛纳斯的陵墓""卡妮凯的形象描述""阿勒曼别特的形象描述""斯尔哈克的形象描述""玛纳斯的坐骑阿克库拉，斯尔哈克的坐骑阔克铁铠，阿勒曼别特的坐骑萨热拉骏马"等为题的史诗章节。而这些资料现存于吉尔吉斯斯坦国家科学院语言文学档案馆里。巴勒克的弟子，大玛纳斯奇夏帕

---

① Radlov, Vasilii V.: Proben der Volkslitteratur der Nördlichen Türkischen Stämme, Vol5, Der Dialect der Kara-Kirgisen. St. Pertersburg: Commissionare der Kaiserlichen Akademie der Wissenschaften. 1885；英文见于 "Samples of Folk Literature from the Northern Turkic Tribes. Preface to Volume Ⅴ: The Dialect of the Kara-Kirgiz." Trans. G.B.Sherman, A.B.Davis. Oral Tradition, 5, 73-90.1990. 中文译文《〈北方诸突厥语民族民间文学典范〉第五卷前言——卡拉—吉尔吉斯的方言》，阿地里·居玛吐尔地：《世界〈玛纳斯〉学读本》，北京：中央民族大学出版社，2018年，第18—41页。

② 阿·阿克马塔利耶夫主编：《吉尔吉斯文学史》第2卷，比什凯克：夏木出版社，2004年，第174—175页。

克·厄热斯敏迪耶夫对采访者明确说自己是从巴勒克那里学会演唱《玛纳斯》史诗的。也就是说,从后者的唱本中我们可以看到这位 19 世纪的杰出玛纳斯奇巴勒克唱本的特点和艺术特色。比如,史诗中英雄阿勒曼别特对自己投奔的哈萨克英雄阔确怀疑自己的忠诚而心生不满,最终无法忍受、暗自发出哀怨并准备离开时的片段如下:

Kara toonun bashinda,	在那喀拉套大山之巅,
Kara barchin men eleŋ,	我曾是只黑色矫健的雄鹰,
Karmaġan eem sen eleŋ!	你曾是擒获我的主人!
Bozoy toodon koyboġon,	在波佐依山的怀抱里,
Boz ala tuyġun men elem,	我曾是灰色的猎鹰,
Bolġon eem sen eleŋ!	你曾是我的主人!
Boosu kaldi koluŋa,	如今鹰绳缠绕在了你手上,
Kettim mina joluma.	我却要即将离你而去。
Ochoġor kara zambirek,	黑色的沃巧奥尔火铳,
Oyloboduŋ, badirek!	你这家伙是否曾认真思量,
Oġu tiyer öpköŋö!	它的子弹终将会击中肺部!
Ontoor keziŋ bolo elek!	你还未到呻吟号啕的时刻!
……①	

追根溯源,学者们通过一些蛛丝马迹确定了巴勒克的传人是其儿子奈曼拜(Naymanbay,1853—1911)。他 16 岁开始向父亲学习《玛纳斯》,掌握了父亲的演唱技艺,继承了父亲的衣钵,传承了父亲的史诗唱本。而上面提到的塔拉斯的史诗歌手苏来曼·厄热斯库勒别克也是从他那里学会演唱《玛纳斯》。② 也就是说,巴勒克的《玛纳斯》唱本通过直接或间接的方式流传到

---

① 阿·阿克马塔利耶夫主编:《吉尔吉斯文学史》第 2 卷,比什凯克:夏木出版社,2004 年,第 176 页。
② 阿·卡热普库洛夫主编:《〈玛纳斯〉百科全书》第 2 卷,比什凯克:吉尔吉斯斯坦百科全书出版社,1995 年,第 121 页。

了后世。要想弄清巴勒克唱本的来龙去脉并对其史诗演唱艺术进行系统的研究，就必须先对夏帕克·厄热斯敏迪耶夫的唱本，卡尤穆·米夫塔考夫所记录的苏来曼·厄热斯库勒别克、萨恩拜·奥诺孜巴克进行系统的比较研究，通过筛查、甄别才能对其艺术才华作出公正的评价。

三、纳扎尔·伯罗特（Nazar Bolot）

纳扎尔·伯罗特是19世纪吉尔吉斯斯坦的一位著名玛纳斯奇。1828年出生于伊塞克湖地区，1893年去世。在当地民间，关于他的传奇身世，《玛纳斯》史诗演唱等都有很多传闻。这说明他的史诗演唱活动当时在民间影响很大。但遗憾的是，与其他同时代玛纳斯奇一样，他的唱本未能被记录下来。根据《玛纳斯》演唱大师萨雅克拜·卡拉拉耶夫1961年在一次与《玛纳斯》研究者扎伊尔·玛穆特别考夫（Zayir Mamytbekov，1923—1986）的访谈中回忆说："乔坎·瓦里汗诺夫曾经在一位名叫托合索拜·奥乐交拜（Toksobay Oljobay）的富翁的阿依勒（牧村）停留期间，记录过伊塞克湖地区著名玛纳斯奇纳扎尔·伯罗特演唱的《玛纳斯》传统章节"阔阔托依的祭奠。"[①]这虽然似乎只是一个口述资料，并没有明确的历史文献可以佐证，但是19世纪的哈萨克民族志学家乔坎·瓦里汗诺夫在伊塞克湖区域调查《玛纳斯》时，请伊塞克湖区域的部分玛纳斯奇们说唱史诗《玛纳斯》的不同的精彩章节，然后从史诗内容中选择记录下了"阔阔托依的祭典"这一传统经典章节完全符合情理。乔坎·瓦里汗诺夫的田野调查报告中有这样的记载："我对于柯尔克孜（吉尔吉斯）族民族志、部落谱系及民间口头文学的热情，在波荣拜等部落首领尊贵们看来似乎是受沙皇的委派而执行，因此也不遗余力地给予了我最大的支持和帮助。"[②] 从这一点可以断定，当时驻扎在伊塞克湖地区的布古（鹿）部落的贵族长老们为了让乔坎·瓦里汗诺夫看到吉尔吉斯《玛纳斯》史诗歌手们真正的演唱才华，特意从周边请来纳扎尔·伯罗特这样的《玛纳斯》

---

① 阿·卡热普库洛夫主编：《〈玛纳斯〉百科全书》第2卷，比什凯克：吉尔吉斯斯坦百科全书出版社，1995年，第121页。

② 乔坎·瓦里汗诺夫：《乔坎·瓦里汗诺夫文集》第1卷，阿拉木图：1961年，第263页。

演唱名家便是顺其自然的事情。遗憾的是，同拉德洛夫一样，乔坎·瓦里汗诺夫当时也没有记载下演唱者的姓名。事到如今，当时到底是哪一位玛纳斯奇给乔坎·瓦里汗诺夫演唱了《玛纳斯》一直成为学术界一个不解的谜团。这一问题扑朔迷离，一直存在争执。但无论如何，乔坎·瓦里汗诺夫作为沙皇的代表，身为军人，毫无疑问得到了当地部落首领、官僚及普通民众的热情欢迎和接待，而且有求必应，让他顺利快捷地完成了自己的使命。乔坎·瓦里汗诺夫询问有关史诗《玛纳斯》方面的问题，当地官僚和民众毫无疑问会推荐他们自己最崇拜的，而且最好是出自本部落的著名玛纳斯奇来为他献唱。按照萨雅克拜的回忆和提示，乔坎·瓦里汗诺夫所记录下的史诗《玛纳斯》传统章节"阔阔托依的祭典"无疑正是出自当时在当地已经大名鼎鼎的纳扎尔·伯罗特之口。倘若真是这样，我们手中的乔坎·瓦里汗诺夫记录的史诗《玛纳斯》的"阔阔托依的祭典"便有了明确的出处，值得我们展开细致的比较研究。

曾经有幸亲耳聆听过纳扎尔·伯罗特的《玛纳斯》演唱者这样描述这位玛纳斯奇："纳扎尔·伯罗特确实是一位了不起的大玛纳斯奇。他演唱《玛纳斯》声音非常洪亮，而且能够完整地演唱史诗若干部的内容。除了第一部《玛纳斯》之外，他还能演唱史诗第二部《赛麦台》和第三部《赛依铁克》的内容。纳扎尔·伯罗特的史诗演唱技艺高超。每当演唱《玛纳斯》达到高潮时，他都会全身心投入其中，进入一种忘我的境界，他头上的小圆帽一会儿移到后脑勺，一会儿会移到额头。充满激情，十分有趣。"[①]

有关他演唱《玛纳斯》的类似传闻在民间广为流传。上文中提到的，当时名气卓然的即兴诗人（阿肯）阿尔斯坦别克·布依拉什与塔拉斯的即兴诗人琼德展开激烈的对唱时，也曾在自己的即兴演唱中提及过与自己同时代的玛纳斯奇纳扎尔·伯罗特。他用即兴演唱方式在自己的歌中描述了纳扎尔·伯罗特在演唱《玛纳斯》史诗第二部中的"卡妮凯携子逃往布哈尔""卡妮凯让塔依托如骏马参赛""卡妮凯的哀怨"等篇章时，以悲愤的心情、声情并

[①] 斯·阿里耶夫、特·库勒玛托夫编：《玛纳斯奇与〈玛纳斯〉研究者》，比什凯克：吉尔吉斯斯坦《玛纳斯》1000周年筹委会、吉尔吉斯斯坦"丝绸之路"基金会，吉尔吉斯斯坦出版社，1995年，第86页。

茂的方式，如同暴风骤雨般将史诗演绎得出神入化，精妙绝伦的情形。人们为了聆听他的演唱从四面八方聚集而来，完全被他的演唱所感染，总是会随着他演唱的史诗内容热泪盈眶。①

根据传说，居住在伊塞克湖地区的巨富齐尼拜（Chinibay）曾宰杀肥壮马匹、众多绵羊，邀请各方名贵，特意安排过一次纳扎尔·伯罗特与当时也同样声名远播的大玛纳斯奇特尼别克之间的《玛纳斯》演唱竞赛。演唱竞赛过程中，还特意安排本地长老尊贵以及从各方邀请来的名流和著名玛纳斯奇担任评审员，对两位玛纳斯奇的史诗演唱做出公证的评判。按照评审员及听众的要求，两位玛纳斯奇轮流演唱了英雄玛纳斯离开人世到卡妮凯为英雄建造陵墓的章节。演唱竞赛开始，首先由纳扎尔·伯罗特开场。他从玛纳斯离开人世，柯尔克孜人陷入无限悲痛开始演唱，用整整一天半的时间才将史诗的这一传统章节唱完。依照他演唱的内容，英雄玛纳斯去世后，其陵墓是卡妮凯邀请一位名叫纳德尔的匠人负责建造完成。②从这一传说可以看出，尽管关于纳扎尔·伯罗特的书面资料流传很少，但无论如何，他能够被邀请并专门安排与同时代大名鼎鼎的大玛纳斯奇特尼别克进行史诗演唱竞赛，相互切磋这件事本身就足以证明他是一位非凡的史诗歌手。而且也可以看出，他比较系统地掌握了《玛纳斯》史诗完整的内容。有学者认为，他没有能像特尼别克那样扬名天下也许与他贫穷的生活背景有关。这位传奇玛纳斯奇一生过得比较贫寒，传说他常对身边的人自嘲说："在这世间，我除了一匹棕色坐骑别无他物，除了《玛纳斯》史诗举目无亲。"③根据民间口述资料可以断定，阿克勒别克（Akilbek）、乔伊凯（Choyke）等19世纪后半叶的著名玛纳斯奇都曾向纳扎尔·伯罗特拜师学艺，得到过他的亲自点拨和指导。而这两

---

① 斯·阿里耶夫、特·库勒玛托夫编：《玛纳斯奇与〈玛纳斯〉研究者》，比什凯克：吉尔吉斯斯坦《玛纳斯》1000周年筹委会、吉尔吉斯斯坦"丝绸之路"基金会，吉尔吉斯斯坦出版社，1995年，第86页。
② A.卡尔普库洛夫主编：《玛纳斯百科全书》第2卷，比什凯克：吉尔吉斯斯坦百科全书出版社，1995年，第121页。
③ 斯·阿里耶夫、特·库勒玛托夫编：《玛纳斯奇与〈玛纳斯〉研究者》，比什凯克：吉尔吉斯斯坦《玛纳斯》1000周年筹委会、吉尔吉斯斯坦"丝绸之路"基金会，吉尔吉斯斯坦出版社，1995年，第86页。

位玛纳斯奇则先后都曾是吉尔吉斯斯坦 20 世纪大玛纳斯奇萨雅克拜·卡拉拉耶夫的导师。

四、阿克勒别克（Akilbek）

在 19 世纪大玛纳斯奇的行列中，阿克勒别克是另一位不可或缺的代表性人物，属于 19 世纪名声显赫的大师级玛纳斯奇。根据民间资料推测，他出生于 1840 年，卒年不详。根据后世很多玛纳斯奇回忆，他曾经是当时年轻但后来都名扬四方的著名玛纳斯奇们的恩师，对当时的众多年轻玛纳斯奇产生巨大的影响，为《玛纳斯》史诗的传承发挥过举足轻重的重要作用。关于他虽然也没有确凿的文史资料记载，但根据民间曾经见到过他、听到过他史诗演唱的人们回忆，民间也广为流传着关于阿克勒别克的许多传闻、逸事。萨恩拜·奥诺孜巴克曾将其同那些同时代著名玛纳斯奇加以比较之后，这样赞颂他：

Nazar menen Narmantay,	纳扎尔与纳尔曼泰，
Keldibek, Balyk, Tynibek	凯勒德别克、巴勒克和特尼别克
Baarisinan baykasam	我仔细搜寻各种信息
Artik bilet Akilbek	他们都对阿克勒别克佩服和羡慕
............①	

也就是说，《玛纳斯》演唱大师萨恩拜·奥诺孜巴克，在自己的前辈师父当中对阿克勒别克评价很高。他还曾对人说过在纳扎尔、纳尔曼泰、凯勒德别克、巴勒克、特尼别克等玛纳斯奇当中，水平最高的当数阿克勒别克。②

---

① A. 卡尔普库洛夫主编：《玛纳斯百科全书》第 1 卷，比什凯克，吉尔吉斯斯坦百科全书出版社，1995 年，第 69 页。
② 斯·阿里耶夫、特·库勒玛托夫编：《玛纳斯奇与〈玛纳斯〉研究者》，比什凯克：吉尔吉斯斯坦《玛纳斯》1000 周年筹委会、吉尔吉斯斯坦"丝绸之路"基金会，吉尔吉斯斯坦出版社，1995 年，第 12 页。

另外，对于玛纳斯奇阿克勒别克，18世纪名扬四方的正直的著名即兴诗人阿尔斯坦别克在塔拉斯与当地的即兴诗人琼德进行对唱竞赛时曾有评价阿克勒别克的以下诗句流传：

……………	
Choŋ manaschi Akilbek,	大玛纳斯奇阿克勒别克，
Choġool sözdü süylögön,	非常喜欢隽永华丽的语言，
Choyulġan sinduu jan ele.	他是一位英俊潇洒的好汉。
Choġ kazatti aytkanda,	当他唱起"远征"章节时，
Chok tüshköndöy chartildap,	如同燃烧的火炭噼啪作响，
Ee-jaa berbey jetikun,	忘我地演唱整整七天，
Elirchü jayi bar ele.	陶醉于演唱之中不会停歇。
Andan kiyin jeti kün,	然后再用七天时间，
Butun tartbay uktachu,	浑然入睡毫无知觉，
Aralap ayil chikbachu.	绝不走出阿依勒半步。
Chinindada Akilbek,	阿克勒别克实至名归，
El oozunda jürgöndöy,	如同活在人们口中心里，
Jarkirap küygön sham ele.	犹如一盏明亮的烛光。
Kalp aytip iyman jebeyin,	我若说假话遭天惩处，
Manaschinin nary ele,	他真正是玛纳斯奇中的翘楚，
Maktaġanday bar ele.	如雷贯耳值得我们赞颂。
Baldy tartkan aariday,	他就像吸足了蜂蜜的蜜蜂，
Baamy artyk jan ele.	技艺超凡空前绝伦。
Kanaty sinyp kairylip,	当他唱起英雄玛纳斯折断翅膀，
Chorolordon airylyp,	失去身边的勇士闯将，
Kabirġadan kanchiġip,	侧腰部鲜血流淌，
Kabilan Manas aiköldün,	青鬃狼英雄阿依阔勒玛纳斯，
Kankakshap tüshüp ordoġo,	锥心泣血回到宫殿，
Kaiġyrġan jerin aitkanda,	当他唱起这一悲伤时刻，

Kabyrġasi sögülüp,	听众们如同肋条根根撕裂,
Kara nöshör jamġirday,	就像倾盆而下的暴雨,
Közünön jashi tögülüp,	眼泪如注无法停止。
Manas aytip jatkanyn,	他激情澎湃唱起《玛纳斯》,
Unutkanin körgömün,	那忘我的情景我曾亲眼所见,
Umsunup köŋül bölgömün.	也曾被那情景深深感染。
Tyŋshap turġan kalayik,	在场的所有听众,
Körüp turġan emedey,	如同身临其境,
Közünön jashi tamchilap,	热泪不住地流淌,
Koshulup kosh iylaġan,	与歌手感同身受号啕大哭,
Jurt atasy aiköldün,	对于先祖阿依阔勒的英灵,
Arbagyn chiŋdap siylaġan	表达出无限的敬仰,
Kabilan kayran baatirdi	无敌英雄豪杰青鬃狼,
Kara jerge kiybaġan,	绝不忍心就此埋葬。
…………①	

上述诗行一方面非常生动地展示了阿克勒别克演唱《玛纳斯》的激动人心的现实场景和罕见的超出凡人的口头艺术才华,另一方面也体现出他作为普通人的人格魅力。当然,也从其他方面反映了《玛纳斯》史诗演唱并非一般意义的口头艺术表演,而是兼具精神意志和顽强毅力,并需要高强度体能的口头史诗演唱艺术的一种复杂的综合性的艺术表现形式。这类史诗演唱家不仅展现史诗宏大而生动的故事文本,而且在演唱中体现出迷人的个人性格魅力,并以超人的艺术感悟力,独特审美志趣,崇高的道德品质而鼓舞和感染听众。

当年,有学者向被誉为"20世纪的荷马"的吉尔吉斯斯坦大玛纳斯奇萨雅克拜·卡拉拉耶夫提问。他面对"您曾经见到过哪些大玛纳斯奇?又曾拜

---

① 《阿尔斯坦别克》,比什凯克:吉尔吉斯斯坦百科全书出版社,1994年,第51—52页;转引自斯·阿里耶夫、特·库勒玛托夫编:《玛纳斯奇与〈玛纳斯〉研究者》,比什凯克:吉尔吉斯斯坦《玛纳斯》1000周年筹委会、吉尔吉斯斯坦"丝绸之路"基金会,吉尔吉斯斯坦出版社,1995年,第86页。

师哪一位玛纳斯奇,师从他学过艺?"的提问,他回答说:"我曾经有幸见到过《玛纳斯》大师阿克勒别克。那时,他已经八十五六岁年纪,正在人生的低谷,连续失去九个孩子和陪伴自己一生的亲密伴侣。即便是这样,这位可敬的先辈还依然口齿伶俐地向听众演唱《玛纳斯》。"① 萨雅克拜还从阿克勒别克的唱本中举例英雄阿勒曼别特与楚瓦克在远征途中争执的片段加以说明:

Oyloson bolo oy Chubak,	噢,楚瓦克你该斟酌思量,
Oloŋdoġon kistalak.	你这叫嚣跋扈的孬种。
Kaalap bildim dilimdi,	我早已看穿你的心机,
Kaljiraysiŋ jönü jok,	你这家伙竟敢无中生有胡搅蛮缠,
Kan kil dedim kimiŋdi.	谁让你们推举我当汗王?!
Karaalduu Manas bolboso,	倘若不顾玛纳斯的情面,
Kaġar belem kapkayda ketken jiniŋdi.	我定将灭了你的鬼魂恶念。
…………	
Men talak kildim butumdu,	我放弃了自己的信仰,
Tashtap keldim jurtumdu,	我丢弃了自己的故土,
Elimen kachip kelgeni,	自从我逃离故土来到此地,
Jamaniŋa janashtim.	我却处处遭遇误解和排斥。
Kakildaysiŋ jönü jok,	你口出狂言,狂吼乱叫,
Kan kil dep aityp bu seni,	我何时请你们推举我当王,
Kimiŋden kandyk talashtim,	我到底跟谁争夺过王位,
Men kay jolumdan adashtim.	我到底在哪里误入歧途迷失方向。
…………②	

从这些诗句中可以看到,萨雅克拜不仅完整地保留和传承了从阿克勒别克那里学来的史诗《玛纳斯》,而且饱含了自己对师父以及其留下的珍贵遗

---

① 阿·卡热普库洛夫主编:《〈玛纳斯〉百科全书》第 1 卷,比什凯克:吉尔吉斯斯坦百科全书出版社,1995 年,第 69 页。
② 同上。

产的敬重之情。

吉尔吉斯19—20世纪的跨世纪玛纳斯奇兼民间诗人托果洛克·毛勒多（1860—1942）也在自己的作品中留下对阿克勒别克大加赞赏，佩服有加的诗行：

Uruġu Kitay Akilbek,	来自克塔依部落的阿克勒别克，
Uruudan chikkan akin dep,	是整个部落中出现的伟大阿肯，
Akindiġi Choŋbashka,	他即兴创作演唱技艺与大名鼎鼎的琼巴什，
Alis emes, jakin dep,	旗鼓相当，不差一点，
Bala kezde ukkamin,	我曾在儿时听过他演唱，
Aitkanincha bar ele,	确如传说中的一样非同一般，
Iras jeri Akilbek,	句句属实一点不假，
Irdaġani shar ele.	他演唱史诗行云流水奔腾不息。
Ünü tunuk shaŋkildap,	嗓音清澈洪亮响彻云端，
Itelgidey karkildap,	他如同翱翔的鹞鹰一般，
Barġan sayin küchögön,	越唱越起劲，越唱越陶醉，
Bastykpastan chirtildap.	洪亮的嗓音从来不会轻易停止中断。
………… ①	

吉尔吉斯斯坦民俗专家，收集记录民间文学的著名学者兼玛纳斯奇额布拉音·阿布德热合曼诺夫有这样的描述："我认为自己很幸运。有生之年曾先后见到过出生于伊塞克湖地区的七位著名的玛纳斯奇，并且从这七位玛纳斯奇口中都聆听到了他们精彩的《玛纳斯》史诗演唱。我头一回见到这七位中最有名气的玛纳斯奇阿克勒别克还是在13岁的时候。直到28岁，我曾多

---

① 托果洛克·毛勒多：《作品集》第2卷，伏龙芝（现比什凯克）：吉尔吉斯斯坦出版社，1970年，第136页。转引自斯·阿里耶夫、特·库勒玛托夫编：《玛纳斯奇与〈玛纳斯〉研究者》，比什凯克：吉尔吉斯斯坦《玛纳斯》1000周年筹委会、吉尔吉斯斯坦"丝绸之路"基金会，吉尔吉斯斯坦出版社，1995年，第13页。

次聆听过阿克勒别克演唱的《玛纳斯》。"①根据额布拉音·阿布德热合曼诺夫的回忆，天才的玛纳斯奇阿克勒别克甚至会用卫拉特蒙古语说唱史诗《玛纳斯》的片段。据说，阿克勒别克曾一度为躲避战乱，来到我国特克斯草原。聪明智慧的阿克勒别克在与那里的卫拉特蒙古牧人交往中学会了卫拉特蒙古语，并曾经常用流利的卫拉特蒙古语为他们演唱史诗《玛纳斯》。

从以上各方资料看，阿克勒别克在世时不仅是一位成就卓著、世人瞩目的杰出玛纳斯奇，而且他还是同时代许多玛纳斯奇的启蒙导师。他无私地把自己的史诗演唱技艺传授给有才华的年青一代，从而在民间留下了垂范后人的绝佳口碑。因此，他被托果洛克·毛勒多、萨恩拜·奥诺孜巴克、萨雅克拜·卡拉拉耶夫、额布拉音·阿布德热合曼等玛纳斯奇们口中被誉为一代宗师也是不无道理的。因此，他所演唱的史诗《玛纳斯》文本虽然没有直接记录下来传承至今，但是他的史诗演唱才能却通过其徒弟们之口世代相传，从很多侧面为我们提供了有关他传奇的艺术人生。

五、特尼别克·加皮（Tenibek Japi）

在19世纪多位大师级玛纳斯奇中，特尼别克·加皮堪称最后一位对20世纪《玛纳斯》的传承产生深远影响，对20世纪许多大玛纳斯奇的成长发挥重要作用的《玛纳斯》演唱大师。他承前启后，是承接先辈意志，启迪现代玛纳斯奇们的纽带，是英雄史诗《玛纳斯》跨越世纪传承的见证者。他1846年出生于吉尔吉斯斯坦伊塞克湖州喀依纳尔（Kainar）牧村一户贫穷牧人家庭。从孩童时期开始他就跟随大人外出打猎，并在打猎途中有幸聆听到很多民歌、传说、史诗，并沉迷其中，得到了民间文学很好的熏陶，显示出自己独特的口头艺术尤其是史诗演唱才华，并立志要学唱史诗《玛纳斯》。18岁开始，他就独当一面，在各种集会、庆典、婚礼、祭典等场合大显身手，即兴诗歌创编演唱或专门演唱史诗，并开始以维持生计。

---

① 阿·卡热普库洛夫主编：《〈玛纳斯〉百科全书》第1卷，比什凯克：吉尔吉斯斯坦百科全书出版社，1995年，第69页。

第三章　文本的多样性与史诗歌手

在历代柯尔克孜人的心目中,史诗《玛纳斯》的演唱是每一位民间口头艺术家所追求的崇高目标,唯有民间歌手、即兴诗人中的佼佼者才可成为玛纳斯奇。因此,成长为真正玛纳斯奇是所有的追梦者的终极追求目标。所以,他们都要煞费苦心、殚精竭虑地全身心投入学习和演唱各种民间口头文学作品之中,为实现自己的最高理想和目标而奋斗。他们不惜放弃自己的正常的家庭生活方式,长期在外漂泊外出寻找能够找到的每一位著名的玛纳斯奇,拜师学艺,跟随自己的师父周游世界,聆听他们的史诗演唱,每时每刻都沉浸在《玛纳斯》史诗的氛围之中。师父的史诗演唱才华有多精湛,徒弟所掌握的史诗传统也就有多精彩。无论是师父还是徒弟都把这视为《玛纳斯》史诗传统的组成部分,相互关照,彼此切磋交流。因为,这是每一位玛纳斯奇艺术成长道路上必不可少的一个环节,别无他法。

特尼别克在14岁时就踏上了这条艰辛的道路。他首先在父亲的帮助下寻访当地及周边能够找到的所有著名玛纳斯奇,以顽强的毅力,下定决心向他们学习说唱史诗《玛纳斯》的技艺。他首先经过多次请求,成功地拜当时著名的玛纳斯奇纳尔曼泰(绰号琼巴什)为师,并借住其家,跟随他学艺整整一年半时间。在这一过程中,他得到了纳尔曼泰这位热心的玛纳斯奇的精心指点。经过一段时间潜移默化的学习,特尼别克不仅掌握了师父的演唱内容和技艺,大大提高了自己的演唱水平,而且意识到了要想成为一名真正的大玛纳斯奇,不能仅靠模仿师父和死记硬背史诗内容,而必须在传统基础上,根据自己的特点对史诗语言、情节进行精细的雕琢加工,根据传统的程式、母题、主题在不破坏史诗传统故事脉络、人物关系、情节结构的条件下,对史诗重新演绎,创造出独具特色的新的文本。这一点是十分关键的。特尼别克能够成为一个名扬四方的大玛纳斯奇,其启蒙导师纳尔曼泰的精心指导和影响是分不开的。但是,特尼别克并没有就此而满足。为了增长见识,开阔视野,积累经验,他离开家乡,周游四方,拜访当时大名鼎鼎的玛纳斯奇巴勒克、凯勒迪别克、阿克勒别克等,与他们切磋交流,聆听他们的演唱,多方面吸收各家之长,提升自己的史诗演唱技艺,补充完善了自己的演唱内容,而且使自己对《玛纳斯》史诗及其背后的认识有了进一步加深和全面了解。

特尼别克跟纳尔曼泰学习演唱史诗《玛纳斯》主要是从以下两个方面：一是学习史诗演唱技艺。具体说就是在观摩聆听过程中熟悉、记忆、背诵史诗核心情节内容，掌握史诗的结构、故事脉络、人物关系和各种矛盾冲突、战争的起因、过程、结果以及与敌对双方英雄的外貌、性格特征、骏马、武器装备、独特的服饰、马具、战争场面、猎鹰猎犬、自然环境等相关的程式、母题、主题表达方式，并模仿师父的演唱技巧等；二是向师父询问了解与史诗有关的历史、地理、人文传统、部落谱系、民间习俗，扩大和加深对畜牧、狩猎、农业生产以及军事、天文、医学等知识的了解，不断扩大自己的知识面，提高自己对史诗深层内涵、知识体系、民族道德伦理、哲学思辨的理解。

同自己的前辈玛纳斯奇一样，特尼别克也把自己的史诗演唱与神密的神灵梦授联系起来加以解释。根据记载，特尼别克14岁时因父亲牵涉的一场官司而被卡拉阔勒（Karakol）地区的法官传询。途中，他下榻伊赛克湖边的一个只有三四户人家的比尔布拉克（Birbulak）客栈住宿。当天晚上，他为客栈里的人们演唱一个名为《托亚那》的爱情长诗助兴。歌唱到半夜，他走出房门，走到自己的坐骑旁，铺上马鞍垫，枕上马鞍睡了过去。在睡梦中他做了梦，梦境如下：在他下榻的比尔布拉克西边的湖岸上的一座山岗上突然出现了神情威武、身材庞大，骑着高头大马、手持大刀、火枪、长矛等武器的一队人马。特尼别克发现自己不知什么时候也混在这些人中间。他因胆怯而浑身不停地战栗。这时，其中一位骑着银狐色骏马，穿一件手工驼绒织布大衣，中等个头，黄白脸，眼睛炯炯有神冒着火星，高鼻梁，前额宽大的年轻人开口对特尼别克高声喊叫："喂！特尼别克！你过来！"特尼别克畏畏缩缩地走到他跟前时，他又说："我是古里乔饶。我把这些人仔细给你介绍一下，你一定要把他们都牢记在心里，不能忘记。"说着，他用手指指着前面的那一队威武高大的人，并用歌声把玛纳斯、巴卡依、阿勒曼别特等英雄及玛纳斯的四十位勇士一个一个向他做了介绍。介绍完之后，他又说："你今天与我们相遇，是一生的幸事。把这些英雄再好好看一看，你只要为众人演唱英雄玛纳斯的事迹，生活就会一天比一天好起来，你也会赢得人们的尊敬。玛纳斯英雄的事迹会成为人们永远的典范。如果你今后不唱《玛纳斯》，一定会变成残废，痛苦一生。你明天晚上将要住宿的那个客栈的主人会为客人们宰杀一只黑绵羊。当宰杀绵羊时,你一定要在心里默默认定那只羊是为玛纳斯的灵魂祭献的牺牲,并用心祈祷神灵。另外,你在那里一定要为众人演唱《玛纳斯》。"说完,没等特尼别克回过神来,那些骑着高头大马、威武无比的英雄都策马远去,马蹄声震动天地。特尼别克从梦中惊醒后来到梦中出现的山岗上,发现地上确实留下了很多架锅造饭的火塘般大小的马蹄印。马蹄印之间还有一些光脚丫的印子。特尼别克对此感到十分惊奇。但是,他当时对谁也没有敢谈起此事。他与同行的旅客们一起出发,傍晚时又来到了一个有二三十户人家的客栈。一群年轻人提来皮囊,一碗一碗地端上发酵的酸马奶为客人们解渴。店主一边为客人们倒马奶一边打听客人们的来历身份。店主人看到特尼别克机灵聪敏的样子,问他有没有什么艺术特长可以为客人们助兴。大家喝着酸马奶已经提起了一些雅兴,特尼别克便说自己会唱一首民间长诗《托亚那》。这立刻引起人们的兴趣。于是,人们都催他给大家唱一唱《托亚那》。特尼别克说这部长诗篇幅不短,如果要唱完则需要整整一个晚上。人们听到此话,对他要唱的这首民歌引起了更大的兴趣。于是,店主便特意安排了一个较大的房间让人们聚集,人也坐了满满一屋子。这时,客栈的主人牵来一只黑色大绵羊,说要宰杀绵羊招待客人。特尼别克看到黑绵羊,顿时想起前一天晚上做的梦,马上暗暗自言自语地祈祷,心中暗说这只羊是玛纳斯英灵的牺牲祭品。店主把肉煮在锅里,人们也都静下来等待特尼别克演唱。为了不扫人们的雅兴,特尼别克鼓起勇气几次想开口演唱《托亚那》,但每次将要开口唱时,他耳边都会突然传来一个严厉的声音:"喂!特尼别克!你不是要唱《玛纳斯》吗?"而且,似乎觉得有人从背后用力推他一下。特尼别克吃惊地瞪大眼睛左右看看,没发现异常,又准备拉开嗓音唱《托亚那》,但那个声音又响了起来,并要求他唱《玛纳斯》。特尼别克吓得转头看,却又不见说话的人影。他早已吓出了一身冷汗。他试图开口唱《玛纳斯》,但自己却从来没有唱过,也不会唱,想唱自己会唱的《托亚那》,但那位看不见的人影又似乎挥着大刀逼他唱《玛纳斯》。他左右为难不知如何是好,浑身被汗水湿透,但在坐的人们却根本不知道他内心遭受的折磨,纷纷开始发起了牢骚并开始嘲笑和讥讽特尼别克:"你左顾右盼浪费大家的时间,为什么不唱?如果你不会唱也不需要骗人啊!在这里糊弄我们大家啊！"特尼别克实在无奈，便顺口向人们说了一句："我唱《玛纳斯》行不行？"人们听他这么说马上又兴奋起来，纷纷说："噢！这个年轻人要开始唱大史诗（交莫克）了，好啊！这样更好！那你开始吧！"面对人们的不断催促，特尼别克只好在心里默想着梦中见到的英雄们的身影开了口。他自己根本不知自己在唱什么，只知道口中不断发出诗歌的旋律，史诗故事如潮水般从他口中喷泻而出。他疯狂地唱了数小时后不知不觉口吐白沫昏了过去。人们拉扯了他一会儿，但怎么也没能把他弄醒，都为他感到担心，生怕这个涉世未深的年轻人有什么不测。到第二天，等特尼别克醒来后，客栈主人才问特尼别克昨天晚上所发生了什么事。特尼别克却一句话也不说，骑上马独自离开。特尼别克办完事，独自一人骑着马赶路返回。途中，他骑在马背上摇摇晃晃地在不知不觉之中又自言自语地唱起《玛纳斯》。有些过路人见他唱《玛纳斯》，便掉转马头与他并辔而行听他唱，等走出很长的路之后才又想起赶路而离去。特尼别克回到家后依然像过去一样，操起了打猎的行当，有时在打猎途中他也会自言自语地唱《玛纳斯》。[1]

特尼别克在多方吸收各位名家的优点，提高自己史诗演唱技艺的同时，长期在民众中间巡回演唱《玛纳斯》而赢得了听众广泛而高度的赞誉，成了当时《玛纳斯》史诗演唱活动的一颗巨星。他的《玛纳斯》史诗演唱在广大柯尔克孜民众中产生了巨大的影响。25岁时，特尼别克还曾与当时的著名玛纳斯奇纳扎尔·伯罗特当众进行《玛纳斯》史诗演唱竞赛。他竭尽全力展示自己的演唱技艺，演唱过整整一天半的史诗《玛纳斯》。在这次竞赛中，据说他还曾占据上风。也正是从那次竞赛以后，特尼别克名扬四方，多次被当时的部落汗王夏布丹、巴依提克等权贵特意邀请去参加各种大型庆典、祭典等活动，为参加仪式活动的民众演唱史诗《玛纳斯》。[2]据传，有一回特尼别克在一个的庆典上连续演唱《玛纳斯》整整一个月。

---

[1] 阿·阿克马塔利耶夫主编：《吉尔吉斯文学史》第2卷，比什凯克：夏木出版社，2004年，第180—184页。

[2] 斯·阿里耶夫、特·库勒玛托夫编：《玛纳斯奇与〈玛纳斯〉研究者》，比什凯克：吉尔吉斯斯坦《玛纳斯》1000周年筹委会、吉尔吉斯斯坦"丝绸之路"基金会，吉尔吉斯斯坦出版社，1995年，第131页。

特尼别克在自己的时代向诸多玛纳斯奇学艺的同时,在功成名就之后,为了把自己的技艺传授给后辈,在自己身边还集聚过许多弟子。绝大多数出生于19世纪末20世纪上半叶,并在《玛纳斯》演唱方面卓然不凡,名扬四方的著名玛纳斯奇们,可以说都以直接或间接方式受到特尼别克的影响,或受到他的直接指导和培养。例如,吉尔吉斯斯坦20世纪《玛纳斯》大师萨恩拜·奥诺孜巴克为首的卡勒古勒、托果洛克·毛勒多、拜巴赫什、霍卓别尔迪、冬翁孜拜、加合普等一大批吉尔吉斯斯坦籍玛纳斯奇。而20世纪成长起来的著名玛纳斯奇中的毛勒多巴散·穆索勒满库洛夫是卡勒古勒和托果洛克·毛勒多所培养的玛纳斯奇,巴戈什·萨赞是拜巴赫什的直系弟子,曼别特·乔克摩尔则是冬翁孜拜的徒弟。也就是说,虽然不同地区的玛纳斯奇在自己的职业生涯中从多个方面继承了《玛纳斯》的影响,并通过自己的努力,将史诗演唱传统发扬光大并最终形成了各自不同的流派。但是,毫无疑问,上述多位玛纳斯奇可以说都曾直接或间接地受到过特尼别克的影响。从他们演唱内容中可以看到特尼别克的影子。

我国20世纪著名大玛纳斯奇艾什玛特·曼别特居素普、居素普阿昆·阿帕依等也都曾跨越国界去往吉尔吉斯斯坦,一度在特尼别克的门下学唱《玛纳斯》,受到过他的亲自指点。对此,我国著名玛纳斯奇艾什玛特曾经说过:"居素普阿昆·阿帕依、萨恩拜·奥诺孜巴克和我,我们三个人为了学唱《玛纳斯》都曾到特尼别克家里为他劈柴放牧,跟随他整整学习了四年时间。"① 根据上述资料,如果特尼别克是居素普阿昆·阿帕依、萨恩拜·奥诺孜巴克及艾什玛特·曼别特居素普等玛纳斯奇的导师,那么曾被史诗学界尊称为"当代荷马"的我国著名玛纳斯奇居素普·玛玛依通过哥哥巴勒瓦依所采集的《玛纳斯》资料间接地接受了居素普阿昆·阿帕依、萨恩拜·奥诺孜巴克的影响。此外,他还曾于20世纪60年代初与艾什玛特面对面切磋交流。因此,可以肯定,艾什玛特对其演唱无疑也产生过一定的影响。这样说来,特尼别克虽然与居素普·玛玛依并非同时代的人,但是通过其徒弟的传承,也

---

① 居素普·玛玛依著,阿地力·朱玛吐尔地译:《我是怎样演唱〈玛纳斯〉史诗的》,《中国史诗研究》,乌鲁木齐:新疆人民出版社,1991年。

曾对后者产生过一定的影响。也可以说，特尼别克是世纪之交的一位继往开来的《玛纳斯》演唱大师。古代玛纳斯奇们的优秀传统通过他得以继承，后辈玛纳斯奇们也通过他得以有机会掌握先辈玛纳斯奇们的超人才华，并将之发扬光大。他就像一条纽带把两个世纪的最杰出的玛纳斯奇们紧紧地联系在一起，使他们直接或间接地建立起师徒关系。这无疑体现了《玛纳斯》史诗传统超越时空传播的无限魅力。

在《玛纳斯》史诗传统中，除了师徒之间的传承方式外，史诗的家族传承方式也是一种非常典型、值得我们探讨的一种传承途径。特尼别克不但培养了从各地慕名而来的多个徒弟而且使他们中的很多人最终也成为千古留名的大玛纳斯奇。在其家族中，也出现了若干位非常著名的玛纳斯奇。比如，其儿子阿克坦（Aktan）、索然拜（Sooronbay）以及他的外甥拜巴赫什等都是吉尔吉斯斯坦20世纪出现的重要玛纳斯奇。

苏联时期的吉尔吉斯史学家别列克·索勒托纳依（Belek Soltonoyev）在自己的《红色柯尔克孜（吉尔吉斯）史》一书中写道："特尼别克是阿尔斯坦别克之后北部柯尔克孜中的最著名玛纳斯奇和赛麦台奇……我也曾不止一次地听到过阿克勒别克、萨恩拜演唱的《玛纳斯》，但根据我的判断，《玛纳斯》史诗最纯粹的传统内容可能是由特尼别克演唱的。不仅是我，很多人都持有这种观点。所有的玛纳斯奇，没有哪一个的声音像特尼别克的声音那样浑厚动听。"①

把一生献给《玛纳斯》史诗演唱事业的特尼别克赢得了人们的崇敬，通过演唱史诗而使自己的生活有了巨大的改善，从一个穷苦的牧工成为受人尊敬的比官，名扬四方，并且培养了一批杰出的继承人，为《玛纳斯》史诗发展和传播，进一步走向艺术的高峰做出了自己的贡献。他的神灵梦授观念，以及他师从当时最著名的玛纳斯奇学习《玛纳斯》的经历，通过长期不懈地努力才逐渐成长为一代名师的传奇人生，被他自己所培养的后辈玛纳斯奇们视为一种值得垂范的标杆，一种难以逾越的崇高而神圣境界。他们都崇拜导

---

① 别列克·索勒托纳依：《红色吉尔吉斯史》第2卷，比什凯克：乌曲空出版社，1993年，第163—164页。

师所达到的史诗演唱境界,并为达到这一境界而做出不懈的努力,把这作为自己的最高奋斗目标。诚然,在这种奋斗过程中,他们从特尼别克身上继承的不仅仅是口头史诗演唱的技艺和方法,自然也包括他的神灵梦授观,以及对《玛纳斯》史诗的认知和态度。这也从一方面证明了《玛纳斯》史诗本身,以及演唱《玛纳斯》史诗的神圣性和非凡性。

特尼别克的唱本的一部分内容曾根据当时的纳伦州地方官员的指令由他自己于1898年记录之后上交给官府。1925年在莫斯科出版的《赛麦台的片段》被认为是这个记录资料的一部分内容。[①] 特尼别克当时记录的肯定不止这部分内容,但是其他记录资料却在战乱中遗憾丢失了。直接来自特尼别克本人演唱的《赛麦台》这个史诗资料得以再出版是令人欣慰的。这个资料有以下两个特点:第一,此唱本是特尼别克在没有听众的情况下,即并非在演唱中由自己记录下来的。所以,应该说他为了应付上面的指令,只是删繁就简地把自己的大脑文本进行了粗略的记录。第二,记录下来的史诗文本几经周折,很有可能已经成为残片,丢失了某些内容。尽管如此,此章节是《玛纳斯》史诗在民众中流传最广的内容之一,听众和读者都对这个章节了如指掌,内容也基本遵循传统,不会有重大的变异。但是,读者在阅读过程中依然能够感觉到特尼别克超凡的史诗演唱才华和这个文本精妙绝伦的艺术感染力。所以,这个珍贵的文本片段已经成为国际研究《玛纳斯》学界极为珍贵的第一手资料。

其主要内容如下:

青阔交与托勒托依围攻阿昆汗的城堡,妄图以武力强娶仙女阿依曲莱克为妻。早已听闻自己有指腹为婚的未婚夫赛麦台,而且绝不可能被动地成为别人手中抢夺而去的小妾的阿依曲莱克,身披白天鹅的羽衣,幻化成白天鹅飞上天,去寻找远方指腹为婚的未婚夫赛麦台。翱翔天空途中,她从空中先后观察到卡勒玛克首领空乌尔拜,哈萨克英雄穆

[①] 阿·阿克马塔利耶夫主编:《吉尔吉斯文学史》第2卷,比什凯克:夏木出版社,2004年,第185页。

孜布尔恰克和柯尔克孜英雄赛麦台（在其他唱本中阿依曲莱克在空中会审视、观察来自不同部族、不同部落的一众英雄）。之前她从没有见过自己的指腹为婚的未婚夫赛麦台。但是，经过对眼前几位人间翘楚、气度不凡的英雄的认真观察审视，她依然选中赛麦台为自己理想的夫君，并经过一番仔细观察，确认为自己的未婚夫之后，便大胆地直接飞落到离赛麦台的城堡不远的山岗上。赛麦台的妻子恰齐凯此时正好从城堡里出来到公园游玩，阿依曲莱克毫不犹豫地前去与恰齐凯会面。两个女人之间便开始充满戏剧性的矛盾冲突。阿依曲莱克先是礼貌地请求恰齐凯的帮助，希望她说服赛麦台前去营救被围困的城堡，但遭到恰齐凯的戏谑和羞辱。阿依曲莱克忍无可忍，直接向恰齐凯挑战，说自己一定想方设法让赛麦台前去未来的岳丈阿昆汗的城堡解围。她甚至把自己的计谋和手段都和盘托出。阿依曲莱克重新穿上自己的羽衣，幻化成白天鹅飞上天。变成丝绸白练流入湖中的清澈的泉眼，变成白天鹅诱骗走赛麦台的白隼鹰，以此来迫使赛麦台从后面追赶，最终不得不与阿依曲莱克会面。尽管恰齐凯说自己在梦中梦见恶兆，苦苦请求赛麦台的两位贴身勇士古里乔绕和康乔绕一定要阻止他捡起白练、不要去捧起泉水，更不要放开白隼鹰去追赶白天鹅，但聪明的仙女阿依曲莱克还是变成白天鹅成功诱使赛麦台放开白隼鹰去擒拿白天鹅。白隼鹰追赶白天鹅飞向远方。赛麦台率领自己的侍卫勇士们，纵马四处寻找自己的猎鹰。最终来到了波涛汹涌的玉尔凯尼其河畔。赛麦台勇敢地渡过大河，同青阔交、托勒托依等交锋展开厮杀，战胜对手营救了被围困的阿昆汗的城堡，并迎娶阿依曲莱克，收获了甜蜜而理想的爱情。

特尼别克的《赛麦台》这一章节文本中，虽然由于各种原因，史诗内容只是粗线条地基本上保留了自古以来的传统模式，但是其中的描写手段、语言艺术及演唱技法不难看出，史诗歌手特尼别克高超的艺术才华和史诗演唱的大师风范。通过这一文本也能看出，柯尔克孜史诗《玛纳斯》的艺术价值不仅在于史诗结构宏伟的篇幅和故事情节的错综复杂及趣味性上，也在于每一个情节的细腻雕琢，不同人物鲜明个性的呈现，彼此之间矛盾冲突的尖锐性，心内情感的感染力方面。

特尼别克留存有一部自己创作的《史话与诗歌》作品。该作品由三个主题组成，第一部分题为《成吉思汗的戎马生涯》，第二部分《成吉思汗对儿子们的嘱托》，第三部分《诺如孜拜英雄临终前的遗言》。《成吉思汗的戎马生涯》是一部模仿英雄史诗创作的作品。作品中描述成吉思汗浴血奋战的戎马生涯。与柯尔克孜民间英雄史诗浪漫主义的表现形式类似，成吉思汗被刻画为能暴雨般发射利箭，冰雹般发射子弹的无敌英雄形象。成吉思汗率领的千军万马的威力，也被融入他个人的形象之中。作品中的所有事件都为表现和塑造成吉思汗的汗王之威、盖世英雄、神秘人物形象服务，使他成为脱离真实历史人物本性的夸张的浪漫主义的英雄。个人的能力和表现超出凡人，在争霸世界的过程中，成吉思汗的个人形象得到突出的描写。作者并没有把成吉思汗塑造成一位双手沾满鲜血的血腥暴君，也没有恭维和赞颂他争霸世界的威猛。而只是直接描写他个人坚忍不拔的毅力，强大无比的勇气和能力，以及果敢无畏的魄力，把他率领大军从东方势如破竹一直征战到西方（欧洲）的戎马经历描写得活灵活现、生动形象，极富艺术感染力。根据作品的内容和特点，与其说它是一首篇幅短小的叙事诗，还不如称其为一部浓缩了宏篇英雄史诗的章节更合适。从作品的结尾部分我们就能看到这一特征：

Ak asaba kyzıl tuu,	白色的大纛红色战旗，
Ay aalamdy kan baskan,	鲜血溅染了整个大地，
Aydyn beti yzy-chu,	月亮上都是鬼哭狼嚎。
Kök asaba kyzıl tuu,	蓝色的大纛红色战旗，
Köl darya kan akkan,	鲜血流淌充满了江河湖海，
Kündün beti yzy-chu,	太阳上也有厮杀声传来。
Chingizhandyn köy kashka,	成吉思汗的白额斑栗色战马，
Jürgön jeri kündöchuu.	铁蹄所踏处便呼天号地哭声震天。
………… ①	

---

① 《阿拉套》1991 年第 6 期。

叙事诗《成吉思汗对儿子们的嘱托》分为两部分。诗中生动地描写了成吉思汗向儿子们陈述自己历经无数周折，集结周边家破人亡、流离失所的老百姓，组成强大的统一联盟的经过，以及使用各种计谋、策略，想尽各种办法在这个动荡不安的世道寻找生存之道，如何在乱世中生存的亲身体验和实践经验。告诫儿子们一定要精诚团结，倘若没有兄弟间的团结合作，彼此关爱帮助，自己耗费终生，千辛万苦打下的普天下江山，终将瞬息间化为乌有。特尼别克无非是想通过成吉思汗这样一位独霸世界的一世英豪、旷世奇人的传奇身世和经历，他的无人能敌的强权与暴君的形象，发自肺腑地强调团结与和谐的重要意义，以此警世一定要彼此团结和睦，和谐相处。毫无疑问，特尼别克是一位谙熟口头传统的成熟的阿肯（即兴诗人）。他的即兴诗人天赋促使他演唱《玛纳斯》，最终成为旷世罕见的大玛纳斯奇。他的这一即兴诗歌创作才能对其史诗《玛纳斯》演唱产生了巨大的促进和影响，而他的玛纳斯奇生涯使得他的即兴阿肯创作也不断得到升华，相辅相成，走向史诗创编演唱的巅峰。

第五节　口头传统与书面文化交集时代的玛纳斯奇

本节中将要介绍的玛纳斯奇中有一部分出生于19世纪下半叶，其《玛纳斯》史诗演述生涯从19世纪延续到20世纪，演唱生涯的巅峰时期基本都在20世纪，因此可以被看作跨世纪的玛纳斯奇。他们与20世纪出生、成长起来的玛纳斯奇具有传统的延续性和关联性，而且彼此之间多数情况下存在师徒关系。他们从一位初学者成长为成熟的大玛纳斯奇的过程中，都以传统的口耳相传的方式学习、接受和传承了《玛纳斯》；以口头创编和演唱，即"在表演当中创编"的方式发展了《玛纳斯》；最重要的是，他们的演唱文本没有像前辈歌手那样消弭在歌手和听众互动的演唱现场，而是无一例外地被记录并留存了下来。与他们的前辈不同的是，他们的演唱文本不仅以传统的方式口耳相传，而且还找到了一种新的，以书面文字记录本方式得以传承的途径。这对于无文字的口头文化时代的前辈史诗歌手们而言是不可想象的。从此,《玛纳斯》史诗的传承揭开了一个新时代,从单一的口头传播走入了一个全新的,在口头和书面双重路径上得到传播的道路。

对于以口头形式传承千年的《玛纳斯》史诗传统而言,进入书面时代,毫无疑问是一个具有里程碑意义的转折点。19世纪中叶,拉德洛夫在关于《玛纳斯》史诗及歌手的田野调查报告中,详细描述了玛纳斯奇运用借助自己在反复的演唱实践中积累起来的经验和才干,用一整套的以固定诗句和诗段构成的"复诵部件"(recitation-parts)即兴创编自己的史诗唱本的现实。这些"复诵部件"均由英雄的降生、成长、武器、服饰、骏马、盟誓、结义、出征、对手、战场的喧嚣、一对一搏斗、家乡的美景、毡房的结构、美人的容貌、民风、民俗、集会、宴饮、节日、庆典、葬礼、仪式特定的事件、情景、事物所构成。而这些"复诵部件",即主题是在史诗的演唱中不断重复的。①

众所周知,20世纪上半叶的柯尔克孜族社会中文字并不普及。虽然当时玛纳斯奇们演唱的史诗文本在不同的时期(从20世纪初开始延续到21世纪),以不同的方式(最先由纸笔进行记录,稍后用录音设备录音记录)几乎都被记录了下来,并开始以手抄本、印刷本、音视频文本、网络文本等多种方式传播,但口头演唱仍然是《玛纳斯》史诗最主要的传播方式和途径。可以看出,口头传统,口头演唱史诗的活动在民间具有顽强的生命力,很难在短时间内被书面文化、网络媒体等完全取代。但是,随着文字的不断普及与深入,文字对于口头传统的侵蚀和冲击作用也是显而易见的。因为,无论在苏联时期的吉尔吉斯斯坦还是我国20世纪60年开始启动的《玛纳斯》史诗调查采录、搜集整理、翻译出版均为国家行为,是集体的、民族的、上层

---

① Radlov, Vasilii V.: Proben der Volkslitteratur der Nördlichen Türkischen Stämme, Vol.5, Der Dialect der Kara-Kirgisen. St. Pertersburg: Commissionare der Kaiserlichen Akademie der Wissenschaften. 1885, p.16; 英文见于 "Samples of Folk Literature from the Northern Turkic Tribes. Preface to Volume Ⅴ: The Dialect of the Kara-Kirgiz." Trans. G.B.Sherman, A. B. Davis. Oral Tradition, 5, 73–90. 1990. 中文译文《北方诸突厥语民族民间文学典范》第五卷前言——卡拉—吉尔吉斯的方言》,阿地里·居玛吐尔地:《世界〈玛纳斯〉学读本》,北京:中央民族大学出版社,2018年,第18—41页。

建筑的而非个人的。

从 20 世纪最后几个十年开始，随着科学技术的突飞猛进发展，草原农牧区城镇化加快，民众社会生活的迅速转型、改变，以及史诗演唱语境的变化、人们生活节奏加快，各种充满活力和冲击力的现代时尚文化充斥人们的生活，《玛纳斯》史诗演唱、传承也开始被迫脱离古老的传统传播形式而走向适应现代化生活的道路。尤其是老一代玛纳斯奇先后离世，人亡歌息，传统的听众群体式微，年青一代审美情趣多元化，史诗传承的文化生态逐步改变，民间史诗演唱活动逐渐走向衰落。与此同时，史诗的印刷文本的大批量生产，大众文化消费多元化，网络数字化技术飞速发展，史诗受众层次逐渐从传统的演述现场听众转化成书面文本的读者，或者是各种数字媒体技术操作者。印刷文本、数字音频、视频文本成为《玛纳斯》史诗口头文本的替代品，古老的听觉接受方式让位于书面阅读和数字媒体的传播。史诗传承逐渐失去传统的、简单的、特殊语境下的歌手与听众之间的交流互动形式，开始出现了无限多元化传播的趋势。因此，我们将要介绍的代表性玛纳斯奇们堪称是《玛纳斯》史诗古老传统延续到 20 至 21 世纪的最后一些代表。毫无疑问，他们是《玛纳斯》史诗古老口头传统的继承者、演唱者、传播者、保存者和弘扬者。我们甚至可以毫不夸张地说他们不仅是古老传统的创作者、保存者、传承者和见证者，甚至可以说就像全球生物链中已经灭绝的恐龙一样，是宏伟的口头史诗传统的最后一批承载者。

一、萨恩拜·奥诺孜巴克及其唱本

萨恩拜·奥诺孜巴克（1867—1930）是世纪之交名扬阿拉套山（吉尔吉斯斯坦）和天山（中国）的杰出玛纳斯奇。他 1867 年出生于伊塞克湖北岸一个叫喀吾尔尕（Kawurga）的牧村。父亲奥诺孜巴克本名为阿凯谢（Akeshe）。阿凯谢的同胞兄长奥诺孜拜（Orozbay）曾是近代柯尔克孜汗王奥尔曼汗[①]的

[①] 奥尔曼汗（Orman Khan，1790—1853），18—19 世纪中亚吉尔吉斯（柯尔克孜）部落及部落联合体的汗王。

号手。在兄长的引荐下，阿凯谢曾一度担任奥尔曼汗的马官。奥尔曼汗认为他的名字不符合自己的身份，遂给他改名为奥诺孜巴克。兄长死后，奥诺孜巴克也被挑选为号手，接兄长的班。奥尔曼汗死后，奥诺孜巴克便回到伊赛克湖边的喀吾尔尕故乡定居下来。萨恩拜便在那里出生。

萨恩拜幼年丧父，九岁左右时曾被一位毛勒多收为学徒，在其手下学习一段时间伊斯兰经文并学会了读书。但是，他的兴趣并不在宗教而在民间口头文学传统。于是，从十四五岁开始跟随自己的兄长，当时已经名闻乡里的玛纳斯奇阿里西尔潜心学唱史诗《玛纳斯》，由于记忆力超群，并对口头传统有超强的悟性，他在这方面有突飞猛进的发展。除《玛纳斯》史诗之外，他还擅长讲民间故事，还会创作和演唱富有哲理的经典歌曲，在乡里乡亲中稍有了一些名气。

刚开始时，萨恩拜只是反复认真地聆听阿里西尔的演唱，并默默地加以记忆。听的次数多了，时间长了便熟能生巧，史诗的很多传统章节，程式、主题、故事模式开始驻停在他的脑海中，并在他的记忆深处扎根，成为其后来唱本的基础。没过多久，他自己也开始试着在家里亲人面前，甚至在邻里面前演唱《玛纳斯》。当时柯尔克孜族每一个部落长老都在家里豢养一名有名望的玛纳斯奇，出门远行或接待客人都会让其演唱史诗助兴，为自己赢得荣耀。所以，毫无疑问，萨恩拜除了有兄长指点之外，他肯定也受到过本部落或来自邻近部落其他玛纳斯奇的影响。按照萨恩拜自己的解释，他成为玛纳斯奇，是梦中有神灵托梦、启示的结果。在十四五岁，他曾在梦中由神灵启悟"学会"了演唱《玛纳斯》史诗。根据曾经聆听过萨恩拜本人演唱的人们回忆，人们都说他演唱的《赛麦台》别具风采，生动感人，充满激情。萨恩拜自己也曾经多次对旁人说："赛麦台是我的保护神。就是他进入我的梦境，抡起月牙战斧恐吓我，逼着我演唱史诗，要不然他说要劈了我。我从此才开始成为玛纳斯奇……"①

当萨恩拜长大，并功成名就以后，他依然会经常谈起自己年少时所经历

---

① 斯·阿里耶夫、特·库勒玛托夫编：《玛纳斯奇与〈玛纳斯〉研究者》，比什凯克：吉尔吉斯斯坦《玛纳斯》1000周年筹委会、吉尔吉斯斯坦"丝绸之路"基金会，吉尔吉斯斯坦出版社，1995年，第92页。

的神奇梦境，以及当时感受和体验到的神秘景象和幻觉。后来，当额布拉音·阿布德热合曼诺夫记录他演唱的史诗《玛纳斯》时，他也会经常做梦，称"自己做了梦，前面唱的内容不对"，多次要按照英雄在梦中的指点，重新演唱。

萨恩拜最著名的师父是一代《玛纳斯》演唱大师特尼别克。对此，吉尔吉斯史学家别列克·索勒托纳依（Belek Soltonoyev）在其《红色柯尔克孜（吉尔吉斯）史》中写道："萨恩拜可以被确定为是特尼别克的徒弟。不仅是萨恩拜，与他同时代的很多玛纳斯奇也是从特尼别克，或是从其徒弟那里学会史诗的。我曾亲眼见到特尼别克从傍晚开始一直唱到第二天早晨，二三百人会全神贯注地围坐在毡房内、毡房外聆听他演唱而毫无睡意。我也曾多次聆听过萨恩拜的演唱。他们的演唱内容是一样的，但后来，萨恩拜却增加了一些内容。"[①]

萨恩拜入行初期，开始以年轻玛纳斯奇的身份被人们所认识时正好是玛纳斯奇群体中名家辈出，前辈著名玛纳斯奇巧恩巴西、巴勒克、纳依曼拜、阿克勒别克、凯勒迪别克、特尼别克等一大批玛纳斯奇的史诗演唱生涯进入黄金期，民间史诗演唱活动异常活跃的时期。正因为这样，萨恩拜便有机会与他们接触，在婚庆佳典上欣赏他们的史诗演唱丰采，观摩并吸收他们的演唱风格和技巧，不断提高自己的史诗演唱技艺。任何一位玛纳斯奇，其《玛纳斯》史诗的演唱都不是他独自一人的创造，而是吸收前辈的经验，吸纳各家之长，融会贯通，在演唱中不断提高和发展的过程。每一个具有独特风格，代表某个地区演唱流派的著名玛纳斯奇的唱本都是史诗歌手在继承传统的同时，在不改变史诗主题和传统内容的基础上，根据自己的领悟并在接受本地区听众的意见，在"表演当中的创编"中以满足和适合本地区听众兴趣为目的而加工完成的，具有一定的独特性。每一个地区的听众因各种社会生活因素的制约而产生了审美情趣、审美观念上的差别，因此每一个玛纳斯奇都不可避免地要考虑自己所属社区以及周围的听众意见，接受他们对自己演唱内容的审视和评判，特别是对歌手那些基于自己的史诗演唱实践经验而即

[①]《红色柯尔克孜（吉尔吉斯史）》第 2 卷，别列克·索勒托纳依著，比什凯克：乌曲空出版社，1993 年，吉尔吉斯文，第 164、165 页。

兴创作部分的审视、评判和筛选。"一定时代的社会审美观念、审美情趣、审美理想，往往又是个体审美需要，审美能力的调控因素，它们渗透于个体审美需要、审美能力之中，引导个体审美欲求走向时代理想的高度，驾驭审美能力趋向符合时代审美理想的欣赏和创造。"① 任何一位玛纳斯奇都不可能绕过听众这一关，不可能不听取听众对其史诗演唱的审视、评判。

　　萨恩拜机智聪明，从青少年时代开始便为学习演唱《玛纳斯》史诗而周游吉尔吉斯斯坦各地。他的兄长阿里西尔看到弟弟已经是一位成熟的玛纳斯奇，其史诗演唱造诣早已超过自己便放弃了公开演唱史诗。萨恩拜超人的《玛纳斯》演唱才能曾得到包括托合托古勒·萨特勒甘诺夫② 等同时代吉尔吉斯著名民间歌手、玛纳斯奇的赞赏。有一次，听完萨恩拜演唱《玛纳斯》一天一夜，托合托古勒评价他说："我在柯尔克孜中从来没有见过这样的玛纳斯奇。"③ 听完萨恩拜滔滔不绝的史诗演唱，他的师父特尼别克曾对他说："萨恩拜！你不要随意增加史诗内容，要按本来的样子来演唱。"④ 另一位老一辈大师级玛纳斯奇凯勒迪别克曾对萨恩拜说："你唱得不错，但在音调的变化运用方面还欠缺一点。"⑤ 并亲自指点和示范史诗演唱时应该注意的音调，配合内容的手势、表情、动作等。凯勒迪别克是萨恩拜的舅亲，对萨恩拜的《玛纳斯》演唱产生过很大的影响。著名的吉尔吉斯诗人阿勒库勒·奥斯曼诺夫⑥ 对萨恩拜评价说："如果没有萨恩拜·奥诺孜巴克的演唱，我们就不会如此强烈地被《玛纳斯》史诗的魅力所吸引和感染。萨恩拜的史诗演唱语言有独特性，与其他玛纳斯奇有很大的区别。当我们读完他演唱的史诗内容，然后再去读其他人的演唱时，就犹如从四层楼坠落到一层楼的感觉。正像柯

---

① 杨恩寰：《审美心理学》，北京：东方出版社，1991年，第97页。
② 托合托古勒·萨特勒甘诺夫（Toktogul Satilganov，1864—1933），19至20世纪吉尔吉斯斯坦最著名的民间即兴诗人，史诗歌手，因其超人的即兴创作而名扬苏联。目前吉国国家文学奖，以及很多文化、民生设施都以他的名字命名。
③ 康艾西：《杰出的玛纳斯奇萨恩拜》，比什凯克：《阿拉套》，1992年，第100页。
④ 同上书，第69页。
⑤ 同上书，第70页。
⑥ 阿勒库勒·奥斯莫诺夫：20世纪吉尔吉斯斯坦最著名的现代诗人之一，其诗作堪称吉尔吉斯坦诗歌经典，本人也是被誉为"人民诗人"，在吉国有很高荣誉。

尔克孜诗人们所说的那样，他的每一行诗都值一匹马的价值……我们这些熟悉俄罗斯经典也熟悉东方文学的人可以毫不夸张地说萨恩拜也具有同普希金、托尔斯泰、但丁、莎士比亚一样的魅力。我们就像崇拜俄罗斯文学大师一样崇拜萨恩拜，他是伟大史诗的创造者之一。"① 每一个听过萨恩拜史诗演唱的人都对他的诗歌才能和《玛纳斯》演唱技艺感到惊奇。他是自己时代里最有影响的玛纳斯奇。

萨恩拜在我国柯尔克孜族民间也有很高的知名度。20世纪初的战乱时期他曾随大批逃亡者到我国的阿合奇县避难，并曾与当地的著名玛纳斯奇居素普阿坤·阿帕依有过一次正式的《玛纳斯》演唱比赛而造就一段中吉《玛纳斯》交流的佳话。1916年，大势已去，即将以失败告终的沙皇俄国，派兵在中亚地区强行大量征兵并推行各种苛捐杂税，不堪忍受沙俄黑暗统治的中亚各族人民奋起反抗并举行起义。但由于起义遭到沙皇疯狂镇压而最终失败，使成千上万吉尔吉斯斯坦民众不畏寒暴，拖家带口，翻山越岭，逃亡流浪到我国境内避难。萨恩拜也同一批逃亡者一起翻越冰山来到我国天山西南山区的卡克夏勒谷地，即阿合奇县地区。由于他性格开朗大度，热衷于欢快热闹轻松的生活，所以很快就适应当地生活，并融入了异国他乡的生活环境中。与此同时，他还联系到了当时居住在我国阿合奇县哈拉奇乡的同门师弟，当地有名的玛纳斯奇居素普阿坤·阿帕依。于是，他携家人来到哈拉奇居住，与同门师弟为邻。

1917年春，也喜欢聆听《玛纳斯》史诗的哈拉奇当地著名乡绅富翁阿尔孜汗比专门为两位大名鼎鼎的玛纳斯奇安排了一场《玛纳斯》史诗演唱竞赛。他支起多顶毡房，杀马宰羊，还邀请一批远近尊贵要员长老做裁判来评判两位玛纳斯奇的演唱水平。比赛开始后，两位玛纳斯奇分别轮流衔接，前者先开始演唱，到中间时让后者接续前者的内容继续演唱，然后彼此替换又把这个章节重新唱一遍。他们用此方式分别演唱了《玛纳斯》史诗重要传统章节"远征"的同一个传统章节两遍。听众及裁判对这两位玛纳斯奇的演唱都给予了极高的评价。这是在《玛纳斯》学发展史上值得记录的一次跨国史

---

①《杰出的玛纳斯奇萨恩拜》，比什凯克：《阿拉套》增刊，1992年，第99页。

诗演唱竞赛活动，影响深远。这次演唱竞赛活动为这两位早已名扬四方的玛纳斯都带来了更为广泛的声誉。两位在同一个时代师从同一位导师学习《玛纳斯》史诗演唱传统的玛纳斯奇的这一次跨国相逢是极为难得地了解彼此史诗演唱技艺、切磋交流各自史诗演唱经验的绝佳机会。就这次逃亡生活，萨恩拜的妻子萨依纳甫曾回忆说："在大逃亡时期，他同逃亡的人们一起逃到中国。他在那里并不像其他人那样受尽逃亡之苦，因为他当时已经是一个在本部落及周边地区小有名气的玛纳斯奇……在中国期间，他的《玛纳斯》演唱技艺进一步得到提高，并结识了一大批好友……"[1]

1917年逃亡到中国以及其他地区的人们陆续重新返回吉尔吉斯斯坦。萨恩拜也随同人们一起回到吉尔吉斯斯坦。但是，回到故乡后，饥荒贫穷的日子使人们依然难以维持生存，萨恩拜携家带口迁回故乡阔奇阔尔同样生活拮据，受尽了穷困潦倒的日子。于是，他只好经常外出，独自远行，到阿特巴什、纳伦、楚河、伊塞克湖周围、苏萨穆尔山区、塔拉斯等地去演唱《玛纳斯》，并以自己演唱史诗所得奖品（牲畜、财物等）养家糊口。他是当时为数不多的，把演唱《玛纳斯》史诗作为自己一生的职业，并用自己的史诗演唱所得维持生计，养活家人的玛纳斯奇。

1921年，一所七年制初级中学的校长卡尤木·米夫塔考夫[2]，看到萨恩拜·奥诺孜巴克在民间说唱史诗《玛纳斯》的情景后，萌生把他的演唱记录下来的念头，并征得了玛纳斯奇的同意。1922年夏，他为此在自己的学校师生中进行募捐活动，并带着一位叫萨帕尔拜·苏兰巴耶夫（Saparbay Suranchiv）的志愿者来到吉国东南部的纳伦州，开始了记录萨恩拜《玛纳斯》演唱本的工作。后来，额布拉音·阿布德热合曼若夫也加入了记录队伍并独自延续了这个工作，跟随萨恩拜整整四年多时间，到1926年8月为止，记录下史诗《玛纳斯》史诗第一部共计180378行的内容。萨恩拜·奥诺孜巴克的《玛纳斯》第一部唱本得以记录下来，可以说是一个创举。他是整个柯

---

[1]《杰出的玛纳斯奇萨恩拜》，比什凯克：《阿拉套》增刊，1992年，第136页。
[2] 卡尤木·米夫塔考夫（Kayum Miftakov，1882—1949），苏联民俗学家，十月革命之后一直在吉尔吉斯斯坦从事教育工作，1922年开始记录萨恩拜·奥诺孜巴克的唱本，是吉尔吉斯斯坦的第一位《玛纳斯》记录者。

尔克孜族杰出玛纳斯中第一位留下自己较完整唱本的玛纳斯奇。

当然，萨恩拜的唱本在记录过程中也遇到了很多阻力，诸如柯尔克孜族封闭式的传统部落观念以及当时动荡不安的社会环境等，都对记录工作产生了很大的消极影响。但是，额布拉音·阿布德热合曼诺夫努力排除各种阻力，对记录《玛纳斯》史诗浸注了全部热情。他的执着精神也感化和鼓舞了玛纳斯奇的心灵，使他也克服主观客观因素的干扰，下定决心，前前后后，断断续续共用4年时间完成了史诗第一部《玛纳斯》的演唱。他甚至基本上是义务劳动，没有从政府部门要一分钱的劳务报酬。当时，萨恩拜已经年逾古稀，沉重的生活压力，身体状况每况愈下，再加上社会上各种不平等原因，他积劳成疾，精神分裂，得了精神病，记忆力严重消退。因此，在这种条件下，萨恩拜虽然也会唱史诗第二部《赛麦台》、第三部《赛依铁克》及其他各部，但遗憾的是都没能被记录下来。这位举世闻名的著名玛纳斯奇于1930年5月与世长辞。

针对这位杰出的玛纳斯奇，史诗记录者额布拉音·阿布德热合曼诺夫在自己的日记中写道："萨恩拜是一位大盘脸，面色红润，牙齿大而洁白的人。当他张口进行演唱时，牙齿总是很突出。他声音起伏多变，动听而感人，浑厚有力。每当他要演唱《玛纳斯》时，总要在自己面前摆上一碗酥油，随时端起喝一口润嗓子。他胃口很好，食量惊人，能够吃掉一只羊的肉，同时可以喝掉一皮囊酸马奶或一桶波佐[①]……他是一个终生热衷于参加各种集会庆典婚礼并在这些活动仪式上不停地说笑唱歌、热情开朗的人。在为记录者演唱《玛纳斯》时，他不是滔滔不绝地演唱，而是比平时放慢演唱速度，一句一句地进行演唱……在越是听众集中、气氛活跃的地方他越是唱得精彩动人。同一个内容，他在不同时间和地点用不同的方式进行演唱。他不仅演唱《玛纳斯》史诗，而且还演唱各种内容的民歌。但他演唱的民歌一首也没能保留下来。"[②]

萨恩拜的《玛纳斯》演唱是目前从吉尔吉斯斯坦玛纳斯奇口中被记录保

---

① 波佐，柯尔克孜族民间特有的用栗子等谷物酿制而成的一种饮品。
②《杰出的玛纳斯奇萨恩拜》，吉尔吉斯文，比什凯克，《阿拉套》杂志社编，1992年版，第116页。

留下来的最优秀唱本之一。根据有关资料,他本人称自己是赛麦台奇①。这表明《玛纳斯》第二部《赛麦台》在他的大脑文本中是一个成熟的优秀的文本。如果他演唱的《玛纳斯》第二部《赛麦台》能被记录下来,那一定也是一部精美绝伦的唱本。美好愿望和现实之间总会有剪刀差,各种客观原因总会阻碍美好愿望的实现。但是,无论如何,萨恩拜是他自己的时代所涌现出的一位令人尊敬的《玛纳斯》演唱大师是毋庸置疑的。

目前记录在案的萨恩拜的唱本内容首先用散文故事体开始讲述,从玛纳斯的祖先谱系讲起,然后用忧伤的旋律和声调,以诗歌形式演述玛纳斯的年老的父亲贾克普汗由于膝下无子而向天神祈子的悲惨情景。年迈的夫妻俩求天拜地,用尽各种仪式苦苦祈子,感动天神。老妇人在梦中吃下神奇的苹果之后神奇受孕,不久喜得贵子。这一世界各民族尤其是欧亚大陆各民族史诗和英雄故事中广泛流传的古老而传统的母题,在萨恩拜的唱本里得以充分的展现,表现得淋漓尽致。继而讲述玛纳斯的降生,他的童年时代,最初的勇敢行为以及他被推举为汗王等情节。史诗的内容和结构均按传统故事脉络发展。为了能够更好地了解萨恩拜唱本的内容,基本情节脉络和故事梗概简要地梳理和归纳如下:

史诗开头,首先用简短的语言交代玛纳斯的家族谱系,然后描述契丹人入侵,柯尔克孜诺果伊汗王的儿子们被遣散到各地流浪。被放逐到阿尔泰的小儿子贾克普经过艰辛努力最终成为牲畜遍野的富翁,改变了自己的生活状况。但是,他先后娶两个妻子都没有得到一儿半女,心中极为伤感和绝望。经过老夫妻不断地向上天祈祷,举行神秘的求子仪式,玛纳斯在超自然神力的作用而降生,出生后迅速成长,他同阿尔泰卡勒玛克人和艾散汗派遣的大力士们展开厮杀,并且首战告捷,战胜对手,登上汗王宝座。契丹、卡勒玛克的十一位都督得知玛纳斯称汗的消息后,集结大军进发,征讨玛纳斯。玛纳斯与阔绍依联手结盟,击溃进犯的大军,迎娶了卡依普当的女儿喀拉波茹库(为妻)。

玛纳斯驱除侵占阿拉套山一带的侵略者,解救故乡人民,又先后战胜卡

---

① 赛麦台奇,在某些柯尔克孜地区专门演唱《玛纳斯》史诗第二部《赛麦台》的民间歌手。

勒玛克汗王特克斯、沃尔霍汗，以及盘踞在楚河流域的阿坤别西木夏，把他们一直驱赶到塔什干一带。最终战胜塔什干的汗王巴奴思汗，占领塔什干，并推举柯尔克孜族的英雄阔阔托依为塔什干的汗王。在一次婚礼上，英雄玛纳斯与巾帼萨伊卡丽进行了一对一马背对搏较量。之后，玛纳斯带领柯尔克孜人开始从阿尔泰迁徙到阿拉套山。阿牢凯和肖如克汗在与玛纳斯的交锋中败下阵来，肖如克汗把女儿阿克莱敬奉给了玛纳斯（战利品）做妾。

萨恩拜以丰富的内容描述了阿勒曼别特的身世。其父亲老年时才有了阿勒曼别特这位独生子。阿勒曼别特的少年时代替父称汗，狩猎途中邂逅哈萨克汗王阔克确，并与之结义为盟。后因受到误解和排挤而被迫离开哈萨克汗王阔克确投奔玛纳斯。玛纳斯虽然先后娶了两位战争中俘获的妻子，但是她们均没有让玛纳斯称心如意，也没有给玛纳斯生下一男半女。所以，他希望父亲在柯尔克孜部落中给他物色一位适合自己的明媒正娶的妻子。贾克普四处打探，最终选中铁米尔汗之女卡妮凯，并通过赠送大量彩礼，最终让玛纳斯如愿以偿，明媒正娶卡妮凯公主为妻。随同卡妮凯的四十位侍女也分别嫁给跟随玛纳斯东征西战的四十勇士。

接下来的故事讲述玛纳斯采纳结义兄弟阿勒曼别特的建议，向北方发起攻击，收复失地，扩大自己的统治领地。史诗紧接下来的内容是传统章节"阔孜卡曼的故事"。被契丹人遣散到朱夏地方的乌色尼曾娶一位卡勒玛克姑娘为妻，被人称为阔孜卡曼（绰号）。他的大儿子起名叫阔克确阔孜，其他还有六个兄弟。阔孜卡曼得知玛纳斯崛起的消息后，携家眷返回柯尔克孜人当中定居。但是，阔孜卡曼的儿子们对玛纳斯怀恨在心，妄图暗害玛纳斯篡夺王位。

玛纳斯为了拯救本族民众于苦难，出兵前往阿富汗征讨侵袭卡塔甘与铁依提两个柯尔克孜族部落以及曾杀死阔绍依之子阿勒开的阿富汗汗王吐鲁库，为阔绍依的儿子阿勒开报仇。但是在阿昆汗的调解下双方最终和解，阿昆汗和玛纳斯结盟，并约定为他们未来的孩子们提前结为指腹为婚的亲家。无论哪一方，只有未来双方的孩子是一男一女，无论发生什么情况，两个孩子必须按照父母之命彼此结婚。玛纳斯凯旋。自此，玛纳斯将自己的庶民迁徙至"大地的中心"塔拉斯。之后，玛纳斯又战胜坎居图汗王阿依罕，并娶他的女儿阿勒腾娜依为妻。篡权之心不死的阔孜卡曼一伙,设圈套邀请玛纳斯及其四十勇士来家里做客,并在他们的饭菜里投了毒。中毒又负伤的玛纳斯在卡依普神灵的帮助下幸免一死。四十勇士也死而复生。阔孜卡曼等的阴谋败露后被铲除。

随后是阔阔托依的盛大祭典。祭典的整个过程以及结束都得到充分的展开,传统内容和人物性格、人物关系、事件的起因发展都得到完美的呈现,艺术水平亦达到很高的水准。祭典活动由玛纳斯主持,仪式搞得红红火火,空前热闹。但是,柯尔克孜的汗王们对玛纳斯独自一人主持祭典,感到不满,纷纷起来与玛纳斯作对。他们的这种不满情绪最终导致"远征"的发生,成为远征的起因和导火索。在"远征"这一传统章节中,歌手全面细致生动地描述了长途跋涉的艰辛、巡逻侦探的风险、洗劫敌人马群的经过以及玛纳斯与空吾尔拜决一死战等情节。最后,趁玛纳斯外出,契丹人乘虚进犯柯尔克孜领地。玛纳斯返回故土在参与擒拿侵略者头目时,同自己的勇士们一道遭到敌人暗害,被毒斧砍中,身负重伤并最终中毒身亡。英雄玛纳斯被葬在巴彦德的荒野中,由卡妮凯负责召集工匠修建起一座雄伟的陵墓。萨恩拜的唱本的记录文本到此结束。

萨恩拜唱本于1978—1982年在吉尔吉斯斯坦出版。但是他的唱本的许多传统章节则从20世纪40年代就开始以单行本形式陆续出版。他的唱本堪称经典,在世界《玛纳斯》学领域占据非常显著位置。原因在于萨恩拜唱本不仅包括了史诗《玛纳斯》第一部完整的内容,而且他的唱本中单独出版的各个传统章节单行本也都引人入胜,达到很高的艺术境界。史诗内容保持丰富的传统情节、主题、母题、程式,具有浓郁的口头史诗风格。此外,他的唱本中也蕴含着极为丰富的有关柯尔克孜(吉尔吉斯)民俗、历史、文化、语言、民间信仰、神话等方面的资料和文化符号。如果将19世纪分别由维·拉德洛夫和乔坎·瓦里汗诺夫所记录的唱本与萨恩拜唱本进行一番细致的比较的话,我们也会发现它们之间在内容、主题、母题、情节脉络等方面有着惊人的一致性。

萨恩拜唱本《玛纳斯》第一部就长达18万行,这在目前已有记录的史诗第一部各个唱本中是内容最丰富、篇幅最大最全的唱本。不仅如此,萨恩拜唱本还以其优美的口头艺术性、语言词汇的丰富性、史诗的层次性、韵律与节奏的强劲有力等方面独领风骚、别具一格，得到世界各国学者的高度关注和广泛讨论及研究。吉尔吉斯斯坦国宝级作家吉尔·艾特玛托夫曾经对他这样评价："史诗《玛纳斯》古往今来被很多玛纳斯奇传唱至今。根据其演唱技巧及艺术性，完全可以把萨恩拜·奥诺孜巴克的演唱技艺单独拿出来作为标杆。用心专注地欣赏过萨恩拜演唱的每个人，无不被他精彩与丰富的语言、令人惊叹的口头语言运用的才气与天分、满怀激情的描述手法所倾倒。这是人世间难得的天赋与勤奋。也许是任何时候都不可重复和再造的意境。自从《玛纳斯》作为史诗问世以来，宛若滴水般一点一滴地汇集，一句一句地积累，一段一段地叠加，情感与情感交融，给人以古老柯尔克孜（吉尔吉斯）民众的所有创造力似乎被萨恩拜独自一人融会贯通的感觉。"①

萨恩拜的唱本中，英雄人物形象塑造生动感人。每个人物角色心中微妙的情感波动，平凡的日常生活的丰富多彩，各种族群的不同生存方式，礼尚往来的人际交往，迷人的娱乐竞技，真情实感的喜怒哀乐以及惊天动地的远征场景，血流成河的惨烈厮杀，成千上万人参战的宏大战争场面都被史诗歌手生动而淋漓尽致地描绘了出来。

萨恩拜的唱本中对有些情节的展示，对一些特定事件的描述和表现方面，具有与许多其他唱本不同的独特性。诸如：玛纳斯之父贾克普的哥哥巴依的身世经历；玛纳斯战胜前来进犯的十一位都督大军之后只是割下他们的耳朵鼻子，然后又把他们撵回的情节；玛纳斯在外出打猎途中登上王位的情节；玛纳斯战胜诺阔尔大力士（巨人）的情节；玛纳斯征讨科尔木斯的出征；玛纳斯战胜特克斯汗、阿昆别西姆的情节；阔阔托依被推举为塔什干汗王的情节；等等。史诗中的上述这些情节无论在拉德洛夫记录的史诗文本中，还是在同为吉尔吉斯斯坦的玛纳斯奇萨雅克拜·卡拉拉耶夫的唱本中，以及在我国的居素普·玛玛依、艾什玛特等很多玛纳斯奇的经典唱本中都找不到。除此之外，在其他唱本中被加以渲染和细致描述的传统情节，在萨恩

---

① 吉尔·艾特玛托夫：《古代吉尔吉斯精神文化的巅峰》，《玛纳斯》（萨恩拜·奥诺孜巴克唱本）前言，第一卷，比什凯克，1984年，第13页；汉译文参见阿地里·居玛吐尔地：《世界〈玛纳斯〉学读本》，北京：中央民族大学出版社，2018年，第152页。

拜的唱本中也同样得到广泛而细致的描述。因此，萨恩拜的唱本作为20世纪经典《玛纳斯》唱本之一，不仅成为各国学者研究的重点文本，而且对后世玛纳斯奇的学习演唱产生的影响也十分巨大。

二、居素普阿坤·阿帕依及其唱本

居素普阿坤·阿帕依是19世纪末20世纪初我国阿合奇县众多玛纳斯奇中的杰出代表，出生于阿合奇县哈拉奇乡阿合奇村，生卒年不详。他以口耳相传的传统方式，多渠道继承了许多前辈玛纳斯奇的《玛纳斯》演唱传统并创造出了自己独具魅力的史诗唱本。他所演唱的史诗前三部《玛纳斯》《赛麦台》《赛依铁克》的唱本成了我国许多现代玛纳斯奇学习的范例，也是我国《玛纳斯》演唱大师居素普·玛玛依完整八部唱本中前三部内容的主要来源。

他父亲阿帕依是现阿合奇县萨特胡力部落的"白骨头"上层贵族，还曾一度是统领卡克夏勒谷地上游地区四个部落比官的总比官。这四个比官分别是当时的卡拉古勒部落的比官苏冉奇、萨特胡力部落的比官克德尔阿勒、库特楚部落的比官阿巴依勒达、巴克特部落的加木哥尔比官等。阿帕依在阿古柏暴乱并统治新疆时期（1865—1878）也曾担任卡克夏勒地区的比官。所以当清朝政府平反扫清阿古柏在新疆的反动统治时，阿帕依被人诬陷与阿古柏有牵连而遭清军逮捕并与另一个比官加巴格一起送往阿克苏的阿依阔里监狱服刑。从1880年至1883年，他在监牢里整整待了3年时间。同伴加巴格死在监狱里，而阿帕依则在小妾比布切的不断探访，精心养护下，虽然年老，却安然无恙地出狱，回到了故乡。当时，比布切还为他添了一个男孩。这之前，阿帕依已有了加克瓦昆、萨勒玛凯两个儿子。服刑期间，得到的这个男孩便是后来成为著名玛纳斯奇的居素普阿坤。依此，我们可以推断居素普阿坤大约出生于1881年。阿帕依回到故乡后，居住在自己祖辈的世居之地，现阿合奇县哈拉奇乡阿合奇大队阔西朵别村。居素普阿坤的童年时光便是在那里度过。居素普阿坤年少时就被父亲送到宗教学者毛勒多手下学经识字，并学会了读书。天资聪颖的他，很小时就拨动琴弦弹奏考姆兹琴，并伴随琴声演唱从母亲及其他人那里学来的各种民歌，成了当地小有名气的天才少年。由于父亲是一个富户贵族，这就为居素普阿坤拜师学艺提供了很多便利条件。

阿帕依见小儿子就对民歌、音乐、史诗演唱有着特殊感悟和爱好，便有意引导他学唱柯尔克孜自古流传的史诗《玛纳斯》。他特意从别人手中重金买到一本生活在18世纪的一位名叫凯勒迪别克的著名玛纳斯奇演唱为内容的残缺不全的手抄本让他反复阅读，并带着他参加婚礼庆典活动，让他见识观摩各地玛纳斯奇的演唱风采。所有这些因素都大大提高了少年居素普阿坤对《玛纳斯》史诗的学习兴趣，使他逐渐痴迷于《玛纳斯》史诗演唱，并立志成为一名真正的《玛纳斯》史诗歌手。

居素普阿坤反复阅读和背诵手中那本残缺不全的《玛纳斯》手抄本，把其中的内容牢牢记在心中，甚至熟悉到了倒背如流的地步。对于《玛纳斯》史诗的愈加痴迷使他不满足于背诵手抄本中那一点内容，而是日夜梦想着深入了解《玛纳斯》史诗更多的故事情节，学会《玛纳斯》史诗全部的内容。他对《玛纳斯》的热爱与日俱增，甚至到了一种狂迷的程度。据熟悉他身世的同辈人和家人曾听他说过这样一个故事。有一天，他骑着哥哥加克瓦昆的灰花马独自来到山中打猎逍游，不知不觉中因劳累而把马拴住，自己靠到一块石头上睡了过去。正如"清醒时追求什么，梦中就会见到什么"这句柯尔克孜族谚语一样，居素普阿坤刚闭上眼睛入睡后便很快做起了梦，梦中他见到一位白须老人。这位慈祥的老人走到他身边对他说："孩子，你把嘴张开！"待居素普阿坤把嘴张开后，他便把手中的一把糜子放入他嘴中。居素普阿坤惊醒过来，却发现身边根本没有任何人，只觉得自己嘴中似乎一种异样的感觉。从此以后，他内心深处便随时都会涌起一股想要开口唱《玛纳斯》史诗的冲动。每当这种冲动让他感到无法控制时，为了缓解心中的压抑，他便常常独自外出，把自己已经学会的史诗章节按顺序演唱一轮。

这种日子没过多久，居素普阿坤就感到自己还需要找到一位年老的著名前辈玛纳斯奇系统深入地学习《玛纳斯》史诗演唱技艺，掌握史诗的完整内容和演唱技巧。于是，为了寻访著名玛纳斯奇，有一天又骑着马外出，并翻越卡克夏勒上游的天山山脉的西部余脉上的其恰尔山口到达吉尔吉斯斯坦境内的伊赛克湖滨地区。在那里,他被当地的一名叫库吐的官吏热情接待。居素普阿坤在那位官吏家中住了若干宿,那期间为他弹唱了许多自己熟知的民间曲目和民歌。库吐也是一位见多识广的睿智老人。他观察到眼前的少年聪颖过人,不是一个凡夫俗子,便开口问道:"孩子!你的才华是你无限的财富,你的考姆兹琴弹奏和民歌演唱已经很好了。但是,我感觉你整天在迷迷糊糊自言自语地演唱,我却怎么也没有能听清你所演唱的什么内容。你如果随意开口演唱,最想唱的是什么?请你把真话告诉我吧。"居素普阿坤感觉到已经无法隐瞒自己心中的秘密,便告诉库吐说:"我要开口唱,一定会首先唱大史诗的《远征》部分。"库吐听到此话,马上把居素普阿坤大加赞赏了一番,然后对他说:"好!孩子。你有这样的才能,应该让这里的人们都来见识一下。"他说完便派手下人邀集邻近各地有名望的人士前来,并在草原上让人支起十几顶毡房用来接待来客,宰杀肥壮的白色空胎母马用来招待客人,并对众人宣布说:"现在正是草原上百花盛开,母马刚刚开始产奶,是我们要过乌鲁西节①的季节。因此,我召集大家来是想与大家共度乌鲁西节,在一块开心娱乐,并顺便对这位少年的《玛纳斯》演唱进行评价。"说完,他带领众人举起双掌向天神祈祷,为居素普阿坤祈祝安康。人们都围成圈,在绿色的草地上坐定,头戴水獭皮圆顶帽,身披蓝色丝绸大氅的居素普阿坤从一顶毡房中走了出来,盘腿坐到人群中间铺开的一块花毡上开始为人们演唱《玛纳斯》史诗的传统章节《远征》部分。清新的空气、蔚蓝的天空、热情的观众都为居素普阿坤的史诗演唱热情增添了活力,使他能够毫不局促地放开歌喉尽情地发挥自己的演唱才能。在这天时地利人和的环境下,居素普阿坤放开思绪,集中精力,把《玛纳斯》史诗滔滔不绝地连续演唱了整整七天七夜。一时间,居素普阿坤便在当地声名鹊起,得到人们的普遍赞扬。他的《玛纳斯》演唱也成为人们一时交谈热议的话题。

居素普阿坤的这次外出旅行并没有就此停止,而是延续了几年时间。他被人们尊称为少年的天才玛纳斯奇而受到各种礼遇,不断地被邀请到各处去

---

① 乌鲁西节是柯尔克孜族在每年春季,母马开始产奶的季节举办的一种草原节庆。主题是庆祝新春,预祝新年中奶注丰盛,人们生活兴旺。

演唱。但是，他并没有就此而沉醉在赞扬声中。他内心的崇高追求促使他走访各地，遍访名师，求教于当地著名的玛纳斯奇，拜他们为师，得到他们的指点，使自己的《玛纳斯》史诗演唱技艺得到进一步提升。因此，他走遍了吉尔吉斯斯坦境内的伊赛克湖、纳伦、阿特巴什、奥什等地，拜访了当时名声远扬的大玛纳斯阿勒太额尔奇，向他求教。他还跟随这位玛纳斯奇学艺近一年时间，向他学习了《玛纳斯》许多新的内容、情节以及演唱技巧，如在演唱中如何配合史诗情节的发展而运用手势、动作、眼神，怎样用激昂起伏、抒情委婉的多重声调加强史诗演唱的感染力等，使自己的史诗演唱技艺得到突飞猛进的发展。不仅如此，他听到当时大名鼎鼎的大玛纳斯奇特尼别克的名字之后，便四处寻访，终于见到了这位传奇的《玛纳斯》演唱大师，并拜他为师继续学习。当时，特尼别克的门下已经聚集了一群热衷于学唱《玛纳斯》史诗的年轻人。居素普阿坤感觉自己犹如来到了一所《玛纳斯》学校，把整个心身都投入学习和切磋演唱史诗之中，还与同伴们一起跟随师父特尼别克游走四方，参加各种庆典聚会、婚礼祭典等活动，聆听观摩他的演唱风采，学习记忆背诵他的演唱内容，掌握他的演唱技巧。与此同时，还能看到其他玛纳斯奇的史诗演唱。他就这样一边学习一边帮助师父做一些砍柴、挑水、放马等家务，跟师父一起生活了整整四年时间。与他同门的师兄弟就有后来同样成为大玛纳斯奇的萨恩拜·奥诺孜巴克，我国乌恰县的艾什玛特·曼别特居素普。他们不仅学习和模仿师父的演唱，而且彼此之间也相互观摩、相互切磋，在交流中彼此借鉴和提高。在共同学习交流，掌握师父特尼别克的史诗演唱技艺的同时，他们对彼此也产生了一定的影响。

　　居素普阿坤外出游行数年之后回到故乡阿合奇县哈拉奇乡，他同父异母的两个兄长萨勒玛凯和加克瓦昆对此很高兴，对弟弟长期学习修炼的精湛的《玛纳斯》演唱更是感到惊讶。为了见证一下弟弟的史诗演唱水平，他们邀请邻近各地的名流，宰杀牲畜，特意为他举办了一个《玛纳斯》演唱活动。听着居素普阿坤滔滔不绝、连续数天演唱《玛纳斯》史诗，牧羊人忘记了放羊，挤奶的姑娘媳妇们忘记了挤奶，人们都像凝固了一样静静地聆听他的演唱，并被他的演唱深深吸引。从此，家乡的人们对他的《玛纳斯》演唱敬佩有加，大加赞赏。

自从这次演唱后，居素普阿坤不断地被家乡的人们邀请去演唱《玛纳斯》，使他的演唱风采不断地被世人所熟悉，聆听他的《玛纳斯》演唱成了人们生活中的一种追求和渴望。当时，居素普·玛玛依的兄长巴勒瓦依也深深地被居素普阿坤精妙绝伦的《玛纳斯》演唱所吸引，并暗暗下定决心要掌握他的演唱内容和演唱技巧，经过长时间的切磋交流，最终开始把他演唱的内容完整地记录到纸上。根据目前所掌握的情况，这应该是我国境内第一次专门记录一位玛纳斯奇的演唱内容的田野活动。巴勒瓦依也可以算是我国第一位专心开展《玛纳斯》史诗搜集记录工作的玛纳斯专家。

1916年，聚居在现吉尔吉斯斯坦共和国纳伦河一带的柯尔克孜族一千多户人家，因不堪沙俄当局的迫害和镇压，逃离纳伦，进入卡克夏勒谷地避难，并在此安家落户。曾与居素普阿坤一起同在特尼别克门下学唱《玛纳斯》史诗，后来成为吉尔吉斯斯坦著名玛纳斯奇的萨恩拜·奥诺孜巴克也随这批逃亡的难民一起来到卡克夏勒谷地。两位同学相见都对彼此十分热情，时不时都要在一起切磋史诗演唱技艺。当时，萨额恩拜·奥诺孜巴克在吉尔吉斯斯坦已经是一位受人尊敬的大玛纳斯奇。而居素普阿坤在卡克夏勒地区也已经是名震四方的大玛纳斯奇。两位著名玛纳斯奇在卡克夏勒相遇，经常切磋史诗演唱技艺开始成为人们谈论的热点话题。对于历来就热衷于聆听《玛纳斯》史诗故事，史诗演唱已经成为一种传统的当地民众来说，这无疑是评判两位玛纳斯奇史诗演唱才能的绝佳机会。两人都曾在大玛纳斯奇特尼别克的指导下学唱《玛纳斯》的消息传到当哈拉奇地区比官阿尔孜罕比的耳中。于是，早就想听一听同乡史诗歌手居素普阿坤史诗演唱风采的阿尔孜罕比便于1917年春，命手下人准备柴草，宰杀数匹马及九十只绵羊，支起十几顶毡房用于招待客人，还特地派人从邻近的乌什县以及卡克夏勒谷地上游下游各地请来名流、贵族及大小官吏，让两位名声赫赫的玛纳斯奇当众进行一番《玛纳斯》史诗的演唱比赛。而且在比赛开始之前，为了能够对他们的演唱有一个公平的评定，还特意指定来自不同地方的若干位代表作为裁判，对他们的史诗演唱作出最后裁定。当时担任裁判的人有随难民一起从吉尔吉斯斯坦来的切热克部落首领巴依赛尔凯；从伊赛克湖地区来的官吏萨哈勒·乔丽番；从凯敏逃来的柯尔克孜汗王夏布旦之子穆阔西；

从朱木尕勒来的，对柯尔克孜民间文学十分精通的乌兹别克人阔奇阔尔卡热；俄国驻乌什县代表，维吾尔族人阿布德卡迪尔；我国在当地及周边的柯尔克孜地区德高望重的巴克特·图库巴西、奥木尔扎克、苏莱曼巴依等名流以及巴克特部落的卡孜拜，阿里克部落老人库玛尔，卡勒恰部落的勇士阔班，阔尼巧依部落的阿那比亚，索勒托尼部落的玛木别特阿勒、努索普阿勒，当地总乡约奥木尔，萨特胡力部落的萨勒玛凯、贾克瓦昆（此两人均为居素普阿昆的兄长）等。①

听说阿尔孜罕比要为两位大玛纳斯奇举办《玛纳斯》演唱比赛活动，人们奔走相告，像过节一样兴奋。阿尔孜罕比在比赛开始时对众人说："萨恩拜和居素普阿昆都是名声远扬的大玛纳斯奇，我们今天特意要让这两位玛纳斯奇同台献艺，为的是要看看他们到底有多大才能。在座的各位德高望众的裁判可以随意指定他们所要演唱的内容，然后再根据他们的演唱情况给予公正的评价。"在座的各位裁判都沉默无语，最后由吉尔吉斯逃来的切热克部落的长老巴依赛尔凯开口说道："今天我们先听听萨恩拜唱的《玛纳斯》史诗中英雄玛纳斯如何邀请七位汗王商讨远征及后面发生的故事如何？"人们都纷纷表示赞同。于是，萨恩拜便从史诗的传统章节"英雄玛纳斯邀请七汗商讨远征"开始唱起。他从傍晚开始一直唱到第二天上午才把史诗的这一章节唱完，并唱到英雄玛纳斯率军出发才停了下来。人们经过一段时间休息吃饭，从当天傍晚开始让居素普阿坤接续萨恩拜停止的情节往后唱。居素普阿坤也滔滔不绝地开始演唱，从傍晚开始一直唱到第二天上午，才把史诗接下的内容，即远征途中发生的各种故事唱完。并在玛纳斯的战将阿勒曼别特和色尔哈克与卡拉古勒相遇，大战即将展开的地方打住。为了能够让两位玛纳斯奇和听众好好休息一下，这一天下午大家都提前休息，晚上做客，恢复体力。第二天，裁判们指定让居素普阿坤把萨恩拜唱过的内容，即"英雄玛纳斯邀请七汗商讨远征"章节重新唱一遍。居素普阿坤把这个内容又唱了整整一夜之后，把玛纳斯邀请七汗商讨远征准备出发，他妻子卡妮凯对他苦苦忠告的内容唱完后打住。而萨恩拜又接着居素普阿坤唱停的地方演唱，也从这

---

① 阿地里·朱玛吐尔地、托汗·依萨克：《当代荷马〈玛纳斯〉演唱大师居素普·玛玛依评传》，呼和浩特：内蒙古大学出版社，2022年，第63页。

一天傍晚开始一直唱到第二天早晨,把居素普阿坤已经唱过的远征部分重新进行了演唱。

连续几天的演唱结束之后,阿尔孜罕比对大家说:"两位玛纳斯奇的演唱大家都听到了,现在就让裁判们及听众们畅所欲言,给他们评比一下吧!"这时,坐在裁判席上见多识广的乌兹别克人阔奇阔尔卡热开口说道:"居素普阿坤的演唱特别富有激情,能够打动人心。"这时在座的人们也都纷纷插嘴接上话茬,像沸腾的水一样互不相让地评判起了两位玛纳斯奇的演唱。有人说:"萨恩拜把玛纳斯邀请七汗、七汗从各方来到玛纳斯身边聚集的内容唱得很生动而且全面,而居素普阿坤则把玛纳斯率领大军远征的部分唱得很精彩。"从伊赛克湖来的萨哈勒说道:"我们在座的是生活在两个不同国家的柯尔克孜人。两位玛纳斯奇一个来自萨热巴额西部落,一个来自切热克部落。我本人则属于克德克部落。因此,我不会偏向任何一方。刚才大家说得都不错,我认为,萨恩拜演唱玛纳斯邀请七汗商讨远征大计及七汗相继从各方会集到玛纳斯身边的内容比较好,是因为萨恩拜对这些地方的地理环境十分熟悉。《玛纳斯》史诗中的别依京,我们在座的人只是从史诗中听说过并没有一个人去过,因此两位玛纳斯奇都尽量发挥自己的才华进行了演唱,唱出了各自的特点。萨恩拜让玛纳斯远征到达了别依京,而居素普阿坤把远征途中的故事内容进行了很好的发挥。因此,我认为居素普阿坤在发挥自己才能与特点方面略胜一筹。"众人都认为萨哈勒的话说得很有道理,一致认为两位玛纳斯奇旗鼓相当,不分伯仲。最后,在座的有人问起两位玛纳斯奇:"《玛纳斯》史诗是否到(第三部)赛依铁台的故事就结束了?"这时,萨恩拜回答说:"赛依铁克之后有阿勒木萨热克、凯南萨热克英雄,但我对他们的故事知道得不多,能演唱这些内容的玛纳斯奇也不多。"居素普阿坤也随后说:"萨凯木①说得对,阿勒木萨热克与凯南萨热克是一对双胞胎。阿勒木萨热克很小时就离开人世,而凯南萨热克就是凯耐尼木。他因神勇过人,无人能敌还被敌人称为黄脸死神。听说他后来用骏马驮着一人的尸骨翻越冰山而去便再没返回。"人们对他们的话感到无比惊奇,

---

① 萨凯木是对萨恩拜的一种尊称。

对史诗的内容更加痴迷。①中吉两国玛纳斯奇之间的这次《玛纳斯》史诗演唱竞赛在听众们中间产生了广泛的影响，成了《玛纳斯》发展史上的千古佳话。从这次演唱比赛之后，无论是萨恩拜·奥诺孜巴克还是居素普阿坤·阿帕依在听众中间的影响力进一步扩大，地位也得到进一步提高，他们的《玛纳斯》史诗演唱风采成为各种传说在两国柯尔克孜（吉尔吉斯）人们中间广为传播。

关于居素普阿坤学唱《玛纳斯》史诗的经历在人们中间流传有各种各样的传说。他的《玛纳斯》演唱在当时的卡克夏勒地区可以说无人可比，成为史诗演唱的典范而被众多玛纳斯奇纷纷效仿。尽管如此，如果巴勒瓦依没有记录下他演唱的史诗内容的话，那他的名字也许只会留存在传说中，而不会被后来的玛纳斯奇和史诗研究者们注意。由于巴勒瓦依在记录他演唱的内容时并没有记录他的生平事迹，所以对他的研究我们只能借助于有关他的只言片语的传说资料。所幸的是与这位玛纳斯奇有过各种关联的民俗学家玉赛音阿吉、玛纳斯奇居素普·玛玛依和莫勒代克·加克甫别克等老人们都曾经见到过他，或多或少地了解这位大玛纳斯奇的身世。当然，笔者也曾从多方听到过关于居素普阿坤·阿帕依的各类传说。其中，居素普阿坤的侄子，玛纳斯奇、诗人玛木别特阿山也曾专门搜集过叔伯居素普阿坤的生平资料。笔者曾在上世纪末的采访中从上述各位口中获得很多有关居素普阿坤的珍贵资料。综合各方的资料，我们可以对居素普阿坤本人及其学唱《玛纳斯》的经历大致归纳如下：他天生聪颖过人，青少年时代拜不止一位著名的玛纳斯奇为师，直接受到他们指点和培养，观摩他们的演唱、耳濡目染，熟悉演唱的史诗情节，记忆和背诵史诗内容，并开始在大庭广众之下演唱，然后在演唱当中巩固、扩展、完善并根据自己的理解和才能对自己所演唱的内容进行必要的修改和加工，使之更趋完美，最终创造出自己独特的演唱变体。

居素普·玛玛依在自己的《我是怎样开始演唱"玛纳斯"史诗的》一文中

---

① 此处的内容均来源于1994年2月24日对玉赛音阿吉的采访记录及1991年至1996年多次对居素普·玛玛依的采访，并参考了居素普·玛玛依：《我是怎样开始演唱〈玛纳斯〉史诗》一文，《玛纳斯论文集》(1)，柯尔克孜文，乌鲁木齐：新疆人民出版社，1991年，第32—43页。

提到哥哥巴勒瓦依在把自己多年搜集的《玛纳斯》资料交给他时对他说过的话:"我搜集的特尼别克演唱本《赛麦台》中,史诗的很多传统情节都没有收入,比如哈萨克人的分裂,色尔阔尔廓尼城堡被围困,巴依塔依拉克之死,空吾尔拜妄图围剿赛麦台却自己丧命,来自古尔普勒朵克的克孜勒吾尤克巨人的故事,独眼巨人玛德罕被斩除,加木额尔奇之死,布茹里骏马断腿,朱巴塔依被古里乔绕杀死等。这些章节都是从居素普阿坤口中记录下来,后被我编入《赛麦台》之中的。"① 根据巴勒瓦依的上述话语,我们可以清楚地认识到居素普阿坤演唱的《赛麦台》与特尼别克演唱的《赛麦台》同出一源但也有区别。两者演唱的内容融合交织在一起便能构成了当今居素普·玛玛依完整的《赛麦台》演唱本。也就是说,居素普·玛玛依目前演唱的《玛纳斯》史诗第二部是从最优秀的史诗歌手们口中记录下的完整唱本。

居素普阿坤掌握了《玛纳斯》史诗在民间广泛流传的前三部的内容,并往往根据不同时期听众的需求,随口唱出其中的由听众任选的章节而赢得了人们的普遍赞誉和敬重。他高超的史诗演唱技艺曾倾倒过无数同时代的听众。他在史诗演唱方面可以说真正继承了自己的老师,一代玛纳斯奇的宗师特尼别克的优点,甚至在某些方面有过之无不及。关于居素普阿坤前去吉尔吉斯斯坦纳伦地区寻找特尼别克并拜他为师的情况,从我国乌恰县的著名玛纳斯奇艾什玛特·曼别特居素普于1961年对《玛纳斯》搜集人员所讲过的话也可证明。当时,玉赛音阿吉对艾什玛特说:"居素普阿坤有一次在家乡的阔什朵别山岗睡着,梦见了玛纳斯,醒后便能演唱《玛纳斯》,从此成了玛纳斯奇。"艾什玛特听到此话后说:"人可以梦见很多东西,但不一定都像梦中的那样能实现。你说的那个居素普阿坤·阿帕依、萨热巴格西部落的萨恩拜·奥诺孜巴克和我艾什玛特三个人,为了学唱《玛纳斯》,翻山越岭,专门去加皮之子特尼别克门下拜他为师,为他打柴挑水放马,跟随他奔波了四年时间。山那边的(指吉尔吉斯斯坦)切里克部落之人让萨恩拜和我们这边的(指中国)居素普阿坤不断地被邀请在各种场合演唱《玛纳斯》,最终使他

---

① 居素普·玛玛依:《我是怎样开始演唱〈玛纳斯〉史诗》,《玛纳斯论文集》(1),乌鲁木齐:新疆人民出版社,1991年,第41页。

们都名声远扬,被所有人知道。我也在人们中间演唱,但却没有和他们比试过。我现在老了,被政府邀请来演唱《玛纳斯》,我只能把以前演唱过的内容一边回忆一边演唱。"然后,他又对萨恩拜和居素普阿坤评价说:"萨恩拜是一个毛勒朵,有学问,他演唱《玛纳斯》十分流畅,如流水一般。居素普阿坤演唱《玛纳斯》时总是根据情节的变化而不断配合改变手势动作以此吸引听众,声音洪亮,渲染演唱气氛,十分生动。"① 为了进一步说明居素普阿坤的演唱特点,我们不妨再引用一段由玉赛音阿吉为笔者提供的口头资料。玉赛音阿吉说:"据说居素普阿坤能够用七种不同的音调演唱《玛纳斯》。他的演唱富于激情和变化,引人入胜,他的弟子们玛木别特托合托·萨雅克、木山江·玛玛江、巴勒瓦依、奥诺尼拜、卡布拉昆等到后来都成了人们公认的玛纳斯奇。居素普阿坤的演唱音调也许是更多地被弟子木山江继承了下来。他的演唱音调就十分动听。玛木别特托合托能够演唱史诗的很多内容,而且也很富激情。居素普阿坤的哥哥加克瓦昆、弟子巴勒瓦依、木山江等都是同时被盛世才政府逮捕后送往喀什,从此再也没有音讯了。"②

总之,居素普阿坤很好地继承了前辈玛纳斯奇们的传统,完整地掌握了前辈们的演唱内容。然后他又发扬前辈玛纳斯奇的高尚情操和优良传统又将自己的史诗演唱技艺毫不保留地传给后辈。他从少年时代起就为追求柯尔克孜最神圣的《玛纳斯》史诗演唱艺术而下定了决心,立下大志。他首先拜访了像阿勒太额尔奇那样的天才歌手并学习和掌握了他的史诗演唱技艺。当他见到著名玛纳斯奇特尼别克时更是像久渴的旅人见到泉水般兴奋不已,并全神贯注于学习和掌握这位杰出歌手的所有演唱技艺和演唱内容。也就是说,居素普阿坤的老师们都是当时柯尔克孜中最著名的玛纳斯奇。名师出高徒,他不负众望,不断进取,与同辈中能够相互竞争、相互促进的一些天才一起最终经过努力而成长为《玛纳斯》演唱的一代大师。居素普阿坤因常年在外奔波,在很多不同的地方演唱《玛纳斯》。所以,他为史诗

---

① 居素普·玛玛依:《我是怎样开始演唱〈玛纳斯〉史诗》,《玛纳斯论文集》(1),乌鲁木齐:新疆人民出版社,1991年,第41、42页。
② 玉赛因阿吉:《柯尔克孜族史话》,柯尔克孜文,克孜勒苏柯尔克孜出版社,1989年,第130页。

的传播和发展做出了杰出贡献。他对热心学唱《玛纳斯》的年轻人总是热情接纳并加以培养，把自己的才华毫无保留地教授给他们。无论是要学唱《玛纳斯》内容的青年，还是像巴勒瓦依那样要对史诗进行搜集记录，他都把自己所掌握史诗演唱技艺和内容毫无保留地演唱给他们听，把自己内心深处的善良人性以及作为史诗演唱者的所有优良品质传给了他们。居素普阿坤是掌握了《玛纳斯》史诗前四代的英雄故事，即史诗前四部的杰出史诗演唱家。由于大多数听众都是长期听他演唱史诗前三部《玛纳斯》《赛麦台》《赛依铁克》的内容，所以以为他只会演唱史诗前三部。事实上，他能够演唱的内容远不止这些，居素普阿坤根据人们的请求演唱最多的内容是第一部《玛纳斯》中的《远征》和《阔阔托依的祭典》等传统章节。这些内容被他反复演唱而达到炉火纯青、精彩绝伦的境界。除此之外，他还曾为听众经常演唱的是史诗第二部《赛麦台》中的赛麦台和阿依曲莱克那些缠绵动人的爱情故事。巴勒瓦依用韵文体记录下了他演唱的《玛纳斯》史诗前三部完整的内容并用散文形式记下了他第四部及后面的一些内容，最后把自己记录的所有资料留传给了弟弟居素普·玛玛依。虽然居素普·玛玛依不曾直接受教于居素普阿坤，但他所演唱的内容主体上与居素普阿坤的一致，是他的唱本的延续和发展。所以，居素普·玛玛依至今都时刻把居素普阿坤的名字挂在嘴边，把他认为是自己的导师。居素普阿坤在自己短暂的一生中，把自己的《玛纳斯》演唱才能展示给了我国的凯尔麦套山和吉尔吉斯斯坦的阿拉套山的每一个草原和角落。今天，我们通过居素普·玛玛依的唱本完全可以感觉到他的史诗演唱魅力。

居素普阿坤留给我们的遗产是多方面的，他的那些宝贵遗产通过他的众多弟子传到了今天。除了众所周知的由巴勒瓦依记录下来后融入居素普·玛玛依唱本中，成为其核心内容之外，20世纪60年代初期，在阿合奇县展开的《玛纳斯》史诗的普查、搜集过程中，《玛纳斯》调查组成员还曾分别从其弟子卡布拉昆·玛旦别克口中记下了1884诗行（1964年），从维吾尔族玛纳斯奇穆萨·亚库普口中记录下1140行，从阿加坤口中记录下760行，从居素普阿坤的侄子玛木特·萨勒玛凯口中记下了2156诗行。事实上，从他们口中记录下的演唱内容只是其史诗口传遗产的很少一部分，大部分内容当时并没有完全被记录下来。居素普阿坤的同乡和弟子，阿合奇县的毛勒代克·加克甫别克按照自己学唱的内容于1987年在乌恰县玉奇塔石草原举行的全疆阿肯弹唱会上演唱了《玛纳斯》而令世人瞩目。居素普阿坤的侄女玛尔洁克·加克瓦昆在1992年阿合奇县新疆首届《玛纳斯》演唱会上登台演唱了史诗《远征》一节而备受人们瞩目，成为当代女玛纳斯奇的代表。她当时还能演唱叔伯居素普阿坤的《阿勒曼别特离开阔克确投奔玛纳斯》《阔阔托依的祭典》《玉尔必登上汗位》《四十勇士的死》《玛纳斯受伤返乡》《卡妮凯的哭歌》等篇章。

综上所述，居素普阿坤·阿帕依是19世纪和20世纪之交我国的著名玛纳斯奇。他演唱的《玛纳斯》史诗基本上成了我国目前最优秀的《玛纳斯》唱本，即居素普·玛玛依唱本的主要源头。可以肯定地说，如果没有他的演唱，我国目前值得自豪和骄傲的《玛纳斯》唱本，即居素普·玛玛依唱本的形成是难以想象的。因此，他是将《玛纳斯》史诗传统以及古代优秀的唱本同当代最完整的唱本连接起来的一座桥梁和纽带，是我们值得永久纪念的玛纳斯奇们的杰出代表。

三、额布拉音·阿昆别克及其唱本

额布拉音·阿昆别克（1882—1959）是我国柯尔克孜族现代另一位杰出的玛纳斯奇。他出生于现阿合奇县哈拉奇乡，属于切里克部落中的阿克楚瓦克分支部落，享年77岁。他早年失去双亲成为孤儿并靠放牧父亲留下的一点羊勉强维持生活，是一个深沉而持重、怀才不露，十分低调的人。他虽然能够演唱《玛纳斯》史诗完整的内容，但因性格内向而并不曾在大庭广众之下公开演唱史诗表现过自己，所以他的史诗演唱才能长期没有引起人们注意和发现。目前为止，他师从何人，通过何种途径学会演唱《玛纳斯》等依然是个未解之谜。

由于额布拉音不是那种少年成名，年轻时便名扬四方，被四处邀请去演唱史诗的玛纳斯奇。他的一些事迹总是谜一样鲜为人知。我们在田野调查中，仅从居素普·玛玛依老人及额布拉音的子孙后代口中采访得知关于他《玛纳斯》史诗演唱及其演唱的内容曾被巴勒瓦依记录下来并传给居素普·玛玛依的信息。根据《玛纳斯》演唱大师回忆其哥哥巴勒瓦依的说法，当时额布拉音用韵散结合的故事形式为巴勒瓦依讲述了《玛纳斯》史诗第四部、第五部、第六部、第七部和第八部的内容。居素普·玛玛依则根据他哥哥记录的内容，在不改变其主体结构框架、故事情节脉络以及其中的地名、人名、部落、民族等核心词及史诗的历史背景的基础上对其进行了加工润色，把它变成纯韵文形态进行演唱。额布拉音讲述的史诗内容通过居素普·玛玛依的演唱而得以走向艺术的高峰并传向后代，成为我国《玛纳斯》史诗内容的重要组成部分。

任何一位杰出玛纳斯奇都是从初学入门那一天起必须走过成长过程中的三个阶段。第一，要熟悉史诗结构掌握史诗情节脉络，厘清史诗中错综复杂的人物关系，丰富自己的程式、主题、母题的储备，要对史诗中的人名、地名、部落名、马名及武器装备以及各种主题、母题、套语、程式等了如指掌，并通过不断地演唱实践逐步走向成熟。第二，要掌握史诗演唱技巧并将这一技艺融入自己的演唱之中，以"表演当中的创编"的形式在公众面前将史诗内容淋漓尽致地表现出来。与此同时，在演唱时还要结合所演唱的内容用丰富的音调、节奏、表情、手势、动作加以渲染，提高艺术感染力。第三，要善于将自己学会的史诗内容进行精雕细琢的加工完善，使之焕发出新的光彩，从而创造出自己独特的新的唱本。如果缺失了上述条件的任何一项，那么他就不可能成为独领风骚、名扬盖世的大玛纳斯奇。

《玛纳斯》史诗世代以口头形式流传。柯尔克孜族人民自古都认为，口头形式传唱才是其最合理合法，最符合传统的形式和表象。将口头演唱看作它亘古不变的唯一的民间传播形式。额布拉音·阿昆别克演唱的内容是居素普·玛玛依八部唱本的另一个重要源头。特别是史诗后五部的内容是直接来源于额布拉音的唱本。所以，我们在研究居素普·玛玛依的生平及他演唱的《玛纳斯》后几部的内容时不可避免地要想起额布拉音·阿昆别克这个名字，并对其史诗演唱才华感到神秘莫测。

在1917年春那次阿合奇县哈拉奇乡举行的萨恩拜·奥诺孜巴克与居素普阿坤·阿帕依两位著名玛纳斯奇的《玛纳斯》演唱竞赛中，两位玛纳斯奇轮流演唱了史诗第一部中著名的传统章节《远征》之后，在回答人们的询问时都说《玛纳斯》史诗第三部《赛依铁克》之后还有凯南萨热克和阿勒木萨热克同胞兄弟的故事，但仅此而已，他们都异口同声地说自己从来没有演唱过史诗第三部以后的内容，而且也不太熟悉。在那次史诗演唱比赛时，额布拉音和巴勒瓦依都曾作为听众在一旁聆听他们的演唱。额布拉音当时是以一名招待客人的服务侍从身份参加。当他听到两位大玛纳斯奇都说他们不太熟悉《玛纳斯》史诗第三部以后的故事时，额布拉音悄悄对坐在自己身边，聚精会神地聆听两位歌手演唱的巴勒瓦依说："喂！巴勒瓦依！从血源关系上讲你也算是我的外甥，我只对你一人说一说。人们都把他们尊为大玛纳斯奇，召集这么多人，还从各地特意请来名人做裁判让他们尽情地进行演唱比赛。但是，有人向他们问起《玛纳斯》史诗后面的故事内容，他们却说赛依铁克之后只有凯耐尼木，还说不会演唱这些内容。这算什么大玛纳斯奇？凯耐尼木之后，玛纳斯家族还出现了四代英雄，而这些英雄人物的故事他们却一概不知。其实，《玛纳斯》史诗总共讲述玛纳斯家族八代英雄的故事，这些他们咋就不知道呢？难道没有听人唱过吗？"巴勒瓦依听到额布拉音的此番话语十分激动和兴奋。他如获至宝，急于想了解额布拉音的秘密，便急切地问："舅舅，您既然知道这些故事那就给大家唱一唱吧！"额布拉音心怀顾虑，放低声音又对巴勒瓦依说："我绝不能在这些'魔鬼'面前演唱史诗。"巴勒瓦依好奇地进一步询问他："那您能否给我单独唱一唱，让我把它记录下来！"额布拉音犹豫了一会儿回答说："行。我以后单独给你唱。"于是，巴勒瓦依从史诗演唱竞赛活动刚结束，很快就做好准备并缠着额布拉音为他唱《玛纳斯》。他还把额布拉音从哈拉奇接到自己的故乡哈拉布拉克乡阿特加依洛牧场，并单独为他支起一顶毡房让其居住，安心地生活，然后才开始记录额布拉音演唱的内容。

额布拉音把史诗的一部分内容用韵文形式演唱，一部分则用散文形式讲述给了巴勒瓦依。他怎么演述，巴勒瓦依就怎么记录，最终完成了对史诗后五部《凯耐尼木》《赛依特》《阿斯勒巴恰—别克巴恰》《索木碧莱克》《奇格台》内容的全部记录工作。当然，这些内容的记录过程也并不是一帆风顺。由于受到各种客观因素的影响，记录工作断断续续地延续了近五年时间。在巴勒瓦依的坚持和努力下，终于得以圆满完成，并通过居素普·玛玛依的记忆、背诵、演唱流传下来。

关于额布拉音如何学唱《玛纳斯》史诗的情况，他的女儿朱玛罕（于1995年去世，享年82岁）曾告诉笔者："父亲曾常常给我们演唱或讲述《玛纳斯》的故事。每当家里有熟人来，父亲都会按照客人的请求长时间演唱史诗。他是一个老实而憨厚的人，不愿意抛头露面，非常低调。后来，有一段时间他经常外出，并曾告诉我们说他为巴勒瓦依和居素普俩兄弟演唱过《玛纳斯》。听父亲额布拉音说，我爷爷在他17岁时去世。他曾亲口告诉我们，有一天，他在山坡上放羊，然后迷迷糊糊地睡了过去，并做了一个梦，梦见了玛纳斯、巴卡依等英雄。正是这些史诗英雄在梦中亲自把史诗教给他的。他说当时他昏睡了很长时间。从那以后，他便能够滔滔不绝地演唱《玛纳斯》了。我记得在我15岁的时候，父亲大约已60岁，家里人清闲下来时常要围着他听他演唱《玛纳斯》。他从不轻易为陌生人演唱。他能够演唱玛纳斯及其后代的所有故事。在演唱时很投入，浑身抖动，声音也比平时要洪亮动听。我还记得他演唱的故事中卡妮凯、阿依曲莱克、赛麦台等都隐逝到卡拉昆盖山中去了，而康乔绕害赛麦台，背叛了柯尔克孜，后来赛麦台又回到了人间，阿勒曼别特被埋葬在切奇多别山里等内容。我父亲的《玛纳斯》演唱技艺被我弟弟卡德拉昆继承下来，并在人们中间演唱，后来也成了玛纳斯奇。我父亲于1959年去逝，而且我弟弟卡德拉昆也死了。"从额布拉音·阿昆别克的女儿的上述一番话中，我们能够得知他不仅能够演唱《玛纳斯》史诗后五部内容，而且也能够演唱史诗前几部的内容。无论如何，史诗前几部的内容毕竟流传最广，任何一位大玛纳斯奇都很熟悉。巴勒瓦依没有记录额布拉音所演唱的史诗前几部的内容肯定也是巴勒瓦依对额布拉音所演唱的史诗后五部的内容更感兴趣，鼓励他先演唱这些内容的缘故。

对于额布拉音通过何种渠道学会《玛纳斯》，是否师从某一位前辈大玛纳斯奇等问题，我们暂时还没有充分的资料予以证明。但毫无疑问，他一定是继承了老一代某一位玛纳斯奇的遗产，有一个明确的成长途径。由于他生前不善言谈，不善交际，而且较少在众人面前演唱史诗，所以很多人对他的成长过程都不知晓。因为为人低调，他当时也没有引起人们的重视。只有巴勒瓦依、玉赛音阿吉、居素普·玛玛依等少数热衷于搜集《玛纳斯》资料，善于探讨《玛纳斯》史诗有关问题的史诗歌手和追求学问的极少数人才对他能够演唱完整《玛纳斯》史诗的情况有所了解。额布拉音不仅是一位杰出的玛纳斯奇,而且也是熟知柯尔克孜民俗及部落谱史(散吉拉)的一位杰出的民间演唱家、讲述家。这一点,我们从巴勒瓦依、玉赛音阿吉及居素普·玛玛依等人的讲述和记载资料中清楚地看到。直接或间接地继承他演唱内容的人都是一些在柯尔克孜族中才华横溢的民间文学家。比如:巴勒瓦依不仅是一位玛纳斯奇,而且是著名的《玛纳斯》史诗搜集家。而额布拉音的儿子卡德拉昆也是一位有才华的玛纳斯奇和民间故事家。他儿子卡德拉昆所演唱的《玛纳斯》史诗内容曾被我国的《玛纳斯》工作组于20世纪60年代初进行记录。而其讲述的民间故事则得到大量的搜集、记录和发表,并被译成汉文等兄弟民族的语言,编入民间文学三大集成《新疆民间故事·柯尔克孜族卷》出版,并曾获得过新疆民间文艺家协会的奖励。也就是说,额布拉音演唱或讲述的《玛纳斯》及其他民间文学作品通过他儿子卡德拉昆也得到了直接的传播和保存。60年代初期,当《玛纳斯》普查搜集人员见到卡德拉昆,并对他进行访谈时,他曾亲口明确告诉普查搜集人员说,他的史诗演唱及民间故事讲述技艺均传承自自己的父亲。

巴勒瓦依和居素普·玛玛依兄弟俩对从额布拉音口中记录下来的资料进行了加工、修饰和润色,使之更加完善,最终成了居素普·玛玛依演唱的《玛纳斯》史诗八部中后五部的主要内容。居素普·玛玛依自始至终都把额布拉音看作自己最主要的导师之一,并明确说明自己演唱的《玛纳斯》史诗后五部的内容是在被哥哥记录的额布拉音所演唱内容的基础上加工整理而成。所以说,我们通过居素普·玛玛依演唱的史诗,特别是《凯耐尼木》以后的五部内容可以间接地窥探到额布拉音的杰出的史诗演唱才能和史诗演唱的内容。

自古以来,《玛纳斯》史诗的演唱活动总是受到时间和环境的限制。任何一位玛纳斯奇都不可能在某一固定时间内持续不断地唱完史诗完整的内容。而只能按照现场听众的要求,演唱史诗中某一个特定的、精彩的章节。而这些内容又往往是那些在民众中反复聆听,在玛纳斯奇口中反复锤炼和演唱的经典。在特定时间内,按照现场听众的请求和点题演唱某一个经典传统章节是《玛纳斯》传承的一大特色。即便是那些功成名就的大玛纳斯奇,或者是那些一般的玛纳斯奇，他们在学习过程中，也不可能"一口将《玛纳斯》吃掉"，不可能一蹴而就地把《玛纳斯》的全部内容完整地牢记在脑海中。他们也只能从分段分章地背诵记忆史诗做起，从一个著名的传统段落或章节入手开始记忆，然后把不同的繁杂的内容片段衔接、贯穿起来，逐渐完善，最终把整部史诗串联编织成一个完美的整体，在结构上达到完美。所以，在柯尔克孜族民间能够演唱史诗的一些著名章节的小玛纳斯奇很多，而能够从头至尾比较完整地演唱若干部内容的大玛纳斯奇则十分罕见。能够演唱《玛纳斯》几部甚至八部完整内容的只有极个别才华超众，记忆力惊人，极具口头艺术才华的杰出艺人才能做到。

根据目前我们所掌握的资料和信息，无论在国内还是在吉尔吉斯斯坦等国，能够演唱史诗第四部《凯耐尼木》以后内容的玛纳斯奇都极为罕见。已知的玛纳斯奇中只有我国的额布拉音·阿昆别克，巴勒瓦依·玛玛依，居素普·玛玛依，曼别特阿勒·阿拉曼以及吉国的萨雅克拜·卡拉拉耶夫等分别演唱过其中的全部或部分内容。额布拉音演唱的《玛纳斯》史诗后五部《凯耐尼木》《赛依特》《阿斯勒巴恰—别克巴恰》《索木碧莱克》《奇格台》的内容被巴勒瓦依记录下来并由居素普·玛玛依记忆背诵，融入自己的唱本内容中演唱出来，这可以说是巴勒瓦依和居素普·玛玛依为《玛纳斯》史诗的流传和保存所做出的伟大功绩。

四、巴勒瓦依·玛玛依及其搜集的《玛纳斯》

在20世纪初，在我国的阿合奇县所在地卡克夏勒谷地的柯尔克孜中间曾掀起一股《玛纳斯》的演唱热潮，并引发了我国境内第一次《玛纳斯》史诗搜集记录。成为一名玛纳斯奇成了很多年轻人的人生追求目标。这种文化氛围助推了《玛纳斯》史诗的传承热度，也为未来杰出玛纳斯奇的诞生创造了有利条件。而引发这股热潮的原因主要是我国当地的著名玛纳斯奇居素普阿坤·阿帕依、额布拉音·阿昆别克以及当时为逃避战乱来我国卡克夏勒谷地避难的苏联吉尔吉斯斯坦大玛纳斯奇萨恩拜·奥诺孜巴克和玛纳斯奇兼《玛纳斯》搜集记录者巴勒瓦依·玛玛依等人的《玛纳斯》演述、竞赛和搜集、记录活动。正是这些活动和良好的氛围才出现了人人关注《玛纳斯》，人人学习《玛纳斯》的社会环境，并促使居素普·玛玛依这样名扬世界、让人起敬的《玛纳斯》演唱大师的出现。就像鸟儿靠翅膀飞翔的道理一样，如果没有上辈玛纳斯奇们的史诗演唱活动和杰出成就，特别是如果没有哥哥巴勒瓦依·玛玛依的悉心培养，那么居素普·玛玛依今天的成就便是难以想象的。巴勒瓦依以其演唱搜集史诗八部内容并将此珍贵遗产传授给居素普·玛玛依而备受人们关注，直到今天还得到人们的纪念和颂扬。

巴勒瓦依可以说是我国广泛搜集记录《玛纳斯》史诗的第一人。他自觉行动，为书面（手抄本）记录保存这部史诗做出不懈努力，并获得了积极有效的成果。正是他的努力，才使《玛纳斯》史诗八部得以完整地得到记录，也使我们今天得以读到《玛纳斯》八部完整的内容。而他的这项具有划时代意义的事业，只有到了新中国成立以后的60年代初开始才由我们的民俗学家、民间文学家们继承下来。巴勒瓦依是柯尔克孜族现代著名的玛纳斯奇、《玛纳斯》搜集家、社会活动家及教育家。

巴勒瓦依（1892—1938）与居素普·玛玛依是同胞兄弟。他在玛玛依夫妇得到的二十七个孩子中排行第二，但在存活的仅仅三个孩子中则排名老大，居素普·玛玛依排名最小。存活下来的三个孩子中还有一名女孩。巴勒瓦依那具有传奇色彩的人生经历不能不引起我们的兴趣。他的出生也有一段十分有趣的故事。巴勒瓦依的母亲布茹里正好到了临产期，家里却突然来了一位名叫阔交凯勒迪的占卜师。当时正是疟疾和严重呼吸道疾病流行的特殊时期，人们都陷入恐慌，很多人都被病魔夺走了生命，每一个家庭都有人被病魔夺走生命而惶恐不安。占卜师的突然来临使玛玛依的母亲卡尼姆老太太十分高兴，于是她要求占卜师为儿媳布茹里占算一下能否把孩子顺利产下，孩子及家人是否能安康躲过流行病，并希望这位占卜师能够为家人祈福，祈求全家安康，能够顺利躲过流行病患。占卜师起先故意推托自己没带占卜用的四十一颗石子，不愿意施法祈祝，但看到卡尼姆老太太失望而急切的样子，便顺手从地上捡起一些石子、羊粪蛋之类的东西，凑足四十一个卜石，为布茹里的顺产占卜算卦。占卜后，他对太太说："老太太，你们家里不会有人员亡故。你的儿媳会生下一个健康的男孩。这个孩子将来寿命可能会短一些，但他会做出一番大的事业，是一个有前途的孩子。你最好今天晚上让人宰一只灰山羊，把肉分发给六位邻居作为施舍。你们自己不要吃山羊肉。明天最好从这个地方挪动一下，向西搬迁到一个新住处。孩子最好在那儿出生，出生后最好在别人家里寄养一段时间。孩子要起名叫巴勒瓦依。"固守传统信仰，对民间信仰深信不疑的卡尼姆老太太听到占卜师的话后，马上派人拆下毡房骨架、盖毡及家什，向住在西边的亲家江提克报信，要求他帮忙把她家搬去住一段时间。然后，立刻让人宰杀了一只灰山羊，把肉分给邻里各家。第二天，玛玛依家便朝西搬迁到了一个新的牧点。巴勒瓦依便于1892年出生于阿合奇县哈拉布拉克乡萨孜奥铁克靠西的地方。家里人按照占卜师的话给他起名叫巴勒瓦依。当时的接生婆是巴勒瓦依的叔嫂，叔叔玛买列克的妻子。巴勒瓦依出生七天后，就由她把孩子接到自己家里抚养。就这样，幼小的巴勒瓦依在叔叔玛买列克家中长大，成为两家共同的儿子。

　　七八岁时，他被父亲送到一位名叫额斯塔木阔交的毛勒朵手下学经识字。巴勒瓦依在这位毛勒朵手下刻苦学习了整整四个冬季，学会了伊斯兰教的各种戒规礼仪以及《古兰经》的内容。最主要的是，学会了读书识字。后来，他又在从苏联逃来的一位名叫萨热普别克的知识分子手下学习了一段时间，了解了有关文学、算术、历史、地理等方面的初级知识。这些知识引起了巴勒瓦依很大的兴趣，给他打开了一个崭新的世界。通过这位老师的课，巴勒瓦依不仅了解了很多古典文学名著的内容，人类的历史以及有关吉尔吉斯斯坦及中亚当时正在兴起的新文化运动的情况，使他对新文化、新科学有了一些初步的认识，尤其对丰富多彩的柯尔克孜民间文学产生了特别的兴趣。

　　通过学习增长了知识，开阔了眼界，巴勒瓦依便开始有意识地注意聆听周围人们平时所讲述的民间故事、唱出的民间歌谣。但是，这些零零碎碎的民间文学并不能满足他强烈的精神需求，他想聆听柯尔克孜族长期口头保存的众多长篇史诗、叙事诗，想阅读其他民族的各类文学精品，以解心中的渴望。当时，由于交通不便，卡克夏勒谷地几乎是一个与世隔绝的偏僻山区。巴勒瓦依为了能够到外面的世界看一看，闯一闯，便结识了一批偶尔来卡克夏勒做生意的商贩，并对他们以礼相待，反复嘱咐他们下次来时一定要给他带一些书籍报纸来。他通过阿图什商人巴合提阿洪从喀什、莎车、库车等地搜集了一些历史、文学方面的书籍，又通过喀什商人库赛尔拜搜集了安集延、塔什干出版的书籍报纸。随着年龄的增长，巴勒瓦依观察到周围的柯尔克孜人们只能被动地等待外面的商人们前来销售粮食及各种日用品，而他们自己却不懂得主动做一些生意来维持生活，提高生活水平。于是，他便下定决心也开始学着做一些生意，一方面借此为当地人们带来一些生活的便利，另一方面借做生意之机到外面走一走、闯一闯、看一看，搜集和阅读更多的书籍，提高自己的知识水平，多方面了解和认识世界。从此以后，他也开始了牵上骆驼做生意的人生。由于他头脑精明，善于经营，生意不断扩大，商品品种也不断增多，不到几年工夫，他就成了当地较有名望的富贵商人。他在外地也结交了一大批各民族的朋友。从那以后，为了生意上的事，几个月不回家在外闯荡对他来说成了常事。

根据熟知巴勒瓦依的人们及一些亲戚的回忆，巴勒瓦依是一个性格开朗、心地善良、慷慨大方、助人为乐的人。他经常救助那些生活贫困、无法度日的穷人。他的另一个突出的性格就是不断地追求知识，对民歌、考木兹琴弹奏及史诗演唱有一种狂热的感情，不断地搜集各种各样的图书，以及《玛纳斯》手抄本，还亲自动手进行记录。他经常从人们口中听到居素普阿坤·阿帕依这位大玛纳斯奇的名字，虽没见过面，但对他油然产生了敬意。后来，他不仅与这位大玛纳斯奇相识，而且与他的徒弟玛木别特托合托·萨雅克、木山江·奥诺拜、萨德尔·玛木买特等一批擅长演唱史诗，富有天才的年轻人成为至交，与他们一起在庆典、聚会和婚礼上演唱史诗、弹奏考木兹琴，活跃气氛。

巴勒瓦依的青年时代正是卡克夏勒地区《玛纳斯》演唱活动盛行、高潮迭起的时期，人们通过《玛纳斯》的演唱活动而得到精神的享受，认为"玛纳斯的英灵依然活在人间"，而对玛纳斯奇更是倍加尊重。尤其是亲眼见识到居素普阿坤·阿帕依与萨恩拜 1917 年春天的那次演唱竞赛，被他们的史诗演唱所深深感染之后，巴勒瓦依认识到了演唱搜集记录《玛纳斯》史诗完整内容并将其继承下来、传向后代的重要性。于是，他便把学唱及记录居素普阿坤·阿帕依演唱的内容视为自己的神圣责任，开始寻找各种机会反复聆听他的演唱，学唱背诵记忆他演唱的内容。最后又表明了自己有意要把他演唱的内容全部记录下来传向后代的意愿。经过他反复说明《玛纳斯》史诗记录到纸上永久保存的重要性后,居素普阿坤也被这位富有远见的年轻人的行为所感动,同意把自己知道的内容从头至尾给他全部演唱一遍。

巴勒瓦依的记录工作并不是一帆风顺,由于各种主客观因素的干扰,只能断断续续地进行。但是,每当在工作状态时,巴勒瓦依从居素普阿坤那滔滔不绝的演唱中不止一次地感受《玛纳斯》史诗的伟大,同时也为居素普阿坤的史诗演唱才能所折服,油然生出无限的崇敬之情。他曾听过其他很多玛纳斯奇的演唱,但是却没有一个玛纳斯奇能与他相比。这使他对自己所从事的记录工作更为投入,更加充满信心,也更进一步认识到了它的重要性。他在记录时,感觉到似乎有一种神奇的力量在促使他完成这项使命。但是他并不急于让玛纳斯奇连续不断地进行演唱,而是让他放松自己,劳逸结合,一边休息一边演唱。在不唱时,便向他提出各种有关《玛纳斯》史诗的问题让他解答。偶尔还要邀请一些居素普阿坤要好的同辈朋友到家里来,宰杀绵羊进行接待,并让居素普阿坤放松心情为大家即兴演唱《玛纳斯》史诗的内容,以此激发他的想象力,让他更好地发挥自己的超人才能,解除心中的烦闷。这样的演唱又为巴勒瓦依的记录工作创造了良好的条件。

巴勒瓦依在家人的支持下,在著名玛纳斯奇的密切配合下,终于把居素普阿坤演唱的史诗前三部《玛纳斯》《赛麦台》《赛依铁克》的内容全部记录了下来。这在当时的条件下是难以想象的。他的这项工作成了《玛纳斯》史诗学术发展史上的一段佳话。而从这一行为上,我们也能看到巴勒瓦依那高瞻远瞩、坚韧不拔的毅力。他不仅记录下了《玛纳斯》史诗这一优秀唱本,而且长期陪伴在居素普阿坤身边,一方面在生活上照顾他,另一方面学习和掌握这位杰出玛纳斯奇的演唱内容、演唱技艺、演唱特点,从而对《玛纳斯》史诗演唱的规律有了较为深刻的认识,通过努力自己也成了当时很有名气的玛纳斯奇。当时,拜居素普阿坤为师,跟随他学唱《玛纳斯》的人很多,可掌握其演唱史诗的精髓,在听众中演唱并产生一定影响,因自己的演唱而受人们赞颂的仅有巴勒瓦依·玛玛依、玛木别特托合托、木山江等几位,他们被人们确认为是居素普阿坤的几个最有成就的徒弟。

1916年,吉尔吉斯斯坦境内发生的战乱迫使很多柯尔克孜人翻山越岭逃到我国境内的卡克夏勒（现阿合奇县及周边）地区避难。在这些难民中就有萨恩拜·奥诺孜巴克这位已在柯尔克孜族中富有名望的玛纳斯奇。他的到来在当时成为一大新闻并最终促成了上面提到的那一次著名的史诗《玛纳斯》演唱比赛活动的举行。居素普阿坤·阿帕依在卡克夏勒谷地是人人皆知的大玛纳斯奇，而萨恩拜·奥诺孜巴克的名声也早已为人们所熟知。两位著名玛纳斯奇的相遇对早就热衷于聆听《玛纳斯》史诗内容，对史诗有着迷恋之情的卡克夏勒地区的人们来说是一次千载难逢的好机会。当地的有识之士为两位玛纳斯奇举办史诗演唱竞赛，邀请有名望的人士进行评判的举动，不仅成了《玛纳斯》史诗发展史上中国和吉尔吉斯斯坦两国的玛纳斯奇之间史诗演唱的一次难得的面对面竞赛，而且极大地推动了《玛纳斯》史诗的广泛传播和发展。巴勒瓦依也以听众的身份目睹、聆听了两位杰出歌手的史诗演唱，并为他们精彩演唱而倾倒。从此以后，他进一步坚定了搜集完整《玛纳斯》内容，把这部数千年来在玛纳斯奇口头传唱的史诗传向后人的决心。也正是在这次演唱会上，他发现了能够演唱史诗后五部内容的著名玛纳斯奇额布拉音·阿昆别克。为了能够记录下额布拉音·阿昆别克的演唱，巴勒瓦依在生活上照顾他，把他特意从哈拉奇接到自己在阿特加依洛的家中，并带着他参加各类庆典活动和各种祭典，使他能够开阔眼界，更好地进行演唱。额布拉音的演唱断断续续地进行了四年之久。他用韵散结合的形式给巴勒瓦依演唱了《玛纳斯》史诗第四部《凯耐尼木》、第五部《赛依特》、第六部《阿斯勒巴恰—别克巴恰》、第七部《索木碧莱克》、第八部《奇格台》等五部，而巴勒瓦依也逐字逐行记录了下来。

　　巴勒瓦依在记录额布拉音·阿昆别克的《玛纳斯》唱本的过程中，还结识了随难民一起从吉尔吉斯斯坦逃亡而来的另一位天才、著名玛纳斯奇特尼别克的儿子阿克坦·特尼别克。阿克坦·特尼别克在年龄上与巴勒瓦依相差无几，是继承其父亲的《玛纳斯》演唱事业的优秀史诗歌手，同时又是一位天才的即兴诗人和考木兹琴弹奏家。与这样的民间文艺家相识，对热衷于民间口头文化的巴勒瓦依而言是一件求之不得的事。于是，两人很快成为至交，并相伴而行，游历各地去参加婚礼集会、演唱《玛纳斯》和其他民歌，为集会助兴，使听众得到快乐，活动举办者表达感谢。这是当时的天才民间艺人们最典型的生活方式。

巴勒瓦依为了做生意、结交各地的《玛纳斯》演唱艺人、切磋《玛纳斯》演唱技艺、搜集和记录《玛纳斯》史诗而常常外出，足迹踏遍了新疆南部的喀什、莎车、库车、阿克苏、阿图什等重镇，甚至还跨越国界到过吉尔吉斯斯坦的阿特巴什、纳伦等地拜访当地的著名玛纳斯奇。他每到一地，都要想方设法从别人手中收购各种书籍以及《玛纳斯》史诗手抄本，如果听到精彩的史诗片段，就亲手进行记录。

巴勒瓦依一生先后娶有四个妻子。第一个妻子英年早逝，后他又按柯尔克孜传统的古老的婚姻形式，叔招嫂，迎娶了叔父凯勒瓦依的遗孀木尔扎罕为妻，并收养了随木尔扎罕而来的侄子朱玛勒。后来，木尔扎罕为他生了一个女儿。巴勒瓦依到吉尔吉斯斯坦做生意期间，经媒人介绍，在阿特巴什地区与一位名叫卡勒德克的姑娘相识相爱，并最终娶她为妻。卡勒德克又给他生了加克甫、阿玛特、阿斯卡尔三个儿子。她有一个名叫萨尔特拜的兄长和一个名叫阔交拜的弟弟，都住在吉尔吉斯斯坦的阿特巴什地区。他们常常越过国境来看望卡勒德克及巴勒瓦依，并按巴勒瓦依的请求常常给他搜集来苏联出版的吉尔吉斯文、哈萨克文、乌兹别克文及其他各种文字的书籍。巴勒瓦依的第四个妻子孜依纳是随战乱逃亡到中国境内的一位名叫玛木尔汗的人的女儿。这个玛木尔汗是吉尔吉斯现代著名诗人莫勒多克力奇的近亲。当莫勒多克力奇遭受不公平的打击而被捕后，他便因害怕受到牵连而携妻带子逃到了中国的卡克夏勒地区。巴勒瓦依娶孜依纳为妻后，玛木尔汗还把自己珍藏的莫勒多克力奇的许多书籍也交给了女婿巴勒瓦依。这样，巴勒瓦依所搜集的书籍篇目便日益增多，内容也不断丰富起来，成了一个小小的个人图书馆。他虽然搜集了很多各国出版的书籍，但是对搜集《玛纳斯》手抄资料却一刻也没有放松过。无论是谁演唱的《玛纳斯》，他都要精心地聆听和记录。无论是从谁手中见到《玛纳斯》手抄本，他都要不惜重金进行购买，然后细心地进行保存、阅读和背诵、记忆，并常常在婚礼庆典上为众人演唱。他也有自己的宏愿，那就是想在众多玛纳斯奇演唱内容的基础上创造出自己的《玛纳斯》史诗完整的演唱，并为此进行了长期不懈的努力。

学习前辈们所演唱的《玛纳斯》内容和优秀口头即兴创作、创编技艺，把自己所掌握的内容传向后辈是一代代柯尔克孜族民间艺人的优良传统。巴勒瓦依也没有违背这样的传统模式。他不仅学习搜集了与自己同时代的最著名的玛纳斯奇们的演唱内容，培养出了居素普·玛玛依这样的新一代杰出玛纳斯奇，而且把自己搜集、记录和掌握的有关史诗演唱的全部资料以及史诗演唱技艺全部灌输和转交给了弟弟。正是在他不遗余力地精心指导和培养下，居素普·玛玛依才脱颖而出，不断走向《玛纳斯》史诗演唱的高峰，并最终成为当代玛纳斯奇中的杰出代表。

巴勒瓦依所搜集记录的《玛纳斯》资料的主要来源有居素普阿坤·阿帕依演唱的《玛纳斯》史诗前三部《玛纳斯》《赛麦台》《赛依铁克》的内容，从额布拉音·阿昆别克口中记录的《玛纳斯》史诗后五部《凯耐尼木》《赛依特》《阿斯勒巴恰—别克巴恰》《索木碧勒克》《奇格台》的内容。除此之外，还有特尼别克唱本中《阿勒曼别特离开阔克确投奔玛纳斯》这一传统章节的莫斯科出版文本内容，萨恩拜·奥诺孜巴克演唱的一些内容的记录本以及其他一些玛纳斯奇演唱内容的记录本。也就是说，我们今天见到的居素普·玛玛依演唱的23万多行的八部《玛纳斯》史诗是由这些内容汇集而成的。巴勒瓦依和居素普·玛玛依凭借各自的才能不仅对这些《玛纳斯》资料进行了汇总整理工作，而且在结构上、语言上都进行了必要的加工、完善。他们的辛勤工作为《玛纳斯》史诗增添了光彩，使它在艺术上更趋完美，在结构上更趋完整，在演唱上更趋生动，并通过居素普·玛玛依之口完整地演唱出来，成了《玛纳斯》史诗演唱史上空前绝后的一个伟大壮举。

巴勒瓦依是一个善于交际、广交朋友、眼界开阔的社会活动家。他从小就积极参与各种社会公益活动，特别是对提高柯尔克孜族的文化素质，引导他们学习新文化、接受新知识、推广新式教育等做出了自己的贡献。1932年，他同其他一些具有共同理想的人一起，组建了"乌什县柯尔克孜文化促进会"，大大推进了乌什县、阿合奇县柯尔克孜族农牧民的教育文化事业。他们在牧区创办学校，举行扫盲活动，使成千上万目不识丁的柯尔克孜族牧民接受了新科学、新知识，学会了读书识字。从1933年开始，仅在卡克夏勒地区就开办了四所学校，巴勒瓦依还曾在故乡麦尔凯奇开办新式学校并亲自担任教员。他根据自己从书本得到的知识向人们讲述各类新知识、新文化，启发他们的心灵。因此，他被当地人们尊称为"巴勒瓦依毛勒朵"，即有知识、有学问的人。

作为居素普·玛玛依的同胞兄弟，巴勒瓦依对居素普·玛玛依担当了父亲及导师的双重身份。他不仅在生活上抚养、关心、爱护弟弟，而且言传身教，启发诱导，最终把他培养成了优秀的玛纳斯奇。他看到居素普·玛玛依将全部心血都花在学唱《玛纳斯》方面，已确立了自己的远大志向后，便于1934年的一天毫无保留地把自己多年精心搜集的整整一皮褡裢《玛纳斯》手抄本、记录本全部交给了居素普·玛玛依，并嘱咐他说："这是我多年搜集的《玛纳斯》史诗八部的完整资料，从前我一本一本地让你阅读、让你背诵，今天全都交给你，希望你能够精心保存，并把它们全部记忆背诵下来。我儿子加克甫对这些资料不太感兴趣，把这些交给他我不放心。他可能意识不到这些资料的重要价值。把这些交给你，我心里才会安稳。"①巴勒瓦依的重托使居素普·玛玛依感到了身上的重担和责任。他完全理解了哥哥巴勒瓦依的心愿，所以答应哥哥一定要把这些资料视为自己的生命一样珍贵，决心一边更加努力地阅读记忆和背诵，一边像保护自己的生命一样保存这些资料，用全部的心血来完成哥哥未竟的事业。

1937年，新疆的军阀统治者盛世才为了巩固自己的反动统治，下令在全疆范围内大肆捕杀共产党人和各民族的进步人士和知识分子。巴勒瓦依也在这次捕杀中没有逃脱劫难，被盛世才政府的地方官吏逮捕后送往喀什监狱。从此一去不返。后来有消息说他与同时被捕的人们一起在狱中被活埋。当时，巴勒瓦依年仅45岁。

巴勒瓦依为搜集、保存《玛纳斯》史诗付出了自己的一生。由于他深深懂得《玛纳斯》史诗的价值，所以才克服种种困难，最终把史诗八部的内容全部记录、保存了下来。他的这一事业成了《玛纳斯》学术史上的奇迹。正因为有了他辛勤努力和辉煌功绩，才使我们在20世纪90年代看到了令世人瞩目的我国《玛纳斯》史诗八部柯尔克孜文版完整内容，21世纪的第二个十

---

① 居素普·玛玛依：《我是怎样开始演唱〈玛纳斯〉史诗的》，《玛纳斯论文集(1)》，柯尔克孜文，乌鲁木齐：新疆人民出版社，1991年，第37页。

年中又看到了国家通用语言汉文版完整版本的出版。我们可以说巴勒瓦依是我国《玛纳斯》史诗搜集、整理、保存这一伟大工程的开拓者，他的名字必将永远载入我国《玛纳斯》工作史册中万古流芳。

五、艾什玛特·曼别特居素普及其唱本

艾什玛特·曼别特居素普是19世纪末20世纪初，中国乌恰县著名玛纳斯奇。1880年出生于乌恰县黑孜苇乡阿克布拉克村，1963年去世。父亲曼别特居素普是当地知名的玛纳斯奇，他便从小在家接受父亲的指导和培养，一边学习文化知识，一边学唱《玛纳斯》史诗。耳濡目染中逐渐学会了《玛纳斯》史诗很多传统章节，并开始在小范围内给家庭成员和邻近听众演唱。乌恰县黑孜苇乡是柯尔克孜族聚居区，而且也是《玛纳斯》史诗比较集中的流传地区，口头传统积淀深厚，口头传承艺人层出不穷。当地柯尔克孜族人非常喜爱《玛纳斯》史诗，也热衷于聆听《玛纳斯》史诗，所以就有很多玛纳斯奇经常在节庆、集会、节日和闲暇之余演唱《玛纳斯》等柯尔克孜族史诗。[①] 当地比官阿尔兹玛特就是一位热衷于口头文学，尤其对《玛纳斯》史诗情有独钟的地方官吏。他曾从外地邀请来一位名叫厄热斯拜的名声显赫的玛纳斯奇兼民间艺人到当地演唱《玛纳斯》，并组织当地聪明伶俐有兴趣的少年师从这位民间艺人，学习其史诗演唱才艺，而艾什玛特便是其中之一。这位厄热斯拜不仅能唱《玛纳斯》，而且谙熟柯尔克孜族的民间文学，甚至还能演唱除了《玛纳斯》之外的多部柯尔克孜族史诗和民歌等作品。经过一段时间的努力，在父亲和导师的指导，在其他身边民间艺人的影响、熏陶之下，聪明过人的少年艾什玛特被《玛纳斯》以及其他更多的柯尔克孜族史诗吸引，甚至着迷于此，经过全神贯注地不断努力，最终学会了《玛纳斯》以及《艾尔托什吐克》《库尔曼别克》《考交加什》《加尼西与巴依西》《鸟王布达依克》等多部柯尔克孜史诗以及大量各类题材的民间口头文学作品。

随着年龄的增长，更加努力、全身心投入学习掌握完整《玛纳斯》史诗

[①] 参见郎樱《〈玛纳斯〉论》，呼和浩特：内蒙古大学出版社，1999年，第181—182页。

内容的他，不满足于仅从父亲和外地请来的玛纳斯奇厄热斯拜口中学习，把自己眼光放到更为广阔的世界，开始到各地观摩、切磋、交流，在巡游过程中，结识了大批史诗演唱艺人，与他们进行交流，并在庆典、婚礼、祭典上大展才华，按照听众的点题演唱《玛纳斯》不同的章节及其他柯尔克孜族史诗。阿克布拉克村有一位富翁将女儿嫁给了吉尔吉斯斯坦纳伦地区阿特巴什地方的一位名叫艾散别克的玛纳斯奇。艾什玛特曾聆听过这位艾散别克的《玛纳斯》史诗演唱，并对其独特的演唱风格印象深刻，而且十分着迷。于是在 16 岁时，他跟随别人跨越国界，到俄国境内的中亚吉尔吉斯斯坦阿特巴什地区去寻找这位曾经聆听其史诗演唱，名叫艾散别克的玛纳斯奇，希望投奔其门下，向他学习演唱《玛纳斯》史诗。① 不久，他如愿以偿，在这位玛纳斯奇的悉心指导下，《玛纳斯》演唱技艺得到很大提高。与此同时，他也结识了一些当地的老一辈玛纳斯奇，扩大了视野，获得了更多的实践经验。此后不久，他听到大名鼎鼎的特尼别克的名字，于是又去投奔当地大玛纳斯奇特尼别克门下，经过一番努力最终成功拜他为师，开始了又一段学唱《玛纳斯》史诗的经历。在特尼别克门下为徒，跟随他周游四方，聆听他演唱，学习和模仿其演唱技巧。他与和自己一样从中国境内的阿合奇县慕名前来特尼别克门下学习《玛纳斯》的年轻玛纳斯奇居素普阿坤·阿帕依以及吉尔吉斯斯坦玛纳斯奇萨恩拜·奥诺孜巴克等成为同门师兄弟，在特尼别克门下学习 4 年多时间，彼此鼓励，共同进步。他们的这一经历在民间都有很多传说。对此，我们从居素普·玛玛依等老一辈的回忆中得到了证实。② 当时，俄国与大清政府之间虽然已经签订了勘定国界线的条约，但是生活在边境地区的柯尔克孜（吉尔吉斯）民众之间的交往却并不受限，可以自由来往，因此在一些重大节庆活动，长老尊贵去世一年之后的周年祭典，平时婚丧嫁娶等红白喜事时往往都会邀请对方前来参加活动，也会有很多著名的玛纳斯奇应邀前来，为两国民众演唱《玛纳斯》史诗。这样的社会语境就为艾什玛特这样痴迷于学唱《玛纳斯》，有志于成为玛纳斯奇的年轻人提供了理想的学习

---

① 郎樱：《〈玛纳斯〉论》，呼和浩特：内蒙古大学出版社，1999 年，第 182 页。
② 居素普·玛玛依：《我是怎样开始演唱〈玛纳斯〉史诗的》，《玛纳斯论文集（1）》，柯尔克孜文，乌鲁木齐：新疆人民出版社，1991 年，第 37 页。

氛围，也为他们日后的成长和展示自己的才华提供了广阔的舞台。两国之间的这种民间交往，一直延续到民国时期。新疆官吏盛世才与苏联签订相互贸易条约，两国之间的交往也频繁进行，各种交流活动长盛不衰。年富力强、才华横溢的艾什玛特20世纪30—40年代也曾多次应邀前往吉尔吉斯斯坦参加活动，并为对方国家的民众不止一次演唱过《玛纳斯》。

这种语境增强了艾什玛特的史诗演唱实践，使他不断学习和吸收两国玛纳斯奇的史诗演唱内容和技艺，逐渐成长为一名大玛纳斯奇。他周游四方，多方学习，不断被邀请在民众中演唱，展示过人的艺术才华，将《玛纳斯》史诗演唱到了炉火纯青的地步，赢得了不同地区、不同民族，以及中国及吉尔吉斯斯坦民众的认可和高度评价。比如，他又一次曾去喀什地区巴楚县探望亲属，并在当地富翁多来特的热情邀请之下为当地民众演唱《玛纳斯》整整十五天，从而获得"柯尔克孜的夜莺"的评价，并获赠骏马一匹，丝绸大衣一件作为奖励。他还应邀前往吉尔吉斯斯坦阿特巴什参加祭典活动时为民众演唱《玛纳斯》三天三夜，震惊四座从而获得"中国的夜莺""不知疲倦的歌手"的评价。①

功成名就的艾什玛特也得到乌恰县地方比官阿尔孜玛特的赏识。阿尔孜玛特赞赏他的《玛纳斯》演唱才能，把他收养在身边，还带着他到各地出席喜庆宴会及祭典活动，为听众演唱史诗。艾什玛特四处演唱《玛纳斯》，名声越来越大。他经常一唱就延续数天时间，得到人们的阵阵喝彩。他所演唱的史诗，无论内容还是演唱风格，都保留了很多传统的古老成分，语言朴实，生动感人，有非常鲜明的口头程式化特征，在许多情节上也同居素普·玛玛依的唱本形成鲜明的对比。

据说，他曾经亲口对人说自己能够演唱《玛纳斯》前七部，还能演唱多部柯尔克孜族史诗及叙事诗。但是在1961年开展的《玛纳斯》普查中，可能是由于当时他年事已高，身体欠佳，工作组只记录下了他演唱的史诗第一《玛纳斯》和第二部《赛麦台》两部的一些内容，并且由郎樱和玉赛因阿吉负责翻译成汉文。这部分内容主要包括史诗第一部的"保卫塔拉斯""玛纳斯

---

① 郎樱：《〈玛纳斯〉论》，呼和浩特：内蒙古大学出版社，1999年，第183页。

与萨依卡勒女英雄的爱情故事""阔阔托依的祭典""玛纳斯之死""玛纳斯的葬礼"及第二部的"赛麦台与巴额西对阵""赛麦台与玉麦台依结盟""康乔绕的阴谋"等传统章节。工作组当时记录他的演唱文本时,他已是80多岁高龄。所以,当时进入耄耋之年的他,很遗憾地没有能够为后辈留下他完整的史诗唱本。当《玛纳斯》调查组1963年再一次寻找他时,一代《玛纳斯》演唱大师艾什玛特·曼别特居素普已离开了人世。与我们手中的《玛纳斯》演唱大师居素普·玛玛依的唱本相比,艾什玛特唱本有其独特之处和鲜明的特征。比如,艾什玛特唱本第一部中卡妮凯率领四十勇士进行的"塔拉斯保卫战"充分显示了玛纳斯夫人卡妮凯机智过人、运筹帷幄的勇气和胆识,但这个章节在居素普·玛玛依唱本第一部中却不曾出现。但是在他的第二部中却有一个类似的情节,但组织这次保卫战的并非卡妮凯,而是变成了第二部女主人公阿依曲莱克。此外,在居素普·玛玛依唱本中内奸叛徒阔孜卡曼毒害玛纳斯之后是由卡妮凯用秘方仙药进行救治,使玛纳斯死而复生,但是在艾什玛特的唱本中则是由过往商人开篆相救,让英雄在圣水中沐浴死而复生,等等。

当时《玛纳斯》工作组成员玉赛因阿勒·阿勒穆库勒于1961年记录下的史诗文本第一部的柯尔克孜文以及由郎樱、玉赛音阿吉合作翻译的汉文译文在"文革"期间均丢失。"文革"结束后,经过郎樱、陶阳等人的努力好不容易找回来一些资料。其中的"智勇双全的巾帼英雄卡妮凯""玛纳斯死而复生"等传统篇章的汉译文,共计3300行,被编入中国文联出版社于2003年出版的《柯尔克孜民间文学精品选》第二集出版。后来又由新疆人民出版社以单行本形式出版。① 编入其中的内容主要是"阔阔托依的祭典""玛纳斯讨伐卡依普汗的女儿萨依卡丽姑娘""空吾尔巴依从别依京出征塔拉斯,玛纳斯迎战""玛纳斯抢掠阿依汗和昆汗的马群,死而复活回到塔拉斯"等情节。很显然,这些文本是《玛纳斯》史诗第一部并不连贯的、相对独立的传统章节。这些传统章节的文本内容显示出艾什玛特唱本十分突出的程式化、

---

① 艾什玛特·曼别特居素普:《玛纳斯》,郎樱、玉赛音阿吉·阿散阿勒译,乌鲁木齐:新疆人民出版社,2014年。

口头性特征和内容、情节、母题方面的独特个性。语言朴实无华，保存了突出的民间口语和史诗的口头性特征。比如，玛纳斯不相信卡勒玛克人进攻塔拉斯，酣睡不醒，在危急时刻卡妮凯前来营救，才幸免于难。然后，在玛纳斯率领四十勇士抢劫阿依汗与昆汗的马群之后，又遭到叛徒阔孜卡曼的毒害而离开人世。幸亏赛热克和斯尔哈克两位英雄外出幸免于难并竭力想方设法让玛纳斯死而复生。在两位英雄和卡妮凯的努力下，在商队的帮助下，用圣水、圣驼奶汁洗澡才复活。这一情节与拉德洛夫搜集的唱本相同。在玛纳斯征讨萨依卡丽的章节中突出描述了女英雄萨依卡丽面对玛纳斯的调戏和粗鲁举动，用皮鞭鞭挞英雄玛纳斯，两人展开对决。虽然玛纳斯最终战胜萨依卡丽欲娶她为妻，但是看到占卜书上显示两人此生没有姻缘而留下遗憾。这一内容的描述比较详尽细致。

史诗第二部《赛麦台》的柯尔克文经过托汗·依萨克的编辑整理，由克孜勒苏柯尔克孜文出版社于2003年出版，并于2009年再版，文本共计12300行。根据编辑整理者托汗·依萨克的初步研究，这个文本容纳了玛纳斯之子赛麦台、孙子赛依铁克的英雄事迹。其大致内容如下：

> 玛纳斯受重伤危在旦夕之时，其父亲贾克普勾结阿维凯、阔别什（与玛纳斯同父异母兄弟）不顾亲情，不顾玛纳斯的死活，将奄奄一息的玛纳斯和刚出生不久的赛麦台留给卡妮凯，逼迫所有人强行搬迁，让卡妮凯独自一人看护抚养。玛纳斯滴水不进，赛麦台还在襁褓中，卡妮凯为了看护照顾父子俩受尽艰辛。玛纳斯让阿勒曼别特前去邀请阿依汗之子阔柯博茹。阔柯博茹因为强娶了原本准备嫁给艾尔托什图克之子交达尔别西姆的阿克埃尔凯奇而引起艾尔托什图克的愤怒，从而引发纠葛，艾尔托什图克甚至率兵前来征讨。正在两军对垒准备开展之际，阿勒曼别特正好赶到。阔柯博茹写一封信给艾尔托什图克，说明自己已将牲畜、财富、家人留下前去看望玛纳斯，并将此信贴到艾尔托什图克的坐骑恰勒库伊如克的后背将马重新放归，与阿勒曼别特一起离开。艾尔托什图克从信里得知玛纳斯的状况之后，也领着自己的三个儿子前往塔拉斯看望病危中的玛纳斯。当阔柯博茹到来时玛

纳斯停止呼吸离开人世，人们怀着悲伤将其掩埋。恰在此时，阔柯博茹之妻阿克埃尔凯奇生下一个男孩，并取名阔勇阿勒。孩子出生六天之后便能开口说话，此时也骑着骏马赶来参加玛纳斯的葬礼。葬礼结束，正当人们准备散去时艾尔托什图克与阔柯博茹之间还是发生了一场搏斗，最终艾尔托什图克被砍去脑袋，死在阔柯博茹手中。艾尔托什图克之子交达尔别西姆怒火中烧，催马前去与阔柯博茹拼杀，但遭到阔勇阿勒的挑战。在两个少年即将开始你死我活的决战之际，人们苦口婆心让他们最终讲和，并促成两位年轻人起誓结义，成为兄弟。孩子们带着艾尔托什图克的尸体返回家乡。卡妮凯想方设法，请来工匠，召集众人为玛纳斯修建宏伟陵墓。然后，卡妮凯与娜可莱一起依然追悼玛纳斯的英灵，为英雄守灵，驻守在家乡抚养幼子赛麦台。

此后的故事情节遵循史诗第二部《赛麦台》的传统内容延续。

  贾克普怂恿阿维凯、阔别什强行迎娶玛纳斯的两位寡妇，如若不同意就强行霸占，甚至商讨斩杀玛纳斯的遗孤——年幼的赛麦台，以除后患。娜可莱畏惧强势，很快同意出嫁。但是，卡妮凯在波孜吾勒的帮助下提前乘着夜色将赛麦台和一位女仆的新生儿进行调换，给他穿上赛麦台衣服抱在自己怀里。襁褓里的赛麦台则被波孜吾勒带到一个山洞里藏好。阿维凯、阔别什带领四十勇士前来，听到卡妮凯坚决不嫁给他们中的任何人便指使阔绍依负责将卡妮凯手中的孩子斩杀，将玛纳斯的毡房盖毡挑开，强行剥夺所有财产，赶走牲畜，将卡妮凯和玛纳斯的母亲琦伊尔迪两人光着脚留在荒野中离去。幸亏卡妮凯提前行动才保住了赛麦台的性命。卡妮凯随后来到藏赛麦台的山洞看到一头母野山羊给他喂奶。在巴卡伊老人的帮助下，卡妮凯带着赛麦台和婆婆琦伊尔迪投奔娘家去避难。卡妮凯的父亲铁米尔汗举办大型庆典迎接卡妮凯，并将卡妮凯推举为汗王统治一方。琦伊尔迪随卡妮凯而去，但赛麦台却被他留在身边自己抚养。与此同时，他还严令手下绝不能向赛麦台透露其身世。赛麦台在外公家自由自在地成长，经常带着猎鹰、猎犬，骑着骏马外出打猎。12岁时，在打猎途中从一位秃头烧炭翁卡拉塔孜嘴里听到自己的身世并遭到其讽刺，说他是寄人篱下，忘记自己祖先不敢回故乡的胆小鬼。赛麦台感到羞愧难当，最后经过一番努力才从别人以及从母亲卡妮凯口中证实了自己身份。然后立刻回到故乡，并在巴卡伊的帮助下挫败了爷爷贾克普与两位叔叔阿维凯和阔别什陷害他的阴谋，铲除叛逆。最后将母亲卡妮凯和奶奶琦伊尔迪接回故乡塔拉斯，使人民过上了安居乐业的生活。

玛纳斯的同胞妹妹卡尔德哈奇嫁给卡尔马纳普之后在以节迪盖尔部族为邻居住在库列仙的森林地带。自从玛纳斯去世后，节迪盖尔英雄巴额什随时对他们进行掠夺，弄得他们民不聊生，度日艰难。卡尔德哈奇听到侄子赛麦台长大成人回到塔拉斯的消息，亲自前来寻求帮助救援。这一请求虽然遭到卡妮凯的拒绝，但是赛麦台执意要去并要求父亲玛纳斯的四十勇士与自己一同前往却遭到拒绝。四十勇士甚至纷纷脱离赛麦台，准备带着家人财富牲畜等搬离。赛麦台苦苦请求，不仅也没能够说服四十勇士反而遭到攻击，于是便一气之下将他们一个不剩地全部斩杀（四十勇士被赛麦台被迫斩杀的情景是史诗第二部《赛麦台》的传统情节，但是在不同的传统唱本中勇士的名单，尤其是重要勇士的名单都有一定出入）。随后，赛麦台带领巴卡伊前去救急来到卡尔马纳普驻地，然后在他的带领下前往征讨巴额什，并经过几番惊心动魄的轮战最终将其斩杀剖腹，尸体也被烧毁。随后赛麦台与萨热塔孜相遇结义帮助他打败对手让他先后迎娶两位汗王的女儿并将他推举为汗王。之后又邂逅玉麦台勇士并与他盟誓结为至交兄弟，并迎娶玉麦台心仪的姑娘恰琦凯为妻，并提出将自己举世罕见的著名坐骑泰布茹里赠送给玉麦台作为交换。但是，赛麦台换得美人归，在塔拉斯整天沉浸在与恰琦凯的欢愉之中，早把自己将坐骑赠送之事忘到脑后。玉麦台感到赛麦台不信守诺言羞辱了自己，是一位轻浮不讲义气的纨绔子弟，于是便带领手下兵丁前去抢夺赛麦台的马群，并与赛麦台展开搏斗而最终丧生。之后的情节基本按照传统顺序以"青阔交、托勒托依为了强娶阿依曲莱克仙女而围攻阿昆汗的城堡""阿依曲莱克飞出城堡找到指腹为婚的未婚夫赛麦台并抢走其白隼鹰""赛麦台迎娶阿依曲莱克""青阔交、托勒托依与赛麦台交战而亡""赛麦台前往别依京抢走空吾尔拜的马群""赛麦台与克亚孜搏杀中康乔绕之计被杀"等固定的情节模式和顺序延续。

艾什玛特唱本第三部《赛依铁克》的故事情节也是按照传统模式延续。其故事脉络如下：

> 康乔绕与克亚孜勾结在一起杀死赛麦台之后，剔掉古里乔绕的肩胛骨使他变成残疾。然后他们合伙掠夺赛麦台的城堡，财物牲畜全部被抢，诺果依部落之人们变成节迪盖尔部族的奴隶，受尽欺凌。阿依曲莱克也被克亚孜霸占，赛依铁克在万难之中，在阿依曲莱克千方百计的保护下好不容易出生。阿依曲莱克又想方设法才将赛依铁克呵护抚养长大。然后，阿依曲莱克暗中帮助古里乔绕治疗伤病，又让赛依铁克与古里乔绕相认，为赛麦台报仇雪恨打基础。当古里乔绕的伤治好精力恢复到原先的程度之后，三个人机智策划最终用计将克亚孜斩杀铲除。他们活捉康乔绕并将他交给卡妮凯和琦伊尔迪处置，对叛逆康乔绕早就怀恨在心的两位夫人决定用凌迟的方法将其处死。赛依铁克用自己勇敢和智慧战胜节迪盖尔部族，回到故乡塔拉斯，让柯尔克孜重新拥有了幸福美满的生活。

根据国内学者们的研究，他所演唱的史诗文本内容有其鲜明的传统特征和独到之处。除了上述内容之外，中央民族大学还曾与1982年油印发行过由萨坎·玉麦尔编辑整理的文本。他的唱本的一些片段汉译文也散见于各种出版物。对他生平及其文本的研究见于郎樱、胡振华、托汗·依萨克等人的研究论著。

六、萨雅克拜·卡拉拉耶夫及其唱本

被国际史诗学界誉为20世纪荷马的吉尔吉斯斯坦《玛纳斯》演唱大师萨雅克拜·卡拉拉耶夫，1894年出生于伊塞克湖畔的阿克奥龙（Ak Oloŋ）

地区，后来随家人搬迁到杰特奥古孜（Jeti Ögüz）地区生活一段时间之后重新返回故乡。他的孩提时代就是在这样的奔波中度过，1971年离开人世，享年77岁。因为家里贫穷欠债，他自小就给牧主当雇人牧童，以此来替家里还债。也就是从这时候开始，他开始沉迷《玛纳斯》史诗，每天如醉如痴，甚至有一段时间因为无法释怀，而一度变得精神恍惚，被人认为得了精神疾病。他的启蒙导师是谙熟柯尔克孜族口头文学，并对《玛纳斯》极为熟悉和热衷，甚至能够演唱其中许多经典章节的奶奶达克西（Dakish）。

根据有关资料，在1916年的大逃亡中，萨雅克拜也跟随难民潮来到我国境内避难，一年后与难民一道返回故乡。[①]1918年至1922年参加苏联红军服兵役，多次参加苏维埃成立初期清剿反对苏联政权的地方各种反动武装势力的战斗。1930年，他被政府特意邀请到伏龙芝（现在的首都比什凯克），开始在科学院为史诗记录者演唱史诗《玛纳斯》。之后，1934年至1954年他作为专职《玛纳斯》演唱者而被安排在国家剧院当演员。

萨雅克拜演唱文本的记录工作1931年开始。他首先为记录者居努斯·厄日斯（Junus Eris）演唱了《玛纳斯》史诗第二部《赛麦台》的内容，共计45172行。一段时间之后，由E.阿布德热曼诺夫代替此项工作，继续承担记录工作。1936年，他所演唱的《赛麦台》唱本才全部记录完毕。1937年开始，继续由E.阿布德热曼诺夫记录萨雅克拜演唱的《玛纳斯》史诗唱本第一部，并记录下共计83825行的文本。其演唱的史诗第三部《赛依铁克》，是在1940年至1947年也是先后由民俗学家居努斯·厄日斯、E.阿布德热曼诺夫以及K.柯德尔巴耶娃等人记录完成的。史诗后续内容的《凯涅尼英雄》及凯涅尼的双胞胎儿子们的故事《阿勒木萨力克与库兰萨力克》的文本也以韵散文结合的形式被记录下来，共计约15186行。后来，萨雅克拜的文本还有若干次补充记录和录音，其演唱文本最终达到令人匪夷所思的500553诗行。这比希腊史诗《伊利亚特》《奥德赛》（两部史诗合计27803行）多出20倍，比印度史诗《摩诃婆罗多》（共20万行）多出2.5倍。可以说，这是《玛

[①] 阿·卡热普库洛夫主编：《〈玛纳斯〉百科全书》第2卷，比什凯克：吉尔吉斯斯坦百科全书出版社，1995年，第185页。

纳斯》目前为止记录的篇幅最长的文本。

萨雅克拜学习、掌握《玛纳斯》史诗主要有两个途径。第一是家族传承，第二是拜师学艺。1922年之前，他一直在家族内部成员的指导下学习、记忆。然后与著名玛纳斯奇乔伊凯会面，拜他为师，得到他的言传身教。之后，他又拜大玛纳斯奇阿克勒别克为师继续扩大自己的演唱内容，提高自己的史诗演唱水平。对自己不断拜师学艺过程，他留下了丰富的口述资料。与前辈玛纳斯奇一样，萨雅克拜也把自己最终成为玛纳斯奇同古老的神灵梦授观念联系起来。根据他自己的说法，他做过两次相关的梦。其中第一个梦出现在1916年。他从居住地塞米孜别勒去往奥尔托托海办事途中，突然看到原先经常路过的一块大石头的位置上支起了一座白毡房，耳朵中出来一个浑厚的声音。他昏死过去，并做了一个神奇的梦。梦中，他不由自主地被邀请到白色大毡房内，得到卡妮凯的款待。吃饱喝足后走出毡房，他眼前突然出现了骑着高头大马的一群英雄，正率领队伍前行。有一位老年英雄说自己是玛纳斯的高参巴卡伊，然后先给他喂了一些英雄玛纳斯及其将士随身携带的谷粒阿孜克干粮，并向他逐一介绍玛纳斯、阿勒曼别特、楚瓦克、色尔哈克等英雄。[①] 由于神灵梦授的过程基本上大同小异。在这里不必赘述。萨雅克拜唱本《玛纳斯》第一部的基本内容如下：

> 喀拉汗过世后，儿子继承汗位。由于新汗王年纪尚小，喀喇克塔依人（黑契丹）的莫鲁托、阿牢开等汗王便乘机率兵侵犯柯尔克孜领地，迫使百姓家破人亡妻离子散背井离乡。喀拉汗的儿子们虽然努力反抗，但最终以失败告终，全部被流放到各地，成为无家可归的流浪汉。贾克普与40户柯尔克孜人家被驱逐到阿尔泰山，他们通过开矿采金、开荒种地，逐渐富裕起来。贾克普因为没有后嗣而感到纠结和愁苦，抱怨自己命运多舛。这期间，艾散汗听到占卜巫师说柯尔克孜人中即将诞生一位叫玛纳斯的孩子，他将消灭所有卡勒玛克和契丹人，推翻艾散汗的统

---

① 阿·卡热普库洛夫主编：《〈玛纳斯〉百科全书》第2卷，比什凯克：吉尔吉斯斯坦百科全书出版社，1995年，第185页。

治，成为盖世英雄。于是，艾散汗差人去四处寻找未出生的玛纳斯的下落，妄图将未来英雄玛纳斯扼杀在娘胎中。他们在撒马尔罕抓走了一个名叫贾尔玛纳斯的孩子，杀死了他。其实，这是一位名叫琼叶先的人的儿子。艾散汗以为玛纳斯已被杀死，便高枕无忧忘了此事。其间贾克普做了一个神奇的梦。于是他举办仪式，让占卜师给他解梦。贾克普通过解梦知道了自己即将有一位不凡的儿子出生，果然不久后妻子就怀孕生子。一个白胡子圣人为给孩子起名玛纳斯，但是为了避免卡勒玛克人找麻烦，贾克普暂时为孩子起名"大疯子"，并且宣告于乡亲父老。

那孩子直到五岁还不会站立是个瘫子，但孩子显示出非凡的特征，而且很快就变得桀骜不驯，为所欲为，根本不听从父亲的教诲了。于是，孩子被父亲贾克普送到牧羊人奥西普尔那里帮助照看羊羔，成了一名小羊倌。玛纳斯在那里一直待到12岁。少年玛纳斯的第一个英雄行为是在放牧羊群回家途中发生。他战胜卡勒玛克的巡视兵马而显示出英雄气概。勇士交牢依和勇士董果，开始展露自己的男子汉气概。艾散汗对于玛纳斯十分恐慌，派出以交牢依和董果为首的一万兵马前去攻打玛纳斯。交牢依则先行派出200名武士装扮成牵骆驼的商人前去打探消息。这些人正好路遇玛纳斯与一群孩子在玩"攻打皇宫"游戏。他们傲慢无礼地踩踏游戏场地中画在地上的圆圈，以此来捣乱。玛纳斯打出的羊拐将一只骆驼的腿打断而引发对峙和骚乱。董果被杀死，交牢依在万难之中死里逃生。玛纳斯听从阿克巴勒塔的建议前去拜见阔绍依并经过与阔绍依、阿克巴勒塔商讨，率众往塔拉斯搬迁定居。搬迁途中在阔绍依的鼎力相助下，玛纳斯打得敌人惨败，粉碎了敌人的阴谋。玛纳斯因为性格豪放且善良，为了接济百姓而不断地把牲畜分送给贫穷百姓而遭到父亲的责骂。于是，与贪财如命的吝啬鬼父亲产生矛盾的玛纳斯离家出走，与农神巴巴迪罕相识，并在其指点下开始务农种地获得丰收。他用收获的粮食从诺伊胡图人的卡拉恰汗王手中买下阿克库拉骏马。途中他与克孜尔圣人见面得到其祝福，并获赠降自天国的六把神剑。随后，玛纳斯邂逅巴卡伊。巴卡伊向玛纳斯提供了阿克凯勒铁神枪的信息，并商议联手从凯尔开汗王手中夺取这支神奇武器。在途中与阿吉巴依、秀图为首的四十勇士相聚结义，组成了一支武装队伍获得神枪并回到故乡。玛纳斯接受阿依阔交的请求，率兵出发征讨盘踞在安集延欺压百姓的入侵者阿老开，玛纳斯战胜阿老开并把战利品分发给贫困民众。在阔绍依的举荐下玛纳斯登上王位。玛纳斯接受巴卡伊的建议前往征讨并战胜喀勒恰汗王肖如克后，将他赠送的女儿阿克莱接纳为妾。

听到自己的父亲死在玛纳斯的刀下，空吾尔拜为了给父亲报仇向首领卡喇汗借兵。卡喇汗说他年纪太轻还未到向玛纳斯报仇的年龄，建议他先韬光养晦，等到若干年之后再与玛纳斯交锋报仇。

楚瓦克是阿克帕勒塔在无子的痛苦时期从荒山野岭中捡到并收养的儿子。从6岁开始，楚瓦克就在梦中与玛纳斯神交结义。于是，楚瓦克想去寻找玛纳斯而来到父亲阿克巴勒塔面前挑选一批适合自己的坐骑但没能找到。在他失望之际一位白胡子圣人进入梦乡给他赠送了一匹神骏。楚瓦克获得骏马之后，征服了安集延、喀什噶尔等周边地区。最后，他围攻布哈拉城的卡喇汗并要求其投降。卡喇汗之女卡妮凯出城与楚瓦克较量。楚瓦克抵不过卡妮凯只好逃跑。他在途中遇见打猎途中的玛纳斯。玛纳斯在打猎途中发现并擒获神犬库玛依克①，正想找一个能够照看、养护和驯养神犬的人。于是，玛纳斯接受楚瓦克和巴卡伊的建议，打算与卡妮凯成婚。玛纳斯去向卡妮凯求婚，为了考验她的能力和忠心，特意把库玛依克神犬寄放在未婚妻那里让她养护照看。卡妮凯嫁给玛纳斯的同时，也成了训养神犬库玛依克的人。

按照《玛纳斯》史诗情节结构顺序，此后的情节陆续应该是"阔孜卡曼的阴谋""女英雄萨伊卡里与玛纳斯较量""阔阔托依的祭典""楚瓦克心生委屈离开玛纳斯""空吾尔拜入侵塔拉斯"等大大小小的传统章节，但是在萨雅克拜·卡拉耶夫的唱本中这些章节被安排在了史诗第二部《赛麦台》中以回忆的方式呈现，而且关于阿勒曼别特因小人离间而离开阔克确投奔玛纳

---

① 根据神话传说，库玛依克是不放过任何猎物的一条神犬。它于狮身鹰首猛禽的蛋中孵化出来。它最终会从幼兽幻化成雄鹰。但如果有人在它幻化成鹰之前将其俘获并驯养它，它就会保持猎犬的形象，成为一只世间罕见的猎犬。

斯的情节在第二部中也得到更加详细的论述。在这些章节中，女英雄萨伊卡里的故事描述得比较完整。这个情节与赛麦台的坐骑塔伊布茹里骏马如何获得有关联。科尔格勒恰勒无中生有造谣说卡妮凯与楚瓦克之间有暧昧关系。玛纳斯听到此话怒不可遏休了卡妮凯，然后出发去寻找居住在罗布诺尔河边的诺固特部落的女首领萨依卡勒，想用抢婚的方式硬性讨伐诺伊古特人。萨依卡勒骑马出征把阿勒曼别特之外的所有英雄打败。萨依卡勒虽然在第一次战胜玛纳斯，但想到玛纳斯的英名，只好让着他。在第二次交锋中萨依卡勒被玛纳斯打败并要将她俘获去当妾时，萨依卡勒不想低三下四地成为玛纳斯之妻卡妮凯之后的小妾。所以便以塔伊布茹里相赠来换取自己的自由，并保证来世一定做玛纳斯的妻子。空吾尔拜前来突袭玛纳斯的城堡，途中遭到玛纳斯的同胞妹妹卡勒德哈其与萨依卡勒携手抵抗。空吾尔拜眼看拼不过两位女英雄，于是就用火枪射杀卡勒德哈其的坐骑铁勒克孜勒准备将其俘获时，萨依卡勒牵来神女库娅勒赠送的苏尔克孜勒骏马将其救走。空吾尔拜积极追杀两位女英雄，但是却被迎面赶来的阿勒曼别特、色尔哈克、巴卡伊等救下。萨依卡勒离开他们前往父亲卡拉恰的宫殿。玛纳斯因为妹妹曾被空吾尔拜俘获便将其远嫁给居住在节勒皮尼西山中的加尔玛纳斯。

在艾尔托西图克庆祝自己从地府回到地面而举办的庆典上，发生十二位汗王不听从阔绍依的劝阻一致要求废除玛纳斯汗王头衔，弹劾玛纳斯的纠葛和冲突。当他们带着手下兵马来到玛纳斯面前时遭到四十勇士的强力抵抗之后却又对自己的行为感到心慌害怕。在巴卡伊的极力劝阻下，双方避免了一场流血牺牲。诸位汗王被玛纳斯问及："诸位汗王！你们为何事而专程赶来？"时，内心慌乱的汗王们异口同声地回答说他们打算前去攻打喀喇契丹汗王空吾尔拜的大营老巢别依京。于是，玛纳斯接受了这一建议并率众出发。随后远征开始，卡妮凯为玛纳斯及四十勇士缝制战袍并赠送武器，送他们出征。尊贵老者阔绍依带领大家祝福卡妮凯的新生儿赛麦台。

阿勒曼别特被推举为远征军总首领，带领色尔哈克前往侦察路途。经过四十个日夜的长途跋涉之后，队伍才停下来歇息休整。按照玛纳斯和巴卡伊的建议，阿勒曼别特在色尔哈克的陪同下前去侦察敌情。他们离开队伍之后，楚瓦克在科尔格勒恰勒的煽动下认为自己受冷落不被重用而感到十分不快。于是，他尾随阿勒曼别特和色尔哈克前去。玛纳斯听到此事，感到有些蹊跷。他担心出事，也尾随他而去。正当楚瓦克赶上阿勒曼别特一行之后不听劝导，并且开始向阿勒曼别特发出挑衅，对他恶意中伤，说他是外来的流浪汉。玛纳斯正好在他们吵得不可开交的时候及时赶到，制止了两人之间即将要爆发的内讧，并斥责他们的错误行为。阿勒曼别特与楚瓦克重新言归于好，并请求玛纳斯原谅。于是，四个人一同登上塔勒乔库山顶用千里眼遥望和观察敌人的动向。在玛纳斯的要求下，阿勒曼别特开始向同伴们讲述自己的身世和喀喇契丹的一些事情。在这里，阿勒曼别特的故事是通过他自己的第一人称口述形式得到叙述。他的父亲是阿泽孜汗。母亲阿勒腾阿依公主是汗王卓然迪克的女儿。他是上天光之子，出生后由圣人为他起名。阿勒曼别特在千难万险中长大成人并按照父亲的指示前往苏乌克托尔山中的阿别尔干湖中的神龙学习十八般武艺和各种神奇技能。但是，由于他与父亲之间产生不可调和的矛盾且他与试图暗害自己的喀喇契丹可汗发生内讧。无奈之下弑杀自己的父亲后听从母亲的劝导，带着马基克不得不离开故乡。其间他还与艾散汗之女布茹丽恰相爱彼此许下终身。

他与哈萨克英雄阔克确结盟，干出了一番事业。但阔克确听信小人谗言，怀疑阿勒曼别特与自己的妻子阿克埃尔凯奇有奸情而开始冷落他，最终迫使他不得不选择离开。他来到布哈拉，并在那里遇到巴卡伊，并被他说服带到了玛纳斯麾下，加入了玛纳斯阵营。之后，楚瓦克与玛纳斯留守在塔勒乔库要塞。阿勒曼别特和色尔哈克则继续前去侦查敌情。他们在途中遇到敌人的各种神奇魔法师和灰狐狸、白天鹅、独眼巨人等动物侦查哨，但所有这些均被阿勒曼别特一一化解并消灭。阿勒曼别特还给色尔哈克讲述自己的学艺过程和自己的爱情。在途经阿勒曼别特的出生地时遇到了敌人的牧马官卡拉古勒。于是，阿勒曼别特和色尔哈克设计夺走马群，把马群全部赶走。空吾尔拜听到这个情况后，率领大军紧紧追赶。阿勒曼别特和色尔哈克与追杀他们的敌人展开搏斗，彼此呼应，彼此配合，相互营救。然后战争一个接一个地展开。玛纳斯通过梦兆得知这一情况，立刻与楚瓦克前来营救。四位英雄齐心协力打败了敌人。但是敌人的援兵很快赶到，战斗变得异常惨烈。在四位英雄的顽强拼搏下，敌人最终被打败。斩杀了玛德罕为首的众多将帅并活捉名将涅斯卡拉。玛纳斯派阿吉别克前去与艾散汗谈判劝他投降。谈判获得成功，玛纳斯在喀喇契丹人的都城称汗。参加远征前来的艾尔托什图克、加木格尔奇、阔绍依陆续返回故乡。

空吾尔拜暗中聚集队伍准备偷袭玛纳斯。有先见之明的卡妮凯预感到玛纳斯有危险派人请求玛纳斯早点返回故乡塔拉斯。但是，空吾尔拜在自己插在玛纳斯身边当伙夫的秀依库秋的帮助下用毒斧砍中玛纳斯之后逃窜。玛纳斯身负重伤准备返回故乡，但早已暗中纠集人马重整旗鼓的空吾尔拜又重新开战。但又一次被打败。无计可施的空吾尔拜请来与阿勒曼别特一同学习武功的无敌神箭手阔交加什。这位世上罕见的射箭手躲在暗处先后将阿勒曼别特、楚瓦克、色尔哈克、阔克确、赛热克、穆孜布尔恰克、宝克木龙等英雄以及玛纳斯的坐骑阿克库拉射杀。身负重伤的玛纳斯乘机骑上从故乡塔拉斯赶来的塔伊布茹里骏马冲上战场。他用阿克凯勒铁神奇火枪射杀阔交加什的一众敌将，将敌军追入城中。然后才带领余部返回塔拉斯并因为毒液遍布全身，最终献出生命死在回家途中。艾尔托什图克、阔绍依、阔柯博茹、女英雄萨依卡勒前来，协助卡妮凯将玛纳斯的尸体埋藏在艾奇克里克的大山中。卡妮凯请来工匠，精心策划组织为玛纳斯建造陵墓。

《赛麦台》变体的情节如下：

史诗以玛纳斯死后，阿维凯、阔别什两个奸贼趁机攻占玛纳斯的王宫，图谋杀死赛麦台，卡妮凯逃往布哈尔城等悲剧开篇。贾克普建议自己的两个儿子，与玛纳斯同父异母的两个兄弟阿维凯、阔别什纳卡妮凯为妻。酒足饭饱之后醉醺醺的四十勇士也对此完全赞同。于是，阔别什派科尔格勒恰勒和塔孜巴依马特向卡妮凯提亲。还在为玛纳斯守孝的卡妮凯气愤地将他们赶出屋去。卡妮凯预感到危险，让婆婆抱着赛麦台先去躲藏起来。自己则将仆人的孩子放入摇床之中留在家。早已收买了四十勇士的阿维凯和阔别什丧心病狂地突然冲入玛纳斯的宫殿，砸毁宫殿瓜分玛纳斯的财产。然后，还将摇床里的孩子误以为是赛麦台而毫不留情地杀死。到了夜晚，卡妮凯悄悄地带着婆婆和襁褓里的赛麦台出发徒步逃往父亲铁米尔汗在布哈拉的城堡。历经千辛万苦，饥肠辘辘，日夜兼程七天七夜来到色尔河岸边歇息。玛纳斯过世之后不想听命于阔别什而搬迁至深山中的巴卡伊回来之后看到玛纳斯的宫殿遭到抢劫，不知道卡妮凯逃往何方。于是他带着库玛依克神犬带路前去寻找，最后果然找到了途中受尽苦难的卡妮凯一行。巴卡伊叮嘱他们先在那里等他回塔拉斯做好所有的准备再来接他们一同前往布哈拉。但是，卡妮凯没有原地等待，而是依然往前行进。最后来到一株巴伊铁列克圣树底下歇息。在卡妮凯的真诚祈求下巴伊铁列克渗出乳汁给饥渴难耐的他们提供了营养。卡妮凯和婆婆琦伊尔迪由于疲劳进入深度睡眠，但是当他们醒来时却不见了襁褓中的赛麦台。琦伊尔迪解释说这肯定是他的保护神保护起来了，玛纳斯年少时也经常发生这样的事情。果然，这是十二杈角的母鹿把赛麦台接过去用自己的乳汁喂养。过几天，巴卡伊送来坐骑和食物，给他们送行之后返回塔拉斯。卡妮凯则带着赛麦台来到布哈拉，并将赛麦台寄养在兄长额司马依勒家中。

赛麦台无忧无虑地长大，也不知道自己的生身父母，性格刚强暴烈无所畏惧。外公铁米尔汗举办大型庆典一方面推举他成为汗王，另一方面也为玛纳斯祭祀，设巨奖举办赛马竞赛。卡妮凯为了预测赛麦台的未来特意穿上战袍带着自己长期精心喂养的塔依托如骏马参加赛马。共有643匹马参加竞赛，刚开始塔依托如肌肉还没有充分调动起来而落在后面，卡妮凯恐慌不安担心起赛麦台的未来。但随后，塔依托如逐渐超越所有的马匹，开始主导竞赛。玛纳斯及四十勇士的灵魂在暗中给骏马助威加力。最后，塔依托如正如卡妮凯所愿获得赛马冠军。卡妮凯作为寡妇让马参加比赛会引起人们的闲话，所以悄悄地返回家中。按照养父额司马依勒的旨意，如果塔依托如骏马不能获得第一名就将赛麦台卡妮凯斩杀。但是，塔依托如获得第一名后他将所有的奖品分发给众人。铁米尔汗率众人推举赛麦台为汗王并重新宰杀牲畜设立奖品举办了庆典娱乐活动。在摔跤比赛中，浩罕的英雄托帕勒万将布哈拉英雄阿克帕勒万摔倒取胜。赛麦台不服气，亲自上场较量，最终将浩罕的托帕勒万摔倒取得最后胜利。95岁的琦伊尔迪听到孙子赛麦台的名声鹊起对卡妮凯长期没有让自己见到孙子而感到不快。卡妮凯为了满足琦伊尔迪的心愿，特意从赛麦台打猎途中将他带到家里与奶奶见面。在送走赛麦台时卡妮凯赠送给他自己精心准备的武器装备和服装并让他牢记故乡的习俗民风。赛麦台在返回途中战胜浩罕人商队，并将60头驴的货物全部赠送给卡妮凯。有一天，赛麦台到森林中打猎，因为傲慢地要求铁米尔汗的弟弟萨热塔孜帮他抓跑掉的猎鹰而发生口角并从其口中得知自己的全部身世。赛麦台便开始闷闷不乐，不吃不喝，对铁米尔汗和卡妮凯隐瞒自己的身世而生气。无奈之下，卡妮凯只好把隐瞒多年的实情一五一十极为翔实地全部告知赛麦台，最终让赛麦台知道了自己的故乡、自己的先祖以及父亲玛纳斯及其四十勇士的英雄伟绩以及自己的苦难经历。她甚至还提醒赛麦台如何返回故乡，回故乡后首先应该与何人接触，应该首先完成什么事情等细节。赛麦台得知一切之后急着要返回故乡。外公铁米尔汗无奈之下只好把自己的阿克吐卢帕尔骏马、波孜凯勒铁火枪赠送给他，并说要让他带上一队人马。赛麦台说自己不能带着队伍前往故乡而没有同意带兵前往。

赛麦台回到故乡塔拉斯时，卡妮凯给他描述的一切都无一例外地一一兑现。首先，他遇到了特意前来迎接他的父亲玛纳斯的白雄鹰、猎犬库玛依克、神驼节勒玛扬。到达父亲玛纳斯的陵墓时将神驼作为牺牲宰杀祭祀。然后，他看到玛纳斯陵墓内壁上画着的玛纳斯、巴卡伊、阿勒曼别特、楚瓦克、色尔哈克、阿吉巴依和空吾尔拜等诸位英雄惟妙惟肖的画像以及雄伟的陵墓而对卡妮凯的非凡才能佩服有加赞叹不已。然后，赛麦台故意说自己是羌布勒居住的加纳勒卡拉奇的儿子，是专门前来寻找巴卡伊为被他抢来做妻子的姐姐阔尔帕扬报仇的以考验巴卡伊，并通过比武形式与前来寻找神驼的巴卡伊相识。巴卡伊向自己的这位"小舅子"打听逃往布哈拉的赛麦台的下落。赛麦台为了再一次考验巴卡伊故意编造谎言说赛麦台已经死亡。巴卡伊听到此话拿起匕首就准备自尽。赛麦台迅速挥动手中的战斧将巴卡伊手中的匕首打落在地,表明了自己的真实身份。巴卡伊打开玛纳斯的墓穴向赛麦台介绍了其中的隐情,他们看到了女英雄萨依卡勒、阔勇阿勒、阿勒曼别特、楚瓦克、色尔哈克的灵魂陪伴着玛纳斯的灵魂一起安息。给玛纳斯制造武器以及看管秘密仓库的波略克拜领着手下前来拜见。波略克拜将玛纳斯那口被阔别什劈成两半的大铜锅重新铸造之后,放入锅里煮熟的羊肉永远吃不完。这预兆着赛麦台完全有能力继承父业再造辉煌。赛麦台打开父亲的仓库给他们分发战服和武器。巴卡伊向乡里人报告赛麦台返回故乡的消息,12年来受苦受难的人们沉浸在幸福之中。巴卡伊带着赛麦台去拜见他爷爷贾克普。路上,为了试探贾克普对赛麦台的态度,让赛麦台先等待,自己去找贾克普打探情况。贾克普首先恶狠狠地威胁巴卡伊说要杀死他,而巴卡伊也毫不示弱说送往布哈拉的赛麦台已经来临,并说要和他一起报过去所有的仇。狡猾的贾克普听到赛麦台的消息立刻改变态度,说自己一直渴望见到孙子,要求巴卡伊立刻让他见到赛麦台。巴卡伊对贾克普表示怀疑,于是假装离开,走出房门之后又偷偷返回来聆听里面的动静,却听到贾克普叮嘱妻子巴克多来提一定要在赛麦台到来时在他的酒里放入毒药害死他。巴克多来提提出反对还遭到他的毒打。巴卡伊将这一情况告知赛麦台,让他千万要小心谨慎。赛麦台在巴卡伊的陪同下来拜见贾克普,果然看到巴克多来提给自己端上来一碗酒,他按照柯尔克孜族的习俗先把酒敬献给贾克普,但他却推托说自己自从玛纳斯去世之后再也没有喝过酒了,要求赛麦台喝掉。赛麦台也很不愉快地把手中的酒碗扔到门口的狗跟前说你先让狗喝第一碗吧。那条狗嗅了嗅酒碗便立刻躺倒死去。赛麦台愤怒地端起碗将其扣到贾克普头上。碗底剩下的一点毒液顺着碗壁流下来让贾克普的头发胡须滋滋地冒着烟燃烧起来。赛麦台毕竟是其孙子所以没有悖礼性地立刻动手杀死自己的爷爷,只是拿走了玛纳斯留下的装有各种珍贵遗物的褡裢,并将其交到波略克拜手上。赛麦台陆续见到阿勒曼别特的妻子布茹丽恰和儿子古里乔

269

绕，然后与古里乔绕结为兄弟，准备前往阿维凯、阔别什的驻地时迎面与玛纳斯的妹妹卡勒德哈其相遇，赛麦台与她交手但是却没法将她摔倒只好放弃并躲避。她这时正好刚刚从远嫁的加尔玛纳斯故乡回来准备找阿维凯、阔别什算账。赛麦台让她少安毋躁，最好先回返自己的家里等待消息。之后，巴卡伊提醒赛麦台不能就这样径直去，最好先侦察侦察情况。他们首先遇到了早已对阿维凯和阔别什心生厌烦的勇士秀图，秀图为了帮助他们故意将四十勇士指派到远方去执行侦察边防的任务。巴卡伊和赛麦台来到阿维凯、阔别什家里夺得玛纳斯留下的色尔矛枪、阿克凯勒铁火枪、阿克奥乐波克战袍等武器装备，然后又从路上找到白雄鹰、库玛依克神犬和塔伊布茹里骏马，前往布哈拉去接卡妮凯和琦伊尔迪两位老太太。外公铁米尔汗对赛麦台宠爱有加，不顾已经与英雄托勒托依有婚约，硬在送赛麦台返回塔拉斯之前把夏铁密尔的公主恰齐凯转嫁给赛麦台为妻。此外还根据赛麦台的请求将萨热塔孜推举为萨热汗汗王，然后让他陪同自己一同返回塔拉斯。他们一行返回塔拉斯时卡妮凯收养古里乔绕和康乔绕并用乳汁喂养，古里乔绕吮吸的乳房里流出奶汁而康乔绕吮吸的乳房里却流出鲜血。卡妮凯预感到康乔绕不是一个善种，希望赛麦台将其提前斩除，但遭到赛麦台的反对。

巴卡伊的部落中一位叫巴依木尔扎的老者去世。赛麦台派出萨热汗前往阔别什的村落邀请他前来参加葬礼。萨热汗从秀图勇士口中得知阔别什正召集阔克确之子玉麦台、穆孜布尔恰克之子布然别克、阿勒特夏尔的布兰别克、艾比特塔孜之子玉尔比等商量对赛麦台下手。于是，萨热汗和塔孜巴依马特斩杀玉尔比和科尔格勒恰勒。阔别什率领四十勇士前来妄图消灭赛麦台一行，但是在卡妮凯、赛麦台、加木格尔奇之子夏依姆别特、萨热汗、巴伊塔伊拉克的并肩抗击下，阿维凯、阔别什、贾克普均被惩处斩杀，而四十勇士中除了厄尔奇乌鲁、秀图没有参与反叛返回家园外，其余人也因为坚决反对赛麦台而遭到斩杀。

史诗中的著名传统章节"赛麦台迎娶阿依曲莱克"也是从青阔交与赛麦台之间的恩怨开始。

赛麦台为了向宿敌空吾尔拜报仇，特意邀请巴卡伊的亲属青阔交前来商讨对策。但是青阔交对赛麦台不屑一顾根本不来。古里乔绕对此十分生气，便对其马群印上赛麦台家族部落诺果依的烙印。愤怒的青阔交搬迁到节迪盖尔部落首领托勒托依的村落并与他结为同盟，并激怒托勒托依说他的未婚妻恰齐凯被赛麦台抢走，怂恿他应该前去向赛麦台报仇，挽回颜面，前去阿昆汗城堡如法炮制地抢强娶赛麦台指腹为婚的未婚妻阿依曲莱克为妻来解气。听到此话，不堪受辱的托勒托依带领大军围攻阿昆汗的城堡。阿昆汗无奈之下暂时同意将女儿嫁给托勒托依，但是提出让他们先撤兵并延缓 80 天，以此来拖延时间设法摆脱危机。阿依曲莱克乘机穿上白天鹅羽衣飞出城堡，在空中把所有的英雄观察审视了一遍之后，最后还是飞往塔拉斯前去向自己指腹为婚的未婚夫赛麦台求救。她第一眼看到赛麦台就对他赞赏有加倾心不已。她不敢冒昧与赛麦台相见，而是先向恰齐凯求助，让她帮助向赛麦台引荐自己。恰齐凯却不仅不领情反而对阿依曲莱克恶语中伤百般羞辱。忍无可忍的阿依曲莱克乘赛麦台外出打猎将他的白隼鹰设计骗走。赛麦台得知是自己的未婚妻阿依曲莱克所为，便带着身边的勇士前去追赶。来到玉尔凯尼其河岸时，赛麦台用望远镜（千里眼）看到阿依曲莱克支起毡房正在与侍女们快乐游戏，于是先让古里乔绕穿上自己的服装，骑上塔伊布茹里骏马前去与阿依曲莱克见面交涉，自己也随后赶去与阿依曲莱克见面相识，彼此一见钟情。约定的时间到，青阔交和托勒托依重新率领重兵前来围城。阿昆汗的兄弟们阿吉巴依、图曼巴伊同意将阿依曲莱克嫁给托勒托依。他们来找阿依曲莱克并从她口中得知赛麦台已经来临的消息。

托勒托依听到赛麦台来临的消息心中忐忑，与青阔交商量，玛纳斯的儿子轻易不能招惹要不就放弃这次行动，赛麦台绝不会轻易将自己的未婚妻被别人抢去。但是在青阔交的威逼利诱下，托勒托依只好硬着头皮应战。虽然青阔交凭借自己超人的武艺、本领以及能飞上天的黑色神骏暂时占据上风，但是最终还是被古里乔绕斩杀。托勒托依虽然也有速尔阔勇那样名扬寰宇的神骏，但也死在古里乔绕的矛尖。阿昆汗的城堡解围，阿依曲莱克也最终嫁给赛麦台。取得胜利后，赛麦台将速尔阔勇神骏奖赏给古里乔绕而引起了康乔绕的不满。

赛麦台向空吾尔拜追讨父亲的血债行动随后开始。赛麦台不听从卡妮凯、巴卡依的劝阻执意前往。巴卡伊、古里乔绕、康乔绕等一同出发。由于大意，除了赛麦台和巴卡伊的坐骑之外其他勇士的坐骑被穆拉迪里实施魔法偷走。赛麦台和巴卡伊只好亲自出发前去侦察敌情。赛麦台和巴卡伊消灭空吾尔拜的魔法动物哨，夺走空吾尔拜的马群，却放走了空吾尔拜的马倌卡拉古勒。空吾尔拜得到消息前来，将赛麦台射伤准备砍下其头颅时，古里乔绕正好从赛麦台赶来的敌人马群中找到阔克确的骏马阔克阿拉并骑上它赶来救驾，把受重伤的赛麦台从空吾尔拜手中救下。然后又从穆拉地里手中夺下被他偷走的马匹。古里乔绕骑上速尔阔勇飞马前去从塔拉斯将阿依曲莱克接来照看赛麦台。阿依曲莱克运用各种法术治愈赛麦台的伤，赛麦台等经过多次战斗最终将空吾尔拜和涅斯卡拉成功斩杀，平息战乱。

阔克确之子玉麦台认为父亲是被骗去参加远征而无辜为玛纳斯献出生命。于是他为了给远征中死去的父亲讨还血债，不顾母亲阿克埃尔凯奇的劝导而向赛麦台发起突然袭击，赛麦台念及父辈之间的情谊，极力劝阻玉麦台回心转意，化干戈为玉帛。但是，玉麦台执意不肯和解反复挑起战争，最终死于古里乔绕刀下。赛麦台为此悲痛万分，将他的尸首驮上塔伊布茹里战骑，差部下送往阿克埃尔凯奇的家中。哈萨克人悲痛中往塔伊布茹里骏马的耳朵里灌入铅，在它的喉咙里扎入钢针将赛麦台的这匹举世闻名的战马折磨得变成聋子。

托勒托依之子克亚孜得到消息，开始策划向赛麦台报杀父之仇。康乔绕也在暗地里背叛赛麦台与克亚孜联系密谋制订计划准备携手暗害赛麦台。按照两人暗中密谋，克亚孜秘密率众兵来到塔拉斯的玛纳斯陵墓附近埋伏，康乔绕则以祭拜玛纳斯陵墓为由把赛麦台骗到陵墓前。赛麦台也不顾母亲卡妮凯和妻子阿依曲莱克的极力劝阻执意随同康乔绕前往玛纳斯陵墓去祭拜，遭到克亚孜及其重兵的围攻。由于速尔阔勇无论如何也不听赛麦台的催赶使他怒火中烧，气得挥刀砍下速尔阔勇骏马的脑袋，自己则倚在马鞍上斜身躺下来休息。克亚孜乘机从身后刺出矛枪将其刺伤后逃窜。

神女阔克梦乔克降下雾霾将赛麦台救入山中。赛麦台身负重伤后幻化消失无踪。萨热塔孜（萨热汗）在激战中壮烈牺牲。古里乔绕奋勇搏杀终因寡不敌众被敌人俘虏并被克亚孜剜去肩胛骨变成残废。叛逆康乔绕娶恰齐凯为妻并在塔拉斯称汗，将卡妮凯、巴卡伊贬为奴仆无情地折磨他们使陷入生不如死的生活境地。克亚孜则强娶阿依曲莱克为妻。

萨雅克拜的《赛依铁克》唱本整体上遵循传统，与其他玛纳斯奇演唱的内容一致，但也有个别章节中存在个人创新的特点。比如，克亚孜强娶阿依曲莱克为妻，阿依曲莱克虽然对此感到无比羞耻，但是考虑到自己已经怀有赛麦台的骨肉，生怕自己和肚子里的孩子受到伤害，只好表面上同意与克亚孜结婚，但实际上凭借自己法术，把自己的一名侍女变换成自己模样每天陪侍克亚孜，自己则躲起来，暗地里用魔法保护肚子里赛麦台的子嗣。整整过了12个月之后才将孩子生下来。孩子出生后，阿依曲莱克更是小心谨慎地将其呵护抚养，尽量让赛依铁克避免与克亚孜接触，以此躲过他的各种猜忌和陷害。在阿依曲莱克的精心呵护下，赛依铁克顺利长到13岁。赛依铁克直到此时才知道自己身世，并最终与特意从塔拉斯故乡过来，暗中保护他的喀拉朵（巨人）相遇相识。他与喀拉朵暗中商讨救治被克亚孜剜去肩胛骨变成残疾的古里乔绕的策略。最后，专门避开克亚孜请来萨尔特神医莫明江，偷偷治好古里乔绕的伤，让其慢慢恢复元气。阿依曲莱克还骗来克亚孜的托托如神驹，乘机逃跑。阿依曲莱克借骑自己的骏马出门，具有神功的克亚孜预感到不妙，但已经失去了与自己形影不离、融为一体的神驹托托如，无奈之下，只好骑上从赛麦台马群中抢来的科勒古冉骏马追击。由于坐骑不给力，他最终被古里乔绕斩杀。古里乔绕、阿依曲莱克陪同赛依铁克返回故乡塔拉斯，救出受尽折磨的卡妮凯，惩处叛逆康乔绕，平息了内乱，夺回了王位。外出巡察的喀拉朵在深山中巧遇幻化消失的赛麦台，于是便回来向阿依曲莱克和古里乔绕报告这一信息。然后，古里乔绕在喀拉朵的带领下在卡依普神山岩洞（仙人洞）里找到了隐居的赛麦台。但是，他却被阿依曲莱克的妹妹，仙女阔克梦乔克用魔法变聋变哑变瞎，无法与人沟通交流。最后，赛麦台吮吸了母亲卡妮凯的乳汁之后才耳目洞开，解脱仙女的法术，恢复正常。

还有一个独一无二的章节在萨雅克拜的《赛依铁克》唱本中出现，那就是他的唱本中详细描述了赛依铁克与节勒毛乌兹妖魔之子萨尔拜的斗智斗勇，充满神幻色彩的故事情节。生活于阴间地府的萨尔拜野心勃勃，时刻盘算，妄想霸占和统治整个世界。当听说有关玛纳斯的后裔赛依铁克的盛世传闻后，他为了征服赛依铁克，磨刀霍霍来到人世间，向赛依铁克为首的柯尔克孜人发起了攻击。首先，喀拉朵上阵与他交手，但没有几个回合的较量便被他斩落马下，献出了生命。随后，古里乔绕气愤难耐，催马上阵，与其展开激烈交锋。但是，因为古里乔绕刚刚重伤痊愈，气力还没有完全恢复，根本无法抵挡萨尔拜的攻击。赛依铁克也因为年少力薄，也根本抵挡不了萨尔拜的强势攻势。在万般无奈之下，阿依曲莱克想到了神仙卡依普恰勒的女儿，自己曾经深交的闺蜜，居住神山的库雅勒女神。只有请她出山，才有可能战胜强敌萨尔拜恶魔。于是，阿依曲莱克披上自己的羽翼，幻化成白天鹅飞上天，千辛万苦，峰回路转，好不容易找来库雅勒。库雅勒见到赛麦台便对他一见钟情，于是，她向阿依曲莱克提出一个苛刻条件说："自己倘若不与赛麦台结为连理，绝不出手相助，与萨尔拜交锋！"阿依曲莱克无可奈何，只好表示同意。神女库雅勒武功高强，经过几番激战，在玛纳斯灵魂的佑助下，终于杀死了萨尔拜。库雅勒没有顺利地嫁给赛麦台，但却发誓一定要成为赛麦台阴府的妻子。然后，义无反顾地转身离去。柯尔克孜族人民又回到了安宁幸福的日子。而此时，赛麦台、巴卡依、阿依曲莱克、卡妮凯、古里乔绕等说他们在此世的人生行程已经太久，该是到另一个世界生活的时间了。他们个个都产生了厌世情感，刹那间——从人间幻化隐逝得无影无踪了。赛依铁克登基称汗并与仙女别尔蒾特成婚，婚后还与她生育儿子凯涅尼（《玛纳斯》第四部主人公凯耐尼木）。凯涅尼长大后继承先辈的英雄业绩，与外来之敌展开殊死搏杀，继续履行保家卫民的大业。他的儿孙们阿勒木萨尔克、库兰萨尔克对人间纷争战乱感到厌倦，决定远离尘世，来到渺无人烟的孤岛过隐居生活。

吉尔吉斯斯坦的学者们经过与《玛纳斯》的各种唱本，以及民间神话故事加以比较之后，针对萨雅克拜的唱本中的上述情节给出这样的推断："萨雅克拜·卡拉拉耶夫的唱本中的这类创造性母题情节，并不是他自己个人的独创，而是结合柯尔克孜族丰富而古老的民间神话传说为基础加工、融合、演绎出来的。"①

我们将萨雅克拜·卡拉拉耶夫与居苏普·玛玛依的《赛依铁克》两个唱本进行比较，可以看到它们之间许多有趣的相似与区别之处。两个变体中同样描述了赛依铁克与妖魔之子萨尔拜的激战场面。赛麦台、赛依铁克、古里乔绕等无法抗拒萨尔拜的进攻，阿依曲莱克找来神山之主卡依普老恰勒的女儿库雅勒。但是，居素普·玛玛依的唱本中的这个情节与萨雅克拜的变体截然不同，库雅勒并不一见钟情爱上赛麦台并发誓要与他成为阴间夫妻，而是不提任何条件直截了当挺起花枪战胜了萨尔拜。因此，她的骁勇善战和英雄气概得到柯尔克孜人民的拥戴，随后便成为赛依铁克的妻子。萨雅克拜·卡拉拉耶夫与居苏普·玛玛依的唱本从赛依铁克的出生开始，赛麦台从神山里被找到，卡妮凯用自己的乳汁将赛麦台从妖术的缠绕中拯救出来等许多情节基本上一致，但到末尾时出现差异和不同。萨雅克拜的史诗《玛纳斯》唱本以三代英雄之后结束。但也简单讲述了赛依铁克的儿子凯涅尼，凯涅尼的儿子阿勒木萨尔克、库兰萨尔克。而居苏普·玛玛依的史诗《玛纳斯》唱本则并不以《赛依铁克》结束，反而以精彩的情节继续往后代的故事延伸。居素普·玛玛依的唱本里，赛依铁克与非凡英雄库雅勒结为夫妻，生育的凯涅尼成为力量超凡的少年，他的英雄事迹展现得丰富多彩。在居素普·玛玛依的唱本中赛麦台、巴卡依、阿依曲莱克、卡妮凯、古里乔绕等在史诗第四部《凯涅尼木》才从人间幻化消失。史诗《玛纳斯》萨雅克拜·卡拉拉耶夫与居素普·玛玛依变体里存在的差异和分歧，是值得继续深入研究的课题。

萨雅克拜·卡拉拉耶夫以他高超的《玛纳斯》演唱技艺，在玛纳斯奇队伍中占据显要位置，其演唱也极富感染力，已经有很多吉国学者对其史诗演唱技艺进行过很多的探讨和研究，成果显著。因此，他早已名扬四海，被苏联学者誉为"20世纪的荷马"。音乐研究专家维克多·维诺格诺多夫，经过

---

① 《民间歌手创作纪实》，伏龙芝（现比什凯克）：吉尔吉斯斯坦科学院出版社，1988年，第632页。

多年研究把萨雅克拜演唱《玛纳斯》的音乐、旋律归纳分为 28 种之多。① 根据诸多研究资料,萨雅克拜经常在国内外重大场合,在苏联全国性文学、艺术节庆上,以及在芬兰举办的《卡里瓦拉》国际史诗研讨会上表演史诗《玛纳斯》,凭借自己超凡的表演才能和说唱技艺,最大限度扩大了史诗《玛纳斯》的国际影响力。他演唱的史诗《玛纳斯》《赛麦台》《赛依铁克》三部,1984 年至 1990 年,以五卷本形式在吉尔吉斯斯坦出版问世。在此之前,以《犬妮凯的故事》(1940 年)、《犬妮凯让塔依托如参赛》(1941 年)、《玛纳斯离开人世》(1941 年)、《塔依托如骏马》(1963 年)、《塔依布茹鲁神驹》(1963 年)、《长翼的天马们》(1965 年)、《骏马们》(1965 年、1978 年、1982 年)、《赛麦台的童年》(1970 年)等书名,在各个时期以单行本连续出版。20 世纪 60 年代,蔑里斯·乌巴克耶夫、伯罗特·夏米西耶夫等电影人,就萨雅克拜的说唱史诗《玛纳斯》还曾专门拍摄过电影纪录片并在苏联电影节获奖。萨雅克拜演唱的《玛纳斯》的很大一部分都有录音,这些资料对研究史诗《玛纳斯》的音乐特征具有不可或缺的价值。自 1995 年开始,吉尔吉斯斯坦开始陆续编辑出版萨雅克拜唱本的科学版本。

七、居素普·玛玛依及其唱本

居素普·玛玛依(1918—2014)是我国最杰出的《玛纳斯》演唱大师,曾被我国民间文学界泰斗钟敬文先生誉为"活着的荷马",他的唱本和自己本人被誉为我国的"国宝"。他的《玛纳斯》唱本是目前结构最完整、内容最丰富的唱本。其传奇人生经历亦是国际史诗学界关注和研究的热点。居素普·玛玛依从小痴迷《玛纳斯》,并从 9 岁开始聆听、学习、背诵《玛纳斯》,最终成就了《玛纳斯》。他学习《玛纳斯》的传奇经历,长期以来都是国内外学者津津乐道的话题。小时候,他因在放牧时阅读记忆《玛纳斯》史诗太专心,连自己放牧的羊羔被河水冲走,新生的马驹被母马踩死都没有注

---

① 维克多·维诺格拉多夫著,马睿,阿地里·居玛吐尔地译:《〈玛纳斯〉的旋律》,阿地里·居玛吐尔地主编:《世界〈玛纳斯〉学读本》,北京:中央民族大学出版社,2018 年,第 326—339 页。

意到。他还常常在梦中演唱史诗而把家人惊醒，家里人知道他在睡梦中演唱《玛纳斯》便不去打扰他，而是静静地听他演唱。居素普·玛玛依连续不断地唱几个时辰后，浑身被汗水浸透，气喘吁吁，才会从梦中惊醒过来。对《玛纳斯》史诗如此着迷，除了主观的个人因素之外，当然离不开柯尔克孜族对于口头语言艺术的独特感受和高度迷恋这一传统的内在动力。在社会和家庭这两个因素的作用下，像他那样天资聪颖、思想敏锐、理解能力和记忆能力突出的少年便脱颖而出，表现出超常的语言艺术能力和口头创作水平。每一个具有突出才能和杰出成就的玛纳斯奇都具有超常的记忆力。居素普·玛玛依从8岁开始记忆背诵《玛纳斯》，到了16岁时就已经将史诗8部20多万行的内容熟记于心并能讲行演唱了。不仅如此，他还学会了《玛纳斯》史诗之外的诸如《艾尔托西吐克》《库尔满别克》《巴格西》《托勒托依》《女英雄萨依卡勒》等十几部柯尔克孜史诗。如果将这些史诗和《玛纳斯》史诗累计起来计算，那么居素普·玛玛依所演唱的篇目总计会超过30万行。居素普·玛玛依演唱史诗的技艺便得益于家传。他的父亲支持他学唱《玛纳斯》，他的哥哥不仅指导他学习，而且把自己一生搜集的《玛纳斯》交给他学习，他的堂兄等也是一位玛纳斯奇。此外，"神灵梦授"是玛纳斯奇普遍的一种观念。居素普·玛玛依也将自己成为玛纳斯奇同"神灵梦授"联系在一起。他10岁时梦见史诗英雄人物玛纳斯及其勇士，并由史诗中勇士兼歌手的人物厄尔奇乌鲁引领他学会《玛纳斯》史诗。从那以后，他便像是妖魔缠身般痴痴呆呆、精神恍惚，无论是醒着还是睡着，都像梦呓般吟唱《玛纳斯》史诗，仿佛进入一种忘我的境界。由于对《玛纳斯》的执着，一心一意投入《玛纳斯》史诗之中并有很多不同寻常的奇异表现，他曾被族人称为"白脸圣人"。不仅如此，他还曾一度因不唱《玛纳斯》史诗而患上奇怪的病。这种神灵梦授的观念无疑与柯尔克孜族观念中的萨满文化因素有关。即使是今天，萨满教意识在柯尔克孜族人们中间仍然显示出它顽强的生命力，成为柯尔克孜族思想意识的独特风貌。

居素普·玛玛依，阿合奇县哈拉布拉克乡麦尔凯奇村人，1918年4月出生于新疆克州阿合奇县，2014年6月1日驾鹤仙逝，享年96岁，是目前为止发现并被记录下完整唱本的唯一一位能演唱完整的8部《玛纳斯》史诗的大玛纳斯奇。他从 8 岁开始由比他年长 22 岁的哥哥巴勒瓦依照顾，并在哥哥、父亲的指导下，学习《玛纳斯》史诗演唱。他曾被周扬、钟敬文、卡尔·赖谢尔、郎樱等国内外专家分别誉为中国的"国宝""活着的荷马""21 世纪的荷马"。他师从自己的哥哥学唱《玛纳斯》史诗，与此同时也从自己周边的前辈民间史诗歌手口中聆听史诗，耳濡目染，在一个具有浓郁民间口头文化底蕴的地区成长为一名享誉世界的《玛纳斯》演唱大师。他虽然历经生活的磨难，但经过不懈努力，以顽强的毅力曾先后于 1961 年、1964 年、1979 年先后三次为《玛纳斯》采录组的民间文学专家们完整地演唱《玛纳斯》，为我国的《玛纳斯》史诗的保护和传承做出了不朽的贡献。如果没有他的演唱，那么我国《玛纳斯》史诗今天的成就是无法想象的。他的《玛纳斯》史诗唱本由《玛纳斯》《赛麦台》《赛依铁克》《凯耐尼木》《赛依特》《阿斯勒巴恰—别克巴恰》《索木碧莱克》《奇格台》等八部构成，共计长达 23 万多行，是目前世界上结构最宏伟、内容最完整的《玛纳斯》史诗文本。他生前堪称是我国柯尔克孜族文化的象征和一面旗帜，为我国多民族文化事业的发展做出了巨大贡献，并在 20 世纪末和 21 世纪初在我国文化艺术界乃至在国外史诗学界产生了巨大的影响，在我国文学艺术界拥有很高的声望。他从 1980 年在新疆文学艺术界联合会第三次代表大会上当选为新疆文联副主席，1997 年第六届推选为名誉主席一直到与世长辞。此外，他还从 1983 年开始一直到 2002 年一直担任历届新疆维吾尔自治区政协委员、常委，并曾于 1979 年在中国文联第四次代表大会上当选中国文联委员，并分别在中国民协第三届（1979 年 11 月）、第四届（1984 年 11 月）代表大会上当选中国民间文艺家协会理事，常务理事。1985 年自治区人民政府授予"在新疆工作三十年荣誉勋章"。1995 年荣获自治区人民政府授予"在新疆的四十年建设做出贡献"奖章并于同一年获得国务院特殊津贴。1983 年，他在新疆维吾尔自治区文学艺术界联合会、新疆民间文艺家协会联合举办的 1977—1982 年新疆民间文学作品评奖活动中获荣誉奖。同年，他演唱的《玛纳斯》第五部《赛依特》获 1979—1982 年全国优秀民间文学作品评奖一等奖。1990 年 12 月因在《玛纳斯》搜集、演唱工作中做出突出贡献而受到新疆《玛纳斯》工作领导小组、新疆维吾尔自治区文学艺术界联合会、新疆民间文艺家协会的表彰，获特等奖。1991年4月，因在抢救、整理、出版《玛纳斯》工作中做出贡献，获文化部、国家民委的表彰，获一等奖。1991年11月，因多年来在开拓、发展中国民间文艺事业中辛勤耕耘、贡献卓著而受到中国民间文艺家协会的奖励。1992年11月《玛纳斯》第二部《赛麦台》获国家民委、国家新闻出版署举办的首届中国民族图书奖一等奖。1995年8月《玛纳斯》第四部《凯耐尼木》获第二届中国北方民间文学一等奖。同年，他所演唱的柯尔克孜族史诗《女英雄萨依卡勒》获得新疆维吾尔自治区图书评奖一等奖。1999年获得新疆维吾尔自治区党委政府举办的新疆"天山文艺奖"贡献奖。1999年在第一届中国民间文艺家协会"山花奖"评奖中获得成就奖；2007年在第八届中国民间文艺"山花奖"评选中获得终身荣誉奖；同年入选第一批国家级非物质文化遗产项目代表性传承人并获得"中国民间文化杰出传承人"称号。

他曾先后受到胡耀邦、王震、周扬、包尔汉、赛福鼎·艾则孜、王恩茂、司马义·艾买提、铁木尔·达瓦买提、王乐泉、张春贤等领导同志的专门接见。曾先后3次出访吉尔吉斯共和国，并受到最高礼遇。吉尔吉斯斯坦共和国首任总统阿斯卡尔·阿卡耶夫在1995年吉尔吉斯共和国举办的《玛纳斯》1000周年大会上，授予居素普·玛玛依吉尔吉斯斯坦共和国"人民演员"称号。2007年吉尔吉斯斯坦文化部部长专程来华向他颁发《玛纳斯》之父"一级金质勋章。关于其生平的详细介绍和研究参见阿地里·居玛吐尔地和托汗·依萨克合作撰写的《当代荷马：〈玛纳斯〉演唱大师居素普·玛玛依评传》（汉文，内蒙古大学出版社，2002年）、（吉尔吉斯文，民族出版社，2007年）《〈玛纳斯〉演唱大师居素普·玛玛依》（柯尔克孜文，克孜勒苏柯尔克孜文出版社，2022年）等。

1998年9月新疆克孜勒苏柯尔克孜自治州、新疆文联在自治州首府阿图什举办《玛纳斯》演唱大师居素普·玛玛依诞辰80周年大会，中国民间文艺家协会、中国社会科学院民族文学所、文化部民族文化司、中央民族大学等单位和钟敬文、贾芝、马学良、陶阳、胡振华等学界领军人物都纷纷来电祝贺表达对这位世纪老人的敬意。中国民间文艺家协会的贺电中写到："几十年来，您对柯尔克孜族英雄史诗《玛纳斯》的传承和保护，对继承和弘扬优秀民族文化遗产，对建设有中国特色社会主义文化做出了卓越的贡献，您亲自演唱的八部巨著《玛纳斯》唱本成为中华民族文化宝库中的传世珍宝。您高歌的英雄主义精神永远激励着各族人民。您是民族的伟大歌手，人民的天才诗人，是功勋赫赫的民间艺术大师。正当金秋到来之际，迎来了您的八十华诞，我们谨代表全国各族民间文艺工作者向您致以深深的敬意和衷心祝贺。愿您健康长寿，福如东海，愿您高亢的歌喉，伴随着祖国各族人民英雄的步伐，阔步奔向新世纪。"钟敬文先生在亲笔写的贺电中说："您传唱和保存民族史诗的功绩是巨大的，我诚心祝愿您的生命和业绩，将与民族同存！"马学良先生在亲笔写的贺电中说："历史和人民将永远记着您为抢救祖国优秀文化遗产——史诗《玛纳斯》而做出的突出贡献，衷心祝愿您健康长寿！"

亲自前往克孜勒苏柯尔克孜自治州参加庆祝活动的郎樱先生在大会上发言说："两千多年前，希腊出了史诗演唱家荷马，才使希腊史诗《伊利亚特》和《奥德赛》得以保存下来。两千多年后，柯尔克孜民族出了居素普·玛玛依，才使柯尔克孜伟大的史诗得以保存下来，居素普·玛玛依与荷马一样功垂青史。居素普·玛玛依史诗与荷马史诗一样，必将成为人类文化史上的辉煌篇章。"

居素普·玛玛依幼年时在毛勒多手下学习阿拉伯文，能看书写字，有一定的文化基础。这样的条件为他日后阅读、记忆、背诵《玛纳斯》手抄资料提供了便利条件。居素普·玛玛依聪颖机智，具有过目不忘的惊人记忆力和语言天赋，加之刻苦努力，用8年多时间，在16岁时就把哥哥所搜集记录的20多万行的8部《玛纳斯》的故事内容全部记忆背诵了下来。居素普·玛玛依的哥哥巴勒瓦依曾经经商，足迹遍及南疆各地及中亚地区。他一方面做生意，另一方面搜集各类书籍，尤其是广泛地搜集记录《玛纳斯》史诗和柯尔克孜族民间文学材料。他先从阿合奇县当时的著名玛纳斯奇居素普阿坤·阿帕依口头记录下了《玛纳斯》史诗的前3部，即《玛纳斯》《赛麦台》《赛依铁克》的内容；后来又从阿合奇县另一位著名玛纳斯奇额布拉音·阿昆别克口中记录下了史诗后5部，即《凯耐尼木》《赛依特》《阿斯勒巴恰—别克巴恰》《索木碧莱克》《奇格台》的内容。巴勒瓦依收藏的手抄本、书籍资料不仅有《玛纳斯》史诗的抄本，还有柯尔克孜族其他很多的史诗和叙事长诗的抄本，以及中亚各地用各种文字出版的有关宗教、文学、天文、地理、历史等方面的书籍和手抄本。居素普·玛玛依一边通过阅读背诵和学习《玛纳斯》

史诗的这些手抄本资料，一边还聆听和观摩当地前辈玛纳斯奇们的史诗演唱，同时又在这些材料的基础上进一步梳理加工，把其中的散文改成韵文，花费一生的心血创造出了自己独具特色的史诗唱本。他所创造的唱本是目前世界上独一无二的结构最宏伟、艺术性最强、悲剧性最浓郁的不朽经典。而且，他还凭着自己超强的记忆力，记忆背诵了《玛纳斯》史诗之外的其他众多的柯尔克孜族和哈萨克族英雄史诗。

从20世纪60年代初开始，他为当时的《玛纳斯》调查搜集工作组演唱《玛纳斯》史诗和柯尔克孜族的其他一些英雄史诗和叙事诗，并由工作人员进行记录。到目前为止，他所演唱的民间口头史诗作品大部分已经整理出版。除了八部18卷的《玛纳斯》史诗之外，具体篇目有《艾尔托什图克》《库尔曼别克》《巴额西》《托勒托依》《萨依卡丽》《江额勒木尔扎》《阔班》《玛玛克与绍波克》《吐坦》《阿吉别克》以及哈萨克史诗《七汗的故事》《穆孜布尔恰克》等。这些史诗每一部都在万行以上，成为柯尔克孜族和哈萨克族珍贵的口头文化遗产而得到普通民众和学界的珍视。除此之外，他还撰写有《我是怎样开始演唱〈玛纳斯〉史诗的》《柯尔克孜族对少男少女的各种称呼》《柯尔克孜族对四种牲畜的称呼》《提莱克玛提的传说》《柯尔克孜族民间文学简论》《吉尔吉斯国纪行》等文章，在国内外报刊上发表。居素普·玛玛依一生坎坷，富有传奇色彩。从1961年到1983年这20多年，他曾先后三次演唱《玛纳斯》。第一次是1961年，为新疆维吾尔自治区文学艺术界联合会《玛纳斯》普查搜集组演唱了史诗前5部的内容。演唱地点是在阿合奇县和阿图什市。当时唱了《玛纳斯》3.8万余行、《赛麦台》2.7万余行、《赛依铁克》1.38万余行、《凯耐尼木》1.6万余行、《赛依特》2880行，总计约9万多行。第二次是1964年，在阿图什市他不仅补唱了《玛纳斯》史诗前5部，而且还唱出了史诗第6部《阿斯勒巴恰—别克巴恰》4.5万余行。这次演唱，使《玛纳斯》第一部由此前的3.8万余行增加到5.09万行；第二部由此前的2.7万余行增加到3.2万行；第三部由此前的1.38万行增加到2.44万行；第四部由此前的1.6万余行增加到3.4万行；第五部由此前的2880行增加到10130行，使《玛纳斯》史诗的篇幅增加到约19.65万行。第三次演唱是在1978年11月，他被请到北京，在中央民族大学进行演唱，后又回到乌鲁木齐演唱。这次是他自己记录自己演唱的内容，除了"文化大革命"中所幸没有丢失的第二部《赛麦台依》外，其余各部都由他重新演唱和记录了一遍。具体为《玛纳斯》为 53287 行，《赛麦台依》为 35246 行，《赛依铁克》为 22590 行，《凯耐尼木》为 32922 行，《赛依特》为 24000 万行，《阿斯勒巴恰—别克巴恰》为 36780 行，《索木碧莱克》为 14868 行，《奇格台》为 12325 行。这就是目前出版的 8 部 18 卷《玛纳斯》的全部资料，共计为 232018 行。

《玛纳斯》的产生至今已经走过了 1000 多年的历史。在漫长的传唱和发展过程中，史诗产生出许多异文和变体。而在众多的异文中，居素普·玛玛依演唱的八部《玛纳斯》唱本是最为光彩夺目的唱本之一。相当于荷马史诗《伊利亚特》的十四倍。这一唱本内容异常丰富，情节曲折生动，上百个人物塑造得栩栩如生，性格鲜明，大大小小几十个征战场面，描写得绘声绘色，各具特色。这个唱本规模之宏伟、情节之完整、艺术造诣之高，是其他《玛纳斯》唱本难以相比的。

居素普·玛玛依演唱的《玛纳斯》，每部篇名均采用玛纳斯家族英雄的名字命名：第一部《玛纳斯》，第二部《赛麦台》，第三部《赛依铁克》，第四部《凯涅尼木》，第五部《赛依特》，第六部《阿斯勒巴恰—别克巴恰》，第七部《索木碧莱克》，第八部《奇格台》。玛纳斯是史诗第一部的主人公，也是这部英雄史诗的总名。史诗各部的名称和主要内容如下：

（一）《玛纳斯》

"这是我们祖先留下的故事，不唱完它怎能行？……大地经过了多少变迁，河谷干涸变成荒原，荒滩变成湖泊，湖泊变成桑田，……一切的一切都在变化，雄狮玛纳斯的故事，却一直流传到今天。"史诗开篇气势恢宏，扣人心弦，具有英雄史诗的典型特点。接着详述柯尔克孜族的族源，以娓娓动听的故事，将听众引进人类社会开辟鸿蒙的远古时期，展示出柯尔克孜人的古代生活画卷。然后交代英雄玛纳斯出世的背景，逐步归入柯尔克孜人民保家为民的反侵略斗争的主题。

故事情节均以玛纳斯为主线展开，所有史诗人物的行动也都与他有关。史诗从玛纳斯的诞生开始到牺牲结束，描述他一生的英雄业绩及婚姻生活。

他的精神和灵魂激励他的后代为故乡和人民的利益奋斗终生。英雄们高呼他的名字冲锋陷阵，当遇到困难时，他就会显灵，护佑他们取得胜利。玛纳斯的形象经历了一个漫长的演变发展过程。无论他是真实的历史人物，还是一个文学艺术形象，他都从一个比较原始的形象，发展成了史诗中感人至深、形象生动、栩栩如生的人物形象。玛纳斯英勇善战，粗犷而质朴，自始至终为人民的利益而战，是柯尔克孜族民族精神、民族性格、民族意志的集中体现。他既具有常人的品性，又有神的威武与神力。史诗中描述他神奇的诞生，出生时一手握血，一手握油。当他冲锋陷阵时，喘出的气流像旋风，眼里射出金光。从正面看，他像一只猛虎；从后面看，像一条巨龙；从上面看，像一只苍鹰。前面有两只黑斑猛虎为他开道，两只带斑纹的大蟒蛇（龙）护佑在两边并缠绕在腰际，两只同一色的兔子贴在马镫上，60只大盘单奔腾左右助威；一个前额上有红痣的孩童牵着他的马缰绳，一个高高的女神扶着他的肩站在马背。他就是这样一位神灵护佑的英雄，但其性格中亦不乏常人所拥有的缺点。他英勇无比却缺乏计谋，因鲁莽行事而惹下事端，狂放不羁而又充满真挚的感情和伟大的品质，是一位典型的史诗英雄人物形象。他最后的悲剧命运进一步提高了英雄玛纳斯这一人物形象的崇高性和永恒性。

《玛纳斯》具体内容如下：古代勤劳善良的柯尔克孜人受卡勒玛克人的统治、奴役，处于灾难深重的境遇之中。玛纳斯诞生前，卡勒玛克人的占卜师预言，柯尔克孜人中要出现一个英雄，他将推翻卡勒玛克人的统治。卡勒玛克汗王阿牢开下令，剖开柯尔克孜孕妇的肚子，妄图杀死即将出生的英雄。在柯尔克孜人机智的保护下，英雄躲过了大难。英雄出生时，一手握血，一手握油，手掌上有玛纳斯的印迹。为了免遭敌人暗算，其父母将他送到密林深处抚养，最终长大成人。在乡亲们的帮助下，部落长老们请来工匠为英雄制造长矛、战斧，有人还给他送来战袍。英雄玛纳斯聚集四十勇士，南征北战，打击敌人，并被拥为汗王。他与周边的哈萨克人、乌孜别克人等组成了十四个汗王的部族联盟。玛纳斯经过一番周折，最终迎娶卡拉汗之女卡妮凯为妻。贤淑智慧的卡妮凯不负众望成为他的贤内助与高参。部落汗王阔阔托依逝世一周年，其子宝克木龙举办盛大祭典，卡勒玛克人空吾尔拜想乘机大闹祭典，掠夺奖品。玛纳斯被邀前来主持祭典，粉碎了卡勒玛克人破坏祭典、制造混乱的阴谋，使祭典顺利进行。克塔依（黑契丹）人阿里曼特别前来投奔玛纳斯，并与玛纳斯结为同乳兄弟，受到玛纳斯重用，被封为内七汗之一。卡勒玛克人侵袭柯尔克孜地区，玛纳斯率四十勇士远征，阿里曼别特受任统帅统率远征大军，直捣京城，获得大胜。后因玛纳斯丧失警惕，被卡勒玛克人的统帅空吾尔拜用毒斧砍中后颈。玛纳斯撤兵返回故乡，最后悲痛身亡。夫人卡妮凯请来工匠为他修建了陵墓。根据我国《玛纳斯》演唱大师居素普·玛玛依的唱本，史诗第一部共计53287行。

（二）《赛麦台》

赛麦台是《玛纳斯》史诗第一部英雄主人公玛纳斯的儿子，也是史诗第二部的英雄主人公。英雄玛纳斯的葬礼刚刚结束，家族内发生内讧。玛纳斯的同父异母兄弟阿维开与阔别什在父亲贾克普的指使下，阴谋将玛纳斯之子赛麦台扼杀在摇床之中，夺取王位。卡妮凯带着儿子逃到布哈拉娘家避难。赛麦台12岁时得知自己的身世后毅然返回故乡，并在巴卡伊老人的帮助下铲除内奸，重振柯尔克孜民族大业。青阔交与托勒托依勾结在一起想强娶美丽的仙女、赛麦台指腹为婚的未婚妻阿依曲莱克。在敌人重重包围城堡的紧急关头，仙女阿依曲莱克化为白天鹅飞上蓝天去寻找未婚夫赛麦台。她用各种神奇的变化法术把赛麦台及其两位贴身的勇士古里乔绕和康乔绕带到城堡，赛麦台率领勇士们与敌人展开血战，把敌人打退并与仙女阿依曲莱克订婚。贼心不死的空吾尔拜伺机偷袭柯尔克孜部落，赛麦台被困在城堡中。古里乔绕和阿依曲莱克同心协力把赛麦台救出城堡，与敌人展开一场惊心动魄的激战，在战斗中杀死众多敌将。之后，赛麦台的心腹康乔绕背叛他，并勾结托勒托依之子克亚孜把赛麦台诱骗到玛纳斯墓前伺机暗害他。因赛麦台的坐骑、战袍和武器早被叛徒康乔绕骗去，落得他赤手空拳，无法战胜敌人，在激烈的战斗中负伤并神奇地突然从人间消失。康乔绕和克亚孜篡夺王位得势后将赛麦台的忠诚勇士古里乔绕肩胛软骨剜去，并将其沦为奴隶。已有身孕的阿依曲莱克被克亚孜强娶为妻。史诗中，英雄主人公赛麦台公正、善良、勇敢无畏、感情炽烈，真诚的形象与贾克普、阿维开、阔别什等的形象构成鲜明的对比。

赛麦台与阿依曲莱克的爱情故事，成为千古绝唱，被世代"玛纳斯奇"颂扬。赛麦台血管中流淌着玛纳斯的血液，是德高望重的阔绍依在阔阔托依的祭典上率众祈祷上苍求得的，因此被视为天赐之子。他思想单纯，心地善良，受骗上当，最终被手下背叛的勇士所害。他第一次被害后，只流有几滴血液，身体却无影无踪地消失，被卡依普山中的仙女救入神山。后来，在一次祭典的赛马上，英雄的祖母卡妮凯让老英雄阔绍依的塔依托茹骏马参赛，并预言说如果这匹骏马获得冠军，那她的孙子赛麦台一定还活在世间。塔依托茹骏马参赛并获冠军，从而证实赛麦台并没有死去的预言。赛麦台生存的消息传来，巴卡伊、卡妮凯等用法术让其恢复神志并回到人间，最终实现了自己的夙愿。赛麦台娶的是仙女阿依曲莱克，被害后又被仙女救入仙山神境。他的生活带有强烈的神话幻想色彩。他与阿依曲莱克的婚姻是史诗最生动、流传最广泛的一个篇章之一。赛麦台不仅是史诗《玛纳斯》第二部的主人公，在第三部、第四部史诗内容中亦频频出现，成为连接史诗各部的纽带和桥梁。在主题思想方面与第一部一致，在艺术性方面有增无减。根据居素普·玛玛依演唱的变体，共计35246行。

（三）《赛依铁克》

这部史诗是《玛纳斯》史诗系列的第三部，讲述的是玛纳斯的孙子赛依铁克的英雄事迹。赛依铁克还未出生，其母亲阿依曲莱克就被克亚孜强娶为妻，但是她想方设法与克亚孜周旋，并且凭借自己的法术把女仆变成自己的替身每天晚上陪侍克亚孜，自己则一心一意保护着腹中的胎儿。为了不引起克亚孜的怀疑，阿依曲莱克用法术将赛依铁克在体内怀了3年多才让其出生。但狡猾的克亚孜一直怀疑赛依铁克是赛麦台的遗腹子，千方百计想加害他，以绝后患。具有神功法术的阿依曲莱克历尽千辛万苦，凭借智慧和勇敢，保护抚养赛依铁克长大成人。12岁时，赛依铁克被克亚孜派去草原为他放马。母亲阿依曲莱克利用儿子在外放马之便，暗中与外界联络，请来英明神医莫明江为古里乔绕治疗肩胛骨使他恢复元气。然后，少年英雄赛依铁克在巴卡伊、古里乔绕等父辈英雄们的全力帮助下，经过一番苦战，杀死了武功高强，具有神功，拥有通人性、说人话、命运相连的神骏，并把自己的性命寄存在羚羊体内木箱中的麻雀身上的英雄克亚孜，最终回到故乡，处死篡权者康乔绕，报了杀父之仇，重新夺回汗位，使人们重又获得幸福生活。

赛依铁克成年后由于体大如山，没有一匹马能够驮动他，只好徒步行走与骑马的对手较量，在战斗中几次险遭敌人谋害。母亲阿依曲莱克焦灼不安，请来卡依普山中的善战女神库娅勒助战。古里乔绕、赛麦台依、巴卡伊等老英雄都力不从心，赛依铁克便在库娅勒的帮助下多次击退敌人进攻，保卫了柯尔克孜人民的利益，重振玛纳斯家庭雄风。最后，赛依铁克与善战女神库娅勒结为夫妻，并肩战斗，共同保卫柯尔克孜民族，谱写了一曲气壮山河的篇章。《赛依铁克》有很多变体在民间流传，其中较完整的是居素普·玛玛依的唱本，共22590行，分两卷已由新疆人民出版社出版。

(四)《凯耐尼木》

凯耐尼木是玛纳斯家族第四代英雄，是赛依铁克之子，女神库娅勒所生。一生战斗不息，战功显赫。为了人民的利益多次与恶魔般的敌人进行决战，最终消灭强敌，给生活在水深火热中的人民带来幸福美满的生活。凯耐尼木出生后，一直到7岁，食量惊人，却不会走路，如痴如呆。凯耐尼木9岁时，驼队有人来报说阿依托别的阿依吐木什人的首领秦额什是一个食人恶魔，残害百姓，很多活人被他吞噬。赛麦台与古里乔绕、阿勒木萨尔克、库娅勒等众英雄出征，前去讨伐吃人魔王秦额什，却反被秦额什用魔法将赛麦台一行人马诱入深山，围困在山涧的魔鬼湖上。消息传来，凯耐尼木万分着急，骑上坎库拉骏马，连根拔起一棵怪柳当作武器，横扫敌军，把祖父赛麦台等人救出魔窟，平安回到故乡。之后，凯耐尼木又杀死魔法高超、通晓人类及动植物各种语言的恶魔居仁多，啖其舌头，顿时，他也通晓了世间万物之语言。他还与鱼王结盟，与神鸟交友。最后，在这些神奇动物的帮助下最终铲除了人间恶魔秦额什，带上与自己一见钟情的秦额什之女绮尼凯回到故乡塔拉斯。不久，巴卡依、卡妮凯、赛麦台、阿依曲莱克、古里乔绕等人在一次大战中神秘消失，从此不在人间。塔拉斯则遭暴风雨袭击，人、畜死亡，凯耐尼木病卧在床。此时，卡勒玛克人和伊斯法罕人联合进犯柯尔克孜地区。凯耐尼木不顾大病初愈，骑马出征，打败了敌人，生擒了罪大恶极的达比塔依，惩处了背叛人民的萨拉玛特，保卫了家乡人民的安宁。

居素普·玛玛依演唱的《凯耐尼木》唱本，是目前被继承保存下来的唯一的一部文本，是由其哥哥巴勒瓦依从额布拉音·阿昆别克口中记录下来的。居素普·玛玛依在继承背诵的同时，把其中的散文故事部分改编成了韵文。《凯耐尼木》全诗总计 32922 行。

（五）《赛依特》

赛依特是凯耐尼木之子，本部史诗主要叙述少年赛依特随父出征，为民除害、降妖除魔的英雄故事。其足迹踏遍克尔克特、库都斯、巴格达等地。巨人喀拉朵为非作歹，残杀无辜，掳掠人民财产、抢占民女，给人民带来巨大灾难。赛依特闻讯前去征讨喀拉朵。他战胜了这位凶残的巨人，解放了被巨人囚禁的人民，并救出苏莱玛特可汗之女克勒吉凯公主。克勒吉凯美女与少年英雄赛依特一见钟情，然而，当赛依特英雄向克勒吉凯的父亲，苏莱玛特汗王提亲时，这位汗王却心怀鬼胎，不想嫁女，并给赛依特出了三个难题，并说只有破解了这三个难题他才会将公主嫁给赛依特。这三个难题一是替他追捕世间罕见，极难捕获的凤凰鸟，二是穿越大海，从坐落在一个岛屿上的一座青色坟墓中取来一枚绝世宝石，三是完成上述两个使命之后在婚礼上要举办罕见的鱼宴，用世间最尊贵的鱼招待前来参加婚宴的宾客。在未婚妻克勒吉凯的帮助下，赛依特将这些难题一一化解，经过各种艰难险阻完成了上述各项难题。在婚礼上举行的三项比赛中，苏莱玛特汗又故意刁难赛依特。他特意给赛依特一匹劣马，让他去参加赛马比赛。但是，在祖先玛纳斯灵魂的护佑下，骑着劣马的赛依特同样得了比赛冠军。在马上比武角力和射箭比赛中，赛依特也大获全胜。苏莱玛特最终无奈地将女儿嫁给了赛依特。但是，在英雄携妻返乡途中，贼心不死的苏莱玛特又勾结恶魔巨人的七个孩子，请求他们合力偷袭，妄图抢回克勒吉凯美女。巨人的七个儿子，使用各种法术，将赛依特一行人骗入人迹罕至的红色沙漠之中，使他们面临危机。面对这一切艰难险阻，赛依特具有神功的妻子克勒吉凯毫不气馁，她运用自己的法术和智慧，帮助丈夫以少胜多转危为安，摆脱困境。回到故乡之后，赛依特又降服了给人民带来灾难的七头女妖，使人民重新回到了安居乐业的生活。为了彻底铲除宿敌，英雄赛依特决心效法祖先玛纳斯远征之举，想发起一次远征。父王凯耐尼木苦苦相劝，他依然不为所动，执意远征。遗憾的是，远征途中祖传的阿勒玛巴什火枪走火，他不幸身亡。全诗共计 24000 余行。

（六）《阿斯勒巴恰－别克巴恰》

英雄赛依特英年早逝。他的遗腹子双胞胎阿斯勒巴恰与别克巴恰在祖父凯耐尼木的抚养和教导下长大，成为勇气过人的盖世英雄。哥哥阿斯勒巴恰15岁时便骑马出征，有着与先祖父玛纳斯一样的威严和英雄气概，而且身旁总会有神灵陪伴襄助。外敌入侵时，他杀死前来进犯的萨克恰克等5名敌将，勇敢地保卫了先祖父玛纳斯的神圣陵墓，并被拥戴为汗王，替祖父凯耐尼木管理大事。后来，他又与妖术多端、狡猾无比的克孜勒克孜恶魔较量，年仅25岁时遗憾战死沙场，献出了年轻生命。

他死后，其祖父凯耐尼木悲痛万分，把管理汗国的大事全部托付给自己的另一个孙子，阿斯勒巴恰的同胞弟弟别克巴恰，自己则怀着悲痛用马驮着阿斯勒巴恰的尸体消失在冰山雪岭之中，再也没返回人间。弟弟别克巴恰继承了哥哥未竟的事业。他听从祖父先前的教诲管理汗国事宜，而且以非凡的英雄气概先后与来犯的卡勒玛克首领玛德勒以及唐古特、芒额特、土库曼等侵略者交战，与自己心仪的美女阿克芒达依结为夫妻。多次抗击玛德勒、卡勒德克以及八头妖魔的入侵，最终铲除妖孽，为民除害。为了消灭宿敌，报仇雪恨，为家乡带来安宁，他的足迹踏遍中亚、阿富汗、青藏高原等地，最后在抗击敌人的战斗中身负重伤，下榻在被自己曾经在战斗中俘获、短暂结为夫妻的小妾家中养伤。但是这位小妾早已变心，暗中在他的洗澡水中放入毒药加以暗害。别克巴恰虽然没有当场死亡，但是这种毒药的毒性在其体内慢慢扩散，使他浑身奇痒无比，难以忍受。在返乡途中，为了减轻痛苦，他在树上蹭，石头上磨，弄得自己浑身皮开肉绽，最终被聪明的坐骑驮回家，最后在痛苦中悲惨地死去。他虽为天下无敌的英雄，却没有死在战场上，而是被自己心爱的女人所害。

本部史诗充满悲壮而感人的强烈悲剧色彩。诗中融入了大量的柯尔克孜族神话及民间文学的古老母题，神话、幻想与现实交融，具有强烈的英雄主义气概。全部36780行。

（七）《索木碧莱克》

芒额特人卡勒都别特长大成为英雄后，知道了芒额特人和唐古特人与柯尔克孜族有五世之仇，自己的汗王父亲就是被柯尔克孜人杀死的。他听说柯尔克孜英雄别克巴恰亡故的消息，蠢蠢欲动，纠集了芒额特人和唐古特人，前来征讨塔拉斯，以报杀父之仇。他开始大肆斩杀无辜百姓，让无数柯尔克孜人倒在血泊之中，但陷入悲痛的柯尔克孜中却无人勇敢地起来反抗。别克巴恰和阿克芒达依相继去世后，其子索木碧莱克成为孤儿，一直由舅父带去抚养。15岁时，他得知自己的身世和祖先的英雄业绩，知道了自己的故乡是塔拉斯，并得知了故乡遭敌人劫掠，人民处于水深火热之中。于是，他辞别舅父，独自一人回到故乡，得到人民的拥戴，获得父辈留下的战袍、骏马和武器，与入侵者芒额特、唐古特人展开了艰苦卓绝的战斗。进行多次战斗，最终将敌人一一打败，赶出了家乡，挽救了困苦之中的同胞。但是，平安的日子没有多久，临近部落又遭敌人劫掠，有人前来报信求援，说呼罗珊人库茹木朱进犯柯尔克孜故土秀库尔鲁地区，要强行霸占卡尔玛纳之女铁尼木罕，请求英雄前去解围。索木碧莱克闻讯，毫不犹豫，提枪跃马前去征战敌人。经过几番厮杀血战，最终杀死了库茹木朱，赢得了美女铁尼木罕的爱情，二人喜结良缘。索木碧莱克返回故乡后，去拜谒祖先玛纳斯的陵墓。忽然，从玛纳斯的墓中传出阵阵响声，一时间火光熊熊，洪水汹涌。在火光和洪水中间，出现一株参天的奇娜尔树，而且树的一半枝叶繁茂，郁郁葱葱，而另一半则枯朽不堪。这是一种不祥的预兆，说明英雄将会遇到不幸，人民将要遭受灾难。果然，芒额特人再一次前来挑衅，欲霸占柯尔克孜族领土，欺压柯尔克孜族百姓。索木碧莱克再一次与来犯者芒额特人较量，但遭到强敌暗算，不幸身负重伤，不治身亡。全诗用浪漫主义的手法歌颂了少年英雄索木碧莱克大无畏的英雄主义气概和为民献身的精神，由居素普·玛玛依演唱，共计 14868 行。

(八)《奇格台》

这一部叙述了玛纳斯家族最后一代子孙奇格台的英雄事迹。展示了他东征西战，为家乡的安宁和友好邻邦的安危而奋斗不息、战斗不止的英雄业绩。奇格台是索木碧莱克的遗腹子。索木碧莱克去世不久，奇格台因母亲难产去世而沦为孤儿，由舅舅玛德别克抚养成人。奇格台自幼习武，力大过人。在玛德别克的精心培养下，练就了一身武功，成为一名精通武艺、力大超群的勇士。他得知邻近的哈萨克人遭芒额特人劫掠的消息，火速赶去襄助救援，与哈萨克人齐心协力，与芒额特人激战三天三夜，终于将入侵者击退。

气急败坏的奥托尔野心不死，经过一番策划，重又勾结喀拉契丹，率九万大军，卷土重来，再次夺走哈萨克汗王萨塔依的王位。肆意虐杀无辜，到处抢劫，给民众带来灾难。年少气盛的奇格台听说后再度出征，经过多次交战，最终战胜强敌，解救了受奴役的哈萨克人民。战斗中，奇格台的马蹄突然被绊，英雄不幸落马，被敌人用毒矛刺中负伤，返回塔拉斯后黯然去世。他英年早逝，去世时年仅 21 岁，无妻无子，没有能延续英雄家族的血脉。至此，玛纳斯家族八代英雄的戎马生涯也完全结束。《奇格台》具有浓郁的悲剧色彩，与前面各部形成一个完整的整体。全诗共计 12325 行。

第六节　三大史诗演唱艺人玛纳斯奇、江格尔奇、仲堪的共性

自古以来，人们就习惯于对激动人心的诗歌小说等文学作品、精美的雕塑、绘画、震撼灵魂的音乐作品、戏剧等加以鉴赏、品味、赞叹的同时陶醉于其中，达到审美意识的最高境界。这些都是人类精致的艺术创造，通过艺术家的精心创作而达到至高境界。相对于上述这些辉煌无比的人类的精致艺术创造，口头创作，尤其是作为"人类诗歌艺术领域的第一颗成熟的果实"

口头史诗在人类文化史中所占据的地位似乎是被严重忽略了。与世界各国上述各种艺术门类相比，我们对口头传统，尤其是口头史诗的了解和认识要比我们所想象的不知缺乏多少倍。毫无疑问，欧亚大陆是人类活动及艺术创造的中心，影响人类发展进程的绝大多数重大历史事件均发生在欧亚大陆这块土地上。对于千百年来游牧迁徙于欧亚大陆、西伯利亚和中亚草原、阿尔泰山—天山南北牧场、帕米尔高原以及青藏高原等地区的柯尔克孜族、蒙古族、藏族而言，发达的口头艺术创作似乎才是他们贡献给人类文化的最伟大贡献，也是他们给中华多民族文化注入的鲜活的文化血脉。三大史诗同诗经、汉赋、唐诗、宋词、元曲、明清小说等一起被视为中华民族伟大的精神创造。毫无疑问，那些世代在人们口中传唱，流传千百年，并以口头形式达到艺术高峰的口头史诗作品是令人叹为观止的。

那么，传承并演唱那些源远流长的口头创作传统的人们，那些用口头演唱和表演技艺创作出独具特色的口头史诗精品，创作出另外一种艺术境界和艺术高峰的人使得我们敬佩和颂扬。他们便是柯尔克孜族史诗《玛纳斯》的创造者玛纳斯奇，卫拉特蒙古族史诗《江格尔》的创造者江格尔奇，藏族史诗《格萨尔》的创作者仲堪。

作为一个掌握了口头史诗演唱艺术特殊技能的民间艺人群体，玛纳斯奇、江格尔奇、仲堪是作为口头史诗的口头演唱者、创作者、传承发展者的多重综合身份活跃于民间的杰出的口头语言艺术家，是柯尔克孜族、卫拉特蒙古族和藏族人民口头史诗传统的创作者、表演者、传播者和承载者，也是这些民族民间众多的口头艺人类型中最杰出的代表。

无论是《玛纳斯》《江格尔》《格萨尔》史诗，从史诗产生到流传至今的漫漫历史长河中，在我国柯尔克孜族、蒙古族和藏族中间都曾出现过很多名扬世界的口头史诗演唱大师。毫无疑问，早期的很多大师级史诗歌手的名字已经无人记得，完全消失在历史的烟云之中了。但是，19世纪以来的一些著名史诗歌手的名字通过民间歌手的记忆或者是各国学者的调查记录而留存至今，载入了史册。比如，我们在上文中介绍的如吉尔吉斯斯坦的特尼别克、巴勒克、萨恩拜·奥诺孜巴克等一大批玛纳斯奇，19世纪末20世纪初，我国阿合奇县的居素普阿坤·阿帕依、艾什玛特·玛木别特居素普、额布拉音·阿昆别克、巴勒瓦依·玛玛依以及居素普·玛玛依等。在《江格尔》史诗方面，生活在19世纪末20世纪初的苏联卡尔梅克自治共和国的江格尔奇鄂利扬·奥夫拉，以及我国的著名现代江格尔奇加·朱乃、阿·冉皮勒等。藏族《格萨尔》演唱大师，被誉为"藏族荷马"的扎巴（1906—1986）以及著名艺人桑珠（1922—2010），才让旺堆（1933— ）以及著名女艺人玉梅（1957—）等。在蒙古族中间流传的《格斯尔》也有许多著名的史诗艺人，代表性的艺人有金巴扎木苏（1934— ）等。他们分别通过各自的史诗演唱给我们留下了三大史诗最珍贵的文本资料，为古老史诗的传承保护建立了不朽功勋。

对于像《玛纳斯》《江格尔》《格萨尔》这类篇幅宏大的史诗而言，民间丰厚的口头史诗传统是这些史诗赖以生存的土壤和发展、壮大、走向口头艺术巅峰的根基。如果离开口头史诗赖以生存发展的传统土壤和根基来谈论这些史诗那一定是片面的、狭隘的。我们所说的口头史诗传统既包括史诗文本层面的基本故事情节发展脉络、人物关系、部族间的各种矛盾以及文本中与人物、英雄的坐骑、随身伴随的动物等相关联的描述其外貌和性格特征、每一个大小事件的顺序、战斗的起因和后果、特定事物的展示以及人物的对话心理活动等诸多母题、主题、程式、故事范型等。与此同时，歌手在史诗表演当中的声调、韵律、节奏、旋律，歌手对于诗行词句的不同组合方式，演唱或表演时的身体动作、手势、眼神，史诗演唱的社区文化空间，史诗演唱的语境，歌手与听众的互动等因素都属于传统的不可或缺的组成部分，也属于史诗歌手必须掌握的"传统知识"。史诗这些篇幅宏大的口头史诗的表演是一个综合性多向度的信息传递过程。每一次演唱都是史诗文本产生、文本传播、文本再生的文化传播事件，呈现史诗传统的延续性和变异性特点，是一个立体式的、综合性的口头史诗艺术展示活动。歌手的演唱才是这些口头史诗的生命。而自古延续的这些"传统知识"平时可能被人们忽视，只有在歌手实实在在的表演中，在歌手现时表演的语境中会充分体现出其活力和文化价值。所以说，没有实实在在的表演，口头史诗传统的观念几乎就不可能成立。史诗歌手与其听众都是史诗传统的携带者，也是这一传统的创建者和参与者。他们与广大民众共创、共享、共同传承这些"传统内部知识"。

演唱三大史诗的民间艺人们将自己的全部智慧和才能倾注到史诗演唱当中而荣获"玛纳斯奇""江格尔奇""仲堪"的头衔和称号，赢得民众的高度尊敬。这个群体各个都因其超凡的口头史诗演唱才华、迷人的个人魅力和民间知识素质而具有许多共同性。从他们的学艺过程、演唱特色、艺术才华等方面也可以看到他们的共性特征。他们的整体特征表现在以下几个方面：

第一，他们是柯尔克孜族、卫拉特蒙古族和藏族口头语言艺术家之中的一个富有才华的特殊群体。他们与民间即兴创作自由题材的韵文体民间诗歌作品或演唱各类民歌的一般民间艺人在创作方法和创作内容上均存在相当大的区别。前者基本上都以创作和演唱民间歌谣为主，而后者所创编演唱的则是篇幅宏大拥有众多英雄人物、情节复杂的史诗作品。

第二，这个特殊群体中的每一个杰出成员都无一例外地根据自己从其他史诗歌手那里学习聆听所获得的新的史诗资料并根据社会历史发展的需要，在史诗演唱过程中，发展和丰富了史诗的内容，对史诗的流传和保存做出了自己的贡献，而这又是在不同渠道的传统史诗文本和信息的基础上进行舍取、组合、优化、整合、加工而完成的。

第三，他们在口头史诗的"表演中的创作"过程中，尽显个人的创编特色，并在这一过程中彰显史诗的传统特征。悠久的史诗传统在他们演唱创编中具有主导性意义。他们所显现出的才华不在于创编了史诗的新的唱本，而是将自古以来广泛流传于民间的史诗在广泛借鉴和融合众多前辈歌手的天才成果基础上进行重新创编，按照传统的方式创编出具有自己的艺术特色的唱本。

第四，每一个史诗歌手演唱风格的形成，史诗新文本（唱本）的产生，都会受到听众的影响和演唱语境的影响。社会历史文化语境是观察活形态口头史诗不可或缺的重要因素。

玛纳斯奇、江格尔奇和仲堪从他们的学艺路径、成长过程也具有一些共性。第一，从童年时代开始就热衷于史诗的学习并且在民间文化氛围浓厚的环境中聆听民歌和民间故事，对民间口头即兴创作艺人的创作产生浓厚的兴趣甚至到了一种"狂迷"程度。比如，居素普·玛玛依、特尼别克·

加皮等玛纳斯奇,江格尔奇鄂利扬·奥夫拉无不如此。第二,几乎所有功成名就的杰出史诗歌手都受到家族内部祖传的史诗艺人或近亲家庭成员的传授或影响。家族前辈史诗艺人启发、教育、引导他们学习和演唱史诗。我国新疆和布克塞尔蒙古自治县的著名江格尔奇加·朱乃,新疆尼勒克县的当代江格尔奇巴桑·哈尔,著名玛纳斯奇居素普·玛玛依、艾什玛特·曼别特居素普,藏族艺人桑珠、玉梅、格桑多吉、次仁旺堆等均出生于史诗艺人之家,得益于家传。第三,超常的记忆力是每一个杰出史诗歌手拥有的特征。在柯尔克孜族、蒙古族和我国藏族的口头史诗传统中,关于史诗歌手的超常记忆力的报道都极为普遍。居素普·玛玛依、萨雅克拜·卡拉拉耶夫、新疆和布克赛尔蒙古自治县的加·朱乃和皮尔来·冉皮勒、藏族艺人扎巴、玉梅、桑珠无不如此。他们每一个人的演唱篇目都在数万甚至数十万行以上。史诗艺人们通常在少年时代就显露出头脑机灵、思想敏锐、善于思索的个性,与此同时观察和吸收老一代歌手表演,并经过耳濡目染的熏陶,脱颖而出,显现出语言艺术方面的突出才华。在反复聆听耳濡目染中,初步记忆、顿悟,并开始通过积累演唱史诗的某些篇目。适宜学习演唱史诗的社会和家庭两个因素最终使那些天资聪颖,思想敏锐,记忆力超群的少年歌手脱颖而出。第四,玛纳斯奇、江格尔奇和仲堪都有很强的语言表达能力和即兴创编能力。在他们的演艺生涯中,即兴创作能力是一个关键因素,是相伴他们走过漫长岁月的传统。即兴创作在史诗歌手学习掌握像《玛纳斯》《江格尔》《格萨尔》等规模宏大的史诗演唱技巧方面,在史诗的传承方面都有不可忽视的作用。

江格尔奇和玛纳斯奇除了具有以上共同特征外,也有一些各自不同的特点。比如,江格尔奇群体中与原始萨满文化有关的史诗"神灵梦授"的观念比较淡漠,我们从国内外有关《江格尔》的研究著作中也看不到有关报道,而在玛纳斯奇和仲堪群体中,史诗"神灵梦授"的观念是普遍存在的。每一个有成就的玛纳斯奇和仲堪都无一例外地将自己的学艺过程同某种超自然的干预联系在一起,说自己之所以能够演唱如此宏大的史诗都是因为史诗英雄的神灵进入梦乡。"神灵梦授"的观念对未来史诗艺人灵感的觉醒,激情的焕发,从而对于掌握史诗演唱技艺起到一定的积极作用。

第四章
玛纳斯奇的学习与演唱

第一节 学习与成长

柯尔克孜民间文化在数千年的漫长口头形式流传发展历程中，基本形成了自己的具有独特民族文化特征的文类和体裁。其叙事文类中，以《玛纳斯》为代表的史诗、叙事诗无疑是其中最核心的部分，而演唱民间史诗的玛纳斯奇，尤其是技艺超群的大玛纳斯奇是其中的佼佼者。除此之外，在表演艺术类中演奏名曲的考姆兹琴手考姆兹奇，能够根据现场语境一边弹奏考姆兹琴，一边在琴声伴奏下信手拈来即兴编唱民歌的即兴诗人也被视为柯尔克孜族民间文化的精粹，代表着柯尔克孜族民间传统文化发展的主流。

"口头程式理论"的创立者之一阿尔伯特·贝茨·洛德指出，我们要了解一位诗人，了解一首诗以何种特殊方式和形式创作，我们不应该把精力集中到诗人或别人向特定听众朗诵、背诵，听众静静聆听的那个时刻，而是应该设法重构诗人创作撰写诗行的那个时刻，因为这个时刻是极其重要的。而对于口头诗人而言，演唱就是他创作的时刻。书面诗歌从创作到读者阅读之间存在一条鸿沟，而真正的口头诗歌的创作、演唱、听众接受是在同一时刻完成，不存在鸿沟。一部口头诗歌作品本质不是为了表演，而是以表演的形式创作。所以，口头史诗的研究分析必须将重点放在表演层面。[1]在这样的学

---

[1] 参见阿尔贝特.贝茨·洛德:《故事的歌手》，尹虎彬译，中华书局，2004年，第13页。

术背景下，我们的研究侧重点就必须放在玛纳斯奇的表演层面。而首先必须清楚，口头史诗的歌手是融史诗的创作者、演唱者、表演者、即兴诗人为一体的口头艺术家，而史诗的演唱、表演、创作、接受、传播则是在同一个场域中，在同一个语境内发生的同一个行为的不同侧面。

能够演唱英雄史诗《玛纳斯》的口头史诗演唱艺人"玛纳斯奇"便是柯尔克孜族民间艺人群体中最具代表性、最受人们追捧和喜爱的艺人之一。这是《玛纳斯》史诗在民众中的重要性和其高度的艺术性所决定的。要达到真正的名副其实的"玛纳斯奇"的境界和水平，可不是一件唾手可得之事，需要付出百倍的努力。

近代以来玛纳斯奇学唱史诗的途径，可以分为以下两个历史时期。第一个时期是20世纪上半叶，文字还没有被普及的时期。此时，柯尔克孜族民众绝大多数人属于文盲，民众的文化生活、日常交往均以口头形式展开。另一个时期则是20世纪下半叶，文字开始普及，柯尔克孜族社会逐步进入口头传统与书写文化并轨发展的时期。在第一个时期中，未来的玛纳斯奇首先从幼年时期开始，在家庭内或族亲中得到耳濡目染的熏陶和教育，对史诗演唱得到初步的接受和理解。到了一定年龄，一般都在青少年时期，通过拜访某一位著名玛纳斯奇，拜他为师，跟随师父游走四方，反复聆听、观摩师父的演唱，琢磨、领会、记忆和掌握其演唱内容和技巧，并在其指导下进行演练。这种习得方式对于年轻玛纳斯奇的成长极为重要，也是绝大多数玛纳斯奇传统的学习方式和学习途径。在这一过程中，玛纳斯奇学习和获得有关史诗的所有知识，都必须设身处地地与史诗演唱活动融合在一起，获得对史诗传统亲如一体的接受。这是文字的使用普及之前的口传文化时代，玛纳斯奇们唯一的学艺途径。20世纪上半叶之前出现的国内外著名的玛纳斯奇，诸如吉尔吉斯斯坦的特尼别克、萨恩拜·奥诺孜巴克、萨雅克拜·卡拉拉耶夫以及我国的居素普阿坤·阿帕依、艾什玛特等都是通过这种方式掌握《玛纳斯》史诗的。这与帕里和洛德所观察到的塞尔维亚、克罗地亚大多数文盲歌手的情形基本相同。20世纪下半叶以来，随着文字的使用和逐渐普及，柯尔克孜族民间开始出现一些既继承口头传统又掌握文字阅读的歌手。他们一方面在聆听和观摩前辈歌手的演唱活动中通过听觉和视觉的感受学习和掌握史诗的内容，模仿师父的演出音调、旋律、节奏以及手势、动作、表情；另一方面还可以借助手抄本，通过反复阅读、记忆、背诵，强化记忆当中的史诗文本，丰富、扩展自己的大脑文本储存量。对于歌手来说，这种双轨并行的学习方法和进程，可能要比只通过聆听和观摩的方式进行学习轻松得多。但是，由于在广大听众长期以来习惯于在聆听和观摩歌手的现场表演中欣赏史诗，在他们的心目中，传统的史诗只有在表演过程中才能够充分体现出其本质，真正的玛纳斯奇只有通过表演才能得到认可，赢得人们的尊重。因此，虽然20世纪中叶以后出现的玛纳斯奇的绝大部分都是根据聆听并通过背诵、记忆手抄本学唱史诗。但是，他们经过一段时间的记忆、背诵和演练，对文本的认识和理解逐步加深，对史诗的内容逐步掌握，融会贯通，并通过反复的演唱实践最终掌握史诗的传统演唱技巧，随后便渐渐开始放弃手抄本，摆脱手抄文本的约束，在表演中找到史诗歌手应有的感觉，回归到史诗歌手本源，并最终融入口头传统之中，成为职业（或半职业）的歌手。因此，这类玛纳斯奇也应视为传统类型的歌手。比如阿合奇县的居素普·玛玛依、曼别特阿勒·阿勒曼等玛纳斯奇均属此类。

　　《玛纳斯》史诗演唱技艺的学习和掌握是一个循序渐进的过程，要分步骤、分阶段地进行。每一个初学者在成为一名合格的玛纳斯奇之前，都要经过一个漫长的学习阶段。这也就是所谓玛纳斯奇的初级阶段即"学习阶段的玛纳斯奇"的概念。在这个阶段，未来的玛纳斯奇必须跟随某一位玛纳斯奇，而在很多情况下这个玛纳斯奇恰巧就是初学者的父亲、哥哥、叔叔或家族的其他成员，反复聆听其演唱，或在亲人的指导下开始通过阅读背诵文本（包括手抄文本和印刷文本）熟悉史诗的各个传统篇章，同时要注意观察和学习掌握史诗的演唱技巧。这个阶段也许要在一种自觉的内心动力和对史诗故事的强烈着迷和求知欲望的催促下进行。尤其是那些日后成为大玛纳斯奇的歌手无论什么时候都有一种强烈的表演欲望，有听众当然最好，即便是没有听众，他们独自一人也要演唱史诗，排泄心中的郁闷和压抑。居素普·玛玛依是这样，国内外其他一些大玛纳斯奇也是这样。阿合奇县色帕尔巴依乡的玛纳斯奇玛木别特阿散·卡帕尔最初的学艺过程可以说是这方面的一个很典型的例子。以下是他给笔者讲述的关于自己的学艺经历：

我从小在外公外婆的照顾下长大。他们住在色帕尔巴依乡最偏远的一个叫依塔勒（Itale）的山区，离乡政府骑马还要一天时间才能到达。由于那里没有上学的条件所以我一直没有机会进学校。13岁之前，我都是在那里帮助外公放羊。不久，山区牧场的场长，名叫依萨克·托合托古勒（Isak Toktogul）的人，从各家抽调一些劳动力到场部劳动。由于外公年龄大了，有几次我便替他去干一些轻活。那个场长是一个对《玛纳斯》极为热衷的人，而且他还有一个红塑料封面的手抄本。在早晨人们还没有到齐以前或在中午吃完饭之后，他总会拿出手抄本为人们朗读其中的内容。我记得他朗读得比较多的就是我现在所演唱的史诗的"远征"部分，还有凯耐尼木之子赛依特与喀拉朵巨人搏斗的内容。我从第一次听完他朗读之后，就对《玛纳斯》产生了兴趣。于是，每一次有类似的劳动我就抢着替外公去，而让外公看护羊群，并不是为了劳动，而是为了能够再一次听到玛纳斯的故事。但是由于我年龄尚小，所以每一次只能站在圈子外围听，努力捕捉每一个词语。回家后，我就长时间默默地回忆并思忖，如果我也能阅读《玛纳斯》或能演唱《玛纳斯》该多好啊。有时候在放牧时，我就常常回忆自己听过的故事内容。当时，学习《玛纳斯》可以说成了我唯一的愿望。后来，大概在十五六岁的时候，在一些婚礼祭奠等场合，我听到了一位名叫玛德热斯（Madiris）的玛纳斯奇演唱的《玛纳斯》。他演唱的是史诗的"远征"部分，而且其演唱情节与居素普·玛玛依大爷的不太一样。比如他演唱众英雄战死疆场的部分时，让英雄色尔哈克死在最前面而让楚瓦克死在最后面。从那以后，我就想方设法去反复听他演唱。在婚礼当天晚上做客时，主人把我分派到其他人家，我不顾吃饭也要找到邀请玛德热斯老人做客演唱《玛纳斯》的人家去，挤在人们中间听他演唱《玛纳斯》。饭可以不吃，但《玛纳斯》我却不能不听。我盼着再有婚礼或祭奠能够听他的演唱。

后来有一年，现在已经退休的艾山阿洪（Asanakun）[①]正好到我的一

[①] 艾山阿洪：阿合奇县民政局退休老干部。曾任该局局长。出生在色帕巴依乡，算是当地较有名望的人物。能写诗。

个住在山区牧场的舅舅家里去度假休息。他每天吃完早饭后,喝几碗马奶子,然后就让人在草地上铺上羊皮垫子,坐在那里读书。我问舅舅他在读什么,舅舅说是在读《玛纳斯》。于是,我就尽量设法到他跟前,请求他能否读的声音大一点。他看了看我,说我听不懂。我就说我不仅能听懂,而且能唱。他感到很好奇,就让我给他唱了一段。我唱完之后,他感到很兴奋,而且开始给我大声诵读那个手抄本。我也就每天把羊群赶到草场上,坐在他跟前听他大声诵读。没过几天,他就要回城里去了。于是,我就缠着我舅舅让他把那个红色封面的《玛纳斯》手抄本借下来暂留在我们家。我的愿望终于实现了。艾山阿洪大哥把那个手抄本留在了我家。从那以后,我舅舅也在晚上休息时给家里人朗读那个手抄本,我则有机会天天听《玛纳斯》。他把那手抄本从头至尾反复给我朗读了几遍之后,我也把其中的内容记住了。然后,我就在玛坦(Matan)举办的一个祭奠上第一次为人们演唱了(好像是1979年)自己学会的内容……①

反复聆听别人的演唱,然后凭着记忆在独自一人时进行演练,熟悉史诗内容,最终在史诗传统构架内编织自己的故事,直至在听众面前演唱。这就是无文字或文字还没有普及的时代的史诗歌手们学习掌握口传史诗的方法。文盲歌手是这样,即使是像居素普·玛玛依那样识字的歌手也同样要走这样的路。这一点,与克罗地亚—塞尔维亚史诗歌手们的学习生涯如出一辙,极为相似。②

通过观察历史上出现的众多功成名就的玛纳斯奇的人生经历和学习史诗的过程我们发现,一位具有一定天赋并且要立志成为一名名副其实真正意义上的"玛纳斯奇"的年轻人,在其成长过程中必须具备以下条件,也必须经历以下几个学习阶段:

---

① 根据笔者2003年9月14日田野调查录音记录。
② 参见阿尔伯特·贝茨·洛德:《故事歌手》,尹虎彬译,中华书局,2004年,第17—39页。

一、从幼年开始聆听史诗，耳濡目染中领会和掌握史诗内容

对柯尔克孜人而言，史诗《玛纳斯》犹如充满神秘的永生鸟（金凤凰），对此产生痴迷和神往，并开始想方设法找机会去聆听、观摩、效仿属于未来玛纳斯奇的启蒙阶段。史诗《玛纳斯》的审美价值把它的艺术形式通过独特的民族思维和表达提升到了极致，其中所蕴含柯尔克孜族独特的自然观社会价值观，它那迷人的故事情节和磅礴宏大、引人入胜、包罗万象的内容，对柯尔克孜人来说具有永恒的吸引力和神秘感。聆听和吟唱史诗《玛纳斯》，成为净化心灵，愉悦精神，享受口头艺术，陶冶情操，教育后代，让人陶醉的一种民族文化活动，柯尔克孜小孩们自幼生长于这江河般波澜壮阔滔滔不绝的史诗岸边。

《玛纳斯》史诗从其产生之日起就以顽强的生命力留存在人们的记忆中并且不断得到发展，无论历史变换历经坎坷却从来就不曾有丝毫消弭，而是越来越走向繁荣，走向永恒。"不论产生于什么时代，高尚的思想未曾消亡，抒发情感的诗歌未曾消亡，充满哲理的精美语言未曾消亡，对于通过语言形式展现的思想而言没有死亡之说。将它们代代相传的不是那个个体的人，而是菲尼克斯（phoenix）—阿肯们为它起的永生鸟的名字。"① 哈萨克族著名作家 H.穆色尔耶泊夫的这段话，用在史诗《玛纳斯》身上再恰当不过。最早出现于埃及神话，然后传到希腊的这种神鸟，据说每隔500年就会采集各种神奇的树枝草叶点火自焚，然后再从留下的灰烬中重生，成为永生和死而复生的象征。希腊诗人赫西奥德在《神谱》中，希腊历史学家希罗多德在《历史》中都曾对这一永生神鸟进行过描述。希罗多德说："我并没有见过它，只是在绘画中见过，它的羽毛一部分是金黄色的，一部分是红色的，外形像一只巨鸟，而且还拥有美丽的歌喉。"郭沫若先生的《凤凰涅槃》中的凤凰其实就是对这种鸟的描述。史诗《玛纳斯》在柯尔克孜族人民的生活中、文化中、

---

① 努·穆海迈特哈诺夫：《菲尼克斯：〈玛纳斯〉与穆合塔尔·阿乌埃佐夫》，《阿拉套》（吉尔吉斯文）1988 年第 1 期。

精神世界中所处位置的特殊性，世界各国学者都给予过很多高度评价。掌握这门技艺并达到其制高点的人都会得到人们的敬仰，会得到无上的荣耀，成为人们永远的骄傲并在精神上获得一种崇高感荣誉感。所以，成为一名玛纳斯奇是很多民间艺人们的终极目标，是很多少年儿童从小热切关注和向往的目标，激发他们发奋努力和学习此项技艺的热情。也就是说，史诗《玛纳斯》本身所具有的特殊社会功能、社会影响以及其所蕴含的无限的艺术和美学意义，为玛纳斯奇们的启蒙和成长起到最初的启迪和催化剂作用。

二、天分加后天的勤奋是成为玛纳斯奇的关键

天真无邪的孩童们，起初根本就听不懂永生鸟凤凰般神秘的史诗《玛纳斯》精湛的语言，也不理解伴随史诗吟唱的音乐、旋律、韵律及其中的喜怒哀乐，但是这种奇妙的语境会引发小孩们无限的好奇心。在这种好奇心的驱动下，他们情不自禁地围在毡房外面窥探毡房内坐在上席抑扬顿挫、滔滔不绝地说唱《玛纳斯》的玛纳斯奇，观察他不断变化的各种表情和神态以及围坐在他周围的听众赞颂惊奇的表情和与歌手互动的迎合声、喝彩声。这令孩子们感到十分好奇痴迷，进而在他们纯真的心灵中升腾起无限的神秘感。孩子们在成长中最初会从富有大众色彩的各类民歌民谣、充满乐趣的民间传说故事中汲取营养。在这个初始阶段，记忆并情不自禁地哼唱各类情歌的青少年数量很多。尤其是在婚礼、聚会、节庆等场合绝大多数柯尔克孜族青少年，不管男女，无论如何都至少学会和掌握一两首民歌来应对一个游戏传接，用伴着歌声接过从前一位手中传到自己手中的盛马奶的碗，并按规矩唱一首歌将传到自己手中的碗传给下一个人。这是融入柯尔克孜血脉里的一种本领，在这种时刻怯场或规避游戏规则的情况极为少见。每一个人，无论男女都必须掌握这种基本的技能。柯尔克孜族的游牧迁徙生活方式成为形成和兴盛这种风俗和娱乐传统的先决条件。在众多人群当中只有少数机智聪明、具备过人天赋并且勤奋好学的少数孩子，才会根据自己喜好逐渐选择并开始专注于系统学习自己喜欢的史诗演唱、即兴诗歌创作、民间部落谱系散吉拉史话传说讲述、民间故事讲述等民间文学体裁和演述技艺。在这种氛围下，

天分加勤奋,将成为未来的玛纳斯奇、库姆兹奇(琴手)或散吉拉奇(部落谱系史话)的先决条件。该阶段又将分为几个层次:一名具备一定先决条件年轻人,首先必须刻苦练习和熟练掌握民间大众化的某种文学体裁,当达到一定水准后,便开始用心关注、接触和尝试叙事长诗、长篇铁尔蔑(一种哲理性劝善长歌)。不仅要记忆背诵各种题材的诸多民间文学作品,而且要会声情并茂地演唱这些经典作品,进而学习说唱长篇史诗。在这一过程中还要磨炼意志、提高技艺、赢得听众、拓展影响力、建立名望,从而不断增强将来成为玛纳斯奇的信心。在这种自信心和澎湃的激情驱动下,在无限地仰慕与锲而不舍的努力下,便会确立玛纳斯奇为自己的终身职业。在吟唱民间文学中的小型体裁中停滞不前,倘若达不到登峰造极的水平,在处于中等水平的民间歌手们中间从来没有出现过杰出的大师级玛纳斯奇。

特尼别克·加皮在他的晚年,让自己的儿子索润拜和外甥巴依巴赫西一道来学习演唱史诗《玛纳斯》,经过一番试听和考验后,他直言不讳地对儿子索润拜说:"孩子,我看你没有再提升的潜力了。而巴依巴赫西已经是不错的说唱艺人了(玛纳斯奇)。"[①] 特尼别克的这番考验不是一般的考验。他根据儿子说唱史诗《玛纳斯》时的外在表现力和内在的潜质,事先就已经断定他"没有再提升的潜力"。显而易见,光凭死记硬背史诗《玛纳斯》是成不了玛纳斯奇的。居素普·玛玛依的哥哥巴勒瓦依则看到了弟弟的天分和潜质,所以不断加以引导鼓励和指导,并最终将自己多年搜集的《玛纳斯》资料全部寄给他让其记忆、背诵和演唱,为其成为举世闻名的《玛纳斯》演唱大师创造了条件。

我们回顾很多大玛纳斯奇的身世,发现他们在儿童时就已经全面掌握了民间文学的各种体裁。熟练掌握并能演述很多民歌民谣、民间故事、散吉拉(史话)、叙事长诗等,成为他们共同的特点。我们不难看出很多杰出的玛纳斯奇在自己的人生经历中,都有过一段全身心痴迷和沉醉于史诗《玛纳斯》的狂热阶段。例如,特尼别克不满足于通宵达旦说唱《图雅娜》这样的

---

① 阿·阿克马塔利耶夫主编:《吉尔吉斯文学史》第2卷,比什凯克:夏木出版社,2004年,第175页。

忧伤又抒情的叙事长诗,而是时时刻刻关注和学习演唱史诗《玛纳斯》,在梦的启示下,他跟疯子一样,在往返于家乡与喀拉阔鲁镇的途中,滔滔不绝忘我地连续两天一夜说唱过史诗《玛纳斯》。除此之外,为了释放憋在心中的史诗《玛纳斯》的演唱欲望,将近两年时间都独自跑到荒郊野外,或躲在自己家里,或者在夜深人静时独自悄悄演述史诗,训练和提高说唱技艺。他父亲发现这一切后,主动让他去拜访当时著名的前辈玛纳斯奇琼巴西,并拜其为师学习史诗《玛纳斯》说唱技艺。萨恩拜·奥诺孜巴克最初也是自己即兴创作民歌并在大型庆典、婚礼等场合充当司仪、主持展现自己才华出名的话,后来却一心专注于说唱史诗《玛纳斯》,并将其视为自己终身职业,直到人生的最后一刻。他在30岁的时候,周游四方切磋技艺,专门演唱史诗《玛纳斯》。甚至在1916年中亚动乱时期,举家逃到我国阿合奇县镜内避难。就是在这样的逃难途中,他依然没有放弃过说唱《玛纳斯》的职业。1922年至1926年,萨恩拜为了向记录者演唱史诗《玛纳斯》,积劳成疾最终精神失常离开人世。

被大玛纳斯奇特尼别克高度评价为:"在白毡帽柯尔克孜当中,就演唱《赛麦台》而言,谁也超越不了狄侃拜。"狄侃拜玛纳斯奇有这样一段故事流传民间。有一回,大伙让狄侃拜和自己的同龄史诗歌手奈伊曼拜玛纳斯奇一对一比试史诗演唱技艺,奈伊曼拜开口这样来嘲讽狄侃拜:

你夏天唱《赛麦台》,
你冬天唱《赛麦台》。
你头上却戴不起,
一顶像样的贴别太[①]。
……

这不是对狄侃拜的一种嘲讽,而是在证明狄侃拜对此项事业忘我的投入,为了说唱《赛麦台》却丧失发财致富的机会,甚至身上没有像样的衣衫。

---

① 贴别太:柯尔克孜族的一种圆顶、帽檐卷起的皮帽。

20世纪吉尔吉斯斯坦的著名女性玛纳斯奇色依娣（1881—1946）身上则体现出女性玛纳斯奇学艺的艰难。由于色依娣的父亲在自己生活的区域是一位能说会唱、多才多艺的著名人物。色依娣自幼受父亲的影响，喜欢伴随在歌手、琴手等民间艺人身边，便自小女扮男装跟随着艺人们四处游历。她父亲也常称呼她"我的色依娣儿子"。她跟随玛纳斯奇柯德日阿勒聆听的史诗《玛纳斯》很多，又跟随著名托克莫奇（即兴歌者）托合托古勒和杰厄卓克掌握了即兴创作的技艺，进而成为玛纳斯奇崭露头角。当色依娣年满12岁时，母亲不再让她女扮男装，让她重新身着女孩的服饰，并且给她定了亲，15岁时让她出了嫁。由于她婆家人的传统封建守旧思想很浓重，便时时称色依娣身上"妖气太重"，冷言冷语地蔑视、侮辱和排斥她，想尽办法阻止她说唱史诗《玛纳斯》。色依娣却毫不屈服，想尽一切办法摆脱这"监牢"似的生活，自由自在地演唱《玛纳斯》。察觉到她这些举动的婆家人，准备悄悄设法杀害她，居然在她的面条里投了毒。不知情的她只喝了一口汤便没有吃面，这才逃过一劫幸免一死。后来婆家人又在牧村里、在邻里们之间掀起流言蜚语，说是女人若说唱史诗《玛纳斯》将亵渎亡灵，给家庭带来灾祸，以此来要挟和恐吓她，威逼她发誓从此以后不再说唱史诗《玛纳斯》。色依娣依然不屈从各种压力，让孙子哈力木拉提为她望风，在没有人的时候自己悄悄吟唱史诗《玛纳斯》。就这样，她锲而不舍地不断提升自己的说唱技艺，进而宣泄和释放她内心的压抑。无独有偶，比她晚40年出生的另一位女性玛纳斯奇赛迭涅·莫鲁朵克（1922年出生）也遭受过类似的遭遇。有一回，她无法控制翻江倒海般澎湃的内心的压抑和郁闷，便悄悄溜出家门，专程跑到家族长辈们面前求助，获得长辈准许后，来到盛大节日集聚的大庭广众面前尽情说唱起史诗《赛麦台》。被她的精彩演唱感染的听众纷纷给予她祝福和鼓励。从此她才摆脱阻碍，一直专心演唱史诗《赛麦台》。

此类情况，在我国《玛纳斯》演唱大师居素普·玛玛依身上也能看到。比如，1923年11月的一天，居素普·玛玛依六岁时，父亲把他送到毛勒多①手下读书。玛玛依老人对小居素普谆谆教导一番后对毛勒多说："这个孩子的

---

① 毛勒多：柯尔克孜语中指有学问、能够读书识字有知识的人。

命属于造物主，骨头属于我，血肉属于你。请你好好地教他吧！巴勒瓦依出生给家里添喜时，你徒步走过我家门，我由于尊重你的知识便把唯一的马送给你骑用，并请你等我儿子长大后教他读书知字。我的希望没有落空，巴勒瓦依在你的教育下成了一个有学问的人。现在，我再把这个小儿子送来，希望你再尽一份力把他也培养成一个能够读书识字的人。"[①] 居素普·玛玛依由于学会了读书，便开始在家中忙里偷闲阅读哥哥巴勒瓦依搜集的书籍和各种手抄本。这些书籍大部分都是在塔什干、喀什等地出版的，诸如《蛇王夏依玛然》《卡里瓦拉》《圣人传》《莱丽与麦吉农》《吉别克姑娘》等。他读这些书就像入魔般投入，不仅自己读，而且读给父母听。大量的阅读使他的阅读速度及理解能力都有了快速提高，使他对书籍的迷恋程度进一步加深。尤其对《玛纳斯》表现出由衷的热爱，甚至达到了痴迷的程度。居素普·玛玛依的学习生活断断续续进行了几次后便停止了。在以后的生活中，他主要是从所阅读的书籍中增长知识并受到了哥哥巴勒瓦依的亲自指导和帮助。他从小就具有超凡的灵气和聪明智慧，而且是玛玛依老人年老时得到的孩子，所以在整个家族及部落中他始终被认为是一个具备天才智慧的才子而备受人们的呵护。家族中从来没有一人责备和冷落过他。所有这些都为他智力的正常发育、想象力的不断开拓创造了条件。

居素普·玛玛依如饥似渴地阅读哥哥搜集的《玛纳斯》手抄本及其他书籍。他读书的热情超乎寻常，以至于他白天黑夜地坐在一个地方不愿动弹，两眼直直地盯住书页，舍不得浪费一丁点时间。玛玛依老人不仅不反对孩子的这种读书热情，而且让他大声朗读《玛纳斯》给他们听，鼓励他多读一些有关《玛纳斯》史诗及柯尔克孜族民间文学方面的手抄本。玛玛依夫妇和巴勒瓦依还时不时让他把读过的内容复述给他们听。一个年刚八岁的孩子不仅能读懂各种书籍而且过目不忘，完整地复述书中的内容使家人们感到十分欣喜和惊奇。于是，巴勒瓦依便与父亲商量，有意识地让居素普把自己的才华运用到记忆背诵《玛纳斯》史诗方面。从此，玛玛依和布茹里老两口

---

① 居素普·玛玛依：《我是怎样开始演唱〈玛纳斯〉史诗的》，《玛纳斯论文集（1）》，柯尔克孜文，新疆人民出版社，1991年，第36页。

每天晚上点上煤油灯，聆听居素普·玛玛依诵读《玛纳斯》史诗，一遍念完还要念第二遍、第三遍。他念诵的这些《玛纳斯》史诗内容并不像他以前阅读的其他正式出版的书籍那样规范、字体清晰，而是用各种本子、草纸装订而成，并由多人用不同的字体记录下来的，有些内容是用韵文体，有些内容则用散文体，没有一个统一的范例。但这并没有丝毫降低他的阅读兴趣，反而使他被史诗中的英雄们那惊天动地、感人肺腑的壮烈行为所感染，深深地被史诗的内容所打动。在这种发自内心的热情驱动下，他凭着自己超常的记忆力开始把史诗最精彩、最华美的片段记在脑海中。也正是从这个时候起，史诗中那传统的固有章节、母题开始深深地沉淀在他的记忆深处。

在这段时间里，居素普·玛玛依的生活主要在阅读《玛纳斯》等柯尔克孜民间文学作品中度过。他常常因长时间阅读疲劳而趴到桌子上睡过去，家里人为了不惊动他将棉袄皮衣等轻轻盖到他身上让他歇息一会儿。八岁的居素普·玛玛依，无论春夏秋冬，在昏暗的煤油灯下阅读《玛纳斯》史诗而度过无数不眠之夜。父母时不时地让他念诵讲述和演唱《玛纳斯》片段对居素普·玛玛依来说更是一种莫大的鼓舞。居素普·玛玛依成天沉湎在书本中，不问家里的任何事情使堂兄弟们不免产生了忌妒。家里人也开始担心他随着年龄的增长，如果只顾读书而不懂得安排自己的日常生活，日后被人讥笑。于是，家里人便也有意让他在读书的时间外参加一些轻松的生产劳动，让他学会一般的生产生活知识。但是，一心投入读书之中的居素普·玛玛依因心思完全被书本中的内容迷住而在生活中闹了一些笑话。

有一天，居素普·玛玛依遵照父亲的指派去山坡草地上看护一群刚刚产下不久的羊羔吃草。他把羊羔们赶到草地上任其吃草，自己却趴到草坡上读自己的故事书。因为读书入了迷，而他早已把自己正在看养的羊羔群忘到了一边。无人看管的羊羔们一边吃草一边走动，一个跟着一个来到哗哗流淌的河边，这些无知的羊羔为了过河竟有几只已走进水中，河水一时卷走了其中的三只。羊羔们的惊叫声被随后而来察看儿子的玛玛依老人听到，于是老人大声呼喊居素普，让他拦住正要蹚过河的羊羔。居素普听到父亲的喊声也被惊醒，他这才回过神来，迅速来到河边挡住了羊羔，但是，几只小羊羔却已被河水冲走。玛玛依老人走到儿子面前并没严厉责备他，而是说往后要每天继续让他放牧羊羔，以此让他懂得生活的艰辛。居素普听从父亲的话开始每天放羊，但他每天外出时总把一本书或手抄本随手揣进怀里带到野外去读。了解他习性的家里人总是担心他在放牧时因读书而误事，所以往往要不时地去察看他一下。家人到他跟前问及有关羊群的事情时，读书入迷的居素普连头也不抬一下，一边读一边随口回答说："黑色的羊群正卧在山岗顶上；白额黄灰羊正卧在山坡上晒太阳；灰色羊头朝南，花色羊头朝北而卧。其余的羊群正在安心地吃草。"① 家里人感到纳闷就到羊群跟前去察看，却发现羊群的情况与居素普说的一模一样。除了牧放羊群，居素普还看护一匹即将产驹的母马。居素普因从来不知道母马产驹的情形只顾读自己的书，时不时抬头看一看羊群和正在产驹的母马。母马产驹时因无人在旁边看护照管而使刚产下的小马驹被母马自己踩踏而死。即便如此，家里人也没有指责他。

哥哥的亲自指导、父母的不断鼓励使他对《玛纳斯》史诗产生了无法割舍的迷恋之情。史诗那精彩绝伦的故事，把他带入了一个又一个神奇迷人的世界。居素普·玛玛依似乎觉得自己被《玛纳斯》史诗蕴含的一种神秘力量所引导，越是潜心阅读背诵，内心的感受就越深刻，好像自己完全融入史诗之中，伴随史诗中的英雄们东征西战。《玛纳斯》的这种超越一切的迷人魅力使居素普·玛玛依自己也感到惊奇不已。

演唱《玛纳斯》史诗的神圣使命落到少年居素普肩上，以及他自己对《玛纳斯》投入极大的热情，反反复复地背诵记忆，经过十几年的努力，他终于把哥哥巴勒瓦依搜集记录的《玛纳斯》史诗八部的内容全部背了下来。最初，他只是由于好奇而进行阅读，但到后来，他的这种好奇完全变成一种走火入魔般的迷恋。在巴勒瓦依的不断指导之下，他开始自己琢磨和领会演唱史诗的一些细微技巧，如演唱的方式、变化、配合演唱的手势、动作、表情、音调及语言的运用等。这正如亚里士多德在《诗学》中所说的"由于摹仿及音调感和节奏感的产生是出于我们的天性，所以，在诗的草创时期，那些在上述方面生性特别敏锐的人，通过点滴的积累，在即兴演唱的基础上促

---

① 根据从居素普·玛玛依的堂兄朱玛勒·凯勒巴依口中记录的资料。

成了诗的诞生"①。居素普·玛玛依在最初进行背诵演唱史诗时,就已开始了在传统的基础上创造一个具有独创特征的《玛纳斯》唱本的努力,而这种努力,在他以后的演唱中取得圆满的结果,使他最终创造出了世界上独一无二的《玛纳斯》最完整的唱本。

玛玛依老人又对居素普劝导说:"玛纳斯是一个活着的神灵。人年轻时会遇到各种各样的事,也会做出许多轻率的事。你可千万不要在年龄过四十岁前在众人面前演唱《玛纳斯》,否则你会因承担不起神灵的重托和希望而招来大祸。"居素普·玛玛依把父亲的教诲深深地记在心中,虽然史诗演唱的激情不断地在心里涌动,但很长时间一直没有在众人面前演唱过《玛纳斯》史诗。实在忍不住要唱时,便到深山中独自一人自言自语地进行演唱,倾泻心中的激情。

三、拜师学艺是成为玛纳斯奇的又一项关键因素

年轻的未来玛纳斯奇受到周边邻近区域,在日常生活中经常见面的玛纳斯奇们的极大影响。如果其中有自己的亲戚、同乡是玛纳斯奇的话,这种影响会更加直接和强烈。关系越亲近,师徒关系就会越加亲密。家族传承是师徒关系中比较普遍而且比较特别的一种师徒关系。居素普·玛玛依的哥哥巴勒瓦依、他的舅舅额布拉音·阿昆别克都是当地知名的玛纳斯奇。他的孙子、孙女中也出现几个年轻的玛纳斯奇。郎樱对我国著名《玛纳斯》歌手的家族传承情况进行了深入研究。她通过对我国阿合奇县、乌恰县的玛纳斯奇家族关系及史诗传承途径深度考察之后,将玛纳斯奇的家族传承分为父系家族传承、母系家族传承两个方面。她通过多年田野调查,对居素普·玛玛依、毛勒黛珂·贾克普、艾什玛特玛纳斯奇的家族传承关系和家族内部的师承关系进行了全面而系统的研究。②吉尔吉斯斯坦也有很多类似案例。玛纳斯奇江恩拜·阔杰科的祖父、父亲、自己及儿子马泰都会说唱史诗《玛纳斯》第二部《赛麦台》。玛木别特·巧克莫尔的舅舅叶西穆别克·朵恩孜拜也是一位玛纳斯奇。

---

① 亚里士多德:《诗学》,陈中梅译,北京:商务印书馆,1996年,第47页。
② 郎樱:《中国北方民族文学比较研究》,北京:民族出版社,2011年,第152—161页。

当然，家族传承并非唯一的师徒传承渠道。必须明确的一点是，一位玛纳斯奇可以同时从多个长辈玛纳斯奇口中吸纳、模仿、学习《玛纳斯》的知识，并拜多位玛纳斯奇为师。这种现象十分普遍，并非个案。绝大多数功成名就的大玛纳斯奇往往都会长时间跟随一位大师学习史诗演唱，陪伴在其身边，甚至住在师父的家中一边照顾其日常生活，一边潜心学习史诗说唱技艺，直至掌握其史诗演唱的内容、结构、风格、韵律，达到出师水平才告别师父，开始自己的史诗演唱。

一字一句、逐行逐段地死记硬背史诗《玛纳斯奇》不可能成为真正的玛纳斯奇。史诗《玛纳斯》本身自始至终蕴含着一种传统的程式化的情节结构，而且史诗中的程式、主题、故事范型更是活性态史诗演唱的根基。演唱过程中存在着一种美妙的约定俗成的规律和准则或传承法则。未来玛纳斯奇通过反反复复聆听、观摩、模仿、了解、领悟和把握这些约定俗成的法则。并在这一过程中，循序渐进地把史诗从头到尾地渗入自己的脑海及灵魂。在各种集会场合，在对诸多不同风格艺人的演唱中汲取史诗演唱技巧，并且在自己的实践中，慢慢开始把握史诗的故事脉络、情节结构、人物关系。所以，任何一位玛纳斯奇都是没有必要非得确定和认准唯一一个玛纳斯奇为自己的师父，而是可以从多个渠道上学习领会史诗演唱的真谛。

未来玛纳斯奇选择演唱《玛纳斯》为自己终身职业，开始学习史诗《玛纳斯》的时候起，成为职业玛纳斯奇直到自己职业生涯的最后一刻，都要经历若干个阶段，即学徒玛纳斯奇（üyronchuk manachi）、不完美的玛纳斯奇（chala manachi）、真正的玛纳斯奇（chinigi manachi）、大师级玛纳斯奇（chong manachi）四个阶梯式的阶段。对此，萨马尔·木萨耶夫[1]、郎樱等国内外专家进行过广泛深入的阐述[2]。值得关注的一点是，不论是学徒玛纳斯奇还是大师级玛纳斯奇，都必须在大庭广众之下演唱史诗《玛纳斯》，以此赢得听众的赞誉、荣耀和敬重。

有些玛纳斯奇，尤其是完成自己第一阶段的学习上升到第二层级的玛

---

[1] 萨玛尔·穆萨耶夫:《史诗〈玛纳斯〉》，伏龙芝（现比什凯克），1986年，第86页。
[2] 郎樱:《〈玛纳斯〉论》，呼和浩特：内蒙古大学出版社，1999年，第149—160页。

纳斯奇，可能一辈子只演唱《玛纳斯》史诗的某些经典章节情节。这有两方面的原因。其一是篇幅宏大的史诗在通常情况下不可能在每一次演唱中从头至尾演唱完成。一般的听众也只求在固定的时间内听完自己喜欢的某一个章节。因此，玛纳斯奇总会根据听众的要求和选择，为他们演唱史诗中最受听众喜爱的传统经典章节。其二，某位玛纳斯奇口中演唱过多遍的传统章节，经过反复演唱，内容语词不断得到打磨锤炼而达到很高的艺术水准，吸引听众，使听众反反复复地聆听也绝不会感到厌烦。甚至越听越想听，越听越陶醉，越听越将全身心地融入其中，乐此不疲。德国著名作家喀尔勒·亚阔布斯·哈伊尼斯，1964年有过一次亲临萨雅克拜表演现场，聆听其演唱《玛纳斯》的经历。后来他对此回忆道："由于听众们过于全神贯注，甚至察觉不到各自紧张地张着嘴的情景。当我问他们：'你们知道赛麦已经到了塔依托如骏马该出场的时候吧？'他们却回答：'也许这次塔依托如骏马有可能输掉比赛呢？'"由于听众每次聆听同一章节时都能察觉到史诗内容中有些母题、程式、主题会有所不同，这就增添了史诗《玛纳斯》神秘感和无穷的魅力。与此同时，也赋予玛纳斯奇们极大的自由发挥空间。因此，后两个级别的出类拔萃、才华横溢的玛纳斯奇们，不局限于某个情节或某个章节，而是会充分利用这种艺术手段不断拓展自己的演唱内容和艺术发挥空间，讲这种演唱方式不断延伸至史诗《玛纳斯》所有内容及至细枝末节之中。最终成为突破人类记忆力极限，挖掘和提升记忆、背诵、演绎、即兴创编等能力潜质的开拓者、实践者。人们数千年来所积累的各种智慧、对美好生活的追求、丰富的生活经验、精湛的口头艺术硕果、语言精华运用的技巧通过口头艺术展现的史诗艺术被柯尔克孜族的玛纳斯奇们、蒙古族的江格尔奇们、藏族的格萨尔奇们演绎得淋漓尽致，达到了无限的艺术高度。玛纳斯奇们的童年时光，虽然各自不尽相同，但是追求史诗《玛纳斯》的人生选择，以及后来在从事玛纳斯奇的生涯及行动是基本相同的。

四、以演唱《玛纳斯》为职业是玛纳斯奇们的自愿选择和终极目标

尽管在各个不同时代及不同的社会条件下，从事《玛纳斯》史诗演唱的

职业玛纳斯奇的人数或多或少，但是始终在柯尔克孜文化史上留下了鲜明的足迹。很多才华出众、演述技艺高超的著名玛纳斯奇们的功绩始终被人们传颂。他们不断完善和发展《玛纳斯》史诗内容，在原有的传统基础上不断增添新的内容、新的意蕴、新的情节，甚至新的演唱风格，为史诗持续不断地普及和广泛传播做出了巨大的贡献。从而使玛纳斯奇不仅成为一种专门职业立足于社会，而且奠定了其在柯尔克孜文化生活中不可或缺的地位。玛纳斯奇们并不局限于为周围邻近的民众演唱史诗《玛纳斯》，而是会走南闯北，应邀跨区域为不同地区的听众演唱史诗。他们在婚礼、祭典、集会、节日上演唱史诗《玛纳斯》，不仅在精神上得到赞誉和鼓励，而且也得到物质方面的奖赏。由于史诗《玛纳斯》深厚的历史文化根基以及玛纳斯奇在人们精神文化生活中的巨大影响力，很多年轻人从小就热衷于学习史诗演唱技艺，并将演唱《玛纳斯》作为自己终生的梦想和追求，从而在柯尔克孜族历史发展当中不断涌现出玛纳斯奇。演唱《玛纳斯》史诗早已成为柯尔克孜族口头艺术中难以企及的巅峰。《玛纳斯》史诗在人们心中是一个神圣而崇高的精神追求，而那些成就卓著的玛纳斯奇同样得到人们的崇拜，甚至被赋予神性。其他任何民间艺术形式都不能与演唱《玛纳斯》相提并论。吉国《玛纳斯》专家艾则孜·萨利耶夫十分钦佩萨雅克拜·卡拉拉耶夫的史诗演唱及即兴创作才华。于是，有一回便问他："老萨呀，以你即兴创作的才华，你完全可以在自己演唱史诗《玛纳斯》时编入很多即兴创作的内容，为什么不跟那些即兴诗人一样在即兴创作方面发挥自己的才能呢？"听到这话，萨雅克拜却回答他："哎，我放飞的既然是金雕，我还需要那些雏鹰和雀隼有何用呀？"显而易见，任何一位玛纳斯奇对自己的《玛纳斯》演唱职业从来都很自觉地怀着一种敬仰之心，绝不会轻易对史诗内容做出轻率改动，而是会尽量去维护和保持传统。总之，成为玛纳斯奇的途径非常艰难又曲折，不论是客观或主观，或其他因素的优势和长处所催生的丰硕结果，都成为柯尔克孜民族文化所创造的历史性文化标志。

一位功成名就的玛纳斯奇必须至少具备以下条件：第一，游牧民族口头文化数千年来所积累的丰富经验及其对未来史诗歌手从小耳濡目染的启迪和影响。具体说，历史、文化、社会生活直接影响会促使玛纳斯奇们很早就接触并非常系统地掌握即兴创作这种口头艺术表现形式。此外，史诗《玛纳斯》中有关史诗传承及演唱方面的内在规则为玛纳斯奇们力所能及地自由发挥提供了必要的条件。从玛纳斯奇们最初关注学习史诗《玛纳斯》开始，直到成长为成熟的玛纳斯奇，在一定程度上都拥有在演唱史诗时即兴自由发挥创作和自由汲取借鉴的机会。史诗《玛纳斯》感人的故事情节、激情四溢的优美诗行、铿锵有力的节奏旋律、跌宕起伏的故事情节中那些让人热血沸腾、心惊肉跳、失魂落魄的精彩而惊险情节描述，都具有自己独特的风采，为玛纳斯奇们的自由选择创造了便捷条件。第二，玛纳斯奇与生俱来的天赋和智慧以及贯穿始终，融入于血脉的勤奋、努力的本性。这一点从我国《玛纳斯》演唱大师居素普·玛玛依的生平事迹中就能得到证明。对此，上面已经有论述，在此不必赘述。

第二节　演唱风格及其形式

《玛纳斯》史诗的演唱风格体现在其史诗内容情节结构，史诗中人物的性格特征，史诗文本的诗学特征、修辞特点以及口头史诗的演唱及叙事技巧等方面。作为口头传统创作的经典，《玛纳斯》史诗的风格特征首先体现在其口头诗歌的表现形式以及多种修辞手法的运用上。每一位玛纳斯奇都是凭借自己脑海中的史诗大脑文本，运用传统的程式、主题、故事范型等口头史诗的基本叙事单元在演唱中创编自己的独特文本。在史诗基本的核心内容和故事框架结构基础上融入多种修辞手法而创造出属于自己的唱本。这就是口头史诗不同风格的特点。它是史诗演唱者玛纳斯奇在自己的演唱中灵活驾驭史诗文本、史诗内容与结构、史诗演唱与形式所呈现的整体性特色。这不仅表现在史诗内容与形式的统一，也表现在演唱者与演唱文本的统一。但是每一位玛纳斯奇都会有属于自己的演唱风格，而这种风格是集传统、演唱流派、传承途径、生活语境等各种因素而形成的。史诗歌手不同的演唱风格在史诗的演唱过程中能够被谙熟史诗传统的听众捕捉到，并通过辨别、欣赏、接受、评判而促使玛纳斯奇既保持传统又有自己独特的艺术风格。不同的玛纳斯奇在他所演唱的史诗内容及结构上的差异性以及在演唱当中的创编中遵循传统基础上的即兴创作是区分每一位玛纳斯奇演唱风格的核心和基础。

史诗的故事情节脉络的发展，独特的情节结构模式，多重交义的叙事方式，史诗中表现的特定历史事件、人物、民风和其对史诗的影响，不同人物的人神结合的形象塑造，跌宕起伏、感人至深的故事情节，人物之间的矛盾冲突与人物命运变化以及各种艺术手段的运用，史诗独特的口头程式句法，变化不断的各种修辞手段，独特诗行的构建和传统的丰富韵式、韵律等都是其区别于一般的口头文学作品的显著特征。史诗的内容主要以英雄主人公玛纳斯从出生到死亡的人生轨迹叙事脉络，以英雄一生的业绩构成其核心内容。与此同时，不同时期玛纳斯奇还在反复演唱创编过程中不断增加新的情节，使史诗传统在原有的传统基础上不断增加新的内容。史诗的核心内容中不仅包括战争与爱情，也包括英雄的正义、忠诚、勇敢、无畏、高尚、坦诚、公正、直率、豪爽等精神气质以及人们和平生活时期丰富多彩的生活场景，习俗与民俗生活，民族性格特征等丰富的内容，并在叙事内容中融入了柯尔克孜族丰富多彩的民间口头传统的各种文类，尤其是表现史诗古老特征的神话、传说、故事以及古老的民间口头传统母题。自古以来世代口头相传并融入史诗内容之中的谚语、格言，各种抒情的、讽刺的、劝喻的、习俗的、仪式的民歌等都是柯尔克孜族人民口头传统长期积累的生活经验和文化财富。每一个史诗歌手在传统基础上形成的独特的演唱体式、结构、修辞、声调、韵律、情节母题的运用安排、人物形象的塑造都能展现出他本人演唱过程中的独特的精神特质、演唱方式、演唱手法、演唱实践，而且这种演唱实践过程也从语境的关联程度上体现出其社会历史、文化精神方面的特性，从而在史诗的创作性、表现技巧方面呈现各自的风格。但是要做到这一点，那就需要玛纳斯奇谙熟民族的语言文学、历史文化、生产技艺、生活方式、民间习俗、宗教信仰等物质和精神层面的所有知识，同时还要掌握更多的天文、地理、军事、医学、节气等方方面面的知识体系。比如《玛纳斯》演唱大师居素普·玛玛依正是因为通过博闻强记、博览群书以及自己传奇般人生经历而浸透了柯尔克孜族民间文化的知识并具有极高的民间口头创编艺术造诣，具有深厚的民间文化功底，具备超强的口头即兴创作能力，所以其演唱的史诗《玛纳斯》不仅保持了传统的古老性质，与此同时还呈现异常丰富的创新性。艺术手法也从比较古朴单一的民间文学叙事方式向多姿多彩、艺术色彩更加浓烈的表现方面过渡，使史诗内容更加精彩，人物形象栩栩如生，呼之欲出。正因如此，他的《玛纳斯》唱本在结构脉络、语言艺术方面都达到了极高的水平，遣词造句十分讲究，词汇、程式、比喻、隐喻丰富，语言生动而优美，情节引人入胜。整部史诗雄浑宏伟、气势磅礴。他能将生动、形象、富于想象力的史诗语言与强烈的节奏感、优美的曲调结合在一起，产生出强烈的艺术效果——引起听众情感上的共鸣、心灵上的震撼，达到如醉如痴的境地。①

有幸现场聆听过《玛纳斯》演唱大师居素普·玛玛依史诗演唱的听众都无不为其激情澎湃、感人至深、优美动听的充满戏剧化风格的史诗演唱才能所折服。曾经陪同居素普·玛玛依访问吉尔吉斯斯坦，并亲耳在现场聆听其史诗演唱的陈学迅如此描述大师的史诗演唱："居素普·玛玛依坐在晚宴的地毯上，演唱了《玛纳斯》中的一段，讲的是'卡勒帕克（Kalpak）②的故事'。那演唱的技艺和风采使在座的吉尔吉斯朋友不断惊叹……当然，居素普·玛玛依的演唱绝非像我写的这么简单，他有点像我国汉族人民喜欢的说书，但又绝不类同，因为说出的每一句都是诗和歌，玛纳斯奇演唱家要集诗人，歌手，演员，音乐家于一体，演唱的韵律感极强，这一点即使外行，不懂语言也能听出来。居素普·玛玛依的技艺已达到炉火纯青的地步，他不慌不忙，抑扬顿挫，如清泉奔涌，一泻到底，前后一口气说了近半个小时，才把故事说完……"③玛纳斯奇在每一次声音洪亮、吐字清晰、富于表情、旋律优美、节奏多变的演唱以及随着史诗内容的进展而表现出的时而高亢，时而舒缓；时而欢快，时而悲泣；时而激烈，时而温存；时而柔情绵绵，时而惊心动魄，时而高山流水、时而万马奔腾的多频度、多角度的演唱无形中感染和调动听

---

① 郎樱：《〈玛纳斯〉论》，呼和浩特：内蒙古大学出版社，1999年，第177—178页。
② 卡勒帕克：柯尔克孜族男子传统的高顶白色毡帽。据说这种白毡帽是英雄玛纳斯的妻子卡妮凯在英雄远征前专门制作的。
③ 陈学迅：《在艾特玛托夫故乡作客》，《民族作家》1989年第5期。

众的情绪，会把听众带入遥远的历史画面之中，把柯尔克孜族历史上的悲与喜、苦与乐、自豪与骄傲呈现在听众面前。《玛纳斯》史诗融语言、音乐、戏剧及歌手眼神、手势动作与模仿为一体的演唱风格呈现其综合多面的立体式艺术特征。在口头传统中，作为表演的史诗不仅仅是民间文学的一种文类，它更像是集民族志、民间文学和民间艺术于一体，并能在这些艺术中占据重要位置的三栖类型。① 在内容上，它不仅容纳了柯尔克孜族生存发展的历史脉络，而且囊括了民间口头创作的所有形式和民族社会文化的百科知识。史诗也因其承载的巨大文化容量而不容置疑地成为民族古代生活的百科全书。

史诗歌手在演唱过程中会更多地专注于口头史诗外在的演述特征和技巧。因为这不仅可以提高史诗故事的趣味性、生动性，从而提高史诗的艺术感染力，而且可以激发听众的对史诗的兴趣与热情。当然，这些都是在保持和遵循史诗唱本中故事情节的完整统一性和不同唱本之间的差异性基础上得到实现。与此同时，还有史诗传统唱本本身所拥有的诗学及美学特征的统一性。史诗的风格还体现在每一个唱本所具有的个体差异性，这种差异性会体现在它们的非核心的细小情节及故事母题、故事范型的差异性方面。每一位达到口头史诗演唱制高点、具备即兴创新能力的大玛纳斯奇都会在自己的演唱过程中，既遵循传统又尽情发挥，使史诗整体结构和情节发展体现出他自己独特的风格，而且最终会形成自己独具特色的整体结构体系。《玛纳斯》史诗的整体结构都是由一些相对独立的有机叙事结构和故事板块所构成，这些结构板块被称为传统诗章（saltik okuya）。这些诗章或叙事板块如同建筑师手中的现成建筑材料板块一样给歌手的记忆、演述提供便利，使他在演述中将它们信手拈来，创编史诗故事，讲述史诗内容，创作出史诗的整体故事结构、情节脉络、各种人物形象。也正是在演述中的创编过程中，每一个玛纳斯奇在演唱中安排、衔接、勾连这些叙事结构板块时就会存在不同程度的差异，史诗结构中比较明显的内容差异性正是在这里体现。这种叙事结构板块也是塑造不同人物的形象而必不可少的技术手段。因为，史诗自身特有的叙述方式、人物内心独白、对话、英雄人

---

① 董晓萍：《田野民俗志》，北京：北京师范大学出版社，2003 年，第 93 页。

物的程式化外貌形象等语言艺术手段都可以为揭示英雄人物内心世界和性格特征提供便利，在英雄的独白、征途中的思想，彼此交往，矛盾冲突中逐渐完成对英雄人物完整人格的塑造。虽然，口头史诗的演述是一个人的表演，但是依然具有戏剧化的跌宕起伏的情节结构，矛盾冲突，人物对话，人物独白和心理描述，堪称一个表演者的独角戏。所有这些语言修辞都作为有机的艺术表现手法而呈现出程式化趋势，为史诗整体结构中的情节、人物、主题、中心思想服务。

《玛纳斯》史诗充满了丰富而古老的传统美学元素。在揭示英雄人物形象，表现他们的英雄主义行为，描述他们各自不同的外貌形象，展示他们征战场面和内心思想及情绪变化方面，史诗中惯用的比较、比喻、特性形容词、隐喻、夸张等多种多样的诗歌修辞手法都会得到广泛运用，而且它们在史诗演述中所发挥的作用也十分显著。歌手通过广泛运用这些艺术及修辞手段，在自己的演述中才能更加生动地表现战场环境、战斗氛围、英雄的武器装备、战马、服饰、表情、外貌、动作、一对一的搏杀、征途中的各种情况等。除此之外，史诗诗行中的韵脚、步格、音节、诗段、诗节、平行式、头韵、句首韵等都会成为区别史诗风格的因素。但是尽管上述各类艺术手法、修辞手段普遍存在于史诗各种唱本异文当中，但每一个唱本都有自己特有叙事风格和内在特征。每一个唱本之间既存在史诗故事内在的统一性，同时也在演唱过程中体现出差异性。除了是口头史诗歌手凭借个人语言天赋的即兴创作和演述才能之外，他们正是凭借其各方面的才华将语言、历史、民俗、文化、艺术、哲学、美学融为一体，纳入《玛纳斯》史诗演唱之中，进一步充实了史诗的内涵，提升了史诗的多学科价值。

玛纳斯奇演唱史诗时出现的不同风格的差异性和作为同源一体的史诗作品而保存的共同性都体现在不同歌手的演唱文本当中，并被不同地区、不同流派的后人们加以传承。不同流派都具备自己区别于其他流派的显著特征，甚至同一个流派中的玛纳斯奇的演唱之间也存在一定的差异性。这也是口头史诗最显著的文本传播传承特征的一个突出表现。关于《玛纳斯》史诗流派的问题我们将在下文中专门加以探讨。

第三节　史诗演唱与即兴创作

"表演当中创作"是口头诗学理论的创始人之一洛德对于口头史诗深度而广泛研究所得出的核心理论观点之一，毫无疑问，已经成为口头史诗、口头传统研究者的普遍共识和可资借鉴的重要理论成果润泽世界各大洲各民族的众多相关文化研究。① 按照洛德的观点，史诗来自传统，是民众的集体创作，但作为史诗传统的每一次具体表演以及所产生的文本却属于每一位具体歌手。史诗的内容情节、结构框架、主题思想、故事脉络和历史背景、主要人物和矛盾冲突等要素都来自传统。但是，当一位伟大的史诗歌手坐在听众面前开始演唱时，他所演唱的史诗内容本身，演唱中的程式、主题、故事范型，演唱的曲调节奏、歌手配合演唱而做出的手势动作、眼神以及演唱过程中所产生的口头文本在此时此刻完全是属于他自己的。② 无论从文本层面还是从演唱活动本身来讲，每一位史诗歌手的每一次演唱都是对他本人及听众都十分熟悉的传统的又一次翻新，每一次演唱所产生的文本毫无疑问都是传统的组成部分，而且这个传统是由歌手储存在记忆深处的史诗大脑文本的现实呈现，是与听众记忆中的传统文本的活态碰撞与对接，并在歌手与听众的互动交流当中的一次延续。传统得到歌手以及民众的双重保护，任何人都不可能革故鼎新，轻易将其改变。史诗的自古流传的核心故事内容框架、情节脉络、主要人物关系、矛盾冲突、主题思想都必须严格遵循传统，不能轻易更改，但是由于史诗歌手不是通过逐字逐句的背诵史诗内容，而是借助程式、主题、故事范型等即兴创编和演唱，在演唱中创编。因此，史诗每一次创编演唱所产生的文本之间存在差异性是不容置疑的。史诗的即兴创编演述

---

① 约翰·迈尔斯·弗里:《口头诗学：帕里—洛德理论》，朝戈金译，北京：社会科学文献出版社，2000年，第47页。

② Rosemary Levy Zumwalt: A historical Glossary of Critical Approaches, in J. M. Foley, Teaching Oral Traditions, New York, 1998, pp.75–94.

过程中，史诗歌手所展露出的才华得到淋漓尽致的表现，歌手及其演述活动和文本在传统中的重要地位也会不断得到民众认可，其地位也会随之而不断得到提高。也正因此，史诗歌手的个人艺术表现和口头创编能力及个性特征在整个传统中的重要性就显得极为重要。口头传统中对于歌手个人创作能力的认定和研究毫无疑问是口头诗学所关注和讨论的核心问题之一。

在玛纳斯奇们的史诗演唱实践活动中，口头即兴创作演唱作为一种独特的艺术创作手段一直发挥着非常重要的功能，对演唱起着激活和促进作用，是史诗发展形成的核心助推因素。这种即兴创作并非无本之木，无源之水。这不仅与玛纳斯奇个人的能力、天赋以及超人的语言运用能力和技巧有关，也同样与柯尔克孜族口头文化尤其是音韵优美、节奏明快、音色动听、长于表现的语言及其多种形态的表现形式有关。当然也与柯尔克孜族独特的文化生活、社会环境、生活方式、生活习俗产生多方面的联系。第一，柯尔克孜族自古以来，在还没有受现代传播媒体影响之前的漫长岁月中，人们最主要的娱乐形式就是聚在一起或者在各种喜庆聚会场合婚礼宴请的时刻聆听民间歌手们的即兴弹琴对唱，欣赏史诗歌手的史诗表演，听部落谱系讲述者的演述，故事家们的民间故事讲述或者欣赏考姆兹琴手的弹奏、弹唱表演等。这种民间娱乐活动至今还能在柯尔克孜族山村牧区见到。第二，柯尔克孜族中从婴儿出生之前的古老的祈子歌，出生后的入摇床歌开始就与歌声相伴。各类生活歌，驱邪治病以及与民间信仰相关的各种仪式歌，贯穿整个婚礼仪式过程的迎亲歌、送亲歌、见面歌，送葬歌哭丧歌，与畜牧业生产相关的牧马歌、守圈歌、动物歌，与农业生产相关的求雨歌、打场歌，与各种手工业或者手工技艺相关的擀毡歌、刺绣歌、缝制花毡歌、皮衣制作歌，等等，几乎所有的民间生活生产活动及仪式习俗和日常生活的每一环节都与民间歌曲相关，每个人都会用歌声表达自己的情怀和思想。第三，在冬天漫长的岁月中，因为畜牧业生产处于停滞的状态，人们便举办各种宴请聚会消磨时光，在这些聚会活动中，每个人并非简单地吃吃喝喝，而是要现场轮流进行即兴民歌创作，彼此之间展开对唱、猜谜语、弹唱民歌等各种语言游戏活动。经历这类活动的青少年便会在这样的场合得到锻炼，在耳濡目染中学会各种民歌，掌握很多语言艺术创编的规律和技巧。很多未来的著名史诗歌手都有这种经历,都是在这样的场合的浸淫下脱颖而出的。第四,按照柯尔克孜族的传统习惯,一些长老富翁名贵去世一年之后都要举办周年祭典活动。这种祭典活动在《玛纳斯》史诗中就有很详细生动的描述。从史诗第一部传统章节"阔阔托依的祭典"中可以看出这种祭典活动是全民族的盛大狂欢。祭典举办期间,都要遵照祖先的传统进行摔跤、赛马、射箭、叼羊等激烈的民间竞技活动和各种形式的民间史诗演唱等活动。各路的英雄豪杰和民间史诗歌手、机智人物、即兴诗人、考姆兹弹奏家会聚而来,在这一大场合大舞台上大显身手,展示出各自的艺术才能。取悦亡灵,满足观众的精神需求,赢得荣誉并获得奖赏。由于这一活动一般都要延续若干天时间,所以便会穿插更多的民间文化娱乐活动,为民间艺人、史诗歌手切磋技艺、相互学习交流提供了难得的平台。这种场合类似于古代希腊的赛会。各种娱乐活动竞相登场,艺人们纷纷展示才艺。长期浸淫于这种文化氛围中的年轻人自然会自觉或不自觉地受到感染并致力于学唱史诗也就是很自然的事情了。

玛纳斯奇们除了首先掌握史诗的核心故事情节发展脉络和结构、人物之间的关系外,必须对来自古老传统的史诗的主题、母题、分支情节以及英雄人物固定的外貌特征、特殊性格、语言风格、武器装备、坐骑,以及战场上的一对一较量、出征前英雄人物的准备、毡房的构造、妇女的美貌、服饰等方面的程式加以灵活的"活形态"的记忆背诵下来,然后根据不同的语境凭借即兴创作的内在功底在大庭广众面前开始演唱,毫无胆怯羞涩地展露其才华,并在这种即兴创编过程,即在"表演当中的创编"中将这些程式加以衔接排列组合,并将其同史诗的故事相联系。玛纳斯奇们的即兴创作的技法,最初体现在玛纳斯奇根据自己所具备的语言天赋,不仅对史诗描写的内容进行过拓展或者删繁就简的自由处理,而且还在于根据不同的语境调整程式表达方式以此增强史诗的表现力方面。也就是说,一位即兴创作中的史诗歌手既要调动传统的力量,与此同时也要随机应对现场表演的压力下演述现场观众的反应。毫无疑问,才华横溢的口头史诗歌手不仅是一位吟唱者,更重要的是他是一位即兴创造能力很强的口头艺术家。对于史诗传统及即兴创作,我们从以下几个例子中可窥见一斑。例如,19世纪的大玛纳斯奇特尼别克描述赛麦台的外貌特征时,经过反复地挑选采用了非常精练的22行程式化诗句进行描述。

Er Semetey baatiring,	勇士赛麦台英雄,
Kara közdön nur janip,	黑色眼睛里闪烁光芒,
Karchitinan kan tamemep,	侧腰滴落着鲜血,
Sakale saadak kabinday,	长须如同箭袋,
Jakshi chikkan murutu,	浓厚茂密的胡子,
Choŋ baltanin sabinday.	如同战斧的木柄。
Araksinda aydari,	后背上的鬃毛,
Arġimaktin jalinday.	如同神骏的长鬃。
Murutu köldün kamishtay,	胡子如同茂盛的芦苇,
Murunu toonun ceŋirdey,	鼻梁如同高高的山岗,
Közü köldün butkulday,	眼睛如同湖里翻腾的水泡,
Tiktegendi jutkunday.	望一眼能将对方吞噬。
Choŋduġu töönün narinday,	身体硕大如同一只单峰驼,
Tolkunu köldün sharinday.	气势非凡如同湖水的汹涌的波涛。
Ilebi jaydin aptabday,	嘴唇热烈如同夏日的太阳,
Cyyġu cirttin shamalday,	冷酷如同凛冽的严寒,
Kachirġani jolborstay,	冲杀如同猛虎,
Karmaġani ilbirstey,	扑杀如同雪豹,
Keŋdigin körcöŋ Talastay,	胸怀宽大如同塔拉斯,
Atasi ötkön Manastay.	就像曾经的父王玛纳斯。
Maŋdayina karasaŋ,	迎面观察的面貌,
Karakashka tinarday.[①]	犹如一只威猛的雄鹰。

同样是描述英雄赛麦台的外貌，20世纪我国《玛纳斯》演唱大师居素普·玛玛依的描述则比较丰富，大大扩展了对于英雄赛麦台外貌形象的程式

---

① 特尼别克·加皮:《阔阔托依的祭典》,比什凯克:阿拉套出版社,1994年,第105—106页。

化描述。当赛麦台指腹为婚的妻子阿依曲莱克在父亲的城堡被困,青阔交与托勒托依相互勾结妄图以武力强娶仙女阿依曲莱克为妻的危急关头,她毅然穿上白色羽翼飞上天去寻找未婚夫赛麦台。史诗歌手通过空中翱翔的神女阿依曲莱克从空中鸟瞰的视角,用丰富的程式诗行描述赛麦台的外貌。在空中审视赛麦台的面貌时用通过阿依曲莱克的视角调用以下程式诗行描述其外貌。这也是居素普·玛玛依唱本中第一次比较细致地描述主人公赛麦台的外貌。整个段落总共用了近百行诗句。比如:

Oŋ dalisi keŋ eken,	右边的肩膀十分宽厚,
Oyrottu buzar er eken,	是一位撼动奥依拉特的英雄,
Sol dalisi keŋ eken,	左边的肩膀异常宽厚,
Soldu buzaar er eken,	是一位打败左翼的英雄,
Izdebeyturġan sherbeken?	难道他就是正在寻找的雄狮?
Tiybeyturġan er beken?	他就是要嫁的英雄?
Keŋ kökürök, som dali,	胸部雄厚,双肩宽广,
Kele jatkan Semetey,	赛麦台正在赶来,
Turup dushman bet albas,	敌人绝不敢轻易面对,
Bul zamandin balbani.	真是一位绝世雄才。
Janindaġi baldari,	身边的两个陪伴,
Tutkandin chiġaar daldali,	也是虎背熊腰能把敌人捏碎。
Ajidaarday türü bar,	面貌如同翻腾的威龙,
Aristanday sürü bar,	又像一头威风凛凛的雄狮,
Kömürdöy kara közü bar,	黑黑的双眼如同木炭,
Ötkür bolchu özü bar.	他将是一位坚不可摧的猛男。
On segiz menen on toġuz,	年龄在十八不到十九,
Ortosunda jashi bar,	正好在这两者之间,
Kanġa ilayik kashi bar,	眉毛有王者风范,
Bayġa ilayik bashi bar,	脑袋如同贵族富翁,
Balban bolchu keypi bar,	英雄的气质早已凸显,

Kaliŋ eldi bashkarip,	统治广大百姓,
Sardal bochu keypi bar,	他将是真正的汗王,
Jildizday közü jiltildap,	双眼如同星星闪烁,
Mingeni buurul kiltildap.	坐骑是枣栗马平稳如水。
…………	
Bar saymani kümüshön,	所有的马具装备用纯银制造,
Bashin tartbay ar ishten,	勇往无前无所畏惧,
Janinna kilich baylaġan,	腰上佩带锋利的战刀,
Jandashsa joonu jaylaġan,	对手较量统统完蛋,
Beline balta baylaġan,	腰间插着夺命的战斧,
Betteshken joonu jaylaġan.	搏杀的对手绝不生还。
Asaba bar kolunda,	高举手中的战旗,
Kalkani bar jonunda,	背上背着盾牌,
Chrayna belde tartiluu,	胸前贴着护胸,
Iyinde tuulġa artiluu,	肩上挎着甲胄,
Kisepchesi sari jez,	箭囊为纯铜制作,
…………	
Attida bar bir tooday,	坐骑如同一座高山,
Atishkandi kutkarbay,	对手绝不可能逃生,
Ancha-mincha adamdi,	如果是一个凡夫俗子,
At-tonu menen jutkunday.	它也能将对方吞噬。
Özüda bar bir toodoy,	英雄本人也高如一座雄峰,
Öchöshkönün kutkarbay,	落入他手谁人能够逃生,
Öjörlönsö kishinin,	如果怒火中烧,
Özün bütün jutkunday.	他能够将活人吞没。
Kil murutun chiyratip,	粗粗的胡子拧成条,
Kulaġina iliptir,	挂到两侧的耳朵上,
Eki bala erchitip,	身边带着两个少年,
El kidirip jürüptür,	马不停蹄访问四方,

第四章 玛纳斯奇的学习与演唱

It aġitip, kush salip,	带着猎犬放飞猎鹰,
Jer kidirip jürüptür.	快马加鞭周游世界。
…………	
Nurlanip betten kan tamġan,	通红的脸蛋血气方刚,
Kümüshtön kemeer kurchanġan,	纯银的腰带紧束腰上,
Kündöy betin nur chalġan,	闪亮的脸庞光芒四射,
Altindan kemeer kurchanġan,	纯金的腰带紧束腰上,
Ak sarġil tartip nurlanġan,	白里透亮的脸庞闪闪发光,
Aristan tuuġan bala eken,	这是一位雄狮的后嗣,
Alishkan joosu muŋkanġan,	让对手心惊肉跳十分恐慌,
Abaylasaŋ tügöngür,	你再瞧瞧这个该死的家伙,
Akili menen jurt alġan.	完全靠智慧统治四方。
Kabattap temir ton kiygen,	身上穿着层层铁衣,
Kizildan buurul at mingen,	座下是枣栗色骏骥不可挑剔,
Kil kuyrugun shart tüygön,	绾起长长的马尾,
Agarip tishi kashkayġan,	白白的牙齿闪闪发亮,
…………	
Üstündö kiygen buulumdun,	身上的布鲁姆缎袍,
Üpchülügü bir toguz,	整整有九个扣眼,
Atadan kalgan ak olpok,	父亲留下的阿克奥乐波克白战袍,
Topchuluġu bir toguz,	也有九个扣眼不多不少,
Tolkunu köldün sharinday,	气势如同湖水汹涌的波涛,
Közü köörük jalinday,	眼睛如同鼓风皮囊吹旺的火焰,
Jer-jaandi kidirip,	东奔西征周游世界,
Minday bende tabilbay.	世上哪有这样的儿郎。
………… ①	

---

① 居素普·玛玛依演唱:《玛纳斯》,柯尔克孜文,乌鲁木齐:新疆人民出版社,2004年,第583—584页。

在《玛纳斯》史诗第二部的内容中，除了此类专门描述英雄容貌的程式之外，赛麦台奇①们演唱次数最多，深受听众喜爱的内容还有很多。其中之一是"赛麦台为寻找阿依曲莱克勇渡乌尔凯尼奇河"这一传统诗章。在居素普·玛玛依唱本中，对赛麦台勇渡乌尔凯尼奇河先后有两次描述。第一次是赛麦台在古里乔绕和康乔绕的陪同下首次来到乌尔凯尼奇河岸目睹巨浪翻腾、气势非凡，湍急的河水吞卷两岸的树木岩石的可怕情景时，总共用 150 行诗句描述了河水的险恶。比如描述了正是洪水暴涨的季节，河中马匹大小的鱼在浪涛中游动，翻滚的巨浪将大树卷入河中，木排在河中漂浮，毡房大小的泥块瞬间被河水吞没，毡房盖毡大小的石头在河底滚动发出轰鸣声，等等。巨浪滔天的湍急河水甚是可怕，古里乔绕想掉转马头返回又担心被兄长赛麦台指责，前面的河堤上一群姑娘围在阿依曲莱克周围也眼睁睁地看着他的动静。古里乔绕只好鼓起勇气继续催马向前挺进，奉命来到阿依曲莱克面前，向她说明自己的身份并要求阿依曲莱克将赛麦台的白隼鹰交还给他。阿依曲莱克也毫不示弱地向古里乔绕说明了自己的身份和主张。赛麦台站在河对岸用千里眼将古里乔绕的所有行为及阿依曲莱克的态度一一看在眼里。随后便骑上阔克铁勒克骏马跳入河中。他在马背上渡河遇到前所未有的险境，暗自后悔没有把自己心爱的塔依布茹里留下来。然后又暗暗向水神伊利亚斯祈祷，希望水神给自己和身下的坐骑赐予力量和勇气。在他几乎要被河水淹没冲走时，水神伊利亚斯突然出现，牵着阔克铁勒克骏马的缰绳，把赛麦台连人带马拖到河对岸。第二次展现在赛麦台面前的那条河的描绘，与前一次的不同，仅用 32 行诗句简单地来进行描述。显而易见，即兴创编是玛纳斯奇们惯用的创作手法，主要体现在史诗情节中同一个场景、人物或其他事物采用或长或短的程式来表现方面，并且根据不同的语境有不同的变化。②

19 世纪得到拉德洛夫的关注并进行采录的玛纳斯奇们，由于把拉德洛夫视为俄罗斯官员，是专程来自远方的俄罗斯贵客，所以在演唱史诗时有意顺势加入一段玛纳斯英雄与俄国沙皇之间的友谊，而这一行为却正好被专

---

① 赛麦台奇：专门演唱《玛纳斯》史诗第二部《赛麦台》的歌手。
② 参见阿地里·居玛吐尔地《口头史诗的文本与语境：以〈玛纳斯〉史诗的演述为例》，《民族艺术》2018 年第 5 期。

水平极高的拉德洛夫本人所发现和讨论,并成为日后学者们讨论口头史诗即兴创编既受演唱语境影响的鲜活例证。① 这种情况在我国著名玛纳斯奇居素普·玛玛依的变体中比较多见。

居素普·玛玛依的史诗《玛纳斯》唱本从 20 世纪 60 年代开始从其口中先后记录过 3 次。② 他在 3 次说唱过程中,由于受时代及社会环境的影响和语境的变化对自己不同时期的唱本进行过许多添加或删减,具有明显的即兴创作特色。譬如,60 年代之初把柯尔克孜族的起源通过与 40 姑娘的传说联系起来进行讲述,当后来柯尔克孜知识分子中有些人提出疑问,提出该传说已经成为有损于民族形象的文化符号时,居素普·玛玛依便在自己后来的演唱中立刻把该传说用其他有关"柯尔克孜"起源的古老传说来替换。此外,居素普·玛玛依于 20 世纪 80 年代被邀请到北京说唱史诗时,在自己的变体中增加了许多描写契丹古城别依京的形象而生动诗句。这些诗句与这位著名玛纳斯奇未来北京之前的诗句形成鲜明的对照。足见对于古代契丹的都城别依京与现代的北京关系产生顾虑,他心里虽然知道它们之间毫无联系,但却依然从其唱词中体现出隐约的担心和顾虑。1964 年当居素普·玛玛依唱完《玛纳斯》史诗第六部《阿斯勒巴恰—别克巴恰》的结尾时有意将其作为整部史诗的终结篇唱出,别克巴恰活到 93 岁离开人世,身后并没有留下子嗣。当时玛纳斯奇唱道:

> 没有为他唱丧歌的妻子,
> 他身后没有留下的儿女。
> …………

当时他虽然以这样的诗句来结束该段情节并以此作为《玛纳斯》史诗第六部的结尾,并说《玛纳斯》史诗到第六部已经全部结束。但是到了 80 年

---

① 尹虎彬:《古代经典与口头传统》,北京:中国社会科学出版社,2002 年,第 136—137 页。
② 参见陶阳《英雄史诗〈玛纳斯〉调查采录》,中国文联出版社,2011 年;郎樱《〈玛纳斯〉论》,呼和浩特:内蒙古大学出版社,1999 年;托汗·依萨克、阿地里·居玛吐尔地、叶尔扎提·阿地里《中国〈玛纳斯〉学辞典》,北京:中央民族大学出版社,2017 年。

代，他却又补唱了自己先前遗失的史诗第七部和第八部，并唱道："别克巴恰与阿克芒黛结为夫妻生下一名叫索木碧莱克的儿子。"居素普·玛玛依的即兴创作天赋从中可见一斑。对于居素普·玛玛依的即兴创作天赋我们不仅可以从上述增减的情节中看得出，而且从他连续三天三夜说唱史诗《玛纳斯》的说唱技艺中可以体味得到。而在19世纪深受当时当地伊斯兰宗教影响的吉尔吉斯斯坦大玛纳斯奇萨恩拜·奥若孜巴克，也对自己的唱本进行大胆的拓展和延伸，因为受到当时社会语境的影响，他甚至无中生有地在自己的唱本中刻意加入了描述玛纳斯赴麦加朝觐往返等情节。这也是史诗歌手即兴创作能力在史诗创编中的具体体现，但是其插入史诗内容中的章节却让人不敢苟同。由于出现类似的随意拓展，由他说唱的史诗《玛纳斯》第一部的篇幅就达到了令人匪夷所思的180378诗行。更有甚者，吉尔吉斯斯坦的另一位玛纳斯奇萨雅克拜·卡拉耶夫说唱的史诗《玛纳斯》《赛麦台》《赛依铁克》三部完整内容及凯耐尼木英雄及其儿孙们的韵散结合的简短故事，被记录的内容加起来总共有500553诗行。① 除此之外，在柯尔克孜族的民间传说中还有"用半天时间只描述毡房支架装饰的"贾伊桑厄尔奇（歌手），用毕生的岁月演唱史诗，但却从未曾将史诗《玛纳斯》从头至尾说唱到结束的19世纪玛纳斯奇巴勒克等。很多类似的记录和传说给我们提供了非常明确的信息，那就是在玛纳斯奇的史诗演唱技艺中，即兴创作，毫无疑问，都占有很重要的位置。

拉德洛夫院士在19世纪问一位自己正在采访的柯尔克孜史诗歌手："你能演唱哪一首歌（史诗传统章节）？"那位歌手毫不犹豫地回答说："无论是什么歌，我都可以给你唱。因为神灵赋予我歌唱的天赋，他随时随地会把歌词送到我的口中，我无须去记忆或寻觅那些歌词；我学唱歌曲从来没有背诵过歌词，只需开口演唱，所有的歌词将自我的口奔泻而出。"② 拉德洛夫来到柯尔克孜居住的区域与只唱"自己的歌"的歌手们见面的过程中，对那些演唱史诗的歌手有这样的评价：

---

① 阿·卡热普库洛夫主编：《〈玛纳斯〉百科全书》第2卷，比什凯克：吉尔吉斯斯坦百科全书出版社，1995年，第186页。
② 拉德洛夫：《北方诸突厥语民族民间文学典范第五卷前言》，阿地里·居玛吐尔地主编：《世界〈玛纳斯〉学读本》，北京：中央民族大学出版社，2018年，第32—33页。

他们不仅仅歌唱自己熟悉的歌。因为在史诗鼎盛的时代，不存在任何现成的歌。只有唯一的核心故事情节，歌者只能凭借自己的领悟及内心的情感把它们歌唱出来。而根本就不唱其他人创作的歌，只有自己来创作和歌唱……任何富有经验的歌手，只凭借自己当时的情绪即兴演唱自己的歌，他从来就不会原封不动地重复同一首歌。他们并不认为这种即兴创作实际上就是重新创作出的新的作品。事实上，史诗歌手们的即兴创作如同音乐家用自己非常熟悉的音乐素材及灵感，在数秒钟内组合作品内容创作出新的作品，给人一种拿自己事先就烂熟于心的音乐母题与现场的情景瞬间进行重新组合的感觉相似。在不厌其烦无数次演唱的基础上，史诗歌手的脑海中时刻储备着史诗中那些现成的片语及诗句。于是，他会将这些现成诗行片语根据故事情节的进展需要随时调出并以恰当的方式搬来套入其中。每一个此类片段都是在任何一次演唱中可以共享的用来描绘某一种特定的人物、情节、情景或场面的典型段落和情节片段分别。诸如：英雄们的降生，英雄的成长经历，对战马及武器装备的威力性能的赞美，对贤妻美女的赞美，激战前的各种筹备，交锋时的搏杀，英雄们在一对一登场摔跤前的对话，勇士们特有的人物个性特征，对于骏马战骑的描摹、特殊的代表性英雄人物的夸赞、对美丽新娘的赞美，对毡房各种华丽装饰的夸赞，举行盛大婚礼祭典的程序，邀请各路嘉宾的经过，英雄们的阵亡，以及对阵亡者的哀思和丧歌，大自然的各种景色，夕阳西下黄昏的降临，黎明朝阳日出、闪电、洪水、狂风，等等。这都在于精明的歌手将脑海中储存卡片般现成的诗句根据情节的需要在保证故事情节完整性的前提下巧妙地融入其中，创造出完整的史诗画面。为了完成这一使命，有经验的歌手往往会调动和发挥自己所有的表演技能。他会灵活地调用前面提到的各种典型段落（common places），或者将某一意象简略带过，或者精雕细刻，或者根据情节的需要加以更为细致入微的描绘。歌手储存在记忆中的现成片语越丰富，他演唱的史诗篇幅就会越长，内容也更加生动富于变化。这样，即使他演唱的内容很长也不至于让听众感到厌倦。歌手演唱水平的高低取决于他在自己的记忆中所储存的这种片语的多寡以及他操作和处理它们的能力。①

从拉德洛夫上述长篇大论中,我们可以发现研究者已经开始潜心关注玛纳斯奇们的史诗演述技巧和方式,如一位史诗歌手某一次特定的演唱既不是完全靠记忆进行复诵,也不是在每一次表演时都要彻底创新,而是表演传统的一种惯制允许他在一定限定之内发生变异,等等。他发现了口头创作的叙事单元(程式)、听众的角色、完整故事及其组成部分的多重构型、口头叙事中前后矛盾所具有的特殊含义、如何即兴创编中保留传统以及如何有效保持口头创作中新老因素的混融交织等口头史诗特有的规律性法则。②所以,通过将19世纪柯尔克孜史诗传统的细致研究分析并与荷马史诗进行比照之后,W.拉德洛夫确认19世纪是柯尔克孜族"真正的史诗时代"。

我们发现在柯尔克孜文明发展史中,诗歌(史诗)处于绝对优势地位,从而围绕史诗的特殊传统形成一种口头演述氛围和特殊环境。这也就是拉德洛夫所说的"真正的史诗时代"。这种氛围为《玛纳斯》史诗这一世界上规模宏伟、影响深远的史诗的诞生起到了某种支撑和助推作用。在此进程中,从前辈那里传承的集体创作成果与富有天赋的个体创作的精华部分,通过各种渠道不断地汇入史诗《玛纳斯》中,从而使得史诗越来越宏伟、越来越波澜壮阔。再加上,柯尔克孜语言作为一种黏着语,本身就具备的自然和谐的韵味,以及与生俱来的和谐流传天籁的韵律,成为创编演唱史诗难得的先决条件。即兴说唱形式,在学习史诗《玛纳斯》的过程中,在任何环境中,在各种语境下,为史诗赋予充分的演绎条件并增光添彩,为后代把史诗作为弥足珍贵的遗产加以继承发挥过难以替代的作用。我们可以毫不怀疑地说,即兴创编技艺所具有的形态、心理方面的"基因"在柯尔克孜民间代代相传至今。郎樱先生就玛纳斯奇与即兴说唱技艺进行过专门的阐述,并鞭辟入里地指出:

---

① 拉德洛夫:《北方诸突厥语民族民间文学典范第五卷前言》,阿地里·居玛吐尔地主编《世界〈玛纳斯〉学读本》,北京:中央民族大学出版社,2018年,第32页。
② 参见阿地里·居玛吐尔地:《威·瓦·拉德洛夫在国际〈玛纳斯〉学及口头诗学中的地位和影响》,《民间文化论坛》2016年第5期。

玛纳斯奇学唱《玛纳斯》并不是一字一句地死记硬背。他们首先要掌握的是《玛纳斯》各部主要篇章的基本内容。以第一部《玛纳斯》为例，主要篇章就是"玛纳斯的诞生""玛纳斯的少年时代""玛纳斯的婚姻""阔阔托依的祭典""七汗谋反""阿勒曼别特的故事""伟大的远征"等，每一个玛纳斯奇将这些主要篇章的主要情节牢牢熟记，然后牢记史诗中各种人物以及来龙去脉，相互间错综复杂的关系，牢记各种固定的叙事模式（战争叙事模式、仪典叙事模式、婚礼叙事模式、英雄人物肖像描写模式、武器来源及战马特殊的描写模式），还有大量固定的套语。玛纳斯奇在演唱时，即兴创作的余地很大，他们演唱史诗，既可使一棵普通的树木变成枝繁叶茂的大树，又可对树枝繁茂的大树加以整枝修叶，使之变得精干挺拔，玛纳斯奇可以充分发挥他的即兴创作才能。较有名望的玛纳斯奇大多具有极强的即兴创作能力，他们见多识广，有丰富的民间文学功底，他们上知天文，下知地理，他们对于民族的历史、文化、民风民俗的知识非常丰富。他们经常在原有的史诗框架中增添许多新的内容，新的人物。每一个玛纳斯奇演唱的《玛纳斯》都具有自己的特色。[①]

我们从20世纪60年代至80年代从居素普·玛玛依口述中多次反复记录的史诗《玛纳斯》部分章节中可以清楚地看到，其不同时期记录的唱本之间存在这样或那样的变化，这是玛纳斯奇为了时代、环境、社会发展变化的需要，对自己所演唱的史诗内容不断进行润色、演绎和改变的真实反映。对于同一位史诗歌手演唱的文本出现的这种变异，我国学者都有一些分析和研究，在此无须赘述。吉尔吉斯斯坦的研究者们，在对比分析不同时期记录的萨雅克拜演述的同一个章节和情节的文本中发现萨雅克拜在心情放松、自由自在、情绪高涨时所演唱的变体与其在身体不适、情绪低落、勉勉强强演唱时的唱本之间存在许多差异性，并对此进行过专门的比较研究。[②] 类似情况在藏族的说唱《格萨尔王传》艺人中也常见。[③] 因此，藏族民间至今还流传着"每个藏族人心中，有一部《格萨尔》"的谚语。

---

① 郎樱：《〈玛纳斯〉论》，呼和浩特：内蒙古大学出版社，1999年，第161—162页。
② 参见阿地里·居玛吐尔地主编《世界〈玛纳斯〉读本》中的相关论文。
③ 杨恩洪：《民间诗神：格萨尔艺人研究》，北京：中国社会科学出版社，2017年，第19页。

对于不同层次的玛纳斯奇而言，即兴创作才能从来就没有达到过统一的层次和水平。即兴创作水平和能力的高低自然使得玛纳斯奇们被分为大玛纳斯奇、小玛纳斯奇、学徒玛纳斯奇等各种不同的等级。很显然，即兴创作能力和水平在很大程度上影响到玛纳斯奇们演唱技艺的高低。因为，只有即兴创作能力高强的玛纳斯奇，在民间说唱史诗《玛纳斯》的实践中才能轻松地到达自己所期望的艺术效果，并在民众中扩大自己的影响力。而那些即兴创作水平不高或平庸的玛纳斯奇不仅无法将史诗演唱到极致，而且会因自己在这方面的不足而直接影响到即兴创作的速度，从而阻碍了全面掌握古老史诗传统方法和现场演述机动灵活的临场发挥，对进一步发展史诗文本的内容提高史诗演唱质量和水准产生不利的影响。因此，在这样的情况下，虽然大部分青年人对学习史诗《玛纳斯》充满了渴望和热情，尽管也掌握了史诗的一部分传统章节和重要篇章，但是依然没有足够的潜力继续深入地拓展该项技艺。这种情况也会出现在已经在民众中演唱过史诗《玛纳斯》一段时间，具备了一定演唱经验，但后来又不经常演唱史诗而对史诗内容有些生疏的玛纳斯奇身上。这可能主要是玛纳斯奇的主观努力与自身的天赋与潜质无法与自己所追求的目标相匹配的原因。

1989年8月，德国伯恩大学的教授卡尔·莱歇尔先生在乌鲁木齐与居素普·玛玛依会面时，问道："我现在给您讲一段故事的话，您能立刻以诗句的形式说唱出来吗？"居素普·玛玛依当场回答："我可以做到。那样的话必须具备以下几方面的条件。最关键的是，地名、人名、时间，事件的历史背景必须完整。必须是我所熟悉的地域文化和风土人情，最后是要与我的情感、思想、理念、观点相互一致和吻合才行。只有这样，我才能凭借我诗人的创作才能，把故事转换为诗歌的形式。"[1] 从这简短的对话中，我们可以破解一个非常重要的科学结问。居素普·玛玛依一方面指出了玛纳斯奇要想达到史诗演唱的一个高度就必须拥有或者掌握即兴诗歌创作的基本条件和素质，与此同时也在默认自己具备足够的即兴创作的潜质。相同的结论，我们不仅从他的《玛纳斯》史诗文本中，也可以从居素普·玛玛依所演唱的《玛玛凯与

---

[1] 相关报道见《克孜勒苏报》1995年6月27日版。

绍波克》《图坦》《托勒托依》《巴合西》《江额勒穆尔扎》《库尔曼别克》《艾尔托什图克》等史诗或叙事诗中得到验证。除此之外，我们可以从居素普·玛玛依说唱的史诗《玛纳斯》的各个部分和其他小型史诗当中发现诸多民歌、民间故事、民间传说，尤其是神话故事情节被广泛引用的事实。因此，毫无疑问，玛纳斯奇在史诗《玛纳斯》原有的传统基础上融入了他们自己的情感、自己从前辈口中吸纳和收获的理念以及自己的思想。《玛纳斯》史诗之所以有各种不同的异文变体并且形成了各种不同的流派，也说明了歌手的即兴创编的重要性以及不同的歌手之间所存在的不同风格的差异性。郎樱先生对此有精辟的论述："居素普·玛玛依极强的即兴创作才能令人由衷地敬佩。他只要一开口，诗歌就会脱口而出，如江河奔流不息，他见物咏物，见人咏人，解放后，他创作了许多脍炙人口的新民歌，表达了他对党，对新生活的满腔激情。"①

　　柯尔克孜族是一个即兴诗歌创作极为丰富的民族，即兴诗歌创作至今在民间长盛不衰。有鉴于此，我们应当区别看待一般的民间即兴诗人（阿肯）与玛纳斯奇的即兴创作之间的关系。柯尔克孜族现当代即兴诗人（托合托古勤、巴尔普、夏尔谢尼、叶西曼别特、阿里木库勒、卡兹别克等）创作的基本上都是在特定现场语境下，在特定的时间、地点，以即兴方式当场抒发情怀，或借古讽今或针砭时弊，天马行空表达思想情感的一种创作形态，不受任何文本的限定，随心而动，随情而走。其最突出的特点就在于即时性。阿肯将自己高超的语言才华、机智敏锐缜密的思维同现场语境紧密融合，通过自己的现场观感而抒发出来。与此相对应，玛纳斯奇们的即兴创作则受到史诗文本以及现场语境的双重限定，他们不能天马行空地随意进行创编，而必须在史诗传统人物形象，人物关系脉络和史诗内容的固定情节基础上展现自己的再创造天赋和才华。对于玛纳斯奇而言，对于传统的继承和文本的创新是一个十分复杂而微妙的体验。玛纳斯奇们的首要职责当然不是着力给史诗《玛纳斯》增添新的故事、新的内容和新的观念、思想、主题，而是更加诚实地保留和传承史诗故有的传统。当然，无论是玛纳斯奇还是民间即兴诗人

---

① 郎樱：《〈玛纳斯〉论》，呼和浩特：内蒙古大学出版社，1999年，第178页。

阿肯创作的作品中，保持和体现的传统、程式、主题越广泛，他所演唱的诗句、内容及其才华将越受民众的青睐。也就是说，他们所演唱的传统色彩越浓厚，越是坚定不移地坚持前者的路子和风格并体现出自己的个性特征，他自己的创作、主题思想、情节结构、即兴创编、演唱技艺方面越趋于成熟。所有的玛纳斯奇对此心知肚明、非常清楚，并且自觉地为此而不懈地努力。因为，史诗《玛纳斯》的听众，一方面是普通听众，另一方面又是史诗内容的见证者、审视者和传统的维护者。倘若有某个玛纳斯奇在演唱中篡改了史诗《玛纳斯》传统的故事情节，或者断章取义对史诗内容进行随意的跳跃式的演唱而无意或有意遗漏了史诗的一些重要内容或情节的话，如果不引用史诗中故有的某些定型的经典对话或言辞（尖锐的唇枪舌剑、批评、评价）和典故的话，听众们绝对要毫不留情地直接向玛纳斯奇提出批评意见，按照他们自己对《玛纳斯》史诗传统的理解程度提出纠正的建议。他们肯定会当面直言不讳地提出"你唱得不完整"或者"史诗这个或那个情节被你篡改、破坏了"等疑问。与此同时，如果哪一位玛纳斯奇要是毫无创新意识和才能，将史诗《玛纳斯》只是照本宣科死记硬背下来，再把传统的故事情节，史诗中经典的情景描绘片段，活生生人物的程式化个性描写，生搬硬套地毫无生机、平平淡淡地重复说唱给听众的话，也会让听众失望，听众会认为这位玛纳斯奇毫无史诗演唱的潜质和创作能力而遭到冷落，甚至抛弃。

  毫无疑问，玛纳斯奇不仅要保留传统，同时要具备一定的创新创编能力，在自己高亢洪亮的声音下，还要严格把握和保持一种稳重的平衡度。当然玛纳斯奇们也必须在增强史诗演唱时的语言艺术、修饰表达能力的同时，还要借助动作手势表情、音调节奏旋律的辅助，才有可能达到自己期望听众期待的演唱效果。玛纳斯奇们从事史诗演唱表演竞赛最典型形式应该是两位玛纳斯奇面对固定的听众群体，首先由一位根据听众的申请选择史诗中矛盾冲突比较激烈、出场人物众多、人物关系错综复杂、情节扑朔迷离而又非常吸引听众的一个传统精彩诗章开始演唱。当前面的演唱者唱到史诗的一个情节拐点停止时，第二位必须即刻接续前者演唱的内容将第一位的情节连贯下去继续演唱，而不能另外选择一个与前者所演唱的内容毫无关联的诗章。这种接力式的演唱表演通常要在大型庆典仪式场合、众多听众见证下进行。在这种情况下，民众不仅会全神贯注地欣赏、评判玛纳斯奇们机智的演唱水平和技艺，与此同时也会比较客观地评判出两位玛纳斯奇的史诗演述的高低。在民间至今依然广为流传着历史上在重大场合，狄侃拜与奈曼拜、纳扎尔与特尼别克、阿依提克与巴勒赫、居苏普阿坤与萨恩拜等著名玛纳斯奇们之间进行演唱史诗《玛纳斯》经典对决表演的传说佳话。类似的情况，在蒙古族的江格尔奇们中也曾经有过。当地的贵族、官僚等在盛大的庆典等活动中，让江格尔奇进行史诗演唱技艺比试，不仅奖励获胜者，而且招募为自己专门说唱《江格尔》的艺人。在类似的技艺比试中，机智的应变能力和即兴创作的才华无疑将起到重要的作用。[①]

还有一种情况，有一些自己的天赋、即兴创作能力、说唱技艺还没有磨炼到以韵文体的形式自如地演唱史诗《玛纳斯》的歌手，因为自身演唱水平的欠缺便选择了以通俗的散文体或者韵散结合的形式演述史诗《玛纳斯》的方式。这类民间艺人群体的案例在民间也较普遍。他们首先以通俗的韵散结合体讲述史诗《玛纳斯》时，便会采取下面的策略。他们以通俗的语言讲述史诗《玛纳斯》故事情节，当讲到人物对话时便采用韵久的方式。因此，民间便流传着为数不少的散文体与诗歌体相互混杂，韵散结合的史诗变体文本。在我国20世纪60年代搜集记录的变体中这种情况并非少见。作为《玛纳斯》史诗传统的一种特殊形式，我们对此也不能视而不见或对此持一种贬低消极的态度。出现这种情况有以下两种原因，第一是玛纳斯奇本人的演述水平使然，第二是因为记录工作者们为了赶工作进度、节省时间、加快记录速度，紧随不舍、不断地催促，无形中给农牧业生产最忙碌的季节，为了生计奔忙的玛纳斯奇造成很大的心理压力和思想负担，在这种情况下玛纳斯奇们为了摆脱"麻烦"，也会采用过这种办法应付差事。

总之，口头史诗创作与一般的书面创作的诗歌作品有本质区别。口头史诗歌手从最初的学习口头创作技巧到进入真正的创编过程都与书面诗歌的创作大相径庭。口头史诗歌手是在口头—听觉的交融中完成学业并不断完善

[①] 参见仁钦道尔吉：《蒙古口头文学论集》，北京：社会科学文献出版社，2011年，第169—170页。

自己的。口头史诗是歌手用口头方式,在表演当中创作完成的。口头史诗的文本也是在口头演唱现场即时产生的,而其传播也是在同一时间内完成。每一次演唱就是一次新文本产生并传承的一次传播过程。史诗的演唱、创作、传播、保存几个方面同时发生、彼此交融,是口头史诗创作的本质特征,每一个方面都是不可或缺的交互作用的共同体,构成了口头史诗演述现场,文本创作、传播过程,反映出演述仪式的不同侧面。史诗歌手在这一过程中扮演多重角色,他既是表演者、创作者,也是传播者、保存者,而即兴创作能力则是其不可或缺的基本技巧和技术素养。口头演唱是活态史诗的生命。离开了史诗歌手的演唱,离开了听众,离开了口头演述的语境及歌手与听众的互动,口头史诗最初的原始性本质就将改变,会逐步走向口头与书面交融杂糅,并最终脱离口头性而走向书面经典化之路。这就是当前我国众多口头史诗无法逃避的现实命运。

第四节　演唱技艺及其语境

自然环境、游牧生活及柯尔克孜民族特有的文化艺术传统,为《玛纳斯》史诗演唱者和聆听者创造了一种展现自我的特殊的舞台。自然环境、社会氛围、心理因素三者对玛纳斯奇们的口头演唱和创作活动产生过直接的影响。从古至今,柯尔克孜族长期游牧于北方广袤的西伯利亚旷野、叶尼塞河流域、天山南北等草原,逐水草而居过着四季迁徙的游牧生活,千百年来一直保持着以游牧为主的生活方式。在部分地域至今依然保留着这种逐水草而居的生产生活,这种漫长的历史岁月中形成的游牧生活方式,为史诗《玛纳斯》的传承搭建起了广大的自然和社会平台。也就是说,柯尔克孜族人为了基本的生存而四处迁徙所寻找的草原,也成为史诗《玛纳斯》赖以生存的精神草原。辽阔的草原自古以来就成为史诗《玛纳斯》说唱、传播和发展的广阔舞台。柯尔克孜族喜欢在山花烂漫、牛羊肥壮的盛夏,举行盛大的婚礼尽享美食与快乐,为祖辈举行盛大的祭奠仪式,或者举办专门的阿肯对唱会、玛纳斯奇们的史诗《玛纳斯》演唱表演竞赛聚会等形式多样的文体娱乐活动。这种专门组织的社会环境和氛围，对说唱史诗《玛纳斯》而言意义非常重大。不论是在冬季漫长的黑夜，还是在夏季漫长的白天，演唱和聆听史诗《玛纳斯》成为广大民众不可或缺的娱乐方式之一。

与自然环境相和谐的社会氛围，也成为说唱史诗《玛纳斯》的一种内在动力。在柯尔克孜族文化社会中历来就有给天真无邪的孩子们讲述古老神话、传说和民间故事，组织孩子们互相猜谜语，学唱各种游戏童谣等传统。青年人每当牧马或放羊时，在寂静的群山间为了驱散内心的寂寞，经常会三五成群地随意进行一些游戏和对唱情歌更是一种常态。民间口头文学中的儿歌、民间故事、猜谜语、绕口令、情歌、民俗歌、仪式歌谣等大众化文化艺术，在柯尔克孜族中不仅历史悠久而且流传和普及非常广泛，随时随地都可展现。相对而言，阿肯对唱艺术、演唱叙事诗长篇及史诗《玛纳斯》却属于古典的高雅的艺术形式，因而需要多则上千，少则数十名听众参与，还必须特意组织安排表演的场合。由于这种聚会不经常举办，所以民众对该项活动充满了急切的期待心理。具体说，必须专门邀请玛纳斯奇，提前准备丰盛的佳肴，然后左邻右舍及男女老少聚在一起，围坐成一圈全神贯注地来洗耳恭听。即便是为了聆听同牧村名气不大的小玛纳斯奇说唱史诗《玛纳斯》，也必须事先由该牧村的数位长辈和数位青少年组成的听众。如果恰逢夏季牧村人多，恰巧有一位名气稍大的玛纳斯奇亲临该牧村的话，那自然会成为一次不大不小的节日聚会。这不难看出大众对聆听史诗《玛纳斯》的极大热情。在没有广播电视收音机，没有报刊书籍等文化传媒，没有其他文化娱乐活动的时代，史诗《玛纳斯》自然成为柯尔克孜族人民不可或缺的精神食粮，发挥过它寓教于乐的功能和作用。近代著名即兴诗人（阿肯）阿尔斯坦别克的回忆，每当自己的同龄人阿克勒别克和纳扎尔演唱他们最熟悉的史诗《玛纳斯》的著名传统章节"玛纳斯的降生""哈妮凯逃亡布哈拉"时，包括在座的玛纳斯奇本人及积聚的听众都会感动得潸然泪下、泣不成声。[1]

大到整个民族、整个社会，小到一个牧村、一个家庭及每位家庭成员对

---

[1] 阿热斯坦别:《阿热斯坦别克》，比什凯克：阿拉套出版社，1994年，第51—53页。

于聆听史诗《玛纳斯》的那种期待和渴望成为说唱史诗《玛纳斯》的最直接的原始推动因素。为此，玛纳斯奇们为了满足大众的夙愿和精神渴求，时时刻刻都在为锤炼提升自己的演唱技艺而努力，从来没有怠慢和松懈过自己的这份神圣责任的担当意识。在演唱史诗《玛纳斯》的过程中，玛纳斯奇们极为重视自己的听众，从来没有发生过轻视听众，糊弄听众，用其他作品冒名顶替或敷衍了事的现象。不论是史诗演唱者还是听众都对史诗《玛纳斯》自始至终充满了一种敬畏之心。不论在任何时候、任何地方，人民大众都发自肺腑地维护着史诗《玛纳斯》的高贵、伟大的神圣性与纯洁性。也许正是因为这种民族文化传统，史诗《玛纳斯》才得以被完整地传承至今。根据传说，20世纪60年代，生产运动正在热火朝天地进行，正是农活忙碌的季节，某位领导来到喀克夏勒（指阿合奇县）哈拉布拉克乡一带视察工作并组织召开会议。但是，当时不仅来参加会议的大部分人迟到不说，而且前来参加者也寥寥无几。看到这种情况，那位领导听到当地地方官员这样说："我们当初通知大家时，还不如说是居素普·玛玛依要来为大家演唱史诗《玛纳斯》。那样的话，大家一会儿的工夫就会来齐了。"那位领导感到好奇，便临时改变会议时间并让当地领导通知大家说是居素普·玛玛依要为大家演唱《玛纳斯》史诗。结果，那位地方领导的建议果然奏效，大家得到通知后不一会儿便集中而来，就连平时卧床在家的老头老太太也都赶来参会了。

不光是在我国，类似的情况在吉尔吉斯斯坦也曾经发生。吉国的世界级大作家钦吉斯·艾特玛托夫也曾描述过自己类似的一段经历：

> 根据上苍的旨意，至今都忘不了有一回我跟莎雅克拜一道，来到楚河区一带的牧民家里的情景。没想到萨雅克拜光临的消息，就跟疾风一般一传十十传百顷刻传播整个阿依勒。不久从四面八方，从牧村的旷野，从偏僻农庄、牧场的各个角落，人们三五成群，赶上的坐着汽车，赶不上的爬上拖拉机，大部分人甚至携家带口徒步，一拨一拨地蜂拥而至。由于钦佩萨雅克拜史诗演唱技艺的人们如此众多，农庄小小的俱乐部根本就容不下那么多听众，一半听众只好被留在了俱乐部的外面。此时，萨雅克拜登上一个醒目的高台，开始准备演唱史诗《玛纳斯》。听

众各自选择好自己的位置，大部分就地盘腿一坐，一部分人爬上了汽车的车斗，还有一部分人干脆骑在马背上，开始寂静地聆听萨雅克拜演唱史诗。不久天空被乌云笼罩下起了暴雨。但是，萨雅克拜没有停止自己的说唱，听众们也痴迷地聆听演唱没有动弹。在倾盆大雨下，人们宁愿被雨水浸湿衣裳，也依然纹丝不动全神贯注地聆听着大师的演唱。当时大伙的整个身心完全凝聚在了萨雅克拜的身上。①

因此，史诗《玛纳斯》的说唱、聆听及传播，历来都不能缺少相应的社会环境和特定氛围，这是一种最根本的条件之一。

玛纳斯奇在民间拥有崇高威望，当大众集结的盛大聚会，在婚礼、节庆、祭祀等隆重场合，人们首先把说话发言的机会让给玛纳斯奇们，让他们自由说话。甚至当妇女不孕时，家庭成员或牲畜患病时，人们还专程把玛纳斯奇们邀请来说唱史诗《玛纳斯》祛病驱灾，并且给玛纳斯奇们馈赠长袍、马匹等贵重礼品。这种情况，我们在很多大师级玛纳斯奇的采访回忆中经常可以听到。大众的这种敬仰和爱戴，时刻激励着玛纳斯奇们的积极性。根据吉尔吉斯斯坦学者们的介绍，20世纪40年代中叶，吉尔吉斯斯坦的演员们下农牧区巡回演出歌剧《阿依曲莱克》的时候，赢得民众空前而热烈的欢迎。当演出结束后，不孕的小媳妇们、身患疾病的患者们，为了表达虔诚的膜拜和沾喜得福的美好夙愿，纷纷争抢着乘骑演员们驾驭过的坐骑。还有民众向扮演《玛纳斯》歌剧中的巴卡依、赛麦台、阿依曲莱克等角色的演员祈福，让演员们为自己及家庭给予美好的祝福。②

与此相反，当社会环境及氛围不太顺应，热情的听众不断锐减的情况下，给说唱史诗《玛纳斯》艺术产生过不利的影响。例如，"文革"期间在极左思潮的影响下，居素普·玛玛依因为演唱史诗《玛纳斯》而受到政治运动的冲击和批斗，20世纪70年代末让他重新演唱《玛纳斯》时，他就心存顾虑踌躇不决，演唱史诗的技艺也根本没有能够发挥到登峰造极的水准。当

---

① 吉尔·艾特玛托夫：《文学与艺术》，阿地里·居玛吐尔地、陈学迅等译，北京：华文出版社，第176页。
② B.阿拉古谢夫：《〈玛纳斯〉在音乐中》，比什凯克：吉尔吉斯斯坦出版社，1995年。

时，他演唱自己曾经演唱过多次的内容，但史诗的主要情节似乎也变得越来越不连贯，好似给人一种敷衍了事的感觉。后来，在党的方针政策得到广泛宣传下，有关专家充分说明记录史诗《玛纳斯》的重大意义之后，居素普·玛玛依便再次振作起精神，开始满怀激情地重新说唱史诗《玛纳斯》，使《玛纳斯》史诗的新唱本得以较高的水准被记录下来并得到翻译出版。①

有关社会环境和语境对演唱史诗《玛纳斯》的影响，从吉尔吉斯斯坦著名玛纳斯奇萨雅克拜·卡拉耶夫的一次经历就可以得到证明。有一回，萨雅克拜被安排在录音棚里录制一段《玛纳斯》史诗内容。当他一个人坐在录音棚里，面对准备录制史诗《玛纳斯》广播节目的麦克风，他竟然瞠目结舌心情紧张居然发不出声来。针对这件事他自己这样回忆道：

> 我被他们关进一间黑屋内并关闭了房门。然后从玻璃窗口探出一个像蛇脑袋似的东西架在了我的面前，他们自己却躲在玻璃窗后向我挥手示意，也听不到他的声音。我想唱《玛纳斯》吧，身边却没有一个听众。我只好无奈地瞠目结舌地干坐着，发不出一点声来。好像他们也悟出了些道理，开始忙活起来，不一会儿的工夫，叫来一帮人在我面前坐成一排来听我演唱史诗，这时我才能够开口演唱。②

现如今，随着柯尔克孜族逐渐实现定居，逐步过渡到城镇生活和电视及网络的普及，演唱或聆听史诗《玛纳斯》的语境开始有所变化，演唱史诗的传统空间变得发生了很大变化。随着居素普·玛玛依等大师级玛纳斯奇的离世，《玛纳斯》史诗的演唱开始出现退化迹象。在日常生活中，玛纳斯奇虽然在日常的一些聚会上偶尔出面演唱一段史诗《玛纳斯》，但是他们的数量在锐减，他们的演唱平台也大幅度缩减。由于后继乏人，传承他们技艺的年轻玛纳斯奇数量不断减少，说唱史诗《玛纳斯》的技艺已经到了濒临绝迹的境地。如果《玛纳斯》史诗的演唱活动就这样衰落下去甚至消亡，这对柯

---

① 参见郎樱《〈玛纳斯〉论析》，呼和浩特：内蒙古大学出版社，1991年，第105页。
② 阿孜则·萨拉耶夫：《〈玛纳斯〉与萨雅克拜》，《杰出玛纳斯奇的神采》，比什凯克：吉尔吉斯斯坦出版社，1994年，第41页。

尔克孜族来说是无法弥补的巨大的历史损失！无论是自然环境、社会语境、心理因素对玛纳斯奇而言都具有非常重要的影响力。它们是辩证统一的整体，相互作用、相互影响，有的时候也相互矛盾。

玛纳斯奇的身心健康、心理情绪、年龄、阅历、受教育程度等因素也都会直接影响史诗《玛纳斯》的演唱质量。演唱史诗《玛纳斯》作为一种复杂的艺术创作和心理活动，完全受玛纳斯奇情绪的掌控，同时也受其身体状况的影响。纵观很多玛纳斯奇演唱史诗《玛纳斯》的生涯及人生经历，往往在听众云集的热烈场面，在听众如饥似渴聆听的氛围下，他们也不辜负听众的期待将竭尽所能、全神贯注、废寝忘食、忘我地投入史诗演唱之中，尽量把史诗《玛纳斯》演唱到极致。每当玛纳斯奇的心情高涨，越投入史诗情节之中，他的演唱技艺就会越高涨，演唱也越精彩，演唱声高亢洪亮，配合演唱的表情神态及手势动作也与史诗中英雄们的言行举止融为一体，诗句犹如珠玑，像穿在丝线上的珍珠一般朗朗上口。相反，正如以上所述，倘若把玛纳斯奇同听众隔离开来，将他单独关在一间屋子里，并且他在面前摆上一个麦克风，强行让他演唱，那他就会特别紧张，无法松弛地放开自己的歌喉，结结巴巴地什么也唱不出来，毫无疑问，只能是东一句西一句地敷衍了事，应付差事。

演唱史诗《玛纳斯》并不是纯粹地死记硬背，而是一种表演艺术，是一种即兴创作，所以除了史诗歌手熟练掌握史诗内容、各种程式，语言才华和诗歌驾驭能力，超人的记忆能力和口头演唱技巧，其心理因素、社会及现实语境都是不可忽视的重要因素。犹如舞蹈演员没有音乐伴奏无法施展舞姿一样，玛纳斯奇们在没有找到心灵的节奏和灵感之前，也同样无法张口说唱。最主要的是，过去的大玛纳斯奇们几乎都是倾注一生，把说唱史诗《玛纳斯》作为自己终生的追求，说唱史诗《玛纳斯》是他们唯一的职业，赖以生存的支柱，成为他们生命和生活具有特殊意义的一个组成部分。有时候，因为各种原因很长时间无处说唱史诗《玛纳斯》，满腹激情无处宣泄，感到郁闷和憋屈的玛纳斯奇们，不顾身边是否有听众，当独自留在荒郊野外或深山老林时，就忘情地滔滔不绝地说唱史诗《玛纳斯》。周围的大自然、群山或旷野成为其最忠实的听众。当人们对聆听史诗《玛纳斯》产生一种瘾，当玛纳斯奇对说唱产生一种瘾的时候，具备与其相适应的自然环境和社会环境以及理想的语境的时候，那《玛纳斯》的演唱就将是水到渠成谁也阻挡不了，演唱的精彩程度一浪高过一浪、慷慨激昂的史诗《玛纳斯》演唱会让听众陷入陶醉和痴迷之中无法自拔。概括地说，演唱史诗《玛纳斯》自古以来便受到自然环境、社会环境、现实语境及玛纳斯奇心理因素的影响。现如今，车水马龙喧嚣的现代化城市，震耳欲聋的各种噪声，对诞生并传承于草原的史诗《玛纳斯》演唱必将是陌生的，必将迫使我们在一种矛盾的状态中为史诗歌手寻找一种平衡，为活形态史诗的演唱找到适合的生存空间与环境。

对于20世纪的柯尔克孜族民众来说，聆听玛纳斯奇们的《玛纳斯》演述是他们生活中极为常见的精神大餐，是他们文化生活的一部分。随着最后一位真正的口头史诗演唱大师居素普·玛玛依的离世，真正意义上的史诗演述逐渐远离人们的视线，变成了渐行渐远的集体记忆。对于亲历过那些现实演述场景的人来说，关于《玛纳斯》演唱大师现场演述史诗的那些美妙记忆也将成为永远无法复制的经典。活形态口头史诗在特定语境下的演述和创作对于口头传统认知，口头史诗文本产生的内在规律的总结都是最重要的坐标。因为，脱离了"在表演中的创作"这一核心要素，我们对于口头史诗就无法做出正确的科学的判断。因此，我们完全可以想象，口头史诗在特定语境当中所展示出的"在表演中的创作"对于我们是多么珍贵、多么重要。

"当我们知道对歌手来说，表演的那一刻伴随着创造，那么，我们便会禁不住被歌手创造性的那个情境（circumstances）所吸引。由于这种情境影响了口头形式，我们必须对它们加以注意。"[①]毫无疑问，洛德的这一提醒对于我们认识口头史诗的演述是极为重要的。史诗歌手的表演伴随着创作，这不是一般意义上的创作，而是口头史诗特有的"表演当中创作"。这种创作活动将口头史诗歌手对于史诗内容的演述（传统文本的展示）、史诗文本的创作（新的文本在传统文本基础上重新打造）、听众对于史诗内容的接受（新的文本开始传播）集于同一个时间节点上，使这种三位一体的口头文艺创作形式呈现古老而原始的状态并让听众感受口头语言艺术无限的魅力。因

[①] 阿尔伯特·洛德：《故事歌手》，尹虎彬译，北京：中华书局，2004年，第18页。

此，在这样的情景当中，除了携带故事内容的文本之外，与其密切关联的语境就成为一个必须重视的关键因素。"表演中的创作"受演述情景（语境）的影响，因此也就会直接影响演述过程中所产生的口头史诗文本。在这样的前提下，为了全面了解和考察口头史诗文本的产生，因受传统制约而出现的限度之内的变异以及史诗歌手对传统的继承和创新程度，我们就必须将视野投向每一次史诗表演的具体场合，即语境上。

无论是书面的还是口头的，抑或是符号学家们认为的任何一个具有一定释义的符号链所指涉的各种形形色色文本都无一不是在一个特定的语境当中创造的。由于口头文化不能像书面文化那样在离开生活经历的情况下汇总和结构知识的精细划分范畴，它就必须在人文生活世界的前提下把所有的知识加以概念化的描述，从而把陌生和客观世界同化到人类直接和熟悉的互动关系当中，使每一个语词的意义都被应用该语词的时间、地点、场景所控制。它不像在词典里那样仅仅与其他词语并列，而是包含着体态，语音曲折，面部表情，以及通常与日常应用中的口语词相伴随的整个现实人文场景。[①] 这就是我们对于口头史诗关于语境的认识。这也说明语境在口头史诗传统研究中的重要性。语境对于口头史诗的表演而言不仅表现在词语、诗行、情节、主题和结构等文本层面和与其相伴的音调、旋律、一次演唱篇幅、演唱时间的长短等伴随文本出现的很多非语言层面，也表现在歌手表演时随着内容情节的变化而发出的眼神、表情、手势、身体动作、嗓音变化、乐器弹奏技巧（如果有的话）[②]，甚至他当时的情绪、身体状况以及参与表演活动的听众的年龄层、对于史诗传统的理解程度、对于传统知识的共享程度、与演唱歌手之间的即时互动程度等方面。与"表演中的创作"相关联的这些要素都对口头史诗文本产生至关重要的影响，与口头史诗文本的创编过程有千丝万缕的关联，但遗憾的是所有这些要素却不能够体现在史诗的任何书面文本当中，而那些只通过对书面文本的阅读欣赏史诗的读者不可能获得文本之外更多的信息，也永远无法体会文本以及与文本相关的演述语境之间所发生的微

---

① 参见瓦尔特·翁：《基于口传的思维和表述特点》，张海洋译，《民族文学研究》2000年增刊第24页。
② 《玛纳斯》史诗传统的演述形式从来都不用任何乐器伴奏。

妙而神奇的关系以及其演述过程中的无穷魅力。当然，除了上述各种因素之外，口头史诗的这种"表演中的创作"与当时的历史文化趋势、社会发展现状、人们的思想定式、政治环境等无不产生关联，并受到这些因素的影响。因此，这些当然也是口头史诗演述语境的重要构成部分，但后者对于口头史诗演述而言是外在的客体层面的。

对于"语境"的概念及范围，国内外语言学家、民俗学家、文化人类学家多有论述[①]，而且众说纷纭，在此不必赘述。但无论如何，它对于观察和研究活形态口头传统的重要性是不言而喻的。基于以上论述，我们可以从以下两个层面理解语境：第一，语境是表演现场的所有信息集合体，即"演述场域"（situated fields of performance）内即时发生和弥漫的所有信息，也是口头史诗演述的主体层面；第二，语境是能够对歌手的表演以及当时所创造的口头文本产生影响的社会因素、历史因素、环境因素等，属于口头史诗演述的客体层面。[②]

对于《玛纳斯》史诗来说，传统不仅是指史诗的基本情节、母题、人物的外貌和性格特征、每一个大小事件的顺序、战斗的起因和结果、特定事物的展示以及人物的对话心理活动等诸多因素相关的程式化表达方式，也还包括史诗表演的韵律、音调、旋律，诗句的组合方式，歌手表演时的身体动作、手势、眼神以及与表演相关的其他多种因素。当然，一个文本与另外的文本所共享的故事内容、框架结构、史诗内容中所蕴含的大大小小、形形色色的历史文化习俗，民俗文化知识，史诗的演唱形式，表演风格都是史诗传统的一部分。这些"传统的内部知识"都能在歌手实实在在的表演中，在歌手赖于表演的语境当中得到体现。史诗的表演是一个综合性多向度的信息传递过程。表演是口头史诗的生命。没有表演，我们关于口头传统的观念就不是完整的。"所以，对一次特定演唱文本的解读，也一定要回到它所赖以生

---

① 参见冯广艺：《语境适应论》，武汉：湖北教育出版社，1999年；Richard Bauman. *The Field Study of Folklore in Context*, *Handbook of American Folklore*. Indiana University Press, 1983: pp.362–368.

② 参见巴莫曲布嫫：《叙事语境与演述场域》，《文学评论》2004年第1期。

存的那个语境中,才能获得清晰的图像。"①

早在19世纪50年代,俄国突厥学家拉德洛夫在对柯尔克孜(吉尔吉斯)史诗演唱展开田野调查时就注意到了语境对于史诗歌手的表演所起的重要作用。我们不妨摘录一段他在自己的田野调查报告中对于《玛纳斯》歌手在表演中所呈现的现实境况:

……

的确,一个成熟的歌手,只要愿意就会不顾耗费自己的演唱技能毫不间断地演唱数天、数星期甚至一个月。众所周知,即使是最出色的演说家,如果他说得太多,最终会丧失自己的雄辩能力,不知不觉地重复自己话语中的那些机智言辞,而这便会瞬间导致这些演说家的演讲变得单调和乏味。同样的情况发生在萨热巴格西(Saribagix)部落可汗手下的一位歌手身上,这主要是因为他唱完一部篇幅极长的有关交牢依(Joloy)②的英雄歌之后,紧接着开始演唱有关艾尔托西吐克(Er Töxtuk)③的歌。比起他先前的演唱,他的这次演唱就显得十分单调,这明显是歌手疲劳过度的缘故。这样,笔者就不得不立刻让他停止演唱。因为,再唱下去显然已经毫无意义。因为歌手此时开始大量地重复自己在演唱有关交牢依的歌时运用过的那些片段、情节……

正像上面提到的那样,歌手的演唱能力和水平取决于他所储存的史诗内容中的那些固定段落(common places)的数量和种类。但是,仅仅这一点还不够。歌手还需要有一个激发他演唱欲望的外来激励机制。很明显,这种激励机制是由那些为了听他演唱而坐在他周围的听众创造的。毫无疑问,歌手一定会尽自己最大的努力来赢得听众对他演唱内容的不断喝彩。但是,真正的原因并不在于他是如何强烈地渴求名誉,而在于他会从这一职业中获得直接的实际利益。所以,他在演唱时会十分关注听众们的

---

① 朝戈金:《口头史诗诗学——冉皮勒〈江格尔〉程式句法研究》,南宁:广西人民出版社,2000年,第98页。
② 交牢依:《玛纳斯》史诗中的英雄人物。
③ 艾尔托西吐克:《玛纳斯》史诗中的英雄人物。

兴趣和反应，特别是那些达官贵人的反应。如果听众中无人提出什么特殊要求，比如有人特别指定歌手演唱史诗中的某一特定诗章，歌手通常要从序诗开始演唱，这是为演唱史诗的正式内容而做准备，并展示自己的口才和技艺，同时也试图通过对听众中最重要、最尊贵者提示和影射而引起听众的兴趣，在进入正题之前吸引每一位听众的注意力。当歌手看到听众热烈的反响、听到观众中传来的越来越热烈的呼喊声，断定自己的演唱已经达到了预期的效果之后才开始转入正题。史诗的演唱要按部就班地按顺序一章接着一章地演述，但并不总是在一个水准上推进。演唱能否继续完全取决于观众的反应。来自观众的赞叹声会极大地鼓舞和刺激歌手，也会使他让自己的演唱更加适应周围的听众。当然，听众的构成成分对他也十分重要。假如听众中有达官显贵，那他决不会忘记把这些显贵所属部落及家族赞颂一番，并且在演唱中加入一些动听的诗句取悦他们。如果听众全部为贫民，歌手便会在大部分情况下有意识地揭露和嘲笑显贵们傲慢、贪婪等不良秉性。比如当作者正好在听众中间时，歌手在演唱史诗《玛纳斯》第三部的时候提到沙皇是玛纳斯的朋友……

由于听众对演唱的内容是如此敏感，歌手也清楚地知道自己何时应该停下来。这一点通常按下列程序进行。歌手刚开始注意到听众出现的厌倦情绪后，他会竭尽全力发挥出自己的口才表达能力和诗歌想象力重新唤起听众的激情，他的演唱也会达到高潮，然后他要短暂地停一会儿，而这时的寂静又很快会被真正热烈的赞叹和欢呼声打破。歌手对自己听众心态的了解程度确实令人惊叹……①

---

① Radlov, Vasilii V.: *Proben der Volkslitteratur der Nördlichen Türkischen Stämme*, Vol.5, *Der Dialect der Kara-Kirgisen*. St. Pertersburg: Commissionare der Kaiserlichen Akademie der Wissenschaften. 1885. 英译文参见 Wilhelm Radloff, Author; G. B. Sherman, Trans. *Samples of Folk Literature from the North Turkic Tribes*. Preface to Volume V: *The Dialect of the Kara-Kirgiz*, *Oral Traditional*, 1990. 汉译文参见阿地里·居玛吐尔地:《〈玛纳斯〉史诗歌手研究》附录三：威·瓦·拉德洛夫:《喀拉-柯尔克孜（吉尔吉斯）的方言》，多卷本丛书《北方诸突厥语民族民间文学典范》第五卷前言，民族出版社，2006年，第241—262页；关于此篇论文的讨论参见: Chadwick, Nora K. and Victor Zhirmunsky; 1969; Oral Epic of Central Asia; London: Cambridge University Press, pp.223-226.

第四章 玛纳斯奇的学习与演唱

拉德洛夫的上述评述已经很明确地展示了玛纳斯奇在史诗创编即"表演中的创作"过程中本人的身体状况、情绪、年龄对于表演的影响；歌手对于语境的关注，听众参与史诗创编的因素以及听众的身份和层次对于歌手的演唱以及对即时文本的影响；歌手的即兴创编以及掌控演述场域的能力等。毫无疑问，160多年前的这些田野调查记录为我们提供了解《玛纳斯》史诗口头演述的真实面貌和特征，并对后世学者总结口头史诗"表演中的创作"特征以及观察研究真正的口头史诗演述产生了至关重要的影响。① 根据笔者多年的田野调查经验，不仅史诗的内容及文本，玛纳斯奇的演述方式、与听众的互动，事实上也是长期延续的一种传统。无论哪一个时代的玛纳斯奇，都无一例外地沿着这个传统的脉络行进，虔诚地保持并不断延续着这一古老的传统。也就是说，无论是19世纪或之前的玛纳斯奇还是20世纪的玛纳斯奇都会无一例外地遵循和传承前辈的演唱传统并根据本人所处的现实语境来创编属于自己的文本，这就是传统的稳定性和史诗歌手对于传统的继承与创新。

关于语境对于史诗演述的影响，从笔者多次对我国已故《玛纳斯》演唱大师居素普·玛玛依的访谈中也能够看到：

阿②：您自己记录时，可能会对诗行，语言的艺术性慢慢地进行思考，如果感觉不满意，还有机会进行修改。而过去那些天才的玛纳斯奇，只知道开口演唱，而且仍然会把史诗唱得极为精彩，得到听众的赞叹。您曾经也是如此进行演唱。您记录《玛纳斯》会使它固定下来，而演唱只是很多类似的演唱中的一次，是玛纳斯奇演唱才能的一次新的展示。如果这次没唱好，还可以再一次进行演唱并在演唱当中进行修缮，也可以进一步提高它的艺术性。也许正是这一点才会使《玛纳斯》在近千年的口耳相传过程中一步一步走向今天这样的艺术高峰。假如我们让

---

① 参见[美]约翰·迈尔斯·弗里：《口头诗学：帕里—洛德理论》，朝戈金译，北京：社会科学出版社，2000年，第21—26页；另见阿地里·居玛吐尔地：《威·瓦·拉德洛夫在国际〈玛纳斯〉学及口头诗学中的地位和影响》，《民间文化论坛》2016年第5期。
② 访谈中的"阿"为笔者阿地里·居玛吐尔地，"居"为史诗歌手居素普·玛玛依。

您把《玛纳斯》再从头到尾给我们唱一遍，我们用录音机把您所唱的都录下来，那么这和您已经出版的书之间会有一些区别吗？

居：在语言表达方面会有区别。

阿：这怎么理解？

居：故事情节不会改变，但是有些话可能会拉长或缩短。在口头演唱时一些地方会缩短，在连续的演唱过程中如果唱得激情迸发的话可能会使（史诗的）艺术性提高，篇幅也会拉长。

阿：您在演唱时，什么时候最有激情呢？

居：在演唱我自己喜欢的，感兴趣的，好的英雄人物出现时。说到我自己，当自己记录时我喜欢一个人静静地进行记录，而演唱时喜欢在能够激起我的情绪，能专心地听，而且数量多的人群中唱。那些听众越是专心致志地听就越会焕发起演唱者的激情。

阿：您演唱《玛纳斯》时，听众是怎样听的？

居：一般都会专心地听我演唱。我可以举一个例子。1962年，就是当时的苏来满县长把我送到哈拉布拉克，让我在那里为记录者演唱《玛纳斯》。有一天，就是玛木别特卡孜、奥绕扎昆[①]、苏来满等人到哈拉布拉克去了。除了他们之外还有一个叫蔡秘书长（音译）的汉族干部。他们说他是自治州的秘书长，柯尔克孜语说得也不错。他们去是要召开一个统一战线会议。从克孜勒宫拜孜往北一共召集了40多个人。为了提高会议的气氛，他们让我为大家演唱《玛纳斯》。吃饱了肉和油，我从傍晚开始一直唱到了第二天早晨。当时，那位蔡秘书长感到十分惊奇，他说的话至今我还记得。"我们经常要开一些会议，参加会议的人常常坐不住，不是进进出出，就是抽烟开小会。而我们从昨天傍晚开始听你唱《玛纳斯》，整个晚上没有一个人出去解手，也没有一个人睡着。这个《玛纳斯》有什么样的魔力？我没怎么懂，但我对人们那么专心地听你演唱感到惊奇。你们确实应该把这《玛纳斯》记录下来。"[②]

---

① 此处的人名均为当时在克孜勒苏柯尔克孜自治州工作的有关部门领导干部。
② 摘自笔者2001年8月26日对居素普·玛玛依的访谈笔记，参见阿地里·居玛吐尔地：《〈玛纳斯〉史诗歌手研究》，北京：民族出版社，2006年，第238—239页。

居素普·玛玛依老人的这一段访谈给我们提供了至少以下几点信息：口头史诗的文本在特定语境下是可以被伸缩，真正的史诗歌手有掌控来自传统的口头文本的能力和技巧；在史诗演述过程中，歌手的激情在一定程度上受听众的情绪调动和支配；听众的层次会影响歌手的演述质量；歌手只有在为听众演述时才能创编出有质量的优秀文本。

很显然，语境对歌手的史诗创编具有举足轻重的影响。对此，我国著名史诗专家郎樱先生有一段很精辟的论述："歌手在有听众与没有听众的场合，演唱的效果不会相同；听众专注与否，反响热烈与否，也直接影响歌手的演唱效果。演唱过程中听众的反应与情绪，对于玛纳斯奇演唱的内容、即兴创作才能的发挥有着很大的影响。听众注意力集中，反响热烈，玛纳斯奇的演唱能引起听众的共鸣，玛纳斯奇与听众的情感交融在一起，此时玛纳斯奇的演唱往往十分精彩，他的即兴创作才能得以充分发挥，演唱的内容充实，人物丰满，语言也格外形象、生动。反之，如果听众的注意力不集中，玛纳斯奇的演唱引不起听众的反响，玛纳斯奇的演唱情绪必然会受到很大影响，在这种情况下，他演唱的史诗往往有骨无肉，本应两三天唱完的篇章，他可以在一天之内就将它唱完。"①

我们在田野调查中也有亲身体会到演述现场的情形和听众的情绪对歌手的影响。阿合奇县哈拉奇乡的玛纳斯奇，满别特阿勒·阿拉曼②也曾在访谈中如是说：

阿③：您在演唱时是不是希望听众都专心地听呢？

满：当然希望他们能够好好地听了。他们在听的时候还会鼓励我继续唱下去。

阿：怎样才更好？听众静静地听好呢，还是不断地喝彩好？

满：听众会不停地进行鼓励。用掌声和喊叫声。

---

① 郎樱：《〈玛纳斯〉论》，呼和浩特：内蒙古大学出版社，1999年，第201—202页。
② 满别特阿勒·阿拉曼（1937—2013），新疆阿合奇县著名玛纳斯奇，曾为《玛纳斯》史诗国家级传承人。
③ 访谈中的"阿"为笔者阿地里·居玛吐尔地，"曼"为史诗歌手满别特阿勒·阿拉曼。

阿：这种时候您唱得就更好吗？

满：当然啦。这种时候我们就会唱得越发起劲。

阿：现场听众的情绪对您有很大的作用吗？

满：作用很大。给我很大的鼓励。确实是这样……①

很显然，听众对于史诗歌手的演述所产生的影响并不是微不足道的。语境不仅对歌手的现场表演水平和创编能力产生影响，而且对史诗文本内容也产生一定的作用并促使它的变异。

每一个在口头传统中成长起来的真正的玛纳斯奇在演唱史诗时都遵循"表演中的创作"的态势。因此，口头史诗传统的保存和传播不是一个死记硬背的过程，而是通过灵活运用，激活传统，翻新传统，发展传统的过程。这一点是需要我们反复强调的。玛纳斯奇就是要不断地复活这个古老的传统，给它注入新的血液和活力，只有这样才能称得上是真正合格的玛纳斯奇。玛纳斯奇的即兴创作能力便是这个传统的生命所在。每一个玛纳斯奇都根据自己创编水平的高低对史诗内容的发展、史诗传统的延续做出了自己的贡献。这一点表现在两个方面：第一，任何一个玛纳斯奇无论他自己的即兴创作才能有多高，都要遵循传统的故事框架、情节，在这同时又要强化史诗情节的曲折性、人物形象的生动性、史诗语言的艺术性。第二，他们都要不自觉地加入一些新的、符合新一代听众审美要求的细节和内容，一些表示新生事物的，或者是表达人们现实观念的新概念、新词汇就会随之进入史诗的口头文本之中，在史诗传统上打上时代的烙印。所有这些，都是在歌手对于程式的把握和操作中悄然进行的。这种变异，首先是由玛纳斯奇不断接受与史诗相关的新信息、新内容有关。比如歌手可能在与一些新结识的艺人的接触交流当中，或者是从另外一些渠道获得了新的故事情节，从而将这些信息反映在自己的表演当中。其次，则是受现场表演的语境的影响。比如歌手在一个十分适合发挥自己演艺水平，能够焕发起他的激情的语境当中和与此

---

① 摘自本人2003年8月14日在阿合奇县哈拉奇乡阿合奇村对玛纳斯奇满别特阿勒·阿拉曼田野调查（录音）记录，参见阿地里·居玛吐尔地：《〈玛纳斯〉史诗歌手研究》，北京：民族出版社，2006年，第80页。

相反的语境当中演唱时，其演唱效果和水平的发挥都是不一样的。最后，不同时代人们的审美价值取向的变化以及对文本的重新评价，歌手本人的主观因素等有关。从史诗文本情节变化方面，我们也可以找到为数众多的具体例证。这种变化的形式主要表现在：①传统章节的伸缩；②新内容的插入和添加；③某些传统章节位置的调换；④英雄人物外貌以及武器装备、战马等物描述上的细化或删繁就简；⑤修饰性描述的增加等。这方面的论述可参见我国《玛纳斯》专家郎樱先生的具体论述。[①]除了表演现场语境，即"演述场域"（situated fields of performance）的影响外，歌手生活的社会环境、人们对于歌手演唱内容的评说，以及对歌手的表演和创编也会产生直接的影响。社会的发展、人们思想观念的改变、演唱语境的不断变迁，都可以对史诗的文本产生能动作用。《玛纳斯》史诗之所以有那么多变体，甚至还产生了不同的演唱流派也正好说明了这一点。

第五节　演唱传统的传承与创新

　　对于《玛纳斯》史诗而言，史诗的演述被限定在这样一个传统范围内：第一，与柯尔克孜族历史发展命运息息相关，从原始的神话、传说升华到史诗层面的，并与那些在口传过程中其最初的"原型"意义已经变得比较模糊的著名历史人物事迹相关联的故事和对于历史的集体记忆。第二，歌手从前辈那里继承而来的，在活形态表演中，即在歌手"表演中的创作"过程中的，诸如叙事模式、故事结构、主题、语词表达层面上的程式化表述方式以及原型、母题等在文本层面上反复出现，对史诗的文本具有稳定、黏合作用的文本因素。第三，玛纳斯奇在史诗表演过程中展示出的，从前辈师长那里继承的综合性演唱艺术技艺。第四，《玛纳斯》史诗从上一代传送至下一代的演述机制及演述过程本身。

---

① 参见郎樱：《〈玛纳斯〉论》，呼和浩特：内蒙古大学出版社，1999年。

洛德也发现了故事歌手对于传统的巨大依赖程度。根据他的研究，那些故事歌手们顽强地、小心翼翼地保存着史诗传统的故事框架并在演唱中，在"表演中的创作"中自由地调配自己业已掌握的、现成的程式化"操作部件"不断地翻新着传统。按他的总结，被演唱的史诗文本的变异性主要发生在以下几个方面：（1）使用或多或少的诗行讲述一个事件，这主要是由于歌手创作诗行的方法，以及将诗行联系在一起的方法不同。（2）修饰的铺张、扩充，描述的细节。（3）顺序的不同。（4）所添加的材料不同。这并不是由师父的传本而来，而是从本地其他歌手的文本中获得的。（5）删减某些资料。（6）用一个主题替换另一个主题，这种替换是在某一故事之内进行的，而这种故事是由一个内在的张力整合到一起的。[①] 他的这一总结与柯尔克孜史诗传统中的《玛纳斯》歌手的演述方式基本上是吻合的。

传统是数代人总结和积累起来的集体的智慧和财富，但是，我们应该清楚集体或者某一群体都不是明确的话语主体，而只是一种隐喻性的语境意义上的主体概念，传统的话语主体——每一个玛纳斯奇都是传统的承载者，他们对于传统都有自己独特的认识、理解和发展，具有各自鲜明的特点。因此，我们在研究中既要看到集体的统一性，又要看到个体的特殊性。

由于语境所承载的口头史诗传统文本之外的多种非语言因素和各种繁杂信息除了在史诗演述现场亲身体验之外是很难直观地、系统地用文字进行表述的，因此我们讨论的口头史诗演述传统及其相关的语境基本上停留在文本的语言层面上。而玛纳斯奇的每一次演述都是具体的、鲜活的、即时性的、即兴的和立体的，所以我们的学术视野就丝毫不能脱离歌手的每一次表演，也就是不能脱离语境，即"演述场域"。在这样的语境中，对于《玛纳斯》史诗的口头演述文本到底应该如何采录，《玛纳斯》史诗演唱大师居素普·玛玛依似乎也给出了具体答案：

阿：您一个人静静地记录好呢？还是在听众中间，在他们的激励下演唱好？

[①] 阿尔伯特·贝茨·洛德：《故事歌手》，尹虎彬译，北京：中华书局，2004年，第178页。

居：在听众之间演唱会更好。

阿：那么，我请教您一个问题，我们应该怎样记录《玛纳斯》呢？

居：自己一个人记录，可以集中精力。一边唱一边让别人记录，可能会使记录者跟不上而落掉一些东西。而且，他还会反复地提问，打断演唱者，干扰他的情绪。

阿：如果是这样的话，最好的方法是否就是在听众中间演唱时，先用录音机录下来，然后再从录音机上抄写下来？

居：这样是最好的了。演唱时间不要太长，每天唱四五个小时。如果唱的时间太长，会使演唱者声音变沙哑而且走调。①

不论玛纳斯奇如何地勤奋智慧、如何地才华横溢，在学习和演唱史诗《玛纳斯》时，历来都特别注重遵循和保持史诗的古老传统。我们所说的史诗传统包括史诗《玛纳斯》的基本情节内容、主题和母题、人物和事件的演述顺序，战争、人物、人物之间的对话、动作、心理活动及各种其他事物的程式化描述，诗的结构、形态、诗歌法则、音节、韵律以及叙述模式等。在民间说唱过程中赋予一定的动作、旋律、音调等辅助内容，进行传播的过程也都属于史诗传统范畴。当然也包括史诗歌手的习艺过程，不同流派的风格特征、演述技巧，歌手自前辈那里继承的神灵梦授观念等。这些"传统知识"都能在现实实实在在的表演中，在歌手赖以表演的语境当中得到体现。

玛纳斯奇及听众，虽然没有把演唱和聆听《玛纳斯》史诗与宗教信仰直接地联系起来，但是他们心目中早已把英雄玛纳斯作为自己神圣的偶像来崇拜，通过邀请玛纳斯奇演唱史诗《玛纳斯》并以此达到驱邪祛病的目的，所有这些都毫无疑问地说明他们在现实生活中已经将史诗《玛纳斯》视为有别于一般文学作品，把它视为一种具有崇高地位和神秘意义的神圣的综合性文化现象。因此，我们可以肯定在人们的心灵深处对史诗《玛纳斯》有一种敬畏之心和膜拜之情已经根深蒂固，这些显然对演唱史诗《玛纳斯》产生了直

---

① 摘自笔者2001年8月26日对居素普·玛玛依的访谈笔记，参见阿地里·居玛吐尔地：《〈玛纳斯〉史诗歌手研究》，北京：民族出版社，2006年，第239—240页。

接的影响。史诗《玛纳斯》在民间广泛传播的过程中，在不同的地理环境中形成了各具特点的异文和变体。后来的玛纳斯奇们在传承和演唱史诗《玛纳斯》时在很大程度上依然保持了当地史诗异文变体的传统与风格。但是，我们必须认识到这种异文变体并不是颠覆性的，差异性不占主导的地位，对于史诗更大的传统的遵循和依赖才是它长期恪守的原则。

玛纳斯奇最初学习演唱时都必须极力保持史诗的核心内容和演述传统，尽量为不破坏史诗《玛纳斯》的基本情节结构做出过尽心尽力的努力。例如，从史诗内容层面上讲，史诗《玛纳斯》中玛纳斯英雄的列祖列宗的身世，与玛纳斯的诞生相关联的一系列古老的史诗母题，英雄玛纳斯的幼年时光，阿勒曼别特脱离与哈萨克的盟约投奔玛纳斯的经过，为阔阔托依逝世周年而举办的盛大的祭典，英雄玛纳斯为了征讨宿敌而率领大军展开的远征，赛麦台沦落为孤儿的幼年悲惨经历，阿昆汗城堡被青阔交和托勒托依围困，阿依曲莱克为了寻找指腹为婚的未婚夫赛麦台而化为白天鹅翱翔于天空，赛依铁克在艰难时期的降生等基本的情节内容，在拉德洛夫和乔坎·瓦里汗诺夫于19世纪中叶所记录的文本中，在19至20世纪的玛纳斯奇特尼别克、萨恩拜·奥诺孜巴克的唱本，在20世纪的萨雅克拜·卡拉拉耶夫、巴合西·撒赞、曼别特·乔克摩尔、顿卡纳、居素普·玛玛依、艾什玛特、铁木尔·图尔杜曼别特、奥斯曼·纳玛孜、奥尔佐·卡德尔等百位玛纳斯奇说唱中或详细或粗略地基本得到保留。历代玛纳斯奇们在说唱史诗《玛纳斯》的过程中，为尽量完整地传承和保留先辈们精彩演述模式，尽量保持史诗完整的情节内容而做出不懈努力，这就是史诗最原始、最古老的内容和形式传承至我们今日的最基本因素之一。

玛纳斯奇在说唱史诗《玛纳斯》的过程中，原封不动地保留了主要人物的性格特征和原始面貌。玛纳斯幼年倔强又调皮，后来的凶残跋扈，坚不可摧的毅力，大海般豁达的胸怀，豪放而直率的脾气以及不屈不挠、坚忍不拔等性格特点在不同的唱本异文变体中都得到保留，并以大致相同的形式加以描述，而且刻画得淋漓尽致。同样，空吾尔拜的阴险狡诈诡计多端，楚巴克好冲动的暴躁习性，色尔哈克的四平八稳完美无瑕，哈妮凯的心灵手巧与忠贞睿智，恰齐凯的美丽及嫉妒心，阿吉拜的聪明机灵口齿伶俐……这些已经被固定化的人物性格特征，在《玛纳斯》自古以来的各种唱本中都没有遭到大的改变。

玛纳斯奇在说唱史诗《玛纳斯》时，自古至今保留了史诗中山水、氏族部落、民族名称，保留了各路英雄人物的名称，保留了那些描写英雄人物、武器装备及战马（良驹）特征的相对固定的程式化描述。例如，赛麦台出门去寻找自己被阿依曲莱克设计抢走的白隼鹰，途中来到一道山梁休息，后来这个地方在有些唱本中被称为"阿克厄涅克山梁"传承下来的话，在许多唱本变体中赛麦台坐下来歇脚休息的岩石则以"煤炭般漆黑的卡拉塔什"之名而得到保留。史诗中出现的大量的地理名称沿用了它们原来的名字。史诗《玛纳斯》中提到的这些地理名称，各个时代的玛纳斯奇们虽然自己未曾亲临和目睹，但他们在自己演唱时却将其描述得就跟亲临现场一般逼真又活灵活现。也就是说，史诗中保留和叙述了历史真实与现实的时代特征。当然，每位玛纳斯奇在完整保留原先的部落群体及地理名称的同时，也有意无意地在史诗文本中添加了自己熟悉的区域的地名和部落族群的名称。因此，在史诗《玛纳斯》中既保留了古老的原始地域、族群名称的同时，又融入和添加了后来出现的地名和部落名，使得史诗的层次更加多样，内容更加广泛。而这种累层性恰好成为研究者们争论不休的原因。不论看哪个变体，其中的主要英雄人物，英雄们的劲敌，他们所占据的领地，他们所使用的各种武器装备，他们所驾驭的神奇的骏马，都被一个一个地用基本相同的诗行加以描述。甚至，当赛麦台出门去寻找白隼鹰时特意挑选带在身边的 14 匹骏马出发在《玛纳斯》史诗从特尼别克到 20 世纪末，包括我国玛纳斯奇的数十个唱本中以同样的方式被细致描写。其实，那 14 匹骏马在赛麦台横渡乌尔果尼奇河时，甚至在史诗的其他任何地方都不会出现。但尽管如此，很多玛纳斯奇都依然会，有意或无意地一一描述那 14 匹骏马的风采。

在居素普·玛玛依唱本中：

Munu mundai koyuŋuz,	请你放下别的事情，
at esebin aliŋiz.	先把马匹仔细点清。
kalduu kizil jalduu kök,	带斑点的棕红色长鬃的青色马，

tumarluu kizil turna kök,	有护身符的大雁般灰色马,
Toktonbaydin toruala,	托合托尼拜的栗色花马,
Toko bidin bozala,	托阔比的灰花马,
Tekechinin temir kök,	铁凯奇的铁米尔阔克铁青马,
terdebegen kök ala,	从来不出汗的阔克阿拉青花马,
Toru kiz bergen kara sur,	托茹姑娘赠送的深灰马,
Chachikeydin koytoru,	恰齐凯的阔依托如马,
Baybichenin boz jorgo,	拜碧且赠送的灰走马,
Bakay kandin surcholok,	巴卡伊汗的浅灰色短尾马,
Sari kandin tuucholok,	萨热汗的神奇短尾马,
Ajibaydin kart güröŋ,	阿吉巴依的卡尔特古冉,
Almanbettin sarala,	阿勒曼别特的黄花马,
Kanikeydin kashka arġimak,	卡妮凯的白额斑骏马,
Abikenin aktelki,	阿维凯的阿克铁力克,
Kör Köböshtün surtelki,	阔尔阔别什的灰色母羚羊马,
azik artkan akborchuk,	驮上干粮的阿克鲍尔楚克马,
kosh jüktögön tört jorgo,	驮着辎重的四匹走马,
azik alġan alti bee,	驮着干粮的六匹母马;
alti juurkan, besh mamik,	六套被褥五个枕头,
ani artkan aybanboz,	驼在背上的艾万博孜马,
shooshaktin bashin chalbagan,	不吃草滩上的野草,
chuŋkurġa kelse attaġan,	跳涧越谷轻巧敏捷,
jekendin bashin chalbaġan,	不吃草原上的野草,
jeyrenge jetbey kalbaġan,	奔跑能够赛过羚羊,
kürüchün küzdük aydaġan,	秋季的大米耕种在田野上,
külüktörün karasaŋ,	瞧一瞧善跑的马匹,
kürüchkö jemdep baylaġan,	个个都用大米喂养,
kündö jarak shaylaġan,	每天磨刀霍霍随时准备,
arpasin küzdük aydaġan,	大麦耕种在田野上,

attarina karasaŋ,	看一看每一匹骏马,
arpaġa jemdep baylaġan,	个个都用大麦喂养,
Ayda jarak shaylaġan,	一个月准备武器装备,
Atishkan joosun jaylaġa,	将前来的敌人消灭光,
Alti ayġa minse talbaġan.	骑六个月也不会疲倦气短。
Attarinin baarisi,	精挑细选的每一匹马,
altimish asiy bolġuncha,	一直到六十六岁,
azuusun söyköp karibaġan,	白齿磨得霍霍从不显老,
jeti ayġa minse talbaġan.	骑七个月也不会疲倦。
jetimish asiy bolġuncha,	即便是到了七十六岁,
tildigin söyköp karibaġan,	依然用舌头摩擦白齿不显疲倦,
karaŋġida kalt etbes,	黑夜里从不惊慌,
bashka chapsa jalt etbes,	鞭挞头部也不转向,
Alashtan chikkan on tört at.	阿拉什出生的十四匹骏马。
…………①	

特尼别克唱本中：

Munu mundai koyuŋuz,	请你放下别的事情,
attin sanin aliŋiz.	先把马匹仔细点清。
kalduu kizil jalduu kök,	带斑点的棕红色长鬃的青色马,
Toktombaydin tormoluu,	托合托穆拜的粟色花马,
Tekechinin Temir kök,	铁凯奇的铁米尔阔克铁青马,
terdebegen Kök ala,	从来不出汗的阔克阿拉青花马,
Turum kiz bergen Kök ala,	托茹姑娘赠送的阔克阿拉青花马,
Chachikeydin Kök-toru,	恰齐凯的阔克托如紫色马,
Baybichenin surcholok,	拜碧且赠送的浅灰色短尾马,

---

① 居素普·玛玛依：《玛纳斯》，第1卷，新疆人民出版社，2004年，第599—600页。

Bakay kandin Boz jorgo,	巴卡伊汗的波孜交尔呙灰走马，
Sari kandin Tuuchunak,	萨热汗的神奇骏骥，
Ajibaydin Kartkürön,	阿吉巴依的卡尔特古冉栗色马，
Almanbettin Sariala,	阿勒曼别特的萨热阿拉黄花马，
Abikenin Köktelki,	阿维凯的青色母羚羊阔克铁力克，
Er Köböshtün Surtelki,	阔尔阔别什的灰色母羚羊马，
azik artkan Akborchuk,	驮上干粮的阿克鲍尔楚克马，
kosh jüktögön Kök borchuk,	驮着辎重的阔克鲍尔楚克马，
azik alġan alti bee,	驮着干粮的六匹母马，
alti juurkan, besh mamik,	六套被褥五个枕头，
ani artkan aymanboz,	驼在背上的艾曼博孜马，
shooshaktin bashin jalmagan,	大口吃着草滩上的野草，
Jorġo kelse aŋdaġan.	注意观察骏马的踪迹。
jekendin bashin jalmaġan,	不吃草原上的野草，
jeyrenge jetpey kalbaġan.	奔跑能够赛过羚羊，
Karaŋġida kalt etbes,	黑夜里从不惊慌，
Bashka chapsa jalt etbes,	鞭挞头部也不转向，
Noġoydon chikkan Saytulpar.	诺盖出生的萨图勒帕尔骏马。
……………①	

这种现象比较准确地体现了史诗传统的稳定性。虽然在语词的使用方面，在有些马匹的名称上稍许有一点出入，但基本上都保持了一致。

玛纳斯奇在演唱史诗《玛纳斯》时，基本保留了每位英雄人物说话的口吻、语言特点，以及他们的内心表白的内容及各种程式化表述。1961年，由《玛纳斯》工作组专家们在乌恰县波斯坦铁列克乡的玛纳斯奇托罗尼口中记录的《玛纳斯》变体中，可以见到类似的描述，比如：

---

① 特尼别克·加皮：《英雄赛麦台（片段）》，热伊库勒、萨热普别夫考夫《阔阔托依的祭典》，比什凯克：阿拉套出版社，1994年，第119页。1925年第一次在莫斯科用阿拉伯字母拼写的柯尔克孜文印刷出版。

Eldüünün bari er eken,　　　　　拥有百姓者都是英雄，
Elsizdin bari kem eken,　　　　　失去百姓者缺乏自信，
Egem özü jer bolup,　　　　　　造物主是否亲自保佑
Ne jazdiñ bendem der beken.　　追问凡夫为何失足犯难。
El jurtunan ajirap,　　　　　　　离开乡亲背井离乡，
Elsiz kachkin bolguncha,　　　　与其失去亲人成为逃难者，
Ölüp alish ep eken.　　　　　　　还不如一死把一切了断。
…………

同样的诗行从当时记录的阿克奇县萨帕尔拜乡的玛纳斯奇曼别提沃若佐·波如波希的变体里也可以见到，比如：

Elkin jürüp eter, dep,　　　　　认为我该委曲求全，
El tabalbay keldi dep,　　　　　以为我是背井离乡的流浪汉，
Esiñde Chubak ushubu?　　　　　楚瓦克你是否这样想？
Karaylap jürüp kañgirip,　　　　以为我流离失所浪迹天涯，
Kalik tabalbay keldi dep,　　　　无处安身之命才来投奔，
Kadigiñ Chubak ushubu？　　　　　楚瓦克你是否这样想？
…………

还有一种情况，玛纳斯奇们通常遵循和恪守对于每一位独立人物的独特的程式化描述，也以同样方式保持对个别人物内心世界的表白，但是有时候为了陈述史诗中出现具有普遍意义的相似情形，或者在类似于描述自然景色时所采用比喻、象征、夸张等修辞的诗句时，在个别特殊情况下也直接借用或者挪用属于其他英雄人物的固定程式。例如，在阿克奇县卡拉奇乡的玛纳斯奇阿贾洪的变体中，当英雄们准备启程远征时，哈妮凯拦住玛纳斯的去路哀劝道：

Aotabiñ altin jez emes,	你的太阳并非不朽的黄金黄铜,
Koñurbay kalcha, Esen kan,	空吾尔拜和艾散汗强敌,
Aytisha turgan kezi emes.	眼下不是同他们纷争的时机。
Samooruñ altin jez emes,	你的烧茶炉不是黄金或黄铜,
Koñurbay kalcha, Esen kan,	空吾尔拜和艾散汗宿敌,
Sayisha turgan kezi emes.	现在不是同他们宣战搏杀的时辰。
…………	

而同一时期从乌恰县吾合沙鲁乡的赛麦台奇拜克尔·玛莱所演唱的唱体中,当赛麦台准备带着白色猎鹰出猎时,恰齐凯拦住赛麦台的去路奉劝道:

Töpöm, Aotabiñ altin jez emes,	汗王啊,你的太阳并非黄金黄铜,
Aliska jürör kez emes,	此刻不是远行的时辰,
Töpöm, Samooruñ altin jez emes,	汗王啊,你的烧茶炉也不是黄金黄铜,
Saparga chigaar kez emes.	此刻并非最佳出行时刻。
…………①	

玛纳斯奇非常巧妙地引用了史诗《玛纳斯》中的一些惯用的程式来营造新的精彩诗句。但是对于同样程式的类似的挪用只适合于内容非常接近的段落中。上面的两个例子有力地说明了史诗中人物关系密切,情节相互衔接的《赛麦台》与《玛纳斯》之间这里程式是完全可以根据叙事的需要相互引用的。但是很显然,这类程式也并非可以滥用,在关涉其他情节及人物之时便很少引用。

玛纳斯奇在演唱史诗《玛纳斯》时,采用比喻、夸张、讽刺、寓意、比拟、对比、象征、隐喻等艺术手法而提升史诗的美学性早已成为一种牢固的传统。在史诗的演唱实践中,这类修辞手法经过玛纳斯奇们的无数次筛选和

---

① 均来自新疆民间文艺家协会资料中心的资料,保存号为27、34。

提炼，早已形成了一套固定不变的具有厚重历史和文化意义的定格化、程式化的诗句诗段。这些固定的程式化诗句诗段原封不动地被史诗歌手们沿用和传承至今。在史诗《玛纳斯》中，民间的充满幻想的传统思维空间表述技巧均达到了很高境界。与此同时，诗歌语言的运用也达到相应的水平。例如，史诗中并没有直白地描写女性洁白的肌肤、红润的面颊，而是通过巧妙的比喻和隐喻的方法来形容和呈现：

  Kara jerge kar jaasa,   黑色大地降落雪花，
  Kardi körda, etin kor,   你瞧那白雪就瞧见她的肌肤，
  Kar üstünö kan tamsa,   皑雪上滴鲜血一般，
  Kandi körda, betin kor,   你瞧那鲜血就瞧见她的脸蛋，
  …………

这类形象生动的比喻和隐喻艺术手法给史诗增添了无限风采，不仅使听众赏心悦目、喜笑颜开，同时也将听众引向沉痛和忧伤中不能自拔。这类程式化修辞手法和诗句段落经过千年岁月的锤炼、加工和传承，在史诗中早已形成了自己独有的一整套传统的现成的描写套路：比如英雄人物遇到高兴的事情无法自制时就说是"高兴得犹如头顶着了蓝天"，"喜形于色，额眉舒展"；当人物悲恸欲绝时就说"肋骨撕裂"，"口吐乌血"；当怒火中烧无法遏制愤怒时就说"眉挂冰霜，两眼通红如同流血，双眼喷射火焰"；针对不生育的妇女说"脚踝未溅过血的"，针对没有子嗣者称"未曾听到过婴儿哭声，孤寡老头"等固定的程式化诗行来描述。这类程式作为形象化的传统描写手法，毫无疑问，展现了《玛纳斯》史诗独特的语言艺术风格。

在19世纪W.拉德洛夫记录的史诗文本中，可以遇到诸多程式化的诗句。如：

  Manas manas bolgolu,   自从玛纳斯成为玛纳斯，
  Manas atka kongolu,   拥有了玛纳斯之名，
  …………

Akkula arigan eken,	阿克库拉骏马已经疲惫不堪，
Manas karigan eken,	玛纳斯英雄已经进入暮年，
…………	
Alatoo eleñ ashirchi, töröm,	你曾是雄伟的阿拉套山，帮我翻越吧我的汗王，
Agin suu eleñ kechirchi, töröm,	你曾是汹涌的河水，助我渡过吧我的汗王，
Deñiz eleñ ötkörchü, töröm,	你曾是浩瀚的大海，帮我穿越吧我的汗王，
…………①	

这类程式在拉德洛夫的版本中出现的次数很多。在 20 世纪末的玛纳斯奇们的变体中，也可随处可见。吉尔吉斯斯坦的著名《玛纳斯》学者热依萨·柯德尔巴耶娃就史诗《玛纳斯》蕴含的古老层次，史诗《玛纳斯》中赋予的思想理念与考古学家在南西伯利亚发现的古代额尔浑－叶尼塞碑文赋予的思想理念以及运用的语言风格进行过深入比较研究。她认为史诗中的以下诗行：

Özüm kasiyetüü jan boldum,	我成为非凡的人物，
Kirik eki jil han boldum,	我当了四十二年的可汗，
Kulali jiynap kush kildim,	我捕获雏鹰将它们驯化为猎鹰，
Kuldardi jiynap jurt kildim,	我召集奴隶建立了汗国联盟，
Altin jiyip tash kildim,	我搜集的黄金如同岩石，
Ushul turgan kalkka,	我让眼前的黎民百姓，
Tentugen jurttu bash kildim.	流离失所者成为主人。

与《阙特勤碑》碑文中："由于腾格里保佑了我，所以我本人有福，成为可汗。当可汗之后，把穷困的人民团结起来，我让流离失所的百姓安居致

---

① 维·拉德洛夫：《玛纳斯》，安卡拉，1995 年，第 59、203、46 页。

富，我召集百姓使得寥寥无几的庶民人丁兴旺。你们说吧，我说的这些还有假吗？"①从比喻的方式、呈述的内容、表现的手法都基本相互吻合。柯尔克孜族的先民与突厥并没有任何血缘关系，但是由于语言上的关联，柯尔克孜族史诗与古代突厥碑铭在叙事特征、语言艺术方面的关联却具有多方面的比较研究价值。这一方面，郎樱的研究可谓具有重要参考价值。②

玛纳斯奇在描述史诗英雄人物南征北战的戎马生涯、舍生忘死浴血奋战的惨烈景象、冲锋陷阵单打独拼的场景过程中，同样也采用史诗独特的程式化诗歌形式。具体说，史诗《玛纳斯》中对于不同事件的描述，对于战争的开始与结束的呈现，对于英雄们一对一单打独斗的精彩场面等方面也使用独创的程式来描述。它以与众不同的表现力展现其诗句的魅力。

玛纳斯奇当初学习和说唱史诗《玛纳斯》时，除了传承诸多史诗传统之外，对所有自己说唱的史诗都是通过"表演中的创编"而进行再创作。因此，玛纳斯奇对《玛纳斯》史诗并非总是死记硬背，而是要赋予史诗新的生命力、新的活力、新的风采。这使得玛纳斯奇成为一个专门的口头艺术创作职业。对此，我们自始至终都在不厌其烦地反复向大家加以提示。对于史诗《玛纳斯》的永恒性及与时俱进特征，俄罗斯学者A.G.斯普里津有如下结论："文化的发展犹如江河一般，奔流不息地流向海洋，但它与自己的源泉（渊源）有着必然的永恒的联系。经过数个世纪，以及千百年的漫长历史长河，同时为促进世界文明的发展与进步产生过巨大影响，从而成为人类永恒的宝贵遗产。历史以自己的法则，将以这样的方式延续：'它若是永恒的，那么它时刻都必须是崭新的和与时俱进的。'"作为古老又崭新的史诗《玛纳斯》的主人——玛纳斯奇，在演唱史诗的过程中，将不断赋予它新鲜血液和新的活力。玛纳斯奇根据各自的演唱技艺，给自己学习和继承的《玛纳斯》文本或多或少掺入许多新的情节、新的内容，以创作创新的态度加以继承。而这种情况只能通过以下两种方式得以实现：一是玛纳斯奇在一个非常适合的语境中面对热心的听众心潮澎湃、激情四溢，抑制不住情感即兴演

---

① 耿世民：《古代突厥文碑铭研究》，北京：中央民族大学出版社，2005年，第119页。
② 参见郎樱《〈玛纳斯〉论》，呼和浩特：内蒙古大学出版社，1999年，第367—373页。

唱到达高潮，当自己也身临其境般完全陶醉于史诗的情节中时，他便会在完整地演述史诗那些传统的固有情节的同时，会情不自禁地、顺其自然地附会增加一些新的唱词、诗段甚至一些新的故事情节和矛盾冲突，试图进一步吸引听众的注意力，给史诗内容融入更加错综复杂或惊险刺激的场面。例如，"当萨雅克拜·卡拉拉耶夫在演唱过程中进入亢奋状态的时候，经常会用更加激动人心的词语使史诗人物之间的矛盾进一步激化、冲突更加惨烈。还将掺入一些新的情节"[①]。二是玛纳斯奇们有时会显得非常敏感，十分注重现实听众和语境，在演唱过程中受到现实语境的影响而试图在自己正在演述的唱本中融入更多的现实因素。他们会把自己对现实时代的社会生活、政治因素、周围听众的感受以及他们的领悟、认识，自己的爱憎、观点、现实期望、夙愿统统掺入史诗《玛纳斯》的诗句及字里行间，从而对史诗内容和情节加以适度的改变。

其实，这是每一位大玛纳斯奇都会遇到的史诗创作心境。玛纳斯奇的第一阶段学习成熟的标志，在于他能够面对观众演唱自己记忆背诵的史诗内容并对史诗一些无关紧要的词句、修饰的改变、调换和扩充。第二阶段既在创作自己的"歌"时，根据语境和自己所处的环境对一些情节进行精雕细刻的扩展或删繁就简的缩减，对史诗的总体结构进行安排等。这与其说是一个需要特定学习的阶段，还不如说是一个不断学习、大量实践、融会贯通、在模仿中寻找突破的阶段。此时的玛纳斯奇可能会把自己已经熟悉的文本同从其他渠道接受的文本加以比较，并将它们按照传统的方式衔接融合起来，有意识地开始对史诗的内容进行力所能及的加工和优化。只要掌握了史诗的故事主干，学会了如何进行演唱就表明一个歌手已经开始掌握了很多传统因素。因为史诗的每一个重要章节都属于传统，来自传统，与传统具有很多密切的关联。歌手在进入学习的第二阶段之后，便可以从源远流长、内涵丰厚的传统中不断吸取营养，逐步营造和搭建属于自己的空间，在传统中寻找突破，而不是循规蹈矩地重复自己师父的现成文本。"歌手在这个阶段中学会了一

[①] 维克多·维纳格拉多夫：《史诗的音乐性演唱》，《杰出玛纳斯奇的多种风采》，比什凯克：阿拉套出版社，1994年，第54页。

些扩充、修饰诗歌的基本东西。扩充老歌、学习新歌的艺术把歌手带到了这样一种境界，他可以通宵地娱乐观众：这也正是他的目标之一。"① 也正是从这个时候起，观众开始对他的演唱施加影响。他在聆听和阅读记忆背诵中掌握的那些文本已经给他提供了必要的传统材料，使得他不仅能够面对听众进行演唱，而且能够根据听众的意见和建议，在歌的长度、修饰、扩充上下功夫。这样，他也就不断地向成熟歌手的方向迈出自己的步伐，使自己的演唱逐步得到提高。当他在传统之中游刃有余，左右逢源，胸中装满史诗中的各种程式和主题，在演唱中驾轻就熟地驾驭程式化句法和表达方式，随机应变地自由扩展和收缩各种大小情节，甚至开始重新创编史诗时，他便可以称得上是合格的玛纳斯奇了。当然，这一阶段的玛纳斯奇也有自己的弱点，由于在建构程式及主题方面还不具备足够的优势，也没有足够的才气在演唱时使史诗的艺术性达到一定的高度，因此他还只能是刚完成"学业"的玛纳斯奇。

"学业"完成之后，玛纳斯奇的任务就是在听众中反复地进行演唱，不断进行实践。在一些史诗演唱活动比较活跃、听众热情高涨的地区，歌手的演艺水平会在这种实践中得到磨练不断进步。听众和社会环境会把一个正在发展的歌手锻炼成高水平的大玛纳斯奇。而在另外一些地区，因为听众等因素的影响，而会使一个很有希望的少年玛纳斯奇停留在原有的水平上。听众的热情和他们对史诗传统的理解、认识水平的高低，对于玛纳斯奇的成长和发展是至关重要的因素。可以说，是社会生活环境和听众造就了玛纳斯奇。

假若对萨恩拜·奥诺孜巴克、萨雅克拜·卡拉拉耶夫、居素普·玛玛依、艾什玛特·曼别特居素普等能演唱史诗《玛纳斯》两部以上的玛纳斯奇的唱本进行逐句逐行地比较的话，我们从中可以找出成百上千个例子来证明歌手对于传统的继承和创新。譬如，萨恩拜演唱的史诗《玛纳斯》唱本第一部长达 18 万多行，而萨雅克拜演唱的史诗《玛纳斯》前三部的记录本的长度达到让人匪夷所思的 50 多万行。而居素普·玛玛依把传统的三部史诗《玛纳斯》延伸为八代英雄八部内容共计 235400 多行。与此同时，他还将史诗中

---

① 阿尔伯特·贝茨洛德：《故事的歌手》，尹虎彬译，中华书局，2004 年，第 34 页。

的一些重要英雄，如巴额什、托勒托依、萨依卡勒、艾尔托什图克等英雄人物的故事延展之后单独演唱成册出版，如果将这些英雄人物的事迹也纳入其唱本当中计算，那他的《玛纳斯》史诗唱本也将接近30万行的规模。① 上述数据足以证明史诗《玛纳斯》有多少被增减的内容。除此之外，在吉尔吉斯斯坦编辑出版的《玛纳斯百科全书》中，在萨马尔·穆萨耶夫的论文中，在郎樱《〈玛纳斯〉论》中，在阿地里·居玛吐尔地、托汗·依萨克的《〈玛纳斯〉演唱大师居素普·玛玛依评传》中，在阿地里·居玛吐尔地的《〈玛纳斯〉史诗歌手研究》中就史诗的诸多唱本在情节方面的异同，已经进行了详细而细致的研究和分析。在此不必赘述。

　　玛纳斯奇尤其是那些大师级玛纳斯奇在自己的演唱中对史诗中人物的前途命运、史诗事件及情节的发展或多或少赋予他们自己的一些主观愿望。这种现象尤其是在生活于现当代的玛纳斯奇的唱本中显而易见。比如，在很多传统唱本中，玛纳斯之子赛麦台遭到克亚孜与康乔绕沆瀣一气的设计暗害，身负重伤而被卡伊普山中的神女神不知鬼不觉地救入深山之中照顾养护。凶残的克亚孜准备同时杀死赛麦台的勇士古里乔绕，但康乔绕突然有了恻隐之心，念及兄弟情谊反复向克亚孜求情最终才救下古里乔绕的性命。这一章节在居素普·玛玛依的唱本中则有些不同。康乔绕被刻画为心狠手辣、无情无义的孽种，他不顾兄弟情面意欲杀死古里乔绕，是克亚孜向其求情才挽救古里乔绕免于一死。居素普·玛玛依在自己的唱本里把康乔绕的背信弃义、心狠手辣、阴险恶毒，描绘得比敌人克亚孜还要厉害。这显然表露了玛纳斯奇对康乔绕这个人物的一种主观态度。同样在居素普·玛玛依的唱本中是青阔交诱骗怂恿玛纳斯的四十勇士叛变。不难看出在这里也有玛纳斯奇自己创作和演绎的痕迹。而在艾什玛特的变体和W.拉德洛夫记录的变体里，四十勇士萌生"我们曾经效劳于他父亲，难道我们还要为赛麦台卖命吗？"的叛逆心理而最终走向自我毁灭之路。居素普·玛玛依似乎是对传统的故事事件的因果关系进行一番细致推敲后，在不改变史诗总体情节走向的前提下，对这

---

① 居素普·玛玛依唱本《艾尔托什图克》，克孜勒苏柯尔克孜文出版社，1984年，共计8500余行；《巴额什》，新疆人民出版社，1991年，共计8000多行；《托勒托依》，新疆青少年出版社，1985年，15600多行；《萨依卡勒》，新疆人民出版社，1993年，共计9300多行。

一情节做了一些改变使得史诗情节矛盾更加激烈，把四十勇士的死亡与敌人的阴险狡诈联系起来。大师级玛纳斯奇们在"演唱中的创编"过程中对史诗内容融入一些传统神话、民间传说、故事等内容及母题是普遍现象。譬如，吉尔吉斯斯坦的研究专家们认为，萨雅克拜·卡拉拉耶夫唱本中的赛依铁克与杰勒莫胡孜魔怪之子萨热拜之间交战的情节很明显是来源于民间广为流传的一个柯尔克孜传说故事。该情节在居素普·玛玛依的唱本中同样也出现。我们如果说这是居素普·玛玛依因为受到其他玛纳斯奇的影响的话，那么从由他自己创编的《赛依铁克》《凯耐尼木》《赛依特》《阿斯勒巴恰—别克巴恰》《索木碧莱克》《奇格台》等史诗《玛纳斯》的后续五部内容中，我们可以看到很多来自柯尔克孜族古老神话、传说及民间故事的丰富情节和母题。以《玛纳斯》第五部《赛依特》为例，居素普·玛玛依对史诗中将圆筒状木臼当马骑，把木杵当作马鞭的杰孜坎皮尔妖婆形象及其言行举止、所作所为进行了很多的描写。另外，民间文学搜集者从阿合奇县一带记录的一篇叫《奇异的梦》的民间故事中，描绘了神秘的陵墓、神奇的门锁，以及大鹏鸟阿勒普卡拉库什、蓝宝石等与《赛依特》中出现的神秘青色陵墓、神奇门锁、大鹏鸟阿勒普卡拉库什如出一辙。但是这一故事情节我们很难在其他玛纳斯奇的唱本变体中见到。毫无疑问，这种情况只能在那些一生追求史诗《玛纳斯》的演唱，而且早已经功成名就，史诗演唱技艺到达出神入化，能够说唱史诗数十万行以上内容而且其唱本已经过听众的认可和接受的大师级玛纳斯奇的唱本中才可以遇到。这是一种必然的现象。玛纳斯奇跟我们在上面所讲的一样，除了尽量保留史诗传统中故有的原始形态之外，每一次演唱都在一定程度上或多或少地给史诗添加新的诗句及情景、情节和母题，并在语言艺术、演唱技巧方面对其不断进行丰富。我们一再强调的"传承和延续"就是这个道理。从来没有一位玛纳斯奇说自己以新的内容完全替代了原有的情节。他们只会说自己完全是继承并延续从前辈歌手那里继承的，并且已经持续了千百年的传统模式和传统情节，并在其基础上，加入增强了自己的一些理念及观点而已。

总之，演唱中的即兴创作、歌手的语言天分以及对于史诗传统的全面掌握全身心投入演唱史诗等，不仅为玛纳斯奇们的充分发挥自己的才能和拓展史诗的传统情节创造了机会，同时也成为他们内在的无形动力。不是通过死记硬背史诗《玛纳斯》而是准确把握其精髓，机动灵活地演绎和演唱，为玛纳斯奇无拘无束、自由自在发挥其才华创造了便捷的条件。

史诗《玛纳斯》传承至今日，发展成大海般波澜壮阔的宏伟口头艺术作品，主要是历代玛纳斯奇们为继承传统并对其加以创新，付出巨大心血的结果，他们在史诗的创作、传承中发展，最终成为今天这样的史诗巨作过程中功不可没。倘若没有一代一代玛纳斯奇们承前启后不断地传承和再创造，我们无法想象史诗《玛纳斯》将是什么命运。玛纳斯奇把柯尔克孜民族数千年来的文化、历史、精神不是以文字而是以口头的形式传承和保留了下来，把本民族的思想、理念、信仰、认识、智慧等统统融入史诗当中，把柯尔克孜族所有的聪明才智和丰富而科学的多种实践经验存储于史诗《玛纳斯》当中。进而又从这宝库中不断汲取滋养，不断地精益求精，把个人的才华与大众的智慧融为一体，使史诗《玛纳斯》更加凝聚智慧，更加厚重而神圣，更加尽善尽美。因此，进一步深入研究玛纳斯奇的审美情趣和艺术追求，无疑可以使我们获得更具价值和意义的学术发现。

第五章
史诗的传承

第一节 史诗的主要传承方式和途径

关于《玛纳斯》史诗演唱流派的问题是史诗研究中的一个重大而极有学术价值的研究课题，它不仅牵涉到玛纳斯奇的史诗演唱技艺以及其文本的独有特征，而且牵涉到史诗流传地域、历史过程和社会语境以及史诗的各种异文变体的基本特征，各个演唱文本在内容、风格、结构上的异同性等与史诗密切相关的所有问题。

《玛纳斯》的流传地域很广，凡是柯尔克孜人聚居的地方，都有《玛纳斯》的歌手和听众，史诗便在那里流传。我国新疆的帕米尔高原、天山南北、塔里木盆地周边、昆仑山东北侧沿山地区都是柯尔克孜人聚居地和史诗《玛纳斯》的流传地。新疆南部以克孜勒苏柯尔克孜自治州的阿合奇县、乌恰县、阿克陶县、阿图什市各个乡村都是《玛纳斯》的主要流传地。尤其是阿合奇县作为"当代荷马"、《玛纳斯》演唱大师居素普·玛玛依的故乡，被誉为《玛纳斯》的故乡，涌现出了一大批优秀的玛纳斯奇。乌恰县也出现过艾什玛特、铁米尔·图尔杜曼巴特等为代表的优秀一批玛纳斯奇。新疆北部的特克斯草原、昭苏县等地区，喀什地区的帕米尔高原地区等自古以来也是《玛纳斯》史诗的重要流传地区。除我国之外，中亚的吉尔吉斯斯坦、乌兹别克斯坦、哈萨克斯坦、塔吉克斯坦等也是《玛纳斯》的重要流传地域。阿富汗、巴基斯坦北部的柯尔克孜人居住区，也有《玛纳斯》传唱。其中，尤其是吉尔吉斯斯坦，也是《玛纳斯》史诗最重要的流传地区之一，从19世纪至20世纪之间曾出现过很多名扬世界的大师级著名玛纳斯奇。千百年来，在这么广大地区流传的《玛纳斯》史诗必定有其一定的传播规律和传播途径。

任何玛纳斯奇，无论他具备如何超人的才能演唱数十万行的史诗内容，也无论他出神入化地演唱史诗某一个传统经典诗章；无论他在成为一名玛纳斯奇的过程中付出了多大努力，是如何通过自己超凡的努力在千辛万苦中获得了自己玛纳斯奇的头衔，或者做过什么样神奇的梦并在梦中得到神谕或神的启示和佑助"神灵梦授"而获得能够滔滔不绝演唱史诗的神奇能力，他最终都是继承和传唱特定时代、特定区域的前辈玛纳斯奇的演唱传统。每一个玛纳斯奇都与自己前后时代的同行产生承前启后的交流传承关系，承担起史诗传承的桥梁作用。而如果他是一位功成名就才华横溢的大玛纳斯奇，那毫无疑问，他在自己的时代会对《玛纳斯》史诗的传承发挥重要作用，成为时代翘楚而被周围的玛纳斯奇纷纷学习效仿，其演唱文本自然也就成为青年一代玛纳斯奇背诵记忆学习的范本。也就是说，这类玛纳斯奇是前辈玛纳斯奇的徒弟，但同时也是后辈玛纳斯奇的师父。这是《玛纳斯》史诗口头传承的本质特征所决定的。我国的《玛纳斯》演唱大师居素普阿坤·阿帕依、额布拉音·阿昆别克、居素普·玛玛依、艾什玛特·曼别特居素，吉尔吉斯斯坦的特尼别克·加皮、萨恩拜·奥诺孜巴克、萨雅克拜·卡拉耶夫均属于此例。

从口头史诗的传播角度观察，《玛纳斯》史诗的传承是一个非常复杂的过程。如果要厘清不同时代、不同地区玛纳斯奇彼此之间的关联更是一个难以实现的课题。但是，正像我们在上面说过的那样，作为活性态传承千年之久的《玛纳斯》传承主体的玛纳斯奇们，为了学习交流切磋史诗演唱这一共同目标而在彼此之间，尤其是在同一个家族、同一个地区，甚至不同地区之间通过不同渠道发生各种各样的关联。所以，我们通过对不同时期、不同地区玛纳斯奇之间的关系的考察和分析，力求对《玛纳斯》史诗的史诗传承画出一个清晰的传播路径图和传播范围图。玛纳斯奇毫无疑问是研究《玛纳斯》史诗传播途径最重要的关注对象。因为他们不仅是史诗文本的创作者，而且是史诗的演述者、传承者、传播者，是史诗文本的实际携带者。他们通过口头方式为听众演唱史诗，记忆储存在他们脑海中的史诗内容在每一次演唱时反复被激活，并以一种崭新的面貌呈现在听众面前。与此同时，史诗歌手便完成了对史诗的一次文本创作和这个文本在特定范围的一次传播。

在探索《玛纳斯》史诗传播途径和渠道时需要对每一位玛纳斯奇的文本来源进行追本溯源的探讨。但其中最棘手的问题是，要弄清他们之间的复杂关系并不容易。其难度在于：第一是有些玛纳斯奇在自己的学艺之路上虽然曾拜师学艺，师从一位前辈玛纳斯奇，但是在这之后又曾经通过各种渠道，或通过在各种活动中聆听其他玛纳斯奇而可能从不止一位前辈那里学习史诗演唱技艺。第二是有些玛纳斯奇，尤其是近代很多玛纳斯奇曾经有意规避谈及自己的师父而且将自己的史诗演唱用超自然的"神灵梦授"观念来解释，这就使得很多玛纳斯奇的名字早已经无法确认。还有第三种情况，那就是有一些玛纳斯奇是通过拜师方式跟随师父若干年，日积月累一点一滴地直接从自己的师父那里获得史诗演唱的学问和技巧，而有些玛纳斯奇则是通过其他一些渠道间接地学习《玛纳斯》史诗。也就是说，在有些情况下，很多玛纳斯奇的名字只是通过自己的文本而获追捧，并没有直接训练和培养年青一代玛纳斯奇，但他所演唱的史诗文本通过手抄本或其他渠道而被后人继承。而这种情况下，这些前辈玛纳斯奇的文本虽然被后人继承，但他们的名字却有可能被忽略，甚至不被后人铭记在心了。就像拉德洛夫和乔坎·瓦里汗诺夫所记录的史诗文本演唱者的名字至今成为一个不解之谜一样。即便是《玛纳斯》史诗在现当代传承中，很多玛纳斯奇的学艺过程都存在各种不同的传说。

家族内部传承、师徒传承是《玛纳斯》史诗的最主要传承方式和途径，但是也有很多偶然性，在人员流动交往、彼此切磋过程中接受和学习。比如1916年，由于战争不断，沙俄在中亚地区强行征兵导致大量难民通过吉尔吉斯斯坦边境拥入我国。随着这批难民来我国避难的人中就有德依坎拜·托依其拜（1873—1923）、乔尤凯·奥穆尔（1880—1925）、萨恩拜·奥诺孜巴克（1867—1930）、萨雅克拜·卡拉拉耶夫（1894—1971）、夏巴克·额热斯敏迪耶夫（1863—1956）等一大批20世纪广为人知的吉尔吉斯斯坦玛纳斯奇。①除此之外，享誉中亚及我国新疆的特尼别克之子阿克坦·特尼别克（1887—1951）也曾多次来到我国境内的阿合奇县等地，还曾与居素普·玛玛依的哥哥巴勒瓦依结为好友一起周游各方，演唱《玛纳斯》。②这样的交流交往为不同地区的玛纳斯奇有机会进行彼此间的切磋交流提供了难得的机会。

1917年，在我国《玛纳斯》演唱大师居素普·玛玛依的故乡阿合奇县，由当地尊贵名流牧主特为我国当地著名《玛纳斯》演唱大师居素普阿坤·阿帕依和跟随逃亡难民来当地避难的吉尔吉斯斯坦的大玛纳斯奇萨恩拜·奥诺孜巴克举办的《玛纳斯》演唱竞技比赛活动，堪称中吉两国玛纳斯奇切磋交流的一段佳话，至今在民间流传。③

中吉两国玛纳斯奇之间更大规模的《玛纳斯》演唱竞赛活动，在党和国家的积极支持下到了21世纪才得以实现。这堪称是近百年之后的第一次类似竞赛活动。为了纪念《玛纳斯》演唱大师居素普·玛玛依逝世而由新疆民间文艺家协会举办的首届国际《玛纳斯》演唱会暨保护论坛于2014年9月27—28日在乌鲁木齐举行。《玛纳斯》演唱竞赛以居素普·玛玛依为题，邀请了中国和吉尔吉斯斯坦当代最具实力的年青一代玛纳斯奇进行比赛。中吉两国玛纳斯奇同场竞技，展示了各自的史诗演唱才艺。比赛最终，由中吉两国著名学者组成的评委会选出了《玛纳斯》史诗演唱一、二、三等奖各两名。中国年轻玛纳斯奇阿布德别克·奥斯坎、比尔纳扎尔·吐尔孙、苏云都克·卡热与吉尔吉斯斯坦的厄热斯拜、多略特等玛纳斯奇分别获得一、二、

---

① 相关信息参见斯·阿里耶夫、特·库勒玛托夫编：《玛纳斯奇与〈玛纳斯〉研究者》，比什凯克：吉尔吉斯斯坦《玛纳斯》1000周年筹委会、吉尔吉斯斯坦"丝绸之路"基金会，吉尔吉斯斯坦出版社，1995年，第25、137、94、100、140页；阿·卡热普库洛夫主编：《〈玛纳斯〉百科全书》，比什凯克：吉尔吉斯斯坦百科全书出版社，1995年，第1卷，第191页，第2卷，第185、165、338、346页。
② 参见阿地力·朱玛吐尔地，托汗·依萨克《〈玛纳斯〉演唱大师居素普·玛玛依评传》，呼和浩特，内蒙古大学出版社，2002年，第31页。
③ 参见居素普·玛玛依《我是怎样演唱〈玛纳斯〉史诗的》，《〈玛纳斯〉论文集》(1)，柯尔克孜文，新疆民间文艺家协编，第38页；另见阿地力·朱玛吐尔地，托汗·依萨克《〈玛纳斯〉演唱大师居素普·玛玛依评传》，呼和浩特：内蒙古大学出版社，2002年，第62页。

三等奖。这是一次全面展示两国年轻玛纳斯奇《玛纳斯》演唱实力的一次大比拼，不仅使听众享受到了史诗演唱的一次盛宴，而且为两国玛纳斯奇彼此交流，相互切磋增进友谊提供了绝好的交流平台。正是在这样的当面演唱交流的平台上，通过玛纳斯奇们面对面学习交流才能对史诗的传播起到不可估量的作用。历代玛纳斯奇也就是凭着自己的超强记忆力和优秀的语言表达能力，在类似的交流中通过不断地聆听其他玛纳斯奇的演唱而接触不同的风格并掌握史诗演唱的精髓。

我们在这里需要明确是，无论是家族传承还是师徒传承的玛纳斯奇，或者通过其他渠道接受并学会《玛纳斯》的歌手，每一位都对史诗的传承做出了自己的一份贡献。而那些大师级别的玛纳斯奇，诸如19世纪的特尼别克·加皮，以及当代的居素普·玛玛依对于同时代玛纳斯奇和年青一代玛纳斯奇产生的影响是整个《玛纳斯》史诗传承链中最重要的一个环节，对他们与其他玛纳斯奇的关系应该是我们重点研究分析的对象。为此，我们将在下面的家族传承和玛纳斯奇流派等章节中加以详细讨论。

第二节　家族传承

在《玛纳斯》史诗传承体系中，家族传承占有十分重要的位置。无论在国内，还是在国外，很多著名玛纳斯奇都有家族内部传承《玛纳斯》的传统。家族内部的传承更便于长辈对晚辈的启迪和教育，也更容易使其跟随长辈的指导而走向学习演唱史诗、掌握口头艺术的道路。长辈可以根据自己的亲身体会、感受和经验，用最适合的方式，给初学者灌输《玛纳斯》的学问和演唱技巧，并且随时在后者的学习演唱实践中指导、督促、纠正和审验，不断鼓励，直至将其培养成一位成熟的玛纳斯奇。如上文所述，《玛纳斯》演唱大师居素普·玛玛依其兄巴勒瓦依记录了阿合奇县史诗演唱大师居素甫阿坤·阿帕依和额不拉音·阿昆别克演唱的史诗《玛纳斯》，并对其进行艺术加工，使之成为完整的八部史诗《玛纳斯》唱本。居素普·玛玛依从8岁开始在其兄巴勒瓦依的指教下学唱《玛纳斯》，至16岁，23万行的八部《玛纳斯》已基本掌握，并开始在家庭内部诵唱，直至在大庭广众之下演唱而名扬四方。其兄巴勒瓦依对居素普·玛玛依日后成为《玛纳斯》演唱大师起到决定性作用。而其堂兄朱玛勒·凯勒巴伊也对他完善八部史诗内容起到了一定的作用。同样，居素普·玛玛依对自己家族后代成员也产生了很大的影响，其家族后代子孙中也出现了一批年轻的玛纳斯奇。比如孙女阿克拉依·木卡西（1984—），孙子吐尔逊阿勒·阿布都哈孜（1974—），外孙库瓦特别克·木卡西（1983—），重孙图尔干阿勒·吐尔孙阿勒（托合那力·吐逊那力，1994—）都是阿合奇县青年玛纳斯奇中的佼佼者。尤其是重孙图尔干阿勒·吐尔孙阿勒经过长期努力，在居素普·玛玛依生前亲自指导下已经成长为一名国内外知名的玛纳斯奇。

兄长对玛纳斯奇的成长影响，在《玛纳斯》演唱大师居素普·玛玛依身上体现得非常典型。巴勒瓦依不仅将自己八部《玛纳斯》完整的记录文本交给比自己小27岁的弟弟居素普·玛玛依，而且亲自指导弟弟的演唱史诗的技艺（声调、节奏，以及表情、手势等表演）。而堂兄朱玛勒·凯勒巴伊，一位当地有名的民间文学讲述家，则帮助他回忆起了史诗第四部、第五部的一部分因长期不演唱而逐渐遗忘的内容，为其完善八部史诗内容起到了重要作用。

与居素普·玛玛依类似，受到兄长影响而成为大玛纳斯奇的，在国内还有两位：一位是阿合奇县的曼拜特阿勒·阿勒曼（1939—2015），他的兄长曼拜特吐尔地是玛纳斯奇。经常在家里为他演唱《玛纳斯》，并保存有《玛纳斯》的手抄本。曼拜特阿勒·阿勒曼从小就受其兄的影响，其兄去世后，他继承了《玛纳斯》手抄本，通过诵读、背诵，学会史诗很多传统内容，并通过多次请教居素普·玛玛依大师，在其指导下开始在当地民众当中演唱史诗而声名鹊起。他经常应邀在当地举办的各种民间节日聚会上演唱，演唱技艺与表演能力大有提高，名声也是越来越大，成为继居素普·玛玛依之后阿合奇县有代表性的玛纳斯奇。在2007年，由中国社科院民族文学所、新疆维吾尔自治区民间文艺家、克孜勒苏柯尔克孜自治州文联三单位联合举行的优秀玛纳斯奇被评选中，他荣获一等奖，并被推举为《玛纳斯》史诗国家级代表性传承人。2009年，他又被评为国家级优秀传承人。在他学唱《玛纳斯》

的生涯中，其兄作为他的启蒙导师，对他的影响至为深刻。

国内另一位比较典型的家族传承代表性人物是塔什库尔干塔吉克自治县科克亚尔柯尔克孜乡的文盲歌手塔西坦·卡地尔巴依（1927— ）。根据他本人的口述资料，其兄木萨别克曾是当地有名的史诗歌手。其史诗演唱篇目比较丰富，会演唱包括《玛纳斯》史诗在内的多部柯尔克孜族英雄史诗。由于常年跟随其兄聆听其演唱史诗，在长时间的耳濡目染过程中，他本人也逐渐学会了很多史诗片段，最后也成长为一名会演唱多部史诗的有名歌手。他的演唱篇目，除了《玛纳斯》之外还包括《考交加什》《艾尔托什吐克》《冏尔乌勒》等多部史诗。2007年，他在由中国社科院民族文学所、新疆维吾尔自治区民间文艺家、克孜勒苏柯尔克孜自治州文联三单位联合举行的优秀玛纳斯奇评选中，荣获二等奖。

在《玛纳斯》史诗的家族传承中，通过父系或母系家族的传承，显然更是史诗传承中的主流，占据更为显著的地位。其中，阿合奇县玛纳斯毛勒代克·贾克普和乌恰县的艾什玛特·曼别特居素普是其中的典型。田野调查中，根据毛勒代克·贾克普老人的讲述，他的家族五代都曾出现过玛纳斯奇。他的曾祖父、他的父亲和叔叔都曾是玛纳斯奇。尤其是他的叔叔虽然是文盲歌手，但其演唱的史诗内容生动感人，在当地影响很大。毛勒代克·贾克普本人受到叔叔的影响很大，跟随其学会演唱《玛纳斯》，并成为阿合奇县德高望重的大玛纳斯奇。他的两个儿子受到他的影响，也学会演唱《玛纳斯》。其中，他的二儿子居马洪（1947— ）演唱得更好一些，在当地名声也大一些。受到祖父和父亲的影响，其孙苏来曼（1984— ）也成为一名年轻的玛纳斯奇，经常在民众中演唱史诗，在当地小有名气。

乌恰县的《玛纳斯》演唱大师艾什玛特·曼别特居素普是一位传统的文盲歌手。从小痴迷于《玛纳斯》，在耳濡目染中不断学习，凭借自己超凡的记忆力，他不仅掌握了《玛纳斯》史诗的完整内容，而且通过耳听心记的方式学会演唱多部史诗。他不仅受到家族及周边地区前辈玛纳斯奇的影响和指导，而且为了更全面地了解和学习，只身奔赴国外，在吉尔吉斯斯坦拜师学艺，从多个渠道学习和领会演唱《玛纳斯》的真谛，是一位长期受史诗口头传统浸染的玛纳斯奇。与其他同时代玛纳斯奇相比，他演唱的《玛纳斯》别具特色，语言十分质朴，通俗易懂，具有系统完整的程式化特征，口头传统史诗特点鲜明。在艾什玛特家族中，史诗的家族传承特点也相当典型。他的家族中，对史诗的传承延续至五代。家族史诗传承的谱系一脉相承，清晰可见。比如，其姐夫阿散别克是他的启蒙导师，然后他又师从特尼别克等《玛纳斯》大师。艾什玛特的儿子曼别特奥木尔（1910—1986）也是一位著名玛纳斯奇。而曼别特奥木尔之女古丽孙（1947—2015），儿子阔克波如也都成长为著名的玛纳斯奇。尤其是古丽孙，从20世纪90年代开始就是民间长期活跃的著名女玛纳斯奇，在民众中声望很大，并且一直在培养自己的女儿演唱《玛纳斯》史诗。

在《玛纳斯》史诗传承家族中，还有一位典型的人物。他便是新疆阿合奇县著名的大玛纳斯奇穆塔里甫·库尔曼阿勒（1945—2013），他是《玛纳斯》史诗家族传承，尤其是母系家族传承的典型。他的外祖父、舅舅、母亲均为赫赫有名的玛纳斯奇。其母亲提丽瓦勒地·特尼别克是19世纪吉尔吉斯斯坦大名鼎鼎的大师级玛纳斯奇特尼别克·曼别特居素普的女儿。由于战乱，她在20世纪初跟随哥哥来到阿合奇县，并嫁给当地一位牧民而定居。而她哥哥阿克坦·特尼别克（1888—1951）则是继承父亲特尼别克的衣钵，在父亲的指导下掌握史诗演唱技巧，后来又寻访各地玛纳斯奇切磋交流并最终成为功成名就、名扬四方的大玛纳斯奇。他和与自己年龄相仿的《玛纳斯》演唱大师居素普·玛玛依的哥哥巴勒瓦依相识，成为感情深厚的好友和彼此交流切磋史诗演唱的同人。提丽瓦勒地作为家里唯一的女孩，备受长辈宠爱，从小就在父亲及哥哥的影响、熏陶与教诲下学习演唱《玛纳斯》，并成为谙熟史诗演唱技艺的女性史诗演唱家。而且，在父辈影响下她还能够讲述众多的故事。穆塔里甫从小在母亲的陪伴下生活。于是，母亲从小就给穆塔里甫教授《玛纳斯》史诗以及其他各种民间文学作品，努力培养他成为一名史诗歌手。历经30多年的耳染目濡，穆塔里甫·库尔曼阿勒从母亲那里以口头的传承方式，学会演唱史诗《玛纳斯》并且掌握了史诗演唱的许多技巧。除了《玛纳斯》之外，他还学会了《库尔曼别克》《艾尔托什吐克》《阿勒帕米斯》《加芮什与巴依什》《克孜吉别克》等多部史诗的内容，经常被人邀请去在节日庆典、家庭聚会中为当地人演唱。在田野调查中，其演唱的《玛纳斯》传统章节"柯尔克孜族的起源""玛纳斯的诞生""玛纳斯的同年时光""阔阔托依的祭典""玛纳斯邀请十四位汗王商议远征""玛纳斯斩杀朵杜尔阿勒普巨人""玛纳斯战胜空吾尔拜和交牢依"等内容曾被记录下来。

除了穆塔里甫之外，在我国玛纳斯奇群体中，通过母系家族传承成为大玛纳斯奇的还有两位比较典型。其中一位是乌恰县著名的史诗歌手萨尔特阿洪·卡德尔（1941—2015）。他的出生地乌恰县黑孜苇乡就是一个玛纳斯奇辈出的地方，是近现代《玛纳斯》史诗的一个主要流传地区。前述的《玛纳斯》大师艾什玛特，以及在20世纪60年代就引起我国《玛纳斯》调查组关注并记录的铁米尔·图尔杜曼别特①、奥斯曼·玛特②都曾出自该乡。萨尔特阿洪的祖父、祖母、父亲、母亲，都是民间即兴歌手，也都是演唱《玛纳斯》史诗的能手。尤其是他的外祖父加曼台依，更是一位著名的玛纳斯奇。萨尔特阿洪从小生活在外祖父家，5岁开始在外祖父的指教下，学唱《玛纳斯》和各种民歌。由于家里人都是即兴民间歌手，他对于诗歌的领悟能力很强，从小显示出诗歌演唱的天赋。从20世纪70年代开始，他的名字便开始被国内外史诗研究者关注并研究。比如，我国《玛纳斯》专家郎樱，德国史诗专家卡尔·赖希尔、日本学者西胁隆夫等都曾对他专门进行过采访、记录和研究。他演唱《玛纳斯》充满激情，表演能力强，富有感染力，深受当地听众的喜爱。除《玛纳斯》之外，他演唱的《库尔曼别克》也是相当有名，曾被多位研究者采录和研究。2006年，他被认定为《玛纳斯》史诗国家级代表性传承人。2008年，被评为非物质文化遗产国家级优秀传承人。另一位则是

---

① 铁米尔·特尔杜曼别特（1907—1964），新疆乌恰县黑孜苇乡玛纳斯奇。20世纪60年代初的第一次《玛纳斯》史诗调查中，工作组曾采录其演唱的《玛纳斯》第一部的"阿勒曼别特的忧伤"和第二部《赛麦台》的"赛麦台和阿依曲莱克"共计近4000行的内容。其演唱的"赛麦台和阿依曲莱克"很快被翻译成汉文、维吾尔文分别在1960年《天山》（第1、2期）和《塔里木》（1、2、3期）发表。这是国内第一次在公开出版的正式刊物上发表《玛纳斯》的章节。

② 奥斯曼·玛特（1906—?），新疆乌恰县黑孜苇乡赛麦台奇（专门以演唱《玛纳斯》史诗第二部为职业的民间艺人）。1964年曾被《玛纳斯》工作组记录下其演唱的史诗第二部《赛麦台》共计9574行。基本涵盖了史诗第二部完整的内容，并在语言、音律、情节等很多方面有自己唱本的艺术特色。

我国北疆特克斯县的《玛纳斯》传承人萨特瓦勒地·阿勒（1933—2006）。他也是一位德高望重的著名史诗歌手，大玛纳斯奇。他出生在《玛纳斯》传统的重要流传地区，伊犁哈萨克自治州特克斯县阔克铁热克柯尔克孜乡阔克铁热克村。他的外曾祖父叶散库勒的同胞兄弟阿克勒别克（1840—?）是19世纪吉尔吉斯斯坦一位很有名望的大玛纳斯奇。有人曾经向大玛纳斯奇萨雅克拜·卡拉拉耶夫提问说："您主要是师从哪一位前辈大玛纳斯奇学习领会史诗的真谛？"他回答说："我曾见到过阿克勒别克。那时他已经80到90的年龄，刚刚失去九个孩子和心爱的老伴，孤苦一人。但就是这样他还用顽强的毅力演唱《玛纳斯》史诗。"① 叶散库勒作为同胞兄弟曾收藏有阿克勒别克演唱的《玛纳斯》手抄本。这个手抄本最后从萨特瓦勒德的曾外祖父传到外祖父叶西姆拜手中。外祖父凭借这个手抄本不仅自己学会了演唱《玛纳斯》并被称为当地有名望的玛纳斯奇，而且凭借这个手抄本给自己的女儿古丽巴然木，即萨特瓦勒德的母亲，教授《玛纳斯》，并最终将这个手抄本留给了女儿。萨特瓦勒德从7岁至12岁便在母亲的传授下开始学唱《玛纳斯》。从萨特瓦勒德的史诗学唱经历中可以清晰地看出，母亲对萨特瓦勒德的影响是巨大而深远的。母系传承在著名玛纳斯奇萨特瓦勒德的身上体现得很典型、很鲜明。受家庭影响，母亲的传授，加之萨特瓦勒德的刻苦、自身的悟性与才华，使他成为会演唱多部史诗的大歌手。他会演唱史诗《玛纳斯》的第一部《玛纳斯》，第二部《赛麦台依》，第三部《赛依铁克》，第四部《阔什巴依与索木碧莱克》等传统内容。尤其难得的是，他还会演唱英雄玛纳斯前七代祖先的英雄事迹。他的这部分演唱资料已经得到采录、整理，并于2010年由新疆人民出版社以《玛纳斯的祖先》为名出版发行。

---

① 参见阿·卡热普库洛夫主编：《〈玛纳斯〉百科全书》第1卷，比什凯克：吉尔吉斯斯坦百科全书出版社，1995年，第69页。

第三节 师徒传承

探讨玛纳斯奇的师徒关系的一个学术基点就在于我们通过这种探索路径可以观察史诗的传播途径和各个史诗歌手文本的来源与形成，从而对《玛纳斯》史诗的各种流派做出一个清晰的区分和归类，厘清《玛纳斯》史诗代代相传、代代相继的基本原则，对整个《玛纳斯》史诗传统做出全面的认识和评价，为最终的文本阐释、理论分析与总结提供有理有据的基础。我们经过系统的资料搜集和分析可以对已知玛纳斯奇的师徒关系谱系画出一个比较清晰准确的脉络图，并通过表格加以清楚地标识。这个标识要包括玛纳斯奇师徒传承关系链中最基本的信息。比如一位处于史诗传承节点上的玛纳斯奇的名字、出生年月和生活时代，故乡或生活地域，其学习继承史诗文本的师父，他的徒弟，经常演唱（或向徒弟传授）的史诗内容或传统诗章，曾经遇见并在交往过程中切磋交流或聆听过其演唱的前辈或同辈玛纳斯奇，同门师兄弟，等等。这些因素，无论哪一个，都可能对玛纳斯奇的学习、成长以及演唱实践、文本形成等不同方面产生或多或少、程度不同的影响。它们都是值得我们关注的重要节点和关系链。

一、居素普·玛玛依

居素普·玛玛依 1918 年 4 月出生于新疆阿合奇县哈拉布拉克村，2014 年 6 月 1 日逝世。他是我国《玛纳斯》史诗最杰出的玛纳斯奇，为我国《玛纳斯》史诗的保存和传承做出了不可磨灭的贡献，被国内外学界公认为是当代最杰出的玛纳斯奇，是将《玛纳斯》带入 21 世纪的《玛纳斯》演唱大师，无论在我国还是在国际上都享有不可替代的崇高的声望和影响力。

我国《玛纳斯》演唱大师居素普·玛玛依的师承关系如下：

表 5–1 居素普·玛玛依师承关系

巴勒瓦依·玛玛依（哥哥，直接指导）	居素普阿坤·阿帕依（间接接受）	额布拉音·阿昆别克（间接接受）	特尼别克·加皮（间接接受）	萨恩拜·奥诺孜巴克（间接接受）	其他玛纳斯奇（20世纪60年代）

↓

居素普·玛玛依（1918—2014）

↓

毛勒黛珂·贾克普	曼别特阿勒·阿拉曼	穆塔里普·库尔曼阿勒	库尔曼别克·奥木尔	阿不杜别克·奥斯坎	比尔纳扎尔·吐尔孙	苏云迪克·卡热	奥莫尼·玛木提	阿克莱·木喀什	阿尔兹别克·阿曼吐尔

毫无疑问，图表中居素普·玛玛依的师承关系及其后辈徒弟的关系全面展现了新疆阿合奇县20世纪《玛纳斯》史诗的传承关系。首先，他虽然没有明确地师从某一位同时代的著名玛纳斯奇，但是对他而言哥哥巴勒瓦依则具有家族亲人长辈以及教授其《玛纳斯》演唱技艺的师父玛纳斯奇的双重身份。在20世纪初叶的阿合奇县，居素普·玛玛依的兄长巴勒瓦依不仅是商人，还是热衷于搜集柯尔克孜族民间口头文学的民间文学家，同时也是一位与多个同时代著名玛纳斯奇有过切磋交流、广泛接受和吸收各家之长的《玛纳斯》演唱家。有这样的哥哥在身边指导，居素普·玛玛依理所当然地从小就拥有了接触、阅读、学习《玛纳斯》内容，并有专人教授和现场指导史诗演唱技艺的优先条件。这是一般玛纳斯奇在初学阶段不可能拥有的。居素普·玛玛依从7岁开始在哥哥的亲自指导下学习《玛纳斯》史诗，并在父母的鼓励和引导下给家人演唱《玛纳斯》史诗，凭借超人的聪明才智、超凡的记忆能力、天才的语言表达能力和过人的悟性，加上自己的痴迷与努力，逐渐成长为一名玛纳斯奇演唱大师。特殊的家庭生活氛围为他提供了最佳的成长环境。① 由于他6岁开始就在父亲专门请来的家庭教师指导下学习识文断字，学会了在阿拉伯文字母基础上编制的柯尔克孜字母的拼写和阅读，所以可以在哥哥的指导下阅读他提供的《玛纳斯》手抄本，并从中体

---

① 参见阿地力·居玛吐尔地、托汗·依萨克：《〈玛纳斯〉演唱大师居素普·玛玛依评传》，呼和浩特：内蒙古大学出版社，2002年，第19—34页。

会、熟悉、记忆、背诵《玛纳斯》史诗文本，同时聆听哥哥的史诗演唱。

上述表格中的居素普阿坤·阿帕依、额布拉音·阿昆别克等都是我国阿合奇县境内当时著名的玛纳斯奇。他们的唱本通过巴勒瓦依的记录而转交到居素普·玛玛依手中，这两位玛纳斯奇由此也间接成为居素普·玛玛依的师父。而他的另一位重量级师父应该算是吉尔吉斯斯坦的特尼别克。居素普·玛玛依与特尼别克的师徒关系通过两个间接渠道可以确定。第一是通过居素普阿坤·阿帕依。根据多方调查考证，阿合奇县的居素普阿坤·阿帕依和乌恰县的艾什玛特·曼别特居素普曾在民国时期跨越国界到吉尔吉斯斯坦境内拜特尼别克为师，跟随他学习了一段时间。居素普阿坤·阿帕依的唱本中因此或多或少融入了其师父特尼别克唱本的内容。特尼别克的唱本的重要传统诗章"赛麦台失去白隼鹰"分别于1898年和1925年在喀山和莫斯科出版，在中亚地区广泛传播。① 居素普·玛玛依也是通过哥哥巴勒瓦依搜集的资料阅读过特尼别克的唱本。② 因此，其唱本也受到过特尼别克唱本的影响。同样，萨恩拜也是通过巴勒瓦依而或多或少影响了居素普·玛玛依的演唱。1916年战乱中他随难民来到阿合奇县，在1917年与居素普阿坤·阿帕依进行《玛纳斯》史诗演唱比赛，并与巴勒瓦依见面且至少有个别诗章得到巴勒瓦依的记录。由此，他与居素普·玛玛依也产生了一定关联。③

特尼别克是吉尔吉斯斯坦19世纪末最著名的玛纳斯奇之一，并在20世纪中国及中亚的吉尔吉斯斯坦《玛纳斯》传承中具有不可替代的重要桥梁作用。他生前不仅游走四方，而且积极培养自己的继承者，为《玛纳斯》史诗的跨世纪传播发挥了重要作用。他有长期直接口传心授的徒弟，也有很多慕名而去，投其门下接受一段时间指导，以及在聆听中受其影响的徒弟。他是《玛纳斯》史诗学术史上第一位有自己的唱本出版的玛纳斯奇。关于其史诗演唱特点风格及影响在前文中已经有专题介绍，在此就不必赘述。

---

① 参见《〈玛纳斯〉百库全书》，第2卷，第303页，附录部分第387页。
② 参见阿地力·居玛吐尔地、托汗·依萨克：《〈玛纳斯〉演唱大师居素普·玛玛依评传》，呼和浩特：内蒙古大学出版社，2002年，第47页。
③ 参见阿地力·居玛吐尔地、托汗·依萨克《〈玛纳斯〉演唱大师居素普·玛玛依评传》，呼和浩特：内蒙古大学出版社，2002年，第77—80页。

在居素普·玛玛依的一生当中曾经接触、交流和切磋的玛纳斯奇很多。有邻近村落的，也有外地过来的，他们也在一定程度上对其史诗演唱和史诗文本的形成产生了影响。由于这类玛纳斯奇数量众多，而且他们很多人的确切名字无法一一核对，所以在表5–1中以其他玛纳斯奇标识。这部分传承脉络依然是我们不可忽视的口头史诗传播链。

无论如何，居素普·玛玛依作为一名大师级玛纳斯奇，他从20多岁开始当众演唱史诗而享誉四方，因此他的演唱内容、演唱方式、演唱特点、演唱技巧无疑成为周围其他玛纳斯奇学习效仿的榜样，他的演唱及唱本可以说影响了众多玛纳斯奇后辈。很多年轻的玛纳斯奇，无论是本地的还是外地的，都无一例外将居素普·玛玛依称为是自己的启蒙导师，或是通过对文本的背诵记忆而将他视为导师。

2007年，在阿合奇县党委政府举办的庆祝居素普·玛玛依诞辰90岁大会上，他亲自精心挑选，确定了阿合奇县当地10位老、中、青三代玛纳斯奇为徒弟，并给他们发放了师徒确认证书。在当时招收确认的这些徒弟中，年龄最大的69岁，最小的13岁，充分表明了阿合奇县《玛纳斯》史诗传承盛况。

二、艾什玛特·曼别特居素普

我们再看看我国20世纪乌恰县著名玛纳斯奇艾什玛特·曼别特居素普的师承关系及徒弟关系：

表5–2　艾什玛特·曼别特居素普师承关系

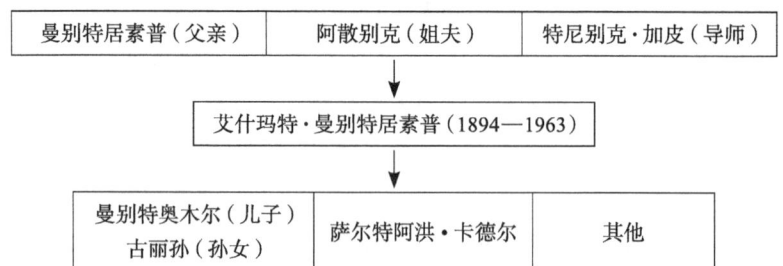

第五章 史诗的传承

从以上图示中我们可以很清楚地看到艾什玛特的启蒙师父来自两个方面，一个是家族内部传承，另一个是通过拜师学艺的师徒传承。从家族层面来说，艾什玛特的父亲曼别特居素普以及姐夫阿散别克都是当地很有名的玛纳斯奇，并且两人均为他学唱《玛纳斯》史诗的启蒙导师。① 从师徒传承角度而言，他曾前往吉尔吉斯斯坦境内拜当时名扬四方的大玛纳斯奇内特尼别克为师，并跟随他学习《玛纳斯》史诗的演唱技艺。他与特尼别克是直系师徒关系。另外，艾什玛特也有自己的一些徒弟。艾什玛特的徒弟主要为家族内部成员如其儿子孙子孙女等。比如他儿子曼别特奥木尔以及孙女古丽孙直接继承了他的衣钵，经过努力都成为当地著名的玛纳斯奇。当然，除此之外，他还对当地的萨尔特阿洪等年青一代玛纳斯奇的成长产生过直接或间接的影响。

三、居素普阿坤·阿帕依

我国 20 世纪阿合奇县著名的《玛纳斯》演唱大师居素普阿坤·阿帕依是居素普·玛玛依哥哥的巴勒瓦依的师父，并且通过巴勒瓦依对其唱本的记录文本和传授而间接地成为居素普·玛玛依的师父（见表 5–3）。那么，他的师徒关系对我们分析不同时期、不同地区玛纳斯奇的关联也具有重要意义。

表 5–3　居素普阿坤·阿帕依师承关系

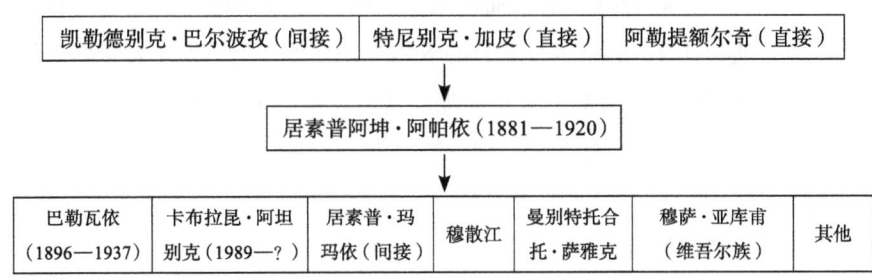

---

① 参见郎樱《〈玛纳斯〉论》，内蒙古大学出版社，1999 年，第 181 页；另见郎樱《中国北方民族文学比较研究》，民族出版社，2011 年，第 158 页。

不难看出，在我国和吉尔吉斯斯坦的《玛纳斯》传承链当中，居素普阿坤·阿帕依是一位非常重要的桥梁和纽带。他的直接拜师学艺的师父是19世纪的《玛纳斯》演唱大师特尼别克，而他还曾间接从手抄本上阅读和接触过另一位《玛纳斯》演唱大师凯勒德别克·巴尔波孜。根据我国民族志学者玉赛因阿吉的报告，居素普阿坤·阿帕依还曾拜访一位名叫阿勒提额尔奇的玛纳斯奇，并向其讨教过《玛纳斯》史诗的演唱技艺。上述三位个个都是19世纪声名显赫的大师级玛纳斯奇，足见居素普阿坤·阿帕依师承关系之深厚。也从另一方面证明其《玛纳斯》唱本的传统性。这从另一方面标明了居素普·玛玛依《玛纳斯》唱本的渊源及其深厚的传统根基。巴勒瓦依和居素普·玛玛依兄弟作为居素普阿坤·阿帕依的直接和间接的徒弟，可以说完全继承了其史诗演唱的衣钵，给后人留下了来自传统的优秀的《玛纳斯》史诗文本。①卡布拉昆·阿坦别克、穆散江、曼别特托合托·萨雅克、穆萨·亚库甫等出生在新疆阿合奇县的20世纪的很多玛纳斯奇都曾是居素普阿坤·阿帕依已知比较有名的徒弟。其中，卡布拉昆·阿坦别克和穆萨·亚库甫等的演唱文本曾在20世纪60年代由我国的《玛纳斯》史诗搜集者进行记录，资料目前存放在新疆民间文艺家协会。而其中的穆散江和曼别特托合托·萨雅克等的唱本则由于各种原因没能被记录下来，但他们在民间口碑中却有很高的知名度。②当然，除了上述这些徒弟外，居素普阿坤·阿帕依精湛的史诗演唱才艺使他成为20世纪阿合奇县和周边地区众多年青一代玛纳斯奇纷纷效仿的对象，其影响力早已超越地区局限而影响了当时我国很多年青一代玛纳斯奇。不仅如此，通过1916年同当时著名的吉尔吉斯斯坦《玛纳斯》大师萨恩拜·奥诺孜巴克在我国阿合奇县的史诗演唱竞赛以及早前多次应邀前往吉尔吉斯斯坦演唱《玛纳斯》，并与当地的玛纳斯奇切磋交流，其影响力早已超出国界。因此，毫无疑问，他的师承关系对于分析探讨《玛纳斯》史诗传播研究具有不可或缺的重要意义。

---

① 参见阿地力·居玛吐尔地、托汗·依萨克:《〈玛纳斯〉演唱大师居素普·玛玛依评传》相关章节。
② 参见玉赛因阿吉:《柯尔克孜史话》，克孜勒苏柯尔克文出版社，1989年；郎樱:《〈玛纳斯〉论》，呼和浩特：内蒙古大学出版社，1999年，第168—169页。

四、萨恩拜·奥诺孜巴克

我们再看看吉尔吉斯斯坦 20 世纪的两位大师级玛纳斯奇的师徒关系。萨恩拜·奥诺孜巴克的师承关系如下：

表 5–4　萨恩拜·奥诺孜巴克师承关系表

阿勒谢尔（哥哥）	特尼别克·加皮（1846—1902）	凯勒迪别克·巴尔波孜（？—1880）	琼巴什（纳尔曼泰）生卒年不详	巴勒克·库玛尔（1811—1891）

萨恩拜·奥诺孜巴克（1867—1930）

托果洛克·毛勒多（1860—1942）	莫勒多巴散·穆素乐满库洛夫（1883—1961）	夏帕克·额热斯敏迪耶夫（1863—1956）	阿克马特·额热斯敏迪（1891—1966）	巴戈什·撒赞（1878—1958）	额布拉音·阿布德热合曼诺夫（1888—1967）

萨恩拜·奥诺孜巴克的启蒙导师是特尼别克，其后还曾先后师从琼巴西、巴勒克、凯勒德别克等大玛纳斯奇学习《玛纳斯》的演唱技艺。而他手下曾有托果洛克·毛勒多、莫勒多巴散·穆素乐满库洛夫、夏帕克·额热斯敏迪耶夫、阿克马特·额热斯敏迪、巴戈什·撒赞、额布拉音·阿布德热合曼诺夫等徒弟。特尼别克·加皮、凯勒迪别克·巴尔波孜、巴勒克·库玛尔等 19 世纪的三位大玛纳斯奇我们在本书第三章中有过比较详细的介绍，均为 19 世纪中亚地区大名鼎鼎的大玛纳斯奇。有趣的是，特尼别克·加皮和萨恩拜·奥诺孜巴克同为琼巴什（纳尔曼泰）和凯勒迪别克·巴尔波孜的弟子。

萨恩拜·奥诺孜巴克与自己的同辈托果洛克·毛勒多以及我国的两位玛纳斯奇艾什玛特·曼别特居素普和居素普阿坤·阿帕依同为特尼别克最有成就的徒弟。特尼别克·加皮的影响力甚至通过萨恩拜·奥诺孜巴克和居素普阿坤·阿帕依对居素普·玛玛依也产生了影响。毫无疑问，居素普·玛玛依唱本中也或多或少渗透着特尼别克·加皮唱本的因素。而萨恩拜·奥诺孜巴克与居素普阿坤·阿帕依还同为凯勒迪别克·巴尔波孜的徒弟，只是萨恩拜·奥诺孜巴克是直接拜师为徒当面学习，而居素普阿坤·阿帕依则是通过手抄本接触并学习了凯勒迪别克·巴尔波孜的唱本。也就是说，特尼别克·加皮和凯勒迪别克·巴尔波孜两位英名盖世的19世纪的玛纳斯奇的史诗演唱艺术通过他们的弟子的传承，流传到了后世玛纳斯奇口中。

萨恩拜·奥诺孜巴克六位最重要的弟子中托果洛克·毛勒多和额布拉音·阿布德热合曼诺夫两人比较有特点。前者不仅是萨恩拜的同辈人，而且同为《玛纳斯》大师特尼别克·加皮的徒弟，后来又受到萨恩拜的影响而自称为其徒弟。当然，托果洛克·毛勒多也最终成长为著名玛纳斯奇并创造出了自己的《玛纳斯》唱本，而且也是一位即兴创作能力很强的民间歌手。与此同时，因为能够识文断字，他还曾创作发表了不少脍炙人口的诗歌作品留存后世，成为吉尔吉斯斯坦诗歌在20世纪初从口头传统向书面诗歌过渡时期的代表性诗人之一。而后者额布拉音·阿布德热合曼诺夫也因为能够识文断字并成为著名玛纳斯奇，创编出自己独特的《玛纳斯》文本，并亲自参与记录了自己导师萨恩拜·奥诺孜巴克的《玛纳斯》演唱文本，因此成为吉尔吉斯斯坦成就卓著的民间文学搜集家。其他三位，如莫勒多巴散·穆素乐满库洛夫（1883—1961），夏帕克·额热斯敏迪耶夫（1863—1956），阿克马特·额热斯敏迪（1891—1966），巴戈什·撒赞（1878—1958）均为20世纪知名的玛纳斯奇。

五、萨雅克拜·卡拉拉耶夫

吉尔吉斯斯坦20世纪的另一位《玛纳斯》演唱大师萨雅克拜·卡拉拉耶夫的师承关系如下：

表 5–5　萨雅克拜·卡拉拉耶夫师承关系

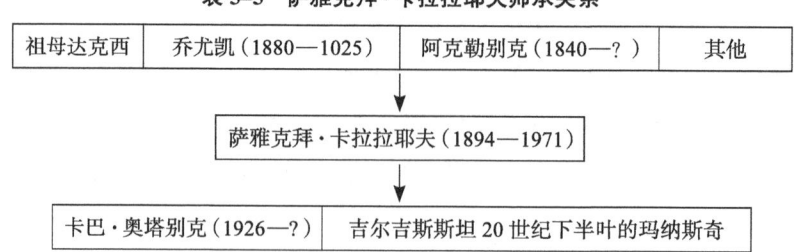

萨雅克拜·卡拉拉耶夫的祖母达克西对于其成为玛纳斯奇起到了很关键的启迪作用。达克西虽然是女性，但是对于柯尔克孜族的民间口头文学尤其是对于《玛纳斯》史诗非常痴迷，于是便对自己的小孙子萨雅克拜·卡拉拉耶夫从小就灌输《玛纳斯》史诗的"学问"，经常给孙子讲述英雄玛纳斯的故事，或者给他演唱自己听来并牢记在心中的《玛纳斯》史诗各种片段、章节和内容，培养他对史诗的兴趣。就这样，萨雅克拜·卡拉拉耶夫很小的时候就通过祖母的反复讲述对史诗的内容了如指掌了。对于史诗的兴趣也就是这样逐渐培养起来的。[①] 除了祖母的影响外，萨雅克拜还遵循《玛纳斯》史诗自古以来的传统，曾师从乔尤凯和阿克勒别克两位大师级玛纳斯奇。[②] 从19世纪拉德洛夫所记录的玛纳斯奇的采访中我们可以得知，许多玛纳斯奇从来不提及自己的师父，却都说自己并非从别人那里学习史诗，而是说只要自己开口演唱，史诗就会从其口中流泻而出或者是神灵托梦而掌握演唱史诗的学问和真谛。玛纳斯奇有理由这样说，是因为玛纳斯奇虽然从师学艺，但他自己本身也确有超凡的才能。正是这种才能使其将《玛纳斯》这部宏大的口头传统艺术杰作用自己的独特方式进行艺术加工和重新演绎，即"在演唱中创作"。个人才能与史诗逐渐融合在一起，到了某个成熟阶段蓬勃而出，使史诗歌手自己也对这种情况感到前所未有的成就感和自豪感，似乎有一种潜在的力量帮助他完成史诗演唱的神圣使命。而这种神圣感在大多数情况下是通过梦境，在梦境中获得英雄玛纳斯本人或者其身边最亲近之人的点拨、指点和帮助下才能实现。萨雅克拜·卡拉拉耶夫也同样有"神灵梦授"的经历。按照他自己的说法，这样的梦他曾先后做过两次。第一次梦中玛纳斯的妻子卡妮凯进入他梦乡，请他进入一座毡房陪同史诗中的英雄们一块儿吃肉，然后玛纳斯身边同甘共苦的英雄巴卡伊出现并赐给他一碗英雄出征时吃的炒面。

[①] 参见阿·阿克马塔利耶夫主编：《吉尔吉斯文学史》第2卷，比什凯克：夏木出版社，2004年，第381页。

[②] 关于乔尤凯参见阿·阿克马塔利耶夫主编：《吉尔吉斯文学史》第2卷，比什凯克：夏木出版社，2004年，第183页；阿·卡热普库洛夫主编：《〈玛纳斯〉百科全书》第2卷，比什凯克：吉尔吉斯斯坦百科全书出版社，1995年，第339页。关于阿克勒别克参见斯·阿里耶夫、特·库勒玛托夫编：《玛纳斯奇与〈玛纳斯〉研究者》，比什凯克：吉尔吉斯斯坦《玛纳斯》1000周年筹委会、吉尔吉斯斯坦"丝绸之路"基金会，吉尔吉斯斯坦出版社，1995年，第12页。

两人都祝福他并肯定他将来会成为名扬四方的玛纳斯奇。①

从玛纳斯奇的师徒传承关系中我们可以看到以下情形，即某一位年轻玛纳斯奇在开始投入学习的初级阶段总会拜一位前辈为师，在他的指导下开始观摩记忆背诵演唱《玛纳斯》并且逐步丰富和完善自己的演唱文本。但是，他在自己的演艺生涯中有可能与其他更具活力和激情，对他产生更大影响的玛纳斯奇接触观摩并学习，从他那里学会了更多史诗内容和演唱技巧，因此他不是把自己最初接触的第一位老师而是将后来接触的更著名的玛纳斯奇认为是自己的真正导师。当然，我们也不能忘记，在玛纳斯奇的家族中，未来的玛纳斯奇从爷爷、奶奶、父亲、母亲、哥哥以及叔叔、伯伯、叔嫂等家庭成员里的某一位前辈口中得到最初的启发，开启自己的史诗学习生涯，受到他们口耳相传的指导并从他（她）那里学会《玛纳斯》史诗的内容以及其他民间文学作品。因此，他便会将其视为自己的启蒙导师和师父。

历史上，玛纳斯奇为了维持生计或被生活所迫而经常游走四方，多数情况下是应邀去演唱《玛纳斯》，有时候则是为了寻找自己崇拜的师父或者为了切磋交流，提高史诗演唱技艺。这就会使某一位玛纳斯奇的文本来源形成多渠道、多角度的传承链。也就是说，一位玛纳斯奇并不是仅仅从一位前辈那里获得学习机会，也可以从多个玛纳斯奇那里接受更多的史诗传统知识，扩大自己有关《玛纳斯》史诗的知识储备，以此不断提高自己的史诗演唱才能。

六、特尼别克·加皮

在古往今来的很多玛纳斯奇中，明确记录演唱者姓名并以文本形式出版其唱本的第一人可能要数特尼别克。他虽然能够演唱史诗的《玛纳斯》《赛麦台》《赛依铁克》等若干部内容，并且还能演唱柯尔克孜族许多其他史诗内容，但其唱本只有《赛麦台》的一部分得以以文本的形式保存了下来。特

---

① 参见斯·阿里耶夫、特·库勒玛托夫编：《玛纳斯奇与〈玛纳斯〉研究者》，比什凯克：吉尔吉斯斯坦《玛纳斯》1000周年筹委会、吉尔吉斯斯坦"丝绸之路"基金会，吉尔吉斯斯坦出版社，1995年，第102页。

尼别克演唱的史诗第二部《赛麦台》的一部分内容，首次注明演唱者姓名于1898年在俄国的喀山出版，后来又于1925年在莫斯科重版，内容包括赛麦台为寻找被阿依曲莱克夺走的白隼鹰而骑马登程，为了夺回被仙女阿依曲莱克骗走的隼鹰而渡过玉尔凯尼奇河，受到阿依曲莱克的热情接待，最后与她成婚等内容。这部《赛麦台》文本曾广泛流传于中亚地区，并曾被我国玛纳斯奇居素普·玛玛依的哥哥巴勒瓦依搜集到残本，后又被居素普·玛玛依阅读和记忆，对他的演唱也产生了一定的影响。这种影响不仅在内容方面，而且也在史诗演唱传统的语言艺术方面。

特尼别克在刻画一个人物时，语言不会重复，而是进一步增添艺术色彩。生活于19世纪的这位玛纳斯奇类似的传统风格，以及他演唱史诗《玛纳斯》的部分技艺，不仅呈现于生活在20世纪初期的艾什玛特的文本当中，而且也频频呈现于生活在20世纪末期的居素普·玛玛依演唱的《赛麦台》唱本中。我们通过下面的具体例子便能够清楚地认识到这一点。

特尼别克记录下来的史诗《赛麦台》唱本中，对恰齐凯的形象描述如下：

Erke katyn Chachikey,	受宠爱的恰齐凯夫人，
Ordodon chikty maŋkayip,	傲慢地从王宫中走出来，
Ak kuljaday daŋkayip,	宛若白色盘羊般亭亭玉立，
Nakeri butta taypayip,	脚蹬着锃亮的纳克尔皮靴，
Elechek bashta kaykayip,	艾列切克帽在头上高翘，
Altyndan kilġan choŋ söykö,	金灿灿的黄金耳环垂饰，
Akyrekte jarkyldap,	在她肩头金光闪烁，
Shurudan takkan chach monchok,	缀满珍珠玛瑙的发饰，
May sooruda sharkyldap.	在那丰满臀部哗哗作响。
Uzun bulak bakchaġa,	朝着乌尊布拉克泉边果园，
Basyp bardy Chachikey.	恰齐凯慢步逍遥自在地走去。
Jeŋi jerge süyrölgön,	丝绸外套长袖垂落，
Jelbegey basyp üyröngön,	宽松休闲漫步已成习惯，
Altynġa boyu shyralġan.	浑身上下金光闪闪。

............①

而我国《玛纳斯》演唱大师居素普·玛玛依在演唱同一人物的形象时也运用了几乎一模一样的词句。只是在行数上比特尼别克多了六行。这给我们研究《玛纳斯》史诗的规律提供了一个很好的例证。这种描述人物形象方面的固定程式无疑为后人记忆和背诵提供了方便，史诗内容同时也为他们进行适当的加工留下了一定的余地。同一个情节在居素普·玛玛依演唱的《赛麦台》唱本中如下描写：

Erke katyn Chachikey,	受宠爱的恰齐凯夫人，
Ordodon chikty maŋkayip,	傲慢地从王宫走出来，
Ak kuljaday daŋkayip,	犹如白盘羊亭亭玉立，
Eki jaġyn karanyp,	美丽的双眸左顾右盼，
Kardiġachtay taranyp,	梳洗打扮如同灵巧的美燕，
Kyzkaldaktay kylaktap,	如蒲公英般花枝招展，
Astalay basip bulaktap,	缓步前行，轻摇慢动，
Kök kepish butta kiychildap,	蓝色皮靴吱吱发声，
Köpögöch közü jiltildap,	敏锐的眼睛闪闪发亮，
Basyp chikty suykayip,	移步向前，身材曼妙，
Elechek bashta koykoyip,	艾列切克帽在头上高翘，
Altyndan kilġan choŋ söykö,	金灿灿的黄金耳环垂饰，
Akyrekte jarkyldap,	在她肩头金光闪烁，
Shurudan takkan chach monchok,	缀满珍珠玛瑙的发饰，
May sooruda sharkyldap.	在那丰满臀部哗哗作响。
Serüün bulak bakchaġa,	朝着布拉克泉边清凉的果园，
Basyp bardy Chachikey.	恰齐凯逍遥自在地走去。

---

① 特尼别克·加皮：《英雄赛麦台（片段）》，热伊库勒·萨热普别考夫主编：《阔阔托依的祭典》，比什凯克：阿拉套出版社，1994年，第99页。

Jeŋin jerge süyrögön,	丝绸外套长袖垂落,
Jelbegey basyp üyröngön,	宽松休闲漫步已成习惯,
Altynġa boyun shybaġan.	浑身上下金光闪闪。
……①	

居素普·玛玛依在继承特尼别克演唱特色的同时，根据自己的语言才能及演唱艺术的需要把原来的14行诗增加到20行。这从一方面论证了《玛纳斯》史诗从小到大、从简单到复杂、从平淡到深刻的发展规律。

从《玛纳斯》演唱传统的发展过程看，特尼别克留给弟子们的演唱传统是多方面的。作为其弟子之一的我国著名玛纳斯奇艾什玛特，1961年，在年逾古稀时，为《玛纳斯》工作组演唱史诗。他首先演唱了史诗第二部《赛麦台》的内容，并被工作组的人员记录了下来。遗憾的是，他所能演唱的多部史诗的内容因他突然去世而没能被记录下来。从特尼别克唯一被记录出版的文本来看，他似乎更善于演唱史诗第二部《赛麦台》的内容，而这部分以纸质的书面文本的形式传播，在民间产生了广泛的影响，他的弟子艾什玛特也继承了他的这一传统。

特尼别克有很多徒弟后来都成为《玛纳斯》演唱大师。我们通过特尼别克的师徒关系图可以观察到《玛纳斯》史诗20世纪的传承情况，也可以厘清《玛纳斯》史诗传统在20世纪的传承过程中是如何一方面保持着古老的传统，另一方面却又能够不断有所创新的逻辑关联性。特尼别克的师承关系如下：

表5–6 特尼别克·加皮师承关系

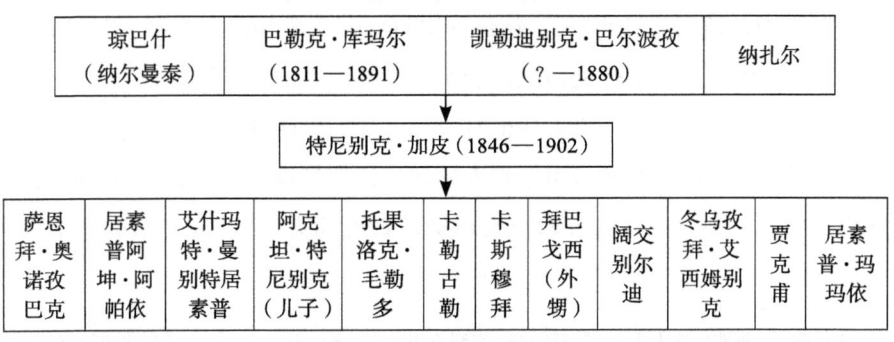

① 居素普·玛玛依：《玛纳斯》，乌鲁木齐：新疆人民出版社，2004年，第1卷，第584页。

特尼别克·加皮比较明确的导师是琼巴什（又名纳尔曼泰）、巴勒克·库玛尔和凯勒迪别克·巴尔波孜、纳扎尔等四位。①他们能够被特尼别克毫不忌讳地认可为自己的启蒙导师或者是对自己的史诗演唱产生过重要影响，足见他们在《玛纳斯》演唱传统中重要性，也可见他们在特尼别克心中占据何等位置。他们的唱本虽然没有被记录下来，并以纸质文本形式流传后世，但他们的口头演唱文本却影响了后世的弟子特尼比克，并通过他得以传承后世。在特尼别克的这四位导师中，中间两位的演唱生涯及其唱本情况我们在前文中有比较详细的介绍，第一位琼巴什和第四位纳扎尔则需要在这里做一个简短的介绍。

琼巴什又名纳尔曼泰，其身世没有明确资料，但是在民众口中他是一位史诗演唱技艺精湛、享誉四方的大玛纳斯奇。在民间流传着这样的说法："琼巴什是一位伟大的交毛克楚（玛纳斯奇），是特尼别克的导师。"纳尔曼泰其实是其真名，由于脑袋比较大所以在民间给他起了个外号叫"琼巴什"，即大脑袋。据说特尼别克的父亲加皮得知儿子私底下如痴如醉地独自演唱《玛纳斯》史诗的情况后，为了先让他得到真正的大玛纳斯奇的指点，等他有了一定的实力和经验之后再面对听众演唱，所以就将他送到琼巴什身边希望他指导儿子学习演唱《玛纳斯》史诗。琼巴什注意到孩子机灵聪明、悟性很高是一个可塑之才，便收下他当徒弟并领着他游走各地一并观摩学习他自己的史诗演唱，另外也跟随他观摩其他玛纳斯奇的演唱，从而掌握更多的《玛纳斯》内容以及与史诗演唱相关的知识。特尼别克跟随他学习了半年时间之后才告别琼巴什回到故乡。之后，特尼别克根据自己掌握的史诗开始应邀在民众面前演唱《玛纳斯》，每每外出打猎并有猎物收获时还去拜访琼巴什汇报自己的史诗演唱进展情况，聆听师父的进一步的具体指导。他对自己的师父琼巴什评价很高，有人问他有关琼巴什的史诗演唱情况时他对自己的师父总是啧啧赞叹，并常常引用别人的评价说他是自己知道的最伟大的玛纳斯奇。之后，他又师从另外两位大玛纳斯奇巴勒克·库玛尔和凯勒迪别克·

---

① 参见阿·卡热普库洛夫主编：《〈玛纳斯〉百科全书》第2卷，比什凯克：吉尔吉斯斯坦百科全书出版社，1995年，第302页。

巴尔波孜，进一步提升了自己的演唱水平。①

在特尼别克的众多弟子中我们可以再一次确认，我国和吉尔吉斯斯坦的萨恩拜·奥诺孜巴克、托果洛克·毛勒多、阿克坦·特尼别克，我国的居素普阿坤·阿帕依、艾什玛特·曼别特居素普等若干位20世纪的《玛纳斯》演唱大师均曾师从特尼别克，跟随他若干年，在他门下学习史诗演唱传统，掌握史诗内容。我国被世界誉为"当代在世荷马"的居素普·玛玛依也曾通过哥哥巴勒瓦依所搜集的资料学习了特尼别克的文本，并将其融入自己的演唱当中。②不仅如此，居素普·玛玛依受到特尼别克影响，不仅通过哥哥搜集的手抄本，而且通过居素普阿坤·阿帕依和萨恩拜·奥诺孜巴克的唱本间接地融入了其唱本的内容。有意思的是，《玛纳斯》史诗传统在近代、现代和当代玛纳斯奇中，在一定程度上，或直接或间接都与特尼别克有一定关联，足以说明特尼别克在《玛纳斯》史诗传播传承过程中举足轻重的地位。

通过特尼别克的玛纳斯奇弟子们，史诗遗产才被传至后代，同时也为不同时代最著名的玛纳斯奇们相互传承起到了承前启后的作用。柯尔克孜历史学家别列克·索勒托诺伊在其《赤色吉尔吉斯斯坦》一书中明确记载："特尼别克是阿尔斯坦别克之后出现的北部柯尔克孜地区最著名的玛纳斯奇、赛麦台奇……我多次聆听过阿克勒别克、萨恩拜演唱的史诗《玛纳斯》。据我了解和判断，特尼别克演唱的史诗《玛纳斯》最为淳朴、清晰流畅。不仅是我，广大民众也持这一观点。我们可以认定萨恩拜·奥诺孜巴克是特尼别克的徒弟。不光是萨恩拜一个人，其他人也是向特尼别克本人，或者向特尼别克的弟子学会了《玛纳斯》。"③

上述图表中特尼别克徒弟中，根据有关资料，冬乌孜拜·艾西姆别克

---

① 参见阿·阿克马塔利耶夫主编：《吉尔吉斯文学史》第2卷，比什凯克：夏木出版社，2004年，第174页。

② 参见居素普·玛玛依《我是如何演唱〈玛纳斯〉史诗的》，《〈玛纳斯〉论文集》(1)，柯尔克孜文，新疆人民出版社，1991年，第38页；译文参见新疆民间文艺家协会编：《玛纳斯》研究，乌鲁木齐：新疆人民出版社，1994年，第234—239页。参见阿地里·居玛吐尔地、托汗·依萨克《〈玛纳斯〉演唱大师居素普·玛玛依评传》，呼和浩特：内蒙古大学出版社，2002年，第47页。

③ 别列克·索勒托诺伊：《赤色吉尔吉斯史》，《阿拉套》1988年第11期。

（1868—1935）也是一位功成名就的玛纳斯奇。但是却没有人从他口中记录下史诗的任何内容。他作为特尼别克的弟子的信息是有人在采访特尼别克，问起他有谁曾经拜他为师学习过《玛纳斯》史诗时，特尼别克本人透露的："从我这里记录或者学习的玛纳斯奇有萨恩拜、卡勒古勒、托果洛克·毛勒多、卡斯穆拜、拜巴戈西、阔交别尔迪、冬乌孜拜、贾克普还有其他人。"①

图表中有两位是特尼别克的近亲。阿克坦·特尼别克为其次子，拜巴戈西是其外甥。关于儿子阿克坦，我们只能通过阿克坦本人的回忆录了解他受父亲影响而成为玛纳斯奇的情况。而对于拜巴戈西则有这样的传说。特尼别克也希望从自己亲人们中间培养后继者，于是他让儿子索然拜和外甥拜巴戈西两人演唱《玛纳斯》，然后，经过一段时间的观察评价说："儿子索然拜你可能在演唱《玛纳斯》方面不会有太大进展，拜巴戈西则已经有了成为不错的玛纳斯奇的苗头了。"② 但是，关于拜巴戈西的史诗演唱详情由于我们资料掌握有限也无法做更多的介绍。

1902年特尼别克身患重病，在临终前他痛苦地说："我未能就玛纳斯英雄为柯尔克孜留下自己的唱本。"他对自己的所作所为感到不满，对自己积累的民间文学财富随身而去感到无比的懊丧和遗憾。无论怎么说，从特尼别克的史诗演唱技艺中获取滋养成长起来的许多玛纳斯奇延续到了我们的时代，有幸的是柯尔克孜的这一宝贵遗产，在子孙后代中没有被荒废和葬送，而且得到传承延续至今。

---

① 斯·阿里耶夫、特·库勒玛托夫编：《玛纳斯奇与〈玛纳斯〉研究者》，比什凯克：吉尔吉斯斯坦《玛纳斯》1000周年筹委会、吉尔吉斯斯坦"丝绸之路"基金会，吉尔吉斯斯坦出版社，1995年，第102页。
② 参见阿·卡热普库洛夫主编：《〈玛纳斯〉百科全书》第2卷，比什凯克：吉尔吉斯斯坦百科全书出版社，1995年，第302页。

第四节 玛纳斯奇的演唱流派

对于《玛纳斯》史诗传统而言，所谓流派是指《玛纳斯》史诗的演唱者玛纳斯奇彼此之间的关联，前辈玛纳斯奇与后辈玛纳斯奇之间的师承关系和学习切磋《玛纳斯》史诗演唱技艺过程中产生的彼此在文本内容结构层面上相同、接近或相似，并且与其他一些玛纳斯奇的演唱内容、演唱风格有共同差异的一个玛纳斯奇群体。在20世纪上半叶之前的封建部落观念比较深厚的柯尔克孜（吉尔吉斯）社会中，这种流派的产生会受到史诗歌手所属部落以及生活地区两各方面的制约。但是，各种流派之间的边界是模糊的，相互之间的交流交往，彼此影响、彼此吸纳对方的唱本内容是顺其自然，没有任何因素所能阻挡的。在口头史诗传统发达的民族中均如此。在草原游牧社会中部落氏族方面的制约比较重，而在农业定居社会中后者的影响可能会更强烈一些。比如在19世纪至20世纪初的乌兹别克斯坦撒马尔罕地区和卡拉卡尔帕克斯坦共和国境内的农业定居地区民间口头传统演唱者达斯坦奇、吉绕和巴克斯中间都存在这种流派。[①] 这些民间歌手的代表性人物都代表着自己所属地区的流派，继承前辈的史诗演述传统并培养自己的后辈继承者。而与氏族部落相关联的民间口头史诗演唱流派则在欧亚大陆上的阿尔泰语系突厥语民族及蒙古语民族中比较普遍。

20世纪中叶，穆·阿乌埃佐夫经过调查并根据不同唱本之间所存在的共同性、相似性和差异性首次将吉尔吉斯斯坦的玛纳斯奇分为纳伦流派和卡拉阔勒两个流派。但是，由于当时调查工作不够深入，他的两分法并没有完全涵盖《玛纳斯》史诗所有传统。事实上，通过对各种异文变体的细致比较我们可以发现，《玛纳斯》史诗传统确实存在着若干种不同的流派和演唱风格，

[①] 参见卡尔·赖希尔：《突厥语民族口头史诗：传统、形式和诗歌结构》，阿地里·居玛吐尔地译，北京：中国社会科学出版社，2011年，第71—72页。

尤其是不同流派的代表性人物的演唱特色、演唱内容和演唱风格之间存在明显差异，而属于同一个流派的歌手的唱本则与该流派代表性歌手的唱本比较接近。比如，在吉尔吉斯斯坦的玛纳斯奇中，萨恩拜·奥诺孜巴克的唱本与夏帕克·额热斯敏迪耶夫，巴戈什·撒赞，托果洛克·莫勒多，毛勒多巴散·穆素乐满库洛夫的唱本，而萨雅克拜·卡拉拉耶夫的唱本与曼别特·乔克莫尔，顿卡纳·阔楚凯，夏拜·阿泽则等人的唱本相似。[①]但是有一点我们必须明确，无论哪一个流派都不可能是绝对孤立的，不同的流派之间依然存在着千丝万缕的联系，相互交流切磋、相互影响是不可避免的。

对于流派的划分必须小心谨慎，因为没有哪一个流派是一座孤岛，没有哪一个流派是绝对被割裂的。有一些玛纳斯奇的演唱内容和演唱风格可能与不止一个流派有关联，而且也呈现出不止一个流派的特点。这种情况比较多地出现在现当代玛纳斯奇当中，是因为随着交通便利化，人员流动交往的增多，有一些玛纳斯奇有机会跨地区走动并应邀在不同的地区演唱史诗，有机会接触一些从前并不熟悉的同行，与他们进行切磋交流。比如，我国的艾什玛特·曼别特居素普、居素普阿坤·阿帕依都属于此类。任何一位大师级玛纳斯奇的唱本从来就不局限于某一个流派，在不断提高自己的演唱技艺，不断补充和完善自己的唱本的过程中，他们总是兼收并蓄，取各家之长，最终将自己的唱本打造成一个结构完整艺术性突出，并产生一定影响力的经典文本。特尼别克、萨恩拜·奥诺孜巴克、艾什玛特·曼别特居素普、居素普阿坤·阿帕依、萨雅克拜·卡拉拉耶夫、居素普·玛玛依等无不如此。当有人询问特尼别克如何成为玛纳斯奇时，他曾这样回答："《玛纳斯》我是向很多人求教询问，然后又亲耳从很多人口中聆听学来的。"[②]

关于不同唱本的多面性特点，我们从居素普·玛玛依唱本的文本形成过程可以得到比较全面的答案。居素普·玛玛依的唱本实际上是在前辈杰出玛纳斯奇的唱本的汇总和融合，是在他们的演唱基础进一步锤炼、完善的结

[①] 参见阿·卡热普库洛夫主编：《〈玛纳斯〉百科全书》第2卷，比什凯克：吉尔吉斯斯坦百科全书出版社，1995年，第77页。

[②] 参见阿·卡热普库洛夫主编：《〈玛纳斯〉百科全书》第2卷，比什凯克：吉尔吉斯斯坦百科全书出版社，1995年，第77页。

果。居素普·玛玛依的唱本无疑是目前世界上内容最完整、结构最宏伟，并且达到很高艺术性的经典唱本。关于这一点，国内外学者都已有了共同的认识和评价。回顾居素普·玛玛依幼年起学唱《玛纳斯》史诗，耗费一生记忆、背诵、演唱、完善八部完整的《玛纳斯》，我们不难看出他为保存和传唱这部史诗杰作的艰难历程和伟大历史功绩。我们对他成长为一代玛纳斯大师，可以从下几方面进行简要的总结：

第一，居素普·玛玛依生长的环境自古便是柯尔克孜族聚居，人们固守着以口头形式保存民间文学、民间文化传统的地域。《玛纳斯》的传播和保存在这一地区找到了自己优质的文化土壤，得以广泛的传播和长足的发展，为新一代杰出玛纳斯奇的产生具备了良好的环境。

第二，这个地区的柯尔克孜族人民十分热爱《玛纳斯》史诗。史诗的演唱活动自古在这一地区延续。玛纳斯奇备受人们尊敬，促使很多有才华的青少年投入学唱史诗的行列中，把演唱《玛纳斯》作为自己崇高的奋斗目标，从而造就了一大批优秀的《玛纳斯》演唱家。也就是说，《玛纳斯》的主要源头在这里汇聚，为史诗的发展起到了推波助澜的作用。《玛纳斯》史诗优秀而完整的唱本只能在这样的条件下产生。每一个杰出的玛纳斯奇都是一所推广、传播、保存《玛纳斯》史诗的"学校"。居素普·玛玛依正是在这些"学校"中培养出来的。他的唱本也就代表了这些学校的综合水平。

第三，按传统方式口头继承《玛纳斯》史诗的同时，搜集记录史诗的这种新的传播方式也得以在这里产生，以巴勒瓦依为代表的优秀民间文学家们开始注重搜集各方的《玛纳斯》资料并在综合各种优秀变体的基础上，为创造出史诗最完整的唱本做了不懈的努力。巴勒瓦依不仅搜集记录了居素普阿坤·阿帕依、额布拉音·阿昆别克等当地著名玛纳斯奇们演唱的资料，而且还想方设法搜集了吉尔吉斯斯坦境内著名的玛纳斯奇特尼别克、萨恩拜·奥诺孜巴克等的部分演唱内容并最终把这些融合起来，为居素普·玛玛依演唱的这一世界上最完整唱本的产生做好了资料准备。居素普·玛玛依正是从熟记背诵这些记录资料入手，凭着自己无与伦比的才能，经过顽强不息的努力而成为八部史诗的唯一创编者和传唱者。巴勒瓦依搜集记录的史诗八部资料是他能够成为如今这样的名扬世界的《玛纳斯》大师的又一重要条件。

第四，居素普·玛玛依非凡的记忆才能以及他幼年时学经识字而能够熟练地阅读各类手抄书籍的能力，为他学唱《玛纳斯》提供了先决条件。巴勒瓦依不仅为他提供了完整的史诗资料，而且帮助他提高史诗演唱技巧，引导他正确地掌握先辈玛纳斯奇们的先进经验，使他从幼年开始就系统地受到史诗演唱的训练。在《玛纳斯》史诗从口头形式转入书面（手抄本），又从书面形式转向口头（居素甫·玛玛依的演唱）方面，巴勒瓦依做出了巨大的贡献，起到了桥梁纽带作用。巴勒瓦依是居素普·玛玛依唱本最初设计者，也是最初的演唱者。

总之，被国内外《玛纳斯》学者们公认为是目前世界上结构最完整、内容最丰富的居素普·玛玛依唱本八部内容的渊源主要来自以下几个方面。第一，史诗的前三部《玛纳斯》《赛麦台》《赛依铁克》是由他哥哥巴勒瓦依从我国阿合奇县当地的著名玛纳斯奇居素普阿坤·阿帕依口中记录下来并在个别章节上融合了从吉尔吉斯斯坦搜集的著名玛纳斯奇特尼别克·加皮、萨恩拜·奥诺孜巴克的唱本。第二，史诗的后五部《凯耐尼木》《赛依特》《阿斯勒巴恰—别克巴恰》《索木碧莱克》《奇格台》的内容是巴勒瓦依从阿合奇县当地著名玛纳斯奇额布拉音·阿昆别克口中记录下来的韵散结合的文本并由他和居素普·玛玛依进行加工改编成韵文的。第三，居素普·玛玛依从哥哥巴勒瓦依手中继承了《玛纳斯》史诗八部的完整记录资料之后，用毕生心血，凭借自己广博的知识和非凡的口头艺术才能，对史诗八部的内容重新进行了润色、加工、修改，使史诗内容丰富更为成熟，结构更为合理，达到了史诗的高峰。

关于玛纳斯奇流派的观点是哈萨克、吉尔吉斯、俄罗斯等国学者穆·阿乌埃佐夫、卡·热赫马图林、维·日尔蒙斯基、热·科德尔巴耶娃等人所提出并进行研究的。今天的所谓"纳伦流派""伊塞克湖流派""楚河—塔拉斯流派""南部吉尔吉斯斯坦流派""中国流派""帕米尔流派"等也像我们在上面所提出的那样，基本上属于边界模糊的一个概念。但是，我们也不能不承认每一个流派都有其不同于其他流派的特点。这一特点是经过上述各位学者以及其他更多的各国学者大量文本比较研究基础上得出的结论，也有其一定的合理性和说服力。

每一个流派的划分都是和某位富有创造力的玛纳斯奇的名字相关联的。如果没有影响广泛的大师级玛纳斯奇作为某一个流派的代表人物出现，那这个流派可能就无法确立。因为，《玛纳斯》史诗的某个经典唱本的出现都与某位大玛纳斯奇的演唱和创编有关。只有才华横溢、极富创造力、具有超凡口头史诗艺术才能的大玛纳斯奇才是创造史诗完整内容的经典唱本，引领史诗的发展趋势、艺术方向和审美走势的核心，是《玛纳斯》史诗真正的创作者、保存者、传播者、发展者、守护者和继承者。他们所创作完成并在民众中间经过多次演唱实践而得到民众的高度认可的唱本，在民间具有广泛的影响力和认可度，并成为后辈年轻玛纳斯奇甚至同辈玛纳斯奇学习效仿的经典范本。有了这样一个经典范本，才会有大量追随者出现并逐渐形成相对稳定的史诗演唱文本并形成具有自身特点的演唱风格和传统，某一个流派便在此基础上逐渐形成。

比如，特尼别克是纳伦流派的创始人。他的弟子萨恩拜·奥诺孜巴克、托果洛克·毛勒多，萨恩拜·奥诺孜巴克的弟子托果洛克·毛勒多，夏帕克·额热斯敏迪耶夫以及后辈出现的莫勒多巴散·穆索乐满库洛夫、额布拉音·阿布德热合曼诺夫等是这个流派的主要代表人物。[①] 有趣的是，托果洛克·毛勒多不仅是特尼别克的徒弟，同样也是其徒弟萨恩拜·奥诺孜巴克的徒弟，所以他在这个流派中有着特殊的地位。萨恩拜·奥诺孜巴克和托果洛克·毛勒多均从特尼别克学习接受和掌握了很多有关《玛纳斯》的知识。他们的《玛纳斯》唱本存在着诸多相似性，但毫无疑问也存在一定的差异性。也就是说要成为一名功成名就的大玛纳斯奇，必须打破流派的藩篱，突破地区的局限，从不同的渠道海纳百川般地吸纳尽可能多的《玛纳斯》史诗"知识"，只有这样才能不断完善自己的演唱文本，成为一名在每一个柯尔克孜族地区都普遍受到欢迎，而局限于某一地区的大师级玛纳斯奇。以下信息完全可以对我们的这一看法提供强有力的论证。属于萨恩拜·奥诺孜巴克弟子的夏帕克·额热斯敏迪耶夫以及后辈出现的莫勒多巴散·穆索乐满库洛夫的唱本

---

① 参见阿·卡热普库洛夫主编：《〈玛纳斯〉百科全书》第2卷，比什凯克：吉尔吉斯斯坦百科全书出版社，1995年，第77页。

虽然大致上属于他们的师父萨恩拜所属的"纳伦流派"。但是，他们的唱本（史诗第一部）结尾处的"小远征"完全区别于萨恩拜的唱本，而与属于"伊塞克湖流派"的萨雅克拜·卡拉拉耶夫的唱本更为接近。而按照其生活地域深受"伊塞克湖流派"的著名玛纳斯奇萨雅克拜等影响的顿卡纳·阔楚凯的唱本则在某些情节上更接近于萨恩拜所属的"纳伦流派"[①]。

如果我们认真比较的话，19世纪中叶由乔坎·瓦里汗诺夫和拉德洛夫所记录的《玛纳斯》文本与我们在20世纪60年代从我国境内搜集的文本虽然相隔100多年，但是中后却存在高度稳定的文本互文性。这说明只要柯尔克孜人存在，《玛纳斯》史诗便会以基本固定的方式流传。也从另一方面说明一味地追寻和探究不同地区、不同流派的《玛纳斯》的区别，试图从中找出其中巨大的差异性可能是徒劳。在同一个根基上产生发展起来的《玛纳斯》史诗无论有多少唱本和异文，无论有多少流派，都是围绕一个核心主题、一个核心内容、一个核心人物来运转的，是来自同一个源头活水并不断发展壮大的。史诗所有唱本的共同性要远远大于其差异性。差异性发生在史诗的细枝末节上、演唱风格和技巧上，以及不同的语境基础上。它们在一定程度上对史诗的现场文本创编会产生或多或少的影响，但这并不是本质上改变，而是不同歌手与听众情趣使然。我们在试图探究不同流派的地域划分时绝不能忘记数世纪以来随着人员流动而趋于统一的传统，最终还是要汇入《玛纳斯》这条大江大河之中，渗透到柯尔克孜族人民的信念中永世留存。

《玛纳斯》史诗有自己本身的内在规律性和约定性。这是在柯尔克孜族诗情智慧基础上，在史诗化了的民族情感、民族意识基础上建立起来的，是在人们漫长历史发展过程中形成的艺术思维和想象通过英雄人物形象，从英雄人物的神奇诞生到悲剧性死亡的人生经历中不断反复、不断创新而产生的。这是玛纳斯奇们渗透到血脉中的必然追求，是《玛纳斯》史诗传统的必然性。正是因为这一传统得以牢固不变地保存，无论是哪一个时代的玛纳斯奇，无论是百年之前甚至更早的玛纳斯奇，还是与我们同在一个时

[①] 参见阿·卡热普库洛夫主编：《〈玛纳斯〉百科全书》第2卷，比什凯克：吉尔吉斯斯坦百科全书出版社，1995年，第77页。

代的玛纳斯奇,他们从真正意义上说并非仅仅是《玛纳斯》史诗随时代不断发展、不断创新的执行者,而是严守古老传统、继承古老传统,并将其传向后世的民族精神文化遗产的守护神者,是《玛纳斯》史诗不同时代之间的纽带和桥梁。

史诗的演唱除了上述两种分类外,我们还可以按照近代以来记录的文本有条件地将玛纳斯奇分成以每一位有成就且有影响的玛纳斯奇为代表的不同的流派。在这里当然要按照玛纳斯奇演唱技艺的高低,其对后世的影响力,演唱文本的质量以及是否培养自己的徒弟为划分标准。如果按照这样的分类方式,那么我们还可以将19世纪以来的《玛纳斯》史诗传统分为"特尼别克流派""萨恩拜·奥诺孜巴克流派""萨雅克拜·卡拉拉耶夫流派""艾什玛特流派""居素普·玛玛依流派"等,而不是像前文中论述的那样,按地域来划分了。

第六章
口头史诗的创作传统

第一节　口头史诗的语言

作为柯尔克孜族史诗传统的最高艺术成就,《玛纳斯》融入了柯尔克孜族千百年来的历史、思想观念、审美思维、理想追求。《玛纳斯》史诗的语言已经形成了自己的特定标准和规范,形成了拥有自己独特的语词句法结构、语音特点和程式化语言特征,以及固定的套语、古老词句、历史词汇、各种隐喻和比喻,既区别于柯尔克孜族古老语言特征又区别于各种方言的自己独有的语言表达形式。毫无疑问,系统而细致地分析《玛纳斯》史诗口头语言的艺术特色是揭开这部史诗形成及艺术奥秘最有价值和意义的方面。由于《玛纳斯》史诗的语言囊括了柯尔克孜族语言的所有历史发展层面以及各种方言,因此它形成了既区别于方言,又区别于人们的日常生活,同时也区别于后来形成的书面文字的独特的口头文学语言。史诗语言融合柯尔克孜各种方言的特征,从其词汇、语音、词法以及句法上可以清楚地看到。这一点证明了《玛纳斯》史诗高度艺术化的语言艺术特征。这种语言特征首先通过程式以及传统艺术表现手法方面得到体现。

经过漫长岁月流传并定型的语言程式在史诗演唱过程中将一个故事情节与另一个故事情节连接起来,对前面的故事情节做出总结,然后引导听众进入即将开始的新的故事情节之中,激发听众对新内容的兴趣。比如,比较常见的这种具有关联性功能的程式有:"让我们放下这一段,让我们听一听英雄玛纳斯的状况""把他先在那里放一放,让我们讲一讲阿依达尔汗之子阔克确的故事""让我们先在这里停一停,回头看看卡喇汗之女卡妮凯情况"等。在讲述每一个故事时普遍使用的程式也很常见。比如:

Baatir etiŋ tolo elek,	你英雄的肌肉还没有丰满,
Balban keziŋ bolo elek.	你还未到出征的年龄。
Kanattin baari kayrilip,	翅膀全部都已经折断,
Chapandin baari ayrilip,	衣服都已经撕碎破烂,
Etektin baari tügönüp,	衣摆都已经扯掉不见,
Erindin baari kesilip,	嘴唇都已经被咬断,
Emchektin baari ezilip.	胸大肌都被捏碎打烂。

此类常用程式是玛纳斯奇根据演唱文本的需要不断替换变化着使用的最常见的程式类型和模式。

现成的程式用来描述英雄人物的外貌及性格特征(比如面貌、头部形状、气度、服装、坚强的毅力、勇气和威力等)、坐骑以及武器装备、各种战斗场面、敌人的情况(敌人的面貌特征、力量和勇气、灵敏的战斗本领、狡猾奸诈、坐骑及其马具装备、武器等)、战场的情形、自然景象和变化,以及各种魔幻抽象事物等。针对每一位人物(包括敌人),每一个故事情节都会有一些固定的程式。尤其是在描述史诗主要的英雄人物时都会使用相对固定的程式。通过准确、生动、鲜明的语言塑造不同经历、不同身份、不同地位、不同性格的各种英雄人物。玛纳斯的威猛彪悍、心怀坦荡;阿勒曼别特的博学多才、武艺高强、忍辱负重、胸怀大局;巴卡依的足智多谋、精明能干、无私奉献、稳重如山;楚瓦克不畏艰险、能征善战、性格直率、勇于奉献;卡妮凯的贤惠温柔、睿智聪明、运筹帷幄、心灵手巧;阿依曲莱克美若天仙、心明眼亮、办事果断、神力无边;库娅勒巾帼英雄、力大无比、心地善良、乐于助人;贾克普贪婪成性、恶毒无情、陷害忠良。每一位英雄人物都通过史诗歌手的演唱栩栩如生地展现在听众面前。当然,不仅是人物，玛纳斯奇对于各种事件的描述也是清楚明了、行云流畅，尤其是对于那些隆重仪式、宏伟的远征、血腥战场、欢乐的婚礼、盛大的祭典等都描述得精彩绝伦、令人感到身临其境，充分显示出《玛纳斯》史诗的语言艺术魅力。

比如：

玛纳斯

Altin menen kümüshtün,	就像是金子和银子，
Shiröösünön bütköndöy,	最纯净的部分造就，
Asman menen jeriŋdin,	就像是天地之间，
Tiröösünön bütköndöy,	最坚强的柱石造就，
Ayiŋ menen künüŋdün,	就像月亮和太阳，
Bir özünön bütköndöy,	最亮丽的部分凝固而成，
Aldi kaliŋ karajer,	厚重的大地，
Manaska jerdiginen tütköndöy.	撑起玛纳斯只是因为是大地。

玛纳斯奇的阿克凯勒铁神奇火铳

Aliska-juuk aynibas,	无论远近都不会偏差，
Iraaki-jakin ilgabas,	无论距离长短都一样准确，
Ortosu bolot，oozu albars,	中间是铁枪口是钢，
Tütünü tuman，tübü Isban,	烟雾成雾霾，
Karoolu dajal，oġu ajal.	准星是末日，子弹是夺命鬼。

艾尔托什图克

Toġuz uuldun kenjesi,	九个孩子的最小一个，
Elemandin erkesi.	艾拉曼宠爱的子嗣。

楚瓦克

Alishsa adanmin küchü jetbegen,	搏杀时无人能敌，

Aristandin tishi ötbögön,	就连狮子都咬不动,
Akbaltanin Chubaġi,	阿克巴勒塔之子楚瓦克,
Aristandin biri bu dagi.	他也是一位不折不扣的雄狮。

额尔奇吾勒

Biröö Iramandin Irchi uul,	一个是额拉满之子额尔奇吾勒,
Ichkiri tüpök, kirik muunduu,	腰带端部有流苏, 打成了整齐的四十个结,
Tebeteyi choktuu kul,	这奴仆头上戴着插了羽毛的毡帽,
Aytarġa sözü shoktuu kul.	这奴仆开口说话机灵调皮。

交牢依

Atasi bar, bata jok,	有父亲, 却没有接受过祝福,
Aytkani bar, kata jok,	说话铿锵有力不出差错,
Enesi bar, nike jok,	有母亲, 却是私生子,
Elde minday köbö jok.	人世间没有这样的枭雄。
…………	
Alti batman buday jep,	一口吃下六斗小麦,
Dan jittanġan choŋ Joloy,	浑身上下散发麦味的硕大交牢依,
Altimish alpti öltürüp,	一共杀死六十位勇士,
Kan jittanġan choŋ Joloy	浑身上下散发血腥的巨人交牢依。

空吾尔拜

Kebez belboo, keŋ ötük,	棉布的腰带, 靴筒宽大,
Kechildin kani Koŋurbay.	敌人的汗王空吾尔拜。

这类程式在《玛纳斯》史诗中数不胜数,但构成句法结构却各不相同。这类程式都是一些自古以来构成的独特的古老词组结构,弥散在史诗文本当中,给史诗文本赋予独特的魅力。史诗还可见有一些古老的词组构成的固定

程式。这类固定程式只能在上下文语境中才能理解，否则无法知晓其意。有些甚至在上下文语境中都让人无法理解。它们是一些不能轻易分解的整体，除了具有独特的稳定性之外，还极具个性的语言风格、形象化的隐喻、独特的音乐性等特征，通常情况下还具有普通诗行句法无法承纳的独特性。这种特征显示出它们既不属于方言也不属于古代词汇，而是专门经过加工创造统摄所有方言的特征。《玛纳斯》史诗的语言虽然具有高度程式化特征，但我们还不能认为史诗完全是由固定的程式所构成。《玛纳斯》史诗语言程式的丰富特征只能证明史诗是一个经过严密加工创作的古老的口头作品。每一个程式的产生都经历了漫长的过程并且必须经过一代代玛纳斯奇的传承才能在史诗文本中得到保留。程式的丰富性正好说明史诗文本经历了漫长的形成发展过程。

《玛纳斯》史诗的语言的诗歌形式在一定程度上证明了其经过特殊艺术手段而创作完成并不断得到加工完善的过程。史诗诗句上的这一特征通过比喻、隐喻、特性形容词、夸张、平行式、比较和其他生动而形象化的语言等符合史诗叙述语言和艺术手法的传统和整体风格而得以呈现。正是因为它们的生动性和感人的艺术魅力而被史诗歌手们作为史诗的演唱手段广泛采用。比如说，史诗文本中英雄玛纳斯相关的特性形容词有：阿依阔勒（月光湖般）玛纳斯，康阔尔（嗜血者）玛纳斯，巴特尔（英雄）玛纳斯，阔克加勒（青鬃狼）玛纳斯，卡布兰（豹子般）玛纳斯，阿热斯坦（雄狮般）玛纳斯，司尔特坦（苍狼）玛纳斯等。而与其他英雄人物相关的特性形容词有卡勒恰（恶徒）空吾尔拜，阿亚尔（狡猾的）空吾尔拜，库（机智的）空吾尔拜以及阿热斯坦（雄狮般）楚瓦克，交勒薄如苏（老虎般）楚瓦克，卡布兰（豹子般）楚瓦克，司尔特坦（苍狼般）楚瓦克，额发散开的勇士阿伊达尔，瘸腿匠人波略克拜，汗王之女卡妮凯等。另外还有描述性特性形容词："搏杀时无人能敌，狮子也咬不动的楚瓦克""骑上壮马显得轻巧，骑上幼马驹正好，征途上永不瞌睡的斯尔哈克""四十勇士之首科尔格勒恰勒，英名永世流芳"等。还有比喻："大腿犹如壮牛的腰部""犹如一只饿急的情鬃野狼""如同秋季里发情的猛虎""犹如冬天发青的公驼""太阳般光芒闪烁""月亮般流光溢彩""像油亮的麦粒""门板一样的大门牙""毡房大的头""羊虱子般的敌人""火铳通条般的骏马""牛背大的箭袋""马头般的金块""像冲进羊群的狼一般冲杀敌人""像鹞子驱赶麻雀一样驱杀敌人""像驼羔般哭泣"等。隐喻:"四十只猛虎把我们消灭""眼睛里火焰嗞嗞闪烁""老虎心脏磐石的臂膀""浑身变成箭镞,激愤如同一团火炭","雏鸟的羽毛没有丰满,小腿的肌肉没有长全"等。夸张:欢乐时"头顶到天上";悲伤时"肋骨纷纷断裂","肝脏碎裂";愤怒时"眉头上落雪","眼中喷火"等。"鼻子如同山岗,小腿肚如同壮牛腰";"脑袋如大铁锅,眉毛如同一对卧狗";"额头如同大桶"等。这些修辞手法在史诗《玛纳斯》的演唱中发挥了非常重要的作用,丰富了史诗的语言表现力,提高了史诗的艺术感染力,使史诗的语言极大地区别于日常口语、方言和书面语。这些数以千计的程式是一代一代天才的玛纳斯奇所创造,并且融入《玛纳斯》史诗传统之中一代代口耳相传至今的。

有一些玛纳斯奇在演唱时可能会无意识地在史诗中融入一些他本人所属地区的方言,因此史诗中可能会出现个别地方的方言词汇。但是,我们并不能就此说史诗与地方方言等同。因为,《玛纳斯》史诗并不局限于一种方言,而是吸纳了柯尔克孜族所有的语言符号和特征。这可以从以下两个方面得到证明:第一,不适用于地方性语音、语句和语法,而是将所有方言特征趋于一致。第二,史诗的文类特征和独有的风格特征只允许有选择性地使用地方方言。因此,《玛纳斯》史诗的语言包括了以下几种方言特点。在语音方面:句首出现的浊辅音"-b"音用清辅音"-p"来替换,或者刚好相反用浊辅音"-b"音替换清辅音"-p"音。如:"pastadi bizdin arbak dep","paashasi aytkan buyruġun","altimish kabat paktaġa","Adil baasha taġi dep","banar alip kelishti",等等。句首的清辅音"-p"音属于柯尔克孜族南方方言。而句首中出现浊辅音"-b"音则属于北方方言特征。

当然,《玛纳斯》史诗的语言特征贯穿在整部史诗的演述当中。以特尼别克的《赛麦台》唱本为例,其中每个人物的个性特征、服饰、武器装备、征途中的情感交流和遭遇等被细腻而精妙地描绘了出来。这一点,只要看看特尼别克作为口头史诗演唱大师的风采,在阿依曲莱克翱翔于天际认真审视观察赛麦台的一段描述中可以得到充分的验证。比如:

Er Semetey baatiriŋ,	男子汉英雄赛麦台，
Kara közdön nurchiġip,	乌黑的眼睛炯炯闪烁，
Karchytynan kan tamġan,	他的战刀上滴着鲜血，
Sakali saadak kabinday,	他的长须犹如箭囊般，
Jakshi chikkan murutu,	他那浓密漂亮的髭髯，
Choŋ baltanin sabinday,	宛若那阔大战斧的把柄，
Arkasinda aydari,	他那后背浓密的鬈发，
Arġimaktin jalinday,	犹如骏马的美鬃。
Murutu chöldün kamishtay,	髭须犹如荒漠的芦苇，
Murdu toonun seŋirdey,	鼻梁犹如高山的脊梁。
Közü köldün butkulday,	眼睛犹如湖泊深邃的旋涡，
Tiktegenin jutkunday,	似乎要把一切吞没，
Choŋduġu töönün narinday,	魁伟的身姿犹如单峰雄驼，
Tolkunu köldün sharinday,	磅礴的气势惊涛一般，
Isiġi jaydin aptaday,	热情犹如夏日的骄阳，
Suuġu sirttin shamalday,	冷酷犹如隆冬的严寒，
Kachirġani joborstoy,	冲杀时犹如威猛的猛虎，
Karmaġani ilbirstey.	擒拿时他犹如那雪豹。
Kurchtuġun körsöŋ albarstay,	他锋利如同金刚，
Keŋdigin körsöŋ Talastay.	内心宽阔犹如塔拉斯大地，
Erdigine karasaŋŋ,	你瞧他的男子汉气概，
Atasi Ötkön Manastay.	犹如先父英雄玛纳斯。
…………①	

继承他演唱风格的后辈玛纳斯奇们，灵活运用，基本遵循和传承了特尼别克描写和刻画赛麦台英雄人物外貌特征的这一程式化表达方式。这种关于

---

① 特尼别克·加波：《英雄赛麦台（片段）》，热伊库勒·萨热普别考夫主编：《阔阔托依的祭典》，比什凯克：阿拉套出版社，1994年，第105—106页；另见阿·阿克马塔利耶夫主编：《吉尔吉斯文学史》第2卷，比什凯克：夏木出版社，2004年，第187页。

英雄人物外貌的程式，在特尼别克的唱本中决不仅仅局限于赛麦台，而是会辐射到每一位主要英雄人物。比如以上提到的特尼别克的梦中，古里乔绕向其介绍的英雄人物有玛纳斯、阿勒曼别特、巴卡伊、楚瓦克、色尔哈克、赛麦台等。每一个人物的外貌特征，在特尼别克的唱本中程式表达，但其语词之精妙让人叹为观止。他在传统基础上结合自己的即兴创作才能以精彩的艺术手段，把英雄人物惟妙惟肖、生龙活虎地展现出来。例如，关于巴卡伊的程式：

Kökcholok sinduu at mingen,	骑在阔克乔罗克骏马背上，
Kök-küböö sinduu ton kiygen,	身披蓝色的丝绸大氅，
Ak sakali chüchtödöy,	洁白的长须如同白丝练，
Ustakani mistedey,	身材挺直如同树干，
Külümsüröp süylögön,	说话面带微笑，
Küldü jurttu biylegen,	统领一方，睿智公正，
Chirimtalin joyboġon,	英姿飒爽，威风凛凛，
Chirayi ketip oŋboġon,	面庞红润，神采光亮，
Ak jüzündö birish jok,	白净的脸上没有皱褶，
Sülöösüdöy kerilgen,	像猞猁一样浑身舒展，
Süylösö adam erigen,	说出的话娓娓动听让人感动，
Karaŋġida jol tapkan,	黑夜里能辨明正确方向，
Kariya Bakay, ak sakal,	德高望重的白须老者巴卡伊，
Kak oshonu taanip al.	你必须把他牢记在心。
………①	

通过古里乔绕勇士的口吻描绘的阿依曲莱克的形象：

---

① 阿·阿克马塔利耶夫主编：《吉尔吉斯文学史》第2卷，比什凯克：夏木出版社，2004年，第188页。

Köbük karday eti bar,	拥有雪白的肌肤，
Kyzil kanday beti bar,	拥有鲜血般红润的容颜，
Kalemdey kara kashi bar,	拥有柳叶般乌黑的弯眉，
Kunduzday suluu chachi bar,	拥有水貂般光泽的秀发，
Bermettey taza tishi bar,	拥有珍珠般洁白的牙齿，
Jurttan chikkan ishi bar,	拥有那出类拔萃的气质，
Urġachidan shok desaŋ,	妇女中万般柔情的一位，
Ukmushta minday jok degen,	世上罕见绝世无双，
Köp kishiden shok degen,	温柔多情无法抵挡，
Körkündö minday jok degen.	绝代佳人世间难寻。
Perizattay meltirep,	仙女般光芒四射，
Nur kyzynday möltüröp,	如同光之女闪光耀眼，
Eki ayaktuu pendeden,	在双腿站立的人类中，
Tabylbas asil ne kerrek.	像她这样的哪里还能找寻。
………… ①	

古里乔绕初次亲眼见到阿依曲莱克时的情景被这样描绘：

Bosoġo maŋday boto köz,	饱满的额头，驼羔似的双眸，
Moymoljuġan arkar köz,	含情脉脉的一双盘羊眼，
Kümüsh murun, koloŋ chaq,	笔挺的鼻梁，浓密的秀发，
Kosh karkira, kerme kash,	乌黑的双眉，如一对展翅的大雁，
Akak tishtüü, kiyma kash,	珍珠般牙齿，弯弯的眉，
Alma moyun, tüymö bash,	娇嫩的脖颈，果般的脑袋，
Ak kochkordoy maŋkayip,	犹如公绵羊般优雅肥硕
Akmaralday daŋkayip,	如同白鹿般健康机敏，
Achilsa beti jark etip,	掀开她的盖头来，
Altindan söykö bir tutam,	纯金的发饰耀眼夺目，

---

① O.索罗诺夫：《巧舌如簧的父辈，继承传统的儿子》，《阿拉套》1990年第7期。

Omuroodo shark etip,	在她的肩头上摆动作响，
Kökürögündö jayityp,	胸前插着一排孔雀尾毛，
Totu kushtun kuyruġun,	亮丽无比，鲜艳夺目
On eki türlüü sayinyp.	十二种色彩色彩缤纷。
Ortoluk kylyp tumarcha,	胸前挂着三角护身符，
Sari altindan taġinip,	纯金打造，熠熠闪耀，
Kayrak menen jakuttan,	各色宝石闪光夺目，
Kyial kylyp japtyryp,	造型奇特，设计优美，
Saramjaly oshondoy,	她的服饰如此这般，
Jamaġat körüp jaktirip.	众人称奇无不赞叹。
Ötö beli mayiship,	柔软的腰身随意摇摆，
Jekenge butu chalyship,	青草摇动缠绕在脚上，
Kömköpmö kunduz, kemchet börk	高贵的水貂皮圆帽，
Kök jelkede kyishayip.	斜扣在优雅的后脑。
………… ①	

而关于史诗英雄人物鲜明外貌特征的固定程式化描述是玛纳斯奇们一代又一代传承的最稳定的因素。当然，除了表现英雄人物的外貌特征的程式外，英雄们所使用的的武器装备，如月牙战斧（aybalta）、纳尔凯斯坎战刀（nar kesken，劈驼战刀）、阿克凯勒铁火枪（akkelte）、望远镜（dürbü，千里眼）、色尔纳伊扎（sirnayza，色尔矛枪）、阿克奥乐波克（akolpok，银色战袍）、康达哈衣（kandaġay，特制皮裤）等的制造过程、性能、外观、特点等都用特定的程式来表达。下面，我们将专节讨论史诗的程式及歌手对于程式的运用。

---

① 特尼别克·加皮：《英雄赛麦台（片段）》，热伊库协勒·萨热普别考夫主编：《阔阔托依的祭典》，比什凯克：阿拉套出版社，1994年，第151页。

第二节 程 式

程式是把复杂的人和社会生活中的种种语言、行为、思想、感情等加以分类并用类型化的、规范化的、成套的语言、动作或旋律将它们表现出来。"口头程式理论"的创立者之一米尔曼·帕里（Milman Parry）将程式界定为"在相同格律条件下得以反复使用的一组词，以表达一个恒定的核心理念"。那么，这一组词到底指的是什么呢？其实，按照口头诗学的观点，这"一组词"是格律与句法结构上密切关联，以便于流畅地进行诗歌创编和演唱7—8音节诗行以及以头韵法格律（alliterative meter）为基础，诗行以特性形容词（epithet）为基本构成单位，以平行式为基本手法的诗歌建构形式。"在演唱时，格律结构被包容在音乐结构之中。音乐要按照清晰的，甚至持续的音符来演唱，它们能够被分成四组，重音落在每一组的第一个音符上。也就是，每一行包含两个四拍的格律韵式。词语韵律的改变由此而被更强大的音乐模式所遮盖，创造出更具规律性和一致性的感觉与氛围。"[①] 有韵律的演唱，是在史诗歌手演唱时所体现出的格律叙事模式，是长篇口头史诗的一个明显特征和优点。而头韵法和句首韵是其中普遍运用的一种韵律格式。

头韵法作为诗行的约束和黏合原理在《玛纳斯》史诗中极为普遍。当然，约束和黏合诗行的另一个重要因素是尾韵。头韵是一串词组里相同音素的重复，它往往指的是辅音、元音或"辅音+元音"组合的相同的韵式，尤其是诗行第一个词的词首辅音或词内重读音在重复音节辅音上的重复。它是以词语程式的头韵格式构成并形成的程式化韵式。[②] 它不仅能起到对诗行意义展示及装饰效果，还能将分散在一定格律单位中的重要词语在结构上衔接

[①] 卡尔·赖希尔：《突厥语民族口头史诗：传统、形式和诗歌结构》，阿地里·居玛吐尔地译，北京：中国社会科学出版社，2011年，第183页。
[②] 参见阿地里·居玛吐尔地：《〈玛纳斯〉史诗歌手研究》，北京：民族出版社，2006年，第188—189页。

起来，并予以强调。比如，有一段英雄玛纳斯的哀怨：

balkalashkan dushmandan,	面对挥舞铁锤较量的对手，
Bashim tartip albaymin,	我不会缩头缩脑后退，
Bariga jetti darmanim！	我是一名战无不胜的英雄！
Bosogo baskan dushmandan,	面对跨进门槛的强敌，
Boyundu tartip kalbaymin,	我泰然自若丝毫不会慌张，
Boljogon jerdi albadim……	指定的土地我并没有占领……

在上面的例子中，头韵与诗歌的韵律紧密结合在一起艺术化地表现了英雄玛纳斯心中的哀怨。史诗中，英雄人物的内心世界在多数情况下都与自然事物相对应而得到艺术化展示。阿勒满别特与阔克确发生冲突而独自在荒漠上漫无目的地流浪时将自己的忧烦与空中的飞鸟分享：

Izildaba uchkan kush,	飞鸟啊，请你不要啁啾，
Irasin aytsam ushul ish,	让我把实话说清，
Kanattuudan sen jalgiz,	飞禽中你孑然一身，
Kakshagan chöldö bütüpsüŋ.	将要在炎热荒漠中献身。
Kara bashtan men lajgiz,	人类中我孤独一人，
Kayra jok elge bütüpmün……	在无法回返的人群中出生……

在这个例子中，阿勒满别特与飞鸟相同的命运，通过人与动物之间的"飞禽中你孑然一身……人类中我孤独一人"这样两行诗的平行比较而得到展示。史诗歌手正是用这样的艺术手法，才将阿勒满别特孤独的感受淋漓尽致地表现了出来。史诗所表现的众多母题、情节、人物形象从古老的渊源发展至今，从多方面呈现了史诗众多的古老韵文艺术手法。

《玛纳斯》史诗中的句首韵形式主要为：AAA 或者 AAAAA。

我们可以从上一节中引用的玛纳斯与宿敌空吾尔拜的第一次交锋以及同他决战时，对其外貌主题的两段描述中可以清楚地看到居素普·玛玛依对这种韵式的运用情况。玛纳斯在与宿敌空吾尔拜的第一次交锋那一段的第 3—12 行中连续出现运用句首韵的诗句共计 10 行。这些诗行均以诗行的第一个元音"a"押韵：

ak köbö tonun jaminip，	身披白丝战袍，
ak jolborstoy qaminip，	像白虎一样向前狂奔，
askarluu toodoy zaliyip.	像高大的山峰般耸立。
Ak kelte jondo jalt etip，	阿克开勒铁神枪①在背上闪亮，
ayday beti jark etip，	月亮似的容貌闪射光芒，
Aydin-köldöy meltirep.	如阿依登湖②水般纯洁。
ajidaarday sürü bar，	有巨龙般的神威，
algir xerdin türü bar，	有雄狮的威猛，
aqusu kelip akirsa，	愤怒时发出怒吼，
altimix erdin ünü bar	犹如六十个勇士的呐喊合声。

另一处的玛纳斯与空吾尔拜决战那一段第 11—17 行中共出现句首韵的诗行有 7 行。这些诗行同样以诗行的第一个元音"a"押韵：

Ak kelte jondo jarkildap；	阿克开勒铁在背上闪光，
Ayköldü körgön adamzat；	见到阿依阔勒的人们，
aybatinan kaltirap；	在其威严下瑟瑟发颤；
alakar közü qolpondoy；	眼睛如启明星闪闪发光，
ay kulagi kalkanday；	月牙形的耳朵如同盾牌；
altindan kemer kurqangan；	金色的腰带戴在腰上，
ayday beti nur tamgan.	月亮似的面容流泻着光芒。

---

① 阿克开勒铁神枪：史诗主人公玛纳斯专用的神奇火枪。
② 阿依登湖：中亚地区的湖。在柯尔克孜族的字面意思是"月光湖"。

上述例子，分别都是典型的句首韵形式。我们可以看到，这里的句首韵押得都极为严整和连贯。有时，诗行中的句首韵形式可以连续数十诗行，表现出柯尔克孜族口头诗歌句式构造法的突出特征。仅以居素普·玛玛依《玛纳斯》唱本的序诗为例，在短短 126 行诗中，句首韵就占了 92 行，占到序诗总行数的 72%。① 句首韵韵式中的重音也同上面所说的头韵法一样，都落在诗行之首。这种押韵形式与柯尔克孜族词语构造方法有着密切的联系。很显然，《玛纳斯》史诗的创编者玛纳斯奇对于韵式的使用和调整基本上遵循程式化准则，任何韵诗的变化都是围绕着程式而展开并呈现。

帕里的弟子洛德（Albert Bates Lord）通过史诗歌手学习和演唱现实实践过程的观察取证后发现，"在演唱中创编"的口头叙事程式，并不限于一些固定的史诗"套语"，程式实际上是到处弥漫的。在口头史诗里没有什么东西不是程式化的。② 也就是说，高度程式化的诗歌语汇乃口头创作的根本，口头史诗歌手凡在演唱中创编必用程式，程式是他们"在演唱中创编"史诗的必不可少的利器。他们在即兴创编时以其诗歌传统中惯用的程式为基础，组织符合格律和语义的词句诗行即程式建构自己的诗行。口头史诗的歌手完全依赖其传统。他所掌握的故事情节及对其详尽阐发的各种现成片段，甚至他用来组织诗行的那些现成短语无一不是来源于传统的，也就是说都是程式化的。他并非创作或者是记忆某一个固定的史诗文本，他的每一次演唱都是一次独立的创作之举。在史诗艺人实际创编和演绎一则叙事之前，这个诗歌并不存在，它只是以传统工具的形式潜藏和弥散在同一个口头史诗作品的无数个其他唱本当中。反过来说，一个史诗歌手的一次演唱就会造就一个新的史诗文本。

玛纳斯奇在长期实践中积累了一整套程式和程式化结构模式。在演唱时，他们可以十分便利地激活这些程式和程式化结构部件，利用这些"套

---

① 见《玛纳斯》（柯尔克孜文）第 1 部第 1 卷，乌鲁木齐，新疆人民出版社，1984 年，第 1—7 页。

② "The formulas in oral narrative style are not limited to a comparatively few epic 'tags,' but are in reality all pervasive. There is nothing in the poem that is not formulaic." Albert B. Lord The singer of tales, Harvard University Press, 1960.

语"以即兴方式创编史诗。正是这些属于自己的程式化诗句的出现，才形成了属于史诗歌手个人的口头史诗句法、韵式、节奏、格律、语音等方面不同的风格特征。毫无疑问，许多程式"套语"是来自传统的，但是这并不禁锢歌手的创新能力，他可以根据现实的演唱内容和节奏韵律的需要，模仿传统模式即时创造新的程式和"套语"。当他已经熟练地掌握了用程式和程式化模式即兴创编史诗的手法和技巧，他就成了一位成熟的真正意义上的口头史诗歌手，就能以自己的方式得心应手地在演唱当中创编自己的史诗文本了。程式和程式模式有助于口头诗歌在现场创编的压力下快速完成即兴创作，而特殊的韵式、节奏和旋律以及平行式等亦有助于诗歌创作。利用语音、句法、节奏方面的对称结构，史诗歌手可以很方便地、快速地从一个诗句诗段进入下一个诗句诗段。现代的人们总以为口头史诗诗行诗节中的这种结构连接模式是书写诗人建立起来的，但事实真相却恰恰相反。诗歌中复杂精巧的表达结构体系首先是在远古的口头诗歌中建立和发展起来的。口头诗歌的句法特点必然是不用连接词的并列句子结构。这种结构形态的文体可以称为"累加"文体结构。因为从句法上看，诗歌绝大多数诗行的结尾似乎都可以加上一个句号。但是，事实却正好相反，每一个新的意义都是添加在前一个意义之上的，然后才逐行相继发展。这样就会出现很多连续诗行的叙述单元。这便是口头史诗语言的一个显著特征。

我们已经知道演唱史诗对于程式的至关重要的意义，因为程式只能在史诗演唱过程中存在，而且也只能在史诗演唱中观察得到。如果离开了史诗演唱，那程式便毫无意义，也根本没有办法加以界定和定义。通过对《玛纳斯》史诗文本的比较分析我们已经知道，在柯尔克孜族口头史诗传统中，程式几乎无处不在，程式的词语、程式的主题，程式的故事形态和故事情节脉络，程式的动作和场景，程式的句法以及歌手在表演时呈现的程式化动作、手势、表情等。在口头史诗的表演和创编中，一切都是程式的。由于口头诗歌是一种口头表演和听觉的艺术，除了随处可见的诗歌诗句诗行程式模式之外，与之相关联的音律、节奏、韵律、音调等语音模式都将成为歌手表演中不可或缺的因素并显示出程式化的特征。"在演唱中创编"史诗是真正的口头史诗歌手必须掌握的唯一创作手段。正像洛德所指出的那样，虽然掌握程式、积累程式很重要，但是更重要的是建立起一整套的各种各样的叙事模式，这些模式在演唱中使歌手有机会通过调整词语的表达，创造新的程式，这才是最重要的学艺基础。如果一个史诗歌手仅仅会机械地堆砌从前辈那里学来的程式而不会自己将各种词汇或程式加以调整和创新，那他永远也成不了真正的史诗歌手。①也就是说，无论哪一位玛纳斯奇，如果日后要想成为真正的史诗歌手，最关键的是他事先必须建立足够丰富的词语表达程式和语音模式，除此之外他还要做到演唱曲调与内容的协调。柯尔克孜口头史诗传统中的程式不仅存在于史诗的语言层面和主题、结构等层面，而且存在于歌手根据内容所选用的音调、节奏、韵律，配合演唱而使用的手势动作、面部表情和身体语言等方面。于是，在诗句构成层面上，口头史诗传统的基本实体并非一成不变的程式，而是其抽象化模板，只有凭借这些模板，史诗歌手才能创造新的词汇进而创作新歌。在此层面上，传统与其说是包含一套固定叙事元素，不如说是包含一种"语法"。这种语法叠加在口头语言的常规语法之上，但与后者存在相似之处。史诗歌手演唱在现实演唱的压力下创编出既符合韵律又可以被理解的史诗内容是必要的，但这还不是他的唯一挑战，因为他还必须在演唱过程中即兴创编史诗故事。

第三节　特性形容词

特性形容词（属性形容词），源于希腊语 epithet，是用来表示人或事物的特征的形容词或形容词短语，是通过缀接突出、明确所修饰的事物的性质、特征并加强其艺术形象，赋予其诗性的美感的诗歌语言工具。一些学者认为它仅仅是一种修辞形式（仅仅是把华美的定语、宾语以及强调情感表现属性纳入特性形容词的范畴），另一部分学者则扩大其内涵。例如：Л.И.季

---

① 参见阿尔伯特·贝茨·洛德：《故事的歌手》，尹虎彬译，北京：中华书局，2004年，第50页。

莫费耶夫认为特性修饰词是通过各种补充对一个词的意义加以扩展，从而辨别和确定这些词的各种特点、性质以及状态。按照这样的观点，所有的特性形容词都可以列为形容词。[①] 口头史诗共同的和最显著的特点便是歌手采用一整套现成的固定的或相对固定的修饰词、修饰语和修饰段落来营造自己的文本。毫无疑问，这种创作方式有助于史诗歌手构筑、记忆诗行，有助于压力很大的临场演唱以及不可避免的即兴发挥。

《玛纳斯》史诗中的特性修饰词多种多样且数量繁多，从规模较大的扩展类型到最小的精细的类型都可以遇到。在应用方面，它类似对比、夸张的手法，是史诗中最常用的语言艺术描写方式。史诗中的特性修饰词在其构成方面分为以下几类：固定（独立的）特性修饰词、特征性特性修饰词、多重复合型特性修饰词。固定特性修饰词是指明史诗中人物、骏马或者某个物品、自然现象的专属属性，以固定不变的形式得到运用的那些特性修饰词。例如：松散刘海儿的阿依达尔，跛脚铁匠波略克拜，卡塔干之子汗科绍依，阿依阔勒（慷慨的）玛纳斯，猎豹玛纳斯，散发着血腥的英雄交牢依，散发麦子味的英雄交牢依等。固定特性修饰词在双重结构中和多重复合结构中以及大型特性修饰词中也常遇到。例如：

Eki Kemin jaylaġan,	两个凯敏作为故乡，
Egiz kara at baylaġan,	门前拴绑两匹黑马，
Kara tokoy mal etken,	在黑森林中放牧，
Kara üŋkürdü üy etken,	在黑山洞里安家，
Kara tilin kayraġan,	巧舌从不会间断，
Kan aldinda sayraġan,	在汗王面前话语不断，
Eybit tazdin er Ürbü,	秃子艾比特之子英雄玉尔比，
Jetimish eki til bilgen,	通晓七十二种语言，
Jetkileŋ chechen er ele.	是一位十足机智的好汉。

---

① 阿·卡热普库洛夫主编：《〈玛纳斯〉百科全书》第2卷，比什凯克：吉尔吉斯斯坦百科全书出版社，1995年，第369页。

玉尔比的这一形象特征在1862年B.B.拉德洛夫记录的唱本，Ч.瓦里汗诺夫记录的片段中，萨恩拜·奥诺孜巴克夫的唱本以及其他的文本资料中都是按照这个样子出现或者只有少许改动。这一特性修饰词可以被认定为多结构形态的、固定的、复合型方式，专门用于描述玉尔比个性的特征性修饰词。《玛纳斯》史诗中这样的特性修饰词数以百计。

结构构成方面的特性修饰词分为双重或配对结构的特性修饰词（被修饰名词和修饰性形容词），三重结构特性修饰词，四重及多重结构的特性修饰词等。双重结构的特性修饰词在史诗中是这类特性修饰词中最普通的形式。例如：英雄玛纳斯、雄狮玛纳斯、猎豹阔绍依、汗王阔绍依等。《玛纳斯》史诗中很多人物的特定的名字以及战马的各种称谓都属于这种双重结构的特性修饰词。例如，阿依阔交，Айгожо（Ай+Кожо）；科尔格勒恰勒，Кыргылчал（Кыргыл+чал）；阿依曲莱克，Айчүрөк（ай+чүрөк）；空吾尔拜，Коңурбай（хонгр+бай）；阿吉拜，Ажыбай（ажы+бай）；波孜吾勒，Бозуул（боз+уул）；等等。除此之外，还有汗王阔交（Кан Кожо），阿克萨依卡勒（Ак Сайкал），克孜萨依卡勒（Кыз Сайкал），喀拉托略克（Кара Төлөк）等分开的形式。三重结构的特性修饰词的组成如下：卡塔干之子汗科绍依（Катагандын кан Кошой），占卜者黑托洛克（төлгөчү кара Төлөк），末世的女英雄萨依卡勒（кыяматтык кыз Сайкал），四十勇力首领科尔格勒恰勒（кырктын башы Кыргылчал）等。上述关于玉尔比的特征的修饰词则属于多重复合型特性修饰词或者多重结构特性修饰词体系。

内容方面，史诗中的特性修饰词也可以分为几类：有表现人物性格的特性修饰词（如上举例）。描述史诗中战马及其他用来做交通工具的牲畜特点的特性修饰词：阿克库拉（ак+кула），萨热拉（сары+ала），阿克萨热戈勒（ак+саргыл），阿勒哈拉（ала+кара），阔克布卡（көк+бука）等。关于战马及其他交通工具的特性修饰词从双重结构特性修饰词到多重结构特性修饰词都可以遇到。

关于武器装备、家具的特性修饰词包括武器装备（色尔长矛、月牙斧、白钢利剑等），战争服饰（头盔、战袍、白皮袄、蓝皮袄、铠甲、盾等），战马装备（金马鞍、锦缎马鞍盖、昂贵的细织地毯、布勒杜尔孙马鞭等）以及各种生活用品和家具的特性修饰词。

史诗中关于自然现象，时间、季节、各种度量衡方面的特性修饰词可以划分为不同的种类（寒风刺骨的冬天、酷热的夏天、晚秋、乌云、昏暗的夜晚，等等）。《玛纳斯》史诗中也反映出了很多专用地名，如地的中心灰山岗（бжер ортосу Боз-Дөбө），伊塞克湖（热湖，Ысык-Көл），卡拉套山（黑山，Кара-Тоо），阿拉套山（花色的山，Ала-Тоо），艾克凯敏（两个凯敏，Эки-Кемин），阔兹巴什（羊羔头，Козу-Башы），乌伊热勒毛湿地（Үйрүлмөнүн Кара-Саз）等和民族部落名称，如黄色诺盖人（Сары Ногой），密密麻麻的满州人（Калың кара көп манжуу），卡勒德柯尔克孜人（калың кыргыз），厄鲁特人（ойрот），阿尔泰卡拉汗的臣民（алтайлык кара кан эли）等特性修饰词也大量存在。这些特性修饰词大部分都呈现彼此交融、相互影响的特点。

特性修饰词也可以按修饰性质和功能方面加以划分。定义数字方面：40个勇士、9层天、大地的7个角、40个奇勒坦圣徒、1000个士兵组成的军队。传统的神秘数字有：3、7、9、12、30、40等。定义颜色方面：由白色、黑色、黄色、红色、蓝色、绿色等形容词组成。内含"白色"（ak）的特性修饰词在乔坎·瓦里汗诺夫记录的仅由3319行诗组成的"阔阔托依的祭奠"中含有"白色"的各种特性修饰词就大约有30个，重复出现的频率则超过了100次：例如：白色大锅（ак казан）、白色宫殿（ак сарай）、白色大袍（ак көбө тон）、白色荆棘（ак тикен）、白猎隼（ак шумкар）、白纸张（信件，ак кагаз）、白色帐篷（ак чатыр）、白马鞍（ак ээр）、白钢（ак болот）、真诚祈福（ак бата）、阿克凯勒铁神枪（ак келте）、白匕首（ак тинте）、阿克奥乐波克战袍（ак олпок）、灰白色骏马（ак боз ат）、白兔马（ак коён），等等。在 B.B. 拉德洛夫记录本"包克木龙"（Бокмурун）一章中这类特性修饰词也都得到保留。关于史诗中的主要英雄玛纳斯的特性修饰词仅在"阔阔托依的祭奠"中就以多种形式展现。比如，玛纳斯用勇士（эр）、英雄（баатыр）、国王（падыша）、敦实的玛纳斯（энчегер бойлуу эр Манас）、贾克普汗之子玛纳斯汗、贾克普汗之子年轻的玛纳斯、戴王冠的玛纳斯、撒马尔罕的萨尔特玛纳斯、黄耳朵狗玛纳斯（受情景限定的特性修饰词仅出现一次）、英雄同胞玛纳斯等20多种。史诗中的特性修饰词的功能和结构组成是十分复杂和多变的。特性修饰词作为诗歌艺术语言的一个特殊类型而形成，在总体结构和基本特征方面与其他大部分民族具有共性，但是其蕴含的深刻内涵，在具体的每一部作品中或同一类题材体系中所发挥的功能方面都存在不同。

第四节　平行式

口头史诗中的平行式可以理解为词组诗句段落等某一个叙事单元的特殊结构安排。相互平行的诗句要求具备相等措辞、相等的音节诗行、相同的结构，并要求陈述和形成同一个层次的观念。也就是说，平行式必须是相对应的两组诗行在结构和内容上对称。对称是其最基本的形式和美学要求。口头史诗中的平行式具有并列、递进、重复等多种结构模式。在口头史诗演唱过程中很多喜怒哀乐都是通过这种形式得以表达。这种对称结构也是口头史诗很古老原始的基本因素之一。

平行式可以有以下几种类型：第一种是同义型，即第二组诗行重复前一组诗行的语义借以加强第一组诗行的意义，原有词语可以重复，也可以不重复。第二种是对偶型。第二组诗行否定第一组诗行的语义，或与第一组诗行在意义上形成对照。第三种是累加型。第二组诗行或连续几行添加或补充第一组诗行的意义。第四种是递进（或叠升）型。诗行的关键词语词组逐行下传，后行增益前行，使意义或情节逐步叠升，直至顶点。《玛纳斯》史诗中通过平行式这个表述技巧和方式展示情节的相似性或者是差异性。比如：

Jarmi tögün jarmi chin,	一半为虚一半为真，
Jarandardin köönü üchün,	为了听众得到欢娱，
Jabiratip aytabiz,	我们要滔滔不绝地演唱，
Jolbors Manas jönü üchün.	为了猛虎玛纳斯的形象。
Köbü tögün, köbü chin,	多半为虚，多半为真，

Köpchülüktün köönü üchün,	为了大伙的心情,
Küpüldötüp aytabiz,	我们汹涌澎湃地演唱,
Kök jal erdin jönü üchün.	为了青鬃狼的伟大形象。

平行式是口头史诗文本中普遍存在的一种语言表现手法。在《玛纳斯》史诗中尤其普遍，主要用来表现自然界的变化，并将其同人们的生活、人物的命运加以对比。比如：

Tutunarġa tuyak jok,	没有一子半嗣陪伴左右,
Tuuġanimdan ayrilġan.	我失去了亲人。
Jurtta menday chunak jok.	故乡没有像我一样的孤单的人。
karmanarġa tuyak jok,	形单影只没有子嗣,
Kanatinan ayrilġan,	如同失去翅膀的飞鸟,
Kalkta mendey chunak jok.	乡亲中没有这样的鳏孤之人。

在史诗的诗歌建构中，这种属于诗歌节奏模式构件的平行式组合词或者短句在诗行数量上相等，诗歌语义方面彼此呼应或者相同相似，并以这样的方式在同一时间内将同样的信息传递给听众。我们在《玛纳斯》史诗的诗歌结构中随处可以看到：

Jamġirdi kör, choktu kör,	你看看雨点，再看看火炭,
Jabila tiygen oktu kör,	看一看铺天盖地的矢箭,
Kamishti kör, seldi kör,	你看看芦苇，再看看山洪,
Kakaylap uraan chakirip	发出摄人心魄的呐喊,
Kaptap kalġan koldu kör.	紧紧围困我们的敌人。
Munarik küygön choktu kör,	你看看黯淡的火炭,
Buzulbay tiygen oktu kör,	看一看整齐划一的矢箭,
Kazilġan chuŋkur ordu kör,	你看看早已挖好的陷阱,
Kajildap, kaptap chukurap,	发出凶狠恶煞吼叫,

Kaptap kalġan koldu kör.　　　　全面围困我们的敌人。

在描述史诗英雄人物的性格和外貌特征，英雄行为，彼此之间的交往，对于大自然的态度等也会以平行式来表现：

Altin menen kümüshtün,　　　　就像是金子和银子，
Shiröösünön bütköndöy,　　　　最纯净的部分造就，
Asman menen jeriŋdin,　　　　就像是天地之间，
Tiröösünön bütköndöy,　　　　最坚强的柱石造就，
Ayiŋ menen künüŋdün,　　　　就像是月亮和太阳，
Bir özünön bütköndöy.　　　　最亮丽的部分凝固而成。
……

平行式通常用非常具体的而不是抽象事物来比喻和表现所要描述的对象，这种形式非常适合突出被描述人物的性格和外貌特征：

Bildin jügün kiygender,　　　　披着大象皮的勇士，
Biri miŋge tiygender.　　　　以一当千的英雄。
Jaraġin temir kiygender,　　　　穿戴甲胄铁衣的勇士，
Jalġizi saŋa tiygender.　　　　独战无数对手的英雄。
Saltanattuu say kashka,　　　　尊贵的白额斑灰白骏骥，
Söölötü jurttan bir bashka.　　　　独显尊荣气度非凡。
Kizil bayrak, kirk bashka,　　　　红色大纛，四十色彩旗，
Kilġani jurttan bir bashka.　　　　行事做人不同凡响别出心裁。

史诗歌手正是凭借此类平行式来凸显属于史诗主要英雄人物的英雄业绩，勇敢无畏精神和飒爽英姿：

Jüzdön jüzün burbas dep,　　　　他不会与众人为敌，

Jüz miŋ adam kurchasa,	但是有十万人将他围住,
Jüdöp karap turbasdep.	他也不会心惊胆怯。
Miŋden betin burbas dep,	他不会与大众为敌,
Miŋdegen adam kamasa,	即使有成千上万前来围困,
Bir jaltanip turbas dep.	他也不会眨一下眼睛。
Karmaġandan kan chikkan,	被他抓一下就会鲜血流淌,
Karaġandan jan chikkan,	让他瞪一眼就会当场死亡,
Jash da bolso Almaŋdin,	阿勒曼别特虽然年轻气盛,
Jayin bildi Esenkan.	艾散汗已明白了他的内心。

平行式作为柯尔克孜族口头史诗的一种重要的艺术手法,早在叶尼塞—鄂尔浑碑铭中就成为广泛运用的诗歌创作手段。这一点已经得到俄罗斯学者C.E.马洛夫的证实。① 类似的平行式结构也见于11世纪的《突厥语大辞典》中。这说明,平行式比较、正反对照的思维方式和采用重复的手段强调某一个语义概念的重要性在古代碑铭文献中就已经成为普遍采用的一种艺术手法。这种平行式修辞手法也明显地影响了《玛纳斯》史诗的句法结构,随着歌手唱腔声调的变化,以头韵方式构建起来的平行式也随着其韵律的变化而变化。

第五节 修辞手法及其功能

一、比喻

比喻是语言艺术中运用最广泛的一个种类。无论是作家还是诗人,或者是史诗演唱歌手都会用特殊的眼光观察大自然、各种事物、各种物品,并用

---

① C.E.马洛夫:《古代突厥文献》,莫斯科–列宁格勒,1951年,第30—38页。

丰富多彩的词汇对他们进行生动传神的描述和比喻。他们并不是简单地用词汇直接表述，而是婉转手法委婉地用一个事物与另一个事物进行比较，通过两个不同事物的比较来创造一个形象，表现一个情节。《玛纳斯》史诗中的比喻总是要将某一个事物比喻成比较具体的并且拥有特殊本质的事物。柯尔克孜族自古以来就讲究韵律、节奏，赞赏和高度评价机智的隐喻性表达。正因为如此，在民间口头文学传统，尤其是史诗传统中比喻和隐喻的运用频密度很高。在史诗作品中，总是将某一事物用民众文化生活中的事物，自然界中经常看到的事物及变化，各种动物进行比喻。在这类比喻中，被比喻的人或事物的形象总是要得到保存并且用形象、生动的事物加以比喻。比如："maylaġan buuday jüzdöngön，küügüm tuman közdöngön"（玛纳斯）脸庞如同过油的麦子，眼神像朦胧的黄昏；"tuurasi joon boyu pas，tulku boyu kara tash"（楚瓦克）肩宽胸阔个头不高，浑身上下如同磐石。一些抽象的事物也会用具体的事物进行比喻，从而增强其生动性、形象性。为了更加生动地表现玛纳斯的形象，总是会用太阳、月亮、星星或者用英雄、别克、汗王甚至用嗜血者、龙、雄狮、青鬃狼等史诗性形象来比喻，将其塑造成特殊的半人半神的人物形象。比如在萨恩拜的唱本中对于英雄玛纳斯的如下面这样的比喻具有典型性：

Altin menen kümüshtün，	就像是金子和银子，
Shiröösünön bütköndöy，	最纯净的部分造就，
Asman menen jeriŋdin，	就像是天地之间，
Tiröösünön bütköndöy，	最坚强的础石造就，
Ayiŋ menen künüŋdün，	就像是月亮和太阳，
Bir özünön bütköndöy，	最亮丽的部分凝固而成，
Aldi kaliŋ karajer，	只有厚重广阔的大地，
Manaska jerdiginen tütköndöy.	才能撑起英雄玛纳斯。
Ay aldinda dayranin，	就像用月光下的滔滔大河，
Tolkununan bütköndöy，	冲天的波涛创造而成，
Abadaġi buluttun，	就像用天上的云朵，

> Salkininan bütköndöy,　　　习习的凉风汇聚完成，
> Asmandaġi ay, kündün,　　　就像用天上的太阳和月亮，
> Jarkininan bütköndöy.[①]　　散发出的光明聚合而成。

用这样形象生动的比喻将英雄玛纳斯独特而完美的形象表现出来。尤其是将英雄人物比喻成凶狠的猛兽来表现英雄人物的勇猛顽强个性，增加史诗语言的生动性。"akkula menen zaŋkayip, ak kayiptay maġkayip"（骑在阿克库拉骏马背上英武飒爽，如同神圣的野生动物神傲然挺立），"jürögu tash erge okshoyt, jünü tayki sherge okshoyt"（如同磐石心肠的英雄，如同刚刚脱毛的雄狮）等这类比喻在史诗诗行中比比皆是。这类修辞手法十分适合揭示史诗英雄人物的性格特征和他们的心理变化。比如巴卡伊老人因为睿智无比，具有他人无法替代的智谋所以将其描述成"走在玛纳斯前面总是一帆风顺，走在玛纳斯后面如同成千上万护卫"。

史诗中的众多英雄人物都会用特定的程式化比喻来描述和表现。比如为玛纳斯出谋划策的老英雄阔绍依：

> Ker kabilan at minip,　　　骑着枣栗色烈马，
> Keŋ ok ötpös ton kiyip,　　身穿箭镞射不透的大衣，
> Opol-toodoy chalkayip,　　 如同奥博勒山一般高傲无比，
> Choŋ murutu kalkayip.　　 浓密的胡髯硕大无比。

或者：

> Kilimdin Koshoy balbani,　　阔绍依盖世英雄，
> Aġala sakal seŋselip,　　　花白的长须迎风飘摇，
> Ak buuraday teŋselip,　　　如同一只白公驼摇摇晃晃，

---

① 萨恩拜·奥诺孜巴克:《玛纳斯》，第1卷，比什凯克：吉尔吉斯斯坦出版社，1984年，第283页。

Alishuuġa belsenip,	时刻准备与敌拼搏,
Asta basip barġani.	缓步走向搏杀的战场。

史诗的反面人物形象也有极具个性特征的比喻,如:

Eki iynine karasa,	看看他的两个肩膀,
Eki kishi konġondoy,	能够容纳人站立,
Eki betin karasa,	看看他的两个脸庞,
Eki daŋġit toyġunday.	足够喂饱两匹母狼。

相对于正面英雄人物,反面英雄人物往往会用比较丑陋的形象加以描述和比较。比如在阔阔托依的祭典上与阔绍依上场摔跤比武的奥荣果的形象有如下夸张的描述:

Murdu toonun seŋirday,	鼻子如同高高的山脊,
Közün körsöŋ kapiray,	你瞧一瞧他那蒙胧的眼神,
Köp ögögön temirdey,	如同锉子锉过头的生铁,
Erinderi kalbiyip,	双唇耷拉下来,
Eki uurtu balbayip,	两个嘴角往下耷拉,
Kököröktö emchegi,	胸部的一对乳房,
Kindigine salbayip,	一直挂到肚脐上面,
Elüü menen kirkiŋdin,	四十到五十,
Ortosunda jashi bar.	才是他的真实年龄。

同样夸张的比喻也用来描述玛纳斯的宿敌空吾尔拜:

Murutunun bir tali,	每一根胡髭,
Aybaltanin sabinday.	足有月牙斧柄粗壮。
Murdu toonun seŋirdey,	鼻梁就像一座山梁,

> Bulkushkandi jegidey,　　　　对手都会被他吞噬，
> Közü köldün bitkilday,　　　　眼睛如同湖里的旋涡，
> Körüngöndü jutkunday.　　　　看到的人都被他吞没。

或者：

> Közü bishkan öpködöy,　　　　双眼如同烧红的羊肝，
> Sakalina karasa,　　　　　　　再瞧瞧他那胡须，
> Sarapti teship ötköndöy,　　　如同射穿门檐的箭镞，
> Közü ögögön temirdey,　　　　眼睛如同刚刚锉过的生铁，
> Murdu toonun seŋirdey.　　　　鼻梁如同高高的山梁。

史诗中能够与英雄玛纳斯比肩的对手除了上面的的外形之外，还用生动的比喻表现其内心世界：

> Kayra jaachu buluttay,　　　　如同即将大雨如注的浓雾，
> Kaari jüzünö aylanip,　　　　 所有的愤怒挂在脸上，
> Kitaycha kürmö, sumbal ton,　契丹式坎肩，丝锦长袍，
> Kilichin ichten baylanip,　　 战刀挂在大袍内，
> Kirdan chikkan izġaarday,　　 如同山梁上刮起的狂风，
> Kiyali bölök aylanip.　　　　 心情万变无法判定。

《玛纳斯》史诗中妇女形象也有自己独特一套比喻程式词汇。不仅要描述她们的外貌特征，同时也要揭示她们的内心情感世界：

> Ötügünün takasi,　　　　　　长筒靴的鞋跟，
> Kök zumurud asil tash,　　　使用珍贵的祖母绿宝石镶嵌，
> Aalamda jok jan öŋdüü,　　　世间无法找寻，
> Aktiġi küzgü, kar öŋdüü,　　皮肤白净如同秋雪，

| Betindegi kizili, | 脸颊上的红晕， |
| Karga tamgan kan öŋdüü. | 就像落到雪上的鲜血。 |

关于妇女们的比喻，在史诗中也是运用传统的艺术手法用纯洁美好的事物将她们雪白的皮肤、下颌的洁净透明以及迷人的身材、美丽的外貌表现出来。甚至除了传统的古老的比喻意象之外，还创造出比较新颖的比喻意象，如"瓷窑里出来的白瓷""手指如同银丝""如同加白的扣子"等。以自己的聪明才智、心灵手巧而区别于其他妇女的卡妮凯的独特形象，用"külsö tishi jark etip，külüktöy ünü shaŋk etip"（笑起来牙齿闪闪发光，如同骏骥发出嘶鸣）等。

《玛纳斯》史诗中的比喻有简单型和复杂型两种。比喻的简单型我们可以列举阿勒满别特与玛纳斯的一段话：

乔坎·瓦里汗诺夫记录本中：

| Üylöp koygon chanachtay, | 如同充气的皮囊， |
| Mincha nege dardaydıŋ? | 你为何如此膨胀？ |

而在萨恩拜的唱本中，同样的片段则这样描述：

Manas，Manas degende	有人喊：玛纳斯，玛纳斯
Barbaya kalat ekenciŋ,	你立刻心花怒放，
Chala üylöngön chanachtay,	恰同没有充满气的皮囊，
Dardaya kalat ekensiŋ.	立刻变得变得膨胀。

在萨雅克拜·卡拉拉耶夫的唱本中：

Maans dese barbaydıŋ,	听到玛纳斯你立刻精神抖擞，
Suga salgan chanachtay,	犹如放入水中的皮囊，
Barbalaŋdap dardaydıŋ.	满心欢喜十分膨胀。

很显然，乔坎·瓦里汗诺夫记录本中的"如同充气的皮囊"这个比喻在后来的玛纳斯奇的唱本中也出现，每一位玛纳斯奇的唱本中虽然都或多或少有些变化，但其核心意义却没有改变。在这类比喻中，其复杂的类也经常出现在史诗文本中。这类比喻还经常伴随有隐喻、夸张的手法，使比喻内涵得以加深，且更加富于情感和动人。比如，玛纳斯的出生就以以下这种形式得到展示：

Aybati albars temirdey,	他的意志如同钢铁，
Murunu toonun kirdachtay,	鼻梁如同高高的山梁，
Murutu koldun kamishtay,	胡子如同河谷的芦苇，
Közü köldün butkulday,	眼睛如同湖里的泡沫，
Kaardanip karasa,	如果生气瞪大眼睛，
Körüngöndü jutkunday.	能够吞噬世间的一切。
Ar münözün karasa,	仔细打量的脾气性格，
Ajidar bolso tutkunday.	有擒获恶龙的胆量。

在这里，英雄的外貌、气质并不是简单地做一个比喻，而是加强和夸大英雄的外部特征进一步表明其不同凡响、坚强有力、威武不屈的性格。在这一段诗行中，英雄的外貌特征不仅一一得到描述，而且其整个身体、人格魅力都逐步得到加强和显现，达到更高的艺术高度。这种比喻同时也是夸张的修辞手法之一。

二、隐喻

隐喻就是用一种概念、意象或象征暗示另一个概念、意象和象征，使其更加生动，述意更加复杂，含义更加深广。亚里士多德认为隐喻是一种修辞或比喻手段，用于语言修饰、生动描述、阐释意义或制造某种神秘感。当然，隐喻并不仅仅局限于修辞学意义，而是具有很深的文化含义。因为"人类头脑中存在着隐喻式思维和神话式思维这样的活动，这种思维是借助隐喻的手段，借助诗歌叙述与描述的手段来进行的"①。亚里士多德在《诗学》中写道："隐喻既是以一事物的名称指称另一事物，这个词便成了隐喻词。其应用范围可以包括以属喻种、以种喻属、以种喻种和以此类推。"② "最重要的是要善于使用隐喻词。唯独在这个点上，诗家不能领教于人。不仅如此，善于使用隐喻还是有天赋的一个标志，因为一个好的隐喻意味着一种能够从不同事物中发现相同之处的直觉性洞察力。"③ 毫无疑问，隐喻不仅仅是诗歌创作的一种高级手段和技法，也是诗歌生动有力地表现事物关系的独特方式，但它同时也是一种表现我们各种知识与经验相互关系的基本方式。

在隐喻中，本体基本上会被喻体所取代，只剩下喻体。这种隐喻方式不仅增加了语言的生动性、语义的深刻性，提高了作品的艺术性。"最初的诗人们就是用这种隐喻，让一些物体成为具有生命实质的真实事物，并用以己度物的方式，使它们也有感觉和情欲，这样就用它们来造成一些寓言故事。所以每一个这样形成的隐喻就是一个具体而微的寓言故事，这就提供一种根据来判定隐喻何时在语言中开始出现，一切表达物体抽象心灵的运用之间的类似的隐喻一定是从各种哲学正在形成的时期开始，根据就是在每一种语言里精妙艺术和深奥科学所用的词，都起源于村俗语言。"④

在《玛纳斯》史诗的文本中，隐喻在很多情况下都区别于普通的诗句，呈现包含物质化和审美化双层语义及美学特征。比如"aristandar choǵulup, akil sözdör kuruptur"（雄狮们聚集在一起，交换意见汇聚智慧的语言）。在这里"雄狮"首先是指一个人群团体，这是其物质方面。另一方面它还体现出勇敢无畏、英勇果敢的人物性格，这是其审美特征。如果我们认识到每一个民族的口头创作都以艺术化的方式体现着这个民族的历史发展环境的话，我们便可以理解《玛纳斯》史诗中的成百上千的隐喻在一定程度上体现着柯尔克孜族在创作史诗过程中所经历的社会生活、政治社会形态、人们的世界观、民俗习惯、艺术创造活动等。史诗中（物质化）的隐喻分为以下几种词

---

① 韦勒克、沃伦：《文学理论》，生活·读书·新知三联书店，1984年，第209页。
② 亚里士多德：《诗学》，陈中梅译注，商务印书馆，2008年，第149页。
③ 同上书，第159页。
④ 维柯：《新科学》，朱光潜译，人民文学出版社，1986年，第28页。

组诗句：

（一）与人相关联的隐喻

这是史诗文本中数量最多的隐喻形态，为了便于生动地表达、理解和阐释晚近出现在人们生活中的各种认识，现象而广泛运用。比如说史诗中物质化的"头-bash"这个概念是要表达"领袖""首领""统治者"的概念，比如"ayil bashin öltürüp, aydap jilki aluunu"（杀死村寨的首领，夺取他们的马匹）。它还与"牲畜-mal"合成一个词，表达其主人的意思，比如"bashi jok mal kurusun, bashtatan maza kildi dep, 没有主人的牲畜太可怜，一直都处于危险的边缘"。"眼睛-köz"在史诗中经常与"岁月、日子"或"月份"相关联，表达它们的各种状态。比如"kilimdin közü jash bolup, kiraan Manas mas bolup"（过去的岁月不算长，年轻的玛纳斯年少气盛）。"腰-bel"要表达的是"力量""依靠""勇气和毅力"等。比如"betteshken jooġo beldüüdön, 面对敌人要有勇敢的人。""kol-手"用来表达"军队""兵马""士兵"。比如"chinjirġa salġan jol menen, Kambardin uulu Aydarkan, kak alti jüz kol menen"（沿着铁链一样笔直的道路，康巴尔之子阿依阿尔罕，领着整整六百兵马前来）。史诗中"心脏、肝脏、舌头、肚脐"等人体器官也表达特定隐喻的含义。

（二）与动物相关联的隐喻

这也是史诗中数量非常多的一种隐喻方式。其中用"kulun-马驹""boto-驼羔""tuyak-牲畜蹄子"用来表达"孩子、后嗣、继承者"。用"teke-公山羊"表示有远见的男人。用"atan-单峰驼"表示力量、身体硕大。与野生动物，尤其是老虎、狮子、苍狼、豹子、青鬃狼、龙（巨蟒）等猛兽用来表达英雄人物的勇猛无比勇敢无畏的毅力和勇气。比如对英雄玛纳斯：

Kökjaldiġi ep eken,	青鬃狼的名号十分恰当，
Too jerdegen Burutka,	生活在大山里的布鲁特人，
Toodoy Manas chep eken,	高山一样的玛纳斯就是保护墙，
Kelbersigen er eken,	他是一个容光焕发的英雄，

Ushul turġan Buturka,　　　　　对于这些布鲁特人，
Bir bir jaralġan sher eken.　　　他是一名特意诞生的雄狮。

史诗中还有"chochko- 野猪"，"it- 狗"等隐喻一些人物缺乏人性、心存恶念的性格和对其厌恶反感的态度。比如考绍伊对宿敌交牢依评价说：

Küchtüüsüngön it menen,　　　与自命不凡的野狗，
Kürpöŋdöshö ketkende,　　　　拼命纠缠摔打的时候，
Kaardanġan al chochko,　　　　那头野猪鼓起勇气，
Karmasa shimim bölünöt.　　　他奋力拽扯会将我的裤子扯烂。

与飞禽相关联的隐喻也不在少数。用"tuyġun-（猎鹰）、"kiraan-"（雄鹰）等表达善于搏杀、勇敢无畏的英雄。比如"asilim tuyġun jalġizġa"我尊贵的猎鹰独生子）等。毫无疑问，这些将人与动物相关联的隐喻的象征性表达方式应该说是隐喻的最古老的形式之一。

（三）与大自然中的江河湖海性关联的隐喻

史诗中用"cuu-"（水）、"dariya-"（大河）、"köl-"（湖）、"deŋiz-"（海）的隐喻，根据这些词语本身的语义表达正面英雄人物如同水一样纯洁、河水一样威猛、湖一般深沉、心胸海一般宽广，充满智慧的好形象、好性格。

（四）与金属相关的隐喻

比如有与金、银、钢、铁、铜、铅为喻体的隐喻表达。从这些隐喻表达中可以看到古代柯尔克孜人很早就开始利用各种金属制造武器装备、马具及其他生活用品，并指出不同金属个特性品质用途、神奇功能和象征意义。比如用"altin-"（金子）隐喻某一人物最高尚的道德品质。对于人的本质用"tamiri altin bayterek"（根基是金子的幸福树）。对于心灵手巧的妇女用"söömöyü altin uz eken"（拇指如金精巧灵敏）。用铁表达"坚强""坚毅"，用钢表达"尖锐锋利"，用铜表达骏马的某些特殊器官象征其善于奔跑耐力

强大的优良品质。比如"kabir öpkö jez kanat, kamish kulak jez bilek"(筛子一样的肺活量翅膀,芦苇般灵敏的耳朵铜一般的四蹄)。

(五)与植物相关的隐喻

史诗中有很多与植物相关联的隐喻表达方式。比如"chinar-"(高大的梧桐树)、"terek-"(高大的杨树)或者"bay terek-"(幸福树)用来象征人物茁壮成长如日中天的壮年时光,而"chirpik-"(树枝)用来表达人的少年时光。

(六)与人相关的隐喻

形容词作为隐喻在很多情况下通过无生命的事物的某些特征表达或象征有生命的事物。比如用来描述水深、水纯洁等概念表示一个人的品质本性、足智多谋等能力。比如"oyu tereŋ karilar"(思想深邃的老者),"kökürök tunuk checheni"(内心纯洁的智者)等。

(七)与颜色相关的隐喻

表达颜色的隐喻在明显区别于其他类型的隐喻之处在于它们的含义比较明确,且具有强烈的象征性。比如用"kara-"(黑色)象征忧伤、悲哀、离别等状态。"katindi kara kilbayli"(不要让女人(变黑)忧伤),"bashima tüshüp kara tun"[(黑夜)悲伤降临到我头上]。除此之外,它还有一些引申含义。比如表达孤独、孑然一身的意思,"kara bashim sa kurman"(我孑然一身随时为你牺牲)。表达年少幼童,"kutula albay jürsüŋbü, körgön jalġiz karaŋdan"[难道你一直摆脱不了,你那唯一的(黑)儿郎]。表达普通人、贫民,"kara tügül kan kirbes"(不要说贫民,就是汗王也不进来);"karasin tamam kilalik"(将贫民先解决)。"ak-"(白色)也是一个使用广泛、具有多重隐喻特征的象征词。多数情况下表达忠诚无私、纯正无邪、心地善良等含义。"ala-"(花色)则表达言行不一、言不由衷、分崩离析,不团结和睦等含义。比如"Közkamandin jeti uulu, ala bolboy kök bolup"(阔兹卡曼的七个儿子,一心一意紧密团结)。

隐喻在史诗中用各种程式加以表达。比如,史诗中在对阔阔托依汗王进行描述时，玛纳斯奇巧妙地运用两段平行式，用隐喻的形式进行：

Altin eerdin kashi eken,	金马鞍的前鞍轿，
Ata jurttun bashi eken.	整个故乡部落之首。
Kümüsh eerdin kashi eken,	银马鞍的前鞍轿，
Tün tüshkön kaliŋ Nogoy bashi eken……	陷入黑暗的众多诺盖领袖……

阔阔托依的亡故对于诺盖人来说就像是"陷入黑暗"一样，玛纳斯奇用两个平行式，艺术化地表现了阔阔托依汗王对于诺盖人所做出的贡献，以"金马鞍""银马鞍"这样的意象使用隐喻手法对其进行描述，然后又用"前鞍轿""之首"等高度的押韵形式提升了隐喻词组的艺术性。

这一类简短而优雅的诗行构成了史诗传统诗歌常用创作手法，每一位玛纳斯奇都会在自己的创编中努力借用这些已经成为传统的现成的诗歌表现手法和技巧。让我们看一看对于英雄玛纳斯的描述：

Ötük bolso takasi,	长筒靴的铁掌，
Ton bolgondo jakasi,	皮大衣的衣领，
Kaliŋ Kirgiz sakasi……	众多柯尔克孜人的"头牌羊髀石"……

在这里，我们可以清楚地看到玛纳斯在吉尔吉斯民众中的地位用另一种概念、意象或象征来暗示和表现：史诗歌手用"长筒靴的铁掌，皮大衣的衣领，众多柯尔克孜人的'头牌羊髀石'等名词性隐喻生动地表现了玛纳斯的形象。

下面让我们再看一看另一个平行式隐喻。玛纳斯与巴卡依初次见面时，彼此不认识，通过打听对方的部落、氏族、故乡才得知彼此之间的血缘亲属关系。玛纳斯十分高兴，立刻请求巴卡依引领自己的四十勇士以及统率"哈萨克吉尔吉斯联合大军"并说出这样的话语：

Astima salsa ak joltoy,	走在我前面引路能给我带来福运，
Sherim Bakay ekensiŋ,	巴卡依啊，你是我的雄狮，
Arkama salsa san koldoy,	走在我后面保护如同千军万马般威猛，
Erim Bakay ekensiŋ……	巴卡依啊，你是我的英雄……

这一段对话形式隐喻运用"走在我前面引路能给我带来福运……走在我后面保护如同千军万马般威猛"这样的婉转的比喻手法展示了巴卡依这一人物形象崇高而勇敢的人格魅力。所以，隐喻以其丰富多样性和意义的深刻性和完整的艺术特性极大地提升、扩大和加强了史诗诗歌创作的方式方法。

三、夸张

夸张在史诗中是用来加强英雄人物形象的生动性、神圣性、崇高性、特殊性而使用的艺术手法，也是《玛纳斯》史诗的歌手演唱并创编史诗时普遍采用的一种修辞手法之一。夸张虽然只是一种修辞手法，但是它也像神话一样，通过非凡的艺术想象力和形象塑造力而生动地表现出史诗的古老特质。如同阿尔泰语系其他民族的史诗一样，《玛纳斯》史诗也通过夸张手法呈现故事情节，塑造英雄人物。夸张在《玛纳斯》史诗中以不同的形态、不同的含义广泛存在，比如以比喻的形式、以递进的方式、以怪诞的手法等。作为叙事手法，夸张可以提高史诗内容的形象性、生动性和艺术性，可以为进一步深入揭示英雄性格服务。史诗中的现实主义色彩首先体现在它的主题思想、内容和内外矛盾，战争，部落之间的冲突，英雄人物的言行及彼此交流方面。而史诗英雄的诞生，非凡的成长速度和过程，最初的英雄行为，武器装备的来历和制作过程，骏马的外貌特性和气质，英雄们威猛气势，一对一地搏杀，重兵混战的情状以及英雄们的东征西战和日常生活、生活环境等都经常采用夸张的描述。正是通过这种夸张，每一位英雄人物便拥有了凡人无法比拟的英雄性格、形象、气质和品行。而这些英雄人物的典型便是玛纳斯、赛麦台、赛依铁克、凯耐尼木、赛依特、阿斯勒巴恰与别克巴恰、索木碧莱克、奇格台。尤其是玛纳斯硕大的身躯，无比的臂力，对于敌人的凶猛无情的气质在史诗种这样描述：

比如，对于玛纳斯外貌的描述如下：

Aristan Manas baatirdin,	雄狮玛纳斯英雄，
Ar müchösü bashkacha:	身材威武英姿飒爽：
Aybati albars temirdey,	他的意志如同钢铁，
Murunu chöldün kamishtay.	胡子如同戈壁的芦苇，
Kararishi tün bolup,	愤怒时如同黑夜降临，
Kyshky kirgen buuraday.	又如冬天发情的公驼。
Kychyrap tishi un bolup,	咬牙切齿，牙齿咯咯作响变成粉斋，
Betinen chikkan saritük,	脸颊上的密集黄毛，
Besh baipaktik jün bolup.	能够织出五条袜子。
Közü köldün butkulday,	眼睛如同湖里的泡沫，
Körüngöndü jutkunday.	能够吞噬世间的一切。

史诗歌手将玛纳斯的外貌用意志"如同钢铁"，愤怒"如冬天发情的公驼"，眼睛"如同湖里的泡沫"等令人毛骨悚然的比喻来展现英雄超出凡人的英雄气概，威武不屈的精神。与此同时，为了加强玛纳斯形象的审美特征，还运用以下夸张的诗句：

Altin menen kümüshtün,	如同用纯金纯银，
Shiröösünön bütköndöy,	提炼而成的精华铸成，
Asman menen jeriŋdin,	如同是天空和大地之间，
tiröösünön bütköndöy,	擎天的柱石制成，
Ayiŋ menen künüŋdün,	如同明月和太阳，
Bir özünön bütköndöy,	联合本真而造就，
Ay aldinda dayranyn,	如同月光下的河流，
Tolkununan bütköndöy,	粼粼的波涛制成，
Abadagi buluttun,	如同天上的彩云，

> Salkininan bütköndöy,　　　吹拂的清凉造就，
> Asmandagi ay, kündün,　　　如同晴空中的月亮和太阳，
> Jarkininan bütköndöy……　　用自己的光芒制成……

在这里，玛纳斯的形象用最美妙的意象进行夸张的比喻。从这一段诗行中我们可以看到英雄的形象用"金子、银子、天空、月亮、太阳、河水的粼粼波涛、云彩的清凉"等夸张艺术手法来进行比喻。英雄的勇敢坚强、脸上发出的威武气势、愤怒时的容貌、善良的微笑以及超凡的英姿史诗中大多是以夸张的形式得以呈现。伴随在英雄左右的神秘的神话动物也是以类似的英雄式夸张手法得到描述：

> Kara chaar kabilan,　　　　一只黑花色雪豹，
> Kaptalinda chaminat,　　　　在他一旁往前猛冲，
> Cholok kök jal aristan,　　　一头青鬃短尾巴的雄狮，
> Bet aldinan kaminat,　　　　在面前随时准备猛扑，
> Alpkarakush zymyrik,　　　　阿勒普喀拉库什神鸟，
> Alip ketchü nemedey,　　　　随时会劫掠眼前的一切，
> Asmandan butun saliptir……　从天空甩动双爪……

当然，除了玛纳斯家族的英雄之外，陪伴在英雄左右，帮助他完成使命的其他英雄人物也同样以类似的夸张手法得以描述。比如玛纳斯的亲密伙伴、结义兄弟和同父异母的兄弟阿勒曼别特，巴卡伊、阔绍依、楚瓦克、色尔哈克，赛麦台的同伴古里乔绕、康乔绕，妇女形象的代表卡妮凯、阿依曲莱克、库娅勒等无不如是。

这一类夸张的诗歌传统程式得到每一位玛纳斯奇的积极传承和运用。这些夸张的程式在描述敌方英雄时也会得到运用。比如说在描述玛凯勒朵巨人，交牢依，奥荣果，空吾尔拜的形象时。在对于空吾尔拜的描述时就会用"脑袋如同一口大黑锅""眉毛如同一条卧狗""胡须如同湖中的芦苇""鼻梁如同高高的山岗""两只耳朵随风摇摆"，而在描述马凯勒朵巨人时则用"声

音低沉如同低吟""外貌如同恶龙""头发如同麻绳",对交牢依"发出臭血臭汗的气息""吞噬一切""如同破旧的毡房""六十年徒步行走""一次吞噬六十个勇士""一次吃掉六担麦子"的行尸走肉。把卡勒玛克的奥荣果女巨人描述为"嘴巴足有三庹长""眼睛好像被锉刀长期磨平的铁片""双唇耷拉硕大无比""嘴角吊坠无弹性""胸部的乳房一直耷拉到肚脐""在她的头发之间,有三十只耗子乱窜不停""四十只野猪才够她一个月的伙食"的滑稽可笑的夸张来比喻。

当然,夸张也并非无限,它也有自己的逻辑限定和规范。使用的夸张修饰都不会超出人们基于现实生活的想象。这不仅对于正面英雄人物而言,就是对反面英雄也同样有效。比如在描述玛德阔勒、巨人朵、玛德坎等硕大的巨人或独眼巨人等都遵循这样的规律。玛纳斯奇在描述史诗中的玛德阔勒等一系列独眼巨人时总是会用非常夸张的手段加以描述。他们几乎见什么吃什么,面对英雄他就像一座山岗移动前来,无敌的英雄阿勒曼别特和楚瓦克也只有齐心协力才能将其斩杀。他的脑袋连楚瓦克的坐骑也无法驮动。玛凯勒朵巨人虽然以此类夸张讽刺的说法加以描述,但同样拥有非凡的力气、硕大的身体和超人的能力,剥夺人们的自由为民众带来灾难的主要敌对英雄人物却是空吾尔拜、交牢依、涅斯卡拉等现实人物。

四、独白

史诗中经常出现英雄人物在心情激荡或者寂寞时自言自语,表达出自己的内心世界,但却并不需要身边的人做出回答。这种独白表达的是英雄个人的情怀、思想、思绪,对于过去的回顾、对于现实的感叹、对于未来的展望和对身边事物的态度,以此来展示英雄人物的内心世界、个人魅力和独特性格。玛纳斯奇主要用来叙述英雄人物对于自己人生经历的回顾和回忆。比如说《玛纳斯》史诗中的这类情节主要包括玛纳斯老年无子的父亲贾克普痛苦不堪用独白的形式哭诉衷肠的情节;漂泊在外的阿勒曼别特让人荡气回肠的独白表达哀怨;玛纳斯的妻子卡妮凯表达对亲人的无限思念的悲怨等经典的传统章节。这些内容都是按照独白的形式呈现并以各自不同的感人的情节而成为《玛纳斯》史诗中不可或缺的核心内容的重要组成部分，堪称史诗的经典篇章，对史诗情节的发展起到了承上启下的作用。贾克普因为年老无子而倍感失落和痛苦，玛纳斯奇通过独白的手段十分感人地展示了其痛苦的心情：

Zarlap jürüp bala üchün,	为了一个孩子而痛苦万分，
Zar boldum jakshi külüügö.	开怀大笑成了我的奢望。
Obolop uchkan ak shumkar,	展翅翱翔的白雄鹰，
Taptap salaar kishim jok.	我找不到适合放鹰的人。
Jash künümdön mal jiydim,	我从小开始聚集财富，
Bala menen ishim jok.	却没有考虑孩子的事情。
Jürgönüm menin chala eken,	我即便家财万贯，
Dünüyö eesi bala eken,	但其主人还是后嗣儿男，
Artinda bala jok bolso,	如果没有延续香火的后人，
Dünüyösü kurusun,	这些财富如同粪土，
Buzulup kalġan kalaa eken.	恰似毁灭的城郭。

史诗中玛纳斯遇到危难，心中充满悲伤时，受重伤而力不从心的时刻用独白进行表述：

Erkek bolboy, kyz bolgon,	不是男儿，是女性，
Elden ashik uz bolgon,	心灵手巧超过任何人，
Emgektuu maga tush bolgon,	心有灵犀心灵相通的人，
Katindan artyk kayrattuu,	勇气超凡胜过所有女人，
Kyladan ashyk bilimdüü,	博学智慧非同常人，
Kylymdan ashyk ilimdüü,	聪明睿智不一般，
Sanagani saramjal,	头脑聪明思维敏捷，
Ishtegeni baari amal,	运筹帷幄出类拔萃，
Kanikeym bolsochu!	我的卡妮凯如今却不在！

"attigine" dep aytip,	真是让我遗憾而无奈,
Atka minse ak joltoy,	骑上马背万事顺利,
Atishkan joodo san koldoy,	面对敌人如有千军万马,
Aytishkanda sirdashim,	对话时心灵沟通,
Naalishkanda moŋdashim.	痛苦时敞开心扉。

此后的内容中，玛纳斯又想起既是妻子又是女英雄的阿克莱，以及手持金色弓箭，勇敢无畏的女英雄卡拉波茹克。然后又陷入悲伤，逐一说出自己的四十勇士的名字。很明显，这两段诗行表达了两个人在相似的悲痛下的心声。

五、对话

对话就是两个人面对面彼此进行交谈。在文学作品中，人物的对话属于塑造人物形象的有效手段之一。对话的每一个人物都要根据自己的年龄、职业、情绪、观点等说出不同的话语，以此来体现出各自不同的性格，并为情节的发展、故事的结构展示和提高作品的艺术表现力而创造条件。对话在戏剧中是不可或缺的因素，但是对话的几种传统类型确实是在诗歌对话基础上确立起来的。例如，贺拉斯式的讽刺诗中就常有两个人物之间的对话。这类作品既可以说是"对话体诗歌"，也可以说是诗歌使用了对话，但是诗歌对话不仅限于两人之间。柏拉图写的一些最著名的散文对白，据说就是根据公元前5世纪西西里岛诗人索福龙和爱彼卡玛斯的模拟笑话剧而创作的。[1] 就诗歌而言，有些对话是纯文学性的，而有些在诗歌中直接引述的对话则是为了便于背诵或为了便于辩论中的叙述。尤其是在口头史诗演唱中对话体往往与史诗的音乐性特质相结合。对话指的是两人以上的交谈，所以史诗中的独白，歌手的引述，主要角色开始讲话时的引场均不能被视为对话。

---

[1] 参见周式中等主编：《世界诗学百科全书》，西安：陕西人民出版社，1999年，第121页。

《玛纳斯》史诗中人物之间的对话也很常见，但是并不像当代书面小说戏剧那样明确。无论如何，在口头韵文体即兴叙述艺术中对话也并非最主要的叙事艺术手段。在史诗演唱过程中，玛纳斯奇们承担和参与人物之间的对话，在多数情况下都是要将人物对话转变成间接引语形式，用自己的口吻传达给听众。史诗《玛纳斯》中的对话具有以下功能：1.通过两个人物的对话，史诗故事的发展、情节延续能够得到呈现。2.通过对话，参与对话双方的性格得到揭示。3.通过对话，对话双方特定的语言能力、行为、观念，以及对所涉及的各种事物的态度得到表现。4.能够改变作品思想基调。

比如在玛纳斯与父亲贾克普的对话中：

Aylanayin karaldim,	我的亲爱的孩子啊，
Aldi-artiŋdi karaġin,	你最好前后左右看一看，
Azir kiyindik ebiŋ jok,	你现在还没有到逞能的年龄，
Jürgün, kayra jönöylü,	走啊，我们还是往回返，
Kalmaktardi körölü,	我们观察一下卡勒玛克人，
Kanteer eken kapirlar,	看一看他们想干什么，
Kaalasa künün bereli.	给他们"昆"满足他们的条件。

少年玛纳斯如此回答：

Ay, atake, dep aytat,	哎呀，我亲爱的父亲啊，
Kurulay korktuŋ tegele,	你这样害怕有啥道理可言，
Kün degeniŋ emine?	你说的"昆"到底是啥东西？

贾克普这样回答：

Kün dep sanap mal alat,	他们以"昆"为单位数牲畜，
Al malina könbösöŋ,	如果你不答应他们的条件，
Bu kurġan Kyrgyz talanat.	那可怜的柯尔克孜就会遭到劫难。

Aybany sanap mal alat,	他们用"艾瓦"数着索要牲畜,
Aytkanina könbösöŋ,	如果不满足他们的条件,
Az Kyrgyz munda talanat.	不多的柯尔克孜族人就会被抢劫。
Akirinda kulunum,	最后我的小马驹,
Öltürüböy koyboyt özüŋdü,	他们也会让你命丧黄泉,
Oyboy koyboyt közüŋdü,	他们会剜去你的眼睛,
Aŋdap bil aytkan sözümdü.	你一定要把我的话听清。

玛纳斯如此回答:

Ay, atake, dep aytat,	哎呀,我亲爱的父亲,
Abalinda kol salip,	看来是卡勒玛克早先动手,
Sizdi kelip kamalap,	前来将您围攻,
Urġan Kalmak turbaybi.	已经把您殴打。
Jalġiz chaka pul bersem,	如果我还将金钱相送,
Meni Kuday urbaybi……①	那我不将受到上天惩罚……

在这一对话中,清楚地表达出了玛纳斯看到父亲贾克普遭到卡勒玛克人的殴打与羞辱,生活无望,向卡勒玛克人屈膝为奴,赠送苛捐杂税的可怜境况以及少年玛纳斯不畏强暴、勇敢地抬起头来决意要与敌人抗争的勇气和决心。对话在《玛纳斯》各章节内容都出现,其中也不乏很多经典对话片段。

比如,在《玛纳斯》史诗的叙事中做梦及解梦是普遍出现的母题之一。这种梦,玛纳斯的父亲贾克普汗也有:

Janada jatip tüsh kördüm,	刚才睡觉做了个梦,

---

① 萨恩拜·奥诺孜巴克:《玛纳斯》第 1 部,比什凯克:吉尔吉斯斯坦出版社,1984 年,第 132—134 页。

Jana jakshi ish kördüm……	梦中看到奇怪的事情……
Oŋ kol menen bir chapchip,	伸出我的右手,
Kündü karmap alipmin,	我抓住了太阳,
Sol kol menen bir chapchip,	伸出我的左手,
Aydi karmap alipmin……	我抓住了月亮……

贾克普向众人说出自己的梦并请求人们解梦，此时阿克巴勒塔站出来：

Kep tashtadi jarkildap：	他对贾克普这样开言：
Kirk üyüü Kirgiz jakir jurt,	四十部落柯尔克孜十分贫穷,
Sari adirmak sabirkak,	黄色山岗的高山,
Beldi tabat ekenbiz,	我们可以找到自己的倚仗,
O, kuday, kindik kesip, kir juugan,	哦, 主啊, 割断肚脐洗净尘埃,
Jerdi tabat ekenbiz,	我们会找到富饶的土壤,
Paana berip jaratkan,	给我们安全保佑我们,
Eldi tabat ekenbiz,	我们会找到自己的人民,
Bizge bir aristan bala tabilat,	我们会迎来一位雄狮般的男孩,
Üzülgönün ulantat,	他会让我们时来运转,
Chachilganiŋ jiyilat,	他会带领我们团结向上,
Öchkön otoŋ tamilat,	熄灭的火焰会重新点燃,
Ölgön janiŋ tirilet……	死去的生命会重新复生……

贾克普和阿克巴勒塔的这段对话是说明柯尔克孜人即将要返回自己的故乡阿拉套山的内容。从玛纳斯和巴卡依第一次见面时的对话中我们也可以隐约感觉到关于柯尔克孜故乡及与命运息息相关的内容。巴卡依第一次见到玛纳斯时首先这样提问：

Oo, botom, uraaniŋ kim, dayniŋ kim, 哦, 孩子, 你的口号

	是什么，你来自哪里，
Uruguŋ kim, ayliŋ kim?	你的祖先是谁，你的故乡在哪里？

对此，玛纳斯这样作答：

Baatirdigi bashkach,	拥有非凡的英雄气概，
Sherdi izdep jürömün,	我正在寻找这样的雄狮，
Özüm menen bir ölchü,	能与我同生共死，
Teŋdi izdep jürömün……	我正在寻找自己的同伴……

从此以后，巴卡依向玛纳斯讲述了自己的身世，并斩杀坐下的骏马作为祈祝的牺牲。玛纳斯则向巴卡依请求成为自己的导师和参谋，请求他担任柯尔克孜及四十勇士的统帅。

正像上述例子所见，巴卡依和玛纳斯之间的对话以逐步深入、不断加深的方式延续、提问、相识，彼此向对方讲述自己的身世，结义以及彼此表达敬意等。类似这样的对话不仅在玛纳斯与阿勒满别特初次见面后的对话中也出现，在其他情节中也常常出现，对史诗内容的发展、内容的展示发挥重要作用。

很显然，对话可以生动地揭示英雄人物的性格、思想、业绩以及行为。通过对话中的争辩使英雄人物各自不同的人格魅力得以彰显，人物的素质和能力，优点和缺点，人物之间的关系都得到揭示。比如阿勒满别特和楚瓦克在远征途中发生争执的情节对话中，楚瓦克妄自菲薄、目中无人，对所有的问题都想用武力来解决的傲慢性格和阿勒曼别特面对对方的羞辱和怀疑，表现出强烈的荣辱观，具有崇高的精神素质都表现了出来。

结语

英雄史诗是一种反映人民（种族/部落/部族）和民族为争取和平、自由、独立而与敌对势力进行艰苦卓绝的斗争，以及那些因部族、家庭内部、社会政治等引发的矛盾、冲突和战争的纯韵文或韵散结合形式的口头艺术作品。这些史诗的核心人物汇集了民族历史、民族意识中最优秀的品质，是典型化、理想化的英雄形象。《玛纳斯》史诗作为一部典型的英雄史诗，塑造和描述了在"军事民主"时期的特定条件下，英雄玛纳斯及其家族后代率领柯尔克孜族人民为了获得自由和平的生活，抵抗外敌，巩固和扩大自己的部族领地，获得更多利益而进行的征战。对于被誉为柯尔克孜族历史纪念碑的《玛纳斯》史诗而言，它不仅是探讨柯尔克孜族民间口头史诗创作规律和历史的经典遗产，与此同时，也是对后代进行英雄主义爱国主义精神、道德伦理、人生理想、审美意趣、哲学审美教育的根本源泉。纵观世界史诗传统，从特定的形式和结构方面讲，英雄史诗并不仅仅具有某一种单一的形式。不同民族的史诗在结构、形式、内容等方面是互有差异的。但是，无论如何，作为一种特定的口头文学艺术文类，英雄史诗都有类型学方面的相似性。其特点是缅怀和追忆民族历史，去寻找和树立民族发展过程中功勋卓著，体现氏族部落中勇敢无畏、精诚团结、为民族的存亡不惜献出生命的一些典型英雄人物形象，歌颂那些为了集体的利益而忠诚服务、任劳任怨的理想人物形象。英雄史诗对于过去历史的理想化描述是原始公社制度解体和氏族部落关系衰落时期的特有现象。

结 语

英雄人物对自己部族或人民无限忠心，对敌人绝不妥协、不屈不挠的精神，英勇顽强、气盖山河的品质，永生不死或者最终为民族的存亡献出生命是世界各国所有的英雄史诗的共同特质。与此同时，绝大多数史诗所具有的共同特质是：神奇的夸张的艺术手法，故事事件按顺序向前发展的结构，缓慢平稳的叙事风格，故事情节的精细化以及对于各种事物的细致表述；程式化的诗行建构以及各种传统仪式、主题、母题、程式、典型场景（尤其是对英雄征战的描绘，人物上马离家以及返回时的场景的刻画，追击敌人，一对一的搏杀，武器装备的描写等）、固定的特性形容词的不断重复运用等。此外，英雄史诗毕竟是遵循历史发展轨迹，与民族的历史相融合，共同发展的一种口头传统体裁，它与神话史诗相比虽然是后来出现的。但是，它也是在人类进入阶级社会之前，具体说就是在母权制社会走向解体，父系社会开始前转折时代初期开始形成，在"军事民主"时代和氏族部落开始组成的时期逐步完善，在奴隶制和封建社会时期得到继续发展。[①]

欧亚大陆上很多民族的史诗都属于此类。涅涅茨人的史诗，埃文基人的史诗，卡累利人及芬兰人的古代民歌，布里亚特人的史诗，阿尔泰、哈卡斯人、图瓦、雅库特人的英雄歌以及高加索民族的史诗等都属于史诗最初发展阶段出现的作品，其神话特性比较显著。游牧的封建汗国或相对独立的部落政权出现之后产生的史诗也并非同一。比如其中就有反映奴隶制社会时代的史诗经典，也有欧洲中世纪的封建时代的英雄歌和叙事长诗，还有就是欧亚草原游牧民族的史诗《玛纳斯》《江格尔》《格萨尔》《阿尔帕梅什》《阿勒帕米斯》等。属于比较发达的封建主义社会的史诗作品有俄罗斯人的勇士赞歌，南斯拉夫尤纳克人诗歌，以及《萨逊的大卫》《罗兰诗歌》《熙德诗歌》等作品。英雄史诗不同阶段的各个种类并没有准确统一的形式和标准。如果说晚近才被记录下来的古老形式的史诗，在经历漫长历史演变的同时，还将晚近历史条件、意识形态等因素融入其中而呈现一种"翻新的、完善的"状态的话，那么在"古典的"封建制度条件下形成的史诗则大都最大程度地保存了很多古老文化元素。

《玛纳斯》史诗从形成到发展都是一部规模宏伟、结构复杂的作品，里

[①] 参见 E.M.梅列金斯基:《英雄史诗的起源》，王亚民等译，商务印书馆，2007年，50页。

面包含了与玛纳斯家族数代英雄人生轨迹相关的纷繁复杂、曲折起伏的故事情节和矛盾冲突事件，这些故事情节在母题、主题、程式为叙事元素周而复始地循环（传记、家族系谱以及围绕史诗核心的循环）而形成了彼此紧密关联的一个完整统一体。这种完整统一性并不是按照晚近时期人为组合的机械的方式，而是作为民间口头文学创作的一种文本形式经历了历史发展的不同阶段，在自然状态下形成的。从这一方面而言，《玛纳斯》史诗应该是独一无二的，因为我们所知道的世界各民族著名的史诗没有一部像《玛纳斯》史诗这样经历了从其古老的形式历经蓬勃发展直到今天这样的高度艺术化的史诗经典化之路。人类社会发展到今天，史诗毫无疑问会停止其作为一种特殊体裁的发展历程而让位于虚构的神奇冒险故事或爱情题材、或历史歌、寓言歌等新的体裁。《玛纳斯》史诗与南西伯利亚各民族以及中亚的突厥—蒙古民族的英雄故事（古老的史诗）在起源和类型学上具有相似性早就被 W. 拉德罗夫、乔坎·瓦里汗诺夫通过将其与阿尔泰、哈卡斯等民族的史诗加以平行比较而确定。V. 日尔蒙斯基指出《玛纳斯》史诗所蕴含的神话幻想元素占据主导地位的史前层次是其属于英雄史诗古老风格特征之外，还指出了史诗的人物、情节与南西伯利亚的一些民族英雄故事的相似性。按照他们的观点，这一层面的内容是柯尔克孜族人古代的故乡叶尼塞河地区从 6 世纪以来的历史过程中所创造的，最初的起源是从古老的史诗（V. 日尔蒙斯基认为是英雄故事）阶段开始的，与此同时它与雅库特人、哈卡斯人、布里亚特人以及阿尔泰人的史诗存在同源性。但是，一个显著的区别是《玛纳斯》史诗中神话幻想并非故事情节的核心和主导因素。史诗中所描述的许多故事情节与人物经历及历史脉络存在各种联系，并与内容古老的充满神幻色彩的英雄故事有所差别。E. M. 梅列金斯基经过对世界上各种史诗进行深入比较研究之后认为，《玛纳斯》史诗是同类型作品中属于历史发展晚期阶段的作品，然后将其归入古典形态的历史英雄史诗之列。他对史诗从古代形式向经典的历史英雄形式过渡进行分析后指出："在突厥语民族史诗范畴中，古老的原始阶段在雅库特、阿尔泰—萨彦史诗中突现出来，而其他突厥语民族的民间文学中仅仅以遗留形式保存了这一时期的一些特征。作为古典史诗的一个显著特征，即像格萨尔和江格尔那样拥有无限的英雄本领或对其统治者的形象的英雄主人公的生平简介母题,在柯尔克孜史诗中只局限于对玛纳斯的童年和青年时代的描述。但即便如此,玛纳斯的第一次战功并不是如前者那样杀死魔鬼,而是针对侵略者的胜利。玛纳斯主要的敌人与格萨尔王在征战中所战胜的具有神秘力量的汗王们相比更具历史真实性。也不像《江格尔》史诗中的敌人那样带有民间故事特有的面纱。"① 总而言之,《玛纳斯》史诗经过数个世纪的发展,经历了史诗体裁演变发展的所有阶段,融入叙事反复循环可能出现的所有类型,从古代英雄故事(古老史诗)发展到古典形式的大型历史英雄史诗,从而达到了史诗体裁繁荣发展的最高峰的一个典范。

《玛纳斯》史诗是柯尔克孜人民所创作的宏伟的英雄史诗。它作为柯尔克孜族人数千年以来智慧以及财富的结晶,记载着柯尔克孜族在历史长河中一步步走来的光辉历程,是收藏每一个重大的历史事件的记录宝库。它不断趋于完善而被柯尔克孜族人民视如珍宝又代代相传。《玛纳斯》在柯尔克孜族人生活中是具有特殊意义和地位的,值得全民族自豪的一部作品。

柯尔克孜族人将《玛纳斯》史诗列为"交毛克"系列。"交毛克"是普遍意义上的术语。就其意义与标志方面而言,它与口头艺术形式上在世界学术界中的"史诗"这个术语恰好相适。因为以前柯尔克孜族中没将"交毛克"这类作品按照其意义和形式进行划分,故将"交毛克"作为一个专有术语来使用,将纳入其中的作品根据特点来划分更是非常困难的。因此,根据世界学界中被广泛认同的习惯,我们将这一术语称为"史诗(Epos)",同时根据其自身的特点将其与史诗学科的科学术语相对应也是非常合适的。

我们已经比较详细地介绍了《玛纳斯》作为一部英雄史诗的突出特征。它记录了数个世纪以来柯尔克孜人民为了民族生存和发展,为了民族繁衍生息、团结一致而不断进行的艰苦卓绝的斗争,其主题是赞美在反抗外来侵略者的战斗中所展示出来的英勇气概,呼唤和谐、团结。因此,史诗内容中对各种大大小小的事件进行广泛的描述。战争事件在史诗内容中占据重要地位。在史诗中所反映的大部分人民生活是在战争状态中度过的。史诗中所表现的战争种类繁多:反反复复发生的反侵略战争;为了牧场、土地和马匹而

---

① E.M.梅列金斯基:《史诗及小说的历史诗学导论》,莫斯科,1986年,第103页。

与相邻部落之间的争执与冲突；反抗压迫和掠夺者的战争；反抗强制暴力与压迫；从敌人的占领中收复祖先生活的地方——解放故乡的战争；防御危险，抗击入侵之敌；向凶残的敌人复仇——抵御强敌进行反击；在同部落或附属汗国的同胞遭到敌人的掠夺、受到欺辱或者被残害时给予帮助进行救助的战斗；为获得财产、战利品和别人的马群而进行的军事行动等类似的战争。后来"阔兹卡曼事件""阿勒曼别特的离家出走"等类似的同胞之间的冲突，相互之间的关系虽然没有演变成大规模的流血事件，但也如同发生彼此残杀、流血的小规模战争事件一样得到描述。作品在对英雄、人物形象性格特征刻画时，英勇无畏的精神作为其最主要的品质得以展示。在关键时刻奔赴战场，不是个别人或某些英雄的责任，而是作为一个男人应该承担的职责。不仅如此，史诗中的很多妇女也像男性英雄一样有着英勇无畏的性格。虽然史诗中妇女的主要任务就是作为主妇操持家务，教育孩子，成为英雄的助手和后盾，但是在关键时刻也会把粗长的头发盘到头顶，穿上战袍上阵杀敌。

除了大量的战争情节之外，《玛纳斯》史诗中也有很多反映人民日常生活场景的内容。这些内容不仅通过对战争的描述反映出来，也在一些传统章节中揭示人民的命运、生活条件、习俗、观念。作品在每一个重要章节都从某一个特定角度反映人民生活，对之进行全面而细致入微的展示。例如：无子的老年人的内心痛苦过渡到通过向神灵真心祈祷而得到一个孩子，与此相关的民间传统信仰和仪式，教育和引导年轻人了解和认识生活相关的内容基本上都在"玛纳斯的出生与童年时代"这一章里得到展示，而领导人民、组织和团结民众，使各个部落民众最终形成为一个统一整体的思想和行动在"玛纳斯当选汗王"这一章节中加以描述。订婚、成亲相关的习俗在"玛纳斯迎娶卡妮凯"这一部分里得到表述。与人物去世、下葬以及后续仪式相关的习俗在"阔阔托依的祭奠"和"玛纳斯的逝世与墓葬的建造"这些章节里进行描述。由于情节发展的需要而在上述部分中没有囊括进去的其他一些关涉民众日常生活状况，众多的传统习俗仪式和观念，在史诗的其他情节以及片段中并或多或少或详或略都有所体现，日常生活的场景甚至是在很多描述战争的章节也有出现。《玛纳斯》史诗包含了柯尔克孜族日常生活的方方面面，从柯尔克孜族的习俗传统到民族命运中具有重大意义的历史事件，包含着民族各个时期有关人民生活生产现象，自然，社会，善与恶、利与弊的阐释，信仰，行为准则，医学、地理及其他学科，同时还包含着与周边民族间的贸易关系等非常珍贵、有价值的信息。因此，全面而艺术化地反映柯尔克孜人民千年来的历史进程的《玛纳斯》史诗是人民探寻学习民族历史、哲学、民族学、语言、艺术、心理、地理、医学以及精神和社会生活的方方面面知识的源泉。这是《玛纳斯》学产生170多年来经过世界各国学者深入研究之后得出的普遍认可的结论。

  分析《玛纳斯》的深层内容和史诗中事件的各个方面以及生活现象的表述特点和方式方法可以看出，史诗完全不是个人的作品，也不是单纯地由某个个人独立完成的口头文学。史诗融合了柯尔克孜族的口头传统和民间文学中几乎所有的体裁，它们彼此融合，融入了史诗的内容中。从哀歌、遗嘱歌、仪式歌、生活歌、丧葬歌、祈愿歌到训导劝谕歌、儿歌、谚语、格言、俗语、民间故事、传说、神话，都可以在史诗中找到。但是，《玛纳斯》史诗不是各种体裁作品的合集，也不是海量信息简单的重组堆积。尽管《玛纳斯》史诗内容包罗万象，但《玛纳斯》史诗是一部具有超高美学及艺术造诣的作品，其情节结构的发展与布局完全遵循一条统一主线和脉络，使所有的事件都彼此互有联系。而这个完整统一的主线就是玛纳斯的生平和英雄事迹。

  从古至今《玛纳斯》史诗都在柯尔克孜人中享有很高的评价和地位。治疗伤病、孕妇生产时为了美好的希望和祝愿而演唱《玛纳斯》史诗这一种仪式活动在人们生活中已经成为一种传统，并且能够可以找到很多类似具体的实例。有很多独特景观和标志都与玛纳斯的名字及其事迹相关，这已经逐渐成为一个人人都接受的传说甚至习俗。各个地区、不同的山谷中都有与玛纳斯相关的水土、山石等称谓，以及自然或人造的很多标志性人文景观、遗迹（从玛纳斯的陵墓到阔绍依的城堡，从玛纳斯的骏马阿克库拉的拴马桩、马槽到位于卡尔克拉草原上的阔阔托依祭奠而挖掘的地灶台遗迹，从玛纳斯与同伴们玩攻占皇宫游戏的地址到石制锅支架，从四十个勇士的坟墓到交牢依的摇篮，等等）都与《玛纳斯》史诗有关。《玛纳斯》与柯尔克孜民族的关系以及这个作品在柯尔克孜族人中的受尊敬程度，我们可以从几乎没有一个柯尔克孜人使用"玛纳斯"这个名字上就可见一斑。在人们的信念中，孩子担不起玛纳斯这样一个沉重而又伟大的名字，所以会在童年时代夭折。

由于绝大多数人对《玛纳斯》史诗的主要内容、故事情节都很熟知，柯尔克孜人中很难找到连若干行《玛纳斯》诗句都不会背诵的人，这也印证了史诗在柯尔克孜族人之间广泛流传和熟知程度。《玛纳斯》史诗中所记录的人物信息、各个事件不被柯尔克孜族人民认为是数世纪以来的艺术作品，而被认为是民族真实的历史史料。捍卫民族的利益，保护人民的英雄勇士们总是呼喊着玛纳斯的名字御敌作战。年轻人从作品中的英雄勇士身上获得启示和教育，在树立世界观，人际关系，价值判断，解决冲突矛盾纠纷抑或是在解决日常生活中遇到的各种纷繁问题等方面史诗都被视为一个典范。正是因为人们对《玛纳斯》史诗持有这种神圣的敬仰，作为世界上一部与民族如此紧密联系的美妙无比的巨型艺术作品才得以产生。单就个人演唱规模方面看，没有任何一部类似的史诗能与《玛纳斯》史诗相比。玛纳斯奇萨雅克拜·卡拉拉耶夫的《玛纳斯》史诗三部共计达 500553 行。这个规模是希腊人《伊利亚特》(15693 行) 和《奥德赛》(12110 行) 的总和 (27803 行) 的近 20 倍。《玛纳斯》史诗这一版本的行数是当时很长一段时间被科学界认为世上最长史诗的印度史诗《摩诃婆罗多》(20 万行) 的 2.5 倍。而被认为目前世界上结构最完整的由我国《玛纳斯》演唱大师居素普·玛玛依演唱的文本也共计达到 23 万行，如果再加上他所演唱的被看作《玛纳斯》附属史诗的《艾尔托什图克》《巴格什》《托勒托依》《女英雄萨依卡勒》等内容，总计接近 30 万行。此规模也已经达到了令人匪夷所思的篇幅。

国内外当前被学术界发现的各种规模的《玛纳斯》史诗文本近 100 个，而还未被学术界发掘的史诗文本的搜集记录工作还在持续。《玛纳斯》宏大的篇幅与其形式浑然天成、相得益彰。由于人们对作品高度重视以及它在人民生活中占据重要位置，所以它反复得到演唱，故事情节不断得到筛选，诗歌词句不断得到精雕细琢，在无数个天才的民间艺术家口中不断得到提炼和加工而走向史诗艺术的高峰，成为语言艺术高不可攀的典范。

创造、保存、发展《玛纳斯》史诗的玛纳斯奇们构成民间天才的特殊群体。谁是史诗的最初创作者无人知晓。根据传说，当英雄玛纳斯离开人世

结 语

时，其英雄行为和业绩是伴随其东征西战经历和目睹过战争的40勇士之一额尔奇吾勒用挽歌的形式唱出来。根据民间传说，广泛传布于民间并被不断传唱的这些挽歌后来被一位名叫托合托古勒的民间歌手加以整合，将英雄玛纳斯的业绩按照顺序衔接起来创编出了一部歌颂玛纳斯的完整作品。根据传说，史诗中发生的事件和史诗产生、发展和形成时间之间有一定的差异。不仅是柯尔克孜的《玛纳斯》，在其他民族中也存在史诗最初创作者的名字无人知晓，高度艺术性，具有重大价值，广为人知的作品的第一位演唱者只留下一些民间传说的现象（比如说希腊人的荷马和俄罗斯人的巴扬等）。他们的突出特点是：演唱和创编史诗最初内容的歌手往往是作品主人公身边的勇士，并同其同伴并肩战斗，成为史诗内容的见证者。这种传统与《玛纳斯》史诗的产生过程有关联并保存下来，额尔奇吾勒就是明证。

《玛纳斯》史诗究竟是何时，在何种历史条件下，在哪一个历史事件基础上产生依然是未解的科学之谜。在《玛纳斯》史诗的文本中也找不到关于史诗产生年代的令人信服的资料证据。只是在萨恩拜·奥诺孜巴克夫的唱本中出现"从那时起到如今，已经过去了一千零四十年"的诗句。①但是，这是根据什么提出来的却没有交代。玛纳斯奇也没有对为何引用这些诗行进行解释。根据大多数研究者的观点，《玛纳斯》史诗是一部传唱一千多年的作品。有些历史学家、民俗学家将史诗的产生年代同柯尔克孜族重大的历史转折点结合起来进行探讨。M.阿乌埃佐夫、A.N.伯恩什塔姆、胡振华将史诗的核心内容同7—9世纪柯尔克孜族同回鹘之间的关系结合起来。反对回鹘的压迫以及奋起反抗的内容在史诗的个别异文，比如萨恩拜·奥诺孜巴克夫的唱本中得到广泛描述。由若干个情节合成的叙述玛纳斯反抗11个都督的内容是一个比较大的篇章。阔绍依从监牢里救出比列热克的独立情节也与回鹘有关联。B.尤奴萨利耶夫、张宏超、张永海将史诗核心内容的产生年代柯尔克孜族在9—11世纪与黑契丹的战争联系起来。B.日尔蒙斯基则首先将史诗中出现的人们的原始信仰遗迹联系起来，并指出史诗中存在的与史诗的产

---

① 吉尔吉斯斯坦科学院语言文学研究所资料库档案，第578号，第2—6页，参见阿·卡热普库洛夫主编：《玛纳斯》百科全书》第2卷，比什凯克：吉尔吉斯斯坦百科全书出版社，1995年，第80页。

生相关的最古老的资料，然后指出史诗的真正产生年代应当在15—18世纪。其他很多学者虽然也都各自提出自己的看法和观点，但最终都会与上述三种观点趋同。

在目前的研究成果面前，我们还不能坚定支持上述三种观点中的某一个观点，而将其他两种完全否定和排斥。甚至还应该考虑到我们不能完全否定会产生与上述观点完全不同的新观点。将《玛纳斯》史诗的根基确立在历史进程中的具有转折意义的重大历史事件来看，将民族历史过程中具有重大意义的时代和历史条件结合起来观察最具说服力，也是最正确的。根据史诗已知的基本文本资料，构成史诗最初核心内容的古代部落组织的雏形已经显现是有根据的。为了家族和氏族的利益而奋斗构成了这些情节的核心主题。贾克普无子的痛苦，得到子嗣，年轻勇士为了家族的利益而与人争夺草场，击退入侵者，把家族亲属联合起来组成一个强大的联合体并统领这一联合体，最终被推举为汗王便是最好的证明。后来，不同历史时期的各种重要事件、各种观点、信息逐步对史诗的这一主干脉络和内容产生影响，在史诗中留下自己的痕迹，丰富了史诗的内容和结构，并逐步发展成了堪称经典的《玛纳斯》史诗。

《玛纳斯》史诗内容中存在众多反映部落组织不同发展时期的丰富资料。民族部落的分类以及与之相适应的生活状况，各个部落组成战争联盟并最终倾向于形成一个民族，阶级以及阶级之间的矛盾、斗争开始出现，上层建筑依附于民众的团结，部落长老在部落安宁方面的作用，战争时期军队统帅的领导作用，部落成员分担部落的领导权，亲属之间相互关照和帮助的义务，国家及其管理机关的缺失，没有固定的军队，冲上战场的英雄遭到家族成员一致反对，没有专门制定的法规典章，对民众的统治，人与人、部落与部落之间的关系按照习惯法维系，部落成员共同利用土地资源，民众对固定的捐供纳税的无知，铁器成为主要的武器，物物交换充当主要经济流通方式等特点都证明了这部史诗内容所呈现的属于早期部落联盟组织最高阶段的军事民主时期的显著特征。当然，《玛纳斯》史诗中也不乏其他历史时期的痕迹。特别是在史诗的第二部《赛麦台》，第三部《赛依铁克》中属于封建社会形态特征的内容也十分丰富。适应于部落联盟最初发展阶段的生活条件的需求而产生的史诗的最初的核心内容，在自己的发展形成过程中不断地吸收了来自不同层面的各种信息和资料。史诗歌手们以适应后来历史条件的需求为目的不断地对史诗的内容进行补充，扩大其思想内涵，并将新的事物、事件、新的观点以及将那些以自己的方式流传于民间的民间故事、神话、传说以及其他作品，甚至将一些独立的史诗都作为《玛纳斯》史诗的补充材料加以利用。我们可以清楚地看到，史诗中融入的7世纪以来的重大历史事件的遗迹，不同时期不同条件下出现的各类资料和信息，众多民间故事的变异形态都或多或少地被纳入史诗的情节脉络中之。不仅这些，甚至比《玛纳斯》史诗产生更早，在民众中以散文、韵文形式广为流传的《艾尔托什图克》这样的独立史诗也被后期的玛纳斯奇们编入自己的演唱文本当中进行演唱。《玛纳斯》成为世界上独一无二的宏大史诗的奥秘就在于此。最初的短小的史诗不断地被后世进行加工和补充，最终使其成为演唱6个月都不会结束的鸿篇巨制。只要深入了解史诗的宏大内容，分析其中的各种繁杂的资料信息，我们就会看到史诗结构的复杂性、多层性及其漫长的形成过程。因此，在谈论史诗的起源问题时就不仅需要关注其中的属于古老历史层面的资料，而且要看到柯尔克孜族人民所走过的漫长的不同重要历史层面的具有转折意义的历史事件的遗留，将各种繁杂的信息资料加以细致的、准确的区分。对史诗的核心情节或者依附于它的内容限定在仅仅一个具体的历史事件上绝不会得出让人满意的结论。

  人们的生活构成了《玛纳斯》的内容。而这种生活可以分成两种：战争及与其相关联的事物；日常生活的各种场景。对于史诗所塑造的那些深受时代和历史条件影响的人物而言，无论战争还是日常生活都是那个时代的标志，也是生活在他们身上烙下的痕迹。虽然史诗中重点展示了战争给人们带来的悲痛和苦难，但是争强好胜的战斗和搏击依然构成了人们生活的主要方面，是人们生存的职业法则之一。因此，战争场面的描述所占比重较之日常生活场景更丰富、更全面。

  史诗中将各种信息、各种事物贯穿在一起，构成整个史诗情节的完整结构的唯一因素和核心便是英雄玛纳斯的生平和业绩。史诗中大小事件，甚至玛纳斯本人没有直接参与的一些事件也同英雄的行为发生联系，为史诗主题的展示服务。

史诗中的各种事件彼此之间通过与整体核心内容有关联的大的章节的形式呈现。每一个大的章节都是按照独立故事的形式创编而成（比如，"玛纳斯的出生与童年时代""从敌人手中解放阿拉套山""阿勒满别特的故事""玛纳斯迎娶卡妮凯""阔阔托依的祭奠""远征"，等等）。在听众面前演唱时，在通常情况下，史诗的情节并不是按照从头至尾的顺序完整而有序地排列（足够长的固定时间和稳定的听众群体：即在这么长的时间段内能够抽出足够的时间来专门聆听《玛纳斯》史诗的固定的听众群体在日常生活中并不常见），而是按独立章节的形式进行演唱。因此，每一个大的章节都以独立作品的形态得到创编（属于史诗总体框架内并纳入其中的），可以说是为了便于将这种规模宏大的作品分成片段进行演唱所采取的手段和需求。通过后期歌手的演唱而进入史诗内容的某些大块的情节也可能是按照类似于上述大的章节的形式融入史诗之中的。尤其是那些独立的作品进入史诗毫无疑问都是采取了这种方式。萨雅克拜·卡拉拉耶夫将《艾尔托什图克》史诗纳入《玛纳斯》史诗中进行演唱便是一个典型案例。玛纳斯奇们演唱那些囊括史诗完整内容的文本中的固定的传统诗章，也基本上是由这些大的章节所构成。固定的传统诗章是属于《玛纳斯》史诗的所有异文（变体）的统摄性内容，是史诗目前所承载的结构中的核心和基础。

《玛纳斯》是一部拥有多种异文变体的作品。由于它是以口头形式演述，以口头活形态形式生存，所以《玛纳斯》没有固定不变的文本。不仅其诗句不断变化，它的情节也是有变化的。事实上，职业玛纳斯奇在听众面前反复演述的个别诗章在不断重复的情况下可能会在一定程度上趋于稳定。但是，在这种情况下我们也不能说它拥有一个法定的、亘古不变的，每一个诗行都丝毫没有变化地进行重复的文本存在。每一个玛纳斯奇平时即便是对某一个诗章的细枝末节进行重复演唱，尽量保持其原文，但是他也不能一字一句一行地，原封不动地重复自己先前的文本。对此，居素普·玛玛依、萨雅克拜·卡拉拉耶夫对史诗的某一个诗章的若干次演唱的记录稿可以做证。通过对一个玛纳斯奇的若干次重复演唱的记录本和不同的歌手（同一个片段）资料的对比分析可以看出，史诗的诗句不同的固定风格的范本也有很多种。特别是那些大玛纳斯奇基本稳定的，多次被演述，从细枝末节上得到精细加工的章节才会呈现出吟诵的特点。在记录萨恩拜·奥诺孜巴克夫的演述文本过程中，即便歌手病痛缠身、记忆力明显减退，但是他依然将"阔阔托依的祭奠""远征"等他自己曾经反复演唱过的章节唱出了先前的水平，其艺术性丝毫没有减退。按照当时的记录着额布拉音·阿布德热合曼的介绍，对于这种情况，玛纳斯奇本人就以这些章节是由于自己曾在听众面前不止一次地反复演唱过，已经变得烂熟于心来解释。不仅如此，每一位玛纳斯奇通常都会在自己的文本中将先辈的优秀成果作为可吸收的共享财富从容地加以吸收和利用。我们在史诗可以看到很多几乎没有改变的生动的诗句诗行。对此，19世纪乔·瓦里汗诺夫、V. V. 拉德洛夫记录文本中的某些诗段毫无改变地，逐词逐行地重复出现在史诗的后期记录文本中的情况可以提供明证。

史诗从一个玛纳斯奇传到另一个玛纳斯奇，从师父传给徒弟，从前辈传给后辈的过程中为了明确其语义，扩展其内涵或者是为了提高其艺术性能够做细微改动之后被歌手反复使用的诗段（对于英雄面貌的描述，战场的情形，一对一的较量，妇女及少女的美貌，自然景观及其他；对特殊事物的描摹、描述以及大量的特性形容词等）中也存在一些能够被每一位玛纳斯奇频繁使用，具有特殊功能的诗行。它们作为一种技术手段通常发挥史诗各个情节的相互关联的特殊作用，而且这种技巧只是《玛纳斯》史诗所特有。类似于"让我们放下这一段，开始讲述另一段"，由两行或三至四行构成，描述某一个事件或某一个人物，可以针对性地调换诗行中的个别词句的传统的固定诗行在史诗扩展史诗内容，增加新材料，连贯各个情节方面堪称是史诗既简单又实用的古老而朴实的技巧是毋庸置疑的。

《玛纳斯》史诗是一部纯韵文诗组成的作品。但是有时候在诗行中也会间杂有少量有韵的散文式语句。这类散文式韵文的描写，玛纳斯奇们一般在史诗开头或者某一篇章开始的时候运用，或者是正好需要演唱有关某一事件的一个片段时，为了交代以前的事情，说明被讲述的事件在作品整体结构中的位置、作用与地位，使史诗内容结构完整，以及为了扩大演唱片段对观众的影响时才使用。在演唱内容如此巨大的作品过程中，保证故事、事件间的联系与连贯性就必须简短地回顾之前事件并向听众提供的信息，以此不断地提醒听众是口头艺术创作中普遍应用的手法。玛纳斯奇们在开始演唱史诗时首先给出的先前情节的回顾是《玛纳斯》史诗独有的。

《玛纳斯》史诗是按家族谱系周期原则上创作而成的作品。几代英雄的事迹构成了史诗的核心内容，其中包括玛纳斯、玛纳斯的儿子赛麦台、孙子赛依铁克的英雄事迹。一些玛纳斯奇把史诗分成基本的三部分之后又加以枝繁叶茂地发展，对英雄赛依铁克之后的几代英雄进行讲述。但是，人们所熟知的范本是《玛纳斯》、《赛麦台》以及《赛依铁克》，其中最主要、最有价值和意义，艺术水准最高，在民间广为流传和受到广泛关注的是第一部《玛纳斯》。

由于《玛纳斯》作为英雄史诗的经典作品，史诗的某些特征与各民族同类型史诗从内容上，主题、观点、形象体系上都会有类似是非常自然的。这些特征不是因为这些作品中从根源上是同一部作品或者是这些民族相互融合吸收的结果。而是基于每个民族的生活条件，历史发展道路上所经历过的社会发展的这一基本阶段、观点、概念，对世界的认识以及对环境的态度等多方面都比较相似的结果。这一现象在民俗学中通过类型学的相似性这一术语得到解释。

《玛纳斯》史诗的人物体系在呈现作品所承载的思想以及实现其教育示范作用方面具有重大的意义。按照所有史诗都具有的独特的传统，《玛纳斯》史诗中的人物大体上也分为正面人物与反面人物两大类。正面人物一般是为了人民的自由和独立而奋斗的英雄们。他们以聪明的才智、精湛的技艺、渊博的学识而闻名，是担负起人民疾苦的英雄群体。他们大多是作品创作的民族典范，是史诗的一种本质特征。反面人物一般情况下是叙事作品中敌人的代表。但是，《玛纳斯》史诗中对人物的塑造不只有正反两种品质。作品中有很多的人物系列都是既有正面的好的品质也有反面坏的品质（如：玛纳斯父亲贾克普、贾克普的妾、科尔格勒恰勒等）。史诗人物这样设定和塑造可以说更加贴近生活，进一步体现史诗的现实主义特征。事实上，史诗中的每个主要人物形象都是在接近现实的基础上塑造的。因此，史诗中的很多人物不是理想化的人物形象，也不是只拥有好或不好的品质。史诗的主要人物，作为正面形象的典范的玛纳斯以其自身的形象印证了这一点。与他个人很多

结 语

优秀的品质一样,他也有粗犷、天真的一面,不够明智、不成熟等一些"缺点"有时也会让他犯大错。与此同时,作为史诗中敌人的主要代表空吾尔拜在有很多坏的品质的同时,也具有勇敢、强壮、荣辱感、为自己民族奉献精神等好的品格。

作为人类社会发展初期创作的艺术形式,由口头创作,以口头方式生存发展的史诗,人们更多地关注其外部表现特征。因此,《玛纳斯》中也存在相较于人物的内心世界的揭示,更加侧重于对其直观的外在形象和行为特征的表现。史诗中每个男人都是英雄、大力士,每个妇女都漂亮、聪慧,他们的穿着都令人惊艳,座驾都是宝马良驹,这是大家都普遍认同的传统。但是,人物从形象到性格都不同,都有自己的特点。不仅每个主要人物,甚至一些次要的众多人物都有其独特的面庞、特点及性格特征,他们是活生生的、真实的人。尤其是以玛纳斯为代表的著名人物每个人不仅仅是外部特征(衣着、武器、坐骑等),他们的脾气、性格、才智都有其独特的特点。

柯尔克孜人民的艺术作品中最早被记录和翻译成其他语言的就是《玛纳斯》史诗。同时,玛纳斯学也作为柯尔克孜族民间学中的重要分支被创建,史诗的搜集与整理,用柯尔克孜语(吉尔吉斯语)以及其他语种形式出版,向世界人民宣传推广《玛纳斯》史诗,研究《玛纳斯》的各种学术问题的学科领域正在蓬勃发展。

长久以来,《玛纳斯》史诗不仅是柯尔克孜族人民生活中的艺术美学,也履行着思想政治、教育的作用,在人们认识社会、观察世界、探讨自然及环境的过程中也扮演着重要角色。

柯尔克孜人民的作家文学、绘画艺术、音乐及戏剧的发展和复兴过程中,《玛纳斯》作为重要的源泉,将一直发挥其深远的影响。

参考文献

一、辞书类（按作者姓名首字音序排列）

1. 阿·卡热普库洛夫主编：《〈玛纳斯〉百科全书》（2卷），比什凯克：吉尔吉斯斯坦百科全书出版社，1995年。

2. 贺继宏、张光汉主编：《克孜勒苏柯尔克孜自治州民族志》，阿图什：克孜勒苏柯尔克孜文出版社，1992年。

3. 贺继宏、张光汉主编：《中国柯尔克孜百科全书》，乌鲁木齐：新疆人民出版社，1998年。

4. 马克来克·玉买尔拜、依斯拉木·依萨克、阿地里·居玛吐尔地编：《中国少数民族古籍总目提要：柯尔克孜族卷》，北京：中国大百科全书出版社，2008年。

5. 托汗·依萨克、阿地里·居玛吐尔地、叶尔扎提·阿地里：《中国〈玛纳斯〉学辞典》，北京：中央民族大学出版社，2017年。

6. 周式中等主编：《世界诗学百科全书》，西安：陕西人民出版社，1999年。

二、论著类

中文（按作者姓名首字音序排列）

1. 阿地里·居玛吐尔地：《〈玛纳斯〉史诗歌手研究》，北京：民族出版社，2006年。

2. 阿地里·居玛吐尔地：《口头传统与英雄史诗》，北京：中央民族大学出版社，2009年。

3. 阿地里·居玛吐尔地编著：《中国柯尔克孜族》，银川：宁夏人民出版社，2012年。

4. 阿地里·居玛吐尔地主编：《世界〈玛纳斯〉学读本》，北京：中央民族大学出版社，2018年。

5. 阿地里·居玛吐尔地主编：《中国〈玛纳斯〉学读本》，北京：中央民族大学出版社，2018年。

6. 阿地力·朱玛吐尔地、托汗·依萨克：《〈玛纳斯〉演唱大师：居素普·玛玛依评传》，呼和浩特：内蒙古大学出版社，2002年。

7. 阿地力·居玛吐尔地、朱玛卡德尔·加克甫：《〈玛纳斯〉演唱大师一家》，昆明：云南大学出版社，云南人民出版社，2003年。

8. [美]阿尔伯特·贝茨·洛德：《故事的歌手》，尹虎彬译，北京：中华书局，2004年。

9. [美]阿兰·邓迪斯编：《世界民俗学》，陈建宪、彭海斌译，上海：上海文艺出版社，1990年。

10. [英]爱德华·泰勒：《原始文化》，连树声译，上海：上海文艺出版社，1992年。

11. 巴莫曲布嫫：《鹰灵与诗魂》，北京：社会科学文献出版社，2000年。

12. [美]保罗·康纳顿：《社会如何记忆》，纳日碧力戈译，上海：上海人民出版社，2000年。

13. [古希腊]柏拉图：《文艺对话录》，朱光潜译，北京：人民文学出版社，2000年。

14. 曾遂今：《音乐社会学概论》，北京：文化艺术出版社，1997年。

15. 朝戈金：《口传史诗诗学——冉皮勒〈江格尔〉程式句法研究》，南宁：广西人民出版社，2000年。

16. 朝戈金：《史诗学论集》，北京：中国社会科学出版社，2016年。

17. 陈岗龙：《蟒古思故事论》，北京：北京师范大学出版社，2003年。

18. 陈岗龙：《蒙古民间文学比较研究》，北京：北京大学出版社，2001年。

19. 董晓萍：《说话的文化——民俗传统与现代生活》，北京：中华书局，2002年。

20. 董晓萍：《田野民俗志》，北京：北京师范大学出版社，2003年。

21. [瑞士]埃米尔·施塔格尔：《诗学的基本概念》，胡其鼎译，北京：中国社会科学出版社，1992年。

22. [瑞士]费尔迪南·德·索绪尔：《普通语言学教程》，高名凯译，北京：商务印书馆，2002年。

23. 冯文开：《中国史诗学史论》，北京：中国社会科学出版社，2016年。

24. 富育光:《萨满论》,沈阳:辽宁人民出版社,2000 年。

25. 高丙中:《民俗文化与民俗生活》,北京:中国社会科学出版社,1994 年。

26.［德］格罗塞:《艺术的起源》,蔡慕晖译,北京:商务印书馆,1996 年。

27.［匈］格雷戈里·纳吉:《荷马诸问题》,巴莫曲布嫫译,桂林:广西师范大学出版社,2008 年。

28. 郭于华主编:《仪式与社会变迁》,北京:社会科学文献出版社,2000 年。

29.［德］黑格尔:《美学》,朱光潜译,北京:商务印书馆,1986 年。

30.［法］海然热:《语言人》,张祖建译,北京:生活·读书·新知三联书店,1999 年。

31. 胡振华:《柯尔克孜语言文化研究》,北京:中央民族出版社,2006 年。

32. 黄涛:《语言民俗与中国文化》,北京:人民出版社,2002 年。

33. 江帆:《民间口承叙事论》,哈尔滨:黑龙江人民出版社,2003 年。

34. 蒋济永:《过程诗学》,北京:中国社会科学出版社,2002 年。

35. 降边嘉措:《〈格萨尔〉论》,呼和浩特:内蒙古大学出版社,1999 年。

36.［日］井口淳子:《中国北方农村的口传文化——说唱的书、文本、表演》,林琦译,厦门:厦门大学出版社,2003 年。

37.《柯尔克孜族简史》编写组:《柯尔克孜族简史》,乌鲁木齐:新疆人民出版社,1985 年。

38. 郎樱:《〈玛纳斯〉论》,呼和浩特:内蒙古大学出版社,1999 年。

39. 郎樱:《〈玛纳斯〉论析》,呼和浩特:内蒙古大学出版社,1991 年。

40. 郎樱:《中国北方民族文学比较研究》,北京:民族出版社,2011 年。

41. 梁真惠:《〈玛纳斯〉翻译传播研究》,北京:民族出版社,2015 年。

42. 廖正、张一莉主编《语言表达艺术》,广州:华南理工大学出版社,2002 年。

43. 刘魁立:《刘魁立民俗学论集》,上海:上海文艺出版社,1998 年。

44. 刘晓春:《仪式与象征的秩序》,北京:商务印书馆,2003 年。

45. 刘亚虎:《南方民族史诗论》,呼和浩特:内蒙古大学出版社,1999 年。

46.［法］罗兰·巴特:《符号学美学》,董学文、王葵译,沈阳:辽宁人民出版社,1987 年。

47. 吕微:《神话何为》,北京:社会科学文献出版社,2001 年。

48. 吕效平：《戏剧本质论》，南京：南京大学出版社，2003年。

49.［美］马尔库斯、费彻尔：《作为文化批评的人类学》，王铭铭、蓝达居译，北京：生活·读书·新知三联书店，1998年。

50.［匈］米哈依霍·帕尔：《图说萨满教世界》，白杉译，呼和浩特：内蒙古自治区鄂温克族研究会编，2001年。

51.［法］莫里斯·哈布瓦赫：《论集体记忆》，毕然、郭金华译，上海：上海世纪出版集团上海人民出版社，2002年。

52. 孟慧英：《中国北方民族萨满教》，北京：社会科学文献出版社，2000年。

53. 孟昭毅：《东方戏剧美学》，北京：经济日报出版社，1997年。

54. 诺布旺丹：《艺人、文本和语境：文化批评视野下的格萨尔史诗传统》，西宁：青海人民出版社，2014年。

55. 仁钦道尔吉、郎樱：《中国史诗》，南京：江苏凤凰文艺出版社，2017年。

56. 仁钦道尔吉、郎樱编：《阿尔泰语系民族叙事文学与萨满文化》，呼和浩特：内蒙古大学出版社，1990年。

57. 仁钦道尔吉：《〈江格尔〉论》，呼和浩特：内蒙古大学出版社，1999年。

58. 萨仁格日勒：《蒙古史诗生成论》，北京：中央民族大学出版社，2001年。

59. 沙莲香主编：《传播学——以人为主体的图象世界之谜》，北京：中国人民大学出版社，1990年。

60.［法］石泰安：《西藏史诗与说唱艺人研究》，耿昇译，拉萨：西藏人民出版社，1994年。

61. 斯钦巴图：《〈江格尔〉与蒙古族宗教文化》，呼和浩特：内蒙古大学出版社，1999年。

62. 斯钦巴图：《蒙古史诗：从程式到隐喻》，北京：民族出版社，2007年。

63.［美］苏珊·朗格：《情感与形式》，刘大基、傅志强等译，北京：社会科学出版社，1986年。

64.［英］泰伦斯·霍克斯：《隐喻》，穆南译，太原：北岳文艺出版社，1990年。

65. 陶阳：《英雄史诗〈玛纳斯〉调查采录集》，北京：中国文联出版社，2011年。

66. 王铭铭：《人类学是什么？》，北京：北京大学出版社，2002年。

67. 王以欣：《神话与历史》，北京：商务印书馆，2006年。

68. [意大利] 维柯:《新科学》, 朱光潜译, 北京: 人民文学出版社, 1987 年。

69. [瑞士] 沃尔夫冈·凯塞尔:《语言的艺术作品》, 陈铨译, 上海: 上海文艺出版社, 1984 年。

70. 乌日古木勒:《蒙古突厥史诗人生礼仪原型》, 北京: 民族出版社, 2007 年。

71. [苏联] 谢·尤·涅克留多夫:《蒙古人民的英雄史诗》, 徐昌汉、高文凤、张积智译, 呼和浩特: 内蒙古大学出版社, 1991 年。

72. 杨春时:《艺术文化学》, 长春: 长春出版社, 1990 年。

73. 杨恩洪:《民间诗神——格萨尔艺人研究》, 北京: 中国藏学出版社, 1995 年。

74. 叶舒宪主编:《文学与治疗》, 北京: 社会科学文献出版社, 1999 年。

75. 尹虎彬:《古代经典与口头传统》, 北京: 中国社会科学出版社, 2002 年。

76. [英] 亚当·肯顿:《行为互动——小范围相遇中的行为模式》, 张凯译, 北京: 社会科学文献出版社, 2001 年。

77. [古希腊] 亚里士多德:《诗学》, 陈中梅译注, 北京: 商务印书馆, 1996 年。

78. [美] 约翰·R.霍尔、玛丽·乔·尼兹:《文化: 社会学的视野》, 周宪、许钧译, 北京: 商务印书馆, 2002 年。

79. [美] 约翰·迈尔斯·弗里:《口头诗学: 帕里–洛德理论》, 朝戈金译, 北京: 社会科学文献出版社, 2000 年。

80. 云韬主编:《中国史诗研究学术批评》, 中国社会科学出版社, 2020 年。

81. 张彦平、郎樱:《柯尔克孜民间文学概览》, 阿图什: 克孜勒苏柯尔克孜文出版社, 1992 年。

82. 张彦平:《柯尔克孜民间文学探幽》, 北京: 中央民族大学出版社, 2012 年。

83. 赵沛霖:《兴的起源——历史沉淀与诗歌艺术》, 北京: 中国社会科学出版社, 1987 年。

84. 朱狄:《艺术的起源》, 北京: 中国青年出版社, 1999 年。

85. 朱光潜:《诗论》, 北京: 生活·读书·新知三联书店, 1984 年。

吉尔吉斯文（按出版时间排列）

1. Э. Абдылдаев: " «Манас» эпосунун тарыхый өнүгүшүнүн этаптары", Фрунзе(Бишкек), Илим басмасы, 1981.

参考文献

2. К.Кырбашев: "Манас эпосунун стили", Фурунзы(Бишкек), Илим басмасы,1983.

3. Р.Сарыпбеков: " «Манас» эпосундагы баатыр мотивдин эволюциясы", Фрунзе(Бишкек), Илим басмасы, 1987.

4. Кеңкшбек Асаналыев : "Акындар чыгармачылыгынын тарыхынын очерктери", Фрунзе(Бишкек), Илим басмасы, 1988.

5. К.Айдаркулов: "Кылымдар Жаңырыгы", Фрунзе(Бишкек), Илим басмасы, 1989.

6. Т.Абдыракунов: "Бабалардан калган сөз: Кыргыз фольклору жөнүндө макалалар", Фрунзе(Бишкек), Адабият басмасы, 1990.

7. К.Жүсүбов: " Алп манасчы Сагымбай ", Бишкек, «Алатоо» ,1992.

8. Оганбек Исмаилов,Абдылдажан Акматалие:"Алп манасчынын албан элеси ", Бишкек, «Кыргырстан» басмасы, 1994.

9. Самар Мусаев: " Эпос Манас: Научно-популярный очерк. — Бишкек: Sham, 1994. (Первое изд. Фрунзе: Илим, 1979).

10. С. Алиев, Т.Кулматов: "Манасчылар жана изилдөөчүлөр", Бишкек, Мамлекеттик《Манас-1000》дмрекциясы , Республикалык《Кыргыр жибек жолу》Фонду, 1995.

11. Т. Токтогазев: "Кароол чокуда келген ойлор", Бишкек, Имформациялык Технологиялар боборунун басмаканасы, 1995.

12. Балбай Алагушов: " «Музыкадагы ‹Манас›", Бишкек, «Кыргырстан» басмасы , 1995.

13. К. Кырбашев: "Манас-баатырдык эпостун классикалык үлгүсү", Бишкек, "Шам" басмасы,1997.

14. К. Кырбашев: "Манасч Жүсүп Маиай", Бишкек, Кыргыр республикасынын улуттук илимдер академиясыМ анастаануу жана көркөм маданияттын улуттук борбору, 1997.

15. Э. Абдылдаев: " «Манас» эпосунун формюлалары ", Бишкек,"Шам" басмасы, 1997.

16. А. Асанканов, Н.Бекмухамедова: "Акындар жана Манасчылар-Кыргыр рухани маданиятынын жаратуучулары жана коргоочулары", Бишкек, "Шам" басмасы, 1999.

17. Токтобүбү Ысак: "Жуңго Кыргырдарында《Семетей》Эпосунун Мазмун Курулмалык Өзгөчөлүгү", Бишкек, Бийиктик, 2011.

英文、俄文、德文（按作者姓名首字音序排列）

1. Adil Jumaturdu, Tohan Isak, Jusup Mamay. *Master Performer of the Kirghiz Manas Epic: a critical Biography*. American Academic Press.

2. Albert B.Lord, 1960; *The Singer of Tales*; Harvard Studies in Comparative Literature 24. Massachusetts: Cambridge.

3. Bauman, Richard. *Story, Performance, and Events: Contextual Studies of Oral Narrative*. Cambridge: Cambirdge University Press, 1986.

4. Bauman, Richard.*Verbal Art as Performance*; Prospect Heights.Illinois: Waveland Press, Inc., 1977.

5. C.M.Bowra. *Heroic poetry*. London Macmillan & Co LTD, New York: ST Martin's Press, 1961.

6. *Encyclopedic Phenomenon of Epic〈Manas〉(Articles Collection)*. Bishkek: Encyclopedia Press, 1996.

7. Hatto, A.T. *Plot and Character in Mid-Nineteenth-Century Kirghiz Eoic*, (Ein Symposium), ed. W. Heissig. Asiatische Forschungen, 68. Wiesbaden, 95-112; *The Marrriage, Death and Return to Life of Manas: A Kirghiz Epic Poem of the Mid-Nineteenth Century*, Turcica.Revue d'Etudes Turques, 12, 66-94[Part one]; 14, 7-38[Part two]; *Epithets in Kirghiz Epic Poetry 1856—1869*, in Hatto, Hainsworth 1980-89.

8. Hatto, A.T. *The Manas of Wilhelm Radloff*. Asiatische Forschungen, 110. Wiesbaden. ets.

9. John Miles Foley. *The Singer of Tales in Performance*. Bloomington and Indianapolis: Indiana University Press, 1995.

10. John Miles Foley. *Traditional Oral Epic*: *The Odyssey*, *Beowulf*, *and the Serbo-Croatian Return Song*. London England: University of California Press, Ltd., 1990.

11. John Miles Foley, ed.. *Teaching Oral Traditions*. New York: The Modern Language Association, 1998.

12. Karl Reichl. *Turkic Oral Epic Poetry*: *Traditiosn*, *Forms*, *Poetic Structure*. New York & London: Garland Publishing, Inc, 1992.

13. Lowell Edmunds & Robert W. Wallace, eds.. *Poet*, *Public*, *and Performance in Ancient Greece*, Baltimore and London: The Johns Hopkins University Press, 1997.

14. Nora K. Chadwick, Victor Zhirmunsky. *Oral Epics of Central Asia*, Cambridge University Press, 1969.

15. Radlov, Vasilii V.: Proben der Volkslitteratur der Nördlichen Türkischen Stämme, Vol.5, *Der Dialect der Kara-Kirgisen*. St. Pertersburg: Commissionare der Kaiserlichen Akademie der Wissenschaften. 1885. 英文见于 "Samples of Folk Literature from the Northern Turkic Tribes. Preface to Volume Ⅴ. The Dialect of the Kara-Kirgiz." Trans. G.B.Sherman, A.B.Davis. Oral Tradition, 1990(5), 73–90.

16. Richard M. Dorson, ed.. *Handbook of American Folklore*. Bloomington: Indiana University Press, 1983.

17. Vansina. *Oral Tradition As History*. Wisconsin: The University of Wisconsin Press, 1985.

18. Zhirmunsky, V.M. *Introduction to the study of the epic Manas*, in Bogdanova, Zhirmunsky, Petrosjan, 1961.

柯尔克孜文（按作者姓名首字音序排列）

1. 马克来克·玉买尔拜：《柯尔克孜文学史（1）》，乌鲁木齐：新疆人民出版社，2005年。

2. 马克来克·玉买尔拜：《玛纳斯之光——〈玛纳斯〉的智慧》，阿图什：克孜勒苏柯尔克孜文出版社，2011年。

3. 曼拜特：《〈玛纳斯〉的多种变体与说唱艺术》，乌鲁木齐：新疆人民出版社，

1998年。

4. 乌恰县文化广播局编：《玛纳斯奇艾什玛特研究》，乌鲁木齐：新疆人民出版社，2010年。

5. 新疆民间文艺家协会、新疆柯尔克孜语言、文学研究会编：《〈玛纳斯〉论文集》(1)，乌鲁木齐：新疆人民出版社，1991年。

6. 中国《玛纳斯》研究会编：《〈玛纳斯〉论文集》(2)，乌鲁木齐：新疆人民出版社，1998年。

论文类（按作者姓名首字音序排列）

1. 阿地里·居玛吐尔地：《居素普·玛玛依唱本〈玛纳斯〉序诗分析》，《新疆社科论坛》1998年第3期。

2. 阿地里·居玛吐尔地：《程式·隐喻·其它——居素普·玛玛依〈玛纳斯〉唱本的语言艺术特色》，《民族文学研究》2000年第3期。

3. 阿地里·居玛吐尔地：《16世纪波斯文〈史集〉及其与〈玛纳斯〉史诗的关系》，《民族文学研究》2002年第3期。

4. 阿地里·居玛吐尔地：《〈玛纳斯〉史诗的口头特征》，《西域研究》2003年第2期。

5. 巴莫曲布嫫：《口头传统与书写传统》，《读书》2003年第10期。

6. 巴莫曲布嫫：《叙事语境与演述场域》，《文学评论》2004年第1期。

7. 朝戈金：《关于口头传唱诗歌的研究——口头诗学问题》，《文艺研究》2002年第4期。

8. 朝戈金：《口头·无形·非物质遗产漫议》，《读书》2003年第10期。

9. 陈中梅：《目击者讲述——论史诗故事的真实来源》，《外国文学评论》2002年第4期。

10. [德] 卡尔·赖歇尔：《南斯拉夫和突厥英雄史诗中的平行式：程式化句法的诗学探索》，朝戈金译，《民族文学研究》1992年第2期。

11. [哈萨克斯坦] 穆·阿乌艾佐夫：《吉尔吉斯民间英雄史诗〈玛纳斯〉》，载 Encyclopedic Phenomenon of Epic〈Manas〉; Encyclopedia Press; 1996; Bishkek. 马昌仪译，载中国史诗研究，乌鲁木齐：新疆人民出版社，1991年。

12. 胡振华、肉孜阿洪：《史诗〈玛纳斯〉格律浅析》，《中外民间格律》，段宝林等主编，北京：北京大学出版社，1991年。

13. 胡振华：《国内外"玛纳斯奇"简介》，《民族文学研究》1986年第3期。

14. 居素普·玛玛依：《我是怎样开始演唱〈玛纳斯〉的》，《中国史诗研究》，乌鲁木齐：新疆人民出版社，1991年。

15. 郎樱：《〈玛纳斯〉与萨满文化》，《民间文学论坛》1987年第2期。

16. 郎樱：《〈玛纳斯〉史诗的叙事结构》，《民族文学研究》1989年第4期。

17. 郎樱：《〈玛纳斯〉史诗的悲剧美》，《民族文学研究》1990年第3期。

18. 郎樱：《听众在史诗传承与发展中的地位与作用》，《民族文学研究》1991年第3期。

19. 郎樱：《史诗的神圣性与史诗神力崇拜》，《民间文学论坛》1998年第4期。

20. 郎樱：《论北方民族英雄史诗》，《新华文摘》1999年第11期。

21. 劳里·航柯：《史诗与认同表达》，孟慧英译，《民族文学研究》2001年第2期。

22. 刘发俊：《史诗〈玛纳斯〉的社会功能》，《民间文学论坛》1989年第6期。

23. 刘发俊：《史诗〈玛纳斯〉搜集、翻译工作三十年》，《民间文学论坛》，1990年第5期。

24. 刘士林：《诗之声与乐之音——关于诗的本体论阐释之三》，《广西师范大学学报》2002年第2期。

25. [美] 约翰·迈尔斯·弗里：《口头程式理论：口头传统研究概述》，朝戈金译，《民族文学研究》1997年第1期。

26. 陶阳：《史诗〈玛纳斯〉歌手"神授"之谜》，《民间文学论坛》1986年第1期。

27. 陶阳：《史诗〈玛纳斯〉工作回忆录》，《民间文学论坛》1990年第5期。

28. 托汗·依萨克：《〈玛纳斯〉史诗五个唱本中"阔阔托依祭典"一章的比较研究》，阿地里·居玛吐尔地译，《民族文学研究》2003年第3期。

29. 托汗·依萨克：《〈玛纳斯〉史诗中女神形象的典型——阿依曲莱克》，《新疆社科论坛》1998年第3期。

30. 王朝元：《论音乐艺术的审美特征》，《广西师范大学学报》2002年第2期。

31. 威·瓦·拉德洛夫：《北方诸突厥语民族民间文学典范》，丛书第五卷前言，圣彼得堡，1885年。载 Encyclopedic Phenomenon of Epic〈Manas〉. Encyclopedia Press, 1996.

32. 尹虎彬:《口头文学研究中的程式概念》,《民间文学论坛》1996 年第 3 期。

33. 尹虎彬:《口头诗歌传统与表演中的创作问题——荷马与荷马史诗研究的启示》,《海南师院学报》1997 年第 1 期。

34. 尹虎彬:《口头史诗的文本概念》,《民族文学研究》1998 年第 3 期。

35. 尹虎彬:《口头诗学与民族志》,《民俗研究》2002 年第 2 期。

36. 尹虎彬:《荷马与我们时代的故事歌手》,《读书》2003 年第 10 期。

37. 张彦平:《〈玛纳斯〉与玛纳斯奇》,《新疆艺术》1990 年第 1 期。

38. 周福岩:《表演理论与民间故事研究》,《鞍山师范学院学报》2001 年第 1 期。